AF553642

साम्प्रदायिकता का ज़हर

डॉ. रणजीत

जन्म : 20 अगस्त, 1937, ग्राम—कटार, जिला—भीलवाड़ा, राजस्थान।

शिक्षा : एम.ए., पी-ॲचडी. राजस्थान विश्वविद्यालय, जयपुर से।

प्रकाशन : हिन्दी की सभी स्तरीय पत्रिकाओं में तथा प्रसारण आकाशवाणी और दूरदर्शन के लखनऊ, इलाहाबाद, छतरपुर, श्रीनगर और जयपुर केन्द्रों से।

प्रकाशित कृतियाँ—दस कविता संकलनों, दो कहानी संकलनों और तीन समीक्षा संबंधी ग्रन्थों सहित **कुल मिलाकर तीस पुस्तकें प्रकाशित।** महत्त्वपूर्ण रचनाओं में—(1) प्रतिनिधि कविताएँ, (2) हिन्दी की प्रगतिशील कविता (शोध प्रबंध का दूसरा संस्करण), (3) आजादी के परवाने (स्वतंत्रता संग्राम के शहीदों की जीवनियाँ) (4) भारत के प्रख्यात नास्तिक और **सामाजिक सरोकारों से संबंधित संपादित पुस्तकों की त्रयी** : धर्म और बर्बरता, साम्प्रदायिकता का ज़हर तथा जाति का जंजाल प्रमुख हैं।

सम्मान/पुरस्कार : इतिहास का दर्द (कविता) उ.प्र. शासन से 1969 में एक हिन्दी की प्रगतिशील कविता (शोध प्रबंध) सोवियत लैण्ड नेहरू अवार्ड 1971। सितम्बर, 1973 में अल्माअता, तत्कालीन सोवियत संघ में आमंत्रित, पाँचवें अफ्रीकी एशियाई लेखक सम्मेलन में सोलह अन्य भारतीय भाषाओं के लेखकों के साथ भारत का प्रतिनिधित्व। राजस्थान साहित्य अकादमी द्वारा विशिष्ट साहित्यकार सम्मान 1984, बिहार राजभाषा विभाग द्वारा केदारनाथ मिश्र 'प्रभात' पुरस्कार 1991 तथा भारतीय दलित साहित्य अकादमी द्वारा अतिविशिष्ट गौतमबुद्ध सम्मान 1997।

गतिविधियाँ : 1959 से 1970 तक बीकानेर, पाली और वनस्थली विद्यापीठ में हिन्दी प्रवक्ता 1970 से 1992 तक रीडर एवं अध्यक्ष हिन्दी विभाग, जवाहरलाल नेहरू महाविद्यालय, बाँदा में तथा 1992 से 1998 तक आर ॲम.पी. स्नातकोत्तर महाविद्याय, सीतापुर में।

सम्प्रति : बेंगलूरू में, 'विश्व के विख्यात नास्तिक' के सम्पादन में लगे हैं।

साम्प्रदायिकता का ज़हर

डॉ. रणजीत

लोकभारती पेपरबैक्स

प्रथम पेपरबैक संस्करण : 2018
द्वितीय पेपरबैक संस्करण : 2022

© डॉ. रणजीत

लोकभारती पेपरबैक्स : उत्कृष्ट साहित्य के लोकप्रिय संस्करण

लोकभारती प्रकाशन
पहली मंजिल, दरबारी बिल्डिंग, महात्मा गांधी मार्ग,
प्रयागराज-211 001
द्वारा मुद्रित

शाखाएँ : 1-बी, नेताजी सुभाष मार्ग, दरियागंज, नई दिल्ली-110 002
अशोक राजपथ, साइंस कॉलेज के सामने, पटना-800 006
36-ए, शेक्सपियर सरणी, कोलकाता-700 017

वेबसाइट : www.lokbhartiprakashan.com
ई-मेल : info@lokbhartiprakashan.com

बी.के. ऑफसेटन
नवीन शाहदरा, दिल्ली-110 032
द्वारा मुद्रित

मूल्य : ₹ 299

SAMPRADAYIKTA KA ZAHAR
by Dr. Ranjit

ISBN : 978-93-86863-70-6

अनुक्रम

सम्पादकीय

मानवीय समाज प्रकाशन की यह तीसरी प्रस्तुति है। हमारी पिछली पुस्तक 'धर्म और बर्बरता' की सफलता से प्रसन्न होकर हमारे वितरक लोकभारती के श्री दिनेश जी ने हमें साम्प्रदायिकता पर एक पुस्तक सम्पादित करने की सलाह दी। उसी का परिणाम है यह पुस्तक।

पुस्तक का प्रारम्भ हमने महात्मा गांधी जी के लेख हिन्दू-मुसलमान से किया है। यह लेख उनकी आज से सौ साल पहले, दक्षिण अफ्रीका से लौटते हुए जहाज में संवाद रूप में लिखी हुई प्रसिद्ध पुस्तक 'हिन्द स्वराज' के हिन्दुस्तान की दशा-3 शीर्षक अध्याय का एक अंश है।

हिन्दू-मुसलमानों के बीच के सतही और कहावती विरोधों को किनारे करते हुए गांधी जी ने उनकी एक राष्ट्रीयता पर जोर दिया है और गाय के प्रति अपने प्रेम को प्रकट करते हुए भी गोवध निषेध को मुसलमानों पर थोपने की कोशिश को गलत क़रार दिया है। बुनियादी तौर पर उन्होंने दोनों को भाइयों के रूप में संकल्पित करते हुए, हिन्दुओं को बड़े भाई जैसा व्यवहार करने की प्रेरणा दी है। हर व्यक्ति की धर्म की अपनी-अपनी धारणा होती है, इस तथ्य पर ध्यान देते हुए, उन्होंने यहाँ तक कहा कि हिन्दू-मुसलमान यदि शास्त्रियों और मुल्लाओं को बीच में न आने दें तो उनके बीच झगड़े का मुंह हमेशा काला ही रहेगा। साथ ही उन्होंने मुसलमानों के हिंसक और हिन्दुओं के अहिंसक होने के मिथ का भी जोरदार खण्डन किया है।

जवाहरलाल नेहरू जी का लेख हमने उनके लेखों के एक संकलन 'जवाहर लाल नेहरू आन कम्युनिज़्म' से लिया है। पुस्तक के सम्पादक प्रो० नन्दलाल गुप्ता हैं। और वह होप इण्डिया पब्लिकेशन, गुड़गांव द्वारा प्रकाशित है। भूमिका असगर अली इंजीनियर द्वारा लिखी गयी है। इस लेख का हिन्दी अनुवाद सिधौली (सीतापुर) के तरुण कवि-लेखक अनूप कुमार ने बहुत मेहनत से विशेष तौर पर 'साम्प्रदायिकता का ज़हर' के लिए ही किया है।

नेहरू जी का यह लेख एक साथ एक ही स्वर में हिन्दू और मुस्लिम साम्प्रदायिकता का विरोध करता हुआ, इस बात पर जोर देता है कि हिन्दू महासभा आदि संगठनों का आम हिन्दुओं की तरफ से और मुस्लिम लीग आदि पार्टियों का आम मुसलमानों की तरफ से बोलने का दावा एकदम बेबुनियाद है। लेख इन साम्प्रदायिक संगठनों के राजनीतिक व्यवहार से यह साबित करने की कोशिश करता है कि ये मूलतः अपने सम्प्रदाय के सबसे धनी, सबसे पिछड़े हुए और सबसे प्रतिक्रियावादी लोगों का प्रतिनिधित्व करते हैं और उनके लिए ब्रिटिश शासन के अन्तर्गत ही कुछ सुविधाजनक स्थितियां पाने के लिए उसकी खुशामद करते हैं। यानी

हिन्दू और मुस्लिम दोनों साम्प्रदायिकताओं का चरित्र बुनियादी तौर पर प्रतिक्रियावादी और राष्ट्रद्रोही है।

मौलाना आज़ाद का लेख उनके कांग्रेस–अध्यक्ष चुने जाने के बाद कांग्रेस के 53वें रामगढ़ अधिवेशन में दिये गये मार्च 1940 के अध्यक्षीय भाषण का एक अंश है और इसे हमने उनकी किताब 'इमामुल हिन्द' से लिया है। देश की विभाजन पूर्ण आजादी से पूर्व भारत की साम्प्रदायिक समस्या के सम्बन्ध में तत्कालीन भारतीय राष्ट्रीय कांग्रेस का क्या रुख था और वह इसे कैसे सुलझाना चाहती थी, कदाचित ही उसका इतना स्पष्ट और अधिकारिक विवरण अन्य किसी लेख में मिले। इस भाषण में उन्होंने स्पष्ट कहा है कि–1. हिन्दुस्तान का जो भी संविधान भविष्य में बनेगा उसमें अल्पसंख्यकों के अधिकारों और हितों की पूर्ण सुरक्षा की जाएगी। और 2. अल्पसंख्यकों के अधिकारों और हितों के लिए किन–किन सुरक्षा प्रावधानों की जरूरत है इसका निर्णय स्वयं अल्पसंख्यक समुदाय करेगा, न कि बहुसंख्यक समुदाय यानी कि सुरक्षाओं का निर्णय उनकी अनुमति से होगा न कि बहुमत के निर्णय से।

पर घटनाओं ने आगे चलकर जो मोड़ लिया, उनमें कांग्रेस की भूमिका वैसी आदर्श नहीं रही, जिस पर मौलाना आजाद ने अपने इस भाषण में जोर दिया है। उन स्थितियों और कारणों का दो टूक विवेचन लोहिया जी ने अपने दूसरे लेख 'भारत–विभाजन के अपराधी' में किया है।

आचार्य नरेन्द्र देव का लेख 'आस्तीन के ये साँप' 1935 के अधिनियम के अन्तर्गत कुछ प्रान्तों में सीमित निर्वाचन प्रक्रिया के बाद कांग्रेस के मंत्रिमण्डल बनाने के पश्चात् की बढ़ती हुई साम्प्रदायिक शक्तियों पर प्रकाश डालता है। यह लेख हमने नेशनल बुक ट्रस्ट द्वारा प्रकाशित उनके लेखों के संकलन 'राष्ट्रीयता और समाजवाद' से संकलित किया है, यह पुस्तक हमें हमारे गृह नगर भीलवाड़ा के मानवाधिकार कर्मी श्री प्रह्लाद व्यास ने उपलब्ध करायी। लेख में तत्कालीन हिन्दू महासभा और मुस्लिम लीग के अपना शुद्ध साम्प्रदायिक चोला बदलकर धीरे–धीरे समाज के प्रतिगामी वर्गों, राजाओं, सामन्तों, ताल्लुकेदारों और जमीदारों के प्रतिनिधि बनते जाने की स्थितियों को रेखांकित करते हुए उनके फासिस्टीकरण की प्रक्रिया पर प्रकाश डाला गया है।

जय प्रकाश नारायण का लेख, 'साम्प्रदायिकता : एक गंभीर रोग', 28-29 दिसम्बर, 1968 में आयोजित दूसरे 'साम्प्रदायिकता–विरोधी राष्ट्रीय सम्मेलन' में उनका अध्यक्षीय संबोधन है। इसे श्री ब्रह्मानंद द्वारा सम्पादित पुस्तक 'नेशन बिल्डिंग इन इण्डिया' से अनूदित कर श्री मंथन ने जनमुक्ति संघर्ष वाहिनी की अनियत कालीन पत्रिका 'जनमुक्ति' 15 में प्रकाशित किया था, हमने इसे वहीं से लिया है। लेख में जे० पी० कहते हैं कि अमीरों और गरीबों की दो दुनियाओं की तरह ही हमारे देश में एक ओर प्रबुद्ध और बंधन मुक्त विशिष्टजनों की दुनिया है, तो दूसरी ओर उन लाखों शिक्षितों और अशिक्षितों की दुनिया है जो पूर्वाग्रह, अन्धविश्वास और अज्ञान के बन्दी हैं। किन्तु जहां कोई आसानी से इस बात को समझ सकता है कि अमीर गरीब से अपनी दूरी बनाकर रखेगा, वहीं यह समझना कठिन है कि प्रबुद्धजनों ने अपनी स्पष्ट

जिम्मेदारी क्यों त्याग दी है और वे अन्धकार की शक्तियों के खिलाफ संघर्ष की प्रतिबद्धता क्यों नहीं महसूस करते? हमारे राष्ट्रीय परिदृश्य के सर्वाधिक शोचनीय लक्षणों में से एक है–भारतीय ज्ञानोदय के नवजागरण में अपनी भूमिका निभाने में प्रबुद्धजनों की विफलता। इसके परिणामस्वरूप आज हमारे उच्चतर शिक्षण संस्थान भी धर्मान्धता और साम्प्रदायिकता से प्रदूषित हो रहे हैं। लेख में अधिकांश धर्म-निरपेक्ष राजनीतिक दलों की अपनी जिम्मेदारी से कायरतापूर्ण ढंग से मुंह चुराने की स्थितियों पर चिन्तन करते हुए साम्प्रदायिकता के राजनीतिक और आर्थिक प्रयोजनों को रेखांकित किया गया है। धर्मान्तरण पर जयप्रकाश जी के विचार विवादास्पद हैं और उन्हें डॉ० रमेन्द्र का लेख ढंग से काटता है।

डा० अम्बेडकर का लेख 'साम्प्रदायिकता समस्या के समाधान के लिए प्रस्ताव' भारतीय अनुसूचित जाति परिसंघ के एक वार्षिक अधिवेशन में दिये गये उनके एक लम्बे भाषण का एक अंश है, जो उनकी ग्रंथावली 'बाबा साहेब डॉ० अम्बेडकर सम्पूर्ण वाङ्मय' के दूसरे खण्ड से लिया गया है, इसे हमारे अनुरोध पर प्रतिष्ठित दलित साहित्यकार डॉ० जयप्रकाश कर्दम ने श्रमपूर्वक उपलब्ध कराया है।

लेख संयुक्त भारत की साम्प्रदायिक समस्या के समाधान के लिए कुछ सिद्धान्त प्रस्तुत करता है जिनके आधार पर भारत के अल्पसंख्यकों, विशेषतौर पर मुसलमानों के इस भय को दूर किया जा सकता है कि स्वतंत्र संयुक्त भारत में उन्हें हिन्दुओं के आधिपत्य में रहना होगा, उस भय को जिसके कारण वे एक अलग पाकिस्तान की मांग करने लगे थे। उनका विचार है कि भारत जैसे देश में जहाँ बहुसंख्यक और अल्पसंख्यक राजनीतिक नहीं, धार्मिक कोटियां हों, जो बनती और बदलती नहीं, पैदाइशी होती हैं, वहां बहुसंख्यक वर्ग का शासन सैद्धान्तिक रूप से असमर्थनीय और व्यावहारिक रूप से असंगत है। बहुसंख्यक वर्ग को प्रतिनिधित्व का सापेक्ष बहुसंख्यक समुदाय स्वीकार किया जाना चाहिए। विधान मण्डल में उसका प्रतिनिधित्व इतना अधिक नहीं होना चाहिए कि वह सबसे छोटे अल्पसंख्यकों की सहायता से अपना बहुमत बना ले। फिर सीटों का वितरण इस प्रकार होना चाहिए कि यदि सभी अल्पसंख्यक वर्ग मिल जाएँ तो वे बहुसंख्यक वर्ग पर आश्रित हुए बगैर अपनी सरकार बना सकें। इन्हीं सिद्धान्तों के आधार पर उदाहरण के लिए उन्होंने केन्द्रीय विधान मण्डल यानी लोकसभा में हिन्दुओं के लिए 40, मुसलमानों के लिए 32, अनुसूचित जातियों के लिए 20, भारतीय ईसाइयों के लिए 3, सिखों के लिए 4 और आंग्ल भारतीयों के लिए 1 प्रतिशत प्रतिनिधित्व का प्रस्ताव रखा।

लोहिया जी का पहला लेख 'हिन्दू और मुसलमान अपना मन बदलें' 3 अक्टूबर, 1963 के दिन हैदराबाद में उनका दिया हुआ भाषण है, जिसकी प्रतिलिपि हमें सुप्रसिद्ध समाजवादी चिन्तक और साहित्यकार श्री मस्तराम कपूर ने उपलब्ध करवायी है। इस भाषण में लोहिया जी की मध्य कालीन भारतीय इतिहास की असाम्प्रदायिक और धर्म निरपेक्ष व्याख्या को अच्छी अभिव्यक्ति मिली है। उनके सुझाव के अनुसार अगर भारत के आम हिन्दू शेरशाह, रजिया और जायसी को अपने पुरखे मानने लगें

और आम मुसलमान गजनी, गौरी और बाबर को हमलावर और लुटेरे, तो भारत में सचमुच एक सांस्कृतिक क्रान्ति न हो जाय?

भारत के प्रथम प्रधानमंत्री पण्डित जवाहर लाल नेहरू जी के प्रति लोहिया जी का दृष्टिकोण अनेक लोगों को व्यक्तिगत खुन्नस से भरा लग सकता है, पर ध्यान देने की बात यह है कि इन दोनों राजनेताओं के व्यक्तित्वों में मुख्य अन्तर एक 'सुजात' गाँधी-भक्त समाजवादी तथा एक 'कुजात' गांधीवादी समाजवादी के बीच का है।

लोहिया जी का दूसरा लेख उनकी इसी शीर्षक की पुस्तक के 'सामयिक वार्ता' के सम्पादक श्री योगेन्द्र यादव द्वारा चयनित अंशों का संकलन है, जो इस पत्रिका के दिसम्बर, 2009 के अंक में प्रकाशित हुआ था। यह लेख भारत-विभाजन के इतिवृत्त को बेलाग शब्दों में प्रस्तुत करते हुए तत्कालीन कांग्रेसी नेतृत्व को इस दुष्कर्म का अपराधी ठहराता है। नितान्त पठनीय और दिलचस्प।

शहीदे-आज़म भगतसिंह का लेख राजकमल प्रकाशन दिल्ली द्वारा प्रकाशित तथा उनके भतीजे जगमोहन सिंह और प्रो. चमन लाल द्वारा सम्पादित पुस्तक 'भगतसिंह और उनके साथियों के दस्तावेज़' से लिया गया है। लेख में भगतसिंह स्वातंत्र्य-पूर्व की जिन स्थितियों पर रक्त के आंसू बहाते हैं, देश के दुर्भाग्य से, वे स्थितियां आज भी ज्यों की त्यों हैं। उनका यह पर्यवेक्षण भी लेख लिखे जाने के अस्सी साल बाद भी उतना ही सच है कि जहां तक देखा गया है इन दंगों के पीछे साम्प्रदायिक नेताओं और अखबार वालों का हाथ है।

संयुक्त सोशलिस्ट पार्टी के सांसद और बाद में 'समता मंच' तथा 'समाजवादी जन परिषद' के संस्थापक किशन पटनायक का लेख राजकमल प्रकाशन से प्रकाशित उनकी पुस्तक 'विकल्पहीन नहीं है दुनिया' से लिया गया है। लेख में धर्मनिरपेक्षता की परंपरागत कम्युनिस्ट धर्म-विरोधी धारणा और गाँधीवादी सर्वधर्म सापेक्षता की धारणा से अलग किशन जी ने अपनी विशिष्ट दृष्टि प्रस्तुत की है, जो मूलतः धर्म को आम लोगों की नैतिकता का उत्स मानती है और इसलिए महत्वपूर्ण समझती है। धर्म सम्बन्धी उनके विचार गहन विमर्श के विषय हैं पर आज के भारत में साम्प्रदायिकता को प्रभावहीन करने का उनका तेरह सूत्रीय कार्यक्रम नितान्त प्रासंगिक और सार्थक है।

प्रेमचन्द का लेख, 'हिन्दू-मुस्लिम एकता' उनकी रचनावली के आठवें खण्ड से लिया गया है। इस लेख में भी लोहिया जी के लेख की तरह एक-दूसरे की तरफ हिन्दू-मुसलमानों के मन के मैल की चर्चा की गयी है, और फिर इस तथ्य पर ज़ोर दिया गया है कि भारत में इस्लाम तलवार के बल पर नहीं फैला, भारत में इस्लाम ऊंची जाति वाले हिन्दुओं के नीची जातियों पर अत्याचार के कारण फैला। नीची जातियों के लोगों ने इस अत्याचार से बचने के लिए ही इस नये समतावादी धर्म का प्रसन्नता से स्वागत किया और गांव के गांव मुसलमान हो गये। प्रेमचन्द हिन्दुओं और मुसलमानों की संस्कृति में भी कोई वास्तविकता भेद नहीं मानते और इतिहास की गलत समझ को ही हिन्दू-मुस्लिम वैमनस्य का कारण मानते हैं।

गणेश शंकर विद्यार्थी का लेख उनके 'प्रताप' के 27 अक्टूबर, 1924 के अंक में प्रकाशित लेख 'धर्म की आड़' और उसी के 30 मई, 1926 के अंक में प्रकाशित 'जिहाद की जरूरत' की संयुक्त प्रस्तुति है और उनकी रचनावली के पहले खण्ड से संकलित किया गया है। लेख के पूर्वार्द्ध को पढ़ते हुए लगता है यहाँ आज की स्थिति का वर्णन किया गया, मतलब भारत में धर्म के नाम पर नासमझों को भड़काने का यह व्यापार 1924-25 से ही बेरोकटोक चल रहा है, हमारे समाज की सांस्कृतिक जड़ता का इससे बड़ा प्रमाण और क्या हो सकता है? लेख के उत्तरार्द्ध में वे धर्म के नाम पर चल रहे पाखण्डों के विरुद्ध जिहाद या विद्रोहों की परंपरा का निरूपण करते हुए एक नये जिहाद का आह्वान करते हैं–"आज हमें जिहाद करना है–धर्म के इस ढोंग के ख़िलाफ़, इस धार्मिक तुनक मिज़ाजी के ख़िलाफ़।......हमें आज शंख उठाना है उस धर्म के ख़िलाफ़ जो तर्क, बुद्धि और अनुभव की कसौटी पर ठीक नहीं उतर सकता। सहारनपुर में झगड़े का आसन्न कारण क्या था? यही ना कि पीपल की एक डाली अलम के झंडे में अड़ती थी। पामर! ढोंगी! पशु! किस धर्म के किस तर्क और बुद्धि के बल पर हम पीपल की इस डाली को अकाट्य और अछेद्य समझें? ऐसे धर्म का नाश, 'सर्वनाश' होना चाहिए।" साम्प्रदायिक घृणा की वेदी पर शहीद हुए गणेश शंकर विद्यार्थी वास्तव में एक क्रान्तिकारी समाजकर्मी और विचारक थे।

तस्लीमा नसरीन साम्प्रदायिक कट्टरता का मूल धर्म को ही मानती हैं, इसलिए कहती हैं कि जब तक धर्म रहेगा साम्प्रदायिकता और कट्टरतावाद भी बना रहेगा, वही उनका उत्स है। अपनी एक कविता 'धर्मवाद' में वे कहती हैं–*जिस दिन विनाश होगा धर्मवादियों का/ लौटूंगी मैं ब्रह्मपुत्र किनारे उस दिन/इससे पहले उँगली तक नहीं डुबाऊँगी/उस गंदले पानी में/ धर्मवादी लोग जिस दिन समेट लेंगे अपना कारोबार/उस दिन लौटूँगी मैं घर/ इससे पहले मैं घनघोर बीहड़ को छोड़कर/ कहीं नहीं जाऊँगी/ उस दिन मैं बरामदे में बड़े इत्मीनान से/ कुर्सी पर पाँव लटकाकर सूर्योदय देखूँगी/ऊँचे सुर में गाऊँगी उस दिन/ दोस्त के घर घूमने जाऊँगी/ उस दिन ऐसा भी हो सकता है कि/ किसी को जी भरकर प्यार करूँ।*

तस्लीमा नसरीन का यह लेख हमने वाणी प्रकाशन दिल्ली द्वारा प्रकाशित उनकी पुस्तक 'छोटे–छोटे दुख' से लिया है। इसे हमारे लिए जुटाया है उनके साहित्य के गंभीर पाठक और समीक्षक हमारे मित्र श्री मोहन कृष्ण बोहरा ने। लेख, स्वाभाविक है कि तस्लीमा ने अपने बांग्लादेश के संदर्भ में लिखा है, जिसने उसे निर्वासित किया, पर वह भारत के संदर्भ में भी कम प्रासंगिक नहीं है।

समाजवादी चिन्तक और साहित्यकार श्री मस्तराम कपूर ने अपने लेख में भारत में साम्प्रदायिक दंगों का एक संक्षिप्त इतिवृत्त उनकी सामाजिक पृष्ठभूमि के साथ प्रस्तुत किया है। उनका निष्कर्ष है धार्मिक, भाषायी, नस्लीय और जातीय भेद दंगों के बहाने और प्रेरकतत्त्व बनते हैं, पर इन पर आधारित दंगों की मूल प्रेरणा राज्य की संस्था के कमज़ोर होने से मिलती है।

विविध–आयामी लेखक कमलेश्वर का लेख उनकी पुस्तक 'सवाल सरोकारों का' में से लिया गया। गुजरात के राज्य प्रायोजित मुस्लिम जनसंहार के तत्काल बाद

लिखा हुआ यह लेख उनके मानववादी सात्विक आक्रोश और दस्तावेजों को खंगाल कर तथ्य सामने लाने वाले खोजी पत्रकार की प्रबुद्धता का मणिकांचन संयोग है।

हिन्दुत्ववाद के ऐतिहासिक विकास का पूरा इतिवृत्त इस लेख में ऐतिहासिक दस्तावेजों के कठिन श्रम साध्य अन्वेषण के आधार पर प्रस्तुत किया गया है। लेख का निष्कर्ष है कि इस देश के बहुसंख्यकों को अपने हिन्दूपन की रक्षा इन हिन्दुत्ववादी हत्यारों से करनी पड़ेगी। इन्होंने धार्मिक प्रतीकों और इतिहास के नायकों के जो चेहरे और सिद्धान्त विकृत किए हैं, उनकी पुनर्रचना करना जरूरी होगा। शहीद भगत सिंह और नेताजी सुभाष चन्द्र बोस को इनके छद्म प्रचारवादी तंत्र से छुड़ाना होगा–यह काम लेखकों, पत्रकारों, इतिहासकारों और संस्कृति कर्मियों को करना होगा।

हिन्दी क्षेत्र में यह भ्रम बड़े जोरशोर से फैलाने की कोशिश की गयी है कि तथाकथित वामपंथी धर्म निरपेक्ष लोग जैसी आलोचना हिन्दुओं की धार्मिक रूढ़ियों और अन्धविश्वासों की करते हैं, उसका पासंग भी मुसलमानों की नहीं करते। जहाँ तक राजनीतिक पार्टियों का सवाल है, उनके संदर्भ में इस आरोप में आंशिक सच्चाई है (याद कीजिए नर-नारी समानता की प्रखर समर्थक और साम्प्रदायिकता-विरोधी बांग्लादेशी लेखिका तस्लीमा नसरीन के साथ पश्चिम बंगाल की कम्युनिस्ट सरकार और भारत की संयुक्त प्रगतिशील गठबंधन सरकार का कायरतापूर्ण और शर्मनाक व्यवहार, जिसके कारण उसे पहले कलकत्ता और बाद में पूरा देश छोड़कर फिर से विदेश जाना पड़ा) पर जहां तक वामपंथी बुद्धिजीवियों का सवाल है, यह आरोप सही नहीं है। राजेन्द्र यादव का यह लेख इसका जीवन्त प्रमाण है। इसमें न केवल दोनों धर्मावलम्बियों की कट्टरता की समस्वर में आलोचना है, पार्टीबद्ध सेकुलरों की भी इस मुद्दे पर स्पष्ट अ।लोचना है। राजेद्र यादव का यह लेख हमने उनकी 2008 में अरुण प्रकाशन, नई दिल्ली द्वारा प्रकाशित पुस्तक 'वह सुबह कभी तो आयेगी' से लिया है।

वरिष्ठ कथाकार और अब महात्मा गाँधी अन्तर्राष्ट्रीय हिन्दी विश्व-विद्यालय, वर्धा के कुलपति विभूति नारायण राय का लेख भारत के साम्प्रदायिक दंगों के सम्बन्ध में एक अत्यन्त महत्वपूर्ण शोध कार्य 'साम्प्रदायिक दंगे और भारतीय पुलिस' प्रकाशक, राधाकृष्ण, दिल्ली का चौथा और नाभिकीय अध्याय है। पुस्तक पाँच अध्याय में लिखी गयी है–1. अध्ययन और उसकी प्रासंगिकता, 2. भारत में साम्प्रदायिक दंगे : इतिहास और समाजशास्त्र, 3. साम्प्रदायिक दंगों का मनोविज्ञान 4. साम्प्रदायिक दंगे और भारतीय पुलिस, और 5. अध्ययन के मुख्य निष्कर्ष।

पुस्तक के दूसरे अध्याय में भारत के बुद्धिजीवियों में पर्याप्त प्रचलित इस भ्रम को ऐतिहासिक साक्ष्यों से काटा गया है कि हिन्दू-मुस्लिम साम्प्रदायिक दंगे, ब्रिटिश साम्राज्यवाद की देन हैं। पुस्तक में अंग्रेजों के भारत में आने से पहले की एक दुर्घटना को भारत के पहले साम्प्रदायिक दंगे के रूप में चिह्नित किया गया है। यह दंगा सन् 1713 में अहमदाबाद में हुआ था। पुस्तक का यह अध्याय भारत में साम्प्रदायिक

दंगों के इतिहास को विधिवत् उनकी सामाजिक-राजनीतिक पृष्ठभूमि में प्रस्तुत करता है।

विभूतिनारायण राय का संकलित लेख भारतीय पुलिस के साम्प्रदायिक पक्षपात के बहुज्ञात तथ्य को ठोस प्रमाणों के पुख्ता आधार पर प्रस्तुत करता है।

जवाहर लाल नेहरू विश्वविद्यालय, दिल्ली के भारतीय भाषा विभाग के प्रोफेसर और अब लोक सेवा आयोग के अध्यक्ष श्री पुरुषोत्तम अग्रवाल का यह लेख, जो बाबरी मस्जिद के ध्वंस के बाद लिखा गया, श्री राजकिशोर द्वारा सम्पादित और वाणी प्रकाशन, नयी दिल्ली द्वारा प्रकाशित पुस्तक 'अयोध्या और उससे आगे' से लिया गया है। लेख में हिन्दू राष्ट्रवादियों द्वारा 1948 में और 1992 में किये गये आपराधिक दुष्कर्मों की परिस्थितियों और उनके व्यापक हिन्दू समाज पर पड़े हुए प्रभावों की तुलना एक गहन विश्लेषण और मानववादी वेदना से बोझल स्वर में की गयी है। लेख का निष्कर्ष है कि यदि हम अब भी साम्प्रदायिक विचारधारा की भयावह सांस्कृतिक समग्रता को समझ सकें, साथ ही अपनी दुर्बलताओं के सामने ईमानदारी से खड़े हो सकें, तो शायद समाज के विवेक और संवेदना को पुनः सक्रिय किया जा सकता है।

बोहरा समाज में जनतांत्रिक मूल्यों और स्वतंत्रताओं के लिए निर्भय संघर्ष करने वाले, सेण्टर फार स्टडी आफ सोसाइटी एण्ड सेकुलरिज्म के अध्यक्ष और साम्प्रदायिकता तथा धार्मिक कट्टरता के विरुद्ध निरन्तर सेमीनार और वर्कशाप आयोजित करने वाले जुझारू समाजकर्मी डॉ० असगर अली इंजीनियर का लेख उनके सेण्टर द्वारा प्रकाशित पाक्षिक बुलेटिन 'हिन्दी सेकुलर पर्सपेक्टिव' से लिया गया है।

लोहिया जी ने अपने लेख 'हिन्दू-मुसलमान अपना मन बदलें' में हिन्द-पाक महासंघ बनाने को भारत और पाकिस्तान की अनेक समस्याओं का हल बताया था। उसी विचार को थोड़े बदले हुए परिप्रेक्ष्य में डॉ० असगर अली इंर्जीनियर ने फिर से प्रस्तुत किया है। 'एक सपना जो सच हो सकता है' इस महाद्वीप की अनेक समस्याओं का एक बहुत ही सरल और सुसाध्य हल हमारे सामने रखता है–"अगर भारत, पाकिस्तान और बांग्लादेश का महासंघ बनता है तो तीनों देश बारूद पर जो अरबों-खरबों रुपये फूंक रहे हैं, वे बचाये जा सकते हैं। यह धन इतना है कि इससे तीनों देशों की गरीबों की समस्या काफी हद तक सुलझ सकती है। तीनों देशों में करोड़ों लोग गरीबी की रेखा के नीचे जीवनयापन कर रहे हैं और अरबों रुपये हथियारों पर बर्बाद हो रहे हैं। क्या यह त्रासद नहीं है?"

मेरा अपना लेख 'आखिर साम्प्रदायिकता है क्या?' अपने उन दिनों के मित्र प्रभाष जोशी के जनसत्ता में प्रकाशित एक लेख के जवाब में लिखा हुआ पत्र है, जो 1989 में साहित्य रत्नालय, कानपुर से प्रकाशित मेरे सामाजिक-राजनीतिक लेखों के संकलन 'रोटी और कमल' से लिया गया है।

रेणु व्यास का लेख साम्प्रदायिकता का एक इयत्ता के रूप में अच्छा विश्लेषण करता है और रायपुर से प्रकाशित मासिक 'अक्षर पर्व' से संकलित किया गया है।

मधु किश्वर का लेख 'साम्प्रदायिक हिंसा से संघर्ष कैसे करें' और राजकिशोर का

लेख 'साम्प्रदायिकता से संघर्ष किस तरह न करें' ऊपर उल्लिखित पुस्तक 'अयोध्या और उसके आगे' से ही लिए गये हैं।

मधु जी ने विस्तार से 1984 के सिक्ख-विरोधी दंगों के बाद स्वेच्छा सेवी संस्थाओं और मानवाधिकार संगठनों के 'नागरिक मंच' द्वारा किये गये महत्वपूर्ण कार्यों का ब्यौरा देते हुए सवाल उठाया है कि बाबरी मस्जिद ढहाने के बाद के मुस्लिम-विरोधी दंगों में या उनके बाद हम इतने लकवाग्रस्त क्यों हो गये? और उत्तर में इन संस्थाओं के मध्यवर्ग से और खासतौर से अपने पास-पड़ोस और मुहल्ले से बेगाने बने रहने की प्रवृत्ति को इसका दोषी ठहराया है। वे कहती हैं कि हमें मध्यवर्ग से अपने जुड़े होने को लेकर होने वाली लज्जा और अपराध-बोध से उबरने की जरूरत है। तभी हम साम्प्रदायिकता विरोध और मानवाधिकारों की राजनीति को मजबूत करने के लिए अपनी अपेक्षाकृत सुविधा-प्राप्त स्थिति का उपयोग कर सकेंगे।

राजकिशोर ने इसके विपरीत साम्प्रदायिकता से संघर्ष के जनसंगठनों और राजनीतिक दलों के पारम्परिक तरीकों की खामियों और खतरों पर विचार करते हुए उनसे बचने की सलाह दी है।

खुर्शीद अनवर का यह लेख गुजरात के राज्य प्रयोजित जन संहार के तत्काल बाद के परिदृश्य में राजनीतिक पार्टियों और स्वेच्छा सेवी ('स्वयं सेवी' शब्द मुझे गलत लगता है, क्योंकि वह स्वैच्छिक सेवा का अर्थ कम और खुद अपनी सेवा का अर्थ अधिक देता है) संगठनों की भूमिका का एक विस्तृत सर्वेक्षण करता है। यह लेख हमने राजेन्द्र यादव द्वारा संपादित मासिक 'हंस' के अगस्त 2003 में प्रकाशित 'भारतीय मुसलमान : वर्तमान और भविष्य' विशेषांक से लिया है।

हिलाल अहमद का लेख भारत के सबसे बड़े अल्पसंख्यक समुदाय— मुसलमानों के भारत के राजनीतिक संस्थानों और सामाजिक, राजनीतिक आन्दोलनों में प्रतिनिधित्व की एक तथ्यात्मक रपट प्रस्तुत करता है। इसे हमने योगेन्द्र यादव सम्पादित मासिकी 'सामयिक वार्ता' के मार्च 2008 के अंक से संकलित किया है।

'बुद्धिवादी समाज' के संस्थापक और पटना विश्वविद्यालय के पटना कालेज में दर्शनशास्त्र के विभागाध्यक्ष डॉ० रमेन्द्र अपने लेख में धर्मान्तरण के सम्बन्ध में अपना मानववादी दृष्टिकोण प्रकट कर रहे हैं, यह लेख हमने जनमुक्ति संघर्ष वाहिनी के पटना से प्रकाशित पत्र 'जन मुक्ति' से लिया है।

आई० आई० टी० मुम्बई के सेवानिवृत्त प्रोफेसर डॉ० राम पुनियानी निरन्तर समकालीन घटनाओं पर धर्मनिरपेक्ष और साम्प्रदायिकता-विरोधी दृष्टि से टिप्पणियाँ करते रहते हैं और एक सक्रिय सामाजिक कार्यकर्ता हैं। उनकी ये टिप्पणियाँ अधिकतर भोपाल के श्री लज्जा शंकर हरदेनिया द्वारा संपादित 'सोशलिस्ट सेकुलर भारत' और संदीप पाण्डेय के आशा परिवार की बुलेटिन 'सच्ची मुच्ची' में प्रकाशित होती रहती हैं। पुनियानी जी की दो ताजा विचारोत्तेजक टिप्पणियां हम यहां संकलित कर रहे हैं।

समाजकर्मी इरफान इंजीनियर का लेख 'हिन्दी सेकुलर पर्सपेक्टिव' के मार्च (प्रथम) 2010 के अंक से लिया गया है। एक ईमानदार सेकुलर मुस्लिम बुद्धिजीवी

से अन्य लोगों की, दृष्टिकोण की तर्कसंगतता और स्पष्टता की जो भी अपेक्षाएं हो सकती हैं, इरफान उन सब पर खरे उतरते हैं। अभिव्यक्ति की स्वतंत्रता को एक महत्वपूर्ण जनवादी मूल्य मानते हुए उन्होंने कलाकारों और राजनेताओं की स्वतंत्रता में तर्कसंगत ढंग से अन्तर किया है। उनका यह वाक्य स्मरणीय है–हम चाहे उनसे कितने ही असहमत हों, परन्तु हमें तस्लीमाओं, रुश्दीओं और एम० एफ० हुसेनों की जरूरत है। अगर आज हम उनकी अभिव्यक्ति की स्वतंत्रता की रक्षा नहीं करेंगे तो आने वाली पीढ़ियों के सामने चुनने को कुछ रहेगा ही नहीं।

इरफान ने तस्लीमा नसरीन के बुर्का-विरोधी लेख पर शिमोगा में बवाल मचाने वाले मवालियों की उचित आलोचना की है पर इस मामले में कर्नाटक पुलिस की भूमिका क्या कम निन्दनीय है, जिसने बाकायदा ईश–निन्दा का मुकद्दमा कायम कर लेख छापने वाले अखबार के सम्पादकों को गिरफ्तार किया। क्या यह अभिव्यक्ति की स्वतन्त्रता के मूलभूत अधिकार का उल्लंघन नहीं है? बुर्के की आलोचना 'जानबूझकर और दुर्भावना से धर्म का अपमान' कैसे हो गया। यदि यह 'ईश–निन्दा' है तो फिर हिन्दू धर्म में प्रचलित छुआछूत और सतीप्रथा का विरोध भी ईश–निन्दा ही है। यहां यह तथ्य ध्यातव्य है कि बीसवीं सदी के प्रारम्भिक वर्षों में जब ईश–निन्दा या ब्लासफेमी का कानून अंग्रेजी हुकूमत ने भारत में लागू किया था तब उस समय के धर्म निरपेक्ष राजनेता मुहम्मद अली जिन्ना ने उसका तगड़ा विरोध किया था। इंग्लैण्ड अपनी विधि संहिता से इसे कभी का हटा चुका, पर हम अभी भी जनतंत्र विरोधी इस कानून से चिपके रहकर धार्मिक रूढ़िवाद और कट्टरतावाद को बढ़ावा दे रहे हैं।

इस पुस्तक का समापन हम देवीप्रसाद मिश्र की ग़ज़ब की साम्प्रदायिक मानसिकता विरोधी कविता 'मुसलमान' से करने का लोभ–संवरण नहीं कर पा रहे हैं।

अन्त में हम इस पुस्तक में संकलित सभी लेखों के लेखकों, जिन पुस्तकों या पत्रिकाओं में ये पहले प्रकाशित हुए हैं, उनके सम्पादकों और प्रकाशकों, दो मामलों में उन लेखों के अनुवादकों के साथ ही अपने उन मित्रों का भी आभार व्यक्त करते हैं, जिनके श्रम और सौजन्य से ये हमें प्राप्त हुए।

–रणजीत

हिन्दू-मुसलमान | महात्मा गाँधी

पाठक–एक सवाल मेरे मन में उठता है। मुसलमानों, पारसियों, ईसाइयों की हिन्दुस्तान में बड़ी संख्या है। वे एक-राष्ट्र नहीं हो सकते। कहा जाता है कि हिन्दू-मुसलमानों में कट्टर वैर है। हमारी कहावतें भी ऐसी ही हैं। 'मियाँ और महादेव की नहीं बनेगी।' हिन्दू पूर्व में ईश्वर को पूजता है, तो मुस्लिम पश्चिम में पूजता है। मुसलमान हिन्दू को बुतपरस्त–मूर्तिपूजक–मानकर उससे नफरत करता है। हिन्दू मूर्तिपूजक है, मुसलमान मूर्ति को तोड़नेवाला है। हिन्दू गाय को पूजता है, मुसलमान उसे मारता है। हिन्दू अहिंसक है, मुसलमान हिंसक। यों पग-पग पर जो विरोध है, वह कैसे मिटे और हिन्दुस्तान एक कैसे हो?

सम्पादक–हिन्दुस्तान में चाहे जिस धर्म के आदमी रह सकते हैं; उससे वह एक राष्ट्र मिटनेवाला नहीं है। जो नये लोग उसमें दाखिल होते हैं, वे उसकी प्रजा को तोड़ नहीं सकते, वे उसकी प्रजा में घुलमिल जाते हैं। ऐसा हो तभी कोई मुल्क एक राष्ट्र माना जायेगा। ऐसे मुल्क में दूसरे लोगों का समावेश करने का गुण होना चाहिए। हिन्दुस्तान ऐसा था और आज भी है। यों तो जितने आदमी उतने धर्म ऐसा मान सकते हैं। एक राष्ट्र होकर रहनेवाले लोग एक-दूसरे के धर्म में दखल नहीं देते; अगर देते हैं तो समझना चाहिए कि वे एक-राष्ट्र होने लायक नहीं हैं। अगर हिन्दू मानें कि सारा हिन्दुस्तान सिर्फ हिन्दुओं से भरा होना चाहिए, तो यह एक निरा सपना है। मुसलमान अगर ऐसा मानें कि उसमें सिर्फ़ मुसलमान ही रहें, तो उसे भी सपना ही समझिए। फिर भी हिन्दू, मुसलमान, पारसी, ईसाई, जो इस देश को अपना वतन मानकर बस चुके हैं एक-देशी, एक-मुल्की हैं, वे देशी-भाई हैं, और उन्हें एक-दूसरे के स्वार्थ के लिए भी एक होकर रहना पड़ेगा।

दुनिया के किसी भी हिस्से में एक राष्ट्र का अर्थ एक-धर्म नहीं किया गया है, हिन्दुस्तान में तो ऐसा था ही।

पाठक–लेकिन दोनों कौमों के कट्टर वैर का क्या?

सम्पादक–'कट्टर वैर' शब्द दोनों के दुश्मन ने खोज निकाला है। जब हिन्दू-मुसलमान झगड़ते थे तब वे ऐसी बातें भी करते थे। झगड़ा तो हमारा सबका बन्द हो गया है। फिर कट्टर वैर काहे का? और इतना याद रखिए कि अंग्रेजों के आने के बाद ही हमारा झगड़ा बन्द हुआ ऐसा नहीं है। हिन्दू लोग मुसलमान बादशाहों के मातहत

और मुसलमान हिन्दू राजाओं के मातहत रहते आये हैं। दोनों को बाद में समझ में आ गया कि झगड़ने से कोई फायदा नहीं; लड़ाई से कोई अपना धर्म नहीं छोड़ेंगे और कोई अपनी ज़िद भी नहीं छोड़ेंगे। इसलिए दोनों ने मिलकर रहने का फैसला किया। झगड़े तो फिर से अंग्रेजों ने शुरू करवाये।

'मियाँ और महादेव की नहीं बनती' इस कहावत को भी ऐसा ही समझिए। कुछ कहावतें हमेशा के लिए रह जाती हैं और नुकसान करती ही रहती हैं। हम कहावत की धुन में इतना भी याद नहीं रखते कि बहुतेरे हिन्दुओं और मुसलमानों के बाप-दादे एक ही थे, हमारे अन्दर एक ही ख़ून है। क्या धर्म बदला इसलिए हम आपस में दुश्मन बन गये? धर्म तो एक ही जगह पहुँचने के अलग-अलग रास्ते हैं। हम दोनों अलग-अलग रास्ते लें, इससे क्या हो गया? उसमें लड़ाई काहे की?

और ऐसी कहावतें तो शैवों और वैष्णवों में भी चलती हैं; पर इससे कोई यह नहीं कहेगा कि वे एक राष्ट्र नहीं हैं। वेदधर्मियों और जैनों के बीच बहुत फ़र्क माना जाता है, फिर भी इससे वे अलग राष्ट्र नहीं बन जाते। हम गुलाम हो गये हैं, इसीलिए अपने झगड़े हम तीसरे के पास ले जाते हैं।

जैसे मुसलमान मूर्ति का खण्डन करने वाले हैं, वैसे हिन्दुओं में भी मूर्ति का खंडन करनेवाला एक वर्ग देखने में आता है। ज्यों-ज्यों सही ज्ञान बढ़ेगा त्यों-त्यों हम समझते जायेंगे कि हमें पसन्द न आनेवाला धर्म दूसरा आदमी पालता हो, तो भी उससे वैरभाव रखना हमारे लिए ठीक नहीं; हम उस पर जबर्दस्ती न करें।

पाठक–अब गोरक्षा के बारे में अपने विचार बताइये।

सम्पादक–मैं ख़ुद गाय को पूजता हूँ यानी मान देता हूँ। गाय हिन्दुस्तान की रक्षा करने वाली है, क्योंकि उसकी सन्तान पर हिन्दुस्तान का, जो खेती-प्रधान देश है, आधार है। गाय कई तरह से उपयोगी जानवर है। वह उपयोगी जानवर है, यह तो मुसलमान भाई भी क़बूल करेंगे।

लेकिन जैसे मैं गाय को पूजता हूँ वैसे मैं मनुष्य को पूजता हूँ। जैसे गाय उपयोगी है वैसे मनुष्य भी–फिर चाहे वह मुसलमान हो या हिन्दू–उपयोगी है। तब क्या गाय को बचाने के लिए मैं मुसलमान से लड़ूँगा? क्या उसे मैं मारूँगा? ऐसा करने से मैं मुसलमान का और गाय का भी दुश्मन बनूँगा। इसलिए मैं कहूँगा कि गाय की रक्षा करने का एक यही उपाय है कि मुझे अपने मुसलमान भाई के सामने हाथ जोड़ने चाहिए और उसे देश की खातिर गाय को बचाने के लिए समझाना चाहिए। अगर वह न समझे तो मुझे गाय को मरने देना चाहिए, क्योंकि वह मेरे बस की बात नहीं। अगर मुझे गाय पर अत्यन्त दया आती हो तो अपनी जान दे देनी चाहिए, लेकिन मुसलमान की जान नहीं लेनी चाहिए। यही धार्मिक क़ानून है, ऐसा मैं तो मानता हूँ।

'हाँ' और 'नहीं' के बीच हमेशा वैर रहता है। अगर मैं वाद-विवाद करूँगा, तो मुसलमान भी वाद-विवाद करेगा। अगर मैं टेढ़ा बनूँगा, तो वह भी टेढ़ा बनेगा। अगर मैं बालिश्त भर नमूँगा, तो वह हाथ भर नमेगा; और अगर वह नहीं भी नमे तो मेरा नमना ग़लत नहीं कहलाएगा। जब हमने ज़िद की तब गोकशी बढ़ी। मेरी राय है कि

'गोरक्षा प्रचारिणी सभा' 'गोवध प्रचारिणी सभा' मानी जानी चाहिए। ऐसी सभा का होना हमारे लिए बदनामी की बात है। जब गाय की रक्षा करना हम भूल गये तब ऐसी सभा की ज़रूरत पड़ी होगी।

मेरा भाई गाय को मारने दौड़े, तो मैं उसके साथ कैसा बरताव करूँगा? उसे मारूँगा या उसके पैरों में पड़ूँगा? अगर आप कहें कि मुझे उसके पाँव पड़ना चाहिए, तो मुझे मुसलमान भाई के भी पाँव पड़ना चाहिए।

गाय को दुख देकर हिन्दू गाय का वध करता है; इससे गाय को कौन छुड़ाता है? जो हिन्दू गाय की औलाद को पैना (आर) भोंकता है, उस हिन्दू को कौन समझाता है इससे हमारे एक-राष्ट्र होने में कोई रुकावट नहीं आई है।

अन्त में, हिन्दू अहिंसक और मुसलमान हिंसक है, यह बात अगर सही हो तो अहिंसक का धर्म क्या है? अहिंसक को आदमी की हिंसा करनी चाहिए? ऐसा कहीं लिखा नहीं है। अहिंसक के लिए तो राह सीधी है। उसे एक को बचाने के लिए दूसरे की हिंसा करनी ही नहीं चाहिए। उसे तो मात्र चरण वन्दना करनी चाहिए, सिर्फ़ समझाने का काम करना चाहिए। इसी में उसका पुरुषार्थ है।

लेकिन क्या तमाम हिन्दू अहिंसक हैं? सवाल की जड़ में जाकर विचार करने पर मालूम होता है कि कोई भी अहिंसक नहीं है, क्योंकि जीव को तो हम मारते ही हैं। लेकिन इस हिंसा से हम छूटना चाहते हैं, इसलिए अहिंसक (कहलाते) हैं। साधारण विचार करने से मालूम होता है कि बहुत से हिन्दू मांस खाने वाले हैं, इसलिए वे अहिंसक नहीं माने जा सकते। खींच-तानकर दूसरा अर्थ करना हो तो मुझे कुछ कहना नहीं है। जब ऐसी हालत है तब मुसलमान हिंसक और हिन्दू अहिंसक हैं, इसलिए दोनों की नहीं बनेगी, यह सोचना बिल्कुल ग़लत है।

ऐसे विचार स्वार्थी धर्मशिक्षकों, शास्त्रियों और मुल्लाओं ने हमें दिये हैं। और इसमें जो कमी रह गयी थी, उसे अंग्रेजों ने पूरा किया है। उन्हें इतिहास लिखने की आदत है; हर एक जाति के रीति-रिवाज जानने का दम्भ करते हैं। वे अपने बाजे ख़ुद बजाते हैं और हमारे मन में अपनी बात सही होने का विश्वास जमाते हैं। हम भोलेपन में उस सब पर भरोसा कर लेते हैं।

जो टेढ़ा नहीं देखना चाहते वे देख सकेंगे कि 'कुरान शरीफ़' में सैकड़ों वचन हैं, जो हिन्दुओं को मान्य हों; 'भगवद्गीता' में ऐसी बातें लिखी हैं कि जिनके ख़िलाफ़ मुसलमान को कोई भी एतराज नहीं हो सकता। 'कुरान शरीफ़' का कुछ भाग मैं न समझ पाऊँ या कुछ भाग मुझे पसन्द न आये, इस वजह से क्या मैं उसे मानने वाले से नफ़रत करूँ? झगड़ा दो से ही हो सकता है। मुझे झगड़ा नहीं करना हो, तो मुसलमान क्या करेगा? और मुसलमान को झगड़ा न करना हो, तो मैं क्या कर सकता हूँ? हवा में हाथ उठाने वाले का हाथ उखड़ जाता है। सब अपने-अपने धर्म का स्वरूप समझकर उससे चिपके रहें और शास्त्रियों व मुल्लाओं को बीच में न आने दें, तो झगड़े का मुँह हमेशा के लिए काला ही रहेगा।

पाठक—अंग्रेज़ दोनों कौमों का मेल होने देंगे?

सम्पादक–यह सवाल डरपोक आदमी का है। यह सवाल हमारी हीनता को दिखाता है। अगर दो भाई चाहते हों कि उनका आपस में मेल बना रहे, तो कौन उनके बीच में आ सकता है? अगर तीसरा आदमी दोनों के बीच झगड़ा पैदा कर सके, तो उन भाइयों को हम कच्चे दिल के कहेंगे। उसी तरह अगर हम–हिन्दू और मुसलमान–कच्चे दिल के होंगें, तो फिर अंग्रेजों का कसूर निकालना बेकार होगा। कच्चा घड़ा एक कंकड़ से नहीं तो दूसरे कंकड़ से फूटेगा ही। घड़े को बचाने का रास्ता यह नहीं है कि उसे कंकड़ से दूर रखा जाये। बल्कि यह है कि उसे पक्का बनाया जाये, जिससे कंकड़ का भय ही न रहे। उसी तरह हमें पक्के दिल के बनना है। हम दोनों में से कोई एक (भी) पक्के दिल के होंगे तो तीसरे की कुछ नहीं चलेगी। यह काम हिन्दू आसानी से कर सकते हैं। उनकी संख्या बड़ी है, वे अपने को ज्यादा पढ़े–लिखे मानते हैं; इसलिए वे पक्का दिल रख सकते हैं।

दोनों कौमों के बीच अविश्वास है, इसलिए मुसलमान लॉर्ड मॉर्ले से कुछ हक माँगते हैं। इसमें हिन्दू क्या विरोध करें? अगर हिन्दू विरोध न करें, तो अंग्रेज़ चौकेंगे, मुसलमान धीरे–धीरे हिन्दुओं का भरोसा करने लगेंगे और दोनों का भाईचारा बढ़ेगा। अपने झगड़े अंग्रेज़ों के पास ले जाने में हमें शरमाना चाहिए। ऐसा करने से हिन्दू कुछ खोनेवाले नहीं हैं; इसका हिसाब आप ख़ुद लगा सकेंगे। जिस आदमी ने दूसरे पर विश्वास किया, उसने आज तक कुछ खोया नहीं है।

मैं यह नहीं कहना चाहता कि हिन्दू–मुसलमान कभी झगड़ेंगे ही नहीं। दो भाई साथ रहें तो उनके बीच तकरार होती है। कभी हमारे सिर भी फूटेंगे। ऐसा होना ज़रूरी नहीं है, लेकिन सब लोग एक–सी अक़्ल के नहीं होते। दोनों जोश में आते हैं तब अकसर ग़लत काम कर बैठते हैं। उन्हें हमें सहन करना होगा। लेकिन ऐसी तकरार को भी बड़ी वकालत बघारकर हम अंग्रेजों की अदालत में न ले जायें। दो आदमी लड़ें, लड़ाई में दोनों के सिर या एक का सिर फूटे, तो उसमें तीसरा क्या न्याय करेगा? जो लड़ेंगे वे ज़ख़्मी भी होंगे। बदन–से–बदन टकराएगा तब कुछ निशानी तो रहेगी ही। उसमें न्याय क्या हो सकता है?

●

हिन्दू और मुस्लिम साम्प्रदायिकता

जवाहर लाल नेहरू

हिन्दू फिरकापरस्तों और हिन्दू महासभा पर मेरी हाल की टिप्पणियों ने परोक्ष रूप से तमाम लोगों को आहत किया है और तीखी प्रतिक्रियाएँ उत्पन्न की हैं। हर रोज अखबारों में मेरी आलोचनाएँ और भर्त्सनाएँ होती हैं। मैं उन लोगों के प्रति आभारी हूँ, जो यह सब कर रहे हैं। मुझे यह सौभाग्य मिला है कि मैं जान सकूं कि मेरी शिक्षा, परवरिश, अनुवांशिकता और संस्कृति में क्या कमियाँ हैं तथा वह कौन-सी कमियाँ हैं जिनके लिए मैं खुद जिम्मेदार हूँ। मैं इन आलोचनाओं से लाभ उठाने की कोशिश करूंगा परन्तु मुझे लगता है कि मैं उम्र के उस पड़ाव पर पहुँच चुका हूँ, जहाँ व्यक्ति के विचारों और कार्यों की पृष्ठभूमि को सरलता से बदला नहीं जा सकता। मुझे आलोचनाओं का उत्तर देने की जल्दी नहीं है क्योंकि मुझे लगता है कि यदि उत्तेजना का माहौल समाप्त हो जाए तो हम इस प्रश्न पर व्यक्तिगत पूर्वाग्रहों से मुक्त होकर तटस्थतापूर्वक बात कर सकते हैं। खासकर उन लोगों से जो जन्म से या अपने चुनाव से हिन्दू हैं।

सर्वप्रथम मैं अफसोस प्रकट करना चाहूँगा कि हममें से कुछ लोग आर्यकुमार सभा के उस कथित प्रस्ताव के बारे में छल के शिकार हुए हैं, जो कि हमें भेजा गया था और जिसमें कहा गया है कि भारत में तब तक शान्ति स्थापित नहीं हो सकती जब तक कि यहाँ एक भी ईसाई या मुसलमान हैं। यह स्पष्ट हो चुका है कि आर्यकुमार सभा द्वारा अजमेर या अन्य किसी स्थान पर इस तरह का कोई भी प्रस्ताव नहीं किया गया। वास्तविकता तो यह है कि उक्त संगठन द्वारा कोई भी राजनैतिक प्रस्ताव पारित ही नहीं किया गया। मुझे इस बात का अफसोस है कि मैं कुछ लोगों द्वारा बिछाये गये जाल में फंस गया। इसके लिए मैं आर्य कुमार सभा से माफी चाहता हूँ। मुझे इस बात पर भी अफसोस है कि मैंने आर्यकुमार सभा और हिन्दू महासभा को एक-दूसरे से जुड़ा हुआ समझा।

जहाँ तक मेरे मूल विचार का प्रश्न है मुझे अभी भी यह मानने में कोई अफसोस नहीं है कि हिन्दू साम्प्रदायिक संगठनों जिनमें हिन्दू महासभा भी शामिल है, की गतिविधियाँ साम्प्रदायिक, राष्ट्रविरोधी और प्रतिक्रियावादी रही हैं। यद्यपि इसका अर्थ

यह नहीं है कि उनमें से सभी ऐसे हैं परन्तु उनके बहुमत के बारे में या उन पर नियन्त्रण रखने वाले समूह के बारे में यह बात सही है। संगठन भी समय पर अपनी नीतियाँ बदलते हैं और जो बात आज सही है वह कल भी सही रही हो यह कोई जरूरी नहीं है। मुझे अब तक जितनी जानकारी है, हिन्दू संगठन, खासकर पंजाब और सिन्ध में बड़ी तेजी से संकीर्ण साम्प्रदायिक, राष्ट्रविरोधी और प्रतिक्रियावादी बन गये हैं।

मुझे बताया जाता है कि यह मुस्लिम साम्प्रदायिकता और प्रतिक्रियावाद का परिणाम है। मुस्लिम साम्प्रदायिकों की आलोचना न करने के लिए मेरी खिंचाई भी की गई है। मैं पहले ही स्पष्ट कर चुका हूँ कि हिन्दुओं से बात करते हुए मुस्लिम साम्प्रदायिकों और प्रतिक्रियावादियों की ओर ध्यान खींचना मेरे लिए पूरी तरह अलग बात है। दूसरों की कमियों के बजाय अपनी गलतियाँ देखना ज्यादा कठिन होता है। मेरा विचार है कि एक दूसरे पर संदेह के इस माहौल में दूसरे समुदाय को उपदेश देने से कुछ भी हासिल नहीं होगा। यद्यपि जहाँ पर जरूरत होगी तथ्य और सत्य सामने अवश्य रखे जायेंगे।

मैं यह नहीं समझता कि मुस्लिम साम्प्रदायिक संगठनों, जिनमें मुस्लिम आल पार्टी कॉन्फ्रेंस और मुस्लिम लीग प्रमुख हैं, मुसलमानों के किसी बहुत बड़े समूह का प्रतिनिधित्व करते हैं। वास्तव में वे केवल लोगों में फैली हुई साम्प्रदायिक भावनाओं का दोहन करते हैं। वे मुसलमानों की ओर से बोलने का दावा करते हैं और अभी तक ऐसा कोई संगठन खड़ा नहीं हुआ है जो उनके इस दावे को चुनौती दे सके। अपने आक्रामक साम्प्रदायिक चरित्र के कारण वे उन तमाम राष्ट्रवादी मुसलमानों पर भारी पड़ते हैं, जो कांग्रेस के साथ खड़े हैं। इन संगठनों के नेताओं का चरित्र निस्संदेह बहुत साम्प्रदायिक है, जिसको स्वाभाविक रूप से समझा जा सकता है। परन्तु यह भी उतना ही स्पष्ट है कि उनमें से ज्यादातर घोर राष्ट्रविरोधी और प्रतिक्रियावादी हैं। वे भारत में एक बहुलतावादी राष्ट्र विकसित होते देखना ही नहीं चाहते। पिछले साल ब्रिटिश हाउस आफ कामन्स में हुई एक बैठक में आगा खान, सर मोहम्मद इकबाल और डॉक्टर शफात अहमद खान को (3 दिसम्बर, 1932 के द स्टेट्समैन में) उद्धृत किया गया है। उसमें बताया गया है कि उन्होंने "हिन्दू और मुसलमानों के हितों को मिलाने के प्रयासों की स्वाभाविक असंभाव्यता" पर जोर दिया। वक्ताओं ने ब्रिटिश एजेन्सी के अतिरिक्त किसी अन्य शक्ति द्वारा भारत पर शासन किए जाने की अव्यवहारिकता की ओर भी संकेत किया। ये बयान राष्ट्रवाद और सुदूर भविष्य में भी भारत की स्वतन्त्रता के बारे में कोई भी संकेत नहीं देते।

मैं नहीं सोचता कि ये बयान सामान्य मुसलमानों या साम्प्रदायिक विचार रखने वाले ज्यादातर मुसलमानों के हैं। बल्कि ये मुसलमानों के प्रभावशाली और राजनैतिक रूप से वाचाल समूह के विचार हैं। इन विचारों को राष्ट्रवाद से जोड़ना मूर्खता है और आर्थिक आजादी के लिए उठाये जाने वाले कदमों से भी उनका कोई सम्बन्ध नहीं है। यह मूलतः राजनैतिक, सांस्कृतिक, राष्ट्रीय और सामाजिक तौर पर शुद्ध प्रतिक्रियावादी

दृष्टिकोण है। यदि इन संगठनों की सदस्यता को देखा जाए तो यह आश्चर्यजनक नहीं लगता। इन संगठनों के ज्यादातर नेतृत्वकर्ता सरकारी अधिकारी, भूतपूर्व सरकारी अधिकारी, मंत्री, होने वाले मंत्री, सामन्त, उपाधिकारी और बड़े भूसामन्त आदि हैं। उनके नेता आगा खान हैं, जो कि एक धनी धार्मिक समुदाय के नेता हैं। वे विशेष रूप से सामन्ती व्यवस्था, राजनीति और ब्रिटिश सत्ताधारियों के तौर-तरीकों को अपने आप में समेटे हुए हैं, जिनके साथ उनका घनिष्ठ सम्बन्ध रहा है।

भारत में मुलसलमानों का नेतृत्व ऐसा ही है और कोई आश्चर्य नहीं है कि गोलमेज सम्मेलन में उसका नेतृत्व प्रतिक्रियावादी था। यह प्रतिक्रियावादी नीति अब इस हद तक पहुँच गई है कि मुसलमानों के कुछ प्रतिनिधिमण्डल ब्रिटिश सार्वजनिक जीवन के सर्वाधिक प्रतिक्रियावादी तत्त्वों लार्ड ल्योड और उनके साथियों के साथ सम्बन्ध स्थापित करने के लिए लन्दन जा चुके हैं। बचा-खुचा गांधी जी के इस प्रस्ताव ने पूरा कर दिया कि यदि वे राजनैतिक संघर्ष में उनका समर्थन करें तो वे उनकी सभी साम्प्रदायिक मांगे मान लेंगे भले ही वे अतार्किक और अत्युक्तिपूर्ण हों। यह प्रस्ताव और शर्त स्वीकार नहीं की गई और यह स्पष्ट हो गया कि रास्ते की अड़चन साम्प्रदायिकता नहीं बल्कि राजनैतिक प्रतिक्रियावाद है।

मैं व्यक्तिगत रूप से यह मानता हूँ कि यदि राजनैतिक उद्देश्य समान हों तो साम्प्रदायिक लोगों के साथ भी सहयोग सम्भव है परन्तु प्रगति और प्रतिक्रियावाद के बीच तथा स्वाधीनता के लिए संघर्ष कर रहे लोगों और दासत्वभाव से परिपूर्ण ऐसे लोगों के बीच समझौते का कोई आधार नहीं है जो दासता को लम्बे समय तक बनाये रखना चाहते हैं। साम्प्रदायिकता के आवरण में यह राजनैतिक प्रतिक्रियावाद ही है जो विभिन्न समुदायों में एक-दूसरे के प्रति डर और संदेह का लाभ उठा रहा है। यह भय की ग्रन्थि है जिसका हम ज्यादातर साम्प्रदायिक समस्याओं में सामना कर रहे हैं। वास्तविक साम्प्रदायिकता डर है और झूठी साम्प्रदायिकता राजनैतिक प्रतिक्रियावाद है।

एक अल्पसंख्यक समुदाय में डर को एक हद तक उचित माना जा सकता है या कम से कम समझा जा सकता है। हम देख सकते हैं कि भारत भर में यह डर छाया हुआ है क्योंकि मुसलमान चिन्तित हैं। पंजाब और सिन्ध में हिन्दू चिन्तित हैं और पंजाब में सिख। ब्रिटिश सरकार के लिए तो यह स्वाभाविक ही है कि वह प्रतिक्रियावादी मुसलमानों को बढ़ावा दे और राष्ट्रवादी मुसलमानों की उपेक्षा करे। यह भी स्वाभाविक है कि वे समुदाय में उनकी स्थिति सुदृढ़ करने के लिए उनकी मांगें मान लें और स्वतंत्रता के लिए संघर्ष को कमजोर करें। इतिहास की थोड़ी-सी समझ रखने वाला भी जान सकता है कि ये हथकण्डे सत्ताधारियों द्वारा हमेशा से अपनाये जाते रहे हैं। मुसलमानों की मांगों ने भारत पर ब्रिटिश नियन्त्रण को किसी भी रूप में कमजोर नहीं किया है। ब्रिटिश सरकार को इससे एक हद तक अपने विशेषाधिकारों को बढ़ाने में और दुनिया को यह दिखाने में मदद मिली है कि उनकी उपस्थिति भारत में कितनी जरूरी थी।

साम्प्रदायिक मुस्लिम नेताओं के बारे में यह सब लिखने का उद्देश्य केवल संतुलन बनाना नहीं है बल्कि हिन्दू साम्प्रदायिक दृष्टिकोण को समझने के लिए यह जानना बुनियादी रूप से जरूरी है। दोनों साम्प्रदायिकताओं में तत्वतः कोई अन्तर नहीं है। अन्तर यह है कि कांग्रेस के सदस्यों में हिन्दू समाज का व्यापक प्रतिनिधित्व है और वह प्रभावी स्थिति में है। यह परिस्थितियाँ हिन्दू साम्प्रदायिक संगठनों को राजनीति में महत्त्वपूर्ण भूमिका निभाने की अनुमति नहीं देती। हिन्दू महासभा के नेता अधिक से अधिक कांग्रेस की आलोचना करने तक सीमित हैं। जब भी कभी कांग्रेस की गतिविधियों में ठहराव आता है, हिन्दू साम्प्रदायिक सामने आ जाते हैं और इनका दृष्टिकोण स्पष्ट रूप से प्रतिक्रियावादी है।

यह अवश्य ध्यान रखना चाहिए कि बहुसंख्यक सम्प्रदायवाद अल्पसंख्यक राष्ट्रवाद की अपेक्षा राष्ट्रवाद के अधिक निकट दिखाई देता है। परन्तु वह कितना राष्ट्रवादी है, इसकी सबसे अच्छी कसौटी यह है कि वह स्वाधीनता के संघर्ष से कैसा सम्बन्ध रखता है। यदि वह राष्ट्रीय समस्याओं की अपेक्षा साम्प्रदायिक समस्याओं पर अधिक बल देता है तो वह स्वाभाविक रूप से राष्ट्रद्रोही है।

जैसा कि सर्वविदित है, साइमन कमीशन को देशभर में एक व्यापक और लगभग सर्वसम्मत विरोध झेलना पड़ा। भाई परमानन्द जी अजमेर में अपने हालिया अध्यक्षीय भाषण में कहते हैं कि बहिष्कार हिन्दुओं के लिए दुर्भाग्यपूर्ण था। वे यह भी कहते हैं कि पंजाब के हिन्दू (संभवतः उनके मार्गदर्शन में) आयोग के साथ सहयोग करते। क्योंकि भाई जी का विचार है कि राष्ट्रीय पहलू कुछ भी हो परन्तु हिन्दुओं के लिए साम्प्रदायिक लाभ लेने के लिए उचित है कि वे ब्रिटिश सरकार के साथ सहयोग करें। यह स्वाभाविक रूप से राष्ट्रविरोधी दृष्टिकोण है। यहाँ तक कि घोर साम्प्रदायिक दृष्टि से देखने पर भी इसमें कोई बुद्धिमानी दिखाई नहीं पड़ती क्योंकि साम्प्रदायिक लाभ केवल दूसरे समुदाय के हित की कीमत पर दिया जा सकता है और जब दोनों समुदाय सत्ताधारी शक्ति का समर्थन पाने की कोशिश कर रहे हों तो एक छोटा-सा लाभ पाना भी कठिन है।

भाई जी ने बार-बार यह तर्क दिया है कि ब्रिटिश सरकार भारत में इस तरह सुरक्षित है कि उसे किसी भी लोकप्रिय आन्दोलन द्वारा हटाया नहीं जा सकता अतः इस तरह का प्रयास बेकार है। विकल्प केवल यही है कि सरकार का सहयोग पाने का प्रयास किया जाय। यह एक ऐसा तर्क है जिसके बारे में मैं भाई जी के प्रति पूरा सम्मान भाव रखते हुए यही कहना चाहूंगा कि गिरे से गिरे लोग भी ऐसा दृष्टिकोण नहीं रख सकते।

भाई जी का दृष्टिकोण है कि हिन्दू मुस्लिम एकता की बातें व्यर्थ हैं और यह एक बेमतलब का काम है। क्योंकि कुछ देने की शक्ति सरकार के पास है अतः सरकार का सहयोग पाने के अतिरिक्त अन्य सभी बातें बेमतलब की हैं। वास्तव में अगर हिन्दू-मुस्लिम एकता का अस्तित्व नहीं है तो राष्ट्रवाद का भी राष्ट्रव्यापी अर्थ में कोई अस्तित्व नहीं है। और जिसे भाई जी ने स्वीकार भी किया है। इसका नजरअंदाज न

किया जा सकने वाला परिणाम है–हिन्दू राष्ट्रवाद, जो कि साम्प्रदायिकता का दूसरा नाम है। और इसके लिए रास्ता है ब्रिटिश साम्राज्यवाद के साथ सहयोग। भाई जी अपने अध्यक्षीय भाषण में कहते हैं कि "मैं अपने भीतर बहुत उत्साह महसूस कर रहा हूँ।" और "कि यदि नये भारत की राजनैतिक संस्थाओं में हिन्दुओं को एक महत्वपूर्ण समुदाय के रूप में पद और दायित्व दिये जायें तो वे ग्रेट ब्रिटेन के साथ स्वेच्छा से सहयोग करेंगे।"

दूसरे समुदाय या समूह के खिलाफ सत्ताधारी शक्ति के साथ जुड़ने का विचार स्वाभाविक है और यही ऐसी नीति है जिसे साम्प्रदायिक लोग स्वीकार कर सकते हैं। यह विचार सत्ताधारी शक्ति के लिए भी उपयुक्त है ताकि वह एक समूह को दूसरे समूह के खिलाफ इस्तेमाल कर सके। यही वह नीति है जिसे अपना कर मुस्लिम साम्प्रदायिकों ने अपने लिए कुछ अस्थायी फायदे उठाये हैं। इसी नीति को आंशिक रूप से अपनाने की वकालत हिन्दू महासभा अपने शुरूआती दिनों से करती रही है परन्तु राष्ट्रवादी हिन्दुओं के दबाव के कारण पूरी तरह स्वीकार नहीं कर पाई और अब लगता है कि हिन्दू महासभा के नेताओं ने इसे पूरी तरह से अपना लिया है।

डॉ० मुंजे ने सी०पी० हिन्दू महासभा के अधिवेशन की अध्यक्षता करते हुए स्पष्ट किया था कि गांधी जी जिस तरह के असहयोग की शिक्षा देते हैं और पालन करते हैं, उसमें महासभा को कोई विश्वास नहीं है। यह क्रिया-प्रतिक्रिया के शाश्वत नियम में विश्वास रखती है जिसका नाम है–सक्रिय सहयोग। महासभा मानती है कि विधायिका के विधान चाहे जैसे हों, उनका बहिष्कार नहीं किया जाना चाहिए। डॉ० मुंजे "शाश्वत नियम' के ज्ञाता हैं। लेकिन मुझे नहीं लगता कि इसका अर्थ लात मारने वाले के चरणों पर गिर जाना होना चाहिए। यह बयान उस समय दिया गया था जब देशभर में व्यापक आन्दोलन चल रहा था। और अध्यादेशों की व्यवस्था के तहत अभूतपूर्व दमन किया जा रहा था। ब्रिटिशों द्वारा बहुत पहले जब संविधान बनाया गया था, उस समय यह कहना बुद्धिमानी नहीं थी कि जो भी विधान बनाये जायेंगे उनका हम पालन करेंगे। क्या यह सरकार को इस बात का आमंत्रण नहीं है कि वह महासभा को उपेक्षित करे क्योंकि कुछ भी हो जाए वह तो नई व्यवस्था को स्वीकार ही करेगी।

जिस समय नागरिक अवज्ञा आन्दोलन अपनी ऊँचाई पर था, डॉ० मुंजे ने स्वयं गोलमेज सम्मेलन में हिस्सा लिया था। उनके प्रति न्याय को ध्यान में रखते हुए यह कहना आवश्यक है कि उन्होंने स्पष्ट कर दिया था कि वह निजी हैसियत से वहाँ जा रहे हैं। इसके बाद भी महासभा ने लन्दन के सम्मेलनों और कमेटियों में पूरी भागीदारी तो की ही थी।

महासभा के प्रतिनिधियों ने खासकर पंजाब और सिन्ध के प्रतिनिधियों ने इन विचार-विमर्शों में जो रवैया अख्तियार किया उसके बारे में मैं यही कहना चाहूंगा कि वह बेहद कष्टकारी था। राजनैतिक रूप से उनका रवैया बहुत प्रतिक्रियावादी था और कुछ राज्यों में मुस्लिम बहुमत को प्रभावशाली भूमिका निभाने से रोकने के लिए

सरकार और गवर्नरों के अधिकारों में वृद्धि के प्रयास किये गये। सम्पूर्ण भारत में मुस्लिम साम्प्रदायिकों द्वारा अपनाई गई नीति कुछ राज्यों के सन्दर्भ में हिन्दू साम्प्रदायिकों द्वारा अपनाई गई। लेकिन गवर्नरों के विशेषाधिकार कुछ राज्यों तक सीमित रह जाने वाले नहीं हैं। वे अनिवार्यतः सभी राज्यों में लागू किये जायेंगे। इस प्रतिक्रियावादी दृष्टिकोण का कारण दोनों ही मामलों में बहुमत का भय है। कारण कुछ भी हो यह पूरी तरह से ब्रिटिश सरकार के हाथों में खेलना है।

संयुक्त निर्वाचन की माँग को छोड़कर सिंध हिन्दू सभा का दृष्टिकोण पूरी तरह लोकतन्त्र के सिद्धान्त को नकारने का है। यह बहुमत की इच्छा को लागू होने से रोकने का प्रयास है ताकि कहीं ऐसा न हो कि अल्पमत को कष्ट हो। अल्पसंख्यकों की अधिक समृद्धि और शिक्षा का असामाजिक तर्क दिया गया है। भारी भरकम ब्रिटिश व्यवस्था की निरन्तरता को बनाये रखने वाले आर्थिक तर्कों को सहारा बनाया गया है। आधुनिक परिस्थितियों में समृद्धि, आर्थिक नियन्त्रण और पर्याप्त संरक्षण की ही मांग नहीं बल्कि उन परिस्थितियों के खिलाफ भी संरक्षण की मांग की गयी है। सिन्ध हिन्दू महासभा द्वारा उठाई गई लगभग सभी मांगें राष्ट्रीय स्तर पर मुसलमान साम्प्रदायिकों द्वारा उठाई जा सकती है। अन्तर केवल इतना है कि हिन्दू प्रायः अधिक शिक्षित और समृद्ध हैं तथा अधिक आर्थिक शक्ति रखते हैं।

सिन्ध में मुसलमानों के पिछड़ेपन को दिखाने के लिए सिन्ध हिन्दू सभा ने संयुक्त संसदीय समिति को जो ज्ञापन सौंपा है उसमें मुसलमानों के बारे में बड़े ही अतिरंजनापूर्ण बयान हैं, जो आश्चर्यचकित करने वाले और पीड़ादायक हैं। वे कैथरीन मेयो की भर्त्सना की विधि की याद दिलाते हैं।

मैं नहीं जानता कि पंजाब हिन्दू सेवक सभा क्या है। संभवतः यह हिन्दू महासभा से जुड़ी नहीं है और यह केवल हमारी दयालु सरकार द्वारा उत्पन्न किया गया आधारहीन संगठन हो सकता है। इस सभा ने पिछली मई को भाई परमानन्द को एक सन्देश भेजा, जबकि वे संयुक्त समिति के सामने अपनी बात रखने के लिए इंग्लैण्ड जा रहे थे। सन्देश में इस बात पर बल दिया गया था कि "पंजाब में हिन्दुओं की रक्षा के लिए गवर्नरों के संरक्षणपरक अधिकारों को बचाया जाये। संविधान में दिये गये इस रक्षाकवच का सही इस्तेमाल करके ही हिन्दुओं की रक्षा की जा सकती है। इस संरक्षण को समाप्त करने की दिशा में राजनीतिज्ञों के किसी भी प्रयास को बढ़ने मत दो। हमारे गवर्नरों द्वारा अपने विशेषाधिकारों का न्यायिक प्रयोग इसमें बहुत सहायक रहा है।"

एक अन्य संगठन है लाहौर की पंजाब हिन्दू यूथ लीग जिसके बारे में मुझे कुछ नहीं मालूम। इस संगठन ने 29 मई, 1933 को एक सार्वजनिक बयान में कहा था "हम अनुभव करते हैं कि इस समय हिन्दू और मुसलमानों के बीच नहीं बल्कि भारतीयों और ब्रिटिशों के बीच एकता की अधिक जरूरत है। हिन्दू नेताओं को मंत्रिमण्डल और संविधान में हिन्दू अल्पसंख्यकों के संरक्षण के लिए दबाव बनाना चाहिए।"

मैं हिन्दू महासभा को इन बयानों के लिए दोषी नहीं ठहरा सकता परन्तु वास्तव में ये उसकी विचारधारा के अनुकूल हैं और उनमें महासभा के दृष्टिकोण की विस्तृत व्याख्या है। इससे यह निष्कर्ष निकलता है कि बहुत सारे हिन्दू साम्प्रदायिक ब्रिटिश साम्राज्यवाद का सहयोग करने के बारे में सोचते हैं ताकि उसका संरक्षण प्राप्त कर सकें। यह कहने में किसी तर्क की जरूरत नहीं है कि यह दृष्टिकोण संकीर्ण-साम्प्रदायिक ही नहीं बल्कि राष्ट्रविरोधी और अत्यधिक प्रतिक्रियावादी भी हैं। किसी को भी आश्चर्य हो सकता है कि महासभा इस तरह का दृष्टिकोण तब रखती है जबकि वह अनुभव करती है कि साम्प्रदायिक निर्वाचन के सम्बन्ध में वह सब कुछ खो चुकी है। ऐसे में यदि उसे सरकार की ओर से थोड़े से भी संरक्षण का संकेत मिल जाए तो उसका दृष्टिकोण कैसा होगा।

यह बात पूरी तरह सही है कि हिन्दू महासभा हमेशा से संयुक्त निर्वाचन का समर्थन करती रही है और राष्ट्रीय समस्याओं का स्वाभाविक समाधान भी यही है। वास्तव में साम्प्रदायिक निर्वाचन का अर्थ राष्ट्रवाद को पूरी तरह से नकारना है और यह भारत को साम्प्रदायिक आधार पर खानों में बाँट देगा। इससे विघटनकारी प्रवृत्तियों को बल मिलेगा और अंततः ब्रिटिश साम्राज्यवाद की पकड़ मजबूत होगी। यह बात भी दिमाग में अवश्य रखी जानी चाहिए कि राष्ट्रवाद यदि केवल बहुसंख्यक समुदाय को लाभ पहुँचाता है तो वह स्वीकार्य नहीं होगा। परीक्षा उन राज्यों में होती है जहाँ मुस्लिम बहुमत में हैं और हिन्दू महासभा इस परीक्षा में फेल हो चुकी है।

मुस्लिम साम्प्रदायिकों को दोष देना ही पर्याप्त नहीं है क्योंकि यह कार्य तो बहुत सरल है। भारतीय मुसलमान अफसोसनाक तौर पर बहुत पिछड़े हैं। ऐसे में बहुसंख्यक समुदाय के रूप में हिन्दुओं पर बहुत बड़ी जिम्मेदारी है क्योंकि वे आर्थिक तथा शैक्षिक रूप से बहुत आगे हैं। महासभा ने यह जिम्मेदारी निभाने के बजाय ऐसे कार्य किये हैं जिससे मुसलमानों में साम्प्रदायिकता बढ़ी है और उनमें हिन्दुओं के प्रति अविश्वास गहरा हो गया है। महासभा ने जिस तरह से कार्य किया है उससे उसी तरह का सम्प्रदायवाद पैदा हुआ है। एक सम्प्रदायवाद दूसरे सम्प्रदायवाद को खत्म नहीं करता बल्कि दोनों एक-दूसरे को खुराक उपलब्ध कराते हैं और मजबूत होते हैं।

महासभा ने अजमेर में साम्प्रदायिक निर्वाचन की स्वाभाविक कमियाँ और असंगतता को स्पष्ट करते हुए लम्बा प्रस्ताव पास किया है लेकिन जहाँ तक मैं जानता हूँ इसमें श्वेतपत्र योजना के बारे में एक शब्द भी नहीं कहा गया है। मैं व्यक्तिगत रूप से उस योजना की फुटकर आलोचना के पक्ष में नहीं हूँ क्योंकि मैं मानता हूँ कि यह पूरी तरह से बेकार है और कुछ भी सुधार कर पाने में सक्षम नहीं है। लेकिन महासभा की ओर से इसकी उपेक्षा यह दिखाती है कि वह भारत की स्वतन्त्रता के राजनैतिक पहलू के बारे में बहुत चिन्तित नहीं है। वह केवल यही सोचती है कि हिन्दुओं को क्या मिला और क्या नहीं। यह सूचना भी मिली है कि बैठक में भारत की स्वतन्त्रता के बारे में एक प्रस्ताव लाया गया था परन्तु उसे दबा दिया गया। यही नहीं बल्कि राजनैतिक और आर्थिक मसलों पर कोई चर्चा ही नहीं की गई। ऐसे में यदि महासभा

भारत के हिन्दुओं का प्रतिनिधित्व करने का दावा करती है तो उसे खुलकर कहना चाहिए कि हिन्दू स्वाधीनता नहीं चाहते।

वर्तमान परिस्थितियों और पिछले कुछ वर्षों के ऐतिहासिक संघर्ष और कुर्बानियों की पृष्ठभूमि में इस चूक का अर्थ केवल यही हो सकता है कि महासभा ने राष्ट्रवाद के बारे में सोचना छोड़ दिया है और अपने आप को केवल साम्प्रदायिक तू-तू मैं-मैं तक सीमित कर लिया है। ऐसा भी हो सकता है कि यह सरकार को न चिढ़ाने की सोची समझी रणनीति हो क्योंकि महासभा उसके साथ सहयोग करना चाहती है।

इस धारणा को इस बात से बल मिलता है कि प्रस्ताव में या अध्यक्षीय भाषण में कहीं भी अध्यादेश राज और दमन के असाधारण कदमों का जिक्र तक नहीं है जबकि सरकार ने यही सब किया है और अभी कर रही है। ऐसा लगता है कि महासभा भारतीयों की आकांक्षाओं, संघर्षों और कष्टों से असम्पृक्त अपनी ही दुनिया में जीती है।

इससे भी महत्त्वपूर्ण घटना अत्यन्त दुःखद परिस्थितियों में जे० एम० सेन की मृत्यु पर शोक प्रस्ताव से इन्कार था। यह एक महान देशभक्त और हिन्दू की स्मृति में औपचारिक श्रद्धांजलि का प्रस्ताव था जिसमें कोई हानि नहीं थी परन्तु महासभा को इसमें भी डर लगा।

हमारे आधुनिक या उदार मित्र भले ही वह सक्रिय न रहे हों या उनके तरीके और विचार पूरी तरह अपर्याप्त रहे हों, इन प्रश्नों पर विचार करेंगे और प्रस्ताव पारित करेंगे। महासभा ने राजनैतिक और राष्ट्रीय मुद्दों से हट कर अपने को पूरी तरह साम्प्रदायिक मामलों तक सीमित कर लिया है और इस तरह अपनी साम्प्रदायिक स्थिति भी कमजोर कर ली है। मैं मानता हूँ कि यह दृष्टिकोण पूरी तरह प्रतिक्रियावादी और राष्ट्रविरोधी है। समाचारपत्रों और कुछ अन्य माध्यमों से बाहर की दुनिया से मेरा सम्बन्ध है और मैं महासभा के नेताओं को बताना चाहूंगा कि उनका उद्देश्य और तरीका कुछ भी रहा हो परन्तु उन्होंने महासभा और साम्प्रदायिक हिन्दुओं के बारे में बहुत सारे पूर्वाग्रह उत्पन्न कर दिये हैं।

मैं नहीं कह सकता कि हिन्दू और मुस्लिम साम्प्रदायिक संगठन क्या करेंगे। हो सकता है कि साम्प्रदायिक तनाव की स्थिति में प्रत्येक पक्ष पर्याप्त संख्या में लोगों का समर्थन प्राप्त कर ले परन्तु मैं यह मानता हूँ कि दोनों ओर के ऐसे संगठन उच्चवर्गीय धनी समुदाय का प्रतिनिधित्व करते हैं और साम्प्रदायिक हित के लिए इनका संघर्ष वस्तुतः इन समूहों द्वारा अपने लिए अधिकतम संभव शक्ति और विशेषाधिकार प्राप्त करने का प्रयास है। इनका अधिकतम मतलब हमारे कुछ बेकार बुद्धिजीवियों को रोजगार देना है। यह साम्प्रदायिक मांगे आम लोगों की जरूरतें कैसे पूरी करेंगी? मुस्लिम लीग या हिन्दू महासभा की मजदूरों, किसानों और निम्न मध्यमवर्ग के लिए क्या योजना है, जो कि इस देश की आबादी का बड़ा भाग है? इनके पास इस नकारात्मक योजना के अलावा कोई योजना नहीं है कि वे वर्तमान सामाजिक व्यवस्था में कोई परिवर्तन नहीं चाहते जैसा कि हिन्दू महासभा ने अजमेर में संकेत भी दिया

था। यह अपने आप में दिखाता है कि इन संगठनों का नियन्त्रण उच्च वर्ग के हाथों में है। मुस्लिम साम्प्रदायिक इस्लाम में लोकतंत्र के बारे में बहुत कुछ बताते हैं परन्तु व्यवहार में लोकतंत्र से डरते हैं। हिन्दू साम्प्रदायिक बात करते हैं राष्ट्रवाद की और सोचते हैं हिन्दू राष्ट्रवाद के बारे में।

व्यक्तिगत रूप से मानता हूँ कि भारत में राष्ट्रवाद हिन्दू, मुसलमानों, सिक्खों और अन्य समुदायों के वैचारिक समन्वय से उत्पन्न हो सकता है। इसमें किसी भी समुदाय की संस्कृति के उन्मूलन की आवश्यकता नहीं है बल्कि इसका अर्थ एक साझा राष्ट्रीय दृष्टिकोण है, जिसमें अन्य मुद्दे इसके बाद आते हैं। मुझे नहीं लगता कि हिन्दू-मुस्लिम एकता या अन्य किसी तरह की एकता केवल मंत्र की तरह रटने से हो जायेगी। मुझे इस बात में कोई सन्देह नहीं है कि यह ऊपर से नहीं बल्कि नीचे से आयेगी क्योंकि ऊपर के लोगों में से ज्यादातर की दिलचस्पी ब्रिटिश शासन और इसके जरिये अपने विशेषाधिकारों को बनाये रखने में है। सामाजिक और आर्थिक ताक़तें अनिवार्यतः अन्य समस्याओं को सामने लायेंगी। वे विभिन्न आधारों पर मतभेद पैदा करेंगी।

मेरे मित्र, जिनके विचारों को मैं बहुत महत्त्व देता हूँ, मुझसे कहते हैं कि साम्प्रदायिक संगठनों के प्रति मेरा दृष्टिकोण बहुत सारे लोगों को मेरा विरोधी बना देगा। यह संभव है और मैं अपने किसी भी देशवासी को अपना विरोधी नहीं बनाना चाहता। हम एक शक्तिशाली विरोधी से संघर्ष कर रहे हैं। परन्तु इस संघर्ष की यह भी मांग है कि हम हानि पहुँचाने वाली प्रवृत्तियों को रोकें और उद्देश्य को सदैव अपने सामने रखें। मैं स्वयं अपने प्रति अपना सब कुछ स्वतंत्रता की बलिवेदी पर कुर्बान कर देने वाले अपने मित्रों और साथियों के प्रति, तथा उन लोगों के प्रति जो मुझसे सहमत नहीं हैं, निष्ठाहीन साबित होऊंगा यदि अपने महान स्वतंत्रता संग्राम को कमजोर किये जाने के प्रयासों को देखकर भी मूकदर्शक बना रहूंगा। मेरी दृष्टि में जो लोग इन प्रयासों में सहायक हैं, हो सकता है कि वे अपने विश्वास के अनुसार पूरी तरह ईमानदार हों। मैं उनकी नेकनीयती पर सवाल नहीं उठा रहा हूँ लेकिन इससे यह प्रयास कम गलत, कम राष्ट्रविरोधी या कम प्रतिक्रियावादी नहीं हो जाते।

●

संघीय भारत की साम्प्रदायिक समस्या

मौलाना अबुल क़लाम आज़ाद

कांग्रेस ने साम्प्रदायिक समस्या के सन्दर्भ में अपने लिए जो जगह बनाई है, वह क्या है? कांग्रेस का पहले दिन से दावा रहा है कि वह पूरे हिन्दुस्तान को समान रूप से अपने सामने रखती है। हमें स्वीकार करना चाहिए कि कांग्रेस ने यह दावा करके दुनिया को इस बात का अधिकार दे दिया है कि वह जितनी भी कठोर कटु आलोचना के साथ चाहे उसकी नीति की विवेचना करे और कांग्रेस का कर्तव्य है कि इस विवेचन में अपने को उत्तीर्ण सिद्ध करे। मैं चाहता हूँ कि समस्या के इस पक्ष को सामने रखकर हम आज कांग्रेस की नीति पर पुनः दृष्टिपात करें।

जैसा कि मैंने अभी आपसे कहा कि इस बारे में स्वाभाविक रूप से तीन बातें ही सामने आ सकती हैं–साम्प्रदायिक समस्या की उपस्थिति, उसकी महत्ता, उसकी निर्णय पद्धति।

कांग्रेस का सम्पूर्ण इतिहास इस बात का साक्षी है कि उसने इस समस्या की उपस्थिति को सदैव स्वीकार किया है। उसने इसकी महत्ता को घटाने की चेष्टा नहीं की। उसने इसके निवारण के लिए वही पद्धति स्वीकार की जिससे अधिक सन्तोषजनक पद्धति कोई नहीं बताई जा सकती और यदि बताई जा सकती है तो उसकी प्राप्ति में कांग्रेस के दोनों हाथ हमेशा बढ़े रहे और आज भी बढ़ रहे हैं।

कांग्रेस ने सर्वदा इस सम्बन्ध में दो मौलिक सिद्धान्त अपने सम्मुख रखे और जब भी कोई कदम उठाया तो इन दोनों सिद्धान्तों को स्पष्टतः और अन्तिम रूप में स्वीकार करके उठाया।

(1) हिन्दुस्तान का जो भी संविधान भविष्य में बनाया जाये उसमें अल्पसंख्यकों के अधिकारों और हितों की पूर्ण सुरक्षा होनी चाहिए।

(2) अल्पसंख्यकों के अधिकारों और हितों के लिए किन-किन सुरक्षाओं की आवश्यकता है? इसके निर्णायक स्वयं अल्पसंख्यक समुदाय हों न कि

बहुसंख्यक समुदाय। अतः सुरक्षाओं का निर्णय उनकी अनुमति से होना चाहिए न कि बहुमत से।

अल्पसंख्यकों की समस्या केवल हिन्दुस्तान में ही नहीं है, यह समस्या दुनिया के दूसरे देशों में भी रह चुकी है। मैं आज इस स्थान से दुनिया को सम्बोधित करने का साहस करता हूँ। मैं जानना चाहता हूँ कि क्या इससे भी अधिक स्पष्ट और असंदिग्ध नीति इस सम्बन्ध में ग्रहण की जा सकती है? यदि ग्रहण की जा सकती है तो यह नीति क्या है? क्या इस नीति में कोई ऐसी कमी रह गई है जिसके कारण कांग्रेस को उसका कर्तव्य याद दिलाने की आवश्यकता है? कांग्रेस अपने कर्तव्य-निर्वाह की त्रुटियों पर विचार करने के लिए हमेशा तैयार रही है और आज भी तत्पर है।

मैं उन्नीस वर्षों से कांग्रेस में हूँ। इस पूरी अवधि में कोई ऐसा निर्णय नहीं हुआ जिसका रूप देने में मुझे सम्मिलित रहने का सम्मान प्राप्त न रहा हो। मैं कह सकता हूँ कि इन 19 वर्षों में एक दिन भी ऐसा कांग्रेस की विचार-पद्धति में नहीं बीता जब उसने इस समस्या का निर्णय इसके अतिरिक्त किसी अन्य ढंग से भी करने का विचार किया हो। यह केवल घोषणा ही न थी उसकी सुदृढ़ और संकल्पित कार्य-पद्धति थी। गत 15 वर्षों में बार-बार इस कार्य-प्रणाली की कठिन से कठिन परीक्षण की स्थितियां उत्पन्न हुई किन्तु यह चट्टान अपनी जगह से कभी न हिल सकी।

आज भी इसने संविधान सभा के सम्बन्ध में इस समस्या को जिस प्रकार स्वीकार किया है वह इसके लिए पर्याप्त है कि इन दोनों को अधिक से अधिक स्पष्ट रूप में देख लिया जाए। स्वीकृति प्राप्त अल्पसंख्यकों को यह अधिकार प्राप्त है कि यदि वह चाहें तो केवल अपने मतों से अपने प्रतिनिधियों को निर्वाचित करके उस सभा में भेजें। उनके प्रतिनिधियों के कामों पर अपने सम्प्रदाय के मतों के अतिरिक्त और किसी के मत का बोझ न होगा। जहाँ तक अल्पसंख्यकों के अधिकारों और हितों की समस्याओं का सम्बन्ध है निर्णय का आधार संविधान सभा का बहुमत नहीं होगा, स्वयं अल्पसंख्यकों की अनुमति होगी। यदि किसी समस्या में मतैक्य न हो सके तो किसी निष्पक्ष पंचायत के द्वारा निर्णय कराया जा सकता है जिसे अल्पसंख्यकों ने भी स्वीकार कर लिया हो। अन्तिम प्रस्ताव केवल शंका निवारण के हेतु हैं। अन्यथा इसकी बहुत कम सम्भावना है कि इस प्रकार की स्थितियां सामने आयेंगी। यदि इस प्रस्ताव के स्थान पर कोई अन्य कार्यान्वयन योग्य योजना हो सकती है तो उसे ग्रहण किया जा सकता है।

यदि कांग्रेस ने अपनी कार्यप्रणाली के लिए यह सिद्धान्त स्वीकार कर लिए हैं और इस बात की पूरी कोशिश कर चुकी है, तथा कर रही है कि इस प्रणाली पर स्थिर रहे तो इसके पश्चात् अन्य कौन-सी बात रह गई है कि जो बरतानिया के राजनीतिज्ञों को इस पर विवश करती है कि अल्पसंख्यकों के इन अधिकारों की समस्या को वह हमें बार-बार याद दिलाए? और दुनिया को इस भ्रम में डाले कि हिन्दुस्तान की इस

समस्या के समाधान के मार्ग में जो अवरोध है वह अल्पसंख्यकों की समस्या है। यदि वस्तुतः इस समस्या के कारण बाधा उत्पन्न हो रही है तो क्यों बरतानिया सरकार हिन्दुस्तान के राजनैतिक भाग्य की सुस्पष्ट घोषणा करके हमें इसका अवसर नहीं दे देती कि हम सब मिलकर बैठें और सब की स्वीकृति से इस समस्या का हमेशा के लिए निवारण कर लें?

हममें भेदभाव उत्पन्न किये गये और हम पर दोष लगाया जाता है कि हममें मतभेद है। हमें मतभेदों के मिटाने का अवसर नहीं दिया जाता और हम से कहा जाता है कि हमें मतभेद मिटाने चाहिए। यह स्थिति है जो हमारे चारों ओर उत्पन्न कर दी गई हैं। यह बंधन हैं जो हमें हर ओर से जकड़े हुए हैं। फिर भी इस स्थिति की कोई विवशता भी हमें इस बात से नहीं रोक सकती कि प्रयत्न और साहस का कदम आगे बढ़ाएँ क्योंकि हमारा मार्ग समस्त कठिनाइयों का मार्ग है और हमें प्रत्येक कठिनाई पर विजय प्राप्त करनी है।

हिन्दुस्तान के मुसलमान और हिन्दुस्तान का भविष्य

यह हिन्दुस्तान के अल्पसंख्यकों की समस्या है। परन्तु क्या हिन्दुस्तान में मुसलमानों की स्थिति ऐसे अल्पसंख्यक समुदाय की है जो अपने भविष्य को शंकातुर और भय की दृष्टि से देख सकता है और वह समस्त आशंकाएँ अपने सामने ला सकता है जो स्वभावतः एक अल्पसंख्यक समुदाय के मस्तिष्क को विचलित कर देती है।

मुझे ज्ञात नहीं कि आप लोगों में कितने व्यक्ति ऐसे हैं जो मेरी उन रचनाओं को देख चुके हैं जिन्हें आज से अट्ठाइस वर्ष पूर्व मैं 'अलहिलाल' के पृष्ठों पर लिखता रहा हूं। यदि कुछ व्यक्ति ऐसे भी उपस्थित हैं तो मैं उनसे निवेदन करूँगा कि वह उन बातों का स्मरण करें। मैंने उस समय भी अपने इस विश्वास को अभिव्यक्त किया था और इसी प्रकार आज भी करना चाहता हूँ कि हिन्दुस्तान की राजनैतिक समस्या में कोई बात भी इतनी अनुचित नहीं समझी गई जितनी यह बात कि हिन्दुस्तान के मुसलमानों की स्थिति एक राजनैतिक अल्पसंख्यक की है और इसलिए उन्हें एक जनतांत्रिक हिन्दुस्तान में अपने अधिकारों और हितों की ओर से आशंकित रहना चाहिए। इस एक मौलिक गलती ने असंख्य भ्रमों के लिए द्वार खोल दिया। अनुचित बुनियादों पर अनुचित दीवारें चुनी जाने लगीं। इसने एक ओर तो स्वयं मुसलमानों के लिए उनकी वास्तविक स्थिति को संदिग्ध बना दिया, दूसरी ओर दुनिया को एक ऐसे भ्रम में डाल दिया जिसके पश्चात् वह हिन्दुस्तान को उसकी वास्तविक स्थिति में नहीं देख सकती।

यदि समय होता तो मैं आपको सविस्तार बतलाता कि इस अनुचित और कृत्रिम रूप को गत साठ वर्षों से किस प्रकार रूपायित किया गया है और किन हाथों ने से यह रूप दिया है? वस्तुतः यह भी उसी फूट की उत्पत्ति है जिसका चित्र

इण्डियन नेशनल कांग्रेस के आन्दोलन के प्रारम्भ होने के पश्चात् हिन्दुस्तान के सरकारी मस्तिष्कों में बनना आरम्भ हो गया था और जिसका उद्देश्य यह था कि मुसलमानों को इस नवीन जागृति के विरुद्ध प्रयोग करने के लिए तत्पर किया जाए। इस चित्र में दो बातें विशेष रूप से उभारी गई थीं। एक यह कि हिन्दुस्तान में दो भिन्न राष्ट्र रहते हैं–एक हिन्दू राष्ट्र और एक मुसलमान राष्ट्र। अतः संयुक्त राष्ट्रीयता के नाम पर यहां कोई मांग नहीं की जा सकती। दूसरी बात यह है कि मुसलमानों की संख्या हिन्दुओं की तुलना में बहुत कम है अतः यहां जनतांत्रिक संस्थाओं की स्थापना का अनिवार्यतः परिणाम यह निकलेगा कि हिन्दू बहुसंख्यक समुदाय का राज्य स्थापित हो जायेगा और मुसलमानों का अस्तित्व संकटग्रस्त हो जायेगा। मैं इस समय अधिक विस्तार में नहीं जाऊंगा। मैं केवल इतनी बात आपको याद दिला दूंगा कि यदि इस समस्या का प्रारम्भिक इतिहास आप जानना चाहते हैं तो आपको एक भूतपूर्व वायसराय लार्ड डफरिन और पश्चिमी उत्तरी प्रान्त और अब संयुक्त प्रान्त के एक भूतपूर्व उपराज्यपाल सर आक्लैण्ड कालविन के समय की ओर लौटना चाहिए।

बरतानिया साम्राज्य ने भारत–भूमि में समय–समय पर जो बीज बोये हैं उसमें से एक बीज यह था जिसमें तुरन्त ही फूल–पत्ते निकल आये और हालांकि पचास वर्ष बीत चुके हैं किन्तु अभी तक उसकी जड़ों की नमी शुष्क नहीं हुई।

राजनैतिक बोलचाल में जब कभी अल्पसंख्यक शब्द बोला जाता है तो उससे अभिप्राय यह नहीं होता कि गणित के साधारण जोड़–घटाने के नियम के अनुसार प्रत्येक ऐसी संख्या जो एक दूसरी संख्या से कम हो अनिवार्यतः 'अल्पसंख्यक' होती है और उसे अपनी सुरक्षा की ओर से विचलित होना चाहिए, बल्कि इससे अभिप्रेरित एक ऐसा कमजोर दल होता है जो संख्या और योग्यता दोनों दृष्टियों से अपने को इस योग्य नहीं पाता कि एक बड़े और शक्तिशाली समुदाय के साथ रहकर अपनी रक्षा के लिए आत्मविश्वास रख सके। इस स्थिति के लिए केवल यही पर्याप्त नहीं कि एक समुदाय की संख्या दूसरे से कम हो बल्कि यह भी आवश्यक है कि संख्या अपने आप में इतनी कम हो कि उससे अपनी रक्षा की आशा नहीं की जा सकती हो। साथ ही इसमें संख्या के साथ गुण का प्रश्न भी उपस्थित होता है। कल्पना कीजिये कि एक देश में दो समुदाय हैं। एक की संख्या एक करोड़ है, दूसरे की दो करोड़ है। अब, यद्यपि एक करोड़ दो करोड़ का आधा होगा और इसलिए दो करोड़ से कम होगा, किन्तु राजनैतिक दृष्टि से आवश्यक न होगा कि केवल इस आनुपातिक अन्तर के आधार पर हम उसे एक अल्पसंख्यक स्वीकार करके उसके अस्तित्व को दुर्बल मान लें। इस प्रकार का अल्पसंख्यक समूह होने के लिए संख्या के आनुपातिक अंतर के साथ दूसरी प्रक्रियाओं की उपस्थिति भी आवश्यक है।

अब तनिक विचार कीजिए कि इस दृष्टि से हिन्दुस्तान में मुसलमानों की वास्तविक स्थिति क्या है? आपको अधिक समय तक सोचने की आवश्यकता न

पड़ेगी। आप केवल क्षण मात्र में जान लेंगे कि आपके सम्मुख एक विशाल समुदाय अपनी इतनी बड़ी और फैली हुई संख्या के साथ सिर उठाए खड़ा है कि उसके सम्बन्ध में 'अल्पसख्यंक' की कमजोरियों का आभास भी करना अपने को धोखा देना है।

मुसलमानों की कुल संख्या मुल्क में आठ-नौ करोड़ है। यह देश के दूसरे समुदायों के समान सामाजिक और नस्ली घेरों में बँटी हुई नहीं है। इस्लामी जीवन की समानता और भ्रातृत्वपूर्ण एकता के सुदृढ़ सम्बन्धों ने उसे सामाजिक विघटन की दुर्बलताओं से बड़ी सीमा तक सुरक्षित रखा है। यह संख्या निश्चय ही देश की सम्पूर्ण जनसंख्या की एक-चौथाई से अधिक नहीं है। परन्तु प्रश्न संख्या के अनुपात का नहीं है, स्वयं संख्या और उसकी गुणात्मकता का है। क्या मानवीय पदार्थ की इतनी विपुल राशि के लिए इस प्रकार की शंकाओं का कोई उचित कारण हो सकता है कि वह एक स्वतंत्र और जनतांत्रिक हिन्दुस्तान में अपने अधिकारों और हितों की रक्षा स्वयं नहीं कर सकेगी?

यह संख्या किसी एक ही क्षेत्र में सिमटी हुई नहीं है बल्कि एक विशिष्ट अनुपात के साथ देश के विभिन्न भागों में फैल गई है। हिन्दुस्तान के 11 प्रांतों में से चार प्रान्त ऐसे हैं जहां बहुमत मुसलमानों का है और दूसरे धार्मिक समुदाय अल्पसंख्यक समूह के रूप में हैं। यदि बरतानिया के अधीन बिलोचिस्तान को भी इसमें जोड़ दिया जाये तो चार के स्थान पर मुस्लिम बहुमत के पांच प्रांत हो जायेंगे। यदि हम अभी विवश हैं कि धार्मिक मतभेद के आधार पर ही 'बहुसंख्यक' और 'अल्पसंख्यक' का विचार करते रहें तो भी इस अवधारणा में मुसलमानों की जगह केवल एक 'अल्पसंख्यक' की दिखाई नहीं देगी। यदि वह सात प्रांतों में अल्पसंख्यक हैं तो पांच प्रान्तों में उन्हें बहुसंख्यक का स्थान प्राप्त है। ऐसी स्थिति में कोई कारण नहीं कि उन्हें एक अल्पसंख्यक समूह होने का कारण विचलित कर सके।

हिन्दुस्तान का भावी संविधान अपनी विवरणात्मकता में चाहे जिस प्रकार का हो, किन्तु उसकी एक बात हम सबको ज्ञात है-वह पूर्ण अर्थों में एक अखिल भारतीय संघ का जनतांत्रिक संविधान होगा जिसकी समस्त इकाइयां अपने-अपने आन्तरिक मामलों में स्वतंत्र होंगी और संघीय केन्द्र के भाग्य में केवल वही बातें रहेंगी जिनका सम्बन्ध देश के सार्वजनिक और देशव्यापी समस्याओं से होगा-जैसे विदेश नीति, रक्षा, कस्टम आदि। ऐसी स्थिति में क्या सम्भव है कि कोई मस्तिष्क जो एक जनतांत्रिक संविधान से पूर्णतया कार्यान्वित होने और संवैधानिक रूप से चलने का चित्र थोड़ी देर के लिए भी अपने सामने ला सकता है वह उन शंकाओं को स्वीकार करने के लिए तत्पर हो जाए जिन्हें बहुसंख्यक और अल्पसंख्यक के इस भ्रामक प्रश्न ने उत्पन्न करने की चेष्टा की है? मैं एक क्षण के लिए भी यह विश्वास नहीं कर सकता कि हिन्दुस्तान के भावी मानचित्र में उन शंकाओं के लिए कोई जगह निकल सकती है। वस्तुतः यह समस्त संदेह इसलिए उत्पन्न हो रहे हैं कि एक बरतानी राजनीतिज्ञ की विख्यात उक्ति के अनुसार, जो उसने आयरलैण्ड के

सम्बन्ध में कही थी कि हम अभी तक नदी के तट पर खड़े हैं और तैरना चाहते हैं किन्तु नदी में कूदते नहीं। इन आशंकाओं का केवल एक ही उपचार है कि हमें नदी में निर्भीक कूद जाना चाहिए। जैसे ही हमने ऐसा किया हम जान लेंगे कि हमारे समस्त संदेह निराधार थे।

हिन्दुस्तानी मुसलमानों के लिए मौलिक प्रश्न

लगभग तीस वर्ष हुए जब मैंने एक हिन्दुस्तानी मुसलमान के रूप में समस्या पर पहली बार सोचने की चेष्टा की थी। यह वह समय था जब मुसलमानों का बहुमत राजनैतिक संघर्ष के क्षेत्र से पूर्णतः अलग-थलग था और साधारणतया उसी मानसिकता के प्रभावाधीन था, जिसने 1888 ई० में कांग्रेस से पृथकता और विरोध ग्रहण कर लिया था। समय का यह वातावरण मेरे चिंतन-मनन का मार्ग अवरुद्ध न कर सका। शीघ्र ही एक अन्तिम निष्कर्ष पर मैं पहुँच गया और उसने मेरे सम्मुख विश्वास और क्रियाशीलता का मार्ग खोल दिया। मैंने सोचा कि हिन्दुस्तान अपनी समस्त परिस्थितियों सहित हमारे सम्मुख विद्यमान है और अपने भविष्य की ओर बढ़ रहा है। हम भी इस नाव में बैठे हैं और इसकी गति की उपेक्षा नहीं कर सकते। इसलिए आवश्यक है कि अपनी कार्यप्रणाली का एक स्पष्ट और अन्तिम निर्णय कर लें। यह निर्णय हम किस प्रकार कर सकते हैं? केवल इस प्रकार कि समस्या के ऊपरी तल पर न रहें, उसकी जड़ों की गहराई में उतरें और फिर देखें कि हम अपने आपको किस स्थिति में पाते हैं। मैंने ऐसा किया और देखा कि सारी समस्या का निवारण केवल एक प्रश्न के उत्तर पर निर्भर है। हम हिन्दुस्तानी मुसलमान हिन्दुस्तान के स्वतंत्र भविष्य को शंका और अविश्वास की दृष्टिकोण से देखते हैं या आत्मविश्वास और साहस की दृष्टि से? यदि पहली स्थिति है तो निश्चय ही हमारा मार्ग नितांत भिन्न हो जाता है। समय की कोई घोषणा, भविष्य से संबद्ध कोई वादा, संविधान का कोई संरक्षण, हमारे संदेह और भय का वास्तविक उपचार नहीं हो सकता। हम बाध्य हैं कि एक तीसरी शक्ति की उपस्थिति सहन करें। यह तीसरी शक्ति उपस्थिति है और अपना स्थान रिक्त करने के लिए तत्पर नहीं तथा हमें भी कोशिश करनी चाहिए कि वह अपना स्थान न छोड़ सके। परन्तु यदि हम समझते हैं कि हमारे लिए संदेह तथा भय का कोई कारण नहीं है तो हमें आत्मविश्वास और साहस की दृष्टि से भविष्य को देखना चाहिए। ऐसी स्थिति में हमारी कार्य-प्रणाली नितांत स्पष्ट हो जाती है। हम अपने आपको बिलकुल एक दूसरी स्थिति में पाते हैं जहां संदेह, दुविधा, अकर्मण्यता और प्रतीक्षा की आपत्तियों की प्रतिच्छाया भी नहीं पड़ सकती। विश्वास, दृढ़ता, कर्मण्यता और क्रियाशीलता का सूर्य यहां कभी नहीं डूब सकता। समय का कोई उलझाव, परिस्थितियों का कोई उतार-चढ़ाव, समस्याओं की कोई चुभन हमारे कदमों को दिशाहीन नहीं कर सकती। हमारा कर्तव्य हो जाता है कि हिन्दुस्तान के राष्ट्रीय उद्देश्यों के मार्ग में अपने कदम बढ़ायें।

मुझे इस प्रश्न का उत्तर जानने में लेशमात्र भी देर नहीं लगी। मेरे शरीर के एक-एक रेशे ने पहली स्थिति को अस्वीकार किया। मेरे लिए असंभव था कि इसकी कल्पना भी कर सकूँ। मैं किसी मुसलमान के लिए यदि उसने इस्लाम की आत्मा को अपने हृदय के एक-एक कोने से ढूँढ़ कर निकाल न फेंकी हो तो यह संभव नहीं समझता कि वह अपने को प्रथम स्थिति में पाना सहन करेगा।

मैंने 1912 में 'अलहिलाल' निकाला और अपना यह निर्णय मुसलमानों के सम्मुख प्रस्तुत किया। आपको यह याद दिलाने की आवश्यकता नहीं कि मेरी पुकारें प्रभावहीन नहीं रहीं। 1912 से 1916 ई० तक का समय हिन्दुस्तानी मुसलमानों की नई राजनैतिक करवट का युग था। 1920 ई० के अन्तिम समय में जब चार वर्ष की नजरबन्दी के पश्चात् रिहा हुआ तो मैंने देखा कि मुसलमानों की राजनैतिक मानसिकता अपना पिछला सांचा तोड़ चुकी है और नया सांचा ढल रहा है। इस घटना को घटित हुए बीस वर्ष बीत चुके हैं। इस अवधि में नाना प्रकार के उतार-चढ़ाव होते रहे। परिस्थितियों में नई-नई धाराएं बहीं। विचारों की नई-नई तरेंगे उठीं। फिर भी एक वास्तविकता बिना किसी परिवर्तन के अब तक विद्यमान है। मुसलमानों का जनमत पीछे लौटने के लिए तत्पर नहीं।

हां, अब वह पीछे लौटने के लिए तैयार नहीं। परन्तु आगे बढ़ने का मार्ग उसके लिए पुनः दुविधाग्रस्त हो रहा है। मैं इस समय कारणों की चर्चा नहीं कर रहा। मैं केवल प्रभावों को रेखांकित करने की चेष्टा करूंगा। मैं अपने सहधर्मियों को याद दिलाऊंगा कि मैंने 1912 ई० में जिस स्थान से उन्हें सम्बोधित किया था आज भी उसी जगह खड़ा हूँ। इस सम्पूर्ण कालावधि ने परिस्थितियों का जो ढेर हमारे सामने लगा दिया है, उनमें से कोई स्थिति ऐसी नहीं जिससे मेरा परिचय न हो। मेरी आंखों ने देखने में, और मेरे मस्तिष्क ने सोचने में, कभी गलती नहीं की। परिस्थितियां मेरे सामने से केवल गुजरती ही न रहीं, मैं उनके अन्दर खड़ा रहा और मैंने एक-एक स्थिति का परीक्षण किया। मैं विवश हूं कि अपने अवलोकन को न झुठलाऊँ, मेरे लिए सम्भव नहीं कि अपने विश्वास से लड़ूं। मैं अपने अन्तःकरण की आवाज को नहीं दबा सकता। मैं इस पूरे काल में उनसे कहता रहा हूं और आज भी उनसे कहता हूँ कि हिन्दुस्तान के नौ करोड़ मुसलमानों के लिए केवल वही कार्य-प्रणाली है जिसका आह्वान मैंने 1912 में किया था।

मेरे सहधर्मियों ने 1912 ई० में मेरे आह्वानों को स्वीकार किया था, किन्तु आज उन्हीं का मुझसे मतभेद है; उनके इस मतभेद को लेकर मेरे मन में कोई दुर्भाव नहीं है। किन्तु मैं उनकी सत्यनिष्ठा और उनकी निष्कपटता से प्रार्थना करुँगा। यह राष्ट्र और देश के भाग्यों की बात है। हम इसे सामयिक भावुकता के प्रवाह में बहकर तय नहीं कर सकते। हमें जीवन की ठोस वास्तविकता के आधार पर अपने निर्णयों की दीवारें निर्मित करनी हैं। ऐसी दीवारें प्रतिदिन बनाई और ढहाई नहीं जा सकती। मैं स्वीकार करता हूँ कि दुर्भाग्यवश समय का वातावरण प्रदूषित हो रहा है। परन्तु उन्हें वास्तविकता के प्रकाश में आना चाहिए। वह आज भी प्रत्येक दृष्टि

से समस्या पर विचार कर लें, वह इसके अतिरिक्त अन्य पथ अपने सामने नहीं पायेंगे।

मुसलमान और संयुक्त राष्ट्रीयता

मैं मुसलमान हूं और गर्व से महसूस करता हूं कि मुसलमान हूं। इस्लाम की 1300 वर्ष की वैभवशाली परम्पराएँ मुझे थाती के रूप में मिली हैं। मैं तत्पर नहीं हूँ कि इसका कोई छोटे से छोटा अंश भी नष्ट होने दूं। इस्लाम की शिक्षा, इस्लाम का इतिहास, इस्लामी ज्ञान-विज्ञान और कला, इस्लाम की सभ्यता मेरी सम्पत्ति की पूंजी है और मेरा कर्तव्य है कि इसकी रक्षा करूं। मुसलमान होने के कारण मैं धार्मिक और सांस्कृतिक परिधि में अपना एक विशिष्ट अस्तित्व रखता हूं और सहन नहीं कर सकता कि इसमें कोई हस्तक्षेप करें। परन्तु इन समस्त भावनाओं के साथ मैं एक अन्य भावना भी रखता हूँ जिसे मेरे जीवन की वास्तविकताओं ने जन्म दिया है। इस्लाम की आत्मा मुझे उससे नहीं रोकती, वह इस मार्ग में मेरा पथ-प्रदर्शन करती है। मैं गर्व के साथ महसूस करता हूं कि मैं हिन्दुस्तानी हूं। मैं हिन्दुस्तान की एक और अविभाज्य संयुक्त राष्ट्रीयता का एक तत्त्व हूं। मैं इस संयुक्त राष्ट्रीयता का एक ऐसा महत्त्वपूर्ण अंश हूं जिसके बिना दूसरी महानता का रूप अधूरा रह जाता है। मैं इसकी बनावट का एक आवश्यक तथ्य हूं। मैं अपने इस दावे को कभी छोड़ नहीं सकता।

हिन्दुस्तान के लिए विधाता का यह निर्णय हो चुका था कि उसकी भूमि पर मनुष्यों की विभिन्न नस्लें, विभिन्न सभ्यताएं और विभिन्न धर्मों के सार्थवाह आकर बसें। अभी इतिहास के ऊषाकाल का आरम्भ नहीं हुआ था कि इन सार्थवाहों का आगमन आरम्भ हो गया और फिर एक के पश्चात एक सार्थवाह आता रहा। इसकी विशाल धरती सबका स्वागत करती रही और इसकी दानशीलता ने सबके लिए जगह निकाली। इन्हीं सार्थवाहों में एक अन्तिम सार्थवाह हम इस्लामावलम्बियों का भी था। वह भी पिछले सार्थवाहों के पथ चिह्नों पर चलता हुआ यहां पहुंचा और सदैव-सदैव के लिए बस गया। यह संसार की दो भिन्न जातियों और सभ्यताओं का मिलन था। यह गंगा और यमुना की धाराओं के समान पहले एक-दूसरे से अलग-अलग बहते रहे, किन्तु फिर जैसा कि प्रकृति का अटल नियम है, दोनों को एक संगम में मिल जाना पड़ा। इन दोनों का मेल इतिहास की एक महान घटना थी। जिस दिन यह घटना घटी उसी दिन प्रकृति के निर्दिष्ट हाथों ने पुराने हिन्दुस्तान के स्थान पर नये हिदुस्तान के ढालने का कार्य आरम्भ कर दिया।

हम अपने साथ अपना भण्डार लाए थे। यह भूमि भी अपने भण्डारों से समृद्धशाली थी। हमने अपनी सम्पत्ति उसको अर्पित कर दी और उसने अपने कोशों के द्वार हम पर खोल दिये। हमने उसे इस्लाम के भण्डार की वह सबसे अधिक मूल्यवान वस्तु दे दी, जिसकी उसे सबसे अधिक आवश्यकता थी। हमने उसे जनतंत्र और मानवीय समानता और भ्रातृत्व का सन्देश पहुंचाया।

इसके पश्चात् 11 शताब्दियाँ बीत चुकी हैं। अब इस धरती पर इस्लाम का दावा उतना ही समीचीन है जितना कि हिन्दू धर्म का। यदि हिन्दू धर्म कई हजार वर्ष से यहां के लोगों का धर्म रहा है तो एक हजार वर्ष से इस देश में इस्लाम धर्म भी प्रचलित है। जिस प्रकार आज एक हिन्दू सगर्व कह सकता है कि वह भारतीय है और हिन्दू धर्म का अनुयायी है, उसी प्रकार एक मुसलमान सिर ऊंचा करके भारतीय होने और इस्लाम धर्म का अनुयायी होने का दावा कर सकता है। इसके अतिरिक्त मैं यह भी स्वीकार करूंगा कि भारतीय ईसाई भी आज सर उठाकर कह सकता है कि मैं हिन्दुस्तानी हूं और भारतवासियों के अनेक धर्मों में से ईसाई धर्म का अनुयायी हूं।

हमारे 1100 वर्ष के मिले-जुले इतिहास में हमारी समानधर्मी सर्जनात्मक और रचनात्मक उपलब्धियों ने हिन्दुस्तान को समृद्धिशाली बनाया है। हमारी भाषाओं, हमारे काव्य, हमारे साहित्य, हमारी संस्कृति, हमारी कला, हमारी वेशभूषा, हमारी जीवनचर्या और रीति-रिवाजों पर इस समानधर्मी जीवन की छाप लगी हुई है। हमारी भाषाएँ भिन्न थीं किन्तु हम एक समान भाषा का उपयोग करने लगे, हमारे रीति-रिवाजों और आचरण में विभिन्नता थी किन्तु उन्होंने एक-दूसरे को प्रभावित किया और परिणामतः एक नया रूप धारण कर लिया। हमारी वेशभूषा पुरातनकालीन चित्रों में ही देखी ज़ा सकती है। उसे अब कोई पहनता नहीं है। यह साझी सम्पदायें हमारी साझी राष्ट्रीयता की थाती हैं और हम इन्हें छोड़ना नहीं चाहते और न उस युग में लौटना चाहते हैं जब मिले-जुले साहसी जीवन का आरम्भ हुआ था। यदि हममें से कोई ऐसा हिन्दू है जो हज़ार वर्ष या उससे अधिक काल की हिन्दू जीवन पद्धति को वापस लाना चाहता है तो वह केवल स्वप्नलोक में विचरण कर रहा है और इस प्रकार के स्वप्न यथार्थ नहीं बनते। इसी प्रकार यदि हममें से कोई मुसलमान अतीत कालीन अपनी सभ्यता और संस्कृति का पुनरुत्थान करना चाहता है जिसे मुसलमान एक हजार वर्ष पूर्व ईरान और मध्य एशिया से लाये थे तो वह भी स्वप्नलोक में विचरण करता है और जितनी जल्दी वह जाग जाये उतना ही अच्छा है। यह अस्वाभाविक कल्पनाएं हैं जिनकी जड़ें यथार्थ की भूमि में फैल नहीं सकतीं। मैं उन व्यक्तियों में से हूं जिनका विचार है कि धर्म का पुनरुत्थान आवश्यक है किन्तु संस्कृति के सन्दर्भ में पुनरुत्थान का अर्थ है प्रगति के पथ को अस्वीकार करना।

हमारे इस एक हजार वर्ष के मिले-जुले जीवन ने एक संयुक्त राष्ट्रीयता का सांचा ढाल दिया है, ऐसे सांचे बनाये नहीं जा सकते। वह प्रकृति के अदृश्य हाथों से शताब्दियों मे स्वतः निर्मित होते हैं। अब यह सांचा ढल चुका है और नियति ने इस पर अपनी मुहर लगा दी है। हमें रुचिकर हो या न हो किन्तु अब एक हिन्दुस्तानी राष्ट्र और अविभाज्य हिन्दुस्तानी राष्ट्र से पृथकता का कोई कृत्रिम विचार हमारे इस एक होने को दो नहीं बना सकता। हमें ईश्वरीय निर्णय पर नतमस्तक होना चाहिए और अपने भाग्य निर्माण में संलग्न हो जाना चाहिए।

सज्जनो! मैं अब आपका अधिक समय नहीं लूंगा। मैं अब अपना अभिभाषण समाप्त करना चाहता हूं परन्तु इस समाप्ति के पूर्व मुझे एक बात की याद दिलाने की अनुमति दीजिए। आज हमारी समस्त सफलताएं तीन बातों पर निर्भर हैं–एकता, अनुशासन और महात्मा गांधी के नेतृत्व में विश्वास। यही एक मात्र नेतृत्व है जिसने हमारे आन्दोलन के भव्य अतीत का निर्माण किया है और केवल इसी से हम एक उज्जवल भविष्य की आशा कर सकते हैं।

हमारी परीक्षा का एक संकटपूर्ण युग हमारे सम्मुख है। हमने समस्त संसार की आंखों को, इस दृश्य को देखने का निमन्त्रण दे दिया है। चेष्टा करें कि हम इसके योग्य सिद्ध हों।

●

आस्तीन के ये सांप! | आचार्य नरेन्द्र देव

कांग्रेस के पद ग्रहण का एक भयानक किन्तु अनिवार्य परिणाम यह हुआ कि साम्प्रदायिक समस्या ने अब पहले से कहीं अधिक गंभीर रूप धारण कर लिया है। साधारण कांग्रेसजनों की आशा के प्रतिकूल, आज मृतप्राय साम्प्रदायिक संस्थाओं में जान आ गई-सी दिखाई दे रही है। उनका संगठन और प्रचार का कार्य भी पहले की अपेक्षा सैकड़ों गुने तेज हो गया है। पहले जिन संस्थाओं में चुनाव के समय थोड़ी-सी चहल-पहल दिखाई दे जाती थी, उनका साहस आज इस हद तक बढ़ गया है कि वे कांग्रेस का प्रतिद्वंद्वी होने का दम भरने और देशवासियों का सच्चा प्रतिनिधि होने का दावा पेश करने लगी हैं। इतना ही नहीं, इनके स्वरूप में भी परिवर्तन हुआ है। अब ये सांप्रदायिक संस्थाओं का चोला बदलकर राजनीतिक संस्थाएँ बन रही हैं। कल तक हिन्दू महासभा और मुस्लिम लीग का मुख्य कार्य हिन्दुओं और मुसलमानों के धार्मिक और सांस्कृतिक अधिकारों की रक्षा करना समझा जाता था, अगर कांग्रेस इनके साथ समझौता कर लेती तो ये कांग्रेस के साथ राजनीतिक क्षेत्र में कंधे से कंधा मिलाकर चलने को या कम से कम उसकी राह में रोड़े न अटकाने को तैयार थीं, किन्तु आज हम देखते हैं कि कांग्रेस से इन संस्थाओं का विरोध केवल सांप्रदायिक प्रश्नों पर ही नहीं रह गया है। अब कांग्रेस के साथ उनका विरोध मौलिक है; विरोध उसकी विचारधारा और उसकी कार्यप्रणाली से है। आज इन संस्थाओं के कर्णधारों के बीच पारस्परिक कटुता बहुत कम दिखाई पड़ती है; वे आपस में न लड़कर अपने मुख्य और समान शत्रु कांग्रेस से लड़ रही हैं। कांग्रेस के खिलाफ सांप्रदायिक संस्थाओं का संयुक्त मोर्चा जोर पकड़ रहा है हिन्दू महासभा और मुस्लिम लीग की ओर से कांग्रेस को यह कहकर कोसा जा रहा है कि वह शासन करने के अयोग्य है, वह धर्म और संस्कृति की रक्षा करने में असमर्थ है, उसके हाथ से शक्ति छीनकर इन संस्थाओं के प्रतिनिधियों के हाथों में शक्ति देने से ही देश का भला हो सकता है।

जैसा कि हमने ऊपर कहा, सांप्रदायिक समस्या का जटिल होना कांग्रेस के पदग्रहण के बाद अनिवार्य था। नये शासन-विधान के लागू होने के बाद देश की

स्थिति में एक महत्त्वपूर्ण अंतर हो गया है। आज सूबों में हुकूमत की बागडोर, राजनीतिक शक्ति, एक बड़े हद तक जनता के हाथ में आ गई है। जनता के प्रतिनिधियों के रूप में आठ सूबों में कांग्रेसी मंत्रिमण्डल कायम हैं। परन्तु अपने साम्प्रदायिक स्वरूप, प्रतिगामी कार्यक्रम और साम्राज्यशाही के समर्थन के कारण सांप्रदायिक संस्थाओं के नेताओं को इस राज्यशक्ति में उनके इच्छानुसार भाग नहीं मिल पाया और उनकी चाह उनके मन में ही दबी रहकर खटक रही है। कहने को हिन्दू सभा और मुस्लिम लीग का उद्देश्य अपने संप्रदाय के सर्वसाधारण लोगों की भलाई के लिए प्रयत्न करना रहा है, पर यदि इन संस्थाओं द्वारा किए जाने वाले कार्य पर ध्यान दें तो हमें पता चलेगा कि व्यवहार रूप में ये संस्थाएँ मुट्ठीभर सामंतों, राजाओं, ताल्लुकेदारों, जमींदारों और शहर के कुछ अनुदार मध्यम श्रेणी के लोगों की संस्थाएँ रही हैं, जो कि धर्म के नाम पर अपने वर्ग का स्वार्थ-साधन करने, सरकारी नौकरियों और एसेम्बली में सीटें आदि प्राप्त करने के काम में लाई जाती रही हैं। कांग्रेस के हाथ में शासन-शक्ति आ जाने से यह वर्ग अपने राजनीतिक अधिकारों को छीना हुआ देखकर क्षुब्ध हो रहे हैं। राजनीतिक अधिकारों से ये वंचित थे ही। साधारण जनता, किसानों, मजदूरों की आर्थिक अवस्था में सुधार के जो कानून पास हो रहे हैं उनसे इनकी सुविधाओं पर भी आघात पहुँच रहा है। फलस्वरूप इनका क्षोभ विद्रोह का रूप धारण कर रहा है। किसानों के आर्थिक भार को कम करने वाले लगान और कर्ज की कमी वगैरह के कानून ज्यों-ज्यों पास होते जाते हैं और कांग्रेसजन जिस अनुपात में किसानों और मजदूरों की आर्थिक मांगों के आधार पर उनका संगठन करते जाते हैं उसी अनुपात में इन लोगों का कांग्रेस-विरोध बढ़ता जाता है और ज्यों-ज्यों इनकी आर्थिक सुविधाओं पर आघात और जनता में श्रेणी-चेतना बढ़ती जायेगी, त्यों-त्यों कांग्रेस के प्रति इनका विरोध भी बढ़ता जायेगा।

सांप्रदायिक नेताओं में जो क्षोभ पैदा हो गया उसकी वजह से उन्होंने खासकर मुस्लिम लीग के नेताओं ने, ऐसा जहर उगलना शुरू कर दिया कि जिसका लाजिमी नतीजा था कि जगह-जगह दंगे हो जाते। अगर इन लोगों ने जानबूझकर दंगे नहीं कराये तो कम से कम अपने उत्तेजनाजनक भाषणों और लेखों आदि के द्वारा ऐसा वायुमण्डल तो तैयार कर ही दिया था जिसमें दंगे हो जाना लाजिमी हो गया था। दुर्भाग्यवश कांग्रेस के नेताओं ने दूरदर्शिता से काम लेकर पहले से ही दंगे रोकने की तैयारी न की, मंत्रिमण्डलों ने दंगों को रोकने की तैयारी न की और पुलिस ने इन दंगों को शांत करने में आगे बढ़कर उचित तत्परता नहीं दिखाई। इसका नतीजा यह हुआ कि संप्रदायवादियों को यह कहकर कांग्रेस को बदनाम करने का मौका मिल गया कि कांग्रेसी हुकूमत अमन-अमान बनाये रखने में असमर्थ है। इन दंगों की वजह से हिन्दुओं और मुसलमानों दोनों में कांग्रेस की प्रतिष्ठा को धक्का लगा है। मुसलमान संप्रदायवादियों की करतूतों, सांप्रदायिक देशद्रोहियों की चालों और कांग्रेस मंत्रिमण्डलों की ढीली-ढाली नीति इन सबने मिलकर कांग्रेस को हिन्दू जनता में बदनाम किया।

हिन्दू महासभा में एक अंश ऐसे लोगों का था जो ब्रिटिश साम्राज्यशाही से लड़कर देश में हिन्दू राज्य की स्थापना का स्वप्न देखता था। आरम्भ में कांग्रेस-मंत्रिमण्डलों की स्थापना से यह वर्ग संतुष्ट था। कांग्रेस में हिन्दुओं की मुख्यता होने के कारण इसका यह विश्वास हो चला था कि आगे चलकर देश में हिन्दू राज्य कायम हो सकेगा। दंगों के अवसर पर कांग्रेसी मंत्रिमण्डलों द्वारा जो नीति बरती गई उसकी वजह से यह वर्ग भी निराश हो गया। हैदराबाद के आन्दोलन में कांग्रेस ने जिस प्रकार अपने को अलग रखा और आन्दोलन को साम्प्रदायिक रूप धारण करने दिया, उससे भी हिन्दू जनता में कांग्रेस के सम्बन्ध में गलतफहमी फैली और हिन्दू महासभा के प्रति सहानुभूति बढ़ी।

मुस्लिम लीग की प्रतिष्ठा बढ़ने और मुसलमानों का उस पर सिक्का जमने का एक कारण यह हुआ कि जिन प्रांतों में मुस्लिम लीग से अलग रहकर मुसलमानों ने चुनाव लड़ा था और मिनिस्ट्री कायम की थी, उन प्रांतों में उन्हें अपने नीचे की जमीन खिसकती दिखाई दी। चूँकि ये प्रांत चारों ओर से कांग्रेसी प्रांतों से घिरे हुए हैं, इसलिए उन प्रांतों की जनता की अवस्था में सुधार होते देख स्वभावतः इन प्रांतों की जनता में प्रतिगामी मिनिस्ट्रियों के प्रति असंतोष बढ़ चला। ऐसी हालत में फजलुल हक और सिकंदर हयात इस बात के लिए मजबूर हुए कि मुस्लिम लीग में सम्मिलित होकर कांग्रेसी मंत्रिमण्डल को बदनाम करें और मुसलमानों के मजहबी जज़बात को उभारकर अपने अस्तित्व को सुरक्षित करें।

इस प्रकार ये सांप्रदायिक संस्थाएँ अपना पुराना चोला बदलकर समाज के प्रतिगामी वर्गों की ताकतों को सुरक्षित रखनेवाली बन गई हैं। अलग-अलग संगठन होने पर भी आज इन संस्थाओं का मौलिक स्वरूप एक ही हो गया है और भविष्य में शीघ्र ऐसा समय आ सकता है जबकि अपने चेहरे पर से साम्प्रदायिकता का नकाब उतारकर या उसे नाममात्र को ही कायम रखकर ये संस्थाएँ एक-दूसरे की खुलेआम मदद करती नजर आयें।

संप्रदायवादी संस्थाओं के इस नये दृष्टिकोण पर यूरोप की फैसिस्ट विचारधारा की छाप है। फैसिस्ट राष्ट्रों की ओर से गुप्त और अर्ध-प्रकट रूप से जो प्रचार जारी है उसका भी इन पर काफी असर पड़ा है। पूर्वीय जगत में फैसिस्ट विचारधारा का प्रचार करने और लड़ाई छिड़ने की हालत में इन राष्ट्रों का समर्थन फैसिस्ट राष्ट्रों के पक्ष में प्राप्त करने के लिए फैसिस्ट राष्ट्रों की ओर से कई वर्षों से लगातार प्रयत्न हो रहे हैं और इस कार्य के लिए इन राष्ट्रों की ओर से काफी धन भी खर्च किया जाता है। इन लोगों ने उन सभी देशों में अपना जाल बिछा रखा है जिन पर या तो इनकी आंखें गड़ी हुई हैं और जिन्हें वह आगे चलकर हड़प जाने के स्वप्न देख रहे हैं या जिन देशों में नाजी-प्रचार द्वारा युद्ध की अवस्था में ब्रिटेन, फ्रांस और रूस को तंग किया जा सकता है। फिलिस्तीन और सीरिया के अरब आतंकवादियों को इटली और जर्मनी की ओर से शास्त्रास्त्रों की मदद भी पर्याप्त मात्रा में दी गई है। हिन्दुस्तान को फैसिस्ट राष्ट्रों ने अपना विशेष कार्यक्षेत्र बनाया है। इनमें से जापान और इटली का प्रचार तो साधारण

है; किन्तु जर्मनी का नाजी-प्रचार काफी बड़े पैमाने पर हो रहा है। हिटलर के आर्य-जाति की श्रेष्ठता के सिद्धान्त के नाम पर हिन्दू युवकों को नाजी विचारधारा की ओर आकर्षित किया जाता है। ऐसे हिन्दू महासभावादी युवकों पर इस प्रचार का काफी असर पड़ रहा है जो यह समझने में असमर्थ है कि फैसिज़्म साम्राज्यवाद का आगे बढ़ा हुआ रूप है। जर्मनी का आर्य-जाति की श्रेष्ठता का सिद्धान्त, स्वस्तिक चिह्न और ब्रिटेन का विरोध ऐसे युवकों के भ्रम को और पुष्ट करते हैं। मुसलमानों की वीरता की प्रशंसा की जाती है और ब्रिटेन की फिलिस्तीन और सीमांत नीति को लेकर उन्हें ब्रिटेन के खिलाफ उभारा जाता है। मुसलमानों पर इस प्रचार का काफी असर पड़ा है। खाकसार आन्दोलन तो स्पष्टतः नाजी तरीकों पर चलाया जा रहा है। ब्रिटिश सरकार की ओर से इस प्रचार को रोकने की कोशिश इसलिए नहीं की जाती कि वह समझती है कि समाजवाद का जो प्रचार यहां हो रहा है उसके असर को दूर करने के लिए फैसिस्ट प्रचार आवश्यक है।

हमारे देश में फैसिस्ट प्रचार इस प्रकार कुछ लोगों पर अपना असर कर रहा है इसमें आश्चर्य की कोई बात नहीं। सच तो यह है कि पूंजीवाद की ह्रासावस्था के इस जमाने में सारी दुनिया ही दो खेमों में बंट गई है। एक ओर वे प्रगतिशील लोग हैं जो मौजूदा पूंजीवादी समाज व्यवस्था को हटाकर समाजवादी व्यवस्था कायम करना चाहते हैं, दूसरी ओर वे फैसिस्ट लोग हैं जो मौजूदा पूंजीवादी व्यवस्था को ही सैनिक शासन के बल पर रखना चाहते हैं। हमारा देश अभी भी पराधीन है, इसलिए हमारे यहां ये दो भाग स्पष्ट रूप से दिखाई नहीं देते। परंतु इसमें संदेह नहीं कि सांप्रदायिक संस्थाओं के नये स्वरूप में हमें फैसिस्ट आंदोलन के आरम्भ का दर्शन होता है।

पहले हम कह आये हैं कि साम्प्रदायिक संस्थाओं के स्वरूप में कांग्रेस पद ग्रहण करने के बाद, बुनियादी तबदीली हुई है। अब वे अपने संप्रदाय की जनता के धार्मिक और सांस्कृतिक अधिकारों की रक्षा के लिए ही आन्दोलन नहीं करतीं; धार्मिक-संस्थाओं के स्थान पर वे राजनीतिक संस्थाएँ बन रही हैं। कांग्रेस से उनका विरोध केवल सांप्रदायिक समस्या पर न होकर उसकी मौलिक विचारधारा और कार्यप्रणाली पर है। हिन्दू महासभा और मुस्लिम लीग का पुराना आपसी झगड़ा खत्म हो चला है और उनका मुख्य उद्देश्य कांग्रेस का विरोध हो गया है। इन संस्थाओं के द्वारा समाज के उन प्रतिगामी वर्गों के नेतृत्व में एक संयुक्त मोर्चे का संगठन हो रहा है, जो कांग्रेस के पदग्रहण के फलस्वरूप अपने राजनीतिक अधिकारों से वंचित हो गये हैं और जनता के आर्थिक भार को कम करने के लिए बनाये जाने वाले कानूनों और किसान-मजदूरों में बढ़ती हुई श्रेणी-चेतना की बदौलत जिनकी आर्थिक सुविधाओं पर आघात हो रहा है।

इन संस्थाओं के प्रतिगामी नेतृत्व और दृष्टिकोण की बदौलत हमें उनसे यह खतरा नहीं कि वे विस्तृत जनाधार (mass basis) वाली कांग्रेस की प्रतिद्वंद्वी संस्थाएं बन सकेंगी, किन्तु उनके द्वारा होने वाले विरोधी प्रचार को रोकने का प्रयत्न न किया गया तो इसमें संदेह नहीं कि वे हमारे राष्ट्रीय आन्दोलन को छिन्न-भिन्न करने में बहुत-कुछ

अंशों में सफल हो सकेंगी। प्रजातांत्रिक तरीकों से इन संस्थाओं को कांग्रेस के मुकाबले में बढ़ने की कोई उम्मीद नहीं है, इसलिए उनकी ओर से राष्ट्रीय आन्दोलन के बढ़ते हुए प्रभावों को रोकने के लिए उन नाजायज तरीकों का इस्तेमाल किया जायेगा जो कि पश्चिम के फैसिस्टों द्वारा काम में लाये गये हैं। हाल में मि० जिन्ना ने बम्बई में एक भाषण में यह स्पष्ट कर दिया है कि प्रजातंत्र में उनका विश्वास नहीं है। हिन्दू-महासभा के पत्र भी लोकतंत्र प्रणाली के विरुद्ध अधिकाधिक लिखने लगे हैं। कांग्रेस के और देश में फैली हुई प्रगतिशील विचारधारा के खिलाफ मिथ्या और भ्रमपूर्ण प्रचार करके, संगठित गुंडाशाही के तरीकों का इस्तेमाल करके और सांप्रदायिक वैमनस्य को फैलाकर इनके द्वारा राष्ट्रीय आंदोलन की प्रगति में बाधाएं डाली जायेंगी। सबसे बड़ा खतरा इन सांप्रदायिक दंगों का ही है। अगर सांप्रदायिक दंगों ने भीषण रूप धारण किया और विभिन्न संप्रदायों में आपसी मनमुटाव जोर पकड़ता गया तो ऐसी हालत में, जैसा कि महात्मा गांधी ने बार-बार जोर दिया है, राष्ट्रीय आन्दोलन को सफलतापूर्वक चलाना बहुत कठिन हो जायेगा।

सांप्रदायिक समस्या को हल करने का पुराने समझौते का तरीका बहुत अधूरा रहा है। इसके द्वारा केवल शिक्षित मध्यम श्रेणी की समस्या हल होती थी समझौते की बातचीत के जरिए उन्हें अपने तबके के लिए एसेम्बली में सीटें और सरकारी नौकरियों में हिस्सा हासिल करने में मदद मिलती रही है। चूंकि इस समस्या के बने रहने से इस तबके का स्वार्थ-साधन होता था, इसलिए वह इसे मिटाने का सच्चे दिल से प्रयत्न न करता था। लेकिन आज की अवस्था में तो पुराना तरीका सिर्फ अधूरा नहीं, बल्कि एकदम बेकार पड़ गया है। अब सांप्रदायिक संस्थाओं की मांग सिर्फ सरकारी नौकरियों और हुकूमतों में हिस्सा पाना ही नहीं है; आज उनकी मांग है कि जनता की आर्थिक अवस्था में सुधार करने की दृष्टि से स्थिर स्वार्थ वर्गवालों की जो आर्थिक सुविधाएं छीनी जा रही हैं, वे बंद कर दी जाएं, परंतु इस मसले पर कोई समझौता नहीं हो सकता। ऐसा करना जनता के साथ विश्वासघात करना होगा। आर्थिक प्रश्नों पर जमींदारों और पूंजीपतियों के साथ समझौता करके कांग्रेस अपने क्रांतिकारी स्वरूप को ही खो देगी।

अगर कांग्रेस जनता के आर्थिक प्रश्नों के हल करने और चुनावों के वादों को पूरा करने की ओर ध्यान देगी तो देहातों में सम्प्रदायवादियों की दाल नहीं गल सकती। शहरों में और कस्बों में रहनेवाली शिथिल मध्यम श्रेणी तथा अशिक्षित आवारा श्रेणी को अगर कांग्रेस ने अपनाने का प्रयत्न नहीं किया तो ये लोग प्रतिक्रियागामियों की चालबाजी के शिकार होंगे। ये ही वर्ग पश्चिम में भी फैसिस्ट आंदोलन की खास ताकत रहे हैं। इन वर्गों में फैली हुई भीषण बेकारी इन वर्गों के नवयुवकों को संप्रदायवादियों के चंगुल में फंसने को मजबूर करेगी। अपनी अशिक्षा के कारण, अपनी आर्थिक दुर्दशा के कारणों को न समझ सकने और जिन अवस्थाओं में वे काम करते हैं, उनकी बदौलत उनमें अग्रगामी चेतना का विकास न होने का कारण वे औरों के मुकाबले आसानी से गलतफहमी के शिकार बनाये जा सकते हैं। किसानों की मांगों

को लेकर तो कांग्रेस आन्दोलन करती आई है, पर शहर के इन तबकों की ओर अभी तक उसका ध्यान नहीं गया है। शहरों में कांग्रेस का काम अब तक सिर्फ सभाएं करके प्रस्ताव पास कर देना और मौके-ब-मौके, जुलूस निकाल देना भर ही है, लेकिन यह कार्यक्रम बिलकुल ही अधूरा है। हमें शहर में उपर्युक्त वर्गों की रोजमर्रा की आर्थिक मांगों को लेकर उनके लिए आंदोलन करना होगा। तभी हम इनकी सक्रिय सहानुभूति को अपने साथ ला सकेंगे, इनमें वास्तविक चेतना का विकास कर सकेंगे और व्यवहार रूप में यह सिद्ध करके दिखा सकेंगे कि आज जो सांप्रदायिक नेता उनके हिमायती बन रहे हैं वे सच्चे सवालों के सामने आने पर भाग खड़े होते हैं और उनका वास्तविक उद्देश्य अपने वर्ग का स्वार्थ-साधन है। सांप्रदायिक उपद्रवों के समय शांति बनाये रखने तथा राष्ट्रीय आन्दोलन के कार्य को आगे बढ़ाने के लिए हमें स्वयंसेवकों का दल हर शहर और देहात में कायम करना होगा। कितने ही नौजवान सांप्रदायिक संस्थाओं में इसलिए भर्ती हो जाते हैं कि वहां वे स्वयंसेवक सेना में भर्ती होकर एक प्रकार का मानसिक संतोष प्राप्त करते हैं। ऐसे लोगों का भी हमें ध्यान रखना चाहिए।

अंत में, इस प्रसंग में यह कहना भी बहुत आवश्यक है कि आज की हालत में जब कि स्थिरस्वार्थी वर्ग कांग्रेस विरोधी मोर्चे को सुदृढ़ कर रहे हैं, कांग्रेस की भीतरी एकता को बनाये रखना हमारे लिए पहले से भी ज्यादा जरूरी हो गया है। विचारधारा तथा दृष्टिकोण की विभिन्नता होने पर भी कांग्रेस के भीतर सभी समूहों को कंधे से कंधा मिलाकर चलना चाहिए। हमारी आपसी फूट से हमारी राष्ट्रीय संस्था और राष्ट्रीय आंदोलन की ताकत कमजोर होगी, विरोधियों को जनता को भ्रम में डाल रखने और उसे गलत रास्ते पर ले जाने में सहायता मिलेगी। साथ ही हमारे भीतर स्वयं अवसरवादिता को प्रोत्साहन मिलेगा। आजकल कांग्रेस जिस प्रकार वामपक्ष और दक्षिणपक्ष का अखाड़ा-सा बनना चाहती है उससे हमारा राष्ट्रीय आंदोलन छिन्न-भिन्न हो जाएगा और साम्राज्यशाही से सफल मोर्चे की तैयारी एक अर्से के लिए टल जायेगी। श्री सुभाषचन्द्र बोस पर कार्यसमिति ने अनुशासन भंग करने के लिए जो कड़ी कार्रवाई की है उससे यही जान पड़ता है कि इस बढ़ते हुए साम्प्रदायिक खतरे के नये स्वरूप की ओर हमारे नेताओं का ध्यान नहीं है। हम कांग्रेस के दक्षिण और वाम दोनों पक्षों के नेताओं से और खासकर गांधीजी से यह अनुरोध करते हैं कि ऐसी सूरत ढूंढ़ निकालें जिससे विचारधारा सम्बन्धी मतभेद रखते हुए भी कांग्रेस के भीतर सभी साम्राज्य विरोधी दल मिलकर काम कर सकें।[1]

●

1. संघर्ष, 20 अगस्त, 1939

साम्प्रदायिकता : एक गम्भीर रोग

जयप्रकाश नारायण

इस सम्मेलन की अध्यक्षता के लिए मुझे कहने के लिए मैं साम्प्रदायिकता विरोधी कमेटी का बेहद कृतज्ञ हूं। मैं साम्प्रदायिकता, रूढ़िवादिता/पुराणपंथ और धर्मान्धता से संघर्ष के जरिये राष्ट्रीय एकता के इस महत्त्वपूर्ण आन्दोलन से जुड़कर सम्मानित महसूस करता हूँ।

मौजूदा साल और बीता साल एक ही बुराई के तीन चेहरों–साम्प्रदायिकता, रूढ़िवादिता और धर्मान्धता–तीनों के ही लिहाज से खासतौर से खराब रहे। 1967 और 1968 में कई साम्प्रदायिक दंगे हुए, एक हरिजन को जिन्दा जलाया गया और इतना ही नहीं, मानव बलि की भी एक घटना हुई। ये घटनाएँ चेतावनी थीं और एक लक्षण भी : एक गम्भीर रोग का लक्षण, जो राष्ट्र को पीड़ित–आक्रान्त करने वाला है; और चेतावनी, जिसे नजरअंदाज करने का नतीजा होगा राष्ट्रीय अनर्थकारी आपदा। यहाँ प्रदर्शित पोस्टर इस चेतावनी को भावपूर्ण तरीके से उद्घोषित करते हैं : 'साम्प्रदायिकता के कारण देश बँटा : साम्प्रदायिकता ने राष्ट्रपिता की हत्या की'। शहर में दिखे हाल के पोस्टर इस तथ्य के गवाह हैं कि हत्यारी मनोवृत्ति आज भी जिन्दा है और फैली हुई है।

अमीरों और गरीबों को दो दुनियाओं की तरह ही, हमारे यहाँ एक ओर प्रबुद्ध एवं बन्धनमुक्त विशिष्टजनों (एलीट) की दुनिया है, तो दूसरी दुनिया उन लाखों शिक्षितों और अशिक्षितों की है, जो पूर्वाग्रह, अंधविश्वास और अज्ञानता के बन्दी हैं। किन्तु जहाँ कोई इस बात को समझ सकता है कि धनी गरीब से अपनी दूरी बनाकर रखेगा, वहीं यह समझना कठिन है कि प्रबुद्धजनों ने अपनी स्पष्ट जिम्मेदारी क्यों त्याग दी है और वे अंधकार की शक्तियों के खिलाफ संघर्ष की प्रतिबद्धता क्यों नहीं महसूस करते। राष्ट्रीय परिदृश्य के सर्वाधिक शोचनीय लक्षणों में एक है--भारतीय ज्ञानोदय के नवजागरण में अपनी भूमिका निभाने में विशिष्टजनों (एलीट) की विफलता। इसका परिणाम है कि उच्च शिक्षण के स्थान भी साम्प्रदायिकता और धर्मान्धता के द्वारा दूषित हो रहे हैं।

राजनीतिक दल :

कुछ एक को छोड़कर भारत के सारे राजनीतिक दल धर्मनिरपेक्षता (सेक्यूलरिज्म) में अपनी निष्ठा/विश्वास घोषित करते हैं। किन्तु जहाँ वे सारे समय हर प्रकार के अवास्तविक या काल्पनिक उद्देश्यों के लिए लड़ रहे होते हैं; धर्मनिरपेक्षता का उद्देश्य, जो इस राष्ट्र की बुनियाद है, उनके सरोकारों से गायब हो चुका है। धर्मनिरपेक्षता के अर्थ-अभिप्राय और आचरण के संदर्भ में लोकशिक्षण का प्रभावशाली जनअभियान छेड़ना धर्मनिरपेक्ष राजनीतिक दलों की आवश्यक जिम्मेदारी थी, जिम्मेवारी है। वे न केवल इस जिम्मेवारी को निभाने में असफल ही हुए हैं, बल्कि उन्होंने साम्प्रदायिक मिजाज वाली पार्टियों के साथ तालमेल की नीति अपना कर लोगों के बीच साम्प्रदायिकता को फैलाने में भी मदद की है।

जब ट्रेड यूनियन आंदोलन की तरफ देखते हैं, जो वर्ग-एकता और बाकी ऐसे ही नारों से पूरी तरह गुंजायमान है, वहाँ भी तस्वीर ज्यादा चमकदार नजर नहीं आती। मैंने स्वयं जमशेदपुर के पिछले दंगों में इन अतिमुखर/बड़बोली विचारधाराओं की विफलता को देखा है। इसलिए जब तक राजनीतिक दल साम्प्रदायिकता की ताकत को अच्छी तरह समझ नहीं लेते, और इससे लड़ने के लिए पर्याप्त साहस नहीं बटोर लेते, या तो उन्हें स्वयं साम्प्रदायिक बन जाना पड़ेगा, या साम्प्रदायिक शक्तियों के बोझ तले दफन हो जाना पड़ेगा।

राजनीतिक दलों की कायरता का केवल एक कारण है। साम्प्रदायिक आवेगों और महत्त्वाकांक्षाओं को उकसाने-भड़काने के जरिये, साम्प्रदायिक मुद्दों को जोर-शोर से उठाने के जरिये, साम्प्रदायिक हौए को ईजाद करने के जरिये किसी समुदाय के वोट बटोरना काफी आसान है। इसके विपरीत तार्किक अपील से वोट जुटाना कठिन है। यही वह कारण है कि साम्प्रदायिकता, जातिवाद, अलगाववाद, भाषावाद और क्षेत्रवाद की ताकतें लम्बे कदम बढ़ा रही हैं। जब तक धर्मनिरपेक्ष राजनीतिक दल साहस नहीं जुटाते, अपने अपनाये उद्देश्यों/घोषणाओं के अनुरूप आचरण नहीं करते तथा विघटन और विभाजन की ताकतों के खिलाफ समान (कॉमन) उद्देश्य नहीं बनाते, भविष्य पर्याप्त अंधकारपूर्ण है।

इन परिस्थितियों में दिल्ली की साम्प्रदायिकता विरोधी कमेटी, बम्बई के सेक्युलर फोरम, कलकत्ता के काउंसिल फॉर काम्युनल हारमॉनी जैसी संस्थाओं-समितियों के कार्य रात में जलती मशालों जैसे हैं। इनमें से हर एक अपने जैसी हजारों अन्य मशालें रोशन करें।

अनेक किस्में :

विविध प्रकार के समुदाय होने से, साम्प्रदायिकता की भी कई किस्में हैं। उन सब में धार्मिक साम्प्रदायिकता सबसे ज्यादा विनाशक है, क्योंकि इसे ईश्वरीय मान्यता का लबादा पहना दिया जाता है, और यह गहरी धार्मिक भावनाओं का शोषण करने/अनुचित लाभ उठाने में सक्षम होती है। फिर भी यह धर्म का कसूर नहीं है कि वह साम्प्रदायिकता के द्वारा स्वयं का अनुचित इस्तेमाल होने देता है। यहाँ मुख्य

कसूरवार राजनीति है। और उसके ठीक पीछे अर्थशास्त्र है। साम्प्रदायिकता को कभी किसी धार्मिक उद्देश्य की पूर्ति करते हुए नहीं पाया गया है : हमेशा इसके राजनीतिक, आर्थिक या सामाजिक प्रयोजन रहे हैं। कोई भी धर्म लूट, हत्या, बलात्कार, आगजनी और इससे भी बदतर कामों--जो सभी साम्प्रदायिक दंगों की समान खासियतें हैं--को मान्यता नहीं देता। किन्तु इसमें कोई संदेह नहीं कि ऐसा हर दंगा किसी एक या दूसरे साम्प्रदायिक दल या समूह की लोकप्रियता को बढ़ाता है, और किसी एक या अन्य धार्मिक समुदाय के व्यापार, निर्माण, सूदखोरी सरीखे आर्थिक हितों/स्वार्थों को मजबूत करता है।

इसका यह अर्थ नहीं कि धर्म में साम्प्रदायिकता की जड़ें हैं ही नहीं, लेकिन वह झूठा/दिखावटी धर्म है, जो अपने सीने में साम्प्रदायिकता को पालता-पोसता है। धर्मों का विश्लेषणात्मक इतिहास दिखाता है कि ऋषि/मनीषी या पैगम्बर के मौलिक सत्य के सोने के साथ जो कूड़ा-कचरा मिलाया गया, वह खुद धर्म के राजनीतिक-आर्थिक-सामाजिक स्वार्थसाधन का उत्पाद था। यह उन सब के लिए एक चेतावनी होनी चाहिए, जिनका अपने धर्म में गहरा एवं सच्चा विश्वास है। मेरे लिए धर्म एक जीवनदायी स्रोत है, जो मुझे उस अज्ञातशक्ति से जोड़ता है, जो अन्तिम/चरम वास्तविकता है। मैं इस सम्बन्ध में अन्दरूनी ताकत पाता हूँ; चाहे कितना भी धुँधला, अस्पष्ट--सा ही इसे मैं समझ सकूँ।

जो बात मुझे हिन्दू बनाती है, जिसके लिए मुझे गर्व है, वह यह तथ्य है कि अन्तिम/चरम वास्तविकता के प्रति मेरी समझ और जानकारी मूलतया प्राचीन भारतीय ऋषियों-मनीषियों और आध्यात्मिक गुरुओं के मार्गदर्शन से निर्धारित होती है। दूसरे बतौर हिन्दू मेरी पहचान, देश के मेरे इलाके में हिन्दू समाज द्वारा लागू धार्मिक पूजा-उपासना के निश्चित ऊपरी-बाहरी विधि-विधान के मेरे द्वारा पालन से निर्धारित होती है। इसी तरह अन्य लोग भिन्न धर्मप्रवर्तकों/पैगम्बरों व भिन्न पूजा-रिवाजों का अनुसरण करने वाले हो सकते हैं। इस सबमें घृणा, हिंसा और साम्प्रदायिक संघर्ष को उपजाने-पनपाने जैसा कुछ नहीं है।

हिन्दू साम्प्रदायिकता :

भारत अनेक धर्मों का देश होने के कारण हर धार्मिक समुदाय की अपनी खास किस्म की साम्प्रदायिकता है। वे सभी विनाशक हैं; किन्तु हिन्दू साम्प्रदायिकता अन्य से ज्यादा विनाशक है। एक वजह है कि भारत की जनसंख्या में हिन्दू विशाल बहुमत बनाते हैं। (इस कारण) हिन्दू साम्प्रदायिकता आसानी से भारतीय राष्ट्रवाद का छद्मवेश/नकली रूप धारण कर सकती है और सारे विरोधी पक्ष को राष्ट्रविरोधी बताकर दोषारोपण कर सकती है।

राष्ट्रीय स्वयंसेवक संघ जैसी कुछ ताकतें भारतीय राष्ट्र को हिन्दू राष्ट्र के बतौर चिह्नित करते हुए इसे खुलेआम कर सकती हैं, अन्य इसे कुछ ज्यादा बारीकी (होशियारी) से कर सकते हैं। लेकिन हर मामले में, ऐसी पहचान के गर्भ में राष्ट्रीय विघटन/विखण्डन का बीज पलता है, क्योंकि अन्य समुदायों के सदस्य कभी भी

दोयम दर्जे के नागरिक की हैसियत स्वीकार नहीं कर सकते। इसलिए ऐसी परिस्थिति अपने आप में निरन्तर संघर्ष और निर्णायक विघटन के बीज समेटे रहती है।

वे, जो भारत को हिन्दुओं और भारतीय इतिहास को हिन्दू इतिहास के समानार्थक बताने की कोशिश करते हैं, भारत की महानता तथा भारतीय इतिहास और सभ्यता के गौरव को घटा रहे हैं। यह विरोधाभासी दिख सकता है, (किन्तु) ऐसे लोग दरअसल खुद हिन्दुत्व और हिन्दुओं के दुश्मन हैं। वे न केवल इस धर्म को विकृत करते हैं तथा इसकी विश्वसनीयता/उदारता, सहिष्णुता एवं सद्भाव की प्रवृत्ति को बरबाद करते हैं, बल्कि उसी देश के ताने-बाने को कमजोर एवं छिन्न-भिन्न भी करते हैं, जिसकी इतनी विशाल बहुसंख्या हिन्दू ही बनाते हैं।

एक अन्य अर्थ में भी हिन्दू सम्प्रदायवादी उसी समुदाय को जोखिम में डाल रहे हैं, जिसके हिमायती होने का वे दावा करते हैं। हिन्दू समाज के भीतर असमान जातियों तथा और ज्यादा असमान बहिष्कृतों के विभाजनों के कारण, साम्प्रदायिकता की प्रवृत्ति एक बार भड़का दी जाये और राजनीति की गाड़ी के जुए में जोत दी जाये, तो जैसा सचमुच पहले ही हो चुका है, कि वह जातियों के एक संयोजन-समूह को दूसरे संयोजन के खिलाफ और बहिष्कृतों के एक संयोजन को उन सबके खिलाफ खड़ा करने/उकसाने का काम (अनिवार्यतया) करेगी ही।

राष्ट्रीय स्वयंसेवक संघ (आर०एस०एस०)

आर०एस०एस० के बारे में मैं दो टिप्पणियाँ करना चाहता हूँ। गांधीजी की हत्या के बाद जब संघ संदेह की छाया में था, इसके सम्पूर्णतया एक सांस्कृतिक संगठन होने सम्बन्धी कई वक्तव्य आये। किन्तु धर्मनिरपेक्ष शक्तियों की कायरता से स्पष्टतया उत्साहित व ढीठ होकर उसने अपना नकाब उतार फेंका, और भारतीय जनसंघ के पीछे की वास्तविक ताकत और नियंत्रक के बतौर उभर आया। जनसंघ के धर्मनिरपेक्ष वक्तव्यों को कभी भी गम्भीरता से नहीं लिया जायेगा, जब तक कि वह उन बन्धनों को काट न दे, जो इसे इतनी मजबूती से आर० एस० एस० के संगठन से बाँधते हैं। और न ही आर० एस० एस० को एक सांस्कृतिक संगठन के बतौर माना जा सकता है, जब तक कि वह एक राजनीतिक दल का परामर्शदाता और (व्यवहारकुशल) प्रभावी परिचालक बना रहता है।

दूसरी टिप्पणी से मैं स्वयं आर० एस० एस० को सम्बोधित करना चाहता हूँ। यदि उसके हृदय में भारत का कल्याण/हित है, तो उसे स्वयं को संकीर्णमना हिन्दू संगठन से उदार भारतीय संगठन में रूपान्तरित करना चाहिए; और उसे अपने संगठन में सभी समुदायों के युवाओं को शामिल करना चाहिए और उन्हें प्रशिक्षित करना चाहिए, क्योंकि वे कुछ करने तथा भारत के अनुशासित, निष्ठावान और एकताबद्ध नागरिक बनने में समर्थ हैं। यदि उन्होंने ऐसा किया, तो भारत की कृतज्ञता पायेंगे; किन्तु अगर वे अपनी मौजूदा राजनीति में अड़े रहे और आगे बढ़ते रहे, तो वे निश्चित रूप से हिन्दू धर्म की आत्मा की हत्या कर डालेंगे और राष्ट्र की बुनियादों को धीरे-धीरे कमजोर व नष्ट कर देंगे।

मुस्लिम साम्प्रदायिकता

मेरे पास सिर्फ एक और धार्मिक साम्प्रदायिकता–मुस्लिम साम्प्रदायिकता पर (बोलने का) समय है। भारतीय इतिहास के कुछ तथ्यों और इस्लाम की गलत व्याख्या ने हिन्दू साम्प्रदायिकता के खिलाफ प्रतिक्रिया के साथ जुड़कर मुस्लिम साम्प्रदायिकता की एक खास किस्म को उत्पन्न किया है, जो स्वयं मुसलमानों और देश दोनों के लिए खतरा बन रही हैं। एक जमात/संगठन है, जिसे मैं ऐसे खतरे के स्रोत के रूप में खासतौर पर चिह्नित करना चाहूंगा; मेरा आशय जमात-ए-इस्लामी से है। लेकिन यह अपने किस्म की अकेली जमात/संगठन हरगिज नहीं है।

अपने प्रारम्भिक काल की ऐतिहासिक स्थितियों के जमाने में, इस्लाम राज्य की राजनीतिक संस्था के साथ कस कर गुँथ-मिल गया था। आधुनिक काल में यह खाली धार्मिक विधिविधान/कर्मकाण्ड के सिवा कुछ नहीं हो सकता, न ही कमाल अतातुर्क द्वारा खलीफा का पद खत्म कर देने के बाद से इसके लिए कोई संस्थापक ढाँचा मौजूद है। किन्तु कुछ मुसलमानों के दकियानूसी दिमाग आधुनिक विश्व के तथ्यों को नहीं समझ पाते, और इसलिए हम पाकिस्तान के चीफ जस्टिस (मुख्य न्यायाधीश) और मौलाना मौदूदी के बीच दिलचस्प सम्वाद (की मिसाल) पाते हैं–

जस्टिस मुनीर–यदि हमारे पास पाकिस्तान में इस्लामी राज्य है, तो क्या आप हिन्दुओं को उनके धर्म के आधार पर अपना संविधान बनाने की इजाजत देंगे? क्या आपको कोई एतराज होगा, यदि उस तरह की सरकार में मुसलमानों के साथ वही बरताव हो, जैसा मनु के नियमों के तहत म्लेच्छों या शूद्रों के साथ होता है?'

मौलाना मौदूदी–'मुझे कोई एतराज नहीं होना चाहिए, यदि हिन्दुस्तानी मुसलमानों के साथ उस तरह की सरकार में शूद्रों और म्लेच्छों जैसा बरताव किया गया, और सरकार में सारी हिस्सेदारी और नागरिक अधिकारों से उन्हें वंचित रखते हुए उन पर मनु के नियम लागू किये गये।' (1953 के पंजाब के उपद्रवों की जाँच के लिए 1954 के पजांब ऐक्ट-II के तहत गठित जाँच न्यायालय की रिपोर्ट, पेज-228 में दर्ज)।

सर्वाधिक अप्रबुद्ध रूढ़िवादिता ही ऐसी धर्मान्धता के लिए जिम्मेवार हो सकती है। जमात-ए-इस्लामी भारत में इस धर्म सिद्धान्त का खुलेआम प्रचार-प्रसार नहीं करती, पर इसमें कोई संदेह नहीं कि वे भारतीय राज्य को अधार्मिक एवं ऐसा राज्य मानते हैं, जिसमें मुसलमान सिर्फ अप्रिय/दुखी जीवन जी सकते हैं; (और) राजनीतिक समेत जीवन के सभी दायरों में समुदाय को एक साथ रखकर ही उनके आध्यात्मिक और भौतिक वंचनों/हानियों को सँवारा/सुधारा जा सकता है। ऐसी ही विचारधारा के एक प्रवक्ता 'मार्गदीप' अखबार के अनुसार : 'हर धार्मिक समुदाय का एक अलग राजनीतिक संगठन होना चाहिए। हर मुद्दे का फैसला अपने-अपने समुदायों के नेताओं द्वारा वार्तालाप आयोजित कर दिया जाना चाहिए। (सम्पादकीय 25.12.1924)

यह देखना दिलचस्प है कि कैसे सभी धर्मों के सम्प्रदायवादी एक समान (कॉमन) बिन्दु पर मिलते हैं : हर समुदाय को खुद को संघटित/सुदृढ़ करना चाहिए; अपनी अलग पहचान अपनाये रखनी चाहिए; उसकी अपनी राजनीतिक पार्टी जरूर होनी चाहिए; इत्यादि। यह अपने ही भीतर विभाजित एक राष्ट्र की, या कई अलग राष्ट्रों से बने एक देश की दहलाने वाली तस्वीर है। पर मामला यह नहीं है कि कितनी डरावनी तस्वीर है, दरअसल यही वह नियति है, जिस ओर साम्प्रदायिकता इस देश को ले जा रही है।

धर्मान्तरण/धर्म-परिवर्तन

धर्मान्तरण के बारे में एक बात। हालाँकि हर धर्म को धार्मिक स्वतंत्रता का अधिकार है, मैं किसी के लिए भी धर्मान्तरण का कोई औचित्य नहीं समझता। वास्तव में यह गतिविधि धार्मिक मनमुटाव-कलह और संघर्ष से भरपूर है। मानव समाज की उन्नति धर्म-परिवर्तन पर नहीं, बल्कि मनुष्य की उन्नति/सुधार पर निर्भर होती है। हर धर्म में अच्छे और बुरे व्यक्ति हैं, और यदि यहाँ कोई धार्मिक समस्या है, तो यह सुनिश्चित करना कि हर कोई अपने धर्म के प्रति सच्चा हो।

यदि हम सभी अच्छे हिन्दू, अच्छे मुसलमान, अच्छे सिक्ख, अच्छे ईसाई आदि हैं, तो यह देश धरती पर एक स्वर्ग होगा। इसलिए मैं सभी धर्मोपदेशकों/धार्मिक प्रचारकों से अन्य धर्मों के सदस्यों का धर्मान्तरण रोकने, और अपने-अपने धर्मों के अनुयायियों को बेहतर स्त्री और पुरुष बनाने पर केन्द्रित रहने की अपील करूँगा।

मैंने साम्प्रदायिकता के कुछ पहलुओं पर विचार किया है और आर्थिक एवं सांस्कृतिक सरीखे कई अन्य महत्वपूर्ण पहलुओं को छोड़ दिया है। मुझे विश्वास है कि इस सम्मेलन में उन पहलुओं पर अन्य सहभागियों द्वारा विचार-विमर्श होगा। अपनी बात खत्म करने से पहले मैं इस बात पर जोर देना चाहूँगा कि साम्प्रदायिकता के खिलाफ संघर्ष बुनियादी तौर पर नकारात्मक नहीं, वरन् सकारात्मक काम है। यह लोगों को धर्मनिरपेक्षता के अर्थ/अभिप्राय और आचरण में शिक्षित करने के जरिये होना है, जैसा कि मैंने शुरू में कहा था; तभी हम साम्प्रदायिकता के दैत्य को पराजित करने में सफल होंगे।

यह सम्मेलन तथा देश के विभिन्न भागों से यहाँ जुटे प्रतिनिधिगण इस उदात्त-महान उद्देश्य के लिए खुद को समर्पित करें।

(श्री ब्रह्मानंद द्वारा संपादित 'नेशन बिल्डिंग इन इण्डिया' से मंथन द्वारा अनुवाद)

साम्प्रदायिक समस्या के समाधान के लिए प्रस्ताव

डॉ० भीमराव अम्बेडकर

सांप्रदायिक समस्या से तीन प्रश्न उभरते हैं–

(1) विधान-मण्डल में प्रतिनिधित्व का प्रश्न,

(2) कार्यपालिका में प्रतिनिधित्व का प्रश्न, और

(3) लोक सेवाओं में प्रतिनिधित्व का प्रश्न।

लोकसेवाओं में प्रतिनिधित्व

अंतिम प्रश्न पर सबसे पहले चर्चा कर ली जाये। इसे विवादास्पद प्रश्न नहीं कहा जा सकता। भारत सरकार ने यह स्वीकार कर लिया है कि सैद्धान्तिक रूप से सभी समुदायों को लोक सेवाओं में निर्धारित अनुपात में प्रतिनिधित्व दिया जाना चाहिए और किसी भी एक समुदाय को एकाधिकार की अनुमति नहीं दी जानी चाहिए। इस सिद्धान्त का समावेश भारत सरकार के 1934 और 1943 के प्रस्ताव में कर लिया गया है और इसे कार्यान्वित किये जाने के लिए नियम बना दिये गये हैं। यह भी निर्धारित किया गया है कि यदि इन नियमों के विरुद्ध कोई नियुक्ति की जाती है तो उसे रद्द माना जायेगा। केवल इतना ही आवश्यक है कि प्रशासकीय प्रथा को संवैधानिक दायित्व में परिवर्तित कर दिया जाये। ऐसा तभी किया जा सकता है, जब भारत सरकार अधिनियम में एक अनुसूची जोड़ दी जाये। इसमें इन प्रस्तावों में दिये गये उपबंध और अलग-अलग प्रांतों के लिए इसी प्रकार के उपबंध सम्मिलित किए जायेंगे तथा यह अनुसूची संविधान के कानून का एक भाग होगी।

कार्यपालिका में प्रतिनिधित्व का प्रश्न

इस प्रश्न से तीन बातें सामने आती हैं–

(1) कार्यपालिका में प्रतिनिधियों की संख्या,

(2) कार्यपालिका का स्वरूप, और

(3) कार्यपालिका में स्थानों को भरने का तरीका।

कार्यपालिका में प्रतिनिधियों की संख्या

इस प्रश्न के समाधान के लिए जो सिद्धांत अपनाया जाना चाहिए, वह यह है कि हिन्दुओं मुसलमानों तथा अनुसूचित जातियों का प्रतिनिधित्व विधान-मण्डल के अपने

प्रतिनिधित्व के सही अनुपात में उन्हें कार्यपालिका में प्रतिनिधित्व दिलाया जाये। यह कठिनाई इसलिए उत्पन्न होती है कि उनकी संख्या बहुत कम है। यदि उन्हें अपनी संख्या के ठीक अनुपात में कार्यपालिका में स्थान दिये जाते हैं तो कार्यपालिका को असामान्य रूप से बढ़ाना होगा। इसलिए यह सभी कुछ तब हो सकता है, जब उनके प्रतिनिधित्व के लिए मंत्रिमण्डल में एक-दो स्थान सुरक्षित कर लिए जाये तथा एक परिपाटी स्थापित की जाये कि उन्हें उन संसदीय सचिवों में सही अनुपात में प्रतिनिधित्व मिल जायेगा, जिनकी संख्या में उस समय वृद्धि की जायेगी, जब नवीन संविधान लागू हो जायेगा।

कार्यपालिका का स्वरूप

मैं कार्यपालिका के गठन के लिए नीचे दिये गये सिद्धान्तों का प्रस्ताव करूँगा–

(1) यह स्वीकार करना चाहिए कि भारत जैसे देश में, जहां बहुसंख्यक वर्ग तथा अल्पसंख्यक वर्ग में अनवरत विद्वेष है और इस कारण अल्पसंख्यक वर्ग के विरुद्ध बहुसंख्यक वर्ग द्वारा सांप्रदायिक भेदभाव का खतरा अल्पसंख्यक वर्ग के लिए सतत संकट बना हुआ है, विधायी शक्ति की अपेक्षा कार्यकारी शक्ति का अधिक महत्व हो जाता है।

(2) उपर्युक्त (1) के अनुसार, यदि ऐसी पद्धति के अंतर्गत चुनाव में किसी पार्टी ने बहुमत प्राप्त कर लिया है तो उस पार्टी को इस परिकल्पना के आधार पर सरकार बनाने का अधिकार होगा कि उस पार्टी को बहुमत का विश्वास प्राप्त है,जब कि भारतीय परिस्थितियों में यह असमर्थनीय है। भारत में बहुसंख्यक वर्ग सांप्रदायिक बहुसंख्यक वर्ग है, न कि राजनीतिक बहुसंख्यक वर्ग। इसी अंतर के कारण इंग्लैण्ड में जो कल्पना उभरती है, उसे भारत की परिस्थितियों में वैध परिकल्पना नहीं माना जा सकता।

(3) कार्यपालिका को विधान-मण्डल में बहुमत वाली पार्टी की समिति नहीं होना चाहिए। इसका इस प्रकार निर्माण किया जाना चाहिए कि इसका आदेश विधान-मण्डल के बहुमत से ही नहीं लिया जायेगा, अपितु उसके अल्पमत से भी लिया जायेगा।

(4) कार्यपालिका का स्वरूप गैर-संसदीय होना चाहिए। इसका अर्थ यह है कि वह विधानमण्डल की समयावधि से पूर्व हटाई नहीं जा सकेगी।

(5) कार्यपालिका का संसदीय स्वरूप होने का अर्थ है कि कार्यपालिका के सदस्य विधान-मण्डल के सदस्यों में से चुने जायेंगे और उन्हें सदन में बैठने, बोलने, मत देने तथा प्रश्नों के उत्तर देने का अधिकार होगा।

कार्यपालिका में स्थानों के भरने का तरीका

इस सम्बन्ध में मैं नीचे दिये गये सिद्धांतों को अपनाने का प्रस्ताव करूँगा–

(1) सरकार का कार्यकारी अध्यक्ष होने के नाते प्रधानमंत्री को पूरे सदन का विश्वास प्राप्त होना चाहिए।

(2) यदि मंत्रिमण्डल में किसी अल्पसंख्यक वर्ग का कोई व्यक्ति प्रतिनिधित्व

करता है तो उसे विधान-मण्डल में अपने समुदाय के सदस्यों का विश्वास प्राप्त होना चाहिए, और

(3) मंत्रिमण्डल के किसी सदस्य को तब तक नहीं हटाया जायेगा, जब तक कि भ्रष्टाचार अथवा देशद्रोह के आधार पर सदन में उस पर महाभियोग न लगाया गया हो।

इन सिद्धान्तों का अनुसरण करते हुए मेरा प्रस्ताव है कि प्रधानमंत्री तथा बहुसंख्यक वर्ग के समुदाय के मंत्रिमण्डल के सदस्यों का चुनाव पूरे सदन द्वारा एकल परिवर्तनीय मत द्वारा किया जाना चाहिए तथा मंत्रिमण्डल में अलग-अलग अल्पसंख्यक वर्गों के प्रतिनिधियों का चुनाव विधान-मण्डल के प्रत्येक अल्पसंख्यक समुदाय के सदस्यों द्वारा एकल परिवर्तनीय मत द्वारा किया जाना चाहिए।

विधान-मण्डल में प्रतिनिधित्व का प्रश्न

यह सबसे कठिन प्रश्न है। अन्य सभी प्रश्न इस प्रश्न के समाधान पर निर्भर हैं। इसमें दो मुद्दे उठते हैं–

(1) प्रतिनिधित्व की संख्या, और

(2) निर्वाचन-क्षेत्र का स्वरूप।

प्रतिनिधित्व की संख्या

मैं सर्वप्रथम अपने प्रस्ताव प्रस्तुत करूंगा और उसके बाद उन सिद्धांतों की व्याख्या करूंगा, जिन पर ये प्रस्ताव आधारित हैं। इन प्रस्तावों को अगले पृष्ठ पर दी गई तालिकाओं में बताया गया है, जिनमें ब्रिटिश भारत के केन्द्रीय विधान-मण्डल और प्रांतीय विधान-मण्डल में अलग-अलग समुदायों के लिए प्रतिनिधित्व का क्रम दिया गया है।

विधान-मण्डलों में प्रतिनिधित्व का प्रस्तावित अनुपात

टिप्पणी–नीचे दी गई तालिकाओं में जनसंख्या का प्रतिशत जनगणना के आंकड़ों से भिन्न है, क्योंकि उन्हें आदिवासी जातियों की जनसंख्या को घटाकर माना गया है।

1. केन्द्रीय सभा

समुदाय	कुल जनसंख्या का प्रतिशत	प्रतिनिधित्व का प्रतिशत
हिन्दू	54.68	40
मुसलमान	28.50	32
अनुसूचित जातियां	14.30	20
भारतीय ईसाई	1.16	3
सिक्ख	1.49	4
आंग्ल भारतीय	0.05	1

2. बंबई

समुदाय	कुल जनसंख्या का प्रतिशत	प्रतिनिधित्व का प्रतिशत
हिन्दू	76.42	40
मुसलमान	9.98	28
अनुसूचित जातियां	9.64	28
भारतीय ईसाई	1.75	2
आंग्ल भारतीय	0.07	1
पारसी	0.44	1

3. मद्रास

समुदाय	कुल जनसंख्या का प्रतिशत	प्रतिनिधित्व का प्रतिशत
हिन्दू	71.20	40
अनुसूचित जातियां	16.53	30
मुसलमान	7.98	24
भारतीय ईसाई	4.10	5
आंग्ल भारतीय	0.06	1

4. बंगाल

समुदाय	कुल जनसंख्या का प्रतिशत	प्रतिनिधित्व का प्रतिशत
मुसलमान	56.50	40
हिन्दू	30.03	33
अनुसूचित जातियां	12.63	25
भारतीय ईसाई	0.19	1
आंग्ल भारतीय	0.05	1

5. संयुक्त प्रांत

समुदाय	कुल जनसंख्या का प्रतिशत	प्रतिनिधित्व का प्रतिशत
हिन्दू	62.29	40
अनुसूचित जातियां	21.40	29
मुसलमान	15.30	29
भारतीय ईसाई	0.24	1
आंग्ल भारतीय	0.03	1

6. पंजाब

समुदाय	कुल जनसंख्या का प्रतिशत	प्रतिनिधित्व का प्रतिशत
मुसलमान	57.06	40
हिन्दू	22.17	28
सिख	13.22	21
अनुसूचित जातियां	4.39	9
भारतीय ईसाई	1.71	2

7. मध्य प्रांत-बरार

समुदाय	कुल जनसंख्या का प्रतिशत	प्रतिनिधित्व का प्रतिशत
हिन्दू	72.20	40
अनुसूचित जातियां	20.23	34
मुसलमान	5.70	25
भारतीय ईसाई	0.36	1

8. बिहार

समुदाय	कुल जनसंख्या का प्रतिशत	प्रतिनिधित्व का प्रतिशत
हिन्दू	70.76	40
मुसलमान	15.05	30
अनुसूचित जातियां	13.80	28
भारतीय ईसाई	1.71	2

9. आसाम

समुदाय	कुल जनसंख्या का प्रतिशत	प्रतिनिधित्व का प्रतिशत
हिन्दू	45.60	40
मुसलमान	44.59	39
अनुसूचित जातियां	8.76	19
भारतीय ईसाई	0.48	2

10. उड़ीसा

समुदाय	कुल जनसंख्या का प्रतिशत	प्रतिनिधित्व का प्रतिशत
हिन्दू	70.80	40
अनुसूचित जातियां	17.66	36
मुसलमान	2.07	22
भारतीय ईसाई	0.37	2

11. सिंध

समुदाय	कुल जनसंख्या का प्रतिशत	प्रतिनिधित्व का प्रतिशत
हिन्दू	23.08	40
मुसलमान	71.30	40
अनुसूचित जातियां	4.26	19
भारतीय ईसाई	0.29	1

प्रस्तावों में विहित सिद्धांत

अब मैं उन सिद्धांतों को बताना चाहूंगा, जिनके आधार पर यह वितरण किया गया है। ये सिद्धांत इस प्रकार हैं–

1. बहुसंख्यक वर्ग का शासन सैद्धांतिक रूप से असमर्थनीय और व्यवहार में असंगत होता है। बहुसंख्यक वर्ग को प्रतिनिधित्व का सापेक्ष बहुसंख्यक समुदाय स्वीकार किया जा सकता है, परन्तु यह कभी भी पूर्ण बहुमत का दावा नहीं कर सकता।[1]
2. विधान–मण्डल में बहुसंख्यक समुदाय को दिये जाने वाले प्रतिनिधित्व का सापेक्ष बहुमत इतना बड़ा नहीं होना चाहिए कि बहुसंख्यक वर्ग सबसे छोटे अल्पसंख्यक वर्गों की सहायता से अपना शासन स्थापित कर ले।
3. सीटों का वितरण इस प्रकार होना चाहिए कि बहुसंख्यक वर्ग तथा प्रमुख अल्पसंख्यक वर्गों में से कोई वर्ग मिलकर उसे इतना बहुमत न दे दे कि वह अल्पसंख्यक वर्ग के हित के प्रति सर्वथा उदासीन हो जाये।
4. वितरण ऐसा होना चाहिए कि यदि सभी अल्पसंख्यक वर्ग मिल जायें तो वे बहुसंख्यक वर्ग पर आश्रित हुए बिना अपनी सरकार बना सकें।
5. बहुसख्ंयक वर्ग से ली गई वरीयता को अल्पसंख्यक वर्गों में उनकी सामाजिक स्थिति, आर्थिक स्थिति और शैक्षिक दशा के विपरीत अनुपात में वितरित किया जाना चाहिए, ताकि अल्पसंख्यक वर्ग को, जो बड़ा है और जिसकी सामाजिक, शैक्षिक और आर्थिक स्थिति अपेक्षाकृत अच्छी है, उस अल्पसंख्यक वर्ग की अपेक्षा कम वरीयता मिलती है, जिसकी संख्या कम है और जिसकी शैक्षिक, आर्थिक तथा सामाजिक स्थिति अन्य वर्गों की अपेक्षा घटिया होती है।

यदि मैं ऐसा कहूं कि प्रतिनिधित्व संतुलित प्रतिनिधित्व है, तो कोई भी समुदाय

---

1. मैंने उत्तर-पश्चिम सीमा प्रांत के लिए प्रतिनिधित्व की कोई भी योजना तैयार नहीं की है, क्योंकि अल्पसंख्यक वर्ग इतना छोटा है कि सापेक्ष बहुसंख्यक वर्ग का सिद्धांत भी उस पर लागू नहीं हो सकता।

ऐसी स्थिति में नहीं रहता कि वह अपने सदस्यों की अधिक संख्या के कारण अन्य समुदायों पर अपना आधिपत्य जमाये। मुसलमानों की हिन्दू बहुसंख्यक वर्ग के प्रति शिकायत तथा हिन्दू और सिखों की मुसलमानों के बहुसंख्यक वर्ग के साथ शिकायत, इस तरह केन्द्र और प्रांतों में पूर्णतया समाप्त की जा सकती है।

निर्वाचन-क्षेत्र की प्रकृति

निर्वाचन-क्षेत्रों के प्रश्न के बारे में आगे दी गई प्रस्थापनाएं स्वीकार की जानी चाहिए–

1. किसी विशेष उद्देश्य की प्राप्ति के लिए संयुक्त निर्वाचन-क्षेत्र अथवा पृथक निर्वाचन क्षेत्र केवल निश्चित लक्ष्य की प्राप्ति के साधन का मामला है। यह कोई सैद्धान्तिक मामला नहीं है।
2. इसका उद्देश्य यह है कि अल्पसंख्यक वर्ग को विधानमण्डल के लिए ऐसे उम्मीदवारों का चयन करने के योग्य बना दिया जाये, जो वास्तविक होंगे और अल्पसंख्यक वर्ग के नाममात्र के प्रतिनिधि नहीं होंगे।
3. यदि एक ओर पृथक निर्वाचन-क्षेत्र अल्पसंख्यक वर्ग को इस बात की पूर्ण गारंटी देता है कि उसके प्रतिनिधि केवल वही होंगे जिन्हें उसका विश्वास प्राप्त है, तो दूसरी ओर निर्वाचन-क्षेत्र प्रणाली में अल्पसंख्यक वर्गों को समान संरक्षण प्रदान किया जाता है। अतः इसकी अवहेलना नहीं की जानी चाहिए।
4. इसे संभावित विकल्प समझा जा सकता है कि चार सदस्यों के निर्वाचन-क्षेत्र में अल्पसंख्यक वर्ग को दोहरा मत प्राप्त करने का अधिकार हो, बशर्ते कि उसे अल्पसंख्यक वर्ग के मतों का न्यूनतम प्रतिशत प्राप्त हो।

वे मामले जिनके बारे में चर्चा नहीं की गई

विशेष सुरक्षा का प्रश्न

कुछ अल्पसंख्यक वर्गों की ओर से की गई अन्य मागें इस प्रकार हैं–

1. अल्पसख्यक वर्गों की दशा के सम्बन्ध में जानकारी देने के लिए कानूनी अधिकारी की व्यवस्था,
2. शिक्षा के लिए राज्य सहायता की कानूनी व्यवस्था, और
3. भूमि बंदोबस्त के लिए कानूनी व्यवस्था। परंतु उनका स्वरूप साम्प्रदायिक न हो। अतः मैं उनके बारे में यहां विस्तार से चर्चा करना नहीं चाहूंगा।

आदिवासी जनजातियां

यह स्पष्ट है कि मैंने अपने प्रस्तावों में आदिवासी जनजातियों को शामिल नहीं किया है, यद्यपि उनकी संख्या सिखों, आंग्ल भारतीयों, भारतीय ईसाइयों और पारसियों से अधिक है। मैं कारण बताना चाहता हूं कि मैंने अपनी योजना में उन्हें क्यों

शामिल नहीं किया है। आदिवासी जनजातियों ने अभी तक ऐसी राजनीतिक सूझबूझ हासिल नहीं की है, जिससे वे अपने राजनीतिक अवसरों का सर्वोत्तम उपयोग कर सकें। वे आसानी से बहुसंख्यक वर्ग अथवा अल्पसंख्यक वर्ग के हाथों का खिलौना बन जाते हैं और इस प्रकार वे न केवल संतुलन बिगाड़ देते हैं, बल्कि अपना भी कोई भला नहीं कर पाते। उनके विकास की वर्तमान अवस्था में मुझे लगता है कि इन पिछड़े समुदायों के लिए उचित मार्ग यही है कि उनके प्रशासन के लिए एक संवैधानिक आयोग की उसी आधार पर स्थापना कर दी जाये जिन्हें अब हम बहिष्कृत क्षेत्र कहते हैं, जो दक्षिण अफ्रीकी संविधान के लिए अपनाया गया था। प्रत्येक प्रांत में बहिष्कृत क्षेत्र स्थित है, अतः ऐसे प्रत्येक प्रांत पर दबाव डालना चाहिए कि वह इन क्षेत्रों के प्रशासन के लिए निर्धारित राशि का वार्षिक योगदान करें।

देशी राज्य

आप देखेंगे कि मेरे प्रस्तावों में देशी राज्य शामिल नहीं किये गये हैं। मैं देशी राज्यों को शामिल किये जाने का विरोधी नहीं हूं, परंतु उनके शामिल किये जाने के नियम और शर्तें इस प्रकार हैं–

1. ब्रिटिश भारत और देशी राज्यों के मध्य विभाजित प्रभुसत्ता के द्विभाजन को पूर्ण रूप से समाप्त कर दिया जाये,
2. न्यायिक और राजनीतिक सीमाएँ जो ब्रिटिश भारत को देशी राज्यों से अलग करती हैं, समाप्त हो जायेंगी। ब्रिटिश भारत या देशी राज्य जैसी कोई सत्ता शेष नहीं रहेगी और उनके स्थान पर केवल एक सत्ता होगी, जिसे भारत कहा जायेगा, और
3. सम्मिलित किए जाने के निबंधन और शर्तें भारत को औपनिवेशिक राज्य के पूर्ण और समग्र अधिकारों को प्राप्त करने में बाधा नहीं डालती। मैंने देशी राज्यों और ब्रिटिश भारत के विलय की एक योजना बनाई है, जिससे इन उद्देश्यों की सिद्धि हो जायेगी। मैं इस योजना का अधिक विवरण देकर अपने भाषण को बोझिल नहीं बनाना चाहता। इस समय यह ठीक है कि ब्रिटिश भारत देशी राज्यों के साथ मिलकर अपने उद्देश्य की ओर अग्रसर हो।

प्रस्तावों के परिप्रेक्ष्य में पाकिस्तान

मेरे प्रस्ताव संयुक्त भारत के लिए हैं। ये प्रस्ताव इस आशा से प्रस्तुत किये गये हैं कि मुसलमान पाकिस्तान के स्थान पर इन प्रस्तावों को स्वीकार कर लेंगे, क्योंकि ये प्रस्ताव पाकिस्तान द्वारा दी जाने वाली सुरक्षा की अपेक्षा अधिक सुरक्षा प्रदान करेंगे। मैं पाकिस्तान का विरोधी नहीं हूं। मेरा विश्वास है कि यह आत्म-निर्णय के सिद्धांत के आधार पर बनाया गया है और इसको अब चुनौती देने का समय व्यतीत हो चुका है। मैं उन्हें सिद्धांत का लाभ देने के लिए तैयार हूं, परंतु शर्त यह है कि मुसलमान उस

क्षेत्र में रहने वाले गैर-मुसलमानों को उन सिद्धांतों के लाभ से वंचित न करें। परंतु मेरा विचार है कि मैं मुसलमानों का ध्यान सुरक्षा की एक अन्य तथा अपेक्षाकृत अधिक हितकर योजना की ओर आकर्षित करूं। मेरा दावा है कि पाकिस्तान की जो योजना बनाई गयी है, उससे कहीं अधिक हितकर मेरी योजना है। मैं उन मुद्दों की ओर ध्यान आकर्षित करना चाहूंगा, जो मेरी योजना के पक्ष में हैं। वे मुद्दे इस प्रकार हैं–

1. मेरे प्रस्ताव के अंतर्गत सांप्रदायिक बहुसंख्यक वर्ग के प्रभुत्व का खतरा, जिसके आधार पर पाकिस्तान का निर्माण होना है, हटा दिया गया है।

2. मेरे प्रस्ताव के अंतर्गत इस समय मुसलमान जो लाभ उठा रहे हैं, उसे नहीं छेड़ा गया है।

3. गैर-पाकिस्तानी प्रांतों में मुसलमानों की स्थिति उनके प्रतिनिधित्व में वृद्धि करके बहुत मजबूत कर दी गई है, जिसे वे पाकिस्तान बन जाने पर प्राप्त नहीं कर सकते हैं और उनकी स्थिति इस समय के अपेक्षाकृत अधिक दयनीय हो जायेगी।

हिन्दुओं को चेतावनी

सांप्रदायिक प्रश्न की सबसे बड़ी कठिनाई हिन्दुओं का इस बात पर जोर देना है कि बहुमत का शासन पवित्र है और इसे हर हालत में बनाये रखना है। हिन्दू इस तथ्य से अवगत नहीं हैं कि एक अन्य प्रकार का भी नियम होता है जो ऐसे क्षेत्रों में प्रचलित है, जहां व्यक्ति और देश के बीच महत्त्वपूर्ण विवाद उठते हैं और जहां सर्वसम्मति का नियम ही माना जाना है। यदि वे उस स्थिति की जांच करने का कष्ट उठायें तो वे यह महसूस करेंगे कि इस प्रकार का नियम कोई कपोल-कल्पित नहीं है, इसका अस्तित्व है। उन्हें जूरी-पद्धति का ही उदाहरण लेना चाहिए। जूरी में जांच सर्वसम्मति के सिद्धांत पर आधारित होती है। इसका निर्णय न्यायाधीश के लिए तभी बाध्यकारी होता है, जब जूरी ने सर्वसम्मति से निर्णय किया हो। एक अन्य उदाहरण लीग आफ नेशन्स का दिया जा सकता है। लीग आफ नेशन्स में निर्णयों का क्या नियम था? वह नियम सर्वसम्मति का था। यह स्पष्ट है कि यदि हिन्दुओं द्वारा सर्वसम्मति का नियम विधान-मण्डल तथा कार्यपालिका में निर्णय लेने के लिए स्वीकार कर लिया जाये तो भारत में सांप्रदायिक समस्या जैसी कोई वस्तु नहीं होगी।

यह बात किसी हिन्दू से पूछी भी जा सकती है कि यदि वह अल्पसंख्यक वर्गों को संवैधानिक सुरक्षा देने के लिए सहमति नहीं देता है, तो क्या वह सर्वसम्मति के नियम के लिए सहमत है? दुर्भाग्यवश वह दोनों में से किसी बात को स्वीकार करने के लिए तैयार नहीं है।

बहुसंख्यक वर्ग के शासन के बारे में हिन्दू किसी प्रकार की सीमा को स्वीकार करने के लिए तैयार नहीं है। वह ऐसा बहुमत चाहता है, जो पूर्ण बहुमत हो। उसे सापेक्ष बहुमत से संतोष नहीं होगा। उसे यह सोचना चाहिए कि क्या पूर्ण बहुमत के बारे में उसका आग्रह उचित है, जिसे राजनीति के पण्डित स्वीकार कर सकें। वह इस तथ्य से अवगत नहीं है कि अमेरिका का संविधान भी बहुमत के एकाधिपत्य वाले

शासन को समर्थन नहीं देता, जब कि हिन्दू उस बारे में बराबर आग्रह कर रहे हैं।

मैं इस बात को अमेरिका के संविधान का उदाहरण देकर समझाना चाहूंगा। मौलिक अधिकारों का खंड ले लीजिए। इस खण्ड का क्या अर्थ है? इसका अर्थ यह है कि जो मामले मौलिक अधिकारों में सम्मिलित किये गये हैं, वे इतनी गहरी चिंता के विषय हैं कि केवल बहुसंख्यक वर्ग का शासन ही उनमें हस्तक्षेप करने के लिए पर्याप्त नहीं है। अमेरिका के संविधान से एक अन्य उदाहरण लिया जाये। उसमें यह प्रावधान किया गया है कि संवधिान के किसी भाग में उस समय तक परिवर्तन नहीं किया जा सकता, जब तक तीन चौथाई बहुमत प्रस्ताव की स्वीकृति न दे दे और यह प्रस्ताव राज्यों द्वारा अनुमोदित न करा लिया जाये। इसका क्या अभिप्राय है? इसका अभिप्राय है कि अमेरिका के संविधान में कतिपय प्रयोजनों के लिए केवल बहुमत के शासन को ही सक्षम नहीं माना गया है।

इन सभी मामलों से अनेक हिन्दू अलबत्ता परिचित हैं। दुख इस बात का है कि वे उनसे सही पाठ नहीं सीखते। यदि वे ऐसा करें तो उन्हें यह महसूस होगा कि बहुमत के शासन का नियम उतना पवित्र नहीं है, जितना वे उसे समझते हैं। बहुमत के शासन को एक सिद्धांत के रूप में स्वीकार नहीं किया जाता बल्कि उसे एक नियम के रूप में मान लिया जाता है। मैं यह भी बताना चाहूंगा कि उसे क्यों मान लिया जाता है। उसे दो कारणों से मान लिया जाता है--(1) बहुमत सदैव राजनीतिक बहुमत होता है, और (2) राजनीतिक बहुमत का निर्णय अल्पमत के दृष्टिकोण को उस सीमा तक स्वीकार और आत्मसात कर लेता है कि वह इस निर्णय के विरुद्ध विद्रोह करने की चिंता ही नहीं करता।

भारत में बहुमत राजनीतिक बहुमत नहीं है। भारत में बहुमत पैदा होता है, इसका निर्माण नहीं किया जाता। सांप्रदायिक बहुमत तथा राजनीतिक बहुमत में यही अंतर है। कोई भी राजनीतिक बहुमत स्थिर या स्थायी नहीं होता। यह केवल बहुमत ही है, जिसका सदैव निर्माण, खंडन और पुनर्निर्माण किया जाता है। सांप्रदायिक बहुमत स्थायी और इसका दृष्टिकोण स्थिर होता है। कोई भी उसका विनाश कर सकता है, परंतु उसका रूपांतरण नहीं कर सकता। यदि राजनीतिक बहुमत के लिए इतनी अधिक आपत्ति है, तो सांप्रदायिक बहुमत के लिए आपत्ति कितनी विनाशकारी होगी?

हिन्दू श्री जिन्ना से पूछ सकते हैं कि 1930 में जब उन्होंने 14 मुद्दे तैयार किये थे, तब उन्होंने बहुमत के शासन के सिद्धांत पर इस सीमा तक क्यों बल दिया था कि 14 मुद्दों में से एक मुद्दे की शर्त यह थी कि वरीयता प्रदान करते समय सीमाएं तय कर लेनी चाहिए। जिससे बहुमत अल्पमत अथवा उसके समान न हो जाये। हिन्दू श्री जिन्ना से पूछ सकते हैं कि जब वह मुसलमानों के प्रांतों में मुसलमानों के बहुमत के पक्ष में हैं, फिर केन्द्र में वह हिन्दू बहुमत का विरोध क्यों करते हैं? परंतु हिन्दुओं को यह महसूस करना चाहिए कि इन प्रश्नों का यह अभिप्राय हो सकता है कि श्री जिन्ना की स्थिति में परस्पर विरोध है। उनसे बहुमत के शासन के सिद्धांत की पुष्टि की अपेक्षा नहीं की जा सकती।

राजनीति में बहुमत शासन का सिद्धान्त त्याग देने से हिन्दुओं के जीवन के अन्य पक्षों पर प्रभाव नहीं पड़ेगा। सामाजिक जीवन के एक तत्त्व के रूप में वे बहुमत में ही रहेंगे। उनका व्यापार और वाणिज्य पर एकाधिकार होगा, जिसका वे लाभ उठाते हैं। उन्हें उस संपत्ति का एकाधिकार होगा, जो उनके पास है। मेरे प्रस्तावों में यह नहीं है कि वे सर्वसम्मति के सिद्धांत को स्वीकार करें। मेरे प्रस्तावों में यह भी नहीं है कि हिन्दू बहुमत के शासन के सिद्धांत का परित्याग कर दें। मैं उनसे केवल यही कहता हूं कि वे सापेक्ष बहुमत से संतुष्ट हो जायें। क्या उनके लिए यह बात इतनी भारी है कि वे इसे स्वीकार न कर सकें?

ऐसे बलिदान के बिना बहुसंख्यक विश्व में कहीं भी यह कहने का औचित्य नहीं रखते कि अल्पसंख्यक भारत की स्वतंत्रता के मार्ग में बाधक बने हुए हैं। यह मिथ्या प्रचार काम नहीं आयेगा, क्योंकि अल्पसंख्यक ऐसा कुछ भी नहीं कर रहे हैं। वे स्वतंत्रता और उसमें जो खतरे हैं उसे झेलने के लिए तैयार हैं, किन्तु शर्त यह है कि उन्हें संतोषजनक सुरक्षा दी जाये। अल्पसंख्यक वर्ग का यह संकेत एक ऐसा मामला न समझा जाये, जिसके लिए हिन्दुओं को कृतज्ञ होने की आवश्यकता नहीं है। इसकी तुलना आयरलैण्ड में घटित घटना से करनी चाहिए। आयरिश राष्ट्रवादियों के नेता श्री रेडमांड ने अल्स्टर के नेता श्री कार्सन से एक बार कहा था–"संयुक्त आयरलैण्ड के लिए सम्मति दें। आप जिस प्रकार की सुरक्षा की मांग करें, वह आपको दी जायेगी।' यह कहा जाता है कि उन्होंने मुड़कर कहा–"धिक्कार है आपकी सुरक्षा पर, हम नहीं चाहते कि आप हम पर शासन करें।" भारत के अल्पसंख्यक वर्ग ने ऐसा नहीं कहा है। वे सुरक्षा के साधनों से संतुष्ट हैं। मैं हिन्दुओं से पूछना चाहता हूं कि क्या यह संतोष का विषय नहीं है? मुझे विश्वास है कि यह ऐसा ही है।

निष्कर्ष

मेरे मस्तिष्क में सांप्रदायिक समस्या के समाधान के लिए ये कुछ विचार हैं। वे अखिल भारतीय अनुसूचित जातियों के संघ को वचनबद्ध नहीं करते। मैं भी इन्हें मानने के लिए बाध्य नहीं हूं। मैं उनका उल्लेख केवल इसलिए कर रहा हूं कि संभव है इससे कोई नया रास्ता निकल आये। मेरा बल विशेष रूप से उस सिद्धांत पर है जो मैंने प्रतिपादित किया है, वास्तविक प्रस्तावों पर नहीं। यदि सिद्धांत स्वीकार कर लिये जाते हैं तो मुझे विश्वास है कि सांप्रदायिक प्रश्न का समाधान इतना दुश्कर नहीं रहेगा, जितना गत वर्षों में रहा है।

भारतीय गतिरोध के समाधान की समस्या सरल नहीं है। मुझे याद है कि मैंने एक इतिहासकार की यह बात पढ़ी थी कि 1867 के महासंघ से पूर्व जर्मनी की दशा एक तरह की 'दैवी उलझन' थी। चाहे यह बात जर्मनी के लिए सत्य हो अथवा असत्य, लेकिन मुझे यह लगता है कि यह भारत की वर्तमान परिस्थितियों का बहुत सही वर्णन है। जर्मनी तो इस उलझन से उबर गया। ऐसा भले ही एक बार में न हुआ हो, किंतु लगातार प्रयत्न होते रहे और युद्ध आरम्भ होने से पूर्व जर्मनी उन लोगों का

देश बन गया, जो एकता के सूत्र में बंधे थे वे अपने विचार में एक थे, वे अपने दृष्टिकोण में एक थे तथा समान भाग्य में अपने विश्वास में एक थे। भारत ने अभी तक अपनी उलझन से उबरने में सफलता नहीं प्राप्त की है। ऐसा नहीं है कि उसे ऐसा करने के लिए अवसर न मिला हो। वास्तव में ऐसे अनेक अवसर आये हैं। पहला अवसर 1927 में मिला था, जब लार्ड बर्किनहेड ने भारतीयों को चुनौती दी थी और उनसे कहा था कि वे भारत का संविधान तैयार करें। वह चुनौती स्वीकार कर ली गई। एक समिति का गठन किया गया, ताकि संविधान को तैयार किया जाये। एक संविधान तैयार किया गया और उसे 'नेहरू संविधान' की संज्ञा दी गई। परंतु भारतीयों ने इसे स्वीकार नहीं किया और जब उसे समाप्त कर दिया गया तो किसी ने आंसू नहीं बहाए। दूसरा अवसर भारतीयों को 1930 में दिया गया, जब वे गोलमेज सम्मेलन में एकत्र हुए थे। इस बार भी भारतीय अपने संविधान की विरचना करने की भूमिका अदा करने में असफल रह गये। एक तीसरा प्रयास अभी हाल में सप्रू समिति द्वारा किया गया। इस समिति के प्रस्ताव भी असफल रहे।

अब एक और प्रयास के लिए न तो उत्साह है और न आशा। लोग भाग्यवादी हो गये हैं, जिसका अर्थ है कि प्रत्येक प्रयास जब असफल ही होना है, तो प्रयास करने की आवश्यकता ही क्या है? साथ ही मैं महसूस करता हूं कि किसी भी भारतीय को इतना हतोत्साहित अथवा इतना कठोर नहीं होना चाहिए कि यह गतिरोध ऐसा बदबूदार हो जाये, जैसे कि कोई मरा हुआ कुत्ता और कोई यह कहे कि वह इस राजनीतिक युद्ध को, जो देश में हो रहा है, एक दर्शक की तरह देखने के सिवाय और कुछ नहीं कर सकता। गत वर्षों की असफलताओं से किसी भी व्यक्ति को निरुत्साहित नहीं होना चाहिए। मैं यह महसूस करता हूं कि यद्यपि यह सत्य है कि सांप्रदायिक प्रश्न पर समझौता करने के सभी प्रयास असफल हो गये हैं, किन्तु इस असफलता का कारण भारतीयों का जन्मजात दोष नहीं है, अपितु त्रुटिपूर्ण दृष्टिकोण इस असफलता का कारण है। मैं आश्वस्त हूं कि यदि मेरे प्रस्तावों पर निष्पक्ष भाव से विचार किया जाये तो वे प्रस्ताव स्वीकार होंगे। इन प्रस्तावों में एक नया दृष्टिकोण है और इसलिए मैं अपने देशवासियों से इनकी सिफारिश करता हूँ।

इससे पूर्व कि मैं अपना भाषण समाप्त करूँ मैं अपने आलोचकों को यह चेतावनी देना चाहता हूँ कि वे मेरे प्रस्तावों में कुछ हद तक संशोधन कर सकते हैं, परन्तु उनके लिए यह आसान नहीं है कि वे इन्हें रद्द कर दें। यदि वे इन्हें रद्द करना ही चाहें तो पहले उन सिद्धांतों का खंडन करना होगा, जिन पर ये आधारित हैं।

●

हिन्दू और मुसलमान दोनों अपना मन बदलें

डॉ० राममनोहर लोहिया

मेरी तबियत है कि आज मैं आपसे सिर्फ हिन्दू–मुसलमान और हिन्दुस्तान–पाकिस्तान के सवाल पर कुछ बोलूँ क्योंकि हैदराबाद उन दो शहरों में एक है जहाँ के लोग अगर चाहें तो हिन्दू–मुसलमान सवाल को हल करने की बड़ी पहल कर सकते हैं। दूसरा शहर आप जानते ही हो, लखनऊ है। हैदराबाद में, वैसे तो हिन्दुस्तान के हर एक शहर में, जितनी जान होनी चाहिए उतनी नहीं है। उसके क्या सबब हैं लम्बे–चौड़े सब मुझे यहाँ बताने नहीं हैं, आप सब जानते हो।

हिन्दू और मुसलमान इस शहर में करीब–करीब बराबर हैं। हिन्दू–मुसलमान और हिन्दुस्तान–पाकिस्तान इन दो सवालों को लेकर कहीं उनके दिमाग सुधर पाये तो ग़ज़ब हो सकता है। दिमाग सुधारने के लिए मेरी राय में सबसे जो बड़ी चीज है, वह है नज़र, जिससे इतिहास की तरफ देखा जाता है। वैसे तो हिन्दू–मुसलमान में फ़र्क़ धर्म का है, लेकिन उस पर मैं कुछ नहीं कहूँगा। हिन्दू चाहे जितना उदार हो जाये फिर भी अपने राम और कृष्ण को मोहम्मद से कुछ थोड़ा अच्छा समझेगा ही, और मुसलमान चाहे जितना उदार हो जाये अपने मोहम्मद को राम और कृष्ण से कुछ थोड़ा अच्छा समझेगा ही। लेकिन इससे ज्यादा नहीं होना चाहिए। उन्नीस–बीस से ज्यादा का फ़र्क़ न रहे तो दोनों का मन ठीक हो सकता है। इतना तो मुझे धर्म के बारे में कहना है, इससे ज्यादा नहीं।

असल चीज हैं, इतिहास पर कौन–सी नजर रखें क्योंकि आखिर जब हम हिन्दू और मुसलमान की बात करते हैं तो हवा में नहीं, अरब के मुसलमान की नहीं, हिन्दुस्तान के मुसलमान की, और हिन्दुस्तान का मुसलमान तो आखिर हिन्दू का भाई है, अरब के मुसलमान का तो है नहीं। जब रिश्ता नहीं, तो समझ ही नहीं पायेंगे। दो दिन रह जायें तो कुढ़ने लग जायेंगे, एक दूसरे को गाली नहीं दे पायेंगे। आम तौर से जो भ्रम हिन्दू और मुसलमान, दोनों के मन में है, वह यह कि हिन्दू सोचता है पिछले 700–800 बरस तो मुसलमानों का राज रहा, मुसलमानों ने जुल्म किया और अत्याचार किया, और मुसलमान सोचता है, चाहे वह गरीब से गरीब क्यों न हो, कि 700–800 बरस तक हमारा राज था, अब हमको बुरे दिन देखने पड़ रहे हैं।

हिन्दू और मुसलमान दोनों के मन में यह गलतफ़हमी धँसी हुई है। यह सच्ची नहीं है। अगर सच्ची होती तो इस पर मैं कुछ नहीं कहता। असलियत यह है कि पिछले 700-800 बरस में मुसलमान ने मुसलमान को मारा है। मारा है, कोई रूहानी अर्थ में नहीं, जिस्मानी अर्थ में मारा है। तैमूरलंग जब 4.5 लाख आदमियों का कत्ल करता है, तो उसमें से 3 लाख तो मुसलमान थे, पठान मुसलमान थे जिनका कत्ल किया। कत्ल करने वाला मुगल मुसलमान था। वह चीज अगर मुसलमानों के घर-घर में पहुँच जाये कि कभी तो मुगल मुसलमान ने पठान मुसलमान का कत्ल किया और कभी अफ्रीकी मुसलमान ने मुगल मुसलनान का तो पिछले 700 बरस का वाकया लोगों के सामने अच्छी तरह से आने लग जायेगा कि यह हिन्दू-मुसलमान का मामला नहीं है, यह तो देशी-परदेशी का है। सबसे पहले अरब के या और कहीं के मुसलमान आये। वे परदेशी थे। उन्होंने यहाँ के राज को खत्म किया। फिर वे धीरे-धीरे सौ-पचास बरस में देशी बने लेकिन अब वे देशी बन गये तो फिर एक दूसरी लहर परदेशियों की आयी, जिसने इन देशी मुसलमानों को उसी तरह से कत्ल किया जिस तरह से हिन्दुओं को। फिर वे परदेशी भी सौ-पचास बरस में देशी बन गये, और फिर दूसरी लहर आयी। हमारे मुल्क की तकदीर इतनी खराब रही है, पिछले 700-800 बरस में, कि देशी तो रहा है नपुंसक और परदेशी रहा है लुटेरा, या समझो जंगली। यह है हमारे 700 बरस के इतिहास का नतीजा।

इस बात को हिन्दू और मुसलमान दोनों समझ जाते हैं तो फिर नतीजा निकलता है कि हर एक बच्चे को सिखाया जाये, हर एक स्कूल में, घर-घर में, क्या हिन्दू क्या मुसलमान बच्ची-बच्चे को कि रज़िया, शेरशाह, जायसी वगैरह हम सबके पुरखे हैं, हिन्दू और मुसलमान दोनों के। मैं यह कहना चाहता हूँ कि रज़िया, शेरशाह और जायसी को मैं अपने माँ-बाप में गिनता हूँ। यह कोई मामूली बात इस वक्त मैंने नहीं कही है। लेकिन, उसके साथ-साथ मैं चाहता हूं कि हममें से हर एक आदमी, क्या हिन्दू, क्या मुसलमान, यह कहना सीख जाये कि ग़ज़नी, ग़ोरी और बाबर लुटेरे थे और हमलावर थे। यह दोनों जुमले साथ-साथ हों, हिन्दू और मुसलमान दोनों के लिए कि ग़ज़नी, ग़ोरी और बाबर हमलावर और लुटेरे थे, सारे देश के लिए परदेशी; देशी लोगों की स्वाधीनता को खत्म करने वाले लोग थे और रज़िया, शेरशाह और जायसी वगैरह हमारे सबके पुरखे थे। अगर 700 बरस को देखने की यह नजर बन जाये तो फिर हिन्दू और मुसलमान दोनों पिछले 700 बरस को अलग निगाह से नहीं देखेंगे, लड़ाई करने वाली निगाह से नहीं देखेंगे, फिर वे देखने लग जायेंगे, जोड़ने वाली निगाह से कि हमारे इतिहास में यह तो मामला था देशी का, और परदेशी का। यह अपने थे, यह थे पराये। और दोनों का नज़रिया एक हो जायेगा।

जब हम इतनी दूर पहुँच जाते हैं तो फिर मैं उससे आज के लिए कुछ नतीजा निकालना चाहता हूँ। आज हिन्दू और मुसलमान दोनों को बदलना पड़ेगा। दोनों के मन बिगड़े हुए हैं। सबसे पहले तो जो बात मैंने आपके सामने रखी, उसी मामले में। कितने हिन्दू हैं जो कहेंगे कि शेरशाह उनके बाप-दादों में हैं, और कितने मुसलमान हैं

जो कहेंगे कि गजनी, गोरी लुटेरे थे? मैं बोल रहा हूँ इसलिए वह बात अच्छी लग रही है, लेकिन अभी जब आप घर लौटोगे, तो कोई न कोई शैतान आपको सुझा देगा, देखा, कैसी वाहियात बातें सुनकर आये हो, अगर ग़ज़नी-ग़ोरी न आये होते, तो मुसलमान होते ही कहां से? देखा, शैतान किस बोली से बोलता है तो, इसका मतलब इस्लाम या मोहम्मद नहीं वह तो ग़ज़नी-ग़ोरी से है। जरा इसके नतीजे सोच लेना कि क्या होते हैं। और उसी तरह से, शैतान की बोली होगी, देखा कैसा वह बोलने वाला था, वह तुम हिन्दुओं के बाप-दादे शेरशाह को बना गया। अच्छी तरह से सोच-विचार करके, अपने मन को, खोपड़ी को एक तरह से तराश करके, उलट करके जो कुछ भी गंदगी उसमें पिछले 700-800 बरस की भरी हुई है, उसको साफ करके फिर उस जुमले पर आना और फिर सोचना कि हिन्दू और मुसलमान दोनों का मन बदलना बहुत जरूरी हो गया है।

मन इस वक्त बहुत बिगड़ा हुआ है। मैं दो मिसाल दे कर बताता हूँ। ऊपर से तो सब मामला ठीक है, ज्यादातर ठीक है। दंगे कहाँ होते हैं? कभी-क़भी जरूर हो जाते हैं, पर ऊपर से मामला ठीक है। लेकिन अन्दर क्या है यह सब को मालूम है। जो ईमानदार आदमी है, वह छिपा नहीं सकता इस बात को कि अन्दर दोनों का मन एक-दूसरे से फटा हुआ है। मुझे इस बात पर सबसे ज्यादा दुख इसलिए होता है कि इससे हमारा देश बिगड़ता है। कोई भी देश तब तक सुखी नहीं हो सकता, जब तक उसके सभी अल्पसंख्यक सुखी नहीं हो जाते। मेरा मतलब सिर्फ मुसलमानों से नहीं। वैसे तो सच पूछो तो मैं मुसलमानों को अलग से अहमियत नहीं देता। मुसलमानों के अन्दर ज्यादातर पिछड़े लोग हैं जैसे जुलाहे, धुनिये। 5 करोड़ में ये चार, साढ़े चार करोड़ पिछड़े मुसलमान लोग हैं। मैं उनको अहमियत देता हूँ, पढ़ाई-लिखाई में, गरीबी में, हर मामले में। उसी तरह से और लोग भी हैं, हरिजन, आदिवासी वगैरह। जब तक ये सुखी नहीं होते, तब तक हिन्दुस्तान सुखी नहीं हो सकता। यह पहला उसूल है। इसमें भी मन ठीक करना।

एक और बड़ी बात है और वह यह कि अगर हम किसी तरह से हिन्दू-मुसलमान के मन को जोड़ पाये तो शायद हम हिन्दुस्तान-पाकिस्तान को जोड़ने का सिलसिला भी शुरू कर देंगे। मैं यह मानकर नहीं चलता कि जब हिन्दुस्तान-पाकिस्तान का बँटवारा एक बार हो चुका है, यह हमेशा के लिए हुआ है। किसी भी भले आदमी को यह बात माननी नहीं चाहिए।

मन को जोड़ने का क्या तरीका है? एक तरफ हिन्दुओं के मन में मुसलमानों के लिए बहुत सन्देह है, शक है और इस बात से इनकार नहीं किया जा सकता कि पिछले कुछ बरसों में पलटन में, और महकमें छोड़ भी दो, और इसी ढंग के जो दिल्ली के महकमें हैं उनमें बड़ी नौकरियों में मुसलमानों को जितना हिस्सा देना चाहिए, उतना नहीं दिया गया है। इसे बहुत कम आदमी कहते हैं, क्योंकि सच बोलने से आदमी जरा झिझका करते हैं, लेकिन यह बात सच है। नेहरू जी कभी-कभी इस बात को ज़रा कहते हैं, लेकिन उनकी बात को पकड़ लेना। महकमा उनका, सरकार

उनकी, दिल्ली सरकार के वे खुद मालिक हैं। लगातार पौने पांच बरस तक वे मुसलमानों को सेना और दूसरी बड़ी जगहों से दूर रखते हैं और फिर जब मुसलमान भड़कने लगते हैं तो तीन महीने के लिए अपना सुर बदल देते हैं। कभी कोई जमीअत का सम्मेलन बुलवा देते हैं, कहीं; और मुसलमानों को कहना शुरू करते हैं कि अब मैं यह और बरदाश्त नहीं कर सकूंगा, मेरे मुल्क के बाशिन्दों को बराबरी का दर्जा मिलना चाहिए। तरह-तरह से बातें करके वे मुसलमानों का दिल खुश कर लेते हैं। नेहरू कैंची या कांग्रेसी कैंची क्या है, आप समझ लेना। यह कांग्रेस कैंची किस तरह चला करती है? इसके दो फल हैं। चार बरस नौ महीने तक एक फल चलता है कि मुलसमानों को नौकरी दो मत और तीन महीने के लिए दूसरा फल चलता है कि मुसलमानों की जगह-जगह सभाएं करो, सम्मेलन करो, उनसे कहो कि नेहरू महाराज तो सब कुछ करना चाहते हैं, जांच बैठा दी अभी, कमीशन बैठी है, उसकी जांच निकलने वाली है, और फिर जब मुसलमानों का मन जरा तसल्ली पा जाये तो उसके बाद बात भुला दो कैंची का दूसरा फल चलने लग जाये।

हिन्दू-मुसलमान दोनों को इस बात को अच्छी तरह समझ लेना चाहिए। मुसलमानों के अन्दर वह गलतफ़हमी फैली हुई है कि नेहरू साहब उनके हाफिज हैं। वे कैसे हाफ़िज हैं इस बात को समझ लेना चाहिए। हिन्दुओं के लिए भी जरूरी है कि नेहरू साहब जो भी करें, कांग्रेस जो भी करे, उसे समझ लें, क्योंकि कांग्रेस ने तो मालूम होता है, एक पट्टा लिखा रखा है किसी तरह हुकूमत चलाते रहो, चाहे देश का सत्यानाश हो जाये। इसलिए हिन्दुओं को अपना मन अब साफ कर लेना चाहिए कि आखिर इस मुल्क के हम सब नागरिक हैं। अगर मान लो कि थोड़ा-बहुत मामला शक का है और कभी किसी टूट के मौके पर कुछ मुसलमानों का भरोसा नहीं किया जा सकता कि टूट के मौके पर वे यह या वह रुख़ अख़्तियार करेंगे, तो एक बात अच्छी तरह समझ लेना है कि जितना ज्यादा हिन्दू मुसलमानों के लिए शक करेंगे, मुसलमान उतना ही ज्यादा खतरनाक बनेगा और हिन्दू जितनी ज्यादा सद्भावना या प्रेम के साथ मुसलमान के साथ बर्ताव करेंगे, उतना कम खतरनाक नुसलमान बनेगा, हिन्दू लोग अगर इस सिद्धान्त को समझ जायें तो मामला कुछ अच्छा हो।

यह चीज भी याद रखना कि जासूस साधारण नहीं हुआ करते। जासूस तो बड़े मजे के लोग होते हैं। उनके पीछे बड़ी ताकत रहती है। वे इधर-उधर थोड़े ही भटकते रहते हैं। मैं इस सम्बन्ध में आपको एक बात बता दूँ कि दोनों सरकारें कितनी निकम्मी हैं, हिन्दुस्तान-पाकिस्तान की। लोगों का आना-जाना तो बहुत रहता ही है। मैं समझता हूँ 200-300 या 400 आदमी रोज इधर और उधर आते-जाते होंगे। उनमें ज्यादातर बेपढ़े होंगे। अगर पढ़े-लिखे होंगे तो वे तो जानते हैं कि कितने दिन का 'वीज़ा' मिला है, वह कब खत्म होने वाला है, उसके पहले ही वापस चले जाओ। और याद रखना कि खाली एक ही बंगाल में नहीं, अभी भी पाकिस्तान में 1 करोड़ या 90 लाख के आस-पास हिन्दू हैं। पाकिस्तान के हिन्दू जब यहाँ आते हैं हिन्दुस्तान में या हिन्दुस्तान के मुसलमान जब पाकिस्तान में जाते हैं, उनमें ज्यादातर बेपढ़े हैं। वे 'वीज़ा' वगैरह के

मामले में जानते नहीं और अगर 400 रोज जाते हों तो, 40-50 आदमी या 20 आदमी या 10 आदमी ऐसे जरूर हैं जो अपने 'वीज़ा' के खत्म हो जाने के बाद भी ठहर जाते हैं। दोनों तरफ की सरकारें इतनी गंदी हैं कि हर एक को समझ लेती हैं कि वह तो जासूस है और किले में ले जा करके उसको तंग करती हैं। जासूस क्या 'वीज़ा' की तारीखों को तोड़ करके रह जायेंगे; वह तो अपना 'वीज़ा' अलग से बनवा लेगा, अपना 'पासपोर्ट' अलग से बनवा लेगा। उसके पास तो बहुत-सी करामातें होती हैं, बहुत-से साधन होते हैं। इसके बारे में हिन्दुस्तान और पाकिस्तान दोनों की सरकारों को कुछ थोड़ा इन बेपढ़े मामूली इन्सानों पर रहम खाना चाहिए और इनको जासूस बना कर नाहक तंग नहीं करना चाहिए। जासूस तो कोई दूसरे ढंग के होते हैं।

जिस तरह मैंने हिन्दू मन के बदलाव की बात कही, उसी तरह मुसलमान मन के बदलाव की बात कहता हूं। वहां कहीं मैंने अंग्रेजी हटाने की बात कही, जो मुसलमान बहुत दिनों में साथ रहे हैं वे तो समझ लेते हैं, वरना दूसरों का माथा उसी दम ठनक जाता है कि यह क्या कह रहा है, यह तो हिन्दी लादना चाहता है। कितना शक है मुसलमान के दिमाग में। मैं तो कह रहा हूं अंग्रेजी खत्म करो। मैं कहां कह रहा हूं कि हिन्दी लादो। मैं तो अंग्रेजी खतम करने की बात कह रहा हूं ताकि यह ज़बान जो 50 लाख बड़े लोगों की है, हमारे ऊपर लादी न रहे, हम करोड़ों लोगों को राहत मिले, हम अपनी सरकार का कामकाज अपनी भाषा में चला सकें। जिस भाषा को मैं लाना चाहता हूँ वह तो मातृभाषा है। हिन्दी से उसका ताल्लुक है ही नहीं। तमिलनाडु में अपनी तमिल लाओ, बंगाल में बंगला। सच पूछो तो इस वक्त मेरे बारे में बहुत जोरों से, गलत ढंग से भी अखबारों ने गंदा प्रचार किया है कि जैसे मैं हिन्दी लादना चाहता हूँ। यह बिलकुल झूठी बात है। सब भाषाओं के प्रान्त बने, इसके लिए लोगों ने बड़ा हल्ला मचाया, मराठों ने मराठी के लिए हजारों की तादाद में अपनी जान दी लेकिन जब महाराष्ट्र बन गया तब मराठी बिचारी अलग रह गयी। मुझे तो सदमा इस बात का है। वहाँ अभी भी अंग्रेजी रानी राज कर रही है। तमिलनाडु में भी यही अंग्रेजी रानी राज कर रही है। आंध्रप्रदेश में भी अंग्रेजी रानी राज कर रही है। मैंने तो उसी सम्बन्ध में कहा कि इस अंग्रेजी रानी को हटाओ, अपनी-अपनी भाषाओं को लाओ। लेकिन लोगों को डर लगता है कि जब अपनी-अपनी मातृभाषा आयेगी तो दिल्ली में हिन्दुस्तानी आ जायेगी। इसका मेरे पास क्या इलाज है? आप चाहो तो मैं इसके लिए तैयार हूँ हिन्दी रानी न आये। अगर मान लो गैर-हिन्दी इलाके के लोग किसी एक भाषा पर राजी हो जाते हैं, तमिल या बंगला पर, तो मैं इस बात का ठेका लेता हूँ कि हिन्दी इलाके के 20-22 करोड़ आदमियों को राजी कर लूँगा कि दिल्ली की भाषा तमिल बने या बंगाली बने।

खैर, इस बात को अभी आप छोड़ो। मुसलमानों वाली बात लो कि हिन्दुस्तानी और हिन्दी की बात होती है तो झट से उनके मन में शक हो जाता है। मुसलमान को समझना चाहिए, यह कौन आदमी है लेकिन फिर भी शक हो जाता है कि यह तो हिन्दी लादना चाहता है। जो ज़बान मैं बोल रहा हूँ वह आखिर क्या है? मेरा तो ऐसा .

ख़्याल है कि अगर फिर से यह देश एक हुआ तो उसकी भाषा यही होगी जो मैं इस वक्त बोला रहा हूँ, जो चालू भाषा है, अपभ्रंश से निकली है। वैसे, वह लम्बा-चौड़ा किस्सा है। इतना ही मैं आपको बता दूँ कि यह सही है कि वह पाली और संस्कृत की औलाद है लेकिन है वह अपभ्रंश वाली, जो जनता में टूट-टाट गयी। अपभ्रंश में तो फ़ारसी के भी शब्द आ जाते हैं, अरबी के भी आ जाते हैं। मिला-जुला कर कोई चीज बनी है, लेकिन खाली इसलिए नहीं कि मुझको फारसी या अरबी का इस्तेमाल करना है। दिखाना नहीं चाहूँगा, मुसलमान को खुश करने के लिए अपनी बात नहीं बदलूँगा। जो चालू भाषा है ताकतवर भाषा है, उसमें लोग अपने ईमान और जान का एक ठोस भाषा में इस्तेमाल करते हैं। उसी से देश को बनाना है। और इसी पर मुसलमान शक करता है तो मैं कहता हूँ कि उसके दिमाग में कितना कूड़ा भर दिया गया है, यह सोचना है।

फिर बात उठ जाती है कि किस लिपि में, लिखावट में, यह भाषा लिखी जाये। मुझे आज इस सवाल से मतलब नहीं। लेकिन अगर मान लो कोई आदमी यह प्रस्ताव रखता है कि हिन्दुस्तान की जितनी भाषाएँ हैं सब नागरी में लिखी जायें तो पहली बात तो यह कि नागरी के मानी हिन्दी नहीं होते। यह गलती कभी मत कर बैठना। नागरी तो एक लिखावट है जो हिन्दुस्तान में सभी भाषाओं के लिए चला करती थी, किसी न किसी रूप में ब्राह्मी।

अब भी जितनी भी लिखावटें हैं, तेलुगू, तमिल इत्यादि ये सब एक ही चीज के रूप हैं। अगर कोई ऐसी बात कहता है कि फिर उसको बड़े ध्यान से और प्रेम से सुनना चाहिए। उससे घबराना नहीं चाहिए।

असल में, आज हिन्दू और मुसलमान दोनों का मन वोट के राज ने बिगाड़ दिया है। चुनाव के मौके पर जाते हैं, और मौकों पर जाते नहीं। सभाएँ भी नहीं करते और वोट मांगते हैं। वोट मांगने वाले लोग हमेशा इस बात का ख़याल रखते हैं कि कोई ऐसी चीज न कह दें कि सुनने वाला नाराज हो जाये। नतीजा होता है कि **हिन्दुस्तान में जितनी भी पार्टियाँ हैं, वे हिन्दू-मुसलमान को बदलने की बात बिलकुल नहीं कहतीं। मन में जो पुराना कूड़ा पड़ा हुआ है, जो ग़लतफ़हमी है, जो भ्रम है, उन्हीं को तसल्ली दे दिला कर वोट ले लेना चाहती हैं। यह है आज हमारे राजनीतिक जीवन की सबसे बड़ी खराबी कि हम लोग वोट के राज में, नेता लोग खास तौर से, सच्ची बात कहने से घबरा जाते हैं। इसका नतीजा है कि हिन्दू और मुसलमान दोनों का मन खराब रह जाता है, बदल नहीं पाता।**

इसमें तो सुधार होना चाहिए। साफ-सी बात है कि मुसलमान जैसी चीज नहीं रहनी चाहिए राजनीति में। टूट जाना चाहिए। जैसे हिन्दू टूटते हैं अलग-अलग पार्टियों में, वैसे मुसलमानों को भी टूटना चाहिए। लेकिन यह बात कुछ मानी हुई-सी है कि मुसलमान जायेगा तो एक साथ जायेगा। हमेशा वह कोई न कोई इत्तेहाद बनायेगा। पहले कोई रहा है वह इत्तेहादुल मसुलमीन था, रज़ाकार, फिर अभी भी इत्तेहाद। हमेशा एक टुकड़ी बन कर, सबके सब मुसलमान, जहाँ तक बन सके एक टुकड़ी में

चले हैं। यह बात तो ठीक नहीं। इसका नतीजा तो यह भी हो सकता है कि हिन्दू लोग सबके सब एक टुकड़ी में चलने लगे। अपने ईमान से जो सही सियासत हो, उसको पकड़ कर चलो। अगर आज हैदराबाद में हिन्दू और मुसलमान हज़ारों की बल्कि अगर लाखों की कहूं तो ज्यादा न होगा, तादाद में मिल कर इस चीज के लिए आगे बढ़ते हैं और शहर में दो–चार मील लम्बे जुलूस निकालते हैं तो न सिर्फ आंध्र प्रदेश में बल्कि सारे हिन्दुस्तान में बिजली दौड़ जायेगी कि यह क्या चीज हो रही है कि हिन्दू–मुसलमान दोनों मिल करके किसी चीज को ले रहे हैं। वह मेल तब हो सकता है जब लोग हिन्दू और मुसलमान की हैसियत से इकट्ठा नहीं होंगे बल्कि अपनी नज़र से कि हमको कौन–सी राजनीति करनी है, उसको लेकर इकट्ठा हों।

इसमें थोड़ी–सी दिक्कत यह हो जाती है कि 90 सैकड़ा काम तो अपना सबका एक होता है? जैसे चीनी का दाम कितना है? यह तो एक ऐसा सवाल है जिससे न हिन्दू का मतलब, न मुसलमान का मतलब। मोटे कपड़े का दाम कितना है, किरोसीन तेल का दाम कितना, मजदूरी कितनी मिल रही है, हिन्दुस्तान में जो खेती–कारखाने की पैदावार में बढ़ती होती है वह किसके यहाँ जाती है? ये सब सवाल तो हिन्दू–मुसलमान दोनों के एक से हैं। जैसे मैंने यह सवाल उठाया कि हिन्दुस्तान में एक तो बढ़ती हो ही नहीं रही है, दो बरस से बिलकुल बन्द है। दो बरस पहले होती थी तो दो नया पैसा हर आदमी रोज के हिसाब से होती थी, औसत। और वह दो नया पैसा भी 44 करोड़ को नहीं मिलता था, वह ज्यादातर मिल जाता था 50 लाख बड़े लोगों को और चौथाई या आधा पैसा बचता था वह मिल जाता था, 5–10 करोड़ बीच के लोगों को। 27 करोड़ को तो कुछ मिलता ही नहीं था जो तीन आने रोज पर जिन्दगी चलाते हैं। यह बात हिन्दू–मुसलमान दोनों के लिए लागू है। और हरिजन और दूसरे अल्पसंख्यक देखें तो उनके लिए और ज़्यादा लागू है। यहाँ तो कोई फर्क नहीं पड़ता। चीजों के दाम, सरकारी नौकर कितनी तादाद में हैं, टैक्स कैसे लगता है, पुलिस का महकमा किस ढंग से चलता है, पुलिस का और जनता का आपस में व्यवहार कैसा है ये जिन्दगी के 90 सैकड़ा मामले ऐसे हैं कि कोई मतलब नहीं कि कौन हिन्दू है कौन मुसलमान। लेकिन वे 10 सैकड़ा मामले हैं जो गड़बड़ कर दिया करते हैं। पहले भी इन्हीं ने गड़बड़ की और अब भी वे ही गड़बड़ करते हैं कि किसको नौकरी मिलती है; बड़ी नौकरी, छोटी नौकरी नहीं, हाज़री नौकरी किसको मिलती है, और मध्यम वर्ग के पढ़े–लिखे लोगों का सवाल आ जाता है। इसी तरह से कुछ और मसले हैं कि जिनके सबब से मन खट्टे हो जाते हैं। इसलिए मैं यही कहना चाहूंगा कि 90 सैकड़ा मामलों को ठीक कर लो तो सब ठीक हो जायेगा। इन 10 सैकड़ा मामलों को नजर–अन्दाज़ कर देने से रगड़ चलती रह जायेगी, इसलिए इन मामलों को भी ठीक करना जरूरी है। लेकिन इनके लिए सोच–समझ करके कौन–सी सियासत ठीक है, उसको पकड़ना चाहिए।

इसी सम्बन्ध में मैं हिन्दुस्तान–पाकिस्तान की बात भी कह दूँ। मुझे इस बात का बड़ा अफसोस है कि जब इस देश का बंटवारा हुआ तब मुझ जैसे लोगों ने इसके

खिलाफ कोई काम नहीं किया। हम शायद इसको रोक नहीं सकते थे। कुछ भी करते, लेकिन कम से कम उस वक्त जेल में बैठे होते तो मन में एक तसल्ली होती कि हमने इसका कोई मुकाबला तो किया। उस वक्त हम चूक गये। कई कारण थे। एक कारण महात्मा गांधी भी थे। इस बात को अब छोड़ दीजिए। अब सवाल उठता है कि इस देश का जो बंटवारा हो चुका है, क्या उसको स्थायी मुकम्मिल मान कर चलें या कोई रास्ता निकल सकता है जिससे फिर जोड़ शुरू हो। जिन लोगों ने सोचा था कि हिन्दुस्तान-पाकिस्तान बँटवारे के बाद आपस में प्रेम रहेगा, शांति रहेगी, हिंसा नहीं होगी, वह तो हो नहीं पाया। प्रेम तो हुआ नहीं, बल्कि द्वेष बढ़ गया। खाली फर्क इतना है कि जो द्वेष या मनुमुटाव अन्दर रहता था, वह अब दो देशों के रूप में आ गया और हिन्दुस्तान और पाकिस्तान की दोनों सरकारों की ताकत का बहुत बड़ा हिस्सा यानी पैसा, प्रचार, विदेश नीति का बहुत बड़ा हिस्सा आज एक दूसरे को बदनाम करने में खर्च हो रहा है। हिन्दुस्तान के विदेश महकमें की चाल यही रहती है कि दुनिया भर में प्रचार करो कि पाकिस्तान खराब और पाकिस्तान के विदेश मंत्रालय की चाल हमेशा रहती है कि प्रचार करो कि हिन्दुस्तान खराब। दोनों का यह धन्धा हो गया है। यह कोई मामला हल हुआ?

अखबारों को बहुत सूझबूझ से हमें पढ़ना सीखना चाहिए। ये दोनों सरकारें जब कभी चाहती हैं तो लोगों का मन गरमा देती हैं, फुला देती हैं, उसमें वैर ला देती हैं, चाहे कुछ न हो, लेकिन सरहद की छुटपुट खबरें, हिन्दुस्तान-पाकिस्तान दोनों की छाप देने से पाकिस्तान के अखबार में हिन्दुस्तान के अखबार में, लोगों का मन बिगड़ जाता है। ये खबरें सरकारी महकमों से मिलती हैं। अच्छी तरह से अखबार पढ़ना चाहिए। हो सकता है कि हिन्दुस्तान की सरकार कई बार 44 करोड़ लोगों का मन चीन से हटाकर पाकिस्तान की तरफ मोड़ना चाहे। यह चाल हो सकती है। चीन तो बड़ा शत्रु है, मजबूत शत्रु है। लोग, अगर मान लो गरमा रहे हैं चीन के खिलाफ, सरकार को डर लग रहा है तो सरकार की तबियत हो जाती है कि चीन से जरा मन हटा दो और एक छोटे दुश्मन की तरफ मन मोड़ो। इसलिए उस तरह की खबरें दे देती हैं और हम लोग भी बेवकूफ बन जाते हैं। हम लोग चीन की तरफ से मन हटा कर पाकिस्तान की तरफ ले जाते हैं।

उसी तरह से पाकिस्तान की सरकार, जब कभी मुसीबत में पड़ती है, अपने देश के किसी मसले को हल नहीं कर पाती है तो हमेशा हिन्दुस्तान को बदनाम करके कि हिन्दुस्तान ने हमें तबाह कर रखा है, हिन्दुस्तान की सरकार हमले की तैयारी कर रही है और चेत जाओ, हमारा मुल्क खतरे में पड़ा हुआ है, इस तरह पाकिस्तानियों का मन वह गरमा देती है।

इन दोनों सरकारों के हाथ में इस वक्त बहुत खतरनाक हथियार है, लेकिन जनता अगर चाहे तो मामला बदल सकता है। इसीलिए मैंने लोकसभा में विदेश नीति की बहस में एक ही जुमला कहा था। उस पर कांग्रेसी बड़े तिलमिला उठे। मैंने कहा था पाकिस्तान की सरकार उतनी ही गंदी है जितनी कि हिन्दुस्तान की सरकार। कितना

सीधा, सही सच्चा जुमला है। इसमें कोई बात गलत नहीं थी लेकिन चारों तरफ से लोग तिलमिला उठे। किसी ने कहा, यह क्या आप कह रहे हैं और चिल्ल-पों शुरू हो गयी। एक आदमी ने चिल्ला कर कहा, यह है आपका स्वाभिमान! मैंने कहा, स्वाभिमान की बातें करते हो 20 हजार वर्ग मील जमीन को देकर अब स्वाभिमान की बात करते हो? देश के दो टुकड़े करके और कभी जोड़ने की बात नहीं की, अब आप स्वाभिमान की बातें करते हो? जब हमने यह दो स्वाभिमान की बातें कहीं तब जा कर ठंडे पड़े।

हिन्दुस्तान-पाकिस्तान का मसला, अगर सरकारों की तरफ देखो, तो सचमुच बहुत बिगड़ा हुआ है। इसमें शक नहीं है। और इसलिए अब जो बात मैं कहने जा रहा हूँ, वह बड़ी अटपटी लगती है कि जरा-जरा-सी बातों को तो बढ़ा दिया है, लड़ रहे हैं, अखबारों में दिन-रात एक-दूसरे को गरमा रहे हैं। और चमड़ी या शरीर फुला रहे हैं, ऐसी सूरत में मैं आपसे पाकिस्तान-हिन्दुस्तान के महासंघ की बात करना चाहता हूं। एक देश तो नहीं, एक राज नहीं, लेकिन दोनों कम से कम कुछ मामलों में शुरुआत करें एके की। वह निभ जाये तो अच्छा और नहीं निभे तो और कोई रास्ता देखा जायेगा। बस और बातों में न सही लेकिन नागरिकता के मामले में और अगर हो सके तो थोड़ा-बहुत विदेश नीति के मामले में, थोड़ा-बहुत पलटन के मामले में एक महासंघ की बातचीत शुरू हो। मैं साफ कह देना चाहता हूँ जो विचार मैं आपके सामने रख रहा हूँ, वही मैंने लोकसभा में भी रखा था यह कहते हुए कि यह विचार सरकार के पैमाने पर आज शायद अहमियत नहीं रखता मतलब हिन्दुस्तान की सरकार और पाकिस्तान की सरकार से इससे कोई मतलब नहीं, क्योंकि वे सरकारें तो गंदी हैं। इसलिए हिन्दुस्तान की और पाकिस्तान की जनता को चाहिए अब इस ढंग से वह सोचना शुरू करे। नयी तरह की चीजें सोचना भी जरूरी होता है। मैं तो कम से कम इस बात के लिए तैयार हूँ। मैं नहीं कहता कि हर एक आदमी इस चीज को मान ले। सोचे इस बात पर, दूसरे तरीके निकल सकते हैं।

अगर हिन्दुस्तान-पाकिस्तान का महासंघ बनता है तो जब तक मुसलमानों को या पाकिस्तानियों को तसल्ली नहीं हो जाती, तब तक के लिए संविधान में कलम रख दी जाये कि इस महासंघ का राष्ट्रपति और प्रधानमंत्री, दो में से एक पाकिस्तानी रहेगा। इस पर लोग कह सकते हैं कि तुम अन्दर-अन्दर रगड़ क्यों पैदा करना चाहते हो? जिस चीज को पुराने जमाने में कांग्रेस और मुसलिम लीग वाले नहीं कर पाये, कभी-कभी कोशिश करते थे, रगड़ पैदा होती थी। अब तुम फिर से रगड़ पैदा करना चाहते हो? इसका और कोई अगर जवाब नहीं तो मैं एक सीधा-सा जवाब दूंगा कि 16 बरस हमने यह बाहर वाली रगड़ करके देख लिया, अब फिर अन्दर की रगड़ कैसी भी हो, इससे तो कम से कम ज्यादा अच्छी ही होगी। यह बाहर वाली पाकिस्तान-हिन्दुस्तान की रगड़ है। उसको हम निभा नहीं सकते। इसके चलते तो हम दुनिया में हमेशा मोहताज रहेंगे। हमेशा किसी न किसी के मोहताज या शिकार बनते रह जायेंगे। इसी तरह से और भी नये ढंग की बातें सोच सकते हो।

हो सकता है कि लोग काश्मीर वाला सवाल उठाएँ कि अब तक तो तुमने आसान-आसान बातें कर लीं, लेकिन जो मामला झगड़े का है, उस पर तो कुछ कहो। तो, काश्मीर का सवाल अलग से हल करने की जब बात चलती है, तो मैं कुछ भी लेने-देने को तैयार नहीं हूं। मेरा बस चले तो मैं काश्मीर का मामला बिना इस महासंघ के हल नहीं करूंगा। आजकल जो बातें चलती हैं उनमें सिलसिला नहीं है। प्रधानमंत्री साहब तो बड़े मजे के आदमी हैं। सुबह कुछ बोलते हैं, शाम को कुछ। लोग सुनकर खुश हो जाते हैं। पर मेरा तो वह तरीका है नहीं, मैं उसे अख्तियार करने लग जाऊँ तो हिन्दुस्तान की जनता दूसरे ही दिन कहने लगेगी कि यह तो पागल आदमी है। लेकिन प्रधानमंत्री के लिए तो यह आसान बात है कि सुबह वे कह देते हैं कि हम तो काश्मीर के बारे में कोई बात करेंगे ही नहीं पाकिस्तान से और शाम को कह देते हैं कि बातें होती हैं तो सभी चीजों पर होनी हैं, देने को तैयार रहते हैं, लेने को तैयार रहते हैं। कभी कहते हैं कि जो मामला इस वक्त तक का है, उसमें कुछ थोड़ा-बहुत हेर-फेर करके सुलह हो ही सकती है। उनकी दो क्या, कितनी जीभें हैं। उनकी बात छोड़ ही दो। लेकिन मैं इतना कहना चाहूंगा कि अगर कोई एक मामला अलग से करने जायेंगे तो हिन्दुस्तान-पाकिस्तान का मामला कभी भी हल हो नहीं सकता। अगर नहरी पानी का अलग से करो तो फिर दूसरा कोई सवाल खड़ा हो जायेगा। मान लो काश्मीर का किसी तरह से हल कर लो, फिर तीसरा कोई सवाल खड़ा हो जायेगा, पूर्वी पाकिस्तान के हिन्दुओं का, या पश्चिमी पाकिस्तान से पूर्वी पाकिस्तान आने-जाने के रास्ते का। इसलिए मैं साफ बोलना चाहता हूँ कि अगर हिन्दुस्तान-पाकिस्तान का महासंघ बनता है, तब मैं काश्मीर के बारे में कोई भी बात सोचने को तैयार हो जाता हूं, चाहे काश्मीर हिन्दुस्तान के साथ रहे, चाहे काश्मीर पाकिस्तान के साथ रहे, चाहे काश्मीर एक अलग इकाई बनकर इस हिन्दुस्तान-पाकिस्तान के महासंघ में आये पर महासंघ बने कि जिससे हम सब लोग फिर से एक ही ख़ानदान के अन्दर बने रहें। इस महासंघ के तरीके पर बुनियादी तौर पर हिन्दुस्तान-पाकिस्तान की जनता सोचना शुरू करे।

फिर से मैं कह देता हूँ कि यह सब सोचना बेमतलब होगा, जब तक कि किसी इलाके के हिन्दू और मुसलमान जानदार बनकर एक नयी पलटन नहीं तैयार करते इसलिए मैंने हैदराबाद और लखनऊ की बात कही। हैदराबाद और लखनऊ में हिन्दू और मुसलमान जानदार बन कर एक ताकत बनें और अपनी सभाओं से, अपने प्रचार से, अपने प्रदर्शन से दिखायें कि एक नयी लहर अब इस देश में उठी है तब अलबत्ता इन चीजों में कोई ताकत आये।

इसी सिलसिले में एक सवाल थोड़ा-सा उठा है शेख अब्दुल्ला का। आज से नहीं कई बरस से मैंने कहा कि शेख अब्दुल्ला को जेल में नहीं रखना चाहिए, लेकिन आजकल जब मैं कोई बात कह देता हूँ तो यह जरा ज्यादा फैल जाती है। अखबार वालों की थोड़ी-बहुत मेहरबानी है। पूरी तो नहीं फैलती। पूरी बात देने लगें तो मजा आ ही जाये। खैर, यह बात फैली तो कुछ लोगों को अच्छा लगा और कुछ लोगों को

बुरा लगा। मुझसे एकाध जगह लोगों ने कहा, तुम इस देशद्रोही की रिहाई की बात करते हो? देशद्रोही! इस बात को पूरी तरह समझ लेना चाहिए कि आखिर यह बात है क्या। मैंने क्यों रिहाई की बात की है। उसका सबसे बड़ा सबब है कि मैं चाहता हूँ कि हिन्दुस्तान में कायदे-कानून की सरकार चले, मनमानी सरकार न चले। थोड़ी देर के लिए आप शेख अब्दुल्ला को भूल जाओ। मान लो हम लोगों के बीच कोई चोर है मैं चोर हूं या आप चोर हैं। आप गिरफ्तार होते हैं। चोरों के साथ कैसा बरताव होना चाहिए इसके कुछ कायदे-कानून हैं। आप क्या चाहेंगे कि कायदे-कानून का बरताव हो या चोर को बस मारना-पीटना शुरू कर दिया जाये और अगर कोई गहरी चोरी हुई तो इतना मारा जाये कि नौबत ही न आये मुकदमे की। वह फिर मनमानी सरकार हो जायेगी। एक होती है कायदे-कानून की सरकार, एक होती है मनमनी सरकार। मुझे इस बात का जबरदस्त खतरा दिखाई दिया कि हिन्दुस्तान में, और पाकिस्तान में तो खैर साफ ही सी बात है कि 10-15 बरस में मनमानी सरकार चली है, कायदे-कानून की सरकार नहीं।

कदम-कदम पर आप देख सकते हो। मैं खुद अपना एक किस्सा बताता हूं। मेरा एक मुकदमा मामूली नहीं था। उसमें इलाहाबाद वाले उच्च न्यायालय में हम जीते थे। तीन हजार आदमी जेल से एक साथ छूटे थे। वह दुनिया में एक अजीब घटना हुई थी। आज से 7-8 बरस पहले की बात है। हम लोग मुकदमा जीते, कानून टूट गया और कानून टूटते ही एक दिन में एक साथ हजार आदमी जेल से छूटे थे। फिर उत्तर प्रदेश की सरकार ने उसकी अपील की। अपील की चिट्ठी मेरे पास आयी। एक बार आयी तब मैं दिल्ली की सबसे बड़ी अदालत में गया। वहाँ पता लगा कि अभी तो वह मुकदमा नहीं आयेगा। सोचा, कोई बात नहीं हिन्दुस्तानी आलसी ही होता है, मैं भी आखिर हिन्दुस्तानी हूं, सह लेता हूं, नहीं तो मुझे गुस्सा आ जाना चाहिए था कि तुमने चिट्ठी भेजी, बुलाया, अब कहते हो मुकदमा नहीं करेंगे। फिर दुबारा चिट्ठी आयी, दुबारा भी चले गये। तब भी हमने सह लिया। ऐसा मत समझना कि बड़ा आदमी हूँ। मैं बड़ा नरम और ठंडा और कुछ-कुछ मानी में दब्बू आदमी हूँ। दो बार सह लिया फिर तिबारा चिट्ठी आयी कि एकदम बुलाया है, अदालत में गया, फिर सुनता हूँ कि मुकदमा नहीं है। तब थोड़ा-सा हमको भी लगा कि यह क्या मामला है। जज क्या समझते हैं कि हम नागरिक, हिन्दुस्तान के शहरी, हमारी कोई इज्जत नहीं। जज जब चाहे बुलाएँ जब चाहें वापस करें। आखिर शहरी की कोई इज्जत तो होनी चाहिए। अगर जज को काम है, तो शहरी को भी तो काम है। जज ही खाली अपने दिमाग से सोचे बैठा रहता है कि हमको ही काम है और जब चाहे पेशी करे, जब चाहे मुल्तवी करे। आज हिन्दुस्तान में करोड़ों रुपया बरबाद हो रहा है, क्योंकि मजिस्ट्रेट और जज लोगों को गुमान हो गया है कि जब चाहे पेशी कर सकते हैं और जब चाहे मुल्तवी कर सकते हैं। तो खैर, फिर मैं गया अदालत में। फिर सवाल उठ गया था अंग्रेजी वाला। कुछ वकीलों से पूछा। हमने कहा, हम तो अंग्रेजी बोलने वाला वकील नहीं रखेंगे तो सब घबरा गये। हमने सुना था कि कुछ ऐसा वक्त आता है कि खुद खड़े

होकर बोल सकते हो। तब हमने कहा, जज साहब, यह हमारा मामला है, दो बार हम बुलाये गये, तीसरी बार भी बुलाये गये अब भी मुकदमा नहीं ले रहे हैं आप। तो पहले तो उसने शराफत से बातचीत की। बड़ा जज था। अच्छी तरह से बात की, जी हाँ, आपका मुकदमा वक्त पर आयेगा। फिर मैंने कहा, जज साहब, इस पर भी आप गौर करें कि दो बार मैं पहले आ चुका हूं, यह तीसरी बार है, अब बार-बार मुझे आप बुलाते हैं तो न जाने क्यों उन्हें गुस्सा आ गया, और वे बोल पड़े कि आपको बीस बार आना पड़ेगा। हमारे मन में जो बात आयी थी उसे, अच्छा हुआ, हमने कही नहीं। लेकिन हमने कहा, जज साहब आपको एकतरफा फैसला करना पड़ेगा और हम चले आये। आखिर जज में और शहरी में ऐसा रिश्ता होना चाहिए कि जज को शहरी की इज्जत करनी चाहिए तभी तो शहरी जज की इज्जत करेगा। ऐसा तो नहीं कि जब चाहे बुलाओ।

वैसे, आजकल प्रताप सिंह कैरो साहब पंजाब वाले हैं, खाली वही नहीं हैं, ऐसा मत समझना वह प्रताप सिंह कैरो साहब और यहाँ संजीव रेड्डी साहब, ये जितने साहब हैं, एक ही थैली के चट्टे-बट्टे हैं। किसी की पोल खुल जाती है, किसी की रह जाती है। उनका मामला मैं इसलिए बता रहा हूं कि जो मैं अभी बात कर रहा था कि कायदे-कानून की सरकार और मनमानी सरकार, दोनों में फर्क होना चाहिए। वहां कोई सिविल सर्जन साहब थे। उनका तबादला करने के लिए पंजाब के मुख्यमंत्री ने कुछ हुकुम निकाले, क्योंकि सिविल सर्जन साहब, उनके लिए उनकी बीबी के लिए और उनके बच्चों के लिए कुछ कर-करा दिया करते थे। कभी तो सिलाई वाली मशीन देते थे, कभी दवाइयाँ पहुँचा देते थे, कभी किसी मरीज को बिना फीस के देखभाल लिया करते थे, कभी उनके आदमी को अपने मकान में रख लिया करते थे, खिला देते थे लगातार तीन-तीन, चार-चार महीने। फिर इसमें उन्होंने जरा आना-कानी की, तो मुख्यमंत्री साहब नाराज हो गये और उनके ख़िलाफ़ कार्यवाही कर डाली। अब यह सोचने की बात है कि क्या कोई मंत्री, मंत्री होने के नाते इतनी ताकत पा जाता है कि वह अपने कागज पर हुकुम निकाले, इस नीयत से नहीं कि सूबे का सरकारी इन्तजाम अच्छा होता या बुरा होता है, बल्कि इस नीयत से कि मेरी बीबी को या मेरे बच्चों की ठीक-ठीक दवा नहीं दी, तब वह मनमनी हुकूमत हो जाया करती है। हुकुम, फैसले के मुताबिक होने चाहिए। और जहाँ मनमानी चलेगी वहाँ तो व्यापार और गद्दी में ऐसा सम्बन्ध हो जायेगा कि गद्दी पर बैठा हुआ हमेशा मदद करता रहेगा व्यापार वाले को और दोनों एक-दूसरे की मदद से खूब लूटते रहेंगे। दोनों का रिश्ता खूब बढ़िया चलता रहेगा। यह तो यहाँ भी चलता होगा। मुझे बताने की कोई जरूरत नहीं।

अब यह देखना कि शेख अब्दुल्ला के साथ कायदा-कानून बरता गया है या मनमानी चली। मुझे इसमें कोई शक नहीं है कि उनके साथ मनमानी हुई। मुझे इस बात का जिक्र करने की कोई जरूरत नहीं कि वे आदमी अच्छे हैं या बुरे, देशभक्त हैं या देशद्रोही हैं। अभी मैं खाली इस बात को छेड़ता हूँ कि हिन्दुस्तान में चोर को भी,

डाकू को भी देशद्रोही को भी कायदा-कानून मिलना चाहिए। उसके साथ मनमानी नहीं करनी चाहिए। मैं आपको भी आगाह कर देना चाहता हूँ कि अगर आप किसी पुलिस को किसी चोर के साथ गैरकानूनी बरताव करते देखो, दखल देना, डरना नहीं वरना पुलिस की आदत पड़ जाती है। आज चोर के साथ जैसा बरताव करती है, कल वैसा ही साहूकार के साथ शुरू कर देती है, इसलिए कायदे-कानून की सरकार चलानी है। जब मैं देखता हूँ कि हिन्दुस्तान में हथकड़ियाँ पहना कर कैदियों को ले जाते हैं तो बहुत बुरा लगता है। भले लोग तो हथकड़ी छुपा कर रखते हैं। हथकड़ी पहनाना जरूरी ही है तो छुपा कर ले जाओ। हथकड़ी ही नहीं पहनाते हैं, कमर में रस्सी बाँधते हैं और फिर सड़क पर मारपीट भी करते हैं। पहले तो मैं दखल दिया करता था। अब कहां-कहां दखल देने जाऊँ हर चीज में दखल देता हूँ तो फिर लोग कहने लगते हैं, देखे यह तो सबसे लड़ना शुरू कर देते हैं लेकिन आप लोग, जो नौजवान लोग हो, उनसे मैं कहना चाहता हूँ कि जब मैं आपकी उमर का था, तब सड़क पर थप्पड़ लगते हुए देखकर मुझे बुरा लगता था और जो थप्पड़ मारता था, उसमें दखल देना मैं अपना कर्तव्य समझता था। एक दफ़ा अगर हमारे सड़क के और शहर के बरताव बिगड़ जाते हैं तो फिर वह बिगड़ाव बहुत दूर तक चला जाता है।

ख़ैर! मैं चाहता हूँ कि मुझे खान अब्दुल गफ्फार ख़ाँ की रिहाई माँगने का हक रहे। वे पाकिस्तान की जेल में हैं मुझे वह हक तभी मिलता है जब हिन्दुस्तान की जेलों में बन्द शेख अब्दुल्ला की रिहाई की भी माँग करूँ। ऐसा नहीं हो सकता कि यहाँ तो चुप रह जाओ और वहाँ खाली माँग करो। मैं नहीं जानता कि मेरी आवाज पाकिस्तान में पहुँचती है या नहीं, पहुँचती नहीं है, लेकिन कभी न कभी तो पहुँचेगी। कब तक लोग दबाकर रखेंगे। तब लोग सोचेंगे कि यह आदमी यह कुछ सच्चा आदमी लगता है, यह तो इन्साफ पसन्द करता है। इन्साफ के लिए आदमी को खड़ा होना चाहिए, जहाँ भी हो।

ख़ान अब्दुल गफ्फार ख़ाँ को और शेख़ अब्दुल्ला को मैं एक सतह पर नहीं रखता हूँ। कहीं लोग गलत न समझ बैठे। खान तो बहुत बड़ा आदमी है। उनका क्या मुकाबला है शेख़ के साथ। यहाँ कोई बड़े और छोटे का सवाल नहीं। यहाँ सिर्फ अमन और कायदे-कानून का सवाल है कि आदमी जो भी हो, छोटा हो, बड़ा हो, उसके साथ कायदे-कानून का सुलूक होना चाहिए। शेख अब्दुल्ला ने कभी भी काश्मीर को पाकिस्तान में मिलाने की बात नहीं की, जहाँ तक मुझे मालूम है। उन्होंने जो कभी माँग की थी और मैं समझता हूँ कि जिस ढंग से उन्होंने की वह गलत माँग थी, वह यह कि काश्मीर को अलग कर दिया जाये। उसे हिन्दुस्तान-पाकिस्तान से अलग स्वतंत्र देश बना दिया जाये। ऐसी माँग उन्होंने की थी। लेकिन मैं आपको एक इत्तला देना चाहता हूँ। सुबूत तो शायद इसके रह नहीं गये होंगे, लेकिन यह बात है बिलकुल सही। कई आदमियों से मैंने सुनी है। हो सकता है कि शेख अब्दुल्ला खुद इसको कहते हुए डरे, लेकिन मुझे काहे का डर है। जब शेख अब्दुल्ला ने स्वाधीन काश्मीर की बात की थी। तब थोड़ा-बहुत उकसावा उनको हिन्दुस्तान के

प्रधानमंत्री से मिला था। वह आदमी बड़ा कातिल आदमी है। दूसरों को फँसा कर अलग खड़ा हो जाता है। खैर! अब शेख़ जैसे आदमी कहते हैं, तो सजा भुगतते हैं। हमारे जैसे आदमी बेवकूफी नहीं भी करते हैं तब भी भुगतनी पड़ती है क्योंकि कायदा बिगड़ चुका है।

मैं आपको एक बात बता देता हूँ। मुँह छिपाने की चीज तो है ही वह। एक आदमी आया था अभी। वह कौन था, इसको छोड़ो। उसने शेख के बारे में मुझसे कुछ बात की। समझाना चाहा तो मैंने उसे साफ-साफ कह दिया। एक चीज अलबत्ता कुछ अच्छी लगी मुझे उसमें कि शेख ने किसी आदमी को अपनी मौजूदा राय बतायी। वह बहुत अच्छी तो नहीं थी, बुरी भी नहीं थी, लेकिन उसमें कुछ शब्द ऐसे थे जिन्हें मैं दुहरा देना चाहता हूँ। उन्होंने कहा, अलबत्ता मैं ऐसा कोई काम नहीं करूंगा कि जिससे हिन्दुस्तान के लोगों को, जिसमें काश्मीर के लोग शामिल हैं, नुकसान हो। यह छोटी-सी बात है लेकिन एक मानी में बहुत बड़ी बात है। ये शेख के शब्द थे ऐसा मुझे बताया गया। यह भी मैं आपसे कह दूँ कि जब लोग हस्ताक्षर कराने आये शेख अब्दुल्ला की रिहाई के लिए तो मैंने हँसते हुए कहा कि क्या प्रधानमंत्री ने अब रिहाई के लिए भी आंदोलन शुरू कर दिया है? मैं भी जानता हूं, कहां कैसे मामले चलते रहते हैं। जो हो, मैंने कहा, मैं तो सही चीज पर दस्तखत करूंगा। यह मैं जानता था कि यह सही चीज है, अच्छी चीज है, दस्तखत करना है, चाहे उसके लिए कहीं से भी इशारा आया हो, लेकिन फिर मैंने कहा कि शेख से जा कर कह देना कि पहचान तो हमारी बहुत पुरानी है, चली आ रही है, एक-दूसरे को थोड़ा जानते हैं, कई ढंग से जाना है, अच्छे ढंग से जाना है, बुरे ढंग से जाना है, क्योंकि कुछ चीजें हुई थीं। सन् 46-47 में शेख को, जब उन्होंने तीन-पांच की, तो मैंने भी कहा होगा कि असली हैसियत देखकर बातचीत करो। मैंने शेख से कहला भेजा है कि शेख बड़ा वक्त बीत गया, तुम्हारा भी वक्त बीता है और हमारा भी वक्त बीता है, तुमने बहुत कोशिश की कि अपने दोस्त के भक्त बन करके, सरकार के ओहदों पर रह करके जनता का भला करो, उसका मजा तो तुमने चख लिया, अब आगे से तुम यह संकल्प करो, कि तुम गद्दी पर बैठने की किसी तरह की लालच नहीं करोगे। फिर दूसरा संकल्प करो कि अगर रिहाई हो गयी तो हम हिन्दुस्तान के हिन्दू-मुसलमान का मन जोड़ने के लिए गद्दी से दूर रह कर पूरा काम करेंगे और उसके जरिये से अगर हो सका तो हिन्दुस्तान-पाकिस्तान के महासंघ को बनाने की भी कोशिश करेंगे। पता नहीं यह बात वहाँ तक पहुंच पायी या नहीं।

हाँ, यह जो सारा वाकया है, उससे एक बात मैं बता दूँ कि जब मैंने लोकसभा में कहा कि हिन्दुस्तान-पाकिस्तान के महासंघ की बात सोचनी चाहिए, तब कुछ लोगों ने बड़बड़ाना शुरू किया। एकाध ने बीच में टोका-टाकी की और एक आदमी तो दृढ़ता के साथ खड़ा हो गया और बोला, अब मैं आगे नहीं बोलने दूँगा और फिर कहा, ये बड़े लीडर हैं, मामूली आदमी नहीं हैं, जब अपने मुँह से बात निकालते हैं तो हमारा हक हो जाता है पूछने का कि वे बतायें कि किस ढंग से हिन्दुस्तान-पाकिस्तान के

एके को यह करेंगे? यह सवाल पूछा था उसने लोकसभा में। हम तो जवाब देना चाहते थे लेकिन अध्यक्ष बीच में बोले कि वह बहुत देर बोल चुके हैं और अगर मैंने यह भी मौका दिया तो लम्बी तकरीर हो जायेगी इसीलिए मैं यह मौका देने का नहीं, तब हमने सोचा कि तफ़सील से तो कुछ कह नहीं सकते, तो हमने कहा कि और बातें चाहे समझ में न आयें लेकिन एक बात समझ लेना, सपना देखो, हिन्दुस्तान-पाकिस्तान के महासंघ का सपना देखो।

सपना, सपना, या सपना देखें वगैरह-वगैरह हल्ला मचाने लग गये। हमने कहा, हाँ, कांग्रेस वाले अब सपना देखना भूल गये। पहले देखा करते थे। अब तो गद्दी पर बैठे-बैठे दिन की चीजें इतनी बेखबर बना देती है कि सपना बिचारे कहां से देख पायेंगे। जब सपना देखा था, तभी अंग्रेजी राज खतम हुआ और किसी ने बुरा सपना देखा था, तभी तो मुल्क का बँटवारा हुआ। अगर अच्छा सपना देखो तो शायद जोड़ की बात शुरू हो। और सपने देखने का मतलब यह नहीं कि आदमी को नींद आ जाती है तभी सपना देखता है। बैठे-बैठे भी तो सपना देखता है और नौजवान लोग तो बहुत सपना देखा करते हैं जहाँ और सब सपने देखते हो, वहाँ हिन्दुस्तान-पाकिस्तान के महासंघ का सपना भी देखो। अब हजरत प्रधानमंत्री ने जवाब देते वक्त, जवाब तो खैर किसी बात का नहीं दिया, क्योंकि मैंने अपने भाषण में कहा था कि हिन्दुस्तान की विदेश नीति में सोच नहीं है, सिद्धान्त नहीं है, सपना नहीं है और तीनों की अलग-अलग मिसाल दी थी। सपना नहीं है, उसकी मिसाल तो इतनी ही है कि हिन्दुस्तान-पाकिस्तान के महासंघ का सपना भी देखा नहीं। सोच नहीं है, क्योंकि इसने कभी भी खुदमुख़्तार बन कर खुद सोच करके कोई रास्ता नहीं दिया दुनिया में। मिसाल के लिए एक रास्ता बताया, रूस और अमेरिका के ख्रुश्चेव और कैनेडी साहब बैठें, शिखर सम्मेलन करें। इसलिए कि यह जो बम है, इसको खत्म किया जाये। तनाव कम करने के लिए, अणुबम खत्म करने के लिए कैनेडी और ख्रुश्चेव साहब की बैठक हो। मैंने कहा, क्यों नहीं कैनेडी-ख्रुश्चेव साहब जो दोनों अमीर मुलकों के नुमाइन्दे हैं उनकी बैठक कराते दुनिया की गरीबी पर बहस करने के लिए। अगर सोच होता हिन्दुस्तान की विदेश नीति में तो इन दोनों आदमियों की बैठक कराते दुनिया की गरीबी पर बहस करने के लिए। मैंने मिसाल दी कि इसने कभी भी किसी मसले पर बिना रोक-थाम के नहीं सोचा। हमेशा इसके दिमाग में एक बात रही कि कहीं कोई नाखुश न हो जाये-कोई बड़ा, छोटे की तो परवाह की नहीं हिन्दुस्तान की सरकार ने। और आज सब मुसीबत झेलनी पड़ रही है। छोटे की परवाह नहीं की। बर्मा क्या सोचता है, नेपाल क्या सोचता है, पाकिस्तान क्या सोचता है, इसकी कोई परवाह नहीं।

बाद में प्रधानमंत्री साहब ने जवाब दिया, मैं डरता नहीं हूँ। जैसे कोई बच्चा हो, जो डरता हो और कहता है, वाह मैं नहीं डरता, मैं कभी नहीं डरा। हमारे मन में आया, टोकें। फिर चुप रह गये कि क्यों बुड्ढे को टोकते हो। उनका खाली एक ही जवाब था, हम डरते नहीं। छोटों से नहीं डरते हो, यह बात सही है। अपने ही घर की विद्रोही सन्तान पर, भारतमाता के नागा लोगों पर हवाई जहाज से बम गोला बरसाते

हो, गोवा के छोटे-मोटे पुर्तगाल पर बम गोला बरसाते हो, लेकिन जो बड़ा है, ताकतवर है जिसकी सेना इस मुल्क के अन्दर घुस रही है, उस पर हवाई जहाज से बमगोला नहीं बरसाते हो। यह तो नेहरू साहब की हमेशा से फितरत रही है कि अपने से कमजोर से वे नहीं डरते, अपने से मजबूत से वे डरा करते हैं और ऐसा आदमी अच्छा नहीं होता, यह याद रखना। अपने से मजबूत से बात करे, भलमनसाहत का बरताव करे वह आदमी अच्छा होता है।

खैर, इनको डर लगता है कि वह नाखुश नहीं हो जाये। अल्जीरिया की सरकार बनी तो उनको चीन ने, पाकिस्तान ने सब ने मान लिया और हिन्दुस्तान ने नहीं माना, इस डर से कि कहीं फ्रांस नाखुश न हो जाये। कांगो में मुल्क का जब बंटवारा हुआ, लुमुम्बा का कत्ल हुआ, उस वक्त हिन्दुस्तान का नुमाइन्दा वहां पर था। हिन्दुस्तान की सरकार ने कोई कड़ा कदम नहीं लिया, इस डर से कि कहीं बेल्जियम और अमेरिका नाखुश न हो जायें। तिब्बत के मामले में, हंगरी के मामले में हिन्दुस्तान की सरकार ने कभी कोई कड़ा कदम नहीं उठाया, इस डर से कि कहीं रूस नाखुश न हो जाये। और रूस नाखुश हो जायेगा तो काश्मीर के मामले को रोक वोट लगा करके जो ठीक-ठीक किये रहता है वह बिगड़ जायेगा। हमेशा इस सरकार को डर रहता है। तो, सिद्धान्त नहीं, सपना नहीं।

प्रधानमंत्री साहब ने दबी आवाज में कहा, मैं डरता-वरता नहीं हूँ और सपने की बात यहां कही गयी तो थोड़ा-बहुत सपना जरूर देखना चाहिए। बहुत धीमे से बोले, खाली सपना देखना ही चाहते हो तो सपना हिन्दुस्तान-पाकिस्तान का ही क्यों देखना चाहते हो, दुनिया का क्यों नहीं देखते हो। सारी दुनिया का महासंघ बनाओ-यह लोकसभा में जवाब मिलता है। ढपोरशंख का किस्सा जानते हो न? एक ढपोरशंख था। उससे माँगों एक लाख तो कहता है, एक लाख क्या दो लाख ले लो। तब उसको बोलो, दो लाख दे दो, तो कहा, भाई, क्या दो लाख लेओगे 4 लाख ले लो। वह हमेशा दूना देता था पर जितना माँगते उतना नहीं देता था। उसी तरह से हिन्दुस्तान का विदेशमंत्री, जब मैं उससे हिन्दुस्तान-पाकिस्तान के महासंघ की बात करता हूँ तो कहता है, क्या हिन्दुस्तान-पाकिस्तान के महासंघ की बात करते हो, दुनिया के महासंघ को लो।

दुनिया का महासंघ भी कभी न कभी तो बनेगा। मैं चाहता हूँ बने। प्रधानमंत्री साहब उसके लायक नहीं हैं, क्योंकि उन्हें गद्दी का इतना मोह है कि वे ऐसे सपने देख नहीं सकते। बनेगा, लेकिन पता नहीं अभी उसको कितने बरस, पचास बरस लगें, सौ बरस लगें, पता नहीं और ज्यादा बरस लग जायें। वैसे तो मैं हिन्दुस्तान-चीन के भी महासंघ का सपना देखता हूँ। देखना चाहिए, क्योंकि चीन की मौजूदा राक्षसी सरकार हमेशा चीन पर राज करेगी ऐसी बात तो नहीं। कभी न कभी तो राक्षसी सरकार खत्म होगी। और हिन्दुस्तान की जो गंदी सरकार है वह भी खत्म हो करके कोई अच्छी सरकार बनेगी। जरूर कोई न कोई दूसरे रास्ते निकलेंगे। लेकिन जो आदमी चीन को और पाकिस्तान को एक सतह पर रखता है, हिन्दुस्तानी हो करके, उसको ज़रा भी

इल्म नहीं है, उसको बुद्धि नहीं, विद्या नहीं है। कभी हिन्दुस्तान-चीन एक राज्य रहे हैं? हिन्दुस्तान-पाकिस्तान तो एक ही धरती के अभी-अभी दो टुकड़े हुए हैं। अगर दोनों देशों के लोग थोड़ी भी विद्या, बुद्धि से काम करते चले गये तो 10-15 बरस में फिर से एक हो करके रहेंगे। इसलिए इनको और चीन को एक सतह पर रखना बहुत जबरदस्त नादानी है। मैं इस सपने को देखता हूँ कि हिन्दुस्तान और पाकिस्तान फिर से किसी न किसी एक इकाई में बंधे। यह काम अगले 5-10 बरस में हो सकता है। चीन के साथ यह काम नहीं हो सकता। अगले 20 बरस में नहीं हो सकता, 30 बरस में नहीं। 50 तक तो मैं नहीं जाता क्योंकि एक नयी शक्ल दुनिया के सामने आ जाती है। इसलिए जो कोई आदमी दोनों को एक सतह पर रखे, चीन को और पाकिस्तान को, उससे आप बहस करना कि देखो आप गलती कर जाते हो।

पाकिस्तान के बंगाल में कौन लोग हैं? उनकी कौन-सी ज़बान है? मुसलमान समझते होंगे कि यह लिखावट, उर्दू वाली लिखावट, दायें से बायें चलने वाली, मुसलमानों की खास लिखावट है, और दूसरी बात यह कि इस कौम की खास लिखावट है। दोनों बातें बिलकुल गलत हैं। पाकिस्तान के जो भी ८ करोड़ या ९ करोड़ मुसलमान हैं उनमें से आधे से ज्यादा बंगाल में हैं। उनकी लिखावट यही नागरी वाली लिखावट है क, ख, ग, वाली। उनकी भाषा बंगला है और लिखावट नागरी। उसी तरह बहुत-से ईसाई समझते हैं कि उनकी लिखावट रोमन है और अंग्रेजी उनकी भाषा। और यह जो रेडियो चलता है हिन्दुस्तान का उसमें सबेरे के वक्त वन्दना सुनते हैं। कभी गीता से कुछ सुना देते हैं, कुछ रामायण से कुछ कुरान से और एकाध ईसाइयों की कविता या गाना सुनाते हैं। इसी वक्त तबीयत होती है कि रेडियो को तोड़ दिया जाये, क्योंकि हमेशा वह गाना मैंने अंग्रेजी में सुना जैसे ईसू मसीह साहब अंग्रेजी जबान बोलते थे। कोई आल इण्डिया रेडियो को बताना जा करके कि ईसू मसीह साहब की जबान अरमैक जबान थी। जो शायद अपनी हिन्दुस्तानी के ज्यादा नजदीक है, बनिस्बत अंग्रेजी के। लेकिन न जाने क्यों बेवकूफ लोग यही सोचते हैं कि ईसा मसीह साहब की जबान अंग्रेजी थी। तबीयत तो कई दफा होती है कि स्कूल खोला जाये जिसमें दुनिया के बारे में लोग जान जायें। खैर। यह मैंने पूर्व पाकिस्तान या बंगाल की लिखावट के बारे में, भाषा के बारे में आपसे कहा कि वह कितनी मिली-जुली है।

उसी तरह, पाकिस्तान के इधर वाले लाहौर, कराची वाले हिस्से को देखो। अभी भी जब लोग मिल जाया करते हैं—कम मिलते हैं लेकिन जब मिलते हैं, दीवार तो जरूर आ गयी है बीच में लेकिन कभी-कभी जब वह दीवार टूटती है—तो मजा आता है। अभी कुछ दिनों पहले एक आदमी आया था। वह पाकिस्तान की सरकार का अफसर था। मैंने उससे एक बात कही, जो बिलकुल सही बात है, कि हिन्दुस्तान-पाकिस्तान में जैसे और दो मुल्कों में दोस्ती होती है वैसी तो दोस्ती हो नहीं सकती, क्योंकि जहां हमारी दोस्ती शुरू होगी, वह रुक नहीं सकती, दोस्ती बढ़ती ही चली जायेगी और बढ़ती चली जायेगी। कहीं न कहीं वह महासंघ या एके पर रुकेगी। उसके

पहले नहीं। और अगर वह दोस्ती नहीं होती तो दुश्मनी, युद्ध की जैसी स्थिति बनेगी, चाहे युद्ध हो न हो लेकिन युद्ध जैसी स्थिति रहेगी। हम दोनों एक ही जिस्म के दो टुकड़े हैं, इसलिए हमारे बीच में मामूली दोस्ती के सवाल को मत उठाना। तब वह हँसा, कहने लगा, हाँ वह बात तो आपकी मैं जानता हूँ लेकिन इस वक्त आप मुझसे न करें तो अच्छा है। आप दूसरी बातें करें। मैंने कहा, कभी न कभी तो तुमको इस बात का सामना करना पड़ेगा कि दोस्ती होगी तो खुलकर होगी नहीं तो फिर मामला रुक-रुका जायेगा।

मैं आपसे यह बात क्यों कह रहा हूँ। कई दफा चीन वाले घमंड के साथ कहा करते हैं, हम 60 करोड़ हैं। 60 करोड़ का, 65 करोड़ का उनको घमंड है। हम भी थोड़ी अक्ल से काम ले उदारता से, दयानतदारी से, तो क्या जाने हमारी भी तकदीर खुल जाये तब हम भी घमंड से नहीं लेकिन ताकत से कह सकेंगे कि हम भी 60 करोड़ हैं। दोनों एक हैं, हिन्दुस्तान-पाकिस्तान अलग-अलग नहीं, हम दोनों 60 करोड़ हैं। इतनी ताकत हम हासिल करें उसके लिए कुछ अक्ल की जरूरत है।

मैंने शुरू से आखिर तक जो आपको बताया, हिन्दू-मुसलमान वाली, हिन्दुस्तान-पाकिस्तान वाली बात, उस पर आप लोग छोटी-छोटी टोलियां बना कर सोच-विचार करना। अगर इसमें से आपने कुछ नतीजा निकाला, जगह-जगह आपने मोहल्ले में टोलियाँ बनायीं, कहीं कोई सियासत खड़ी की, मिली-जुली सियासत, जिसमें हिन्दू और मुसलमान दोनों मिलकर आगे चलें, चाहे वह अंग्रेजी जबान को मिटाने के लिए, चाहे महँगाई को खत्म करने के लिए तो अच्छा होगा। कितनी चीजें महंगी हो गयी हैं। जैसे शक्कर है। मैंने आज ज्यादा उस पर जिक्र नहीं किया लेकिन आप जानते हो, शक्कर का दाम सवा रुपया, डेढ़ रुपया है लेकिन हमारा जो उसूल है, उसके मुताबिक शक्कर का दाम साढे तेरह आने, चौदह आने सेर होना चाहिए। हालाँकि नौ आने सेर में शक्कर बनती है और उसे सरकारी टैक्स, नफा वगैरह लगा कर डेढ़ गुना तक साढ़े तेरह आने में बेचो। उसके लिए कुछ आन्दोलन करो। सरकारी लूट के खिलाफ आन्दोलन करो। पैसे वालों की लूट के खिलाफ आन्दोलन करो। आप अपनी पार्टी को चुनो। पार्टी नहीं तो किसी एक मोर्चे में आओ। कहीं कोई हैदराबाद शहर में नयी जान पैदा करो कि जिसमें यह मालूम हो कि अब सब लोग आ गये।

मैंने आज खास तौर से हिन्दू-मुसलमान की बात कही लेकिन आप याद रखना, यह बात इसी तरह से हरिजन, आदिवासी और पिछड़ी जाति वालों, औरतों के लिए भी समझ लेना, क्योंकि औरत तो जो कोई भी है, चाहे ऊँची जाति की, चाहे नीची जाति की, सबको मैं पिछड़ी समझता हूँ और मैं क्या समझता हूँ, आप जानते हो, औरत को हिन्दुस्तान में, दुनिया में दबा करके रखा गया है। उसे यहाँ बहुत ज्यादा दबा कर रखा गया है। मर्द ही मर्द सुन रहे हैं मेरी बात को। औरतें कितनी सुनने आयी हैं? तो ये जितने पिछड़े हैं, इनको विशेष अवसर देना होगा, ज्यादा मौका देना होगा, तब ये ऊंचा उठेंगे। जब मैंने तीन आने वालों की बात कही, या जब मैं इन पिछड़ों की

बात कहता हूँ तो मेरा मकसद खाली एक होता है कि जो सबसे नीचे है उसके ऊपर अपनी आँखें रखोगे और उसको उठाओगे तो जो उसके ऊपर हैं वह तो खुद-ब-खुद ऊँचा उठेगा। सबसे नीचे है उस पर अपनी आँख रखो। मैं आपसे आखिर में यही प्रार्थना करता हूँ कि इन सब चीजों पर खूब गम्भीरता से सोच-विचार करना और बन पड़े तो हैदराबाद में एक नयी जान पैदा करने की कोशिश करना।

(1963, अक्टूबर 3; हैदराबाद में दिया गया भाषण)

●

भारत विभाजन के अपराधी | डॉ॰ राममनोहर लोहिया

भारत विभाजन के बुनियादी कारण

उन बुनियादी कारणों में जिनकी वजह से विभाजन हुआ है, पहला, ब्रिटिश कपट, दूसरा कांग्रेस नेतृत्व की ढलती उमर, तीसरा, हिन्दू-मुस्लिम दंगों की वस्तुपरक अवस्था, चौथा, जनता में साहस और सतर्कता की कमी; पांचवा, गांधी जी की अहिंसा; छठवां, मुस्लिम लीग की पृथकवादिता; सातवां, जो अवसर मिले उनका फायदा उठाने की कांग्रेस की अक्षमता; और आठवां, हिन्दू अहंकार।

अखंड भारती और विभाजन

कट्टर हिन्दूवाद द्वारा विभाजन के विरोध का कोई मतलब नहीं था, और न ही हो सकता था, क्योंकि देश का विभाजन करने वाली शक्तियों में एक शक्ति यही कट्टर हिन्दूवाद थी। यह वैसा ही था जैसे कोई खूनी खून करने के बाद उस गुनाह के धक्के से पीछे हटता है।

इसके बारे में कोई गलती नहीं होनी चाहिए। जिन्होंने अखंड भारत-अखंड भारत जोर-जोर से चिल्लाया, यानी वर्तमान जनसंघ और हिन्दूवाद की विचित्र अहिन्दू भावना वाले उसके पुरखों ने (अगर करतूतों के परिणाम की दृष्टि से देखें, न कि उनकी नीयत की दृष्टि से) देश का विभाजन करने में ब्रिटेन और मुस्लिम लीग की मदद की है। उन्होंने एक ही देश के अन्दर मुसलमान को हिन्दू के करीब लाने का कोई जरा-सा भी काम नहीं किया। उन्होंने दोनों को एक-दूसरे से अलग करने का करीब-करीब हर काम किया। इस तरह का अलगाव ही विभाजन की जड़ बना। अलगाव के दर्शन को स्वीकार करना और साथ-ही-साथ, अखंड भारत की बात करना, खुद को धोखा देने का गन्दा काम है। किसी युद्ध के संदर्भ में ही उनके इस काम का मतलब और मसरफ हो सकता है, जब वे खुद इतने ताकतवर हों कि अपने से अलग किये हुओं को दबा सके। इस तरह का युद्ध कम-से-कम इस सदी में असम्भव है। इसीलिए युद्ध के बिना अखंड भारत और हिन्दू-मुस्लिम अलगाव, इन दोनों अवधारणाओं को मिलाने से केवल विभाजन का विचार और मजबूत होता है और पाकिस्तान को मदद मिलती है। हिन्दुस्तान में मुसलमानों का विरोधी पाकिस्तान का दोस्त है। जनसंघी और हिन्दू ढब के सभी अखंड भारती पाकिस्तान के दोस्त हैं।

मैं सच्चा अखंड भारती हूं। मैं विभाजन को पसंद नहीं करता। सीमा के दोनों तरफ ऐसे लाखों लोग जरूर होंगे। लेकिन अविभाजित हिन्दुस्तान की ललक के प्रति सच्चे होने के पहले सिर्फ हिन्दू या सिर्फ मुसलमान नहीं बने रहना चाहिए। उस समय सच्चे राष्ट्रवाद के दो फांटे हो गये थे। उसके एक फांटे ने तो विभाजन के विचार को अपना समर्थन दिया, जबकि दूसरे ने उसका विरोध किया। सच्चा राष्ट्रवाद सिर्फ जबान से या खामोशी से ही विरोध कर सका, उसमें सक्रिय ढंग से विरोध करने की शक्ति नहीं थी। इसीलिए राष्ट्रवाद की मुख्य संस्था के आत्मसमर्पण में उसका विरोध आसानी से समा गया।

कम्युनिस्टों की गद्दारी भी कोई प्रमुख रोल अदा नहीं कर पायी। कम्युनिस्टों के समर्थन से पाकिस्तान नहीं पैदा हुआ। उन्होंने ज्यादा से ज्यादा एक दाई का काम किया।

हिन्दू-मुस्लिम अलगाव का सिलसिला

पिछले आठ सौ बरसों के आपसी संबंधों में अलगाव और मेल के उतार चढ़ाव से हिन्दू और मुसलमान लगातार पीड़ित रहे और अलगाव पर ही कुछ ज्यादा जोर रहा। इससे एक राष्ट्र के अंदर इनकी भावात्मक एकता अभी तक नहीं हो सकी। साथ ही, हिन्दुस्तानी लोगों का स्वभाव समाधान, सहनशील स्वीकृति और आत्मसमर्पण की कला इतनी मात्रा में सीख गया है कि इस धरती पर और कहीं भी गुलामी को विश्व-बंधुत्व या गद्दारी को राजनीति या परवशता को समझौता समझने की गलती नहीं होती। इन दो तत्त्वों ने हिन्दू-मुस्लिम समस्या को चलाया है। उनके बिना, ब्रिटिश कपट या कांग्रेसी नेताओं का बढ़ता हुआ बुढ़ापा इतिहास की बेमतलब तफसील बन कर रह जाते और इनके कारण ऐसा कड़वा फल न निकलता जैसा कि निकला।

हिन्दू से मुसलमान के अलगाव का सिलसिला आजादी के बरसों में भी चलता रहा। आजादी के बरसों में मुसलमान को हिन्दू के नजदीक लाने के लिए, उनके मन से अलगाव के बीज खत्म करने के लिए कुछ भी नहीं किया गया। कांग्रेस सरकार का एक अक्षम्य अपराध यह है कि वह इन विलग आत्माओं को नजदीक लाने में असफल रही। वास्तव में, इसके लिए प्रयास करने की उसकी इच्छा ही नहीं रही।

इस अपराध के पीछे वोट फंसाने की तबियत और विश्वयारी का दर्शन है। इस देश के लगभग सभी राजनैतिक तत्व, विशेषत: ऐसे जो अपनी धर्मनिरपेक्षता पर घमण्ड करते हैं इनसे पीड़ित हैं। धर्मनिरपेक्ष दलों ने अभी तक हिन्दू और मुसलमान को ऐसी अपील करने की जुर्रत नहीं की है कि जिससे उनके बुरे विचार या बुरी आदतें छूट सकें। स्वार्थ की इस ख्वाहिश को विश्वयारी के दर्शन की परार्थवादी तर्कसंगति मिल गयी। हर एक समस्या अलग-अलग निपटाने या उसका हल ढूँढ़ने की कोशिश करने की आवश्यकता को विश्वयारों ने महसूस ही नहीं किया है। वे यह मानकर चलते हैं कि औद्योगीकरण और आधुनिक अर्थव्यवस्था हिन्दू-मुस्लिम अलगाव को खत्म कर देंगे। यह बेवकूफी से भरी कल्पना है, क्योंकि यह ऐसा रिश्ता है ही नहीं।

धर्म व इतिहास के घटक

राजनैतिक, आर्थिक और सामाजिक घटक, समूहों और जातियों को तोड़ते हैं, लेकिन ऐसी टूट के लिए वास्तविक शक्ति कहीं और से आती है–प्रतीकों और निर्गुण चीजों से। निःसंदेह, सहभोज या अंतर्विवाह जैसे सामाजिक, संपूर्ण रोजगार या राष्ट्रीयकरण या बराबरी जैसे आर्थिक और पिछड़ी जातियों और गुटों को प्रतिनिधित्व की गारंटी जैसे राजनैतिक हल जरूर निकालने चाहिए। इन हलों के बिना, अलगाव की समस्या को कभी खत्म नहीं किया जा सकता, लेकिन सिर्फ इन हलों के बाद भी वह किसी न किसी रूप में, बनी रहेगी। धर्म और इतिहास के घटकों पर भी गंभीरतापूर्वक विचार करना होगा। यह आदमी के दिल और दिमाग को कड़वा बनाते हैं।

प्रयास इस बात का करना चाहिए कि दूसरे के धर्म के प्रति आदर और समझ–बूझ पैदा हो। इन्हें पैदा करने के लिए धर्मों का ऐतिहासिक और तुलनात्मक अध्ययन बेहतरीन तरीका है। ऐसे मामलों में चिकनी–चुपड़ी भावुकता उतनी ही बेमतलब है, जितनी कि कट्टरता विनाशकारी और विभाजनकारी है। धार्मिक मतों और विश्वासों की एक तरफ उपलब्धियों और दूसरी तरफ उनको खामियों–कमियों का संयमित और ठंडे दिल से मूल्यांकन लाभदायी होगा।

इतिहास पढ़ने का एक तरीका है जो सत्य से मेल खाता है और जो रजिया, शेरशाह, जायसी और रहिमन के साथ–साथ विक्रमादित्य, अशोक, हेमू और प्रताप जैसे को हिन्दू और मुसलमान दोनों के पुरखे बनाता है। इसी तरह, हिन्दू और मुसलमान दोनों गजनी, गोरी और बाबर जैसों को उपद्रवी और हमलावर आततायी समझें और पृथ्वीराज, सांगा और भाउ जैसे लोगों में हिन्दुस्तान की गलती और कमजोरी की आभिव्यक्ति मानें। मैंने जानबूझकर ऐसे लोगों को चुना है जो खुद तो बहादुर थे, लेकिन सामूहिक रूप से बेवकूफ, ताकि उससे देश की पराजय और आत्मसमर्पण की लम्बी कहानी सामने आये।

हिन्दी कविता में जायसी और रहिमन वैसे ही दैदीप्यमान तारे हैं जैसे कि और कोई हिन्दू कवि। वास्तव में रहिमन ऐसा नाम है कि इस्लाम के भारतीयकरण का समाहार करता है।

मेरी उम्मीद

मुझे आशा थी कि एक राष्ट्रीय सरकार के अंतर्गत भारत कम–से–कम कुछ हद तक समृद्ध होगा। सीमा के इस तरफ ऐसी समृद्धि दूसरी तरफ चंचल ईर्ष्या उत्पन्न करेगी। ऐसी आशा आजादी के कुछ महीनों से ज्यादा नहीं टिकी और गांधी जी की मृत्यु के बाद तो खत्म ही हो गई। एक दूसरा तत्त्व जो गलत निकला, उसका संबंध मेरी इस आशा से था कि भारत में हिन्दू और मुसलमान के बीच ऐसी सान्निध्यता बढ़ेगी कि जिससे पाकिस्तान का मन एका करने के लिए प्रभावित होगा।

अधिकतम प्रांतीय स्वायत्तता का प्रस्ताव

मौलाना आजाद मुस्लिम हितों के जिन्ना से बेहतर साधक थे, लेकिन मुसलमानों ने उनकी सेवा को ठुकरा दिया।

जब मैंने ब्रिटेन के आखिरी के पहले के प्रस्ताव को दुबारा पढ़ा जो किताब में छपा है, तो यह बात झट मेरी समझ में आ गयी। ब्रिटेन ने उस समय ऐसे संविधान का प्रस्ताव किया था जिससे सूबों को अधिकतम सत्ता मिलती। वास्तव में, भारत की केन्द्रीय सरकार के पास सिर्फ प्रतिरक्षा, विदेशनीति, यातायात और किसी सूबे द्वारा स्वेच्छा से प्रदत्त अधिक़ारों के अलावा और दूसरा कोई अधिकार न रह जाता। फिर सूबों को विभिन्न श्रेणियों के अंतर्गत पुनर्गठित किया जाता, जैसे उत्तर-पूर्व या उत्तर-पश्चिम। तत्कालीन ब्रिटिश वायसराय के साथ-साथ श्री आजाद अपने को भी इस प्रस्ताव का जनक जतलाते हैं। आखिरकार यह प्रस्ताव ठुकरा दिया गया।

इस पर श्री आजाद का वक्तव्य, विचार और अभिव्यक्ति दोनों की सफाई का नमूना है। वे इसरार करते हैं कि हिन्दुस्तान के विभाजन की योजना से मुसलिम हितों की हानि होगी। जिन प्रांतों में मुसलमानों का बहुमत है, उनमें उन्हें अधिकतम प्रांतीय स्वायत्त शासन के विधान के अंतर्गत जो मिलेगा, उससे ज्यादा कोई ठोस चीज विभाजन से नहीं मिलेगी। तथापि, विभाजन के बाद, हिन्दुस्तान के बड़े हिस्से में जो मुसलमान बच रहेंगे, उनकी आवाज बेअसर हो जायेगी और उनके हाथ से बहुत-सी चीजें निकल जायेंगी। बाद की घटनाओं ने उन्हें सच्चा साबित किया। हिन्दुस्तान के विभाजन से मुसलमानों को अगर ज्यादा नहीं तो उतना ही नुकसान जरूर पहुंचा, जितना कि हिन्दुओं को।

अधिकतम प्रांतीय स्वायत्त शासन के इस सुझाव से निश्चय ही मुसलमानों के हितों की विस्मयकारी सीमा तक रक्षा होती; किन्तु इससे शायद उनका अहंकार या महानता की लालसा संतुष्ट न होती।

कांग्रेस का पतनशील नेतृत्व

हिन्दुस्तान छोड़ने के बाद हिन्दुस्तान से उन्हें ज्यादा फायदा हो, ऐसी योजनाएँ बनाना और कार्यान्वित करना अंग्रेजों के लिए स्वाभाविक था, चाहे हिन्दुस्तान को उनसे कितना ही नुकसान क्यों न हो। विभाजन की योजना ने हिन्दुस्तान को इतना नुकसान पहुंचाया, जितनी दूसरी कम ही चीजों ने पहुंचाया है। हिन्दुस्तान की जमीन पर ब्रिटिश साम्राज्य का यह आखिरी और सबसे ज्यादा शर्मनाक काम था। जैसे-जैसे समय बीतेगा, विभाजन के कलंक के सामने स्वेच्छा से स्वतंत्रता देने की मिथ्या महिमा ध्वस्त हो जायेगी। इतिहासकारों को आश्चर्य होगा, वे अन्वेषण करेंगे कि एक स्वतंत्रता संग्राम का नेतृत्व इतना अधम हुआ कि ऐसे साम्राज्यवादी कलंक का वह पापभागी बन गया।

कांग्रेस कार्यसमिति की वह ऐतिहासिक बैठक

मैं कांग्रेस कार्यसमिति की उस बैठक का जिक्र करना चाहूंगा, जिसमें बंटवारे की योजना स्वीकृत की गयी। हम दो सोशलिस्टों श्री जयप्रकाश नारायण और मुझे इस बैठक में विशेष निमंत्रण पर बुलाया गया था। हम दोनों, महात्मा गांधी और खान अब्दुल गफ्फार खां को छोड़कर और कोई बंटवारे की योजना के खिलाफ एक शब्द भी नहीं बोला।

यह बैठक दो दिनों तक चली। मौलाना आजाद उसी छोटी-सी कोठरी के कोने में बैठकर अबाध गति से सिगरेट पीते रहते थे। वे एक शब्द नहीं बोले। संभव है कि उन्हें सदमा पहुंचा हो, लेकिन उनका यह बतलाने की कोशिश करना कि वे अकेले विरोध करने वाले थे, बेवकूफी के सिवा और कुछ नहीं है। इतना ही नहीं कि इस बैठक में वे एक शब्द भी नहीं बोले, बल्कि एक दशक या उससे भी अधिक वे विभाजित भारत में मंत्री पद पर जमे रहे। मैं मान सकता हूं और यह समझ भी सकता हूं कि वे बंटवारे से दुखी थे। शायद अनौपचारिक ढंग से या गपाश्ट में उन्होंने इसका विरोध भी किया हो, लेकिन यह ऐसा विरोध था कि आगे चल उस चीज की सेवा से वे नहीं हिचकिचाये, जिसका उन्होंने विरोध किया था।

इस बैठक में आचार्य कृपलानी की स्थिति बड़ी दयनीय थी। इस समय वे कांग्रेस पार्टी के अध्यक्ष थे। वे झुक कर बैठे थे और बीच-बीच में ऊंघ रहे थे। किसी मुद्दे पर बहस के दरम्यान महात्मा गांधी ने कांग्रेस के अध्यक्ष की ओर संकेत किया। झुंझला कर मैंने उनका हाथ पकड़कर झिंझोरा। उन्होंने बताया कि वे सिरदर्द से बुरी तरह पीड़ित हैं। बंटवारे से उनका विरोध निश्चित ही साफ रहा होगा, क्योंकि उनके लिए यह वैयक्तिक भी था। लेकिन इस आजादी के लड़ाकू संगठन को बुढ़ापे की बीमारी और थकान ने आफत के समय बुरी तरह धर दबाया था।

खान अब्दुल गफ्फार ख़ा महज़ दो वाक्य बोले। उनके सहयोगियों ने विभाजन योजना स्वीकृत कर ली, इस पर उन्होंने अफसोस जाहिर किया। उन्होंने विनती की कि प्रस्तावित जनमत गणना में पाकिस्तान या हिन्दुस्तान में सम्मिलित होने के इन दो विकल्पों के अलावा, क्या यह भी जोड़ा जा सकता है कि उत्तर पश्चिम सीमांत प्रांत चाहे तो स्वतंत्र भी रहे। इससे अधिक किसी भी अवसर पर वे एक शब्द भी नहीं बोले; निश्चय ही उन्हें काफी सदमा लगा था।

श्री जयप्रकाश नारायण विभाजन के खिलाफ संक्षेप में एक निश्चयात्मक ढंग से एक बार ही बोले और फिर अंत तक वे चुप रहे। उन्होंने ऐसा क्यों किया? जिस ढंग से कार्यसमिति देश का विभाजन करना चाह रही थी, क्या वे उससे क्षुब्ध थे? या उन्होंने चुप रहने में ही बुद्धिमानी समझी, क्योंकि नेतृत्व विभाजन की स्वीकृति के लिए दृढ़ रूप से एकमत था?

बंटवारे से मेरा विरोध निरंतर और मुखर था, शायद वह बहुत गंभीर न था और अब याद पड़ता है कि उसमें कुछ खामियां भी थीं। हर हालत में, मेरे विरोध से मुसीबत नहीं टाली जा सकती थी। जो महत्त्वपूर्ण है, वह है इस मीटिंग में गांधीजी का हस्तक्षेप।

यहां मैं विशेष रूप से उन दो बातों की चर्चा करूंगा, जिन्हें इस बैठक में गांधीजी ने उठाया था। शिकायत सी करते हुए उन्होंने श्री नेहरू और सरदार पटेल से कहा कि विभाजन को मान लेने के पहले उन लोगों ने उसकी खबर उन्हें नहीं दी। गांधीजी के अपनी बात पूरी कर सकने के पहले, श्री नेहरू ने कुछ आवेश में आकर उन्हें टोका और कहा कि उनको वे पूरी तौर पर जानकारी देते रहे हैं। महात्मा गांधी के

दुबारा यह कहने पर कि विभाजन की योजना की जानकारी उनको नहीं थी, श्री नेहरू ने अपनी पहली बात को थोड़ा-सा बदल दिया। उन्होंने कहा कि नोआखाली इतनी दूर है और चाहे उन्होंने उस योजना को तफसील में न बतलाया हो पर विभाजन के बारे में उन्होंने मोटेतौर पर गांधीजी को लिख दिया था।

इस घटना के बारे में मैं गांधी जी की बात मानूंगा और श्री नेहरू की नहीं, और भला कौन नहीं मानेगा? श्री नेहरू को झूठा कहकर ठुकरा देना जरूरी नहीं है। यहां पर असल सवाल यह है श्री नेहरू और सरदार पटेल के विभाजन की योजना मान लेने के पहले, क्या उसकी जानकारी गांधीजी को थी? महात्मा गांधी को लिखे गये संदिग्ध पत्रों को छुपा देने से श्री नेहरू का काम नहीं चलेगा, जिनमें उन्होंने काल्पनिक और सतही जानकारी दी थी। इस व्यापार में कहीं-न-कहीं दाल में काला जरूर था। श्री नेहरू और सरदार पटेल ने साफ तौर पर आपस में तय कर लिया था कि काम के निश्चित रूप से पूर्ण होने के पहले गांधी जी को बिचका देना अच्छा नहीं होगा।

ये लोग बुढ़ा गये थे और थक गये थे। वे अपने आखिरी दिनों के करीब पहुंच गये थे, कम से कम उन्होंने ऐसा जरूर सोचा होगा। यह भी सही है कि पद के आराम के बिना ये ज्यादा जिंदा भी नहीं रहते। अपने संघर्ष के जीवन को देखने पर उन्हें बड़ी निराशा होने लगी थी। बहुत ज्यादा मौकापरस्त बनने का मौका उनका नेता दे नहीं रहा था।

अपने जीवनकाल में प्रशासन की मदद से देश का भला करना, ताकत का मजा लेना, सरकार के द्वारा देश की उन्नति करना और असफल समझे जाने से डरना, ये सब इसी के पहलू हैं।

समाजवादियों की कमजोरी

भारत का समाजवादी आन्दोलन ऐसी ही बातों के चक्कर में पड़कर काफी नुकसान उठा चुका है। इसमें जरा भी संदेह नहीं। भारत के सोशलिस्टों ने अपने पूर्ववर्ती और गुरु कांग्रेस पार्टी के नेताओं की तरह अपने ही हाथों प्रशासनिक भला करना और पद से आनन्द उठाना चाहा है। उन्होंने राजनीतिक अखाड़े के दांव-पेंच दिखाने की कोशिश की। उनके पास कोई गांधी नहीं था जो उन्हें घोर पतित होने से बचा लेता, और न उनमें किसी नेहरू या किसी पटेल जैसा हुनर ही था। उनकी अवसरवादिता का उन्हें कोई फल नहीं मिला, जैसा कि अपने हुनरमंद पूर्ववर्तियों को मिला था। गुनाह-बे-लज्जत वे करते रहे।

मसीहाई उत्साह के बिना सभी प्रकार की राजनीति का ऐसा पतन लाजमी है। सोशलिस्ट, समाज के कर्णधार बनना चाहते थे, और संभव हुआ तो उसे बदलना भी।

भारतीय सोशलिस्टों के मानस में क्रान्ति की मात्रा के बनिस्बत राजनीति की मात्रा अधिक रही है। कांग्रेस नेता कम-से-कम बुढ़ापा आने तक तो रुके रहे; किन्तु ये तो अधेड़ होते-होते ही चित्त हो गये।

मैंने हमेशा पद और शक्ति के बीच एक फर्क किया है। कभी-कभी ऐसा फर्क

मैंने तार्किक बुद्धि की अपेक्षा प्रज्ञा या अंतर्ज्ञान के द्वारा ज्यादा किया है। पद से 'स्व' की कष्टप्रद अकीर्ति होती है, यह मेरी मान्यता है और शक्ति, मेरी मान्यता है कि वह प्रत्येक राजनीति कर्म का केन्द्र बिन्दु होती है और होना चाहिए। शक्ति ने मुझे कभी-कभी विमोहित किया है। थके और बूढ़े लोग पद से संतुष्ट हो जाते हैं। प्रपंचहीन लोग शक्ति की अभिलाषा रखते हैं। यदि अपने विचारों को कार्यान्वित करने के लिए शासन-सत्ता प्राप्त कर नहीं सकते तो वे प्रायः हैरान नहीं हो जाते। वे जनशक्ति के संचय से संतुष्ट होते हैं। वे अपने विश्वासों के अनुरूप जनमानस में उसकी आदत और कर्म में परिवर्तन करने में संतोष कर लेते हैं, क्योंकि उनको इस बात की आशा रहती है कि एक-न-एक दिन शासन-सत्ता उसके अनुरूप निश्चय ही चलेगी।

दरअसल ऐसे मामलों में फैसला करना उतना आसान नहीं है, जितनी आसानी से मैंने कागज पर बतला दिया है। पद और शक्ति के बीच एक थोड़ा-सा संदिग्ध स्थल हो सकता है। एक हुनरमंद उस्ताद उसके जरिए ऊंचे स्तर पर पहुंच सकता है, क्योंकि एक शर्मीली बहू जैसी भीति रखने वाला आदमी वहां से भाग खड़ा होगा। अपने देश की एकता की कीमत पर श्री नेहरू और उनके जैसे लोगों ने देश की स्वतंत्रता खरीद कर देश को बहुत नुकसान पहुंचाया है। सत्ता प्राप्ति की संभावना के अवसर पर ये लोग एक शर्मीली बहू जैसा आचरण भी करते, तो देश का इतना बड़ा नुकसान न कर पाते। ये इंतजार कर सकते थे, और प्रयत्न करते रहते। नयी पीढ़ी आती। उसे जनशक्ति की इच्छा को कार्य रूप में परिणत करने की सच्ची शासन-सत्ता मिलती।

बहस के दौरान एक मौके पर द्विराष्ट्र सिद्धांत को ठुकराने की दलील मैंने दी और मैंने प्रखर रूप से यह भी इसरार किया कि अविभाजित हिन्दुस्तान की हमें बराबर कामना रखनी चाहिए। महात्मा गांधी ने इस बात का समर्थन किया। इस पर नेहरू फिट में आ गये। जब हिन्दू-मुस्लिम एक दूसरे के खून के प्यासे हो गये हैं तब हिन्दू-मुसलमान भाई-भाई या 'एक राष्ट्र' की लगातार रट लगाये रहना श्री नेहरू को असंगत लगता था। श्री जिन्ना से इस मामले में लगातार बहस भी उन्हें बेकार मालूम होती थी। मैंने बीच में कहा कि उनकी बात कितनी असंगत है। बावजूद इसके कि अमेरिकी कई वर्षों तक आपस में लड़ते रहे और उत्तर-दक्षिण के लाखों आदमी मारे गये, क्या अमेरिकियों में भाईचारा नहीं है या अमेरिका एक राष्ट्र नहीं है?

विभाजन की लागत

हिन्दू-मुस्लिम दंगे आगे न हों, इसलिए देश का विभाजन किया गया। जिसको रोकना चाहते थे, वही विभाजन से इतनी अधिक मात्रा में हुआ कि आदमी की बुद्धि से कोई भी निराश हो सकता है। छह लाख औरतें, बच्चे और मर्द मारे गये। अक्सर इतना पागलपन हुआ कि लगता था जैसे हत्यारे कत्ल और बलात्कार के नये तरीके हासिल करना चाह रहे हो। डेढ़ करोड़ लोग बेघरबार कर दिये गये। उन्हें आजीविका और घरबार के लिए ऐसे क्षेत्रों में जाना पड़ा, जहां अपनत्व की कमी थी। जबरन या स्वेच्छया, समूचे इतिहास में वह शायद सबसे बड़ा देश-परिवर्तन था।

गांधी का अनूठा सुझाव

महात्मा गांधी का सुझाव था कि श्री जिन्ना और मुस्लिम लीग भारत सरकार को खुद चलाएं। इस सुझाव की उपेक्षा की गयी; यह इतनी बड़ी साक्षी है कि कभी खण्डित नहीं हो सकती, और काल की कसौटी पर हमेशा खरी उतरेगी। यह सुझाव न सिर्फ सुझाव के लिए ही दिया गया था और न ही अव्यावहारिक था। यह मामला आगे नहीं बढ़ेगा या उससे विपत्ति आयेगी, इसका बचाव सुझाव में ही निहित था। गांधी जी ने कहा था कि मुस्लिम लीग सरकार समूचे भारत के हित में चाहे जो कर सकती है। दूसरों को नुकसान पहुंचाकर आबादी के एक तबके के हित में काम करने की छूट इसे न होती। सामान्य हित और एक तबके के हित के फर्क की तमीज ब्रिटिश वाइसराय के निर्णय पर छोड़ दी जाती। राष्ट्रीय नीति का ऐसा साहसिक निरूपण यदि सफल होता तो भारत अविभाजित रहता और यदि यह असफल भी होता तो देश को जरा भी नुकसान न पहुंचता। इस पर गंभीरता से विचार ही नहीं किया गया, जो इस बात का प्रमाण है कि कांग्रेसी नेतृत्व कम महत्त्व के कामों में उलझा हुआ था।

अगर पूरी तौर पर लीगी सरकार बनती, तो विभाजन के मसले पर, श्री जिन्ना और उनके मुस्लिम लीगियों का कठमुल्लापन कम हो सकता था। उनके बारे में कांग्रेस पार्टी और हिन्दुओं की मंशा नेक है, इस भावना के प्रति वे ज्यादा आकृष्ट हो सकते थे। नहीं तो, मुस्लिम लीग की मुसलसिल हठधर्मी और कांग्रेस के त्याग से मुस्लिम जनता में निश्चयात्मक दरार पड़ सकती थी। दुर्गति और मुक्ति दोनों स्थितियों में राजनीतिक दक्षता की इससे बेहतर कल्पना नहीं की जा सकती।

यहां कांग्रेसी नेताओं को समझना आसान है। गांधीजी की सलाह, कि मुस्लिम लीग को अकेले देश का शासन करने दें–उन्होंने नहीं मानी क्योंकि वे खुद शासन करने के लिए बहुत लालायित थे। असल में वे बेहयाई की हद तक लालायित थे।

विभाजन और जातिप्रथा

अक्सर यह कहा जाता है कि फूट की स्थितियों के कारण हिन्दुस्तान पर आसानी से आक्रमण हो जाते हैं, और वह आक्रमणकारियों के सामने प्रायः घुटने टेक देता है। अगर हम यह मान लें तो भी सवाल उठता है कि और सभी के मुकाबले हिन्दुस्तानी ही क्यों उनके सामने झुक गया। दरअसल समस्या यह बिलकुल नहीं है। हिन्दुस्तान की लड़ाइयों में लोग सामने आये ही नहीं, या आये भी तो गौण रूप से। जैसे आज यूरोप ने सम्पूर्ण युद्धवृत्ति बना ली है, वैसे ही अपने इतिहास में हिन्दुस्तानी लोग लगभग सम्पूर्ण अयुद्धवृत्ति बना लेने में सफल हुए हैं। ये विचार तुलनात्मक हैं और समूचे चित्र को उभारने के लिए इनको बढ़ा–चढ़ा नहीं देना चाहिए। चाहे राज्य बदलने की लड़ाई होती रहे, मगर हिन्दुस्तान का किसान लड़ाई के दौरान में और उसके पहले और बाद अपना खेत जोतता ही रहता है। इस चित्र को आप सदाबहार मान सकते हैं। बाकी की दुनिया में, इसी मात्रा में यह सही नहीं है।

हिन्दुस्तानी लोगों ने सरकार चलाने का और लड़ाई लड़ने का और ऐसे मामलों के बारे में सोचने का या अपने लिए व्यवस्था करने का काम कुछ विशिष्ट जातियों को

सौंप दिया। अपार जनसमूह को इन सब चीजों से कोई मतलब नहीं था। पड़ा पान सड़ जाता है। जाति प्रथा ने राजनीतिक मामलों के लिए हिन्दुस्तानियों को सड़ा दिया है। लोग अपने शासक वर्ग या उच्च जाति के दृष्टिकोण से ही विदेशी हमलों के सामने भारत के घुटने टेक देने का मुख्य कारण फूट बताते हैं। फूट किसमें? जाहिर है, शासक वर्ग में। भारतीय इतिहास दृष्टि से जनता में फूट का मतलब नहीं के बराबर है, क्योंकि जनता राजनीति में सक्रिय नहीं थी। फिर अगर अपार जनसमूह जाति प्रथा के कारण और राज्यतंत्र शासक जातियों की इस फूट से निष्क्रिय न होता, तो उतना नुकसान न होता, जितना कि हुआ। हिन्दुस्तान पर आक्रमण की ग्रहणशीलता और उसके सामने सतत घुटने टेक देने का मुख्य कारण फूट नहीं, बल्कि जाति प्रथा ही रही है।

सरकार और राजनीति को विशिष्ट जातियों को सौंप देने के तरीके से और एकसानियत के अभाव से तथा मध्य वर्ग और जनता के बीच असम्बद्धता की स्थिति से, आजादी के आन्दोलन में कमजोरी आना लाजमी था। यह बहुत कम मौकों पर ही ब्रिटिश सरकार के सामने अपने सम्पूर्ण आकार-प्रकार के साथ खड़ा हो सका। उसके नेता ऐसा अजीबोगरीब व्यवहार करते थे कि वह कभी कुछ प्रतीत होता और कभी कुछ। आजादी के आन्दोलन की जड़ में ऐसी दुर्बलता से विपत्ति लाजमी थी। दरअसल, उसी से विभाजन की दुर्घटना हुई। उससे बिल्कुल आश्चर्य नहीं होना चाहिए। हिन्दुस्तान में जाति प्रथा के कारण शासकों और जनता के बीच इतनी असम्बद्धता थी कि पहले मुस्लिम विजेताओं की छोटी टुकड़ियाँ हिन्दुओं को हरा सकीं। उसी असम्बद्धता के कारण बाद में पठान मुसलमान, तुर्की मुसलमान के सामने झुक गये और यह चलता रहा। अब उसी से देश के विभाजन का कड़वा फल निकला।

अगर हिन्दुस्तान के स्वाधीनता संग्राम का आधार शुरू से ही और निश्चयात्मक पैमाने पर जातिप्रथा के नाश के लिए, पिछड़ी जातियों को विशेषाधिकार और विशेष सुविधाएं देने का होता, तो हिन्दू-शूद्र और हरिजन, मुसलमान-अंसार और मोमिन आपस में घुलमिल जाते या कम-से-कम वे एक संयुक्त राष्ट्र की आजादी हासिल करने की खातिर राजनीतिक दृष्टि से एक हो जाते। आज तक हिन्दुस्तान का कोई भी गाँव जातियों के अनुसार विभाजित विभिन्न क्षेत्रों के एक झुंड से ज्यादा कुछ नहीं है।

भारतीय क्रान्ति

मैं नहीं समझता कि इतिहास में ऐसी और कोई क्रान्ति हुई जो अपने लक्ष्य से इतनी भ्रष्ट हुई जितनी कि भारतीय क्रान्ति। यह बात सिर्फ सिविल नाफरमानी के मार्ग पर ही नहीं लागू होती, उससे ज्यादा राजनीतिक, सामाजिक और आर्थिक लक्ष्यों पर लागू होती है।

भारतीय क्रान्ति को लगभग पूर्णतया पलट दिया गया है। हमारे करोड़ों लोगों के जागृत जीवन के उसके वादे दूषित हो गये हैं। वह उनको आदमी न समझ कर वस्तु

समझती है; जब इन्कलाब जारी था, तब जनता कम से कम आंशिक रूप से तो सक्रिय थी; अब जब सफल हो गया तो जनता लगभग पूर्णतया निष्क्रिय है। मन के पूरी तौर पर ऐसे पलट जाने की अभिव्यक्ति जीवन के विभिन्न क्षेत्रों में कई ठोस तरीकों से होती है। सादगी, उत्कृष्टता और प्रतिनिधित्व की आकांक्षा, भाषा, उदारता और सामाजिक चलनशीलता, समानता, जनता की बुनियादी जरूरतें, नौकरशाही का मरतबा, दिल्ली की गद्दी के हर मालिक की पुश्तैनी गुलामी करने वाले तबके का आचरण, कपड़ों का ढंग और रहन-सहन के तौर-तरीके, घरेलू मामलों में बन्दूक का इस्तेमाल, बाहरी मामलों में फौज पर एवं उससे ज्यादा चालबाजियों पर निर्भरता, विदेशों में भारतीय और मानवता के अन्य पीड़ित भाग, गोवा या पांडिचेरी और सिक्किम जैसों की स्थूल या अमूर्त प्राप्ति, संस्थाओं के आचरण और व्यवस्था में जनतंत्र के तत्त्व और नियम, निज के लाभ या आराम के लिए भ्रष्टता के साथ-साथ लोगों को खरीद लेना, प्रशासन में और सैकड़ों अन्य छोटे-छोटे मामलों में कौटिल्यवाद--ये सब उसके उदाहरण हैं। मैं समझता हूँ कि सिर्फ तीन दिशाओं में ही क्रान्ति ने अब तक पूरी तौर पर पलटा नहीं खाया है--औद्योगीकरण, बालिग मताधिकार और भाषण की तुलनात्मक आजादी। इनमें भी आंशिक पलटाव तो दिखाई देने लगा है। औद्योगीकरण खण्डशः आधुनिकीकरण जैसा दिखाई पड़ने लगा है और बड़े पैमाने के कुछ उद्योग दरअसल ज्यादातर नकल हैं, और इतने कम युक्तिमान या अन्वेषणकारी हैं कि अर्थव्यवस्था का अधिकतर भाग अछूता पड़ा है।

दीवार कैसे टूटे

क्रान्ति को विमुख होने से बचाने के लिए और विभाजन को खत्म करने के लिए और असल में, अब जो हिन्दुस्तान और पाकिस्तान हैं, उनकी भलाई के लिए सबसे पहली जरूरी चीज है, जनता में हल्दीघाटी-भावना का प्रादुर्भाव। इस भावना का हिन्द-पाक समस्या के ताल्लुक से ठोस मतलब क्या होगा? उसका मतलब होगा कि किसी भी परिस्थिति में युद्ध की दशा या रुख न हो। हिन्दुस्तान में जो लोग पाकिस्तान को हथियार की ताकत से बरबाद करने की धमकी देते हैं, वे या तो पागल हैं या धोखेबाज ज्यादा। इस सदी के अन्तर्राष्ट्रीय सन्दर्भ में ऐसी बात असंभव है। शायद इसी वजह से आम तौर पर पाकिस्तान-विरोधी भावना मुसलमान-विरोधी भावना में परिवर्तित हो जाती है। चूँकि पाकिस्तान पर हमला करना नामुमकिन है, पागल लोग या बदमाश, जब कभी उन्हें मौका मिलता है मुसलमानों पर हमला करने का फैसला करते हैं। ऐसी हरकतों से देश के विभाजन की दीवार और मजबूत होती है। हिन्दुओं और मुसलमानों के बीच ज्यादा से ज्यादा एकसानियत से ही, जिसका अभाव पाकिस्तान बनने का मुख्य कारण था, देश के विभाजन की दीवार को तोड़ा जा सकता है। इसलिए हल्दीघाटी-भावना को हिन्दू-मुसलमान एकसानियत का अपना स्पष्ट लक्ष्य बनाना चाहिए और उसकी प्राप्ति के लिए संलग्न होना चाहिए। कोई हिन्दू, जो विभाजन का दुश्मन है, उसे लाजिमी तौर पर मुसलमान का दोस्त होना चाहिए।

सामाजिक क्षेत्र में पूरी एकसानियत विवाह से संबंधित होती है। मुझे यकीन है कि जब तक देश में होने वाले सौ में एक विवाह हिन्दू और मुसलमान के बीच न होगा, तब तक यह समस्या पूरी तौर पर नहीं सुलझेगी। यह हिन्दू पद्धति की आंतरिक जातियों के बारे में भी सही है। परन्तु एकसानियत के सैकड़ों और तरीके हैं, जैसे नाम, भूषा, उत्सवों में संयुक्त रूप से भाग लेना, बाह्य आकृति, सहभोज और सर्वोपरि सार्वजनिक संगठनों में मिली-जुली सदस्यता, विश्वास और कर्म। आर्थिक क्षेत्र में एकसानियत का चरम स्वरूप है, भारत के नागरिकों के जीवन स्तर में अधिकाधिक साम्य। यहाँ पर मैं कुछ धार्मिक और आध्यात्मिक विश्वासों में आवश्यक परिवर्तनों की चर्चा नहीं करूंगा, पर इतना कहूंगा कि हिन्दूवाद में जातिप्रथा का नाश इन सभी के लिए पहली शर्त है। भारतीय और पाकिस्तानी सरकारों के बीच संघात्मक योजनाएं, जनता से जनता के रिश्ते और पखतूनिस्तान, बंगाल इत्यादि की स्थितियों संबंधी विशेष योजनाएं जैसे अन्य कुशलकारी हलों का उल्लेख करते हुए मैं इस प्रसंग को समाप्त करता हूँ।

●

साम्प्रदायिक दंगे और उनका इलाज

भगतसिंह

(1919 के जलियाँवाला बाग हत्याकाण्ड के बाद ब्रिटिश सरकार ने साम्प्रदायिक दंगों का खूब प्रचार शुरू किया। इसके असर से 1924 में कोहाट में बहुत ही अमानवीय ढंग के हिन्दू-मुस्लिम दंगे हुए। इसके बाद राष्ट्रीय राजनीतिक चेतना में साम्प्रदायिक दंगों पर लम्बी बहस चली। इन्हें समाप्त करने की जरूरत तो सबने महसूस की, लेकिन कांग्रेसी नेताओं ने हिन्दू-मुस्लिम नेताओं में सुलहनामा लिखाकर दंगों को रोकने के यत्न किये।

इस समस्या के निश्चित हल के लिए क्रान्तिकारी आन्दोलन ने अपने विचार प्रस्तुत किये। प्रस्तुत लेख जून, 1928 के 'किरती' में छपा। यह लेख इस समस्या पर शहीद भगतसिंह और उनके साथियों के विचारों का सार है।)

भारतवर्ष की दशा इस समय बड़ी दयनीय है। एक धर्म के अनुयायी दूसरे धर्म के अनुयायियों के जानी दुश्मन हैं। अब तो एक धर्म का होना ही दूसरे धर्म का कट्टर शत्रु होना है। यदि इस बात का अभी यकीन न हो तो लाहौर के ताजा दंगे ही देख लें। किस प्रकार मुसलमानों ने निर्दोष सिखों, हिन्दुओं को मारा है और किस प्रकार सिखों ने भी वश चलते कोई कसर नहीं छोड़ी है। यह मार-काट इसलिए नहीं की गयी कि फलाँ आदमी दोषी है, वरन् इसलिए कि फलाँ आदमी हिन्दू है या सिख है या मुसलमान है। बस किसी व्यक्ति का सिख या हिन्दू होना ही उसकी जान लेने के लिए पर्याप्त तर्क था। जब स्थिति ऐसी हो तो हिन्दुस्तान का ईश्वर ही मालिक है।

ऐसी स्थिति में हिन्दुस्तान का भविष्य बहुत अन्धकारमय नजर आता है। इन धर्मों ने हिन्दुस्तान का बेड़ा गर्क कर दिया है। और अभी पता नहीं कि यह धार्मिक दंगे भारतवर्ष का पीछा कब छोड़ेंगे। इन दंगों ने संसार की नजरों में भारत को बदनाम कर दिया है। और हमने देखा है कि इस अन्धविश्वास के बहाव में सभी बह जाते हैं। कोई विरला ही हिन्दू, मुसलमान या सिख होता है, जो अपना दिमाग ठण्डा रखता है, बाकी सब के सब धर्म के नामलेवा अपने धर्म के रोब को कायम रखने के लिए ठण्डे-लाठियाँ, तलवारे-छूरे हाथ में पकड़ लेते हैं और आपस में सर फोड़-फोड़कर मर जाते हैं। बाकी बचे कुछ तो फाँसी चढ़ जाते हैं और कुछ जेलों में फेंक दिये जाते

हैं। इतना रक्तपात होने पर इन 'धर्मजनों' पर अंग्रेजी सरकार का डण्डा बरसता है और फिर इनके दिमाग का कीड़ा ठिकाने पर आ जाता है।

जहाँ तक देखा गया है, इन दंगों के पीछे साम्प्रदायिक नेताओं और अखबारों का हाथ है। इस समय हिन्दुस्तान के नेताओं ने ऐसी लीद की है कि चुप ही भली। वही नेता जिन्होंने भारत को स्वतंत्र कराने का बीड़ा अपने सिरों पर उठाया हुआ था और जो 'समान राष्ट्रीयता' और 'स्वराज-स्वराज' के दमगजे मारते नहीं थकते थे, वही या तो अपने सिर छिपाये चुपचाप बैठे हैं या इसी धर्मान्धता के बहाव में बह चले हैं। सिर छिपाकर बैठनेवालों की संख्या भी कम है क्या? लेकिन ऐसे नेता जो साम्प्रदायिक आन्दोलन में जा मिले हैं, वैसे तो जमीन खोदने से सैकड़ों निकल आते हैं। जो नेता हृदय से सबका भला चाहते हैं, ऐसे बहुत ही कम हैं, और साम्प्रदायिकता की ऐसी प्रबल बाढ़ आयी हुई है कि वे भी इसे रोक नहीं पा रहे हैं। ऐसा लग रहा है कि भारत में नेतृत्व का दिवाला पिट गया है।

दूसरे सज्जन जो साम्प्रदायिक दंगों को भड़काने में विशेष हिस्सा लेते रहे हैं, वे अखबार वाले हैं। पत्रकारिता का व्यवसाय, जो किसी समय बहुत ऊँचा समझा जाता था, आज बहुत ही गन्दा हो गया है। यह लोग एक-दूसरे के विरुद्ध बड़े मोटे-मोटे शीर्षक देकर लोगों की भावनाएँ भड़काते हैं और परस्पर सिर-फुटौव्वल करवाते हैं। एक-दो जगह ही नहीं, कितनी ही जगहों पर इसलिए दंगें हुए हैं कि स्थानीय अखबारों ने बड़े उत्तेजनापूर्ण लेख लिखे हैं। ऐसे लेखक, जिनका दिल व दिमाग ऐसे दिनों में भी शान्त रहा हो, बहुत कम हैं।

अखबारों का असली कर्तव्य शिक्षा देना, लोगों से संकीर्णता निकालना, साम्प्रदायिक भावनाएँ हटाना, परस्पर मेल-मिलाप बढ़ाना और भारत की साझी राष्ट्रीयता बनाना था; लेकिन इन्होंने अपना मुख्य कर्त्तव्य अज्ञान फैलाना, संकीर्णता का प्रचार करना, साम्प्रदायिक बनाना, लड़ाई-झगड़े करवाना और भारत की साझी राष्ट्रीयता को नष्ट करना बना लिया है। यही कारण है कि भारतवर्ष की वर्तमान दशा पर विचार कर आँखों से रक्त के आंसू बहने लगते हैं और दिल में सवाल उठता है कि 'भारत का बनेगा क्या?'

जो लोग असहयोग के दिनों के जोश व उभार को जानते हैं, उन्हें यह स्थिति देख रोना आता है। कहाँ थे वे दिन कि स्वतंत्रता की झलक सामने दिखायी देती थी और कहाँ आज यह दिन कि स्वराज्य एक सपना मात्र बन गया है। यही लाभ है, जो इन दंगों से अत्याचारियों को मिला है। वही नौकरशाही–जिसके अस्तित्व को खतरा पैदा हो गया था, कि आज गयी, कल गयी–आज अपनी जड़ें इतनी मजबूत कर चुकी हैं कि उसे हिलाना कोई मामूली काम नहीं है।

यदि इन साम्प्रदायिक दंगों की जड़े खोजें तो हमें इसका कारण आर्थिक ही जान पड़ता है। असहयोग के दिनों में नेताओं व पत्रकारों ने ढेरों कुर्बानियाँ दीं। उनकी आर्थिक दशा बिगड़ गयी थी। असहयोग आन्दोलन के धीमा पड़ने पर नेताओं पर अविश्वास-सा हो गया, जिससे आजकल के बहुत-से साम्प्रदायिक नेताओं के धन्धे

चौपट हो गये। विश्व में जो भी काम होता है, उसकी तह में पेट का सवाल जरूर होता है। कार्ल मार्क्स के तीन बड़े सिद्धान्तों में से यह एक मुख्य सिद्धान्त है। इसी सिद्धान्त के कारण तबलीग, तनकीम, शुद्धि आदि संगठन शुरू हुए और इसी कारण से आज हमारी ऐसी दुर्दशा हुई, जो अवर्णनीय है।

बस, सभी दंगों का इलाज यदि कोई हो सकता है तो वह भारत की आर्थिक दशा में सुधार से ही हो सकता है, क्योंकि भारत के आम लोगों की आर्थिक दशा इतनी खराब है कि एक व्यक्ति दूसरे को चवन्नी देकर किसी और को अपमानित करवा सकता है। भूख और दुख से आतुर होकर मनुष्य सभी सिद्धान्त ताक पर रख देता है। सच है, मरता क्या न करता।

लेकिन वर्तमान स्थिति में आर्थिक सुधार होना अत्यन्त कठिन है क्योंकि सरकार विदेशी है और वह लोगों की स्थिति को सुधरने नहीं देती। इसीलिए लोगों को हाथ धोकर इसके पीछे पड़ जाना चाहिए और जब तक सरकार बदल न जाये, चैन की साँस न लेना चाहिए।

लोगों को परस्पर लड़ने से रोकने के लिए वर्ग-चेतना की जरूरत है। गरीब मेहनतकशों व किसानों को स्पष्ट समझा देना चाहिए कि तुम्हारे असली दुश्मन पूँजीपति हैं, इसलिए तुम्हें इनके हथकण्डों से बचकर रहना चाहिए और इनके हत्थे चढ़ कुछ न करना चाहिए। संसार के सभी गरीबों के, चाहे वे किसी भी जाति, रंग, धर्म या राष्ट्र के हों, अधिकार एक ही हैं। तुम्हारी भलाई इसी में है कि तुम धर्म, रंग, नस्ल और राष्ट्रीयता व देश के भेदभाव भुलाकर एकजुट हो जाओ और सरकार की ताकत अपने हाथ में लेने का यत्न करो। इन यत्नों में तुम्हारा नुकसान कुछ नहीं होगा, इनसे किसी दिन तुम्हारी जंजीरें कट जायेंगी और तुम्हें आर्थिक स्वतंत्रता मिलेगी।

जो लोग रूस का इतिहास जानते हैं, उन्हें मालूम है कि जार के समय वहाँ भी ऐसी ही स्थितियाँ थीं, वहां भी कितने ही समुदाय थे जो परस्पर जूत-पतांग करते रहते थे। लेकिन जिस दिन से वहाँ श्रमिक-शासन हुआ है, वहां नक्शा ही बदल गया है। अब वहां कभी दंगे नहीं होते। अब वहां सभी को 'इन्सान' समझा जाता है, 'धर्मजन' नहीं। जार के समय लोगों की आर्थिक दशा बहुत ही खराब थी। इसलिए सब दंगे-फसाद होते थे। लेकिन अब रूसियों की आर्थिक दशा सुधर गयी है और उनमें वर्ग-चेतना आ गयी है, इसलिए अब वहाँ से कभी किसी दंगे की खबर नहीं आयी।

इन दंगों में वैसे तो बड़े निराशाजनक समाचार सुनने में आते हैं, लेकिन कलकत्ते के दंगों में एक बात बहुत खुशी की सुनने में आयी। वह यह कि वहाँ दंगों में ट्रेड यूनियनों के मजदूरों ने हिस्सा नहीं लिया और न ही वे परस्पर गुत्थमगुत्था ही हुए, वरन् सभी हिन्दू-मुसलमान बड़े प्रेम से कारखानों आदि में उठते-बैठते और दंगे रोकने के भी यत्न करते रहे। यह इसलिए कि उनमें वर्ग-चेतना थी और वे अपने वर्गहित को अच्छी तरह पहचानते थे। वर्ग-चेतना का यही सुन्दर रास्ता है, जो साम्प्रदायिक दंगे रोक सकता है।

यह खुशी का समाचार हमारे कानों को मिला है कि भारत के नवयुवक अब वैसे धर्मों से जो परस्पर लड़ाना व घृणा करना सिखाते हैं, तंग आकर हाथ धो रहे हैं और उनमें इतना खुलापन आ गया है कि वे भारत के लोगों को धर्म की नजर से–हिन्दू, मुसलमान या सिक्ख रूप में नहीं, वरन् सभी को पहले इन्सान समझते हैं, फिर भारतवासी। भारत के युवकों में इन विचारों के पैदा होने से पता चलता है कि भारत का भविष्य सुनहला है और भारतवासियों को इन दंगों आदि को देखकर घबराना नहीं चाहिए, तैयार-ब-तैयार हो यत्न करना चाहिए कि ऐसा वातावरण बने, कि दंगे हों ही नहीं।

1914-15 के शहीदों ने धर्म को राजनीति से अलग कर दिया था। वे समझते थे कि धर्म व्यक्ति का व्यक्तिगत मामला है, इसमें दूसरे का कोई दखल नहीं। न ही इसे राजनीति में घुसाना चाहिए, क्योंकि यह सब को मिलकर एक जगह काम नहीं करने देता। इसीलिए गदर पार्टी–जैसे आन्दोलन एकजुट व एकजान रहे, जिसमें सिख बढ़-चढ़कर फाँसियों पर चढ़े और हिन्दू-मुसलमान भी पीछे नहीं रहे।

इस समय कुछ भारतीय नेता भी मैदान में उतरे हैं, जो धर्म को राजनीति से अलग करना चाहते हैं। झगड़ा मिटाने का यह भी एक सुन्दर इलाज है और हम इसका समर्थन करते हैं। यदि धर्म को अलग कर दिया जाये तो राजनीति पर हम सभी इकट्ठे हो सकते हैं। धर्मों में हम चाहे अलग-अलग ही रहें।

हमारा खयाल है कि भारत के सच्चे हमदर्द हमारे बताये इलाज पर जरूर विचार करेंगे और भारत पर इस समय जो आत्मघात हो रहा है, उसे बचा लेंगे।

●

धर्मनिरपेक्षता का नया घोषणा-पत्र

किशन पटनायक

धर्मनिरपेक्षता का शब्दार्थ जो भी हो, भारतीय राजनीति में यह शब्द साम्प्रदायिकता का विलोम या विरुद्धार्थ है। इसलिए इसका मुख्य गुण धार्मिक सहिष्णुता है। साम्प्रदायिकता भारतीय राष्ट्र की एक मुख्य कमज़ोरी है। भारतीय राष्ट्र को एकताबद्ध और सशक्त बनाये रखने के लिए धर्मनिरपेक्षता का निर्णायक महत्त्व है। संविधान में इसको एक राष्ट्रीय प्रतिज्ञा के तौर पर माना गया है तो वह उचित ही है।

साम्प्रदायिकता के विरोध के अलावा धर्मनिरपेक्षता के दो अन्य पहलू हैं- धर्मशासित राज्य या थियोक्रेसी का तथा धर्म का विरोध। धर्मनिरपेक्षता के सर्वाधिक मुखर समूहों ने जिस ढंग से सेकुलरवाद का प्रचार करना चाहा उसमें धर्म-विरोधी और भौतिकवादी व्यंजना अधिक थी। इस कारण सामान्य जन के स्तर पर धर्मनिरपेक्षता की एक स्पष्ट अवधारणा अभी तक नहीं बन पाई है।

यूरोपीय इतिहास में धर्मनिरपेक्षता या सेकुलरवाद का सन्दर्भ थियोक्रेसी या धर्मशासित राज्य रहा। राज्यों के प्रशासन में धर्माधिकारियों के बार-बार हस्तक्षेप से कई तरह की समस्याएँ पैदा हुईं। जन-साधारण तथा राजाओं की ओर से इस हस्तक्षेप का जो विरोध हुआ, वह यूरोप के विकास का एक महत्त्वपूर्ण आन्दोलन था, जिसके चलते राष्ट्रीयता तथा धर्मनिरपेक्षता दोनों अवधारणाएँ यूरोप में मजबूत हुईं।

यूरोप के इतिहास में साम्प्रदायिकता की समस्याओं को देखना है तो यहूदी द्वेष और वर्तमान यूगोस्लाविया की घटनाओं पर ध्यान देना होगा। धर्मनिरपेक्षता को पूरी समझदारी के साथ अपनाने के बाद भी यूरोप के यहूदियों पर अत्याचार हुए हैं, और जर्मन फासीवाद का मुख्य आधार यहूदी-द्वेष था। इसलिए संघ परिवार पर अक्सर यह आरोप लगाया जाता है कि हिटलर के यहूदी द्वेष की राजनीति से ही उसे मुसलमान द्वेष की राजनीति चलाने की प्रेरणा मिली।

धर्मशासित राज्य का विचार सम्भवतः भाजपा की मुख्यधारा नहीं है। लेकिन संघ परिवार का एक गुट अवश्य है जो धर्मशासित राज्य को अपना लक्ष्य मानता है। भारतीय समाज में हिन्दू साम्प्रदायिक राजनीति का एक तार्किक परिणाम उच्च जातियों

का शासन और शूद्र दमन होगा। इसी अर्थ में धर्मशासित राज्य का एक तत्व साम्प्रदायिकता की राजनीति में निहित है।

जिस अर्थ में यूरोप में धर्मशासित राज्य था, उस अर्थ में भारतीय इतिहास के किसी भी काल में धर्मशासित राज्य एक मुख्यधारा के रूप में विकसित नहीं हुआ। हिन्दुओं के धर्म की यह एक विशेषता है कि किसी एक किताब में उसके धर्म-तत्त्व आधिकारिक रूप में समाविष्ट नहीं हैं। कुछ किताबें अगर मूल ग्रन्थ के तौर पर अपनाई गई हैं तो उनका कोई आधिकारिक भाष्य नहीं है। कोई अधिकृत धर्माधिकारी नहीं है, जिसके भाष्य को जनसाधारण माने। कुछ लोग अगर ईसाई या इस्लाम की नकल में हिन्दू धर्म के ढाँचे को भी एक केन्द्रित संगठित ढाँचा बनाने में सफल हो जाते हैं, तब जाकर एक धर्मशासित राज्य बन सकता है। इस तरह की कोशिश को सफलता मिलना असम्भव है क्योंकि यह हिन्दू धर्म के मूल स्वभाव के विरुद्ध होगा। इस प्रकार की अस्वाभाविक कोशिशों से हिन्दू समाज छिन्न-भिन्न हो जायेगा।

धर्मनिरपेक्षता का पहला सूत्र अगर यह है कि राजा का अधिकार-क्षेत्र और ईश्वर का अधिकार--क्षेत्र अलग-अलग है तो हिन्दू मानस के लिए यह कोई समस्या नहीं है। जिन पुस्तकों को हिन्दू लोग अपना मूल ग्रन्थ मानते हैं, उनमें विवाह, सम्पत्ति, अपराध आदि के बारे में कोई कानूनी निर्देश नहीं है। हिन्दू मूल ग्रन्थों के अनुसार ईश्वर ब्रह्माण्ड का 'राजा' नहीं है, वह सिर्फ मूल तत्त्व है। हिन्दुओं के कुछ मूल ग्रन्थों में जातिभेद (वर्णभेद) का जिक्र अवश्य है। लेकिन जातियों या वर्णों के बीच सामाजिक सम्बन्ध क्या होंगे--इसका निर्देश न उपनिषदों में है, न गीता में। वैसे तो हिन्दू होने के लिए गीता उपनिषद् को मानना भी जरूरी नहीं है। बौद्ध, शैव और सिखों के अलावा कई तरह के देवी पूजक, योनि पूजक, शून्य पूजक, पत्थर पूजक समूह हैं जो हिन्दू हैं। अंग्रेजों के आगमन के पहले तक भारत में सामाजिक व्यवस्था की दृष्टि से दो तरह के इलाके थे। कुछ इलाकों में ब्राह्मणवादी व्यवस्था थी और कुछ बड़े भूभागों में गैर ब्राह्मणवादी व्यवस्था बनी हुई थी।

'ब्राह्मणवादी' शब्द को परिभाषित करना जरूरी हो गया है क्योंकि इसका इधर काफी प्रचलन होने लगा है। ब्राह्मणवादी व्यवस्था वह है जहाँ ब्राह्मण तथा कुछ उच्च जातियाँ सर्वश्रेष्ठ सामाजिक समूह हैं और ऊँचे-नीचे का एक क्रम भी बना हुआ है। नीचे के लोगों को बौद्धिक, सांस्कृतिक तथा राजनीतिक मामलों में उच्च जातियों का अनुसरण करना पड़ता है। अंग्रेजी राज के पहले तक भारत का अधिकांश इलाका ब्राह्मणवाद से मुक्त था। इतिहासकारों और समाजशास्त्रियों ने भारतीय सामाजिक विकास के इस पहलू पर ध्यान नहीं दिया है। फिर भी इसका अनुमान इतनी सरलता से लगाया जा सकता है कि विशेषज्ञों की मदद के बगैर इस तथ्य को हम समझ सकते हैं। बंगाल-बिहार-उड़ीसा-मध्य प्रदेश का एक विशाल 'झारखण्ड' भूभाग है। इस तरह के कई अन्य भूभाग हैं। इन भूभागों की वर्तमान आबादी को देखने के बाद अगर हम कल्पना करें कि अंग्रेजों के औपनिवेशिक प्रशासन के पहले वहाँ का सामाजिक भूगोल कैसा रहा होगा, तो आधे भारत में ब्राह्मणों की उपस्थिति नहीं

दिखाई देगी और इन इलाकों में एक प्रकार की सामाजिक-आर्थिक समानता की सामाजिक व्यवस्था भी दिखाई देगी। इन इलाकों की सामाजिक व्यवस्था को हिन्दू नहीं मानना मूर्खता होगी। संघ परिवार अगर नहीं मानेगा तो मुश्किल में पड़ेगा।

ब्रिटिश हुकूमत ने अपनी सुरक्षा के लिए भारत में एक अतिकेन्द्रित प्रशासन कायम किया और देश के हर इलाके में जहाँ जिला, सब-डिवीजन या तहसील की इकाई बनाई गई, वहाँ ब्राह्मण तथा अन्य द्विज जातियों के लोगों को शासक के तौर पर भेजा।

इस प्रशासनिक प्रक्रिया के तहत हरेक जिले, सब-डिवीजन और तहसील में उच्च जातियों का एक विशिष्ट वर्ग स्थापित हो गया। स्थानीय समाज न सिर्फ प्रशासन के लिए बल्कि सामाजिक ढंग से भी इन द्विज समूहों के अधीन हो गया। इस तरह समूचे देश में ब्राह्मणवादी व्यवस्था व्याप्त हो गई, जो कभी नहीं थी। जहाँ भी ब्राह्मणवादी व्यवस्था कायम हो गई वहाँ शूद्रों-दलितों के ऊपर सामाजिक अत्याचार हुए, जो पहले कभी नहीं हुए थे।

बसपा के कांशीराम या उनके जैसे दलित नेता जब आम सभाओं में अंग्रेजी शासन की स्तुति करते हैं और उनके चले जाने की घटना पर ग़म जाहिर करते हैं तो वे जानते नहीं हैं कि पूरे विश्व में और खासकर भारत में यूरोपीय शासन के सामाजिक परिणाम क्या-क्या हुए हैं। कांशीराम की बेखबरी को हम दोषी नहीं ठहरायेंगे क्योंकि भारत के इतिहासकारों और समाजशास्त्रियों ने अंग्रेजों के ही चरण चिह्नों पर चलकर अपने देश का इतिहास लिखा है। उसी को पढ़कर लोग सोचते हैं कि अंग्रेजों की गुलामी करने से हमारी सामाजिक प्रगति हुई है।

इसका मतलब यह भी नहीं है कि भारत का गैर ब्राह्मणवादी समाज ब्राह्मणवादी समाज की तुलना में ज्यादा उन्नत था। अभी तक दुनिया में कहीं भी समृद्धि और उन्नति लगातार होती नहीं पायी गयी है। सम्भवतः गुप्तकाल के बाद से भारत के ब्राह्मणवादी इलाकों में ही बौद्धिक और राजनीतिक गतिशीलता अधिक रही। गैर-ब्राह्मणवादी समूहों का विकास रुक गया और समूचे भारत की दृष्टि से ब्राह्मणवादी नेतृत्व ही भारत का प्रतिनिधित्व करता रहा। जब मुगल या यूरोपीय शासन चला, तब भी द्विज जाति के लोग दूसरी पंक्ति के शासक बने। नीतियाँ दिल्ली दरबार में बनती थीं, लेकिन प्रशासन द्विजों के हाथ रहा।

इस तथ्य के कई तार्किक परिणाम निकल सकते हैं, लेकिन यहाँ इसका जिक्र करने का तात्पर्य यह है कि न सिर्फ भारत बलिक हिन्दू समाज भी एक पंचमेल है। इसकी विविधता कई स्तरों पर और कई आयामों में है। भारत की विविधता 'मोजाइक' (पच्चीकारी) की तरह है। इसको न विभाजित किया जा सकता है और न इसको एकरूपता के सूत्र में बाँधा जा सकता है। विभाजन से इसकी आत्मा नष्ट होगी, केन्द्रीकृत और एकरूप करने से विभाजन की प्रवृत्तियाँ बढ़ेंगी। धर्मशासित राज्य यहां के लिए अनुकूल नहीं हैं धर्मनिरपेक्षता यहाँ का स्वाभाविक गुण है। इस तरह के समाज में साम्प्रदायिकता का प्रभाव भी बहुत सीमित रहेगा।

साम्प्रदायिकता का एक आधार भारतीय समाज में अवश्य है। ऐतिहासिक कारणों से तथा इतिहास की गलत समझ के चलते हिन्दुओं और मुसलमानों का अलगाव है। हिन्दुओं के अवचेतन में एक मुसलमान-द्वेष है। यह द्वेष इतना नहीं है कि अपने आप हिन्दू साम्प्रदायिक राजनीति को जन्म दे। लेकिन इतना जरूर है कि कुछ खास प्रकार से यह उबल पड़ता है। जब राजनीति और आर्थिक स्थितियाँ लोगों में हताशा पैदा करती हैं, सुषुप्त सामूहिक द्वेषों को हवा देकर साम्प्रदायिक राजनीति करना अपेक्षाकृत आसान होता है।

संघ परिवार की हाल की गतिविधियों से उसका जनाधार निश्चित रूप से बढ़ा है। लेकिन भारतीय समाज और हिन्दू धर्म के बहुकेन्द्रिक स्वभाव के कारण यह सम्भव नहीं है कि साम्प्रदायिकता की भावना को फैलाकर राम मन्दिर जैसे सवालों को उठाकर भाजपा अकेले केन्द्र का शासक दल बन जाये। मन्दिरों के सवालों को अगर बहुत ज्यादा खींचा जायेगा, यानी काशी-मथुरा में भी अयोध्या के दोहराने की कोशिश होगी तो उसका उलटा असर भी पड़ सकता है। केन्द्र में सत्ता प्राप्त करने के लिए भाजपा की साम्प्रदायिकता को सीमित करना पड़ेगा और अन्य सवाल उठाने पड़ेंगे। इसलिए राष्ट्र-विरोधी आर्थिक नीतियों का सवाल कई बार भाजपा की बैठकों में उठता है। लेकिन अयोध्या के कार्यक्रम की सफलता से भाजपा एक विरोधाभास में फँसी हुई है। कुछ प्रकार के देशी और विदेशी स्वार्थ भाजपा की राजनीति पर हावी हो गये हैं, जिनका दबाव नई आर्थिक नीतियों के पक्ष में है। कुछ धनी प्रवासी भारतीयों का समूह भाजपा की मदद इसलिए कर रहा है कि भाजपा नई आर्थिक नीतियों का विरोध न करे। इस दबाव से भाजपा झुक रही है इसलिए डंकेल प्रस्ताव के पूर्ण विरोध का निर्णय लेना भाजपा के लिए सम्भव नहीं हो रहा है। धनी प्रवासी भारतीयों का समूह भाजपा से यह कहेगा कि केन्द्र में सत्ता में आने के लिए अमेरिका उसकी मदद करेगा। अतः राजनीतिक सफलता के लिए इन आर्थिक नीतियों का विरोध उचित नहीं है। भाजपा इस लालच में पड़ सकती है। देश के लिए यह बहुत बुरा होगा।

ऐसी हालत में भाजपा को राजनीतिक सफलता कुछ ऐतिहासिक संयोग के चलते मिल जायेगी। कांग्रेस पूरी तरह प्रभावहीन हो जायेगी और गैर भाजपाई विपक्षी दल अपनी रणनीति नहीं बना पायेंगे। इस तरह का एक ऐतिहासिक संयोग इस वक्त दृश्यमान है। कांग्रेसी बरबादी और भाजपा की साम्प्रदायिकता के बीच एक राजनैतिक खेमा स्थापित करने का काम गैर भाजपाई विपक्ष का है। लेकिन इन दलों में कोई गम्भीर सोच या तत्परता नहीं दिखाई पड़ रही है। अतः कांग्रेस अगर तेजी से टूटती है या प्रभावहीन हो जाती है तो उसका फायदा केवल भाजपा को मिलेगा, यानी जनसाधारण की साम्प्रदायिकता के कारण नहीं बल्कि राजनैतिक शून्यता के कारण भाजपा को राजनैतिक सफलता मिलेगी। इस फरक को समझना जरूरी है, अन्यथा यह कहा जायेगा कि भारत का जनसाधारण साम्प्रदायिक है, इसलिए भाजपा को राजनैतिक सफलता मिल रही है। ऐसा कहना भारतीय जनसाधारण के प्रति एक बड़ा

अन्याय होगा क्योंकि जैसा पहले कहा जा चुका है हिन्दुओं के अवचेतन में मुसलमान द्वेष है, लेकिन इतना नहीं है कि उसके बल पर देश में साम्प्रदायिक राजनीति हावी हो जाये। अगर एक तरफ मुसलमान द्वेष है तो दूसरी तरफ भारतीय धर्म और इतिहास में ऐसे बहुत सारे तत्त्व हैं जो धर्मनिरपेक्षता को ताकत पहुँचाने वाले हैं।

धर्मनिरपेक्षता को मानने वाले जितने भी बौद्धिक या राजनैतिक समूह देश में हैं उनके द्वारा एक समन्वित कार्यक्रम चलाकर साम्प्रदायिकता को प्रभावहीन किया जा सकता है। एक पूर्णांग कार्यक्रम बनाने के लिए इन समूहों के बीच निम्नलिखित बातों पर सहमति बनाई जानी चाहिए–

1. अयोध्या में न मन्दिर बनेगा, न मस्जिद।

2. राज्य का अधिकार क्षेत्र और धर्म का अधिकार क्षेत्र अलग-अलग होगा। राज्य और राजनीति न किसी धर्म विशेष को प्रोत्साहित करेंगे, न धर्म के मामले में दखल देंगे। धर्म में दखल देने का कारण सिर्फ वहाँ बनेगा जहाँ धार्मिक विवादों के कारण कानून-व्यवस्था का सवाल बन रहा हो या मानवाधिकारों का उल्लंघन हो रहा है।

3. आचार संहिता और कानून इस तरह के बने कि राजनैतिक उद्देश्य से किसी धर्म विशेष को प्रोत्साहित करने और अन्य धर्मों को अपमानित करने वाले व्यक्ति चुनाव में उम्मीदवार न बन सकें, न राजनैतिक दलों के पदाधिकारी रह सकें।

4. एक समान नागरिक कानून बनाने की प्रक्रिया शुरू हो, विभिन्न धर्मों के धर्मनिरपेक्षतावादी बुद्धिजीवियों, कानून विशेषज्ञों और समाजशास्त्रियों को मिलकर यह काम शुरू करना है, ताकि यह एक सामाजिक-राजनीतिक आन्दोलन का रूप ले सके।

5. सामाजिक समानता और मानवाधिकारों का हनन करने वाली जो प्रथाएँ विभिन्न धार्मिक समुदायों में मौजूद हैं उनके खिलाफ एक सामाजिक-सांस्कृतिक-राजनैतिक आन्दोलन चलाया जाये। जाति-प्रथा ने भारत के सारे धार्मिक समाजों को प्रदूषित किया है। सर्वप्रथम जाति-प्रथा के विनाश के लिए एक सशक्त आन्दोलन तैयार करना है।

6. मन्दिर-मस्जिद-गिरजाघर से लाउडस्पीकर द्वारा प्रतिदिन का प्रचार प्रतिबन्धित हो। सरकारी भूमि पर उपासना-स्थल आदि बनाने पर रोक लगाई जाये।

7. इनमें से बहुत सारी बातें ऐसी हैं कि अगर धर्मनिरपेक्ष कहलाने वाले सारे संगठन इन नियमों पर अमल करने के लिए तैयार हो जायेंगे, तो एक व्यापक जनमत तैयार हो सकता है, इसलिए सर्वप्रथम धर्मनिरपेक्षतावादी दलों और संगठनों के बीच समझौते के द्वारा इन चीजों के बारे में एक घोषणा-पत्र जारी हो।

8. जहाँ तक साम्प्रदायिकता और धार्मिक कट्टरता का प्रश्न है, यह अल्पसंख्यक समुदायों में भी उतनी ही निन्दनीय मानी जाये, जितनी कि बहुसंख्यक सम्प्रदाय में। चुनाव के लिए अल्पसंख्यक समुदायों के रूढ़िवादी, साम्प्रदायिक नेताओं की मदद माँगने की जो परम्परा धर्मनिरपेक्षतावादी राजनीतिक दलों की बनी हुई है, उस पर रोक

लगनी चाहिए, बल्कि धर्मनिरपेक्षतावादी राजनेताओं का फर्ज बनता है कि वे हरेक समाज के रूढ़िवादी नेतृत्व के खिलाफ संघर्ष करने वाली धारा को प्रोत्साहित करें।

9. धर्म समाज में रहेगा। हरेक नागरिक को चाहिए कि वह अपने धर्म को समझे और आसपास जो दूसरे धर्म के लोग हैं उनके धर्म को भी समझें। इसके लिए अध्ययन की जरूरत ज्यादा नहीं है, बातचीत और मनन की जरूरत है। हरेक धर्म में जो संकीर्णताएँ और अन्धविश्वास आ गये हैं उनके बारे में सार्वजनिक चर्चा हो।

10. हरेक धर्म में सत्य और करुणा का एक पहलू है। यह एक चीज है जिसकी प्रेरणा आम लोगों को धर्म से ही मिलती है और कहीं से नहीं मिलती। धर्म के इसी पक्ष पर बौद्धिक लोग जोर दें। समाज में व्याप्त नैतिकता का यही उत्स है। इस पर ध्यान केन्द्रित कर समाज में बढ़ती अनैतिकता के खिलाफ एक आन्दोलन खड़ा किया जा सकता है। हरेक समाज में ऐसे लोगों की संख्या बढ़े जो अनीश्वरवादी हैं, कर्मकांड और ईश्वर-पूजा में विश्वास नहीं रखते हैं, लेकिन सत्य और करुणा का जीवन जीते हैं, ऐसे लोग अगर धर्मों की निन्दा करने के बजाय धर्मों में रचनात्मक सुधार की कोशिश करें तो उनका नैतिक प्रभाव जनसाधारण पर पड़ेगा। ऐसे लोग भविष्य के विश्वव्यापी मानव-धर्म के अग्रिम प्रतीक होंगे।

11. राष्ट्रीयता और साम्प्रदायिकता एक-दूसरे को कमजोर करने वाली होती है, क्योंकि राष्ट्रीयता के परिधान में ही साम्प्रदायिकता आकर्षक लगती है। न सिर्फ साम्प्रदायिकता की चुनौती को झेलने के लिए बल्कि अलगाववाद पर नियन्त्रण पाने के लिए भी राष्ट्रीयता और राष्ट्रवाद के सम्बन्ध में एक दृढ़ और स्पष्ट अवधारणा को प्रचारित करना जरूरी हो गया है। वर्तमान सन्दर्भ इसके लिए अनुकूल है क्योंकि नई आर्थिक नीतियों के कारण हमारी आजादी पर खतरे की आशंका व्यापक हो रही है। आर्थिक नीतियों के मामले में राष्ट्रीयता और राष्ट्रवाद को परिभाषित करना ही होगा। यहाँ से शुरू करके राष्ट्र सम्बन्धी पूर्णांग धारणा विकसित हो सकती है।

12. सत्ता-राजनीति के स्तर पर तत्काल एक ऐसा मोरचा बनाया जाये जो नई आर्थिक नीति विरोधी कार्यक्रम को सर्वोच्च प्राथमिकता और सामाजिक विषमता विरोधी कार्यक्रम को द्वितीय सर्वोच्च प्राथमिकता देकर साम्प्रदायिक राजनीति के मुकाबले में एक राजनैतिक खेमे के रूप में खड़ा हो। आर्थिक गुलामी विरोधी कार्यक्रम के साथ जुड़े रहने पर सामाजिक विषमता विरोधी राजनीति का जातिवादी रूप नहीं उभर पायेगा। इन दोनों कार्यक्रमों की दीर्घकालीन सम्भावनाएँ हैं इसलिए तात्कालीन तौर पर संघ परिवार को कुछ चुनावी सफलता मिलती है तो अन्ततोगत्वा उसका मुकाबला हो सकता है।

13. जिस तरह राष्ट्रीयता का स्थान साम्प्रदायिकता लेने की कोशिश कर रही है, उसी तरह भारतीय संस्कृति का स्थान भी साम्प्रदायिकता ले रही है, मानो पश्चिमी संस्कृति को मानने वाले लोग ही साम्प्रदायिकता का विरोध कर रहे हैं। बात बिल्कुल ऐसी नहीं है क्योंकि पश्चिमी संस्कृति को मानने वाले राजनीतिक स्तर पर अब बड़ी संख्या में भाजपा के समर्थक बनते जा रहे हैं। इसलिए भारतीय संस्कृति का एक गैर

साम्प्रदायिक आधुनिक रूप प्रचारित होना बहुत जरूरी है। आजादी के पहले रवीन्द्रनाथ ठाकुर इसके प्रभावी प्रतीक थे! आजादी के बाद पश्चिमीकृत संस्कृति के विकल्प में सिर्फ सती-प्रथा और चन्द्रास्वामी स्थापित हो रहे हैं।

अतः शिक्षा, साहित्य, संस्कृति के स्तर पर आधुनिक पश्चिमीकृत संस्कृति का एक भारतीय विकल्प ढूँढ़ना बहुत जरूरी है।

राष्ट्रीय मोरचे और वाम मोरचे में अगर गम्भीरता होती तो इन कार्यक्रमों को अपनाकर वे एक राष्ट्रव्यापी साम्प्रदायिकता विरोधी अभियान की अगुवाई करते। उनकी अनुपस्थिति में इन कार्यक्रमों को चलाने का दायित्व उन सारे छोटे-छोटे अर्ध राजनीतिक और बौद्धिक समूहों का है, जो साम्प्रदायिकता की चुनौती को स्वीकारते हैं।

–जनवरी-जुलाई, 1993

●

हिन्दू-मुस्लिम एकता | प्रेमचन्द

दिलों में गुबार भरा हुआ है, फिर मेल कैसे हो। मैली चीज पर कोई रंग नहीं चढ़ सकता, यहां तक कि जब तक दीवाल साफ न हो, उस पर सीमेंट का पलास्तर भी नहीं ठहरता। हम गलत इतिहास पढ़-पढ़कर एक-दूसरे के प्रति तरह-तरह की गलफहमियां दिल में भरे हुए हैं, और उन्हें किसी तरह दिल से नहीं निकालना चाहते, मानो उन्हीं पर हमारे जीवन का आधार हो। मुसलमानों को अगर यह शिकायत है कि हिन्दू हमसे परहेज करते हैं, हमें अछूत समझते हैं, हमारे हाथ का पानी तक नहीं पीना चाहते, तो हिन्दुओं को यह शिकायत है, कि मुसलमानों ने हमारे मन्दिर तोड़े हमारे तीर्थस्थानों को लूटा, हमारे राजाओं को लड़कियां अपने महलों में डालीं, और जाने क्या-क्या उपद्रव किए। हिन्दू मुसलमानों के आचार और धर्म की हंसी उड़ाते हैं, मुसलमान हिन्दुओं के आचार और धर्म की। विजयी जाति पराजितों पर जो सबसे कठोर आघात करती है, वह है, उनके इतिहास को विषैला बना देना। प्राचीन हमारे भविष्य का प्रथ-प्रदर्शक हुआ करता है। प्राचीन को दूषित करके, उसमें द्वेष और भेद और कीना भरकर, भविष्य को भुलाया जा सकता है। वही भारत में हो रहा है। यह बात हमारे अन्दर ठूंस दी गयी है, कि हिन्दू और मुसलमान हमेशा से दो विरोधी दलों में विभाजित रहे हैं, हालांकि ऐसा कहना सत्य का गला घोंटना है। यह बिल्कुल गलत है, कि इस्लाम तलवार के बल से फैला। तलवार के बल से कोई धर्म नहीं फैलता और कुछ दिनों के लिए फैल भी जाय, तो चिरंजीवी नहीं हो सकता। भारत में इस्लाम के फैलने का कारण, ऊंची जाति वाले हिन्दुओं का नीची जातियों पर अत्याचार था। बौद्धों ने ऊंच-नीच का भेद मिटाकर नीचों के उद्धार का प्रयास किया, और इसमें उन्हें अच्छी सफलता मिली, लेकिन जब हिन्दू धर्म ने फिर जोर पकड़ा तो नीची जातियों पर फिर वही पुराना अत्याचार शुरू हुआ, बल्कि और जोरों के साथ। ऊंचों ने नीचों से उनके विद्रोह का बदला लेने की ठानी। नीचों ने बौद्ध काल में अपना आत्म-सम्मान पा लिया था। वह उच्च वर्गीय हिन्दुओं से बराबरी का दावा करने लगे थे। उस बराबरी का मजा चखने के बाद, अब उन्हें अपने को नीच समझना दुस्सह हो गया। यह खींच-तान हो ही रही थी कि इस्लाम ने नये सिद्धान्तों के साथ पदार्पण किया। वहां

ऊंच-नीच का भेद न था। छोटे-बड़े, ऊंच-नीच की कैद न थी। इस्लाम की दीक्षा लेते ही मनुष्य की सारी अशुद्धियां सारी अयोग्यताएं, मानो धुल जाती थीं। वह मस्जिद में इमाम के पीछे खड़ा होकर नमाज पढ़ सकता था, बड़े से बड़े सैयदजादे के साथ एक दस्तरखान पर बैठकर भोजन कर सकता था। यहां तक कि उच्च वर्गीय हिन्दुओं की दृष्टि में भी उसका सम्मान बढ़ जाता था। हिन्दू अछूत से हाथ नहीं मिला सकता, पर मुसलमानों के साथ मिलने-जुलने में उसे कोई बाधा नहीं होती। वहां कोई नहीं पूछता कि अमुक पुरुष कैसा, किस जाति का मुसलमान है। वहां तो सभी मुसलमान हैं। इसलिए नीचों ने इस नये धर्म का बड़े हर्ष से स्वागत किया, और गांव के गांव मुसलमान हो गये। जहां वर्गीय हिन्दुओं का अत्याचार जितना ही ज्यादा था, वहां यह विरोधाग्नि भी उतनी ही प्रचण्ड थी, और वहीं इस्लाम की तबलीग भी खूब हुई। कश्मीर, आसाम, पूर्वी बंगाल आदि इसके उदाहरण हैं। आज भी नीची जातियों में गाजी मियाँ और ताजियों की पूजा बड़ी श्रद्धा के साथ की जाती है। उनकी दृष्टि में इस्लाम विजयी शत्रु नहीं, उद्धारक था। यह है इस्लाम के फैलने का इतिहास, और आज भी वर्गीय हिन्दू अपने पुराने संस्कारों को नहीं बदल सके। आज भी छूत-छात और भेदभाव को मानते आते हैं। आज भी मन्दिरों में, कुओं पर, संस्थाओं में, बड़ी रोक-टोक है। महात्मा गांधी ने अपने जीवन में सबसे बड़ा काम किया है, वह इस भेदभाव पर कुठाराघात है। वर्गीय हिन्दुओं में जो एक सूक्ष्म-सी ऊपरी जागृति नजर आती है, इसका श्रेय महात्मा जी को है।

तो इस्लाम तलवार के बल से नहीं, बल्कि अपने धर्म तत्त्वों की व्यापकता के बल से फैला। इसलिए फैला, कि उसके यहां मनुष्यमात्र के अधिकार समान हैं। अब रही संस्कृति। हमें तो हिन्दू और मुस्लिम संस्कृति में कोई ऐसा मौलिक भेद नहीं नजर आता। अगर मुसलमान पाजामा पहनता है, तो पंजाब और सीमा प्रान्त के सारे हिन्दू स्त्री-पुरुष पाजामा पहनते हैं। अचकन में भी मुसलमानी नहीं रही। रहा चौका-चूल्हा। पंजाब में चौके-चूल्हे का झगड़ा, हिन्दुओं में भी नहीं है, और शिक्षित समाज तो कहीं भी चौके-चूल्हे का कायल नहीं। मध्य प्रान्त के मुसलमान भी हिन्दुओं की ही भांति चौके-चूल्हे की नीति का व्यवहार करते हैं। हिन्दू, मुस्लिम भेद के लिए, यहां भी कोई टिकाव नहीं मिलता। हमारे देवता अलग हैं, उनके देवता अलग। पुराणों के देवता को चाहे कुछ कहा जाये, हम तो प्रतिमा को ही देवता मानते हैं। शिव और राम और कृष्ण और विष्णु जैसे हमारे देवता हैं, वैसे ही मुहम्मद, अली और हुसैन आदि मुसलमानों के देवता या पूज्य पुरुष हैं। हमारे देवता जैसे त्याग, आत्मज्ञान, वीरता और संयम के लिए आदरणीय हैं, उसी भांति मुस्लिम देवता भी हैं, अगर हम श्री रामचन्द्र को स्मरणीय समझते हैं, तो कोई कारण नहीं कि हुसैन को उतना ही आदरणीय न समझें। हम मन्दिरों में पूजा करने जाते हैं, मुसलमान मस्जिदों में, ईसाई गिरजाघरों में। मगर कोई जैनी या आर्य-समाजी मन्दिर में पूजा करने नहीं जाता। क्या इसलिए हम जैनियों या आर्य-समाजियों को अपने से पृथक समझते हैं। सिख भी मन्दिरों में नहीं जाते। उनके गुरुद्वारे अलग हैं, पर इसलिए हम सिक्खों से लड़ने नहीं जाते। यों तो हिन्दू-

हिन्दू में, जाति-जाति में, वर्ग-वर्ग में भेद है और इन भेदों पर हम लड़ने लग जायें, तो जीवन नरक-तुल्य हो जाये। तो जब हम इन भेदों को भूल जाते हैं, तो मसजिद में नमाज पढ़ना क्यों आपत्ति की बात समझी जाय। महात्मा गांधी तो गिरजा में भी प्रार्थना कर लेते हैं। यहां भी हमें हिन्दू-मुस्लिम भेद के लिए कोई आधार नहीं मिलता। तो क्या यह गऊ-हत्या में है? या शिखा में, या जनेऊ में? जनेऊ तो आज कम से कम अस्सी फीसदी हिन्दू नहीं पहनते, और शिखा भी अब उतनी व्यापक वस्तु नहीं है। हम किसी हिन्दू को इसलिए अहिन्दू नहीं कह सकते, कि वह शिखाधारी नहीं है। बंगाल में शिखा का प्रचार नहीं। रही गऊ-हत्या। यह तो मालूम ही है कि अरब में गायें नहीं होतीं। वहां तो ऊंट और घोड़े ही पाये जाते हैं। भारत खेती का देश है, और यहां गाय को जितना महत्त्व दिया जाये उतना थोड़ा है। लेकिन आज कौल-कसम लिया जाय तो शायद ऐसे बहुत कम राजे-महाराजे या विदेश में शिक्षा प्राप्त करने वाले हिन्दू निकलेंगे जो गौमांस न खा चुके हों। और उनमें से कितने ही आज हमारे नेता हैं, और हम उनके नामों पर जयघोष करते हैं। अछूत जातियां भी गौमांस खाती हैं, और आज हम उनके उत्थान के लिए प्रयत्न कर रहे हैं। हम उनके मन्दिरों में प्रवेश के निमित्त कोई शर्त नहीं लगाते और न लगानी चाहिए। हमें अख्तियार है, हम गऊ की पूजा करें, लेकिन हमें यह अख्तियार नहीं है, कि हम दूसरों को गऊ-पूजा के लिए बाध्य कर सकें। हम ज्यादा से ज्यादा यही कर सकते हैं, कि गौमांस-भक्षियों की न्यायबुद्धि को स्पर्श करें। फिर मुसलमानों में अधिकतर गौमांस वही लोग खाते हैं, जो गरीब हैं, और गरीब अधिकतर वही लोग हैं, जो किसी जमाने में हिन्दुओं से तंग आखिर मुसलमान हो गये थे। वे हिन्दू-समाज से जले हुए थे और उसे जलाना और चिढ़ाना चाहते थे। वही प्रवृत्ति उनमें अब तक चली आती है। जो मुसलमान हिन्दुओं के पड़ोस में देहातों में रहते हैं, वे प्रायः गौमांस से उतनी ही घृणा करते हैं जितनी साधारण हिन्दू। इसलिए यदि हम चाहते हैं कि मुसलमान भी गौभक्त हों, तो उसका उपाय यही है कि हमारे और उनके बीच में घनिष्ठता हो, परस्पर ऐक्य हो। तभी वे हमारे धार्मिक मनोभावों का आदर करेंगे। बहरहाल इस जाति-द्वेष का कारण गौहत्या नहीं है। और उर्दू-हिन्दी का झगड़ा तो थोड़े-से शिक्षितों तक ही महदूद हैं। अन्य प्रान्तों के मुसलमान उर्दू के भक्त नहीं और न हिन्दी के विरोधी हैं। वे जिस प्रान्त में रहते हैं, उसी की भाषा का व्यवहार करते हैं। सारांश यह, कि हिन्दू-मुस्लिम वैमनस्य का कोई यथार्थ कारण नहीं नजर आता। फिर भी वैमनस्य है और इससे इनकार नहीं किया जा सकता। यहां तक कि हममें बहुत कम ऐसे महानुभाव हैं, जो इस वैमनस्य के ऊपर उठ सकें। खेद तो यह है कि हमारे राष्ट्रीय नेता भी इस प्रवृत्ति से खाली नहीं हैं। और यही कारण है, कि हम एकता-एकता चिल्लाने पर भी, उस एकता से उतनी ही दूर हैं। जरूरत यह है कि जैसा हम पहले कह चुके हैं कि हम गलत इतिहास को दिल से निकल डालें और देश-काल को भली-भाँति विचार करके अपनी धारणाएँ स्थिर करें। तब हम देखेंगे, कि जिन्हें हम अपना शत्रु समझते थे, उन्होंने वास्तव में दलितों का उद्धार किया है। हमारे जात-पांत के कठोर बन्धनों को सरल किया है और

हमारी सभ्यता के विकास में सहायक हुए हैं। यह कोई छोटी और महत्वहीन बात नहीं कि 1857 के विद्रोह में हिन्दू-मुसलमान दोनों ही ने जिसे अपना नेता बनाया, वह दिल्ली का शक्तिहीन बादशाह था। हिन्दू-मुसलमान नृपतियों में पहले भी लड़ाइयां हुई हैं, पर वह लड़ाइयां धार्मिक द्वेष के कारण नहीं, स्पर्धा के कारण थीं, उसी तरह जैसे हिन्दू राजे आपस में लड़ा करते हैं। उन हिन्दू-मुस्लिम लड़ाइयों में हिन्दू सिपाही मुसलमानों की ओर होते थे, और मुसलमान सिपाही हिन्दुओं की ओर।

प्रोफेसर मुहम्मद हबीब ऑक्सन ने अपने 'मध्यकाल में हिन्दू-मुस्लिम सम्बन्ध' नाम से इस विषय पर एक विद्वतापूर्ण लेख लिखा है, जिसका एक अंश हम नकल करते हैं–

"कहा जाता है, हिन्दुओं को घोड़े पर सवार होने, तीर चलाने और जुलूस निकालने तथा स्नान और पूजा-पाठ करने का निषेध था, पर किंवदन्तियां मौलिक प्रमाणों के गलत अध्ययन से पैदा हुई हैं। उस जमाने का हिन्दू मजहब संगठित और शक्तिशाली था। उसके साथ मुसलमान बादशाह इसलिए रवादारी बरतते थे, कि इसके सिवा दूसरी राह न थी। उनके लिए साम्प्रदायिक संघर्ष का फल तबाही के सिवा और कुछ न होता। यह विचित्र बात है, कि मध्यकालीन इतिहास के राजनैतिक या ऐतिहासिक साहित्य में हिन्दू-मुस्लिम द्वन्द्व का कोई छोटे से छोटा प्रमाण नहीं मिलता। लेकिन इसका कारण यह नहीं है, कि हिन्दू इसके लिए तैयार न थे। नहीं! वह तो अपनी रणप्रियता के लिए बदनाम थे। लेकिन उस काल की किसी लड़ाई में भी हम सेनाओं को साम्प्रदायिक आधार पर लड़ते नहीं पाते। अफगानी सिपाहियों का एक दस्ता तराइन की लड़ाई में रायपिथौरा के नीचे लड़ा था। मुसलमानों की एक पैदल सेना ने पानीपत की लड़ाई में मराठों की मदद की थी। असली हिन्दू-मुस्लिम लड़ाई तो वास्तव में कभी हुई ही नहीं।"

(सम्पादकीय : 'हंस', नवम्बर, 1931 में प्रकाशित। 'विविध प्रसंग' भाग-2 में संकलित।)

•

धर्म के खिलाफ ज़िहाद की जरूरत

गणेश शंकर विद्यार्थी

(विद्यार्थी जी हमारे स्वाधीनता आन्दोलन के प्रखर योद्धा, प्रतिश्रुत लेखक और निर्भीक पत्रकार तो थे ही गांधी जी के भक्त होते हुए क्रान्तिकारी नवयुवकों के पृष्ठ पोषक भी थे। शहीदे-आज़म भगतसिंह अपने एक अज्ञातवास में विद्यार्थी जी के पास रहकर ही बलवंत के नाम से उनके अखबार 'प्रताप' में लेख और टिप्पणियां लिखते रहे थे। भगतसिंह और उनके साथियों की शहादत के ठीक दो दिन बाद, 25 मार्च, 1931 के दिन कानपुर में साम्प्रदायिक दंगों को शांत कराने का प्रयास करते हुए विद्यार्थी जी शहीद हुए थे। देश के राष्ट्रीय इतिहास में साम्प्रदायिक सद्भावना के लिए शहीद होने वाले संभवतः वही पहले व्यक्ति थे।)

इस समय देश में धर्म की धूम है। उत्पात किये जाते हैं तो धर्म और ईमान के नाम पर, और जिद की जाती है तो धर्म और ईमान के नाम पर। रमुआ पासी और बुद्धू मियां धर्म और ईमान को जानें या न जानें, परंतु उसके नाम पर उबल पड़ते हैं, और जान लेने और जान देने के लिए तैयार हो जाते हैं। देश के सभी शहरों का यही हाल है। उबल पड़ने वाले साधारण आदमी का इसमें केवल इतना ही दोष है कि वह कुछ भी नहीं समझता-बूझता और दूसरे लोग उसे जिधर जोत देते हैं उधर जुत जाता है। यथार्थ दोष है, कुछ चलते-पुरजे, पढ़े-लिखे लोगों का जो मूर्ख लोगों की शक्तियों और उत्साह का दुरुपयोग इसलिए कर रहे हैं कि इस प्रकार जाहिलों के बल के आधार पर उनका नेतृत्व और बड़प्पन कायम रहे। इसके लिए धर्म और ईमान की बुराइयों से काम लेना उन्हें सबसे सुगम मालूम पड़ता है। सुगम है भी। साधारण-से-साधारण आदमी तक के दिल में यह बात अच्छी तरह बैठी हुई है कि धर्म और ईमान की रक्षा के लिए प्राण तक दे देना वाजिब है। बेचारा साधारण आदमी धर्म के तत्त्वों को क्या जाने? लकीर पीटते रहना ही वह अपना धर्म समझता है। उसकी इस अवस्था से चालाक लोग इस समय बहुत बेजा फायदा उठा रहे हैं। पाश्चात्य देशों में धनी लोग गरीब मजदूरों के परिश्रम से बेजा लाभ उठते हैं। उसी परिश्रम की बदौलत गरीब मजदूर की झोंपड़ी का मजाक उड़ाती हुई उनकी अट्टालिकाएं आकाश से बातें करती

हैं। गरीबों की कमाई ही से वे मोटे होते हैं और उसी के बल से वे इस बात का प्रयत्न करते हैं कि गरीब सदा चूसे जाते रहें। यह भयंकर अवस्था है। इसी के कारण, साम्यवाद, बोल्शेविज्म आदि का जन्म हुआ। हमारे देश में, इस समय, धनपतियों का इतना जोर नहीं है, यहां, धर्म के नाम पर, कुछ इने-गिने आदमी अपने हीन स्वार्थों की सिद्धि के लिए, करोड़ों आदमियों की शक्ति का दुरुपयोग किया करते हैं। गरीबों का धनाढ्यों द्वारा चूसा जाना इतना बुरा नहीं है, जितना बुरा यह है। वह है धन की मार, यह है बुद्धि पर मार। वहां धन दिखाकर करोड़ों को वश में किया जाता है और फिर मनमाना धन पैदा करने के लिए जोत दिया जाता है। यहां है बुद्धि पर परदा डालकर पहले ईश्वर और आत्मा का स्थान अपने लिए लेना और फिर धर्म, ईमान, ईश्वर और आत्मा के नाम पर अपनी स्वार्थसिद्धि के लिए लोगों को लड़ाना-भिड़ाना। मूर्ख बेचारे धर्म की दुहाइयां देते और दीन-दीन चिल्लाते हैं, अपने प्राणों की बाजियां खेलते और थोड़े से अनियंत्रित और धूर्त आदमियों का आसन ऊंचा करते और उनका बल बढ़ाते हैं। धर्म और ईमान के नाम पर किये जाने वाले इस भीषण व्यापार को रोकने के लिए साहस और दृढ़ता के साथ उद्योग होना चाहिए, जब तक ऐसा नहीं होगा, तब तक भारतवर्ष में नित्य प्रति बढ़ते जाने वाले झगड़े कम न होंगे। धर्म की उपासना के मार्ग में कोई रुकावट न हो। जिसका मन जिस प्रकार चाहे, उसी प्रकार धर्म की भावना को अपने मन में जगावे। धर्म और ईमान, मन का सौदा हो, ईश्वर और आत्मा के बीच का संबंध हो, आत्मा को शुद्ध करने और ऊंचे उठाने का साधन हो। वह किसी दशा में भी किसी दूसरे व्यक्ति की स्वाधीनता को छीनने या कुचलने का साधन न बने। आपका मन चाहे उस तरह का धर्म आप माने और दूसरे का मन चाहे उस प्रकार का धर्म वह माने। दो भिन्न धर्म के मानने वालों के टकरा जाने के लिए कोई भी स्थान न हो। यदि किसी धर्म के मानने वाले कहीं जबर्दस्ती टांग अड़ाते हों, तो उनका इस प्रकार का कार्य देश की स्वाधीनता के विरुद्ध समझा जाये। देश की स्वाधीनता के लिए जो उद्योग किया जा रहा था, उसके लिए वह दिन निस्संदेह अत्यंत बुरा था, जिस दिन स्वाधीनता के क्षेत्र में, खिलाफत, मुल्ला, मौलवियों और धर्माचार्यों को स्थान दिया जाना आवश्यक समझा गया। एक प्रकार से उस दिन हमने स्वाधीनता के क्षेत्र में एक कदम पीछे हटकर रखा था।

अपने उसी पाप का फल आज हमें भोगना पड़ रहा है। देश की स्वाधीनता के संग्राम ही ने मौलाना अब्दुल बारी और शंकराचार्य को देश के सामने दूसरे रूप में पेश किया, उन्हें अधिक शक्तिशाली बना दिया और हमारे इस काम का फल यह हुआ है कि इस समय हमारे हाथों ही से बढ़ाई इनकी और इनके-से लोगों की शक्तियां हमारी जड़ उखाड़ने में लगी हैं और देश में मजहबी पागलपन, प्रपंच और उत्पात का राज्य स्थापित कर रही हैं। महात्मा गांधी धर्म को सर्वत्र स्थान देते हैं। वे एक पग भी धर्म के बिना चलने के लिए तैयार नहीं। परन्तु उनकी बात ले उड़ने के पहले, प्रत्येक आदमी का कर्तव्य यह है कि वह भलीभांति समझ ले कि महात्मा जी के धर्म का स्वरूप क्या है! धर्म से महात्मा जी का मतलब धर्म के ऊंचे उदार तत्त्वों ही का हुआ

करता है। उनके मानने में किसे एतराज हो सकता है? अजाने देने, शंख बजाने, नाक दाबने और नमाज पढ़ने का नाम धर्म नहीं है। शुद्धाचरण और सदाचार ही धर्म के स्पष्ट चिह्न हैं। दो घंटे तक बैठकर पूजा कीजिए और पंच-वक्ता नमाज भी अदा कीजिए, परन्तु ईश्वर को इस प्रकार की रिश्वत दे चुकने के पश्चात् यदि आप अपने को दिन-भर बेईमानी करने और दूसरों को तकलीफ पहुंचाने के लिए आजाद समझते हैं तो इस धर्म को अब आगे आने वाला समय कदापि नहीं टिकने देगा। अब तो आपका पूजा-पाठ न देखा जायेगा। आपकी भलमनसाहत की कसौटी केवल आपका आचरण होगा। सबके कल्याण की दृष्टि से आपको अपने आचरण को सुधारना पड़ेगा, और यदि आप अपने आचरण को ही नहीं सुधारेंगे तो नमाज और रोजे, पूजा और गायत्री आपको देश के अन्य लोगों की आजादी को रौंदने और देश-भर में उत्पातों का कीचड़ उछालने के लिए आजाद न छोड़ सकेंगे। ऐसे धार्मिक और दीनदार आदमियों से तो वे ला-मजहब और नास्तिक आदमी कहीं अधिक अच्छे और ऊंचे हैं, जिनका आचार अच्छा है, जो दूसरों के सुख-दुख का खयाल रखते हैं और जो मूर्खों को किसी स्वार्थसिद्धि के लिए उकसाना बहुत बुरा समझते हैं।

ईश्वर इन नास्तिकों और ला-मजहब लोगों को अधिक प्यार करेगा और वह अपने पवित्र नाम पर अपवित्र काम करने वालों से यही कहना पसंद करेगा, 'मुझे मानो या न मानो, तुम्हारे मानने ही से मेरा ईश्वरत्व कायम नहीं रहेगा। दया करके, मनुष्यत्व को मानो, पशुपना छोड़ो और आदमी बनो!'

: 2 :

अब हालत इतनी नाजुक हो गई है कि बिना जिहाद के काम चलता नहीं दिखाई देता। धर्म का नाम लेकर घृणित पाप के गड्ढे खोदने वालों की संख्या घृणित रक्तबीज की तरह बढ़ रही है। पहले भी समाज में धर्मढोंगी रहे हैं। हमेशा से वे रहते आये हैं। मनुष्य न तो कभी पूर्ण निर्भ्रांत था और न अभी शायद बहुत दिनों तक वह इस अवस्था को प्राप्त होगा ही। लेकिन समाज में कुछ ऐसे युग आते हैं, जिनमें मिथ्या धर्म और परिपाटी की भावना बहुत बलवती और देशव्यापिनी हो जाती है। ऐसे ही अवसरों पर हाथ में तलवार लेकर निकल पड़ने की जरूरत होती है। जब तक लोग धर्म की दुहाई दे-देकर पाप की खड्ड-खाई जीवन की-व्यक्तिगत जीवन की-संकरी गलियों में खोदते रहते हैं, तब तक तो समाज के विचारशील पुरुष विशेष चिंता नहीं करते, परंतु जब सामाजिक और राष्ट्रीय जीवन के राजमार्ग पर धर्म की कुदाली, पाप और पामरता के गर्त खोदने लगती है, तब देश के कुछ हृदय अधिक व्याकुल और चिंतित हो जाते हैं।

जीवन अनमेल एवं विच्छिन्न भेदभावों की पिटारी नहीं है। जो बात आज व्यक्तिगत जीवन में घटित होती है वही कल समाज के तरल वक्षस्थल पर उतराने लगती है। भारतवर्ष का विशाल इतिहास इसका साक्षी है। वैदिकी हिंसा की भावना पहले व्यक्तिगत यज्ञ-याज्ञादिक क्रियाओं में सन्निविष्ट थी, धीरे-धीरे वह समाज-व्यापिनी हो गई। गंगा-यमुना, सरस्वती और पंचनद की भूमि एक विशाल हत्यागृह में

परिणत हो गई। जिसे कुछ व्यक्ति बरसों तक अपनी वैयक्तिक हैसियत से करते रहे, उसे कल सारा-का-सारा समाज करने लग गया। इस समय जिहाद की जरूरत महसूस हुई। समाज की आत्मा कांपी। पाखण्ड का विच्छेद करने के लिए एक खडगहस्त महात्मा की मांग हुई और न जाने किस उदार दानी ने देश की वह मुंहमांगी मुराद पूरी की और भगवान बुद्धदेव का अवतार हुआ। मानो हत्या और हिंसा की ज्वाला को बुझाने के लिए नील जलद का हृदय फट पड़ा। फिर इसी प्रकार सदियां गुजरीं आत्मा के मंथन की जो क्रिया भगवान बुद्धदेव ने बतलाई थी, वह मंद हो चली। खांडे की धार कुंद हो गई। उस पर जंग चढ़ गया और खड्ग को कुंद होता देख पाप ने अपने बीज बोए और उसका पौधा उगा और उसकी बेल फैली। और फिर जिहाद की जरूरत महसूस हुई। वही क्रिया! कैसा अद्‌भुत चक्र! फिर-फिर कर उसी परिधि में पैर पड़ने लगता है। कुछ बौद्ध भिक्षु पहले चोरी-चुपके वासना-तृप्ति का साधन ढूंढ़ने लगे। व्याधि फैली। एक संघ में दूसरे संघ में और दूसरे से तीसरे में और फिर सारे देश में धर्म के नाम पर पाप के गड्ढे खोदे जाने लगे। फिर समाज कुनमुनाया। जिहाद हुआ। स्वामी शंकराचार्य पधारे। वेदांत धर्म का रूप स्थापित किया गया। पर, समाज स्थिर नहीं रहता। जीवेश्वरेक्य के सिद्धांत की छीछालेदर की गयी। 'अहं ब्रह्मास्मि' का दुरुपयोग होने लगा। उच्चतम आध्यात्मिक सत्यता और साधन का व्यवहार में ऐसा निकृष्ट उपयोग हुआ कि समाज फिर तिलमिलाया। तब विशिष्टाद्वैत, द्वैत आदि मतों का प्रतिपादन हुआ। सूखा ज्ञान भक्ति के रंग में रंगा। उदाहरण कहां तक दें? भारतवर्ष के इतिहास का यह अत्यंत विस्तृत पृष्ठ, चाहे खोल के देख ले। प्राणांत की बेला में जिस तरह प्राणों का पुनः संचार हमारे समाज के अस्थिपंजर में किया गया है, वह प्रत्येक अन्वेषक की निगाह में पड़ जायेगा। नानकदेव, कबीर, गुरु गोविंद सिंह और इनके पहले रामानुज, मध्वाचार्य, वल्लभ आदि आचार्यों का आविर्भाव इसी एक आवश्यकता की पूर्ति के लिए हुआ। इस युग में राममोहन और दयानंद अपने खांडों की धार का प्राबल्य, आज तक हमें दिखा रहे हैं। यह सच है। पर, इस समय हमारी आवश्यकताएं एक विशेष प्रकार की हैं। हम अपनी धार्मिक चहारदीवारी में बंधे हुए अपने आसपास के तमाम संसार को भुलाए बैठे हैं।

आज हमें जिहाद करना है—इस धर्म के ढोंग के खिलाफ, इस धार्मिक तुनकमिजाजी के खिलाफ। जातिगत झगड़े बढ़ रहे हैं। खून की प्यास लग रही है। एक-दूसरे को फूटी आंखों भी हम देखना नहीं चाहते। अविश्वास, भयातुरता और धर्माडम्बर के कीचड़ में फंसे हुए हम नारकीय जीव, यह समझ रहे हैं कि हमारी सिर-फुड़ौवल की लीला से धर्म की रक्षा हो रही है। हमें आज शंख उठाना है उस धर्म के विरुद्ध जो तर्क, बुद्धि और अनुभव की कसौटी पर ठीक नहीं उतर सकता। सहारनपुर में झगड़े का आसन्न कारण क्या था? यही न कि पीपल की एक डाली अलम के झंडे में अड़ती थी। पामर! ढोंगी! पशु! किस धर्म के किस तर्क और बुद्धि के बल, पर हम पीपल की डाली को अकाट्य और अछेद्य समझें? क्या किसी धर्म में

ऐसा लिखा है? और यह परिपाटी, यह बाबा-वाक्य ही क्या धर्म है? ऐसे धर्म का नाश 'सर्वनाश', होना चाहिए। मूर्ख जाहिल मुसलमान अलम के झंडे को जब तक एक हजार फीट का इतना ऊंचा कि वह सातवें आसमान की छत से जाकर टकराए-न बनायेंगे तब तक उनका धर्म नहीं निभेगा, क्यों? इस बेहूदगी का, इस नीचता का भी कुछ ठिकाना है? और इन्हीं बातों में सिर फूटें! हमें क्या हो गया है? हिन्दू लोग अपनी छाती पर दकियानूसी रस्मो-रिवाज का पत्थर रखे बैठे हैं। वे समझते हैं कि हम धर्म की रक्षा कर रहे हैं। यदि आज साक्षात् भगवान श्रीकृष्ण भी आकर हम धर्मढोंगियों को समझाएं कि जो कुछ हम कर रहे हैं-विधवाओं, अछूतों, विवाहादि संस्कारों, जाति-पांति के पाशविक अस्वाभाविक बंधनों आदि को अलंघ्य संस्थाओं का रूप देकर हम जिस धर्म की रक्षा का पाखंड रचते रहे हैं-वह वास्तव में धर्म नहीं, अधर्म और महान अधर्म है, तो भी हमें विश्वास है कि हम उनकी बात न मानेंगे। उसके प्रतिकूल हम अपनी छाती पर रखे हुए पत्थर को-इस रूढ़ि की शिला को-और अधिक दुलार से चिपकायेंगे और शायद रोककर कहेंगे, 'अरे, मेरे अच्छे शिलाधर्म! मैं तुझे न छोड़ूंगा।' जब अवस्था ऐसी हो रही है तब भला धर्म के ढोंग के विरुद्ध जिहाद न छेड़ा जाये तो और क्या हो? मस्जिदों के सामने बाजा न बजाओ, क्योंकि इबादत में खलल पड़ता है। बंगाल में ऐसा कभी नहीं हुआ। मस्जिदों के सामने न तो कोई 'हरि बोल' की ध्वनि कर सकता है और न 'रामनाम' ही। वहां यह रिवाज है। मिस्टर गजनवी अब यह एक नया शिगूफा छोड़ रहे हैं। हम पूछना चाहते हैं कि यह सब जो हो रहा है, अथवा बंगाल में-यह मान कर कि उनका कथन सत्य है-जो कुछ होता रहा है, क्या वह धर्म की रू से जायज है? क्या इस बाजे-गाजे और 'हरिबोल' रोकने-रुकवाने ही में धर्म है? हम इस धार्मिक कट्टरता के विरुद्ध जिहाद छेड़ना चाहते हैं। हम न तो ऐसे धर्म को धर्म कहते हैं और न ऐसी मूर्खता को धर्म-स्नेह के नाम से पुकारने को तैयार हैं। चाहे हिन्दू हों या मुसलमान, यदि वे अपने वाक्यों को तर्क, बुद्धि और अनुभव ज्ञान के बल पर पुष्ट नहीं कर सकते तो हम उन कार्यों को ढकोसला कहेंगे।

भारतवासियों, एक बात सदा ध्यान में रखो! धार्मिक कट्टरता का युग चला गया। आज से 500 वर्ष पूर्व यूरोप जिस अंधविश्वास, दंभ और धार्मिक बर्बरता के युग में था, उस युग में भारतवर्ष को घसीटकर मत ले जाओ। जो मूर्खताएं अब तक हमारे व्यक्तिगत जीवन का नाश कर रही थीं, वे अब राष्ट्रीय प्रांगण में फैलकर हमारे बचे-खुचे मानव-भावों का लोप कर रही हैं। जिनके कारण हमारा व्यक्तित्व पतित होता गया, अब उन्हीं के कारण हमारा देश तबाह हो रहा है। हिन्दू-मुसलमानों के झगड़ों और हमारी कमजोरियों को दूर करने का केवल एक यही तरीका है कि समाज के कुछ सत्यनिष्ठ और सीधे दृढ़ विश्वासी पुरुष धार्मिक कट्टरता के विरुद्ध जिहाद कर दें। जब तक यह मूर्खता नष्ट न होगी तब तक देश का कल्याण न होगा। समझौते कर लेने, नौकरियों का बंटवारा कर लेने और अस्थायी सुलहनामों को लिखकर हाथ काले करने से देश को स्वतंत्रता न मिलेगी। हाथ में खड्ग लेकर तर्क और ज्ञान की प्रखर

करताल लेकर आगे बढ़ने की जरूरत है। जिन हाथों में शक्ति है, उनसे हम यह पुण्य कार्य आरम्भ करने का अनुरोध करते हैं। एक ऐसे संघ के बनने की आवश्यकता है जो किसी की लगी-लिपटी न कहे, जो सदा सत्य पर अटल रहे। मुक्ति का मार्ग यही है। पाप के गड्ढे राष्ट्र के राजमार्ग पर न खोदना चाहिए, क्योंकि भारत की राष्ट्रीयता का रथ उस पर होकर गुजर रहा है। हम चाहते हैं कि कुछ आदमी ऐसे निकल आयें- जिनमें हिन्दू भी हों और मुसलमान भी-जो कि इन सब मूर्खताओं की, जिनके हिंदू और मुसलमान दोनों शिकार हो रहे हैं-तीव्र निंदा करें। यह निश्चय है कि पहले-पहल इनकी कोई न सुनेगा। इन पर पत्थर फेंके जायेंगे। ये प्रताड़ित और निंदा-भाजन होंगे। पर अपने सिर पर सारी निंदा और सारी कटुता को लेकर जो आगे आना चाहते हैं, उन्हीं को राष्ट्र यह निमंत्रण दे रहा है। सीस उतारै भुईं धरै, ता पर राखै पांव, ऐसे जो हों, वे ही आवें।

●

धर्म रहा, तो कट्टरवाद भी रहेगा

तस्लीमा नसरीन

हमारे प्रगतिवादी लोगों का कहना है, 'कट्टरवाद खत्म हो जाए, तो सारी समस्या मिट जायेगी। उग्र कट्टरवाद ही सारी समस्याओं की जड़ है।' वे लोग यह भी कहते हैं, 'धर्म के बारे में कोई समस्या नहीं है। इंसान खामोशी से, एकांतिक भाव से अपना धर्मपालन करता रहे और राष्ट्र-धर्म इस्लाम भी बहाल रहे। लेकिन चाहे जैसे भी हो, इस देश से कट्टरवाद को खदेड़ना होगा।'

मैं उन लोगों की इस बात से सहमत नहीं हूँ। मेरा कहना है, 'जितने दिन धर्म विद्यमान है, कट्टरवाद भी जरूर रहेगा।' घर में सांप छोड़ दिया जाये और कोई यह समझाये कि मैंने साँप को समझा दिया है, वह दंश नहीं मारेगा, तो कोई बुद्धिमान भला यह मानेगा? साँप ने अगर आज नहीं डँसा, तो कल डँसेगा। साँप को समझा-बुझाकर शांत करने का कोई उपाय नहीं है, क्योंकि डंसना, सांप का स्वभाव है।

घर-घर सांप छोड़ दिया जाये और यह कहा जाये कि सांप दंश नहीं मारेगा, ऐसी गारंटी कोई राजनीतिज्ञ नहीं दे सकता। कोई राष्ट्र प्रधान भी यह दावा नहीं कर सकता। विषवृक्ष बढ़ता जा रहा है। यह दुहाई देते हुए उसके डाल-पत्ते छांट दिए जायें, तो वह पेड़ क्या अपनी डालें फैलाना छोड़ देगा? विष वृक्ष की सैकड़ों डाल-पत्तों में विष नहीं फलेगा? वृक्ष का काम ही है फलना-फूलना। इसलिए हम ऐसी उम्मीद हरगिज नहीं कर सकते कि कट्टरवाद नामक वृक्ष को काटकर, कट्टरवाद खत्म कर दिया जायेगा। हममें अगर बुद्धि है, तो हमें समझ लेना चाहिए कि मिट्टी तले ही कट्टरवाद की जड़ें छिपी हुई हैं और उसका नाम है--धर्म! अगर वह जड़ें उखाड़ कर न फेंकी जायें, तो कट्टरवाद के डाल-पत्ते तो बढ़ते ही जायेंगे। धर्म कोई कछुआ नहीं है, जो सिमटा-सिकुड़ा रहेगा।

देश में मस्जिद-मदरसे बढ़ रहे हैं। क्यों? मस्जिद-मदरसों से इंसान की कौन-सी तरक्की होती है? मदरसों में लिख-पढ़कर, इंसान 'मुल्ला' बनेगा। इस देश का इससे क्या लाभ होगा? कोई मुल्ला या मौलवी, देश के आर्थिक विकास में आखिर कितनी-सी मदद करता है? वे लोग घर-घर में कुरान या खुतबा पढ़कर, डेढ़-दो सौ रुपये कमा लेते हैं! फ्री खाना मिल जाता है। लेकिन यह तो कोई लोभनीय पेशा नहीं है।

फिर? फिर झुंड-झुंड लोग इस पेशे की तरफ क्यों दौड़ रहे हैं? महज़ पारलौकिक सुख के लोभ में ना, ऐसा मुझे बिल्कुल नहीं लगता, क्योंकि लोग इहलौकिक सुख के लिए अत्यंत कातर हैं। ये लोग अपनी स्थूल रुचि की वजह से कम मेहनत में धन कमाने के लिए मुल्लागीरी पर उतरते हैं। ये लोग आमतौर पर मध्यवत्ति के बिगड़ैल, घोंचू-गवार लड़के होते हैं या गांव-गिराम के दरिद्र होते हैं। ये अध:पतित पुरुष, समाज को चरम अध:पतन के अलावा और क्या दे सकते हैं?

देश अगर इन लोगों के हाथों में चला जाये, तो क्या हमें अंदाजा है कि देश की क्या परिणति होगी? देश के लोगों की? राजनीति की? अर्थनीति की? समाज व्यवस्था की? मूल्यबोध की? फर्ज करें एक ही मुहल्ले में एक अदद स्कूल, दस अदद मदरसे, बारह मस्जिदें मौजूद हो; फर्ज करें, देश में किसी तरह का संगीत न हो, कविता या नृत्य न हो, नवान्न या नववर्ष का उत्सव न हो; मुहल्ले-मुहल्ले में इस्लामी जलसे होते हैं, तो हमारी क्या परिणति होगी? देश तो दिनोंदिन उसी परिणति की तरफ बढ़ रहा है। सन् 69 में बयतुल मुकर्रम के सामने, जागरूक इंसानों ने जमाते इस्लामी की सभा तितर-बितर कर दी थी। आज है किसी में वह मजाल? आज का इंसान समझौतापरस्त है। आज लोग यह दुहाई देते हैं--ठीक है, वे लोग नाच-कूद रहे हैं, तो कोई बात नहीं। उनके बदन को हाथ लगाने से अल्लाह नाराज होगा, भवनों में वे लोग अल्लाह के भेजे गये दूत हैं।

इसलिए इस देश में गुलाम, आयाम, नियामी, अब्बासी, सईदी लोगों के वंशधर बढ़ते जा रहे हैं। एक गुलाम की लार से लाखों गुलाम जन्म ले रहे हैं। धर्म तो जनता के लिए अफीम है। यही अफीम खाकर विभ्रांत और नशाग्रस्त लोग आज मजार के कारोबार, पीरी के धंधे या राजनीति व्यवसाय की तरफ बेतहाशा दौड़ रहे हैं। इस वक्त प्रगतिवादी लोग राविन्द्रिक सुर में अगर यह कहें--'देश से कट्टरवाद मिटाना होगा'--तो ठेंगा होगा। अगर सच ही इसे मिटाना है, तो कट्टरवाद की जड़ों तले, यह जो 'धर्म' छिपा पड़ा है, उसे मिटाना होगा। अगर हम सांपों के द्वारा दंशित नहीं होना चाहते, तो सांपों को मारना होगा। ऐसी उम्मीद हरगिज नहीं की जा सकती कि सांपों का दिमाग ठंडा है। वे दंश नहीं मारेंगे।

देश में कोई भी विज्ञान रिसर्च सेण्टर नहीं बनता लेकिन जगमग सितारे-अंकित, संगमरमर की मस्जिदें जरूर खड़ी होती जा रही हैं। देश में विद्यालय, महाविद्यालय, विश्वविद्यालयों में वृद्धि नहीं हो रही है। हां, इस्लामिक फाउण्डेशन की शाखाएँ बढ़ती जा रही हैं। सच तो यह है कि देश में संत्रास बढ़ रहा है। इस्लामी संत्रास! इस पल, सच्चाई, ईमानदारी, साहस और संस्कृति को सख्त मुट्ठी में थामे रहने से ही हम जिंदा नहीं रह सकते। पहले उस संत्रास को जड़ से उखाड़ फेंकना जरूरी है।

●

साम्प्रदायिक दंगों का समाजशास्त्र

मस्तराम कपूर

जिस देश में अनेक धर्म और संप्रदाय हों, उसमें उनके बीच टकराव होना कोई अनहोनी बात नहीं है। एक ही धर्म वाले देशों में भी सांप्रदायिक टकराव कोई नयी बात नहीं है। पाकिस्तान में, जो इस्लामी देश है, सुन्नी, शिया, अहमदिया आदि फिरकों के बीच सांप्रदायिक दंगे होते रहे हैं। आयरलैण्ड में कैथलिकों और प्रोटेस्टेंटों के बीच तीन सौ साल से युद्ध चल रहा है। ईरान-इराक का दस साला युद्ध शिया-सुन्नी फिरकों की शत्रुता का ही परिणाम था। भारत में भी मुसलमानों के आगमन से पूर्व शैव, वैष्णव, शाक्त आदि संप्रदायों के बीच भीषण और हिंसक टकराव रहे हैं। दक्षिण में शैवों के विरुद्ध, जो आजकल लिंगायत कहलाते हैं, डेढ़-दो सौ सालों तक अभियान चलाया गया था। हिन्दू धर्म और बौद्ध धर्म का टकराव तो इतना व्यापक था कि बौद्ध धर्म का भारत से नामोनिशां ही मिट गया और उसकी अथाह सांस्कृतिक संपत्ति भी नष्ट हो गई। जैनियों को भी अपनी धार्मिक विरासत की रक्षा के लिए वन-कंदराओं और निर्जन प्रदेशों की शरण लेनी पड़ी। आज भी जैनियों को कुछ स्थानों पर (जैसे महाराष्ट्र में) धार्मिक उत्पीड़न सहना पड़ता है।

अपने धर्म के प्रति आस्था और दूसरे के धर्म के प्रति विद्वेष के एक साथ विद्यमान होने के दो कारण दिखाई पड़ते हैं। एक तो यह कि सभी धर्म तर्क-वितर्क और बुद्धि-विवेक का विषय न होकर अंधविश्वास और अंधश्रद्धा का विषय बन गये हैं जिनके फलस्वरूप मामूली-सी बात पर भी हमारी भावनाएं भड़क उठती हैं। दूसरा कारण यह कि सभी धर्म सत्ता-पीठ के रूप में काम करते हैं और उनके बीच सत्ता का द्वंद्व चलता है। सत्ता की प्रतिस्पर्धा जब दंगों के रूप में प्रकट होती है तो धर्म की असली विसंगति सामने आती है। धर्म आदमी को बेहतर इन्सान बनाने के बजाय उसे राक्षस बनाने लगता है।

सांप्रदायिक दंगे (क्षेत्रीय, भाषायी, जातीय और नस्लीय दंगे भी) सुव्यवस्थित राज्य के लिए चुनौती होते हैं अतः ये दंगे अराजकता की स्थिति में ही प्रायः होते हैं। जब देश की कानून-व्यवस्था कमजोर होती हैं, लोगों के मन में कानून का डर नहीं

होता तो वे आपस में भिड़कर और कानून को अपने हाथ में लेकर अपनी समस्याओं का समाधान ढूंढ़ने लगते हैं।

ब्रिटिश राज की और जितनी बुराइयां रही हों, कानून का शासन लागू करने के मामले में उसने भारत की जनता का दिल जीत लिया था। संभवतः मुगल साम्राज्य की सुदृढ़ राज्य-व्यवस्था के विघटन के बाद हमारे यहां अराजकता का जो लंबा दौर रहा उससे तंग आई जनता को ब्रिटिश राज ने काफी राहत पहुंचाई। इससे प्रभावित होकर भारतेंदु काल के कवियों ने भी ब्रिटिश राज की प्रशंसा में अपने उद्‌गार प्रकट किये और कांग्रेस के प्रारम्भिक दौर के सभी नेताओं के मन में भी अंग्रेजी राज के प्रति प्रशंसा-भाव बना रहा। कानून के मजबूत शासन के चलते ब्रिटिश राज में व्यापक सांप्रदायिक दंगों के गिने-चुने उदाहरण ही मिलते हैं। उन्नीसवीं शताब्दी के अंतिम दशक में हिन्दुओं और मुसलमानों में चले सुधारवादी उदार आंदोलन की प्रतिक्रिया में दोनों संप्रदायों में कट्टरवादी तत्व उभरने लगे थे। स्मरणीय है कि उन्हीं दिनों तिलक के नेतृत्व में हिन्दुओं के कट्टरवादी तत्त्व कांग्रेस पर हावी होने लगे थे और अंग्रेजों ने मुसलमानों को उकसाना शुरू किया था। हिन्दू पुनरुत्थानवाद की लहर में शुरू किये गये गणेशोत्सव, शिवाजी उत्सव और दुर्गापूजा उत्सव सांप्रदायिक तनाव का बहाना बनते थे।

इसके बाद बीसवीं सदी के तीसरे दशक में बड़े पैमाने पर सांप्रदायिक दंगे हुए। यह वह समय था जब महात्मा गांधी का असहयोग आन्दोलन खत्म हो गया था और खिलाफत आंदोलन की प्रतिक्रिया स्वरूप हिन्दुओं और मुसलमानों दोनों के कट्टरवादी तत्त्व भड़क उठे थे। हिन्दुओं के कट्टरवादी तत्त्व हिन्दू महासभा और राष्ट्रीय स्वयंसेवक संघ जैसे संगठनों में एकजुट होने लगे थे। ब्रिटिश सरकार मोंटफोर्ड सुधारों को लागू करने के उद्देश्य से कांग्रेस के विरुद्ध इन तत्त्वों को शह देने लगी थी जिसके कारण कानून के शासन में काफी शिथिलता आ गई थी।

इसके बाद हिन्दुओं और मुसलमानों दोनों संप्रदायों के कट्टरवादी तत्व मजबूत होते गये। इसमें ब्रिटिश नीतियों का भी योगदान रहा। राष्ट्रीय स्वयंसेवक संघ में फासीवादी तरीकों से कोमल वय के बच्चों का ब्रेनवास किया जाने लगा और प्रतिक्रिया में मुसलमानों को भी उसी तरह तैयार किया जाने लगा। किंतु इसके बावजूद बड़े पैमाने पर सांप्रदायिक दंगे नहीं हुए। इसके कई कारण थे। राष्ट्रीय आंदोलन की सबसे बड़ी संस्था कांग्रेस हिन्दू-मुस्लिम एकता को महत्त्व देती रही थी। मुस्लिम संप्रदाय काफी शक्तिशाली था। वह ब्रिटिश सरकार का चहेता भी था इसलिए हिन्दुओं के संप्रदायिक तत्त्वों में उससे टकराने का साहस नहीं होता था। इसके अतिरिक्त कानून-व्यवस्था को बनाये रखना ब्रिटिश सरकार के लिए प्रतिष्ठा का प्रश्न भी बना हुआ था।

1940 के बाद जब मुस्लिम लीग की पाकिस्तान की मांग जोर पकड़ रही थी और भारत के कम्युनिस्टों, राजगोपालाचारी जैसे कांग्रेसी नेताओं तथा ब्रिटिश नौकरशाही की ओर से उसे समर्थन मिलने लगा था तो हिन्दुओं के कट्टर तत्त्वों में

भीतर ही भीतर आग सुलग रही थी। किंतु युद्ध के कारण और 'भारत छोड़ो' आन्दोलन के कारण सरकार का कानून एवं प्रशासन तंत्र काफी चौकस और चुस्त था इसलिए सांप्रदायिक भावनाओं को दंगों के रूप में बाहर आने का मौका नहीं मिला। किंतु जैसे ही युद्ध समाप्त हुआ ('भारत छोड़ो' पहले ही खत्म हो चुका था) भूमिगत आंदोलन की व्यापकता तथा नौसेना विद्रोह से अंग्रेजों को लगने लगा कि उनकी स्थिति अब भारत में अनिश्चित हो गई है तो ब्रिटिश प्रशासन-तंत्र का मनोबल कमजोर हुआ और आजादी को निकट देख कर सांप्रदायिक तत्त्वों के भी हौसले बढ़े। अंतरिम सरकार जो पूर्णतया पंगु सरकार थी, सांप्रदायिक तत्त्वों के लिए बहुत अनुकूल थी। मुस्लिम लीग ने 'सीधी कार्रवाई' की घोषणा करके कलकत्ता में व्यापक दंगे शुरू कर दिये। हड़बड़ी में ब्रिटिश सरकार ने स्वाधीनता की घोषणा निश्चित समय से एक साल पहले कर दी। प्रशासन तंत्र की अफरातफरी का लाभ उठाकर दोनों ओर के सांप्रदायिक तत्त्वों ने शोध-प्रतिशोध का जो भयानक सिलसिला शुरू किया उसकी कहानी भलीभांति विदित है। दंगों की आग में 5 लाख के करीब जानें गईं और कई करोड़ लोग विस्थापित हुए।

स्मरणीय है कि उन दिनों में जब विभाजित देश के दोनों भाग सांप्रदायिक आग में जल रहे थे, आबादी के बहुत बड़े भाग पर ही नहीं, कानून--व्यवस्था की रखवाली करने वाली पुलिस और नौकरशाही पर भी साम्प्रदायिकता का रंग चढ़ गया था। सौभाग्य की बात थी कि हमारे देश के बड़े नेता (नेहरू, पटेल, मौलाना आजाद, राजेन्द्र प्रसाद आदि) धर्मनिरपेक्षता के संस्कारों में रचे-बसे थे जिसकी वजह से स्थिति पर जल्दी ही काबू पा लिया गया, हालांकि उसके दाग अब भी बाकी हैं।

आजादी के बाद सांप्रदायिक समस्या ने नया रूप ग्रहण किया। दो राष्ट्रों के सिद्धांत को मानते हुए विदेशी सत्ता ने साम्प्रदायिकता के आधार पर देश का विभाजन हम पर लादा था किंतु भारत में मुसलमानों की आबादी अब भी कुल आबादी के 10 प्रतिशत के लगभग थी। इसमें अधिकतर निर्धन लोग थे और शिक्षित तथा समृद्ध लोगों के पाकिस्तान चले जाने के बाद वे नेतृत्वहीन थे। विभाजन के सदमें के कारण वे अपनी आवाज उठाने में सक्षम नहीं थे और अपनी सुरक्षा के लिए वे शासक दल (कांग्रेस) के मुखापेक्षी होने को बाध्य थे। कांग्रेस ने इनका वोट-बैंक के रूप में इस्तेमाल करना शुरू किया। खिलाफत आंदोलन से लेकर ही मुसलमानों के धार्मिक नेताओं, मुल्ला-मौलवियों से कांग्रेस ने निकट संबंध बना रखे थे। उसने इन धार्मिक नेताओं के माध्यम से इस वोट-बैंक को अपने कब्जे में रखने का प्रयास किया और मुसलमानों में शिक्षा, उद्योग तथा स्वतंत्र नेतृत्व के विकास का विशेष प्रयत्न नहीं किया। धार्मिक नेताओं को संतुष्ट रखने की नीति को मुसलमानों के तुष्टिकरण के रूप में देखा जाने लगा।

उधर हिंदुओं के सांप्रदायिक तत्त्वों ने जनसंघ के झंडे तले सत्ता के लिए होड़ शुरू की। मातृ-संस्था राष्ट्रीय स्वयंसेवक संघ द्वारा नियंत्रित होने के कारण हिन्दू राज के सपने को साकार करना और मुस्लिम आबादी को या तो देश से निकाल बाहर

करना या उसे भारतीयकरण कर पालतू बनाना इस पार्टी का प्रमुख ध्येय रहा। पहले तीन चुनावों में उन्हें विशेष सफलता नहीं मिली। किंतु उसके बाद गैर कांग्रेसवाद के आंदोलन में सभी विपक्षी दलों के साथ मिलकर काम करने से उसकी शक्ति भी बढ़ी तथा जनता की नजरों में उसे सम्मान भी मिला। विपक्ष की धर्मनिरपेक्ष धारा से जुड़ने के कारण उसकी कट्टरता भी कम हुई और उसमें उदार नेतृत्व उभरा। किंतु यह स्थिति ज्यादा देर नहीं रही। संयुक्त विधायक दलों की सरकारों के ताश के घर की तरह ढहने के बाद विपक्ष बिखर गया और जनसंघ अपनी पुरानी लाइन पर लौट आया। इंदिरा गांधी के नेतृत्व में बांग्लादेश का युद्ध जीतने के बाद कांग्रेस निरंकुश हो गई। उसने आपातस्थिति लागू करके सभी विपक्षी नेताओं को जेलों में बंद कर दिया। एक बार पुनः विपक्षी दलों को जेलों में मिल बैठकर सोचने और रणनीति बनाने का अवसर मिला जिसका फल जनता पार्टी के रूप में सामने आया। जनता सरकार में जनसंघ धड़ा बहुत ताकतवर होकर उभरा तो उसकी आंखों के सामने एक बार फिर हिन्दू राज का सुहावना सपना लहराने लगा। उसने जनता पार्टी के छात्र-मजदूर संगठनों में अपने छात्र-मजदूर संगठनों का विलय करने से इंकार कर दिया और दोहरी निष्ठा का सवाल उठाने वाले समाजवादियों के खिलाफ निंदा अभियान शुरू कर दिया। इससे पार्टी में फूट पड़ी और अढ़ाई साल के शासन के बाद जनता सरकार टूट गयी तथा कांग्रेस पुनः सत्ता में आ गयी। जनसंघ ने अब खुद ही दोहरी निष्ठा को गलती मानकर अपने को राष्ट्रीय स्वयंसेवक संघ की नीतियों पर चलने वाली भारतीय जनता पार्टी बना लिया। इस तरह वह शुद्ध सांप्रदायिक राजनीति के रास्ते पर चल पड़ी।

मुस्लिम संप्रदाय के प्रति कांग्रेस की नीतियों के फलस्वरूप इस संप्रदाय में आत्म-विश्वास का निर्माण नहीं हुआ और वे धार्मिक मामलों में इतने संवेदनशील हो गये कि मामूली उकसावा मिलने पर भी उन्हें अस्तित्व का खतरा हो जाता था और उनकी भावनाएं भड़क उठती थीं। उधर जनसंघ को संयुक्त विधायक दलों की सरकारों में सत्ता मिली तो नौकरशाही और पुलिस बलों में भी उनका प्रवेश हो गया और प्रचार माध्यमों में भी उनकी गहरी घुसपैठ हो गई। यह प्रक्रिया जनता पार्टी के शासन काल में पूरे वेग से चली जब लालकृष्ण आडवाणी सूचना और प्रसारण मंत्री हुए। हिन्दी जगत को मानसिक खुराक देने वाले समाचार पत्रों पर तो लगभग पूर्ण रूप से सांप्रदायिक सोच वालों का कब्जा हो गया। इन पत्रों ने अयोध्या का उन्माद पैदा करने और सांप्रदायिक माहौल को बिगाड़ने में जो भूमिका अदा की, वह किसी से छिपी नहीं है।

किंतु सबके बावजूद अप्रैल, 1979 के जमेशदपुर दंगे तक बड़े पैमाने के दंगे नहीं हुए। मुहर्रम, होली, दुर्गापूजा, गणेशपूजा आदि अवसरों पर जुलूसों और शोभा-यात्राओं के मार्ग को लेकर या अन्य कारणों पर साम्प्रदायिक झड़पें तो होती रही किंतु स्थिति पर जल्दी काबू पा लिया जाता था। संभवतः इसका कारण था कि जनसंघ को धर्मनिरपेक्ष दलों के साथ काम करना पड़ता था और परोक्ष रूप से उनकी सांप्रदायिक प्रवृत्ति पर अंकुश लगा रहता था। कानून-व्यवस्था की हालत भी इतनी खराब नहीं थी

जितनी कि बाद में हुई। इसके अतिरिक्त इंदिरा गांधी अल्पसंख्यकों के संरक्षण में अपना हित भी देखती थीं।

1977 में बनी जनता पार्टी की सरकार में विभिन्न गुटों में आपसी द्वंद्व थे जिनकी वजह से राज्य-तंत्र कमजोर हो रहा था। चरण सिंह और राजनारायण के भालोद धड़े के साथ मोरारजी देसाई और चंद्रशेखर धड़ों की प्रतिद्वन्द्विता के कारण जनसंघ धड़े की सौदा-शक्ति बढ़ गई थी इसलिए उसके हौसले बुलंद थे। मोरारजी-चन्द्रशेखर के साथ उनकी पटरी भी अच्छी बैठ रही थी। भालोद धड़े के तीन मुख्यमंत्रियों, कर्पूरी ठाकुर, रामनरेश यादव और देवीलाल के खिलाफ अभियान चलाये जाने के बाद जनसंघ धड़ा और निरंकुश हो गया जिसका परिणाम था जमशेदपुर का दंगा जो अब तक का सबसे भयानक दंगा था। अप्रैल, 1979 के शुरू में राष्ट्रीय स्वयंसेवक संघ के सरसंघचालक बाला साहेब देवरस ने जमशेदपुर के अपने दौरे में हिन्दुओं का आह्वान किया और कहा–"यह बहुत दुख की बात है कि हिन्दुओं को अपने ही देश में धार्मिक जुलूस नहीं निकालने दिये जाते और भारत में मस्जिदों की संख्या बढ़ती जा रही है जबकि मुस्लिम देशों में मंदिर बनाने की इजाजत नहीं है।" दस दिन बाद रामनवमी के जुलूस को लेकर वहां दंगा हो गया। कर्पूरी ठाकुर सरकार में प्रशासन तंत्र को मजबूत करने और शहर के माफिया गिरोहों पर काबू रखने के लिए कुछ ईमानदार और कुशल अफसरों की वहां नियुक्ति हुई थी जिनकी वजह से एक साल पहले यहां दंगा होते-होते बचा था। कर्पूरी ठाकुर की सरकार गिरने के बाद माफिया गिरोह और मुसलमानों की समृद्धि से जलने वाला व्यापारी गिरोह (टिस्को कंपनी की वजह से मुसलमान यहां काफी अच्छी स्थिति में थे) अपनी भड़ास निकालने को आतुर हो उठे। राष्ट्रीय स्वयंसेवक संघ के विधायक दीनानाथ पांडे ने उन्हें अवसर उपलब्ध करा दिया।

हर सांप्रदायिक दंगे की तरह इसमें भी पहले हिंन्दुओं ने मुसलमानों की भावनाओं को भड़काया, मुसलमानों ने आवेश में आकर दंगे की शुरुआत की और फिर हिन्दुओं ने पूर्व तैयारी के साथ उन पर हमला किया। मदद के लिए बुलाई गई पुलिस ने भी दंगाइयों के साथ मिलकर मुसलमानों को मारा और उनके घरों को लूटा-फूंका। एक एम्बुलेंस को एक जगह ले जाकर आग लगा दी और औरतों-बच्चों को भून दिया गया। दंगा कराने वालों ने ऐसा खेल खेला कि मुसलमान, हरिजन और आदिवासी जो सभी शोषित तबके माने जाते हैं, एक-दूसरे के विनाश का कारण बने जबकि दंगा कराने वालों ने बिना हींग-फिटकरी लगे अपने मनसूबे पूरे कर लिए। जमेशदपुर का दंगा संभवतः पहला सांप्रदायिक दंगा था जिसमें सामूहिक हत्याएं हुईं और जिसमें राज्य के अंग पुलिस बलों ने दंगों में सीधा हिस्सा लिया।

डॉ० राममनोहर लोहिया ने गैरकांग्रेसवाद के आंदोलन में जनसंघ को आमंत्रित करते समय संभवतः यह सोचा था कि सांप्रदायिक रुझान वाले काफी बड़े मतदाता समूह की इस पार्टी को धर्मनिरपेक्ष राष्ट्रीय राजनीति में संस्कारित होने का मौका

मिलेगा तो यह देश के लिए अंततः हितकर ही होगा। लेकिन जनसंघ ने अपने को संस्कारित करने से इंकार किया और संविद सरकारों और बाद में जनता सरकार में मिली-सुविधाओं का उपयोग उसने अपने हिन्दू राज के सपने को साकार करने में किया। सत्ता का यही उपयोग भारतीय जनता पार्टी ने 1990-92 में किया जब अपनी चार प्रदेश सरकारों की सारी शक्ति उसने 'डिमोलीशन स्क्वैड' भरती करने और नौकरशाही, शिक्षातंत्र, पुलिस बलों में अपने आदमी तथा अपने 'आदर्श' भरने में लगाई। बच्चों की पाठय पुस्तकों के प्रदूषण का काम भी किया गया।

1980 के चुनावों में भारी पराजय के बाद जनसंघ ने अपने सारे मुखौटे उतार दिए और वह राष्ट्रीय स्वयंसेवक संघ के साथ अपने गर्भ-नाल संबंध की घोषणा करके भारतीय जनता पार्टी बन गई। मीनाक्षीपुरम के सामूहिक धर्म-परिवर्तन से क्रुद्ध होकर राष्ट्रीय स्वयंसेवक संघ ने विश्व हिन्दू परिषद तथा अन्य संगठनों को सक्रिय किया। भिवंडी के दंगों से प्रोत्साहन पाकर महाराष्ट्र में शिव सेना के बाल ठाकरे ने शिवाजी के अवतार के रूप में हिन्दू पातसाही स्थापित करने का इरादा बनाया। आगे चलकर उत्तर भारत में बजरंग दल तथा उत्तरी शिव सेना के रूप में दो और मतांध हिन्दू संगठन बने। लोहिया जिस बात से डर रहे थे वही होने लगा था अर्थात् हिन्दुओं का बहुत बड़ा तबका सांप्रदायिक रंग में रंगने लगा था।

1980 के चुनावों के बाद बनी इंदिरा गांधी की सरकार 'संजय-संस्कृति' के उदय के कारण ऐसी सरकार बनी जिसकी छत्रछाया में अपराधी तत्त्वों को राजनीति में संरक्षण एवं प्रवेश मिलने लगा। इससे सुव्यवस्थित राज्य का ढांचा काफी कमजोर हुआ और यह सांप्रदायिक दंगों के लिए अनुकूल स्थिति थी। अगस्त, 1980 में मुरादाबाद के बरतन उद्योग से फलते-फूलते मुस्लिम परिवारों पर दंगे का कहर बरसा। ईद की नमाज के समय ईदगाह में एक सुअर के घुस आने से दंगा शुरू हुआ। सूअर को न रोकने का आरोप लगाकर मुसलमानों ने पुलिस पर अपना गुस्सा उतारना शुरू किया और जवाब में पुलिस ने नमाज के लिए एकत्रित बच्चों, बूढ़ों जवानों की भीड़ पर अंधाधुंध गोलियां चला दीं। प्रधानमंत्री इंदिरा गांधी को भी स्वीकारना पड़ा कि प्रशासन-तंत्र की हालत बिल्कुल खस्ता हो गई है।

लेकिन कांग्रेस की नई संस्कृति में प्रशासन-तंत्र खस्ता ही नहीं हुआ था वह पूरी तरह हृदयहीन भी बन गया था। विपक्ष ध्वस्त हो चुका था, प्रेस घमंडी और स्वेच्छाचारी हो गया था। जनता की भावनाओं के प्रति पूर्णतया संवेदनहीन इंदिरा सरकार मनमानी करने के लिए स्वच्छंद थी। इसी मानसिकता में इंदिरा सरकार ने आसाम की जनता की इच्छा के विरुद्ध उस पर चुनाव लाद दिया। बंगलादेश से आये लोगों को निष्कासित करने के लिए तीन साल से चल रहा अहिंसक आंदोलन अचानक हिंसक हो उठा और उसने असमी, हिल ट्राइबल्स, मुस्लिम, बंगलाभाषी समूहों को आपस में भिड़ाकर दिल दहलाने वाले नरसंहारों को जन्म दिया। नेल्ली और नौगांग आदि के रक्तपात ने पाशविकता और वीभत्सता के नये कीर्तिमान स्थापित किए।

वंश-राज की रक्षा से प्रेरित इंदिरा गांधी अपने बेटे संजय गांधी द्वारा जिस रास्ते पर धकेली जा रही थी उसका एक परिणाम हुआ पंजाब में भिंडरांवाले का उदय। महाराष्ट्र की कांग्रेसी सरकारों ने शिव सेना के बाल ठाकरे के रूप में आसुरी शक्ति को पोषित किया, उसी क्रम में कांग्रेस ने भिंडरांवाले की शक्ति पैदा की। जब इस शक्ति ने प्रबल होकर राज्य की शक्ति को चुनौती देनी शुरू की तो 'ब्लूस्टार आपरेशन' करना पड़ा। इससे उत्तेजित होकर एक सिख ने इंदिरा गांधी की हत्या कर दी और उसकी प्रतिक्रिया में दिल्ली तथा भारत के कई शहरों में जो सिख-विरोधी दंगे हुए उन्होंने क्रूरता और पाशविकता के पिछले सारे रिकार्ड तोड़ दिये।

देश की सबसे बड़ी पार्टी, कांग्रेस पर जो अढ़ाई साल को छोड़ आजादी की शेष अवधि में शासक पार्टी भी रही, सिख-विरोधी दंगों को भड़काने के आरोप लगे और विभिन्न जांच दलों ने इसकी पुष्टि की तथा इसके कुछ नेताओं को अपराध में लिप्त भी पाया। मां की मृत्यु के बाद राजतिलक से प्रधानमंत्री बने राजीव गांधी लगभग 26 घंटे तक निष्क्रिय रहे और फिर कहीं उन्होंने अमन बहाल करने के लिए सेनाओं को बुलाया। इस बीच हजारों जवानों, बूढ़ों, बच्चों, स्त्रियों की बहुत ही हृदय-विदारक स्थितियों में हत्या हुई। प्रतिशोध की ज्वाला आज भी नहीं बुझी है।

यदि कांग्रेस जैसी धर्मनिरपेक्ष परंपरा वाली पार्टी सांप्रदायिक जुनून में बह सकती है तो हिन्दूवादी संगठनों को कौन रोक सकता था? मीनाक्षीपुरम् के धर्म-परिवर्तनों के बाद विश्व हिन्दू परिषद ने देश-विदेश से भारी मात्रा में धन उगाह कर हिन्दू मन्दिरों के जीर्णोद्धार का जो काम शुरू किया, उसकी परिणति अयोध्या में पांच सौ साल पुरानी बाबरी मस्जिद को गिराने में हुई। इस पूरी प्रक्रिया ने सारे देश के माहौल को विषाक्त बनाया गया। अयोध्या में कांग्रेस की पहल से बाबरी मस्जिद का ताला खुलने की खुशी में हुए सांप्रदायिक दंगे, मेरठ के हाशिमपुरा और मलियाना में पुलिस बलों द्वारा थोक में मुस्लिम नौजवानों का अपहरण, हत्या और हिंडन नदी में शव-प्रवाह, राम-मन्दिर के नाम पर देशभर में दंगों को भड़काती रथ-कलश-अस्थि यात्राएं और अंत में बाबरी मस्जिद के ध्वंस के बाद अनेक शहरों में हुए दंगे जिनका अत्यंत वीभत्स रूप बंबई, सूरत, अहमदाबाद और भोपाल में देखा गया, यह सारी बहुत शर्मनाक कहानी है जो आने वाली पीढ़ियों को न जाने कब तक लज्जित करती रहेगी। क्या आश्चर्य कि दंगों का शिकार बने परिवारों के कुछ नौजवान अपराधी तत्त्वों के हाथ खेल गये और कुछ ही घंटों में सैकड़ों लोगों की जान लेने, हजारों को विकलांग बनाने तथा करोड़ों रुपये की संपत्ति नष्ट करने वाले बंबई के बम-विस्फोटों में सहायक हुए।

ध्यान में रखने की बात है कि सांप्रदायिक शक्तियों का यह नंगा नाच पी०वी० नरसिम्हा राव की सरकार की देख-रेख में राज्य के पूर्णतया अपाहिज बन जाने की स्थिति में हुआ। सांप्रदायिक संगठन और उनकी सरकारें सर्वोच्च न्यायालय में झूठे शपथ-पत्र देकर उनके आदेशों का तिरस्कारपूर्वक उल्लंघन करती रहीं। भाजपा की चार प्रदेश सरकारें संविधान का मखौल उड़ाती हुई बाबरी मस्जिद के ध्वंस के लिए

भीड़, धन और साधन जुटाती रहीं। शिवसेना बंबई के प्रत्येक परिवार से मराठों की चौथ (रक्षा-शुल्क) वसूल करती रही और भाजपा /विहिप के लोग भी घर-घर से राम-मन्दिर के चंदे के रूप में टैक्स वसूल करते रहे तथा न देने वालों का नाम हिटलिस्ट में लिखते रहे। लेकिन पी०वी० नरसिम्हा राव की सरकार चुपचाप राज्य की शक्ति और मर्यादा की हत्या देखती रही।

एम० जे० अकबर की पुस्तक रॉयट आफ्टर रॉयट की भूमिका में खुशवंत सिंह ने लिखा है कि दंगे हमारे जीवन का अंग-सा बन गये हैं। हिन्दू बनाम मुसलमान, हिन्दू बनाम ईसाई, हिन्दू बनाम सिख, उच्च जातियां बनाम निम्न जातियां, ईसाई बनाम बौद्ध, हिल ट्राइबल बनाम मैदानी ट्राइबल आदि विभिन्न प्रकार के दंगों का कारण आर्थिक है–धार्मिक, भाषायी, नस्लीय-जातीय आदि भेद दंगों के बहाने और प्रेरक तत्त्व के रूप में काम करते हैं उनकी बात से सहमत होते हुए यह जोड़ा जा सकता है कि इन विभिन्न प्रकार के दंगों को मूल प्रेरणा मिलती है राज्य की संस्था के कमजोर होने से। अगर राज्य-तंत्र मजबूत, ईमानदार और भ्रष्टाचार से मुक्त होगा तथा राजनेताओं में स्वार्थ से ऊपर उठने तथा संकल्प-शक्ति का प्रयोग करने की क्षमता होगी तो दंगे हो ही नहीं सकते।

●

हिन्दुत्व : नया नाज़ीवाद | कमलेश्वर

अब सब कुछ स्पष्ट है। किन्तु-परन्तु की जरूरत नहीं रह गई है। रक्तरंजित गुजरात की धरती बता रही है कि नाज़ीवाद आ चुका है। यह नाज़ीवाद अब अघोषित भी नहीं है। हिन्दुत्ववादियों द्वारा इसका खुला एलान किया जा चुका है।

जिस हिंसा की न थमनेवाली शृंखला को साम्प्रदायिक दंगा कहा जा रहा था, वह ग़लत साबित हो चुका है और सभी संस्थाओं, स्वयंसेवी संगठनों और मानवाधिकार आयोग तक ने घोषित किया है कि यह नरसंहार राज्य-सत्ता द्वारा करवाया गया है और यह धर्म-भेद की नीति पर आधारित है। इस मारकाट और आगजनी की शक्ल वह नहीं थी जो अब तक साम्प्रदायिक दंगों में दिखाई पड़ती थी। इस नरमेध में सूचियाँ तैयार थीं कि यह आक्रमण किस हिन्दुत्ववादी के नेतृत्व में, कब और कहाँ, किस बस्ती पर किया जायेगा। ई-मेल से डाउनलोडेड फादर सेड्रिक प्रकाश की एक रपट बताती है कि 'संघ परिवार' के कार्यकर्त्ता जनगणना करने वालों के रूप में जनवरी 2002 के समय से हो पूरे राज्य में मुस्लिम परिवारों, सम्पत्तियों और दूकानों की पहचान कर रहे थे। यह हमले चुनावों के समय के आस-पास होने वाले थे, क्योंकि भाजपा सरकार जानती थी कि अयोध्या, राम मंदिर निर्माण और कारसेवकों की कारगुजारियों से भड़के हुए मुसलमान उसे वोट नहीं देने वाले थे। हिन्दू वोट को मुसलमान विरोध के नाम पर ही प्राप्त किया जा सकता था। इसलिए मौका या बहाना मिलते ही कोई न कोई 'कारनामा' किया जाना था। उसी खोई हुई जमीन को फिर हासिल करने के लिए भाजपा ने हिन्दुओं की भावनाओं को अत्यधिक भड़काना जरूरी समझा। हिन्दू-उत्पीड़न के सवाल लगातार 'गुजरात समाचार' और 'संदेश' अखबारों में उठाये गये जिनमें मुसलमानों को निशाना बनाया गया और उन पर मनमाने इल्जाम लगाये गये।

एक चश्मदीद हर्ष मंदर का बयान अंधों की भी आंखें खोल देने वाला है, "....यह एक योजनाबद्ध आतंकवादी कार्रवाई थी....दंगाइयों के गिरोह कुछ इस ढंग से लूटपाट कर रहे थे, मानो वे दुश्मन के साथ जंग लड़ रहे हों और उसे नेस्तनाबूद करने पर तुले हों। उनकी कार्य योजना को और कहा भी क्या जा सकता है, जिसमें उत्तेजक नारे लगाते लोगों को लादे एक ट्रक आता है, उसके तुरंत बाद एक-एक कर

कई ट्रक आते हैं और वहां जमा हो जाते हैं और उनमें से दंगाई उतरते हैं जो खाकी पैण्ट पहने हैं और जिनके माथे पर केसरिया पट्टी है। उनके हाथों में आधुनिक विस्फोटक तो हैं ही, देसी हथियार, छुरे और त्रिशूल हैं.....इन गिरोहों का नेतृत्व कर रहे लोग मोबाइल फोन से अपने नियंत्रण केन्द्र से सम्पर्क भी स्थापित करते थे और यथोचित निर्देश भी ले रहे थे। वे समय-समय पर अपनी कारगुजारियों की जानकारी भी समन्वय केंद्रों को दे रहे थे.....वहां हिन्दू राष्ट्र बनाये जाने की घोषणाएँ भी हो रही थीं....।"

भारतीय अभिलेखागारों में इन मानवविरोधी विचारधाराओं के गठबंधन के प्रमाण मौजूद हैं। इस हिन्दुत्ववादी धारा के प्रथम पुरोधाओं में रहे हैं–वीर सावरकर, जिन्होंने 'हिन्दुत्व' पुस्तक लिखकर हिन्दू और आर्य श्रेष्ठता की वही नाज़ीवादी अवधारणा पेश की जो हिटलर ने जर्मनी में प्रतिपादित की थी। दूसरे सज्जन थे डॉ० बी० एस० मुंजे। हिन्दू महासभा का यह नेता सन् 1931 में 15 से 24 मार्च तक रोम (इटली) में था। इसने 19 मार्च को खासतौर से वहां के तानाशाह मुसोलिनी द्वारा स्थापित मिलिट्री कालेज, केन्द्रीय सैनिक स्कूल और फासिस्ट अकादमी का दौरा किया था। साथ ही नौजवानों की फासीवादी हिंसक मानसिकता को तैयार करने वाले बलिल्ला और अवांगार्द संगठनों के कार्यकर्ताओं से भी वह मिला था। डॉ० बी० एस० मुंजे ने देखा था कि उन संगठनों में (आज के तालिबानों की तरह) छह से अठारह वर्ष की उम्र वाले लड़कों को भर्ती करके उन्हें सैन्य शिक्षा दी जाती थी। डॉ० मुंजे आर० एस० एस० के संस्थापक डॉ० हेगडेवार के अंतरंग मित्र, सखा और सलाहकार थे। इन्हीं बी० एस० मुंजे ने इटली के तानाशाह मुसोलिनी से 19 मार्च, 1931 को शाम 3 बजे, फासीवादी सरकार के मुख्यालय 'पालाज्जो वेनेज़िया' में मुलाकात की थी। यह मुलाकात उन्हीं मुंजे की डायरी में 20 मार्च को दर्ज की गई है। यह विवरण 13 पन्नों में है। डॉ० मुंजे डायरी में लिखते हैं कि "पूरे (फासीवाद) संगठन और बलिल्ला (युवक संगठन) संस्थाओं ने मुझे सर्वाधिक आकर्षित किया.....भारत को और विशेषकर हिन्दू भारत को हिन्दुओं के सैनिक पुनरुत्थान के लिए ऐसे ही किसी संगठन की जरूरत है,.....नेवी और सेना की वर्दियों में सजे लड़के और लड़कियों को कई तरह की ड्रिल और प्रशिक्षण का अभ्यास करते देखकर मेरा मन मंत्रमुग्ध हो गया.....डॉ० हेडगेवार की नागपुर की हमारी राष्ट्रीय स्वयंसेवक संघ संस्था इसी प्रकार की है....हालांकि उसकी कल्पना स्वतंत्र रूप से की गई है, परन्तु मैं अपना शेष जीवन डॉ० हेडगेवार की इस संस्था (आर० एस० एस०) के विकास और इसे पूरे महाराष्ट्र और अन्य राज्यों में फैलाने में लगाऊँगा।"

तानाशाह मुसोलिनी से अपनी मुलाकात को लेकर डॉ० बी० एस० मुंजे गद्गद् हैं। वे मुसोलिनी के फासीवादी संगठनों की तारीफ करते हुए बताते हैं कि "(भारत के हिन्दुओं को भी) ऐसे राष्ट्रवादी संगठनों की बहुत जरूरत है।"

(नेहरू मेमोरियल म्यूजियम एण्ड लायब्रेरी (मुंजे पेपर्स, माइक्रो फिल्म, एम-1) में डायरी के पृष्ठों के यह सारे तथ्य विस्तार से दर्ज हैं।)

डॉ० मुंजे ने भारत लौटते ही अपने विचारों को कार्यरूप में परिणित किया। हिन्दू समाज के सैन्यीकरण के लिए उन्होंने पुणे में 'भोंसले मिलिट्री स्कूल' की स्थापना की और 'सेण्ट्रल हिन्दू मिलिट्री एजुकेशन सोसायटी' का 'शुभारम्भ' किया। शीघ्र ही हिन्दू सैन्यीकरण और फासीवाद का मुद्दा हिन्दुत्ववादियों का केन्द्रीय मुद्दा बन गया। उनकी अंतरंग गोष्ठियां होने लगी। और खुद आर० एस० एस० के सर संघचालक डॉ० हेडगेवार फासीवादी आदर्शों पर समाज के सैन्यीकरण के प्रबल प्रवक्ता और प्रवर्तक बन गये। इतना ही नहीं, 31 जनवरी, 1934 को डॉ० हेडगेवार ने 'फासीवाद और मुसोलिनी' विषय पर केन्द्रित सम्मेलन की अध्यक्षता की, जिसे श्री कावडे शास्त्री ने आयोजित किया था। डॉ० एस० बी० मुंजे ने समापन भाषण दिया था। (संदर्भ एन० एम० एम० एल०, मुंजे पेपर्स, माइक्रोफिल्म, डायरी, आर० एन०-2, 1932-1936)

इसके अलावा एक और दस्तावेज बहुत महत्त्वपूर्ण है। 'दि सेण्ट्रल हिन्दू मिलिट्री सोसायटी' की स्थापना के लिए जारी दस्तावेज की भूमिका में कहा गया है कि–

"इस प्रशिक्षण का अर्थ है हमारे लड़कों (आज के संदर्भ में पढ़िए--स्वयं सेवकों!) को जीत हासिल करने की इच्छा से, शत्रु को अत्यधिक नुकसान पहुंचाते हुए, मृतकों और घायलों की संख्या को अधिकतम रखकर, जनसमूहों की हत्या के खेल (कार्य) में योग्यता और क्षमता प्रदान करना।" (संदर्भ वही–मुंजे पेपर्स, सब्जैक्ट फाइल, सं० 35, 1935) प्रिफेस टु द स्कीम ऑफ द सेण्ट्रल हिन्दू मिलिट्री सोसाइटी इट्स मिलिट्री स्कूल)

सोचिए, क्या यही सिद्धान्त आज गुजरात में लागू नहीं कर दिया गया है। इसी दस्तावेज में भारतीय इतिहास और हिन्दू धर्म-ग्रन्थों से दसियों उद्धरण दिये गये हैं जो सैन्यवाद और संगठित हिंसा के पक्ष में हैं, साथ ही इस दस्तावेज में अहिंसा को कायरता माना गया है और लोकतान्त्रिक व्यवस्था को गैरजरूरी बताया गया है।

सन् 1937 में सावरकर ने हिन्दू महासभा के अध्यक्ष का पद संभाला। वे सन् 1942 तक उसके अध्यक्ष रहे। डॉ० हेडगेवार इससे पहले पांच वर्षों तक हिन्दू महासभा के महासचिव भी रह चुके थे। सावरकर से पहले हिन्दुत्ववाद का मसला मूलतः इतिहास से उलझ रहा था। यह आजादी से पूर्व का समय था और महाराष्ट्र के ब्राह्मण डॉ० हेडगेवार और उनके हिन्दू सैन्यवादी साथी, अंग्रेजों के हटने के बाद, आर० एस० एस० के जरिए भारत में पेशवा राज स्थापित करने का स्वप्न देख रहे थे। आर० एस० एस० का झंडा पेशवाओं का भगवा झण्डा है। इनका कहना था कि अंग्रेजों ने मराठों से ही भारत की सत्ता छीनी थी अतः आजादी के बाद उन्हें ही सत्ता सौंपी जाये। आंतरिक मामलों में वे सब मुस्लिम विरोधी थे। हिन्दुत्ववादी परिदृश्य पर सावरकर और डॉ० हेडगेवार के आते ही हिन्दू-मुस्लिम दो राष्ट्रों का सिद्धांत प्रतिपादित किया गया। आर्य श्रेष्ठता को बखाना गया। सावरकर ने हिन्दू महासभा की ओर से 25 मार्च सन् 1939 को एक वक्तव्य जारी किया, जिसमें हिन्दुत्ववाद को सीधे-सीधे नाज़ीवाद से जोड़ा गया--

"...मेरा विचार है कि आर्य संस्कृति के शत्रुओं के खिलाफ़ जर्मनी का धर्म युद्ध दुनिया के सभी आर्य राष्ट्रों को होश में लायेगा। और भारतीय हिन्दुओं को अपने खोये गौरव को फिर से पाने के लिए झकझोरेगा..." (जर्मन विदेशी मंत्रालय के अभिलेखागार में सुरक्षित हिन्दू महासभा के घोषणा--पत्र को जारी करते हुए, सावरकर के व्याख्यान का अंश--25 मार्च, 1939)।

इससे पहले भी सावरकर ने 14 अक्टूबर, 1938 को मालेगाँव--महाराष्ट्र में कहा था-"एक राष्ट्र उसके बहुसंख्यक निवासियों द्वारा बनाया जाता है। जर्मनी में यहूदियों का क्या हुआ? अल्पसंख्यक होने के नाते उन्हें जर्मनी से निकाल दिया गया था!" फिर दिसम्बर 11 सन् 1938 को उन्होंने कहा-"जर्मनी में जर्मन लोगों का आन्दोलन राष्ट्रीय आन्दोलन है लेकिन (अल्पसंख्यक) यहूदियों का आंदोलन एक साम्प्रदायिक आन्दोलन है!" और उन्होंने 5 अगस्त, 1939 को कहा कि "राष्ट्रीयता आम भौगोलिक क्षेत्र पर उतनी निर्भर नहीं है, जितनी विचार, धर्म, भाषा और संस्कृति की एकता पर, इसी कारण जर्मन और यहूदी एक राष्ट्र नहीं माने जा सकते!"

इसी आधार पर सावरकर ने सन् 1938 में हिन्दू महासभा के 21वें अधिवेशन में भारत की मुस्लिम समस्या और जर्मनी की यहूदी समस्या की तुलना और व्याख्या करते हुए कहा कि यही तथ्य भारत में मौजूद है। "यहां भी हिन्दू और मुस्लिम एक राष्ट्र नहीं माने जा सकते" और मुस्लिमों को चेतावनी देते हुए उन्होंने जोड़ा कि "भारतीय मुस्लिमों को अपनी अल्पसंख्यक स्थिति पर सब्र करना चाहिए। उनके अधिकारों की मान्यता बहुसंख्यकों की उदारता पर निर्भर है!"

जो बात आज संघ प्रमुख सुदर्शन कहते हैं बिल्कुल यही बात सन् 1939 में सावरकर द्वारा कही जा चुकी है। सर संघसंचालक सुदर्शन ने सन् 2002 में गुजरात के नरसंहार के दौरान यह खुलकर कहा कि "मुसलमानों को यह समझ लेना चाहिए कि उनकी सुरक्षा बहुसंख्यकों की सद्भावना में निहित है।"

तो अब कहने को क्या रह जाता है? गुजरात में चलते नरमेध पर जब भारत के साथ-साथ दुनिया के देशों ने सवाल उठाया तो राजग के भाजपाई गृहमंत्री आडवाणी ने दो टूक शब्दों में कहा कि "केन्द्र के गठबंधन में शामिल भाजपा का एजेण्डा अलग है और राज्यों में स्थापित भाजपा सरकारों का एजेण्डा अलग है।" अतः गुजरात में जो हुआ है वही भाजपा का असली एजेण्डा है! यानी गठबंधन के कारण वे केन्द्र में दोगले सेकुलरवादी बने हुए हैं पर गुजरात में साम्प्रदायिकतावादी बने रहने का उन्हें अधिकार है। यही नाज़ीवाद का असली चेहरा है, जो अब उजागर हो चुका है! इसमें अब किन्तु-परन्तु कहां है? मुद्दा तो अब बुनियादी सवालों का है तो, जो बुनियादी सवाल सामने है, वह यह कि क्या यह मान लिया जाये कि भारत में धर्मनिरपेक्षता के सिद्धान्त का जनाज़ा उठ गया है? आर० एस० एस० की नीति नियंता प्रतिनिधि सभा ने प्रस्ताव पारित करके साफ-साफ कहा है कि "मुसलमानों को यह समझ लेना चाहिए कि उनकी सुरक्षा बहुसंख्यकों (यानी हिन्दुत्वादियों) की सद्भावना में निहित है।" इस सूत्र वाक्य का अर्थ संघ के प्रवक्ता मदनदास देवी ने स्पष्ट किया है कि "सद्भावना

जीतने का अर्थ होता है--बहुसंख्यकों का सम्मान करना, उन्हें बर्दाश्त करना और उनके साथ सहयोग करना!'' यह साफ-साफ ऐलान है कि ''मुसलमानों, ईसाइयों! या तो तुम हम हिन्दुत्ववादियों के मुताबिक सुधर जाओ या नतीजे भुगतने के लिए तैयार रहो!'' इस प्रस्ताव में एक बयान और निहित है, जिसमें संघी-बजरंगी हिन्दुओं ने भारतीय हिन्दू को निशाना बनाते हुए मुसलमानों को बताया है कि ''मुस्लिम सम्प्रदाय उग्रवादी मुस्लिम नेताओं और हिन्दुओं (यानी संघी बजरंगियों) की आलोचना करने वाले तत्त्वों (यानी भारतीय हिन्दुओं) के हाथों की कठपुतली बने रहकर अपना कोई भला नहीं कर सकता।''

संघियों ने खुलकर कहा है कि मुसलमानों की दुर्दशा के लिए देश के सेकुलर भारतीय हिन्दू जिम्मेदार हैं! इसीलिए गुजरात के मुख्यमंत्री नरेन्द्र मोदी ने यह बयान देने की जुर्रत की थी कि जब तक भारतीय संसद का अधिवेशन चलता रहेगा, तब तक गुजरात के दंगों को नहीं रोका जा सकेगा।

तो अब गुजरात की नाज़ीवादी प्रयोगशाला में 'साम्प्रदायिक न्याय' का मृत्यु-यंत्र विकसित हो चुका हैं इसका राजनीतिक एजेण्डा है--धर्मनिरपेक्षता को पूरी तरह खारिज करना, समान नागरिक संहिता के सवाल को उठाकर मुसलमानों को आतंकग्रस्त किये रहना और सहिष्णु सेकुलर भारतीय हिन्दू को हाशिए पर डालने की जबरदस्त कोशिश करना।

इसीलिए सबसे तेज़ और मारक हमला धर्मनिरपेक्षता पर किया गया है, क्योंकि इसे तोड़कर ही लोकतान्त्रिक प्रणाली को बंधक बनाया जा सकता है। कहा यह जाता है कि भारत के संविधान में कहीं भी सेकुलर शब्द नहीं है, इसे नुसलमानों के तुष्टिकरण के लिए आपातकाल के दौरान इंदिरा गांधी ने संविधान की मौलिक शपथों में शामिल किया। इसीलिए भाजपा नेता आडवाणी इसे 'छद्म सेकुलरवाद' कहते हैं। लेकिन यहां यह याद रखना चाहिए कि द्वि-राष्ट्र के जिन्ना के सिद्धान्त पर जब पाकिस्तान बना था, तब भारत को हिन्दुस्तान नाम नहीं दिया गया था। इसे हिन्दू राष्ट्र नहीं बनाया गया था। विभाजन के समय जो करोड़ों मुसलमान भारत में रुके थे या जिन्होंने भारत को अपना देश माना था, उनके सामने तब गांधीजी, नेहरू जी और मौलाना आजाद जैसे धुरंधर सेकुलर नेता मौजूद थे। सरदार पटेल जैसे निष्पक्ष दृष्टिवाले न्यायपूर्ण व्यक्तित्व थे। और फिर भारत की आजादी का पूरा संग्राम ही सेकुलर सोच के तहत लड़ा गया था, इसलिए तब सेकुलर जैसे शब्द की जरूरत ही महसूस नहीं की गई थी। सेकुलर शब्द की आत्मा तब तक सम्प्रदायवादी सोच की चपेट में नहीं आयी थी। भारतीय मुसलमान ने तब गांधी, नेहरू, सरदार पटेल, मौलाना आजाद आदि का भारत चुना था। सावरकर, हेडगेवार, गोलवलकर आदि का देश नहीं।

इसे सही परिप्रेक्ष्य में समझा जाना चाहिए कि सरदार पटेल के भारतीय राष्ट्रवाद को मुरली मनोहर जोशी और उन जैसों के सांस्कृतिक राष्ट्रवाद की संकीर्ण हिन्दुत्ववादी परिभाषा में परिभाषित नहीं किया जा सकता। सरदार पटेल का भारतीय

राष्ट्रवाद धर्म-केन्द्रित नहीं, वह जातीय भारतीय गौरव का पैरोकार था, वह विदेशी आक्रमणकारी का प्रतिकार था, भारतीय मुसलमान से बदला लेने वाला राष्ट्रवाद नहीं! नहीं तो कृष्ण जन्मभूमि, काशी विश्वनाथ और अयोध्या की बाबरी मस्जिद उनके समय में भी मौजूद थीं, लेकिन सरदार पटेल ने उनका सवाल कभी नहीं उठाया। वे आडवाणी और नरेन्द्र मोदी से छोटे या कमतर नेता नहीं थे। और यह तथ्य भी सामने रहना चाहिए कि सोमनाथ मंदिर के पुनर्निर्माण का विरोध एक भी भारतीय मुसलमान ने नहीं किया था। और यही सरदार पटेल थे जिन्होंने गृहमंत्री के रूप में गांधीजी की हत्या के कारण आर० एस० एस० पर प्रतिबंध लगाया था।

तो आज संविधान नहीं, देश में नाज़ियों का विधान चल रहा है। नहीं तो राज्य सभा की बहस में भाजपा कार्यकारिणी के सदस्य और विश्व हिन्दू परिषद के कार्यकारी अध्यक्ष अशोक सिंहल के भाई बी० पी० सिंघल यह नहीं कह पाते कि "उनके लिए जर्मनी के हिटलर का हवाला देना जरूरी हो गया है! नाज़ियों की लड़ाई नस्ली वर्चस्व की लड़ाई थी और गुरु गोलवलकर ने इसे हिन्दुस्तान के लिए अनुकरणीय उदाहरण भी बताया था....इसका उल्लेख इसलिए जरूरी है कि लोग जानते हैं कि आर० एस० एस० के सर संघचालक गुरु गोलवलकर की विचारधारा क्या थी और यह भी कि उसी विचारधारा के कुछ लोग आज देश के शीर्ष पदों पर हैं!"

राज्य सभा में दिये गये इस बयान के बाद अब असमंजस की कोई स्थिति नहीं है और यह खुलासा हो गया है कि भाजपा चाहे केन्द्र में हो या गुजरात में या बचे-खुचे किसी विकलांग राज्य में, वह जहाँ भी सत्ता में होगी, अपने नस्लवादी हिन्दू एजेण्डे को लागू करेगी। बी० पी० सिंहल ने जिस विचारधारा को रेखांकित किया है वह गुरु गोलवलकर की नागपुर से प्रकाशित पुस्तक 'वी एण्ड अवर नेशनहुड डिफाइंड' के पृष्ठ 37 पर मौजूद है। वे कहते हैं-

"जर्मन राष्ट्रीय गौरव अब एक आम चर्चा का विषय बन गया है। राष्ट्र और उसकी पवित्रता बनाये रखने के लिए जर्मनी ने अपने देश से सामी जातियों (यहूदी, फिनीशियन, असीरियन आदि) को मिटाकर दुनिया को स्तब्ध कर दिया है। यहाँ राष्ट्र गौरव की सर्वोच्च अभिव्यक्ति हुई है। जर्मनी ने यह दिखा दिया है कि उन जातियों और संस्कृतियों को, जिनके मतभेद अत्यधिक गहरे हैं, एक संयुक्त समग्रता में समा लेना प्रायः कितना असम्भव है। हम हिन्दुस्तानियों के सीखने और लाभान्वित होने के लिए यह एक अच्छा सबक है!"

इस सोच का सबसे खतरनाक पक्ष है कि हिन्दू होना जाति और खून का मसला है, यह मात्र संस्कृति या सांस्कृतिक राष्ट्रवाद का मसला नहीं है। बी० पी० सिंहल ने सदन में यह स्पष्ट किया है कि उनकी जो 'दुश्मनी' भारतीय मुसलमानों से है, वह सिर्फ मज़हबी और सांस्कृतिक नहीं बल्कि हिटलर की आर्य रक्त की श्रेष्ठता पर टिका हुआ नस्लवादी सिद्धान्त है। बी० पी० सिंघल ने नस्ली वर्चस्व वाले नाज़ी एजेण्डे पर

2 मई, 2002 को राज्य सभा के सदन में भाजपाई मोहर लगा दी है। इस एजेण्डे का सार तत्त्व भी गुरु गोलवलकर के शब्दों में मौजूद है। वे कहते हैं–

"एक शब्द में (कहें तो) वे (मुसलमान) विदेशी होना त्याग दें या देश में पूरी तौर से हिन्दू राष्ट्र के अधीन होकर रहें, कोई दावा न करें, किसी विशेषाधिकार के पात्र न हों, किसी अधिमान्य व्यवहार की बात तो दूर, उन्हें नागरिक अधिकार भी नहीं (दिये जाए!) (वही पुस्तक, पृष्ठ 52)

गुरु गोलवलकर और भाजपाई बी० पी० सिंघल की इस नस्लवादी सोच के बीज सावरकर के उस बयान में मौजूद हैं जो हिन्दू महासभा का नेतृत्व करते हुए उन्होंने 25 मार्च, 1939 को जारी किया था। (उनका यह बयान 'भारत की हिन्दू पार्टी' के 'सुरक्षित घोषणापत्र' के रूप में जर्मनी के विदेश मंत्रालय के राजनीतिक अभिलेखागार में दर्ज है। (एए-सी ए, बौन) पोल, स्टेटमेंट बाई द स्पोक्स-मैन आफ द हिन्दू महासभा, 25 मार्च, 1939) उसमें लिखित है–

"आर्य संस्कृति के पुनरुज्जीवन और स्वास्तिक के महिमागान का जर्मनी (यानी हिटलर) का पुण्य विचार, वैदिक शिक्षा को उसका प्रश्रय और इण्डो-जर्मन सभ्यता की परम्परा की तीव्र वकालत का भारत के धार्मिक और समझदार हिंदुओं ने प्रफुल्लित आशाओं से स्वागत किया। पंडित नेहरू के नेतृत्व में मात्र थोड़े से समाजवादियों ने ही जर्मनी की वर्तमान सरकार के खिलाफ असंतोष का एक बुलबुला पैदा किया, किन्तु उनकी कार्रवाइयों का भारत में मुश्किल से ही कोई महत्त्व है...मेरा विचार है (सावरकर का) कि आर्य संस्कृति के शत्रुओं के खिलाफ जर्मनी का धर्म युद्ध दुनिया के सभी आर्य राष्ट्रों को होश में लायेगा और भारतीय हिन्दुओं को अपने खोए गौरव को फिर से पाने के लिए झकझोरेगा!"

इसी सोच को गुजरात में लागू किया गया, जिसने हिन्दुत्ववादी हिन्दू से असहमत भारतीय हिन्दू, भारतीय अल्पसंख्यकों और दुनिया के लोकतान्त्रिक देशों की आत्मा को झकझोर कर रख दिया है। इतिहास को देखने की और उस नाज़ीवाद में आस्था बनाये रखने की यह कैसी अंधदृष्टि है कि जिसे सन् 1945 में जर्मनी खुद खारिज कर चुका है उसे भारत का नाजीवादी गिरोह सन् 2002 में लागू करना चाहता है।

अब भाजपा के प्रधानमंत्री और मंत्री कुछ भी कहते रहें पर यह प्रमाणित हो चुका है कि गोधरा के नृशंस हत्याकाण्ड के बाद उसका बहाना लेकर, हिन्दुओं के नाराज होने का कवच बनाकर यह कत्लेआम नरेन्द्र मोदी की आर्य श्रेष्ठता और नस्लवादी वर्चस्व की अवधारणा वाली भाजपा सरकार के संकेत, सहमति और सम्पूर्ण सहयोग से ही संभव हो पाया है।

इससे ज्यादा अमानवीय और क्या हो सकता है कि वह शाहआलम कैम्प, जहाँ भारत के प्रधानमंत्री ने अपने मुख्यमंत्री नरेन्द्र मोदी को हिन्दू राजधर्म पर आचरण करने का महामन्त्र दिया था, उस राहत कैम्प में 15000 मुसलमान 'कैद' थे। बच्चे बीमारियों से मर रहे थे। जलती धूप में लोग झुलस रहे थे, पीने का पानी नहीं था। दवाइयाँ नहीं थीं। जो डॉक्टर वहां जाकर इन मुसीबतजदा लोगों की डॉक्टरी मदद

करना चाहते थे, उन्हें केसरिया ब्रिगेड के उपद्रवी डरा-धमका रहे थे, इसके बावजूद एक डाकटर ने जब कैम्प में जाने का साहस दिखाया तो उग्रवादी भीड़ ने उस डाक्टर को वहीं मार डाला। (टाइम्स आफ इण्डिया, सम्पादकीय-2, मई 2, 2000)। यह नस्लवादी नरसंहार नहीं है तो क्या है? यह हिन्दू-मुसलमानों का दंगा नहीं यह मात्र गुजरात के मुसलमानों पर नहीं, यह भारतीय मुसलमान के अस्तित्व पर हिन्दुत्ववादी नाज़ियों की राज्य सत्ता का पहला हमला है।

लोकसभा में विपक्ष के निन्दा प्रस्ताव पर राजग सरकार ने संख्यागत जीत तो हासिल कर ली, पर भारतीय भावनाओं के जनाधार के सदन में वह नैतिक रूप से पराजित हो चुकी है। राज्यसभा में बहस के दौरान लालू यादव ने अपनी बोधगम्य भाषा में ठीक ही कहा कि भाजपा 'भारत जलाओ पार्टी' है।

अब यह स्पष्ट है कि सेकुलर और हिन्दुत्ववादी ताकतों का निर्णायक ध्रुवीकरण हो चुका है।

मानवाधिकारों से जुड़ी संस्थाओं, इंसानी मूल्यों को माननेवाले भारतीयों, बुद्धिजीवियों, मीडियाकर्मियों, महिलाओं, यूनिवर्सिटी और कालेजों के नौजवानों- प्रत्येक सेकुलर नागरिक ने यह बता और जता दिया है कि भारत की धरती पर रक्तरंजित नाज़ीवादी इतिहास नहीं लिखा जा सकता, इस देश के लोकतंत्र को बंधक नहीं बनाया जा सकता। लोकतंत्र और सेकुलरवाद सिर्फ अल्पसंख्यकों का कवच नहीं है, वह एक अरब भारतीयों के बहुलतावाद और धर्मों के सह-अस्तित्ववाद की आत्मा है। गांधी जी को गुजरात में दुबारा नहीं मारा जा सकता क्योंकि उन की आत्मा इस देश की नैतिक और इंसानी आत्मा से एकाकार हो चुकी है!

इस देश के बहुसंख्यक हिन्दुओं को अपने हिन्दूपन की रक्षा इन हिन्दुत्ववादी हत्यारों से करनी पड़ेगी। इन्होंने धार्मिक प्रतीकों और इतिहास के महानायकों के जो चेहरे और सिद्धान्त विकृत किए हैं, उनकी पुनर्रचना करना जरूरी होगा। शहीद भगतसिंह और नेताजी सुभाषचन्द्र बोस आदि को इनके छद्म प्रचारवादी तंत्र से छुड़ाना होगा-यह काम लेखकों, पत्रकारों, इतिहासकारों और संस्कृति कर्मियों का होगा। दर्शन और विचार के क्षेत्र में स्वामी रामकृष्ण परमहंस, विवेकानन्द, योगी अरविन्द आदि को इनसे मुक्त करना होगा। पौराणिक चित्र-प्रतीकों को इन्होंने जिस तरह युद्धोन्मादी बनाकर कृष्ण के हाथों में सुदर्शन चक्र और राम के हाथों में त्रिशूल पकड़ाया है, हनुमान जी को जिस तरह उग्र हिन्दुत्ववादी बनाया है और रामराज्य की समान-सार्वजनीन नागरिक संहिता के जिन आधारभूत आदर्शों को इन्होंने तोड़-मरोड़ कर लांछित और विरूपित किया है, उसकी पुनर्सर्जना करनी होगी। धर्म का जो उन्मादी स्वरूप इन नस्लवादियों ने विकसित करने की कोशिश की है, उसे गांधी जी के 'सर्वधर्म समभाव' और धर्मनिरपेक्षता के मन्त्र से शोधित करना होगा। इस कार्य में बुद्धिजीवियों, संस्कृतिकर्मियों के साथ-साथ उन शान्त-प्रबुद्ध धर्माचार्यों को भी लगना है जिनकी सांसें धर्म के राजनीतिकरण के प्रदूषण में घुट रही हैं!

यह भारतीय राष्ट्र और लोकतंत्र पर छाई अराजकता और विपत्तिकाल का निर्णायक दौर है, जिसमें लोकतान्त्रिक न्याय और साम्प्रदायिक न्याय की मान्यता में से एक को चुना जाना है।

गुजरात बता रहा है कि लोकतान्त्रिक आजादियों और प्रावधानों का मनमाना और गलत इस्तेमाल करते हुए इस देश में हिन्दुत्ववादी नाज़ीवाद कैसे लाया जा सकता है। यूरोप में भी नाज़ीवाद का उदय लोकतन्त्र की उदार और लचीली पद्धति के कारण ही सम्भव हुआ था। इटली का तानाशाह मुसोलिनी और जर्मनी का नाज़ीवादी हिटलर भी चुनाव पद्धति को 'मैनेज' करके ही सत्ता में पहुँचे थे। हिटलर ने नस्ल को नाज़ीवादी हथियार बनाया था, भारत के हिन्दुत्ववादियों ने राम के नाम को हिन्दू-जेहाद का हथियार बनाया है! यह समय मात्र राजनीतिक अराजकता का नहीं बल्कि सांस्कृतिक अराजकता का भी है। शिव और दुर्गा का त्रिशूल धनुर्धारी मर्यादा पुरुषोत्तम राम के हाथों में थमा दिया गया है.....त्रिशूल-युद्ध की दीक्षा के शिविर गुजरात में चल रहे हैं। कृष्ण के हाथों में बांसुरी नहीं, सुदर्शन चक्र आ गया है। क्या धर्मप्राण भारतीय हिन्दू अपने धार्मिक प्रतीकों के साथ हो रहे इस अवसरवादी दुराचार को बर्दाश्त करता रहेगा? लोकतन्त्र को 'लोकतन्त्र की अराजकता' में बदलने के इस दुष्कृत्य को देखता रहेगा?

लोकतन्त्र को बहुसंख्यकों और अल्पसंख्यकों के विभाजन का अस्त्र बना लिया गया है, इसलिए यह निर्णायक दौर है। धर्मप्राण और धर्मान्ध हिन्दू के बीच के भेद को समझने का वक्त है। यह पांच हजार वर्षों की पूरी विरासत को सम्भालने का वक्त है! यह लोकतन्त्र को संकीर्ण धर्मान्ध अपेक्षाओं के खतरे से बचाने का वक्त है! यह हिन्दुत्ववादी राजधर्म से अलग, लोकतन्त्रवादी लोकधर्म के पक्ष में खड़े होने का वक्त है! यह भारतीय लोकतन्त्र की आत्मा और उसके प्राण-तत्व को बचाने का वक्त है, क्योंकि भाजपा के सद्यः स्थापित अध्यक्ष वेंकैया नायडू का पहला बयान आया है कि भाजपा ने पुराना एजेण्डा छोड़ा नहीं है। हमारा अकेले सरकार बनाने का सपना अभी पूरा नहीं हुआ है। जिस दिन हम अकेले अपनी सरकार बनायेंगे, उस दिन राम मन्दिर निर्माण (इसी में शामिल होगा काशी विश्वनाथ और मथुरा कृष्ण जन्मभूमि की मुक्ति का मसला) धारा 370 और समान नागरिक संहिता के एजेण्डे को निश्चय ही लागू करेंगे। भाजपा के अगले प्रधानमंत्री के रूप में उपप्रधानमन्त्री की ताज पोशी हो ही चुकी है....तो अब संतकाल की यही पंक्तियाँ याद आती हैं–

जाग पियारी अब क्या सोवे,
रैन गई दिन काहे को खोये!

(पल-प्रतिपल : 2.7.02)

●

...जो मैं हूं वही तुम भी हो... | राजेन्द्र यादव

(स्वीकार करता हूं कि इस्लाम की दार्शनिकताओं, इतिहास और धर्मशास्त्र की दूसरी बारीकियों के बारे में मेरी कोई जानकारी नहीं है। यहां मैंने जो कुछ लिखा है। उसे सिर्फ 'जनरल-परसैप्शन' या सामान्य तस्वीर का ही नाम दिया जा सकता है। हम अपनी धारणाएं अक्सर इन्हीं तस्वीरों के आधार पर बनाते हैं।)

मेरी एक दोस्त थी शोभना। बहुत सुंदर, चंचल, प्रतिभावान, बिंदास और दुस्साहसी। उसने बाद में फिल्म निर्देशक, अवतार कौल के साथ आत्महत्या कर ली। नेशनल स्कूल ऑफ ड्रामा छोड़कर मुम्बई गयी थी एक्ट्रेस बनने। कभी वह पत्रकारिता करना चाहती तो कभी अभिनय। कभी नक्सलियों के साथ होती तो कभी नशेड़ियों के। कुछ न कुछ लिखकर या सिर्फ मुझसे मिलने अक्सर ही 'अक्षर' आती। एक दिन उसने बताया कि अपने मुसलमान मित्र सिद्दीकी से शादी कर ली है। फिर बताया कि मामला ठीक नहीं चल रहा है। सिद्दीकी खांटी हिन्दुस्तानी पति है। फिर सूचना दी कि वह सिद्दीकी को छोड़ आई है। कारण और भी रहे होंगे, मगर सबसे बड़ा कारण यह था कि सिद्दीकी परिवार पुरानी दिल्ली के मुसलमानी इलाके में रहता था। सास-ससुर बहुत ख्याल रखते थे। ससुर बार-बार आग्रह करते और प्यार से समझाते कि वह पांचों वक्त नमाज़ पढ़े, रोज़ा रखे और बाकायदा इस्लामी कर्मकांडों का पालन करे। आखिर एक दिन शोभना ने कह दिया, 'अब्बा, अगर मेरी धर्म में ही आस्था होती और मुझे धार्मिक कर्मकांडों का ही पालन करना होता तो मेरा अपना धर्म बहुत बुरा नहीं था। मैंने सिद्दीकी से प्यार किया है, उसके धर्म से नहीं।' सिद्दीकी बहुत कमजोर था, ना वह मां-बाप को छोड़ सकता था, ना शोभना की स्वतंत्रता की रक्षा कर सकता था।

ठीक इसी समस्या पर गीतांजलिश्री ने एक कहानी लिखी थी बेलपत्र (हंस, सितम्बर, 87)। मुसलमान लड़की और हिन्दू लड़का आपस में शादी कर लेते हैं–सारे विरोध, धमकियों और खतरों के बावजूद....यह बड़ा युद्ध नहीं, उन्हें तोड़ते हैं घर के छोटे-छोटे युद्ध....बेटे के कारण बहू को सास स्वीकार तो कर लेती है, मगर रसोईघर, पूजाघर, रिश्तेदारियों और दूसरे ऐसे ही कामों से उसे दूर रखती है। कुछ दिन प्यार की खातिर बर्दाश्त करने के बाद लड़की प्रतिक्रिया में खुद अपना रोज़ा नमाज़ शुरू कर देती है–अलग कमरे में....और धर्म की खाई उन्हें आपस में दूर करती जाती है।

शायद यह कहना बहुत जल्दबाजी होगी कि इस्लाम एक असहिष्णु और जुनूनी धर्म है, क्योंकि यह रेजिमेंटेशन (एकरूपीकरण) चाहता है और स्वतंत्र व्यक्तित्व या विचार बर्दाश्त नहीं कर पाता। इसलिए उसे डिक्टेटर ही अधिक रास आते हैं चाहे उसका रूप मुल्ला का हो या राज्याध्यक्ष का। वह अपनी सामाजिक बनावट में बहुत लोकतान्त्रिक धर्म है, क्योंकि खाने और पूजा-पाठ के मामले में कोई भेदभाव नहीं करता। शाह और फकीर एक ही सफ़ में खड़े होकर नमाज पढ़ते हैं और एक ही दस्तरखान पर खाते हैं। मगर घर-परिवार के भीतर वह नियम कायदों में बहुत ढील बर्दाश्त नहीं कर पाता। वहां खाने-पहनने से लेकर सामाजिक और व्यक्तिगत हर व्यवहार या तो इस्लामी है या गैर-इस्लामी (मैं उस शिक्षित मध्य-वर्ग की बात नहीं कह रहा हूँ जो शहरों में आकर कॉस्मोपॉलिटन होने की प्रक्रिया में है) उधर हिन्दू बाहर के यानी दूसरों के लिए बहुत शुद्धतावादी, छुआछूती और खान-पान में भेद करने वाला प्राणी है—हाँ, घर में वह परम लोकतान्त्रिक और खुला है—पूजा करो, न करो, किसी भी देवता को मानो, न मानो इस सबसे परिवार में बहुत फर्क नहीं पड़ता....तब क्या इस्लाम एक सामाजिक धर्म है और हिन्दू व्यक्तिगत ?

पिछले डेढ़-दो सौ वर्षों से भारतीय मानस एक भयानक आंतरिक द्वंद्व से गुजर रहा है। यह लोकतन्त्र और सामंतवाद का द्वंद्व है। इसे अतीत और आधुनिकता का द्वंद्व भी कह सकते हैं। सभ्यता आधुनिक बनाने का दबाव पैदा करती है और धार्मिक संस्कृति अतीत की ओर लौटाती है। धर्म, बुद्धि और विवेक को स्थगित करके आस्था और विश्वास का आग्रह करता है तो विज्ञान, विश्लेषण और प्रश्नों का, क्योंकि विवेकवाद के विकास का ही दूसरा नाम लोकतंत्र है। एम० एन० राय ने कहा था कि धर्म पहला विज्ञान है, क्योंकि वह सवालों से शुरू होता है : (मैं कौन हूं? संसार क्या है? सूरज चांद कहां से आये हैं? जन्म और मृत्यु क्या है?) लेकिन समय और समझ की सीमाएँ थीं कि इन्हीं सवालों के जवाबों ने ईश्वर को जन्म दिया। उसे सारे जीवन का कारण और स्रोत ही नहीं, नियंता और निर्णायक भी बना दिया गया। दूसरे शब्दों में अपना बनाया ईश्वर ही विकास और विज्ञान का सबसे बड़ा शत्रु बन बैठा। मार्क्स ने धर्म को सामूहिक ऊर्जा और आपसी सहकारिता का आधार बताते हुए बुद्धि को स्थगित करने वाली, अफीम का नाम भी दिया है।

चूँकि इस्लाम जबरदस्त सामाजिक रेजिमेंटेशन का धर्म है (बाद में सोवियत रूस के कम्युनिज्म में भी यही सामाजिक नियंत्रण रहा) इसलिए व्यक्तिगत विद्रोह भी सबसे अधिक वहीं घटित हुए। शायद लगातार कबीलाई युद्धों या युद्ध जैसे विरोधी वातावरण में पनपनेवाली व्यवस्थाओं के लिए 'सामाजिक अनुशासन' बहुत जरूरी होता है। सारा समाज तैयार सेनाओं में बदल जाता है। अपनी कोई भी ढील कभी भी दुश्मन को मौक़ा दे सकती है। इस्लाम और कम्युनिज्म दोनों का स्थायी-भाव 'खतरा' है—अपने अस्तित्व का खतरा। इस्लाम हमेशा खतरे में रहता है, यह उसका कबीलाई संस्कार है। यह तनाव और भय आम विश्वासी मुसलमान को मानसिक रूप से नॉर्मल नहीं रहने देते—दुनिया दोस्त और दुश्मन में बदल जाती है। अटल बिहारी

वाजपेयी के गोवा वक्तव्य में कहीं सच्चाई भी है कि मुसलमान जहां बहुमत में हैं वहां भयानक नृशंस, क्रूर और दमनकारी हैं (जैसे तालिबानी अफगानिस्तान में) विशेषकर स्त्रियों के लिए। वहां हमेशा मुल्ला-मौलवी 'सच्चे मुसलमान और कच्चे मुसलमानों' की छंटाई में लगे रहते हैं। ड्रेस-कोड से लेकर आचार कोड तक सख्ती से लागू किये जाते हैं और फ़ौज की तरह अनुशासनहीनता की सज़ा सिर्फ मौत होती है। दूसरी तरफ जहां अल्पमत में हैं वहां वे स्थायी सिरदर्द हैं, क्योंकि इस्लाम खतरे में है की स्थायी कुण्ठा उन्हें चैन लेने नहीं देती....यह वाजपेयी की नहीं, हंटिंग्टन की थीसिस है। उसके हिसाब से इस्लाम अतीतजीवी सामंती धर्म है और आधुनिक स्थितियों या ज्ञान-विज्ञान से अपना तालमेल नहीं बैठा पाता। दूसरी तरफ क्रिश्चियेनिटी हर तरह के प्रयोगों, ज्ञान-विज्ञान की उपलब्धियों के साथ खुला भविष्यवादी धर्म है, बल्कि कहा तो यहां तक गया है कि आज की दुनिया को चलाने वाले सारे ज्ञान-विज्ञान क्रिश्चियेनिटी की बदौलत ही आये हैं। इसीलिए सभ्यताओं की इस मुठभेड़ में या तो इस्लाम को बदलना होगा या समाप्त होना होगा। अपने जन्म से ही दोनों विश्व-विजय के सपने से आक्रांत है। मगर इस द्वंद्व का दूसरा पहलू भी है: क्रिश्चियेनिटी आज विस्तारकामी साम्राज्यवादी शक्तियों का धर्म है, इसलिए सोवियत संघ की समाप्ति के बाद इस्लाम इसके प्रतिरोध और प्रतिक्रिया में क्रांतिकारी शक्तियों का धर्म बनकर उभरता है। वह अमेरिका जैसों के लिए जो सारी दुनिया को अपना उपनिवेश और बाजार बना डालना चाहते हैं, एक चुनौती है। इस स्थिति की सबसे बड़ी विडम्बना यह है कि अमेरिका विद्रोही और दमनकारी दोनों शक्तियों को हथियार सप्लाई करता है। इसलिए हमेशा विद्रोह और दमन की प्रक्रिया को बनाये रखना भी उसकी योजना का हिस्सा है। रही होगी कभी इस्लामी विश्व-विजय की दुनिया, आज तो क्रिश्चियेनिटी के वर्चस्व का युग है।

सवाल यह भी उठाया गया है कि प्रारम्भ से ही जब इस्लाम और ईसाइयत दोनों एक दूसरे के खिलाफ जेहादों और क्रूसेडों में उलझे रहे हैं तो क्रिश्चियेनिटी कैसे उत्तर-सहस्राब्दी में ज्ञान-विज्ञान के लिए इतनी खुली और उर्वर बनी रही? रैनेसां (नवजागरण) जैसी कोई खलबलाहट या लगभग आंदोलन की हद तक जाती हुई जागृति इस्लाम में क्यों नहीं आई? वह क्यों सिर्फ अपने को बचाने और फैलाने में ही लगा रहा? सही है कि युद्ध में उलझे हुए देशों की प्राथमिकता जैसे भी हो युद्ध जीतना होता है और अंदरूनी सामाजिक सवाल या तो स्थगित कर दिये जाते हैं या दूसरे दर्जे पर डाल दिये जाते हैं। इस्लाम का एकमात्र ऑब्सेशन जीतना या अपने को बचाना रहा है, शायद यही कारण है कि वहां सामाज के अंदरूनी सवाल और असंतोष या तो क्रूरता से कुचल दिये जाते रहे या स्थगित किये जाते रहे, क्योंकि भीतरी मतभेद अपने आपको कमजोर ही नहीं करते, दुश्मन की मदद भी करते हैं। ऐसे में असहमति गद्दारी का दूसरा नाम है। उनका सारा सामुदायिक जीवन धर्माधिकारियों के फतवों से चलता है।

कहा जाता है कि आदमी अपनी बुद्धि और प्रतिभा का सर्वश्रेष्ठ इस्तेमाल या तो युद्ध में करता है या उत्पादन के साधनों में। चूँकि इस्लाम में धर्म सबसे ऊपर और

चिंता का एकमात्र केन्द्र है, इसलिए उत्पादन के क्षेत्र में नया कुछ करने की तरफ ध्यान कम दिया गया, नतीजे में युद्ध के हथियारों और औजारों के क्षेत्र में भी प्रयोग और अनुसंधान प्रायः नहीं हुए। जो था उन्हीं से काम चलाना या औरों से छीन लेना मुसलमानों की मजबूरी थी। आज भी उनके हथियार और औजार वही हैं, खुद उन्होंने नहीं, जो उनके दुश्मनों ने विकसित किए हैं। इस मामले में उनकी तुलना सिर्फ हिन्दू-समाज से ही की जा सकती है। यहां सामाजिक शांति और खुलेपन के बावजूद हजारों सालों से न युद्ध के हथियार बदले, न हल-बैल। कारण वह वर्ण-व्यवस्था थी, जहां उच्च-वर्ग सारे ज्ञान पर कुंडली मारकर बैठा था और हाथ के काम यानी श्रम से घृणा करता था, दूसरी तरफ श्रम से जुड़े वर्णों को शिक्षा और ज्ञान की तरफ देखने की इजाजत नहीं थी। अपने को ऊंचा बताने वाला ब्राह्मण सिर्फ मंत्र बनाता रहा, यंत्र अशिक्षित और बुद्धि वंचित लोगों के जिम्मे छोड़ दिए गये, क्योंकि यंत्रों में बुद्धि के साथ हाथ का श्रप भी शामिल था। नतीजे में हम हर हमलावर के विकसित हथियारों और युद्ध--कौशल से पराजित होते रहे।

इस तथ्य से शायद ही कोई इनकार करे कि वास्तविक शक्ति हथियारों से नहीं, इन्हें इस्तेमाल करने और बनाने वाले की बुद्धि यानी ज्ञान-विज्ञान से आती है। नॉलेज इज़ द पावर। इसके विपरीत इस्लाम वास्तविक शक्ति धर्म को मानता है। मनुष्य का सारा ज्ञान वहीं है। ज्ञान एक ऐसी ऊर्जा है कि अगर निरंतर परिवर्तन और विकास के रास्ते तलाश नहीं करती तो अपने आपको ही खाने लगती है। ब्राह्मणों ने अगर अपना सारा ज्ञान वर्ण--व्यवस्था को बनाये रखने और उसमें अपने वर्चस्व को सुरक्षित करते रहने में लगाया तो मुसलमानों ने अधिक से अधिक धार्मिक नियम कायदों के पालन में। सामाजिक सत्ता और फैसले हिन्दुओं में हमेशा ब्राह्मणों के पास रहे तो मुसलमानों में मुल्ला--मौलवियों के पास। फर्क यह था कि ब्राह्मणों के पास ऐसे स्वयंभू तालिबान नहीं रहे जो उनके अनुसार धर्म का पालन न करने वालों को मौत या कोड़ों की सजा सुना सकें--वे ज्यादा से ज्यादा ऐसे अधार्मिकों को जाति से बाहर निकालकर हुक्का-पानी बंद कर सकते थे। हिन्दुत्व की वर्ण-व्यवस्था जड़ और गतिहीन थी। वहां वर्ण नही बदला जा सकता था। विश्वामित्र जिंदगी भर ब्रह्मर्षि बनने की असफल कोशिशें करते रहे। हाँ, चन्द्रगुप्त से लेकर शिवाजी तक ऐसे शूद्र जरूर हुए जिन्होंने ताकत के बल पर अपने को क्षत्रिय घोषित करवाया।-वह भी संदिग्ध किस्म के ब्राह्मणों की कृपा से....। इस्लाम में यह संभव था कि एक गुलाम अपनी स्वतंत्रता खरीद या माँगकर किसी मुल्क का शहंशाह बन जाये। जैसा कि मैंने कहा, अंदरूनी सामाजिक संदर्भ में इस्लाम ज्यादा मोबाइल या गतिशील धर्म है....।

धर्म के खिलाफ विद्रोह से ही ज्ञान-विज्ञान अस्तित्व में आता और विकास कर पाता है। यह विद्रोह सामाजिक गतिशीलता का स्रोत है। मगर जहां सारी गतिशीलता खुदा और पैगम्बर या ईश्वर और अवतार की सेवा में लगी रही हो, वहां बुद्धि और विवेक इनके सेवक बनकर ही रह सकते हैं। वहां स्वतंत्र चिंतन या बेलिहाज़ सवालीकरण (क्वैश्चनिंग) की अधिक गुंजाइश नहीं है। जहां सभी कुछ पहले से तय

है और सारे फैसले दूसरी दुनिया में लिए जा चुके हैं या लिए जाने हों तो व्यक्तिगत पहल की गुंजाइश कहां है? हिन्दी कवि बोधा ने लिखा है कि अपनी करनी को मैं ही भरूंगा तो मैं ही करतार, करतार तुम काहे के? मगर इस्लाम में इस तरह 'अहं ब्रह्मास्मि' या अनलहक कहने वाले मंसूर जिंदा नहीं छोड़े जाते। मनुष्य का हर निजी प्रयत्न जहां खुदाई और ईश्वरीय शक्तियों में हस्तक्षेप यानी कुफ्र माना जाता हो वहां ज्ञान-विज्ञान क्या खाक विकास करेगा? वहां आज की मजबूरियों में विज्ञान को शिक्षा की तरह पढ़ाया तो जा सकता है या दूसरों की उन्नत तकनीक सीखी या चुराई भी जा सकती है, मगर स्वयं न स्वतंत्र वैज्ञानिक मस्तिष्क का विकास किया जा सकता है, न समाज में बौद्धिक मिजाज (टेम्पर) विकसित किया जा सकता है। हिन्दू और मुसलमान दोनों ने भले ही चुराकर या सीखकर अणुबम बना लिए हों, मगर अपनी सबसे बड़ी जरूरत, वैकल्पिक ऊर्जा आज तक विकसित नहीं कर पाये। इस दिशा में जब भी कुछ नया किया जायेगा वह पश्चिम में ही होगा और हमारे वैज्ञानिक उसी की नकल को अपनी वैज्ञानिक उपलब्धियों के रूप में घोषित करेंगे। जहां सब कुछ भगवान के हाथ हो और शरीयत ही सोच और कर्म की सीमा हो, वहां आविष्कार और अनुसंधान संभव ही नहीं है। अरबों और ईरानियों का लगभग सारा ज्ञान-विज्ञान इस्लाम से पहले का या इस दायरे से बाहर का है।

वस्तुतः वैज्ञानिक आविष्कारों या बौद्धिक अनुसंधानों के लिए जैसा फुरसती खुलापन और निश्चिंत निडर स्पेस चाहिए वह धार्मिक फतवों और जेहादी तनावों में बने रहकर संभव नहीं है। अपने देशकाल के अनुरूप और अपनी सामाजिक जरूरत के हिसाब से भारतीय इस्लाम की सबसे बड़ी समस्या धरती और धर्म के द्वंद्व को लेकर है। यहां का आदमी मुसलमान पहले है या भारतीय? वह मुस्लिम इण्डियन है या इण्डियन मुस्लिम? यह सवाल संघ परिवार आरोप की तरह उठता है, मगर एम० जे० अकबर ने अपनी पुस्तक 'तलवारों की छाया' (द शेड ऑफ शोर्ड्स, पृष्ठ 161) में इसे एक गहरी समस्या के रूप में उठाया है। इसी सवाल का जवाब अंत तक कम्युनिस्ट भी तय नहीं कर पाये कि अंतर्राष्ट्रीय कम्युनिज्म (सोवियत रूस) उनकी पहली प्राथमिकता है या भारतीय कम्युनिज्म। नतीजे में वे अपनी वास्तविकताओं को साम्यवाद की शास्त्रीय किताबों की निगाह से ही देखते रहे—वे यहां की वर्ण व्यवस्था को भी वर्ग-संघर्ष की अवधारणा में ही फिट करते रहे....चीन ने इस अंतर्राष्ट्रीयता की ज्यादा चिंता न करके अपनी स्थितियों के अनुरूप कम्युनिज्म का स्वरूप विकसित किया। यही दुविधा और द्वैत प्रायः भारतीय मुसलमान के मन में भी है। उसका सच्चा इस्लाम या तो पाकिस्तान में है या सऊदी अरब जैसे इस्लामी देशों में हालांकि पाकिस्तान खुद किताबी इस्लाम और राष्ट्रीय इस्लाम के अंतर्द्वन्द्वों से गुजर रहा है। उधर बंगलादेश, इण्डोनेशिया जैसे देशों ने अंतर्राष्ट्रीय इस्लाम से जुड़े रहने के बावजूद अपना देशी रूप विकसित किया है। भारतीय मुसलमान इस सच्चाई को स्वीकार नहीं कर पाता कि ओसामा-बिन-लादेन संपूर्ण अमेरिका को नष्ट भी कर डाले तो भी उन्हें अपनी समस्याओं को अपने स्तर पर ही निपटाना होगा। पाकिस्तान या दुबई में बैठा

दाऊद इब्राहिम प्रतिशोध की कार्रवाहियों के द्वारा हिन्दुओं में डर बैठा सकता है या नतीजों का डर दिखाकर बी० जे० पी० की उग्रता को नियंत्रित कर सकता है, मगर उन्हें अपनी गरीबी और अशिक्षा से उबार नहीं सकता। यानी उनके सामाजिक विकास में कोई योगदान नहीं दे सकता। किसी भी देश के माहौल में घुल-मिलकर भी अपनी स्वतंत्र पहचान बनाये रखने का सबसे अच्छा उदाहरण क्रिश्चियेनिटी है। क्रिश्चियेनिटी भी विदेशी और अंतर्राष्ट्रीय धर्म है, मगर मुझे आज तक याद नहीं आता कि कभी हिन्दुओं और ईसाइयों के बीच दंगे हुए हों। शासक वे भी रहे हैं और मुसलमानों से बड़े शासक रहे हैं। दो-ढाई सौ साल उन्होंने भी सम्पूर्ण हिन्दुस्तान पर राज किया है। शायद इसका कारण उनकी करुणा और मानव-सेवा की सामाजिक भावनाएँ हैं-विशेष रूप से शिक्षा और चिकित्सा के क्षेत्र में। धर्म-प्रचार या स्वतंत्र पहचान बनाये रखने के लिए मुठभेड़ के मुकाबले उनकी नीति समझौतों की शायद ज्यादा रही है। वैटिकन के प्रति सारी श्रद्धा के बावजूद वे भारतीय ईसाई पहले हैं। यहां तक पहुँचने के लिए उन्हें भी कम अंदरूनी संघर्षों से नहीं गुजरना पड़ा। उन्नीसवीं शताब्दी में पंडिता रमाबाई स्वयं ईसाई रहकर विदेशी अथॉरिटी (धर्माधिकारियों) के खिलाफ लड़ती रहीं।

भारतीय इस्लाम का सबसे अच्छा उदाहरण इतिहास का मुगल-काल है। उनकी जन्म-स्थली, कर्म-स्थली और धर्म-स्थली तीनों यही हैं। हिन्दू होने के लिए संघी गोलवलकर की एकमात्र शर्त भी यही है। खिलज़ी और लोदी वंशों के बाद बाबर पहला मुसलमान शासक है, जिसने अंतिम रूप से तय किया कि उसे यहीं रहना और मरना है। शोभा और राजनीति के तहत अरब और फारस से मुल्ला-उलेमा भले ही आते रहे हों और दरबारों में महत्त्वपूर्ण स्थान पाते रहे हों मगर शायद ही किसी मुगल-शासक ने कुछ धार्मिक फैसलों को छोड़कर अपने राजकाज में उन्हें ज्यादा दखल देने दिया हो--वे सिर्फ उनके व्यक्तिगत जीवन के संसर्ग में ही रहे (आज भी कलकत्ते और मुंबई के मारवाड़ी अपने धार्मिक कार्यों के लिए पुरोहित राजस्थान से ही बुलाते हैं)। मुगल शासकों में किसी ने मक्का-मदीना जाकर हज करने की जरूरत भी नहीं समझी। अपनी फरारी के दिनों हुमायूँ जरूर उस दिशा में गया, मगर धार्मिक कारणों से नहीं। राज्य पाने या अपना राज्य बचाने के लिए मुस्लिम शासकों ने कभी इस्लाम की परवाह नहीं की। इब्राहीम लोदी बाबर से लड़ा तो मुस्लिम उमराव रजिया बेगम से और मुगल चाँदबीबी से लड़ते रहे। शाहजहाँ, औरंगजेब और दक्षिण के बहमनी शासकों में युद्ध तो पीढ़ियों तक चले। चंगेज़ ख़ाँ, नादिरशाह, अहमदशाह अब्दाली ने मुसलमान बादशाहों को ही लूटा और कत्लेआम किये। इस दृष्टि से भारतीय मुसलमान शासक किसी भी हिन्दू राजा से कम राष्ट्रीय नहीं थे। यहां तक कि स्वाधीनता संग्राम के दौरान और स्वतंत्रता के बाद के हर युद्ध में मुसलमानों ने किसी भी हिन्दू से कम बलिदान नहीं दिए। नासिरा शर्मा की राष्ट्र और मुसलमान पुस्तक के अनुसार कहना है कि इस्लाम की खूबी है कि वह जहां गया वहीं के वातावरण के अनुसार ढल गया। शायद यही कारण है कि पहली सहस्राब्दी के बुद्ध-काल की तरह

मुगलकाल भारतीय इतिहास का स्वर्णकाल है। उन्होंने हमें एक-से-एक भव्य इमारतें और बाग-बगीचे ही नहीं दिए, खाने और रहने के तौर-तरीके भी दिए। संगीत से लेकर युद्ध-शास्त्र, रहन-सहन, प्रबंधन और प्रशासन के क्षेत्र में इतने प्रयोग शायद ही किन्हीं शासकों के जमाने में किए गये हों। उन्होंने हमें जो सभ्यता और संस्कृति दी वह सिर्फ भारतीय उपज थी, क्योंकि दुनिया में कहीं और नहीं थी। भारतीय संस्कृति में अकबर और दाराशिकोह को कौन नज़रअंदाज़ कर सकता है।

एम० जे० अकबर का मानना है कि हर मुसलमान फण्डामेंटलिस्ट है, क्योंकि उसके जीवन और सोच की कोई गतिविधि शरीयत से बाहर नहीं हो सकती। जैसा कि मैंने कहा, जहां खुदा और उससे भी बढ़कर पैग़म्बर-कुरान विचार की अंतिम सीमाएँ हों, या उन पर कुछ कहना-सोचना गुनाहे-कबीरा हो वहां ज्ञान-विज्ञान का स्वतंत्र विकास कैसे हो सकता है? विज्ञान और दर्शन तो इन्हीं सीमाओं के पार जाने की कोशिशें हैं।

धरती और धर्म के द्वंद्व के साथ ही इस्लाम का दूसरा आंतरिक द्वंद्व समाज और व्यक्ति की आजादी को लेकर है। यह शायद हर धार्मिक समाज का अंदरूनी द्वंद्व है। इस्लाम में व्यक्तिगत स्वतंत्रता प्रेमियों, सूफियों और शायरों के माध्यम से आयी हैं। उनकी शक्ति रही है सपने और कल्पना, जो वर्तमान की हर सीमा को तोड़ते हैं। जहां सामाजिक और धार्मिक बंधन जितने कड़े हैं, विद्रोह भी उतने ही बड़े हैं। प्यार और मुहब्बत के सारे किस्से या प्रसंग समाज और धर्म के चंगुल से भागे हुए लोगों की कहानियां हैं—लैला-मजनूँ, शीरीं-फरहाद, हीर-राँझा जैसी बीसियों कहानियाँ आज भी इस विद्रोह की आरती हैं। सूफियों ने इसी इश्क-मज़ाजी को इश्क-हकीकी तक पहुंचाया है। जाहिर है इस विद्रोह की उन्हें सजाएँ भी मिली हैं। इन्हीं व्यक्तिगत विद्रोहों के माध्यम से सामंती व्यवस्था में वे अंकुर भी फूटे हैं जो बाद में आधुनिकता के वृक्ष बने। यानी समाज ने एज ऑफ फेथ (आस्था-युग) से एज आफ रीज़न (विवेक-युग) में प्रवेश किया। रवीन्द्रनाथ से भी पहले गालिब भारत का पहला ऐसा कवि है, जिसे सच्चे अर्थों में आधुनिक कहा जा सकता है, क्योंकि उसकी कविता प्रश्नों, जिज्ञासाओं और संशयों के तनाव की व्यक्तिगत पीड़ा (ऐंग्स्ट) को अभिव्यक्त करती है। उर्दू कविता में प्रतीक और बिंब चाहे बहुत सीमित और रूढ़ हों, मगर वह निश्चय ही व्यक्तिगत अहसास और विद्रोह की कविता है—कबीर और मीरा की तरह।

सपाटबयानी का सारा खतरा उठाकर भी क्या मुझे यह कहने की इजाजत दी जायेगी कि जैसे लिखित भारतीय इतिहास (मैं पुराणों की बात नहीं करता) का स्वर्णकाल या तो बुद्ध-युग है या मुगल-युग, उसी तरह उन्नीसवीं और बीसवीं शताब्दी का अपने समय से मुठभेड़ करनेवाला सर्वश्रेष्ठ और ठेठ देसी साहित्य उर्दू में ही आया है, जो न बांग्ला की तरह पश्चिम-प्रेरित है, न हिन्दी की तरह अतीत-ग्रस्त, क्योंकि गद्य और पद्य या भाषा में उर्दू को आधुनिक होने के लिए हिन्दी की तरह परम्परा को झटके से छोड़कर 'नई चाल में नहीं ढलना' पड़ा। (यह एक अलग डायलैक्टिक्स/'द्वन्द्ववाद' है कि व्यवस्था के खिलाफ उठा हुआ हर विद्रोह आगे जाकर कैसे स्वयं

व्यवस्था बन जाता है) यहां मैं इस विडम्बना की बात भी करना चाहूंगा कि कैसे आज उर्दू को धर्म और मुसलमानी पहचान के साथ जोड़ दिया गया है। वास्तविक समस्या उर्दू नहीं, फारसी लिपि है, जो आज अलगाववाद का हथियार ही नहीं, स्वयं उर्दू के अपने विकास में सबसे बड़ी बाधा है। उन्नीसवीं शताब्दी के नवजागरण का सबसे महत्त्वपूर्ण मुद्दा हिन्दू-उर्दू का द्वंद्व नहीं, देवनागरी और फारसी लिपि की धार्मिक पहचान का द्वंद्व है। यह औपनिवेशिक-साम्राज्यवाद का ऐसा कैंसर है कि आज भी नासूर की तरह कसकता है और सिर्फ भावना का ही नहीं लगभग धार्मिक आस्था का सवाल भी बन गया है। बहुतों की तरह मेरा भी मानना है कि लिपि, भाषा नहीं बनाती। स्वयं देवनागरी खरोष्ट्री और कैथी को छोड़कर विकसित हुई है। यूरोप की दर्जनों भाषाएँ रोमन लिपि में लिखी जाती हैं, मगर हर भाषा की अलग पहचान है। स्वयं पंजाबी गुरुमुखी, नागरी और फारसी लिपियों में लिखी जाती रही है। देवनागरी में हिन्दी, मराठी, नेपाली, गुजराती भाषाएँ अपनी अलग पहचान बनाये हैं। दूसरे महायुद्ध के दौरान हजारों हिन्दी-उर्दू किताबें रोमन में छपती थी। संस्कृत तक रोमन में लिखी जाती रही है। मेरा आकलन यह भी है कि उर्दू के संदर्भ में फ़ारसी लिपि की समस्या मूलतः अब प्राध्यापकों, पुराने अभ्यास-ग्रस्त मुसलमानों या हर धर्मिक उदाहरण के लिए पाकिस्तान को रोल-मॉडल मानने वालों की अपनी समस्या बनकर रह गई है और वे धर्म की तर्ज पर ही इसे बचाने में लगे हैं। उधर मुसलमानों की नई पीढ़ी नागरी लिपि में उर्दू पढ़ने को अधिक सहज पाती है। उर्दू शायरी, उपन्यास, कहानी और पत्रकारिता आज फारसी लिपि के मुकाबले नागरी में सबसे अधिक मकबूल और लोकप्रिय हैं। लगता है कि इक्कीसवीं सदी का उर्दू-साहित्य देवनागरी में ही लिखा और पढ़ा जायेगा-बिना अपनी स्वतंत्र पहचान खोए। कितनी अजीब स्थिति है कि मुसलमान उर्दू को बचाने के लिए सरकारी संरक्षण की मांग करते हैं, इधर हिन्दी वाले सरकारी हिन्दी से मुक्ति चाहते हैं। उन्हें सिर्फ लिपि बचानी है और हमें अपनी भाषा भी बचानी है और साहित्य भी। मुझे लगता है कि नई पीढ़ी ने इस दिशा में अपना चुनाव कर लिया है। कुरान या दीवाने-गालिब को नागरी लिपि में पढ़ने में उसे कोई दिक्कत नहीं है। उधर फिल्मों और टीवी चैनलों ने इस समस्या का हल खुद ही निकाल लिया है। वहां पाकिस्तानी उर्दू, या अपने यहां के सरकारी उर्दू समाचारों को छोड़कर पता ही नहीं चलता कि उर्दू बोली जा रही है या हिन्दी। वैसे भी हर भारतीय भाषा के सामने सबसे बड़ी चुनौती कम्प्यूटर और इंटरनेट की तरफ से आ रही है। पश्चिम से आया हुआ यह सारा ताम-झाम (हार्ड और सॉफ्टवेयर) रोमन लिपि पर ही आश्रित है, हालाँकि हर भाषा अपने ढंग से सॉफ्टवेयर विकसित करने में लगी हैं सवाल शायद आगे जाकर यह भी उठेगा कि इस आँधी के सामने क्यों न हम सब अपनी-अपनी लिपियाँ छोड़कर रोमन लिपि ही अपना लें?

दरअसल पिछले पचास सालों में संख्या पर आधारित लोकतंत्र ने जहां दबे-कुचले तबकों और हाशिये पर पड़े क्षेत्रों को सामने आने का अवसर दिया वहीं मुसलमानों को अल्पसंख्यक ग्रंथि का शिकार भी बना दिया। इसके पीछे हिन्दुओं का

बहुसंख्यक अहंकार, उन्हें सिर्फ वोट-बैंक के रूप में देखना और अपनी धार्मिक आक्रामकता भी है। बहुसंख्या की या दूसरे शब्दों में हिन्दुत्व की बाढ़ में अपने को बचाये रखने के लिए मुसलमान को पाकिस्तान से लेकर सऊदी अरब या इराक-ईरान की तरफ देखना ही एकमात्र रास्ता मालूम पड़ता है। क्रिकेट के इमरान खाँ हों या शोएब अख्तर, इराक के सद्दाम हुसैन हों, या अफगानिस्तान के मुल्ला उमर और ओसामा-बिन-लादेन, भारतीय मुसलमान को उनमें ही इस्लाम-उद्धारक हीरो नजर आते हैं। यहां तक कि कभी-कभी दाउद इब्राहीम और अबू-बिन-सालेम की गतिविधियों में इस्लामी पराक्रम की झलक मिलने लगती है। उनकी हर विजय जामा-मस्जिदियों के लिए उल्लास और जश्न का दिन होता है। यही अल्पसंख्यक मानसिकता उन्हें अधिक से अधिक कट्टर बनाती चली गई है। सांप्रदायिक दंगे, बाबरी ध्वंस और गुजरात नर-संहार जैसी घटनाएं उन्हें गहरी असुरक्षा और खतरे की खाइयों में ढकेलती हैं। बाहरी देशों के इस्लाम की तरफ देखते हुए वे अपने में सिमटे, अधिक से अधिक कट्टर, जड़ और सुधार-विरोधी होते चले गये हैं। उर्दू हो या पर्सनल-लॉ, मदरसे हों या मस्जिद की अज़ानें, सबकुछ उन्हें अपनी पहचान का हिस्सा ही नजर आता है। इन पर कुछ भी कहना या बहस करना इस्लाम पर हमला है। बहुसंख्यकों पर संदेह और अपने पर कभी भी हमला होने का डर उनका स्थायी भाव बन गया है। रहना चूंकि इन्हें स्थितियों में और बहुसंख्यक दुश्मन के बीच है, इसलिए जिस दूसरी मानसिकता का विकास हुआ, वह है सामुदायिक घुन्नापन—यानी अपनी बात को सिर्फ अपने तक रखने की चालाकी। सामाजिक व्यवहार में हिन्दुओं के सामने मुसलमान वह सब बिलकुल नहीं बोलता जो अपनों के बीच बोलता है।

उधर धर्म-निरपेक्ष या बौद्धिक सेकुलर लोगों ने भी स्थिति को सही दृष्टि से नहीं देखा। उनकी समझ थी कि हर कहीं अल्पसंख्यक अपनी पहचान और सुरक्षा 'घेटो' (घेराबंद) जीवन में देखते हैं, उनकी साम्प्रदायिकता ही उनका बचाव और विद्रोह है। विदेशों में बसे भारतीय अपने बीच लगभग जड़ और कट्टर हिन्दू, मुसलमान या सिख होकर रहते हैं। देश और धर्म से दूर होना उन्हें अधिक कर्मकांडी बना रहा है। अगर आज ये लोग भारत में पैसा भेजना बंद कर दें तो तीनों धर्मों के न जाने कितने ताम-झाम बंद हो जायें। बहरहाल सच्चाई यह है कि वे जीवन, धर्म और संबंधों में अपनों तक ही सीमित हैं। अल्पसंख्यकों की इन कमजोरियों के प्रति सहानुभूति रखनेवाले सेकुलरों ने मुसलमानों की हर जड़ता और रूढ़िवादिता का समर्थन किया, चाहे वह ईद-मिलाद हो या इफ्तार-रोज़ा। हम जो अपने हर तीज-त्योहारों के कर्मकांड को पिछड़ापन मानते थे, मुसलमानों के धार्मिक आयोजना में सफेद टोपियां लगा-लगाकर पहुंचने लगे। इससे कितना भाईचारा या विश्वास पैदा हुआ यह तो पता नहीं, मगर हिन्दुओं में अपने लिए दूरी जरूर पैदा कर ली। जिस साहस और सद्भावना से हम यह कह सकते थे कि सारे धर्म एक ही हैं उसी दृढ़ता से यह कहना हमारे लिए मुश्किल था कि न हम ईश्वर को मानते हैं, न खुदा को। गीता-वेद हों या कुरान-हदीस सभी मनुष्य के बनाये हुए हैं और नबी-पैग़म्बर या राम-कृष्ण कोई भी ऐसा

नहीं है जो आज के सवालों से ऊपर हो। अगर हिन्दुओं की धर्मान्धता, अंधविश्वास हमारी दुनिया के हिस्से नहीं, तो मुस्लिम साम्प्रदायिकता, रूढ़िवादिता भी उतने ही अस्वीकार्य हैं। सही या गलत इस मुस्लिमपरस्ती ने सेकुलरवादियों को अपने समाज के लिए 'बाहरी' बना दिया। अकसर ही हमें यह सुनना पड़ा कि अगर वे हमें इतने प्रिय हैं तो खुद मुसलमान क्यों नहीं हो जाते। हर कहीं हमें मुसलमानों पर अन्यायों से तकलीफ होती है, कभी हमने हिन्दुओं पर किए गए अत्याचारों पर भी बात की? गुजरात के शिविरों में पनाह लेते मुसलमानों के साथ क्या हमें कभी कश्मीर के तीन लाख पंडितों का ध्यान आया। वे भी देश छोड़कर यहां पड़े हैं।

हमारे लिए यह चिंता का विषय हो सकता है कि हिन्दी में अब मुस्लिम-पात्र उस तरह नहीं आते जैसे पहले आते थे। प्रेमचन्द के बाद यशपाल शायद अकेले कथाकार हैं जहां यह भेदभाव नहीं है। सत्येन कुमार (जहाज), चंद्रकिशोर जायसवाल (मर गया दीपनाथ) और जयनंदन (कस्तूरी पहचानों वत्स) जैसे कुछ लेखकों ने मुस्लिम पात्रों पर कहानियां लिखी हैं, मगर उनकी अनुपस्थिति एक सच्चाई है। शायद इसका कारण वह सामाजिक स्थिति है कि असुरक्षा की भावना मुसलमानों को अपनों के बीच अधिक से अधिक धकेलती गई और वे मुख्यधारा से अनुपस्थित होते चले गये। गांव, कस्बों या सामंती समाज में वे हमारे बीच थे और हरफैसले में हिस्सेदार थे। दंगों और हिन्दुत्ववादी मानसिकता ने उन्हें हाशिए पर धकेल दिया। हमारे जीवन और साहित्य दोनों में उनकी उपस्थिति दलितों की तरह सिर्फ कामकाजी होकर रह गई। आज दोनों समुदायों के बीच किसी भी तरह के अंतःसम्बन्धों का न होना हमें एक-दूसरे के लिए अपरिचित और गलतफहमियों का शिकार बनाये हुए है। उनकी इस अनुपस्थिति का दूसरा कारण हिन्दी में स्वयं मुसलमान लेखकों का आना है। अपने समाज पर जिस सहजता और अधिकार से शानी, मंजूर, असग़र, राही या नासिरा लिख सकते हैं, हम शायद नहीं। स्त्रियों और दलितों की तरह साहित्य में मुसलमान लेखकों ने भी उनकी तरफ से लिखनेवालों को लगभग किनारे कर दिया है।

मुसलमान अल्पसंख्यक हैं यह भावना उन्हें चुनावों की राजनीति और स्वतंत्रता के बाद हुई। अंग्रेजों के संरक्षण में तो दोनों एक जैसे गुलाम थे और सब उनकी प्रजा थे। धार्मिक दंगों के रूप में बीच-बीच में अपने गुस्से निकाल लेते थे, लेकिन अंग्रेजों के डंडे के नीचे न प्रशासन वैसा सांप्रदायिक व्यवहार कर सकता था न पुलिस अपना भगवा रंग दिखा सकती थी। नवाबों और जमींदारों को किसी के प्रति पक्षपाती न होने का दिखावा करना होता था। मुसलमान कभी इस देश के शासक रहे हैं, बंदरिया के इस मरे बच्चे से जान छुड़ाने में उन्हें काफी समय लगा। वैसे यह अहंकार सुखी, संपन्न और ऊंचे मुसलमानों यानी शुरफा की ही गांठ था, जो धीरे-धीरे छनकर नीचे के वर्गों में पहुंचाती थी। वे आचार-व्यवहार, साहित्य-संस्कृति में नाख्वांदा हिन्दुओं से ऊपर थे। वे अपने समय के ऊंचे सवर्ण थे। विभाजन के समय उनमें से अधिकांश पाकिस्तान चले गये। जो रह गये वे या तो राष्ट्रीय थे या मेहनतकश गरीब जिनकी जिन्दगी यहां पीढ़ियाँ से मिल-जुलकर चल रही थी। अधिकांश गांवों और कस्बों में

बसे इन अशिक्षित, गरीबों को न राजनीति की कोई जानकारी थी न साम्प्रदायिकता उस तरह इनके सोच का हिस्सा थी। कालांतर में चुनावों और दंगों ने धीरे-धीरे इनमें अलगाव और असुरक्षा की भावना पैदा कर दी। देखते-देखते वे वोट-बैंक में तब्दील होते गये और उन लोगों का मुंह जोहने लगे जो सुरक्षा दे सकें। राजनीतिक सौदे करने वाले नेताओं ने भी न इनकी शिक्षा की तरफ ध्यान दिया, न गरीबी की तरफ। मन में बैठा दिया गया कि एकमात्र धर्म ही है, जो इन्हें एकजुट करके सुरक्षा की गारंटी दे सकता है। शुरू में केवल कांग्रेस ही ऐसी पार्टी थी जो इन्हें बचा और बढ़ा सकती थी। मगर आडवानी की रथ-यात्रा, बाबरी मस्जिद, पाकिस्तान से निरंतर चलने वाली युद्ध जैसी स्थितियों और फिर गुजरात जैसे नरसंहार ने हिन्दुत्ववादियों की निगाह ने हर मुसलमान को घनघोर सांप्रदायिक, संदिग्ध और लगभग देशद्रोही के रूप में देखना शुरू कर दिया। आरोप है कि उसे पैसा या तो मस्जिदों-मदरसों के नाम से खाड़ी के देशों से मिलता है, या बाहर नौकरी करने वाले रिश्तेदारों से या फिर आई० एस० आई० जैसी विदेशी एजेन्सियों से। इस जहरीले वातावरण में इन्हें बार-बार यही साबित करना होता है कि अपनी अलग पहचान के प्रति जरूरत से ज्यादा सजग होने के बावजूद वे देश को उतना ही प्यार करते हैं जितना कोई दूसरा। मगर जहां उन्हें न सरकारी नौकरियों का बहुत सहारा हो, और न निजी उद्यमों में प्रवेश की सुविधा हो और जहां उनके उद्योगों को मुरादाबाद, गुजरात की तरह योजनाबद्ध ढंग से नष्ट कर दिया जाता हो, वहां हम पंद्रह करोड़ मुसलमानों के लिए क्या विकल्प छोड़ रहे हैं? यह हमारे अपने सोचने की बात है कि क्या हम खुद ही उन्हें अपराधी नहीं बना रहें?

निरंतर सामाजिक असुरक्षा की अल्पसंख्यक मानसिकता पर दोनों धर्मों के विचारकों ने काफी लिखा है : मैं यहां सिर्फ एक बात की तरफ ध्यान दिलाना चाहूंगा और इस ओर स्वयं मेरा ध्यान आबिद सुरती के आत्मकथात्मक उपन्यास मुसलमान को पढ़ते हुए गया। झोपड़पट्टी में रहनेवाले दो गरीब लड़के आबिद और इकबाल घनिष्ठ दोस्त हैं और दो अलग दिशाओं में विकसित हो रहे हैं। आबिद साहित्य और चित्रकला की दुनिया में कुछ करना चाहता है तो इकबाल पैसा कमाकर गरीबी से मुक्ति के लिए संघर्ष कर रहा है। धीरे-धीरे आबिद 'सुरती' बनकर सब कुछ खाने-पीने वाला चित्रकार है। उसके चित्रों की प्रदर्शनियां लगती हैं। वह धर्मयुग का सबसे लोकप्रिय कार्टूनिस्ट बन जाता है। 'कार्टून-कोना' में उसकी 'डब्बूजी' सीरीज सबसे लंबी चलने वाली कामिक-स्ट्रिप है, जिसे गिनीजबुक में जगह मिलती है। उधर दूसरा पांचों वक्त का नामाजी, परम-धार्मिक इकबाल सूफी के नाम से देश का सबसे बड़ा स्मगलर बनकर उभरता है। वह अंडरवर्ल्ड का डॉन है। दोनों आखिर तक जिगरी दोस्त बने रहते हैं। इकबाल बार-बार आबिद से मिलकर अपने साथ आने का निमंत्रण देता है—आर्थिक सहायता देना चाहता है। मगर झक्की आबिद अपनी दुनिया के संघर्षों में रहकर ही देश का सबसे बड़ा चित्रकार बनने का सपना पालता है।

आबिद सुरती और इकबाल सूफी की इस कहानी को आबिद ने बेहद रोचक ढंग से लिखा है कि किस तरह इकबाल पुलिस, कस्टम अधिकारियों को छकाता, पटाता और खरीदता है। दोनों अपनी-अपनी दुनिया में शीर्ष पर पहुंचना चाहते हैं। मुझे लगा कि सामाजिक असुरक्षा और धर्म के कारण अलगाये जाने वाले इन पात्रों का संघर्ष लगभग पश्चिम के यहूदियों की तरह है। उनके अवचेतन में बैठ गया है कि इस दुश्मन महौल में जीवित रहना है तो सर्वश्रेष्ठ और अनिवार्य होकर ही रहा जा सकता है। यह परस्यूट फॉर एक्सीलेंस, शिखर तक पुहंचने की लगन, अल्पसंख्यक की जिजीविषा से ही आती है। सहज ही ध्यान जाता है कि क्यों ज्ञान-विज्ञान के हर क्षेत्र (विशेषकर कला के क्षेत्र में) शीर्ष पर सारे पश्चिम में यहूदी ही हैं। कहीं इसी असुरक्षा और अल्पसंख्यक मानसिकता से मुसलमानों का भी अवचेतन संचालित प्रेरित नहीं होता?--चाहे अभिनय में दिलीप कुमार, मीनाकुमारी हों, चित्रकला में हुसैन, रजा, संगीत में बिस्मिल्ला खाँ हों या डागर-बंधु, विज्ञान में अब्दुल कलाम, क्रिकेट के अजहर--यही नहीं अपराध की दुनिया में हाजी मस्तान से लेकर दाउद इब्राहीम--लगभग हर जगह मुसलमान शीर्ष पर हैं, जहां उन्हें अपना परिश्रम और प्रतिभा ही एकमात्र सहारा है, यहां हिन्दुओं की तरह जाति और रिश्तेदारियां मदद नहीं करती। अगर भारतीय इतिहास मुगल बादशाहों के कला-प्रेम और उनकी उपलब्धियों के बिना अधूरा है तो आज की कला-संस्कृति भी उनके बिना कंगाल है। यही नहीं वे आम जीवन में भी सर्वश्रेष्ठ कारीगर हैं-मैकेनिक से लेकर दरजी-बढ़ई या खानसामा मुसलमान काम के लिए अपेक्षाकृत ज्यादा निष्ठावान, कुशल और समर्पित हैं। निजी संबंधों में भी वे बेहतर इंसान हैं। यह सिर्फ संयोग नहीं है कि हमारी दुनिया सदियों से उन्हीं के कारण संपन्न और गर्व करने लायक है।

यह एक अनिवार्य वास्तविकता है कि उनके बिना न हमारा सांस्कृतिक जीवन चल सकता है, न राष्ट्रीय। वे अपरिहार्य हैं और पंद्रह करोड़ हैं। न हम उन्हें समाप्त कर सकते हैं न पाकिस्तान भेज सकते हैं। वे दुनिया की सबसे बड़ी मुस्लिम आबादी हैं। उनमें से अस्सी-नब्बे प्रतिशत तो वे हैं, जो कल तक हिन्दू थे और हमारे ही अत्याचारों ने उन्हें मुसलमान या ईसाई बनाया। 'अगर उन्हें यहां रहना है तो वे सिर्फ हमारी ही शर्तों और कृपा पर रहें' की हिन्दुत्ववादी जिद उन्हें अलगाववादी और अंततः आतंकवादी ही बनायेगी। उनकी सारी राष्ट्र-विरोधी मानसिकता और गतिविधियों के एकमात्र जिम्मेदार हम बहुसंख्यक हैं। अगर सच्चाई से मुंह न चुराया जाये तो मैं कहूंगा कि अल्पसंख्यकों, दलितों, स्त्रियों और आदिवासियों की उभरती शक्तियों और सामाजिक भागीदारी ही राष्ट्र को नई तरह गढ़ेगी। असमानता, अलगाववाद, अन्याय और अतीतजीवी सांस्कृतिक राष्ट्रवाद खुद हाशियों पर धकेल दिये जाने के लिए अभिशप्त हैं, क्योंकि आज वह गरीबी, बेरोजगारी और अशिक्षा से ही अपनी असली खुराक पा रहा है। राजनीतिक संरक्षण और सत्ता के अहंकार में चूर हिन्दुत्व दूसरों को ही राष्ट्रविरोधी और अपराधी नहीं बना रहा, खुद अपने आपको भी लुम्पिन, घूसखोर हत्यारों में बदल रहा है। मैं अपने आपको किसी हिन्दू से कम नहीं

समझता, मगर हिन्दुत्व का यह खौफ़नाक चेहरा देखकर भीतर तक दहल जाता हूँ। यह भी महसूस करता हूं कि सवर्ण-वर्चस्व के बीच शीर्ष पर आने के लिए पिछड़ों, दलितों, मुसलमानों और स्त्रियों को दुगुनी, चौगुनी प्रतिभा और मेहनत झोंकनी पड़ती है तब जाकर न्यायकर्ताओं के मुंह से फूटता है कि 'यह सब होने के बावजूद अमुकजी ने प्रथम श्रेणी का काम किया है।' कितना अपमानजनक है यह 'बावजूद'।

औपनिवेशिक साम्राज्य के संपर्क में आने पर उन्नीसवीं शताब्दी के उत्तरार्द्ध में हिन्दू और मुसलमानों, दोनों के बीच एक आत्म-मंथन और अंदरूनी डिबेट शुरू हुई थी। उसकी पहली शर्त थी अपनी सामाजिक कमियों, कमजोरियों और असमर्थताओं को बेबाक निगाहों से देखना और स्वीकार करना—फिर उनके समाधान और उपचार खोजना। यह उस समय की सीमा और मजबूरी थी कि हिन्दुओं को ये समाधान अपने गौरवशाली अतीत में मिलते थे और मुसलमानों को पहले इस्लाम में। शायद रवींद्रनाथ पहले व्यक्ति थे जिन्होंने इन मिथ्या-धारणाओं को लगभग क्रूर अस्वीकार कर दिया था। 'गोरा' उपन्यास इसका सबसे बड़ा गवाह है। लंबा-चौड़ा, खूबसूरत, बलिष्ठ गोरा आर्य रक्त का आदर्श उदाहरण ही नहीं, भारतीय मनीषा का सबसे बड़ा प्रतीक और प्रवक्ता है। जाहिर है वह उच्चवर्णी ब्राह्मण और शास्त्रों का आक्रामक ज्ञाता है। सारा उपन्यास औपनिषदिक और दार्शनिक अवधारणाओं की धुआँधार बहसों से भरा है जहां जोर देकर गोरा महान भारतीय संस्कृति की सर्वश्रेष्ठता का प्रबल पक्षधर बनकर उभरता है। वह जोर देकर कहता है कि भारतीय संस्कृति सिर्फ निष्क्रिय गहन बौद्धिक विमर्श ही नहीं, मानव सेवा और कल्याण के लिए भी उतनी ही प्रतिबद्ध है। उसका चरित्र निस्संदेह विवेकानंद को आदर्श बनाकर विकसित किया गया है। अंत में वह गरीबी, अशिक्षा और महामारी से जुझती लाचार जनता की सेवा के लिए गांवों में जाकर पाता है कि सारी ज़िन्दगी वह झूठी, हवाई और नकली बौद्धिक बहसों में उलझा रहा है—अपने समाज की इस वास्तविकता के रहते अतीतजीवी, संस्कृति और दर्शन की महानताएँ कितनी अश्लील, दोगली और मानवद्रोही हैं। गोरा के रूपांतरण की यह प्रक्रिया यहीं समाप्त नहीं होती। एक नाटकीय स्थिति में पता चलता है कि गोरा उच्चकुलीन ब्राह्मण नहीं, गदर के दौरान जान बचाती एक अंग्रेज महिला का अनाथ पुत्र है, जिसे एक ब्राह्मण ने उसकी जन्मकथा छिपाकर पाला है।

शायद नस्लीय आर्य-दम्भ और रक्त की शुद्धता पर इतना निर्णायक प्रहार पहले कभी नहीं हुआ, यह उस अंदरूनी बहस की शुरुआत थी, जो लगभग सौ सालों तक स्थगित होती रही। अपने सारे बौद्धिक और सांस्कृतिक विमर्श के बावजूद शताब्दी के प्रारम्भ में विवेकानंद ने शूद्रों और स्त्रियों के लिए जो चिंताएँ दिखाई थीं, वे सुधार और संशोधन के प्रयासों में ही बिला गईं। अंबेडकर-लोहिया से पहले किसी ने उनकी इन यातनाओं को नहीं समझा, न उखाड़-फेंकने की कोशिश की....आज तो वे समस्याएँ ऐसी विकराल बनकर आ रही हैं कि व्यवस्थावादियों के हाथ-पाँव फूल गये हैं—आक्रमण और हिंसा के सिवा उन्हें कोई रास्ता नहीं दिखाई देता। गुजरात जैसी

स्थितियों का निर्माण करके वे किस गृह-युद्ध की शुरुआत कर रहे हैं, शायद अपनी तात्कालिकता में उन्हें खुद इस बात का अहसास नहीं है।

मुर्दा-सड़ांध और भविष्यहीन हिन्दू-समाज की जड़ताओं को पहली बार सिद्धों ने तोड़ा था, उनमें दलित, स्त्रियाँ और बौद्ध थे। दूसरी बार संतों के भक्ति-आन्दोलन ने, वहां भी दलित, स्त्रियाँ और मुसलमान थे। ये आंदोलन क्षेत्रीय नहीं अखिल भारतीय थे। निश्चय ही इक्कीसवीं सदी ने वही मजबूरियाँ फिर पैदा कर दी हैं कि ये कुचली, दबी और हाशियों पर फेंकी गई शक्तियाँ फिर हमें 'सांस्कृतिक राष्ट्रवाद' से मुक्त करें और अपना इतिहास नये सिरे से स्वयं लिखें। मगर इसके लिए जरूरी शर्त यही है कि हम अपने-अपने समाजों के अंदर एक रूथलैस यानी बेबाक, बेलौस और निडर बहस के छूटे हुए सूत्रों को अपनी भाषा और अपने मुहावरों में देखने-समझने की फिर शुरुआत करें।

मेरी जिज्ञासा है कि किसी अंदरूनी बहस का सिलसिला भारतीय मुसलमानों में क्यों नहीं शुरू हुआ? क्यों वहां गालिब, यास यागाना चंगेज़ी, इस्मत, मंटो के बाद सलमान रुश्दी, तसलीमा नसरीन, तहमीना दुर्रानी जैसों की तरह तीखे और मूलगामी सवाल नहीं किए गए? या क्यों वे धर्मांधों के हाथों अकेले मरने के लिए छोड़ दिये गये? आज के वैज्ञानिक परिप्रेक्ष्य और विवेकवाद की रोशनी में क्यों किसी लेखक, बुद्धिजीवी ने शरीयत की प्रासंगिकता, जरूरत या अंतिम-सत्य होने की धारणा को चुनौती नहीं दी सारे कुरानी उद्धरणों के बावजूद क्यों इस्लाम दूसरों के लिए एक मानवीय उभार और सहिष्णु धर्म के रूप में नहीं जाना जाता?

(सितम्बर, 2002)

●

साम्प्रदायिक दंगे और भारतीय पुलिस

विभूति नारायण राय

सांप्रदायिक तनाव के दौरान पुलिस की भूमिका अथवा निष्पक्षता को लेकर भारतीय समाज अपनी अपनी सोच में बुरी तरह विभाजित है। समाज के अलग-अलग वर्ग पुलिस की निष्पक्ष भूमिका को अपने ढंग से व्याख्यायित करते हैं। इस अध्ययन के दौरान मुख्य रूप से तीन वर्गों की राय जानने की कोशिश की गई। ये थे–पुलिसकर्मी, बहुसंख्यक समुदाय और अल्पसंख्यक समुदाय। आश्चर्यजनक रूप से अलग–अलग तीनों वर्गों में उनके सदस्यों की राय कमोबेश एक जैसी थी। अर्थात एक वर्ग के लोग पुलिस की भूमिका को लेकर एक जैसा ही सोचते हैं। पुलिसकर्मियों को एक वर्ग के रूप में रखना समाजशास्त्रीय अध्ययन के लिहाज से उचित नहीं है, क्योंकि एक जैसी वर्दी पहनने के बावजूद उनके आचरण और सोच में आर्थिक, सामाजिक और भौगोलिक पृष्ठभूमि का फर्क साफ दिखाई पड़ता है। फिर भी इस अध्ययन में उन्हें एक वर्ग के रूप में इसलिए रखा गया है, क्योंकि उन्हें दिया जानेवाला प्रशिक्षण और अनुशासित ढंग से एक समूह में आचरण करने की उनसे अपेक्षा उनके सोचने तथा किसी सामाजिक मुद्दे पर प्रतिक्रिया व्यक्त करने की प्रक्रिया को इस तरह से प्रभावित करते हैं कि वे महत्त्वपूर्ण विषयों पर काफी हद तक एक जैसी राय रखने लगते हैं। उदाहरण के लिए नक्सलवाद या आतंकवाद अधिकांश पुलिसकर्मियों के लिए सिर्फ कानून और व्यवस्था की 'समस्या' है। इन गतिविधियों के सामाजिक–आर्थिक पहलुओं को नजरअंदाज करते हुए वे पूरी ईमानदारी के साथ यह मानते हैं कि यदि सख्ती के साथ कानून और व्यवस्था लागू कर दी जाये तो इस 'समस्या' से निजात पायी जा सकती है। इसी तरह साम्प्रदायिकता भी उनके लिए कानून और व्यवस्था का ही मामला है।

इस अध्ययन के दौरान सेवारत और सेवानिवृत्त लगभग पचास पुलिसकर्मियों से साक्षात्कार किए गये। साक्षात्कार के लिए कुछ लोगों के पास प्रश्नावलियां भेजी गयी और कुछ से आमने–सामने बातें हुईं। जिन लोगों से साक्षात्कार किए गये उनमें श्री रुस्तम जी, श्री एन० एस० सक्सेना तथा श्री जे० एफ० रिबेरो जैसे अधिकारी भी

सम्मिलित हैं, जिन्हें भारतीय पुलिस का थिंक टैंक कह सकते हैं। विभिन्न विषयों पर ये लोग निंरतर लिखते रहे हैं।

इस अध्ययन के दौरान बहुसंख्यक और अल्पसंख्यक समुदाय के दंगा-पीड़ित सदस्यों के लिए एक समान प्रश्नावली रखी गई। प्रश्नावली बनाते समय इस बात का ध्यान रखा गया कि दंगा-पीड़ित आमतौर से समाज के सबसे कमजोर तबके के सदस्य होते हैं। आर्थिक और सामाजिक पिछड़ापन उनके शैक्षणिक स्तर पर भी झलकता है। इसलिए प्रश्नावली में प्रश्न बिना किसी अकादमिक उलझाव के सीधे-साधे ढंग से पूछे गये और उत्तर भी हाँ या नहीं में मांगे गये। प्रश्नावली का पहला प्रश्न दंगा-पीड़ितों के मन में पुलिस की छवि से संबंधित था। जब उनसे पूछा गया कि वे सांप्रदायिक दंगों के दौरान पुलिस को किस रूप में पाते हैं तो बहुसंख्यक समुदाय अर्थात हिन्दुओं और अल्पसंख्यक समुदाय अर्थात मुसलमानों तथा सिक्खों की अवधारणा एक-दूसरे के एकदम विपरीत निकली। जहां सौ प्रतिशत हिन्दुओं ने पुलिस को सांप्रदायिक दंगे के दौरान मित्र के रूप में पाया, वहीं लगभग सौ प्रतिशत (नगण्य अपवाद को छोड़कर) मुसलमानों और सिक्खों का मानना था कि सांप्रदायिक दंगों के दौरान पुलिस उनके साथ शत्रु जैसा व्यवहार करती है। पुलिस को मित्र मानते हिन्दुओं में से अधिकतर लोग सांप्रदायिक दंगों से इतर स्थितियों में पुलिस को यह दर्जा नहीं देंगे। उदाहरण के लिए सड़क पर ट्रैफिक नियमों का उल्लंघन करते समय ट्रैफिक कांस्टेबिल द्वारा अशिष्ट भाषा का प्रयोग करने या पुलिस थाने में रपट लिखाने जाने पर उपेक्षित अथवा अपमानित किए जाने जैसे रोजमर्रा के अनुभवों के चलते एक आम हिन्दू या एक आम मुस्लिम की पुलिस को लेकर भावना एक जैसी हो सकती है। यह एक दुर्भाग्यपूर्ण स्थिति है कि साधारण परिस्थिति में देश का कोई वर्ग पुलिस को मित्र मानने के लिए तैयार नहीं होता, जबकि सांप्रदायिक दंगों के दौरान देश की बहुसंख्या पुलिस को मित्र मानने के लिए कैसे तैयार हो जाती है। इस स्थिति को समझने के लिए सांप्रदायिक दंगों के दौरान पुलिस की प्रतिक्रिया के विभिन्न आयामों को गहराई से देखना होगा। आगे हम सांप्रदायिक दंगों के दौरान पुलिस द्वारा प्रयोग किये जाने वाले बल, दंगों के दौरान की जानेवाली गिरफ्तारियों, निरोधात्मक कार्यवाहियों, तथ्यों की रिपोर्टिंग और कैदियों के साथ व्यवहार जैसे क्षेत्रों की पड़ताल कर उन कारणों को रेखांकित करने का प्रयास करेंगे, जिनके चलते एक ही स्थिति में पुलिस बहुसंख्यक समुदाय को मित्र लगती है और अल्पसंख्यक समुदाय को शत्रु।

प्रश्नावली का दूसरा प्रश्न सांप्रदायिक दंगों के दौरान पुलिस के पास सहायता करने के लिए जाने से संबंधित था। इस प्रश्न का उत्तर पहले प्रश्न के उत्तर से जुड़ा है। जिन लोगों की अवधारणा पुलिस को लेकर शत्रु की थी, वे सांप्रदायिक दंगों के दौरान पुलिस के पास मदद मांगने जाने को तैयार नहीं थे। यह पूछे जाने पर कि क्या सांप्रदायिक दंगों के दौरान वे मदद के लिए पुलिस से संपर्क करेंगे, शत-प्रतिशत हिन्दुओं ने हाँ में उत्तर दिया, जबकि मुसलमानों और सिक्खों में अधिकांश का उत्तर न में था। इस उत्तर में छिपे गंभीर निहितार्थों की हम उपेक्षा नहीं कर सकते। दंगों के

दौरान पुलिस राज्य के सबसे दृश्यमान हिस्से के रूप में सड़क पर उपस्थित होती है। एक सहज और स्वाभाविक प्रतिक्रिया के रूप में राज्य के किसी भी नागरिक को जान या माल के खतरे में पड़ते ही सबसे पहले पुलिस से संपर्क करने की कोशिश करनी चाहिए। यदि नागरिकों का कोई वर्ग पुलिस पर अनास्था रखता है तो इस बात का हमेशा खतरा बना रहेगा कि इस वर्ग की राज्य पर ही आस्था समाप्त हो जाये। यह एक खतरनाक स्थिति होगी। राज्य द्वारा सुरक्षा प्रदान न कर पाने के खतरनाक परिणाम हमारे सामने आ चुके हैं। यह एक खुला तथ्य है कि 1984 में कत्लेआम की शक्ल में मारे गये सिक्खों के परिवार सिक्ख आतंकवाद के लिए रंगरूट भरती करने के सबसे उर्वर क्षेत्र बन गये थे। इसी तरह बंबई में हुई बम-विस्फोट की घटनाओं की विवेचना के दौरान यह तथ्य स्पष्ट रूप से उभरा कि दिसंबर 1992 था 1993 के प्रारम्भिक महीनों में मुसलमानों के जानमाल के अभूतपूर्व नुकसान और उन्हें सुरक्षा प्रदान करने में राज्य की विफलता ने इस घटना में भाग लेने वाले लोगों को बम-विस्फोटों के सहारे अपने गुस्से का इजहार करने के लिए प्रेरित किया।

हमें यह याद रखना चाहिए कि पाकिस्तानी खुफिया एजेंसियाँ, जिनमें कुख्यात, आई० एस० आई० सबसे प्रमुख है, भारत में निरन्तर अपना समर्थन-आधार बढ़ाने का प्रयास करती रहती है और राज्य पर जनसंख्या के किसी भी वर्ग की आस्था समाप्त होते ही उन्हें अपनी जड़ें फैलाने के लिए उर्वर भूमि आसानी से मिल जाती है।

: 2 :

इस अध्ययन के दौरान अल्पसंख्यकों के मन में सांप्रदायिक दंगों के समय पुलिस की दुश्मन जैसी छवि के उजागर होने के कारणों की विवेचना से पहले हमें इस दुर्भाग्यपूर्ण तथ्य को ध्यान में रखना होगा कि ब्रिटिश राज्य में एक आधुनिक और संगठित संस्था के रूप में जन्मी पुलिस से भारतीय समाज की अपेक्षाएँ आमतौर से सांप्रदायिक ही रही हैं। एक औसत हिन्दू या मुसलमान पुलिसकर्मी अपने समुदाय के हितों के रक्षक के रूप में देखा जाता रहा है। ब्रिटिश शासन के उत्तरार्द्ध में जैसे-जैसे भारतीय समाज में साम्प्रदायिकता बढ़ती गयी, अविश्वास और असुरक्षा से ग्रस्त समुदाय एक औसत पुलिस कर्मी को अपने रक्षक के बड़े प्रतीक के रूप में पाने लगा। सांप्रदायिक संघर्षों के दौरान पुलिस थाने पर जानेवाला हिन्दू या मुसलमान स्वधर्मी पुलिसकर्मी के साथ अधिक सहजता से संवाद कायम कर लेता है या दंगों के दौरान विधर्मी पुलिसकर्मी की हर हरकत उसे अविश्वसनीय और शत्रुतापूर्ण लगती है।

पुलिस से इन सांप्रदायिक अपेक्षाओं के पीछे मुख्य कारण ब्रिटिश औपनिवेशिक राज्य द्वारा अपने अस्तित्व-रक्षा के प्रयास के रूप में बड़े पैमाने पर भारतीय समाज का किया गया सांप्रदायीकरण है। सांप्रदायीकरण की इस प्रक्रिया से समाज के सभी वर्ग प्रभावित हुए और स्वाभाविक था कि पुलिस भी, जो इसी समाज से आती थी, इस प्रक्रिया से अछूती नहीं रही। बहुत सारे मौकों पर हमें पुलिस का आचरण समाज की सांप्रदायिक अपेक्षाओं के अनुकूल ही मिलता है। समकालीन समाज में अल्पसंख्यकों और पुलिस के रिश्तों को पारिभाषित करने के पूर्व हमें स्वतंत्रतापूर्व के

भारतीय समाज में घटी सिर्फ दो घटनाओं के अध्ययन से यह समझने में मदद मिलेगी कि किस तरह हमारा समाज एक पुलिसकर्मी से अपने समुदाय के सांप्रदायिक हितों की रक्षा की अपेक्षा करता है।

बीसवीं शताब्दी के प्रारम्भिक दशकों में बंगाल के पूर्वी हिस्सों में रुक-रुककर निरंतर सांप्रदायिक हिंसा की घटनाएँ होती रहीं। तीसरे और चौथे दशक तक इस हिंसा की एक राजनीतिक शक्ल स्पष्ट होने लगी थी, किंतु उसके पहले यह संघर्ष मुख्य रूप से धार्मिक कठमुल्लों द्वारा एक ग्रामीण परिवेश में सामाजिक-आर्थिक मुद्दों के सांप्रदायिक इस्तेमाल के प्रयास से उपजे आक्रोश की अभिव्यक्ति था। मुसलमान काश्तकारों तथा भूमिहीन मजदूरों द्वारा अपने शोषक हिन्दू भूस्वामियों और सूदखोरों के खिलाफ भड़कनेवाली हिंसा धर्मान्ध मौलवियों द्वारा धार्मिक प्रतीकों का प्रयोग करने के कारण सांप्रदायिक हो उठती थी।

भोले-भाले अशिक्षित ग्रामीणों के सामाजिक-आर्थिक संघर्षों के सांप्रदायीकरण की इस प्रक्रिया में तत्कालीन पूर्वी बंगाल के पुलिसकर्मी क्या भूमिका निभा रहे थे, इसका अध्ययन बड़ा दिलचस्प होगा। सांप्रदायिक शक्तियों ने मुस्लिम सर्वहारा को हिन्दुओं के विरुद्ध गोलबन्द करने के लिए दो अफवाहें प्रमुख रूप से फैलाई थी। पहली अफवाह तो यह थी कि ब्रिटिश महारानी और ढाका के नवाब में समझौता हो गया है और हिन्दुओं पर हमला ब्रिटिश राज की सेवा होगा। दूसरी अफवाह के अनुसार एक निश्चित अवधि के दौरान हिन्दुओं पर किए गए हमलों के लिए कोई मुकदमा नहीं चलेगा। अलग-अलग शहरों में यह अवधि अलग-अलग प्रचारित की गई।

इन अफवाहों की साख बढ़ाने के लिए मुल्लाओं ने मुस्लिम पुलिसकर्मियों का सहारा लिया। एक पुलिस के सिपाही की जैसी हैसियत तत्कालीन भारतीय समाज में थी, उसे देखते हुए आश्चर्यजनक नहीं था कि पूर्वी बंगाल के मुसलमान ग्रामीणों ने पुलिसकर्मियों के पुष्टि करते ही इन अफवाहों पर विश्वास कर लिया। दंगों में जहाँ इस बात की शिकायतें मिलीं कि मुसलमान सिपाहियों और थानेदारों ने, जिनकी संख्या पुलिस में हिन्दुओं से अधिक थी, हिंसा के शिकार हिन्दुओं को बचाने की कोशिश नहीं की, वहीं इससे भी गंभीर बात यह पाई गयी कि उपरोक्त अफवाहों को फैलाने तथा उनकी सत्यता की छाप भोले-भाले ग्रामीणों के मन में बैठाने का काम मुस्लिम पुलिसकर्मियों ने किया।

एक मुकदमें के दौरान एक ग्रामीण मुसलमान ने, जिस पर हिन्दुओं के विरुद्ध हिंसा में भाग लेने का आरोप लगाया जा रहा था, बड़ी मासूमियत से अदालत में मौजूद एक सिपाही की तरफ उंगली उठाते हुए कहा कि इसी ने उसे बताया था कि हिन्दुओं पर उस अवधि के दौरान किया गया हमला राजभक्ति का काम माना जाएगा और ब्रिटिश महारानी तथा ढाका के नवाब के बीच हुए समझौते के मुताबिक इस काम के लिए आम माफी मिली हुई है।

इलाहाबाद से प्रकाशित दैनिक 'लीडर' के संपादक सी० वाई० चिंतामणि द्वारा संयुक्त प्रांत के मुख्य सचिव एच. वामफोर्ड को भेजे गये एक पत्र से भी पुलिस से तत्कालीन समाज की साम्प्रदायिक अपेक्षाओं पर अच्छा प्रकाश पड़ता है। इस पत्र के साथ श्री चिंतामणि ने, जो विधान परिषद के सदस्य भी थे, कानपुर के पं० रघुवर दयाल भट्ट वैद्य का एक लम्बा पत्र संलग्न किया है। पं० रघुवर दयाल ने अपने पत्र में विस्तार से इस बात का उल्लेख किया है कि किस प्रकार कानपुर, जो हिन्दू व्यापारियों का गढ़ है, धीरे-धीरे हिन्दुओं के लिए असुरक्षित होता जा रहा है। इस असुरक्षा का एकमात्र कारण पुलिस विभाग में मुसलमानों का बहुत अधिक प्रतिनिधित्व था। उनके अनुसार नगर तथा देहात के थानों पर नियुक्त थानाध्यक्षों तथा अन्य पदाधिकारियों में मुस्लिम बहुमत हिन्दू हितों के लिए घातक है। मुख्य सचिव द्वारा पुलिस महानिरीक्षक को टिप्पणी के लिए भेजे जाने पर प्राप्त विस्तृत टिप्पणी से पता चलता है कि कानपुर (अथवा पूरे संयुक्त प्रांत में) पुलिस में मुसलमान हिन्दुओं से बहुत अधिक थे। पर इसका कारण विभागीय तरक्की की परीक्षाओं का उर्दू में होना था।

वस्तुतः वैद्य रघुबर दयाल भट्ट द्वारा कानपुर पुलिस में मुस्लिम प्रतिनिधित्व की अधिकता को लेकर प्रकट की गई आशंकाएँ तत्कालीन भारतीय समाज की पुलिस से की जाने वाली सांप्रदायिक अपेक्षाओं का ही दूसरा रूप थीं। इन अपेक्षाओं के मुताबिक खाकी वर्दी पहने हुए एक पुलिसकर्मी को अंततः अपने समुदाय के रक्षक अथवा विरोधी समुदाय के शत्रु के रूप में ही देखा जाता था।[1]

पिछले कुछ वर्षों में भारतीय समाज का सांप्रदायीकरण व्यापक पैमाने पर हुआ है। पुलिस भी स्वाभाविक रूप से उससे प्रभावित हुई है। स्वतंत्रता के फौरन बाद जब राजनीति राष्ट्र निर्माण और निःस्वार्थ सेवा जैसे महान आदर्शों से प्रभावित रही, पूरे समाज में एक विशेष प्रकार का उत्साह और राष्ट्रीयता की भावना दिखाई देती है। बाद में जैसे-जैसे राजनीति में गिरावट आई, उसका असर अन्य संस्थाओं पर भी दिखाई देने लगा और जनता मोहभंग का शिकार होने लगी। इसका सीधा असर सांप्रदायिक दंगों के ग्राफ पर भी दिखाई पड़ता है। स्वतंत्रता के फौरन बाद विभाजन को लेकर हुए दंगों को छोड़ दें तो महात्मा गांधी की हत्या के बाद ये दंगे लगभग थम से गये। पंचवर्षीय योजनाओं के माध्यम से विकास के सोपान चढ़ रहे राष्ट्र में धर्मान्ध शक्तियों को सिर उठाने का अवसर नहीं मिला। इस दौरान ये शक्तियाँ कमजोर अवश्य रहीं, पर पूरी तरह समाप्त नहीं हो सकी। जैसे-जैसे राजनीति और दूसरी संस्थाएँ भ्रष्ट होती गईं और जनता में राष्ट्रभक्ति की भावना कमजोर होती गई, राष्ट्रविरोधी सांप्रदायिक शक्तियाँ मजबूत होती होती गईं। 1961 में पहली बार हम देखते हैं कि एक बार फिर से बड़े

---

1. फ़ाइल-379 बाक्स-84 पुलिस डिपार्टमेण्ट 1936, स्रोत उत्तर प्रदेश स्टेट आर्काइव्स।

सांप्रदायिक दंगों का दौर शुरू होता है। जबलपुर तथा एक दर्जन से अधिक शहरों में हुए दंगे आसन्न खतरों और भारतीय समाज में बढ़ रही साम्प्रदायिक चेतना के संकेत थे।

जैसे-जैसे सांप्रदायीकरण बढ़ता गया, सांप्रदायिक दंगे फिर से भारतीय समाज में एक अनिवार्य घटना की तरह उपस्थित होने लगे। साम्प्रदायिकता के विष से ग्रस्त समाज ने फिर से पुलिस से सांप्रदायिक अपेक्षाएँ करनी शुरू कर दीं। एक औसत पुलिसकर्मी भी दुर्भाग्य से इन्हीं अपेक्षाओं के अनुरूप ढलने के प्रयास में अधिक सचेष्ट दिखाई पड़ता है। हमारी भर्ती तथा प्रशिक्षण की प्रक्रिया में कहीं-न-कहीं कोई मूलभूत खामी जरूर रही है, जिससे वर्दी पहनने के बाद भी पुलिसकर्मी अपने को हिन्दू या मुसलमान महसूस करता है। स्वतंत्रता के बाद भी सांप्रदायिक तनाव किस तरह हमारी चेतना को प्रभावित कर खाकी वर्दी के नीचे से हिन्दू या मुसलमान को ऊपर ले आता है, इसके उदाहरण लगभग हर दंगे में मिल जायेंगे। यहां पर सिर्फ दो-तीन उदाहरण काफी होंगे।

श्रीमती इंदिरा गांधी की हत्या के बाद 1984 में हुआ सिक्खों का नरसंहार कभी संभव नहीं हो पाया होता, यदि अलग-अलग नगरों में पुलिस द्वारा जान-बूझकर लापरवाही न बरती गई होती। कई स्थानों पर यह लापरवाही बलवाइयों के साथ सक्रिय सहयोग के रूप में भी सामने आती है। इस दौर में पुलिस के हिन्दू हो जाने का एक बड़ा मार्मिक प्रसंग मुझे कानपुर में सुनने को मिला। पंजाबी लेखिका और एक महाविद्यालय की प्रधानाचार्या तरन गुजराल ने मुझे अपने अनुभव सुनाते हुए बताया कि जब उनका पूरा मोहल्ला बलवाइयों ने घेर रखा था और किसी भी क्षण उनके घर पर हमला हो सकता था, उन्होंने पुलिस कंट्रोल रूप में फोन किया। अपनी मुसीबत बताने तथा पुलिस सहायता भेजने के लिए गिड़गिड़ाने पर उन्हें दूसरी ओर से एक व्यंग्य भरा उत्तर मिला–'हम भी तो हिन्दू हैं।' एक मुसीबतज़दा औरत को दिया गया यह उत्तर इस बात का परिचायक था कि खाकी वर्दी पहनने के बाद भी किस तरह एक पुलिसकर्मी समाज की सांप्रदायिक अपेक्षाओं पर खरा उतरने का प्रयास करता है।

अहमदाबाद (1969) में हुए दंगों की जाँच कर रहे जगमोहन रेड्डी आयोग ने आधे दर्जन से अधिक ऐसे मामले गिनाये हैं, जहां पुलिस थानों अथवा चौकियों से सटे हुए मुस्लिम धर्मस्थलों को नष्ट किया गया। पुलिस अधिकारियों ने आयोग के सामने यह लचर दलील दी कि दंगों में व्यस्त रहने के कारण इन जगहों पर पर्याप्त पुलिस बल नहीं था, जिससे बलवाइयों ने धर्मस्थलों को नष्ट कर दिया। पर आयोग इन दलीलों से प्रभावित नहीं दिखता। आयोग के सामने रायखाड़ पुलिस लाइन्स के पास स्थित सैयदवाड़ा के मुसलमानों तथा वहां स्थित मस्जिद पर पुलिसकर्मियों के हमले का मामला भी आया। आयोग ने पुलिस की यह दलील मानने से इनकार कर दिया कि मुसलमानों ने पुलिस लाइन्स पर हमला किया था और उन्हें चोटें इसी दौरान

लगीं।[1] अहमदाबाद में पुलिस थानों के पास हिन्दू धर्मस्थल भी थे, पर एक भी उदाहरण ऐसा नहीं मिला जब पुलिस बल की कमी से उत्साहित होकर मुसलमानों ने इन पर हमला किया हो। भागलपुर (1989) में तो एक उदाहरण ऐसा भी है जहां पुलिसकर्मियों ने पुलिस लाइन्स से निकलकर उससे सटे एक मुस्लिम मोहल्ले पर हमला कर दिया और लूटपाट की। ये दोनों उदाहरण भी पुलिस के हिन्दू बने रहने के उदाहरण हैं।

: 3 :

हर अध्ययन के दौरान यह पाया गया कि अल्पसंख्यक आमतौर से पुलिस को सांप्रदायिक दंगों के दौरान शत्रु के रूप में पाते हैं। इस तथ्य और ऊपर उल्लिखित स्वतंत्रतापूर्व के समाज की पुलिस से सांप्रदायिक अपेक्षाओं को मिलाकर देखने से स्थिति काफी स्पष्ट हो सकेगी। हमने पूर्वी बंगाल की हिंसक घटनाओं के दौरान देखा कि मुस्लिम सांप्रदायिक शक्तियों द्वारा अफवाह फैलाने में पुलिस का इस्तेमाल किया गया। वैद्य रघुबर दयाल का पत्र कानुपर के हिन्दुओं के डर को अभिव्यक्त करता है कि अगर कोई सांप्रदायिक दंगा शहर में होता है तो मुस्लिम-बहुल पुलिस उनकी रक्षा नहीं करेगी। ये दोनों घटनाएँ तत्कालीन भारतीय समाज में मौजूद प्रभावी प्रवृत्ति का प्रतिनिधित्व करती हैं। स्वतंत्रता के बाद भारतीय समाज में अल्पसंख्यकों के मन में जो आशंकाएँ पल रही हैं कहीं वह इस प्रवृत्ति के विस्तार का परिणाम ही तो नहीं है? अल्पसंख्यकों का पुलिस को अपने शत्रु-रूप में देखना किसी शून्य से उपजा है अथवा उसके पीछे कुछ ठोस वास्तविकताएँ हैं? कहीं पुलिस के अपने व्यवहार में तो कुछ ऐसा नहीं है जिसके कारण एक ही परिस्थिति में जनता का एक वर्ग उसे शत्रु तथा दूसरा मित्र मानने लगता है? इन सारे प्रश्नों का उत्तर हमें सांप्रदायिक दंगों से निपटते समय पुलिस के व्यवहार, पुलिस-बलों में अल्पसंख्यकों के प्रतिनिधित्व तथा बहुसंख्यकों और अल्पसंख्यकों द्वारा एक ही स्थिति में पुलिस से की जाने वाली अलग-अलग अपेक्षाओं में तलाशना पड़ेगा।

सबसे पहले हम सांप्रदायिक हिंसा के दौरान पुलिस द्वारा उसे कुचलने के लिए किए गए प्रयासों का विश्लेषण करें। शांति और व्यवस्था की किसी भी अन्य समस्या की तरह सांप्रदायिक हिंसा में पुलिस द्वारा की जाने वाली कार्यवाही कई चरणों में बाँटी जा सकती है। हिंसा के पूर्व अभिसूचना का एकत्रीकरण, निरोधात्मक कार्यवाही (जैसे अराजक और सांप्रदायिक तत्त्वों की गिरफ्तारियों या मुचलका भराना), शक्ति प्रदर्शन द्वारा समाज विरोधी तत्त्वों के मन में भय पैदा करना तथा समझा-बुझाकर तनाव के बिन्दुओं को कम करने के प्रयास पहले चरण में आते हैं। पुलिस कार्यवाही का दूसरा चरण सांप्रदायिक हिंसा भड़क उठने के बाद शुरू होता है। इसके अंतर्गत उपद्रवी तत्त्वों पर लाठी तथा गोली जैसे रूपों में वास्तविक बल का प्रयोग,

---

1. अहमदाबाद (1969) दंगों के लिए नियुक्त रेड्डी जांच आयोग की रपट, पृ० 173-174।

गिरफ्तारियाँ, कर्फ्यू तथा हिंसा के शिकार लोगों को सुरक्षा प्रदान करने जैसी गतिविधियाँ आती हैं। तीसरे और अंतिम चरण में दंगा-पीड़ितों का पुनर्वास, दंगाइयों के विरुद्ध कायम मुकदमों की विवेचना और अभियोजन, एक बार शांति स्थापित हो जाने के बाद उसके स्थायित्व के लिए आवश्यक प्रबंध तथा जनसाधारण के मन में विश्वास की भावना पैदा करना शामिल है।

ऊपर उल्लिखित तीनों चरणों में उठाये गये कदमों से ही पुलिस की निष्पक्षता निर्धारित होती है और यही निष्पक्षता समाज के विभिन्न वर्गों से उसके रिश्तों को रेखांकित करती है। भारत में अल्पसंख्यकों द्वारा पुलिस को अपना शत्रु मानने के पीछे निहित कारणों में प्रमुख है पुलिस का सांप्रदायिक हिंसा के दौरान व्यवहार। आगे हम देखेंगे कि किस तरह पुलिस एक ही स्थिति में बहुसंख्यक तथा अल्पसंख्यक वर्गों के साथ इस तरह पेश आती है कि एक वर्ग उसे अपना मित्र मानने लगता है तथा दूसरा शत्रु।

: 4 :

पिछले अध्याय में हमने पाया है कि स्वतंत्रता के बाद लगभग सभी बड़ी सांप्रदायिक घटनाओं के दौरान मरने वालों में मुसलमानों की संख्या न सिर्फ अधिक थी, बल्कि अधिकतर घटनाओं में तो यह अस्सी प्रतिशत से भी अधिक थी। नष्ट होने वाली संपत्ति में भी अधिकतर मुसलमानों की ही थी। ऐसी स्थिति में शांति और व्यवस्था कायम करने वाली एजेंसियों से यह अपेक्षा स्वाभाविक ही होगी कि गिरफ्तारियों और तलाशियों के दौरान वे इस तथ्य को ध्यान में रखे और अनुपात में हिन्दुओं की अधिक गिरफ्तारियाँ करें तथा उनके घरों की अधिक तलाशियाँ लें। पर दुर्भाग्य से ऐसा नहीं होता। लगभग सभी दंगों में जहाँ मरनेवालों में मुसलमान अधिक थे, गिरफ्तारियाँ भी उन्हीं की अधिक हुईं, तलाशियाँ भी उन्हीं के घरों की ली गई और कर्फ्यू भी उन्हीं इलाकों में अधिक सख्ती से लगाया गया जहाँ मुसलमानों की आबादी अधिक थी। अहमदाबाद (1969), भिवंडी (1970) तथा भागलपुर (1989) जैसे दंगों में भी जहां मुसलमानों का एकतरफा संहार हो रहा था, जब गिरफ्तारियाँ हुई तो बहुसंख्या उनमें मुसलमानों की ही थी। नीचे दिये गये चार्ट से यह स्थिति काफी हद तक स्पष्ट हो जाती है।

चार्ट

गिरफ्तारियाँ तथा जान की क्षति		हिन्दू	मुस्लिम
भिवंडी (1970)	निरोधात्मक/संज्ञेय अपराधों में गिरफ्तारी	21	901
	मृत्यु	17	50
मेरठ (1982) 15 सितंबर, 1982 तक	निरोधात्मक/संज्ञेय अपराधों में गिरफ्तारी	124	231
	मृत्यु	2	8

इसी तरह तलाशियों में भी हम पायेंगे कि मुख्य रूप से मुस्लिम घरों की ही तलाशियाँ होती हैं। एक आम पैटर्न यह है कि पूरे मुस्लिम मोहल्ले को सेना या अर्द्ध-सैनिक बलों की सहायता से घेर लिया जाता है और फिर पुलिस तथा मैजिस्ट्रेट इन घरों में घुसकर तलाशी लेते हैं। कर्फ्यू लगाते समय भी प्रशासनिक तथा पुलिस अधिकारी बड़ी दिलचस्प मनोवृत्ति का परिचय देते हैं। जहां मुस्लिम बस्तियों में कर्फ्यू पूरी सख्ती के साथ लगाया जाता है, वहीं हिन्दू इलाकों में आमतौर से मुख्य सड़कों तक सीमित रहता है। अंदर गलियों में जीवन की सामान्य चहल-पहल बरकरार रहती है। अहमदाबाद, मेरठ, बंबई और इलाहाबाद के मुस्लिम दंगा-पीड़ितों से बातें करते समय पुलिस से उनकी नाराजगी के मुख्य कारणों में से यह एक महत्त्वपूर्ण कारण सामने आया। यह शिकायत उन इलाकों में ज्यादा मुखर थी, जहां हिन्दू और मुस्लिम रिहायशी बस्तियाँ अगल-बगल थी। अहमदाबाद और इलाहाबाद के दंगाग्रस्त इलाकों में निर्धन हिन्दू और मुस्लिम परिवारों के लिए दैनिक जरूरतों के संदर्भ में कर्फ्यू का मतलब अलग-अलग था। अपने अध्ययन के दौरान मैंने पाया कि अधिकतर घरों की पानी की आवश्यकता सार्वजनिक नलों से पूरी होती है। कर्फ्यू के दौरान जहाँ मुसलमानों को घरों के अंदर बंद कर दिया जाता है, वहीं हिन्दू गलियों में पानी भरने के लिए स्वतंत्र रहते हैं। यदि हम पुलिस फायरिंग में मरनेवालों की संख्या का विश्लेषण करें तो हमें इसी तरह के चौंकानेवाले तथ्य मिलेंगे। आमतौर से पुलिस की गोलियों का शिकार मुसलमान ही होते हैं। नीचे दिये गये चार्ट को देखना इस अर्थ में दिलचस्प होगा कि उन दंगों में भी जहाँ सिर्फ मुसलमान साम्प्रदायिक हिंसा के शिकार हुए वहाँ भी पुलिस फायरिंग में हिन्दुओं के मुकाबले उन्हीं का नुकसान हुआ।

चार्ट

दंगे का नाम	पुलिस गोलीबारी में मारे गये लोगों की संख्या	
	हिन्दू	मुस्लिम
भिवंडी (1970)	0	9
फिरोजाबाद (1972)	0	6
अलीगढ़ (सितम्बर-अक्टूबर 1978)	0	7
मेरठ (1982)	0	6

दंगों से निपटते समय पुलिस के हिन्दू और मुस्लिम जनसंख्या के साथ अलग-अलग व्यवहार के पीछे छिपे कारणों की तलाश बहुत मुश्किल नहीं है। एक औसत पुलिसकर्मी का व्यवहार उन तमाम पूर्वाग्रहों और भ्रांतियों से संचालित होता है, जिनका प्रभाव एक औसत हिन्दू के सोच को निर्मित करने में निर्णायक भूमिका निभाता है। एक औसत हिन्दू की तरह एक औसत पुलिसकर्मी भी यह मानता है कि मुसलमान आमतौर से स्वभावतः क्रूर और हिंसक होता है। अपने अध्ययन के दौरान मैंने बड़ी संख्या में विभिन्न ओहदों पर काम करनेवाले पुलिसकर्मियों से बातचीत की।

इनमें कांस्टेबिल से लेकर वरिष्ठ पदों पर कार्यरत आई० पी० एस० अधिकारी शरीक थे। मुझे यह देखकर आश्चर्य हुआ कि उनमें से अधिकांश की धारणा थी कि मुसलमान क्रूर और हिंसक होने के साथ-साथ अविश्वसनीय, राष्ट्रविरोधी और कठमुल्ला नेतृत्व से प्रभावित समूह है, जो तनिक से उकसाने पर दंगा शुरू कर सकता है।

अध्ययन के दौरान मैंने पाया कि पुलिसकर्मी आमतौर से इस बात पर एकमत थे कि दंगा मुसलमान शुरू करते हैं। मेरे द्वारा उन्हें इस तथ्य से वाकिफ कराये जाने पर कि दंगों में मुसलमान ही अधिक मरते हैं, फिर वे दंगा क्यों शुरू करेंगे, उनके पास भी वे सारे तर्क थे, जिनका आम हिन्दू प्रयोग करता है। मसलन, हिन्दुओं के स्वाभावतः सहिष्णु और उदार होने तथा दंगों के मुस्लिम बहुल इलाकों में शुरू होने वाले तर्क, जिनके बारे में पिछले अध्याय में विस्तार से चर्चा की गयी है।

यह स्वाभाविक ही है कि एक बार इस बारे में मन में कोई शंका न रह जाने के बाद कि दंगा मुसलमानों की शरारत से प्रारंभ हुआ है, उसे रोकने के उपाय के बारे में भी अधिकांश पुलिसकर्मियों के मन में कोई संशय नहीं रहता। वे मानते हैं कि दंगा रोकने का एक ही तरीका है कि 'शरारती' मुसलमानों को कुचल दिया जाये। जब कभी सरकार या वरिष्ठ अधिकारियों की ओर से सख्ती बरतने का आदेश दिया जाता है तो बिना किसी विवाद के यह मान लिया जाता है कि इस सख्ती का मतलब मुसलमानों के साथ सख्ती है। सख्ती के विभिन्न स्वरूपों में गिरफ्तारी का मतलब मुसलमानों की गिरफ्तारी, तलाशी का मतलब मुसलमानों के घरों की तलाशी और पुलिस फायरिंग का मतलब मुसलमानों पर फायरिंग होता है।

हमारे अवचेतन पर पूर्वाग्रह कितना गहरा असर डालते हैं और हमारा आचरण किस कदर उनसे प्रभावित होता है, इसका एक बड़ा उदाहरण सांप्रदायिक हिंसा के दौरान पुलिसकर्मियों के आचरण में मिलता है। उन दंगों में भी, जहाँ पहले क्षण से ही मुसलमानों की क्षति शुरू हो गई थी और जिनमें हिंदुओं के मुकाबले बहुत बड़ी संख्या में मुसलमान मारे गये, उनमें भी कार्यरत रह चुके पुलिसकर्मियों से बात करने पर बड़ी दिलचस्प मानसिकता सामने आई। दंगें के दौरान तो वे मानते ही रहे कि सारी शरारत के पीछे मुसलमानों का हाथ है, दंगा समाप्त होने के काफी दिनों बाद भी, जब यह स्पष्ट हो गया कि दंगे में क्षति किसकी हुई, उनके पास यह सिद्ध करने के लिए 'अकाट्य' सबूत थे कि दंगे की पूरी जिम्मेदारी मुसलमानों की थी। भागलपुर (1989) तथा बंबई (1992-93) के दंगों में कार्यरत कुछ पुलिसकर्मियों से बात करने पर मुझे लगा कि मुसलमान क्रूर और हिंसक होते हैं यह बात उनकी मानसिक बनावट में इतनी गहरे बैठी हुई है कि मुसलमानों के जान-माल के नुकसान को तथ्यतः स्वीकार करने के बाद भी उनके पास इस तथ्य को साफ नकार देने के बहुत-से कारण थे कि मुसलमानों के नुकसान के लिए किसी भी रूप में हिन्दू उत्तरदायी थे।

बहुसंख्यक पुलिसकर्मियों की यह मानसिकता ही उस प्रतिक्रिया के लिए उत्तरदायी है, जिसके तहत दंगों से निपटती हुई पुलिस अल्पसंख्यक समुदाय को शत्रु

और बहुसंख्यक समुदाय को मित्र लगने लगती है। उत्तर भारत के नगरों में यह एक आम दृश्य है कि तनाव के दिनों में बाहर से भेजा जानेवाला पुलिस बल मंदिरों, धर्मशालाओं, हिन्दुओं के रिहायाशी इलाकों के पार्कों अथवा हिन्दुओं के खाली मकानों-दुकानों में ठहरता है। कर्फ्यू के दौरान जब दुकानें बंद होती हैं, उन्हें हिन्दुओं के घरों से खाने-पीने का सामान बनाकर भेजा जाता है। आम दिनों में पुलिस से अल्पसंख्यकों की ही तरह दूरी बनाये रखने का प्रयास करने वाले बहुसंख्यक सांप्रदायिक तनाव के दिनों में पुलिस में अपना मित्र तलाश लेते हैं। मित्र होने के कारण पुलिस से उनकी यह अपेक्षा स्वाभाविक ही होती है कि पुलिस उनके विरुद्ध बल-प्रयोग नहीं करेगी। यदि कहीं पुलिस उनके ऊपर बल-प्रयोग करती है तो उनकी प्रतिक्रिया एक चकित और छले गये व्यक्ति जैसी होती है।

भागलपुर (1989) के दंगों के दौरान पुलिस उप-महानिरीक्षक श्री अजीत दत्त द्वारा दर्ज कराई गई प्रथम सूचना रिपोर्ट (एफ. आई. आर.) इस मानसिकता का बड़ा सटीक वर्णन करती है। यदि हम इसे पढ़ें तो यह दिलचस्प तथ्य सामने आता है कि किस तरह कानून तोड़कर सड़क पर मौजूद हिंदुओं की भीड़ दत्त द्वारा गोली चलाने की चेतावनी देने पर विस्मय से भर उठी और लोगों की आँखों से विस्मय छलकने लगा। इस संदर्भ में मुझे अपना एक व्यक्तिगत अनुभव याद आता है। इलाहाबाद (1980) में गाड़ीवान टोला नामक एक मोहल्ले में दंगे पर उतारू एक हिंदू भीड़ को फायरिंग की चेतावनी देने पर मैंने पाया कि पहले तो उसने इस चेतावनी को मजाक के रूप में लिया, पर बाद में जब मैंने एक हवलदार को स्पष्ट रूप से फायर खोलने का हुक्म दिया तब तितर-बितर होती हुई भीड़ की आंखों में स्पष्ट रूप से अविश्वास और विस्मय का भाव दिखाई दे रहा था।

गहराई से अवचेतन में बैठी हुई यह धारणा कि दंगों के लिए सिर्फ मुसलमान जिम्मेदार होते हैं और उन्हें रोकने का एकमात्र उपाय मुसलमानों के साथ सख्ती ही है, कभी-कभी इस सख्ती को क्रूरता की त्रासद हदों तक ले जाती है। यद्यपि इस तरह के उदाहरण हर प्रदेश में अलग-अलग दंगों में मिल जायेंगे पर यहाँ सिर्फ नमूने के तौर पर एक ही उदाहरण दिया जा रहा है। यह उदाहरण अपनी भयावहता और क्रूरता में एक राष्ट्रीय शर्म के रूप में पेश किया जा सकता है।

1987 में मेरठ में भयानक दंगें हुए जो रुक-रुककर कई महीनों तक चलते रहे। इन दंगों के पीछे पिछले कुछ दिनों से मेरठ में व्याप्त सांप्रदायिक तनाव और छिटपुट हिंसक घटनाएँ थीं। दिनांक 17 मई, 1987 से बड़े पैमाने पर हिंसा की घटनाएँ भड़क उठीं। हिंसा कितने बड़े पैमाने पर घटित हो रही थी, इसका अनुमान इसी से लगाया जा सकता है कि इसे दबाने के लिए बाहर से 50 से अधिक राजपत्रित पुलिस अधिकारी और मजिस्ट्रेटों के अतिरिक्त पी० ए० सी०, सेना तथा अर्द्ध-सैनिक बलों की 70 से अधिक कंपनियाँ उपद्रवग्रस्त क्षेत्र में झोंक दी गई थीं। इतने बड़े बंदोबस्त के बावजूद दंगों पर कई महीनों में काबू पाया जा सका।

इस दंगों से निपटने वाले पुलिसकर्मी किस तरह से उपरोक्त पूर्वाग्रहों से ग्रस्त थे इसका उदाहरण हाशिमपुरा की घटना से मिलता है। दंगें शुरू होने के पांच दिन बाद

अर्थात् 22 मई को दिन में सेना, पी० ए० सी० और पुलिस ने हाशिमपुरा मोहल्ले में तलाशियाँ लीं। हाशिमपुरा मेरठ शहर के मध्य में बसा एक मुस्लिम बहुल इलाका है, जिसमें काफी बड़ी संख्या में करघों पर काम करने वाले बुनकर रहते हैं। इन बुनकरों में भी एक अच्छी संख्या रोजगार की तलाश में आये बिहारी बुनकरों की है। तलाशी के दौरान मुसलमानों को उनके घरों से निकालकर बाहर बैठा लिया गया और फिर उनमें से छाँट-छाँटकर नौजवानों को एक किनारे इकट्ठा किया गया। इन नौजवानों को पी० ए० सी० के एक ट्रक में हाशिमपुरा से सीधे गाजियाबाद की तरफ ले जाया गया। मेरठ गाजियाबाद के लगभग मध्य में स्थित मुरादनगर कस्बे की शुरुआत के पहले पड़नेवाली गंगनहर पर मुख्य सड़क से हटकर, नहर की पट्टी पर कुछ किलोमीटर अंदर ले जाकर, पी० ए० सी० के जवानों ने ट्रक में चढ़े हुए लोगों को नीचे उतरने का हुक्म दिया। कुछ के नीचे उतरते ही उन्हें अपनी थ्री नॉट थ्री की राइफलों से भूनकर नहर में फेंकना शुरू कर दिया। संभवतः गोलियों की आवाज सुनकर गाँववाले वहाँ इकट्ठे होने लगे थे या फिर बचे हुए लोगों ने आसन्नमृत्यु से डरकर ट्रक से उतरने से इनकार कर दिया, इसलिए उन जीवित लोगों को लेकर यह ट्रक गाजियाबाद की ओर भागा। गाजियाबाद जाने का एक कारण संभवतः यह था कि पी० ए० सी० की जिस टुकड़ी ने यह दुष्कृत्य किया था, वह इकतालिसवीं बटालियन की थी और उसका मुख्यालय गाजियाबाद में था, इसलिए वहाँ पहुंचकर वे ज्यादा सुरक्षित महसूस कर सकते थे। इकतालिसवीं बटालियन का मुख्यालय गाजियाबाद-दिल्ली सीमा पर राष्ट्रीय राजमार्ग पर स्थित है। यह ट्रक इस मुख्यालय से लगभग आधा किलोमीटर पहले कच्चे मार्ग पर उतर गया और मुख्य सड़क से थोड़ी दूर स्थित एक नहर पर जाकर रुका। वहाँ शेष बचे लोगों को घसीटकर ट्रक से उतारा गया और उन्हें भी गोली मारकर नहर में फेंक दिया गया। इस कार्यवाही के बाद ट्रक फिर तेजी से कच्चा रास्ता पार करते हुए बटालियन कैम्पस के अंदर भाग गया। वहां थोड़ी देर रुकने के बाद ट्रक और उसके सवार मेरठ चले गये, जहाँ उस समय वे ड्यूटी पर थे।

मैं इस घटना के दौरान गाजियाबाद का पुलिस अधीक्षक था। रात में लगभग साढ़े ग्यारह बजे इस घटना की सूचना मिलने पर मैं जिला मजिस्ट्रेट तथा अन्य अधिकारियों के साथ घटनास्थल पर पहुंचा। इस घटना में चमत्कारिक रूप से जिंदा बचे बाबूदीन ने हमें पूरी कहानी सुनाई। उससे बात करने के बाद मैं यह अंदाजा भी लगा सका कि उस ट्रक में पच्चीस-तीस लोग अवश्य रहे होंगे। मरनेवालों के संबंधियों और मोहल्लेवालों ने तो पहले यही सोचा कि उन्हें थाने ले जाया जा रहा है। यह तो कर्फ्यू उठने के हफ्तों बाद सरकारी अधिकारियों और जेलों के चक्कर लगाने के बाद उन्हें यह अहसास हुआ कि उनके प्रियजन उस दुर्भाग्यपूर्ण दोपहरी में कानूनी तरीके से गिरफ्तार करके कहीं नहीं ले जाये गये, वरन् कानून के रखवालों द्वारा ही कानून की धज्जियाँ उड़ाते हुए उनकी हत्या कर दी गई। मैंने थानालिंक रोड और थाना मुरादनगर पर इस लोमहर्षक हत्याकांड की रपटें दर्ज करने का हुक्म दिया। 23 मई,

1987 को दर्ज की गई इन रपटों के आधार पर आज तक किसी अपराधी को दंडित नहीं किया जा सका है।

इतनी जघन्य और अमानवीय घटना पी० ए० सी० की टुकड़ी ने क्यों की? मैंने 1987 में और फिर बाद में प्रस्तुत अध्ययन के दौरान बहुत से ऐसे पुलिसकर्मियों से बातचीत की जो इन दंगों के समय मेरठ में तैनात थे। मैंने यह जानने की कोशिश की कि आखिर वह कौन-सी भावना थी, जिसने उन्हें ऐसी हरकत के लिए प्रोत्साहित किया? क्या यह धार्मिक दुर्भावना थी, जिसने उनसे ये नृशंस हत्याएँ कराई या कोई और बात थी, जिसके वशीभूत होकर वे राक्षस हो गये थे?

इन पुलिसकर्मियों के मनोविज्ञान का विश्लेषण हमें दूसरे स्थानों पर भी पुलिस और अल्पसंख्यकों के रिश्तों को परिभाषित करने में हमारी मदद करेगा। 1987 में मेरठ में तैनात अधिकांश पुलिसकर्मी यह मानते थे कि दंगा मुसलमानों की शरारत से हो रहा है। वे यह भी सोचते थे कि मुसलमानों का दिमाग चढ़ जाने से मेरठ मिनी पाकिस्तान बन गया है और यहाँ स्थायी शांति कायम करने के लिए मुसलमानों को सबक सिखाना आवश्यक है वे उन अफवाहों से भी बुरी तरह प्रभावित हुए थे, जिनके अनुसार मेरठ के हिंदू पूरी तरह से असुरक्षित थे और मुसलमान उन्हें चैन से रहने नहीं दे रहे थे। मेरठ के कर्फ्यूग्रस्त इलाकों के बाहर मुजफ्फरनगर, गाजियाबाद और बुलंदशहर जैसे नगरों तथा आसपास के ग्रामीण क्षेत्रों में और मेरठ में पूरे-पूरे हिन्दू मोहल्लों के नष्ट हो जाने, हिन्दू स्त्रियों के स्तन काट लिए जाने या मुसलमानों द्वारा बच्चों को जिंदा आग में झोंक दिए जाने जैसी अफवाहें जोर-शोर से फैली हुई थीं। बाद में ये अफवाहें झूठी साबित हुईं, पर मुसलमानों को स्वभावतः क्रूर और हिंसक मानने वाले हिन्दू मन ने आसानी से इन्हें सही मान लिया था।

मेरठ में नियुक्त पुलिसकर्मी भी इन अफवाहों से बुरी तरह प्रभावित थे। वे भी यह मानते थे कि सारी शरारत मुसलमानों की थी और उन्हें सबक सिखाना जरूरी था। हाशिमपुरा वस्तुतः सबक सिखाने की इसी प्रक्रिया का एक अंग था।

हाशिमपुरा उन बहुत सारी घटनाओं में से एक है, जिनसे हमारे देश में अल्पसंख्यकों और पुलिस के सम्बन्ध शत्रुतापूर्ण बने हैं। इन शत्रुतापूर्ण संबंधों का प्रभाव हमें सांप्रदायिक तनाव के दौरान साफ दिखाई पड़ता है। अक्सर तनाव के क्षणों में पुलिस की उपस्थिति मुसलमानों में एक आक्रामक प्रतिक्रिया को जन्म देती है। बंबई में दिसंबर 1992 में बाबरी मस्जिद के ध्वंस के बाद मुसलमानों ने इक्का-दुक्का पुलिसवालों पर हमले किए और कुछ को मार भी डाला। कुछ दंगें ऐसे भी हुए हैं, जिनमें शुरुआत तो पुलिस-मुस्लिम संघर्ष से हुई और बाद में वे हिन्दू-मुस्लिम संघर्ष में बदल गये। मुरादाबाद (1980) का दंगा इसका सबसे बड़ा उदाहरण है।

मुसलमानों से शत्रुतापूर्ण संबंधों का सबसे रोचक उदाहरण सांप्रदायिक तनाव के दौरान किसी पुलिस टुकड़ी के मुस्लिम इलाकों में तलाशी या गिरफ्तारियों के लिए जाने पर दिखाई पड़ता है। इस टुकड़ी की तैयारी, सतर्कता, हथियार या ब्रीफिंग इस

तरह की होती है, जैसे वे किसी शत्रु के इलाके में प्रवेश करने जा रहे हों। मेरा ऐसी कई टुकड़ियों से साबका पड़ा है और मैंने हमेशा उन्हें ऐसे शंकित और डरे हुए लोगों का समूह पाया है जो पूरी सावधानी के साथ 'शत्रु' के इलाके में प्रवेश करना चाहता है। यह सावधानी अनावश्यक भी नहीं है। उन पर कभी भी हमला हो सकता है। पर इस परस्पर अविश्वास के लिए जिम्मेदार कौन है? इस स्थिति के बीज पुलिस कंट्रोल रूम या थानों में शांति और व्यवस्था के लिए बैठकें कर रहे पुलिस अधिकारियों द्वारा मुसलमानों और हिन्दुओं के लिए प्रयुक्त होने वाले शब्द 'वे' तथा 'हम' में छिपे हुए हैं।

: 5 :

तथ्यों की रिपोर्टिंग करते समय भी पुलिस के व्यवहार का एक ऐसा पहलू उजागर होता है, जिस पर सांप्रदायिक पूर्वाग्रहों की छाप बड़ी स्पष्ट दिखाई पड़ती है। यह रिपोर्टिंग कई स्तरों पर होती है। पुलिस थानों से लेकर अभिसूचना विभाग (इंटेलिजेंस यूनिट) तक तैयार होनेवाले रिकार्डों तथा उच्च्च अधिकारियों और शासन को भेजी जानेवाली रिपोर्टों तक सूचना-संग्रह और प्रसारण के कई स्तर हैं, जहां ये पूर्वाग्रह काम करते हैं। मसलन, उत्तर प्रदेश पुलिस में रहते हुए मुझे विभिन्न स्तरों पर रखे जाने वाले सांप्रदायिक तत्त्वों से संबंधित रिकार्डों में एक दिलचस्प चीज देखने को मिली। अधिकांश स्तरों पर सांप्रदायिक गुंडों या साम्प्रदायिकता फैलानेवाले तत्त्वों की सूची का मतलब मुस्लिम साम्प्रदायिकता में लिप्त लोगों से है। उन दिनों भी जब रामजन्म-भूमि आंदोलन के माध्यम से बड़े पैमाने पर हिन्दू सांप्रदायिक शक्तियाँ सक्रिय थीं, असामाजिक तत्त्वों की फेहरिश्तों में हिन्दू सांप्रदायिक तत्वों का नाम बताना मुश्किल होता था। संभवत; इसके पीछे भी वही भावना है, जिसके तहत यह माना जाता है कि सांप्रदायिक होना मुसलमानों का विशेषाधिकार है और हिन्दू तो आमतौर से असांप्रदायिक होता है।

रिपोर्टिंग के स्तर पर पूर्वाग्रह पेशेवर निपुणता को कितनी क्षति पहुँचा सकते हैं, इसका सबसे बड़ा उदाहरण बाबरी मस्जिद के ध्वंस में मिलता है। सी० बी० आई० द्वारा दायर आरोपपत्र से यह बात सामने आती है कि मस्जिद तोड़ने के लिए पहले से न सिर्फ योजना बनाई गई थी, बल्कि तैयारियाँ भी की गई थीं। इसके बरखिलाफ घटनापूर्व रिपोर्टों में लगभग सभी खुफिया एजेंसियों ने यह मत व्यक्त किया था कि मस्जिद को कोई नुकसान नहीं पहुंचाया जायेगा और वहां हिन्दुत्ववादी शक्तियों द्वारा की जानेवाली कारसेवा सिर्फ प्रतीकात्मक होगी।

तथ्यों को छिपाने तथा तोड़-मरोड़कर पेश करने का एक जघन्य उदाहरण हमें भागलपुर (1989) के दंगों के दौरान भी मिलता है। 27 अक्टूबर, 1989 को लोगायँ गाँव में 116 मुसलमान मारे गये। इन सभी की हत्या नृशंस तरीके से लोगायँ गाँव और आस-पास के गाँवों से आये हिन्दुओं ने की। लोगायँ गाँव भागलपुर जिला मुख्यालय से लगभग 26 किलोमीटर तथा अपने थाना जगदीशपुर से लगभग 4 किलोमीटर दूर है। मारे गये 116 को अलग-अलग गड्ढों में दबा दिया गया। गाँव की

कुल 181 की मुस्लिम आबादी में से जीवित बचे 65 लोग जान बचाकर अलग-अलग स्थानों पर भाग गये, जिनमें से कुछ भागलपुर शहर भी पहुंचे। हमलावर भी भिन्न-भिन्न स्थानों के थे। वे भी हत्याकांड के बाद अलग-अलग स्थानों पर गये। दोनों वर्गों के फैलाव के साथ इस लोमहर्षक कांड की खबरें भी फैली और राष्ट्रीय तथा स्थानीय अखबारों में भी छपीं। इसके बावजूद भागलपुर का जिला प्रशासन ऐसी किसी घटना से तब तक इनकार करता रहा, जब तक अजीत दत्त नामक एक पुलिस उप-महानिरीक्षक ने गोभी बोये खेतों में से 8 दिसम्बर, 1989 को लाशें निकलवाने का काम शुरू नहीं कर दिया।

भिवंडी, जलगाँव (1970) के दंगों की जांच कर रहे न्यायमूर्ति मदान कमीशन ने रिपोर्टिंग के दौरान प्रदर्शित साम्प्रदायिक मनोवृत्ति के कई उदाहरण गिनाये हैं। भिवंडी में दंगा भड़क उठने के बाद भी जलगाँव में पर्याप्त सावधानी बरते जाने के सम्बन्ध में न्यायमूर्ति मदान की राय बड़ी स्पष्ट है–

'अधिकारियों द्वारा उठाये गये कदमों की अपर्याप्तता के पीछे मुख्य कारण कुछ अधिकारियों की सांप्रदायिक मनोवृत्ति और कुछ की नालायकी थी....दुर्भाग्य से पुलिस अधीक्षक ए० टी० रमन का मस्तिष्क साम्प्रदायिकता से भरपूर था और संभवतः वह जनसंघ की तरफ आकृष्ट था। उसकी अपनी रिपोर्टों और जलगाँव सिटी पुलिस थाने के प्रभारी इंसपेक्टर सावंत की रिपोर्टों पर उसकी टिप्पणियों से यह स्पष्ट है कि वह मामले की नजाकत से पूरी तरह वाकिफ था। इसके बावजूद उसने आंखें मूँद रखना उचित समझा, यहाँ तक कि 29 मार्च, 1970 की अपनी रिपोर्ट के द्वारा सरकार और पुलिस महानिरीक्षक को गुमराह करने की कोशिश की।"[1]

रिपोर्टिंग में इसी तरह का सांप्रदायिक भेदभाव यह आयोग पुलिस उप-निरीक्षक (पी० एस० आई०) भालेराव के आचरण में भी पाता है, जिसके कारण हिन्दुओं द्वारा पथराव की घटनाएँ पुलिस थाने में दर्ज नहीं हो पायी। खुफिया विभाग के अधिकारियों ने भी इस दंगे को लेकर इसी मनोवृत्ति का परिचय दिया। पी० एस० आई० बड़गूजर ने डी० आई० जी०, आई० एन० टी० टी० को भेजी गई रिपोर्ट में यह एकदम गलत तथ्य अंकित किया कि दंगा मुसलमानों द्वारा हिन्दुओं के घरों पर जलती मशालें फेंकने से शुरू हुआ।[2]

अहमदाबाद (1969) में मुसलमानों की क्षति का अंदाज सिर्फ इस तथ्य से लगाया जा सकता है कि आधिकारिक रूप से कुल 512 मरनेवालों में से 430 मुसलमान थे और 24 हिन्दू। इसी प्रकार बलवे में नष्ट 7000 के लगभग दुकानों और मकानों में 6500 से अधिक मुसलमानों के थे। स्वाभाविक था, मुसलमानों को इतनी बड़ी क्षति पहुँचाने के लिए सांप्रदायिक हिन्दू संगठनों ने काफी पहले से तैयारी की होगी। दंगों से संबंधित मुकदमों की तफ्तीश करनेवाली एजेंसियों के आचरण में

---

1. मदान जाँच आयोग, रिपोर्ट, पृ० 160
2. वही, पृ० 107-108

भी सांप्रदायिक पूर्वाग्रह की प्रवृत्ति साफ दिखाई देती है। ऊपर हाशिमपुरा (मेरठ-1989) का जिक्र आया है, जिसमें एक बहुत ही जघन्य और पेशागत दुराग्रह के मामले में अप्रतिम मुकदमें में तफ्तीश पूरी करने में उत्तर प्रदेश की सी० आई० डी० को आठ वर्ष लग गये। सन् 1984 में हुए सिक्ख विरोधी दंगों की तफ्तीशें सांप्रदायिक पूर्वागह के दूसरे उदाहरण के रूप में ली जा सकती हैं। इनमें से अधिकतर में विभिन्न राज्यों के पुलिस संगठन दोषियों के विरुद्ध मुकदमें चलाने में सफल नहीं हुए हैं।

इस संबंध में लाल बहादुर शास्त्री प्रशासनिक अकादमी, मसूरी का एक अध्ययन बहुत ही दिलचस्प है। मेरठ (1982) में दंगों के दौरान जो प्रथम सूचना रिपोर्टें दर्ज हुई थीं, उनमें 18 हत्या अथवा हत्या के प्रयास से संबंधित थीं। यह सबसे गंभीर धाराएँ मानी जा सकती हैं, क्योंकि अन्य मुकदमें अपेक्षाकृत छोटे अपराधों अथवा निरोधात्मक कार्यवाहियों से संबंधित थे। इन 18 प्रथम सूचना रिपोर्टों को दो भागों में बाँटने की कोशिश की गई। प्रथम भाग में वे मुकदमें रखे जिनमें कथित रूप से मुसलमान हमलावर थे और दूसरे वे मामले थे, जिनमें हिन्दुओं के हमलावर होने की आशंका थी। दोनों मामले में गिरफ्तारियों का आँकड़ा इस प्रकार है–

चार्ट

जिन मामलों में कथित रूप से मुसलमान हमलावर थे				जिन मामलों में कथित रूप से हिन्दू हमलावर थे			
गिरफ्तार		मृत		गिरफ्तार		मृत	
हिन्दू	मुस्लिम	हिन्दू	मुस्लिम	हिन्दू	मुस्लिम	हिन्दू	मुस्लिम
23	232	2	0	0	0	0	7

मदान आयोग ने भिवंडी के दंगों की तफ्तीश करनेवाले विशेष तफ्तीशदल को सांप्रदायिक पूर्वाग्रह का एक ज्वलंत उदाहरण बताया है। इस दल ने दंगों के पीछे मुसलमानों के षड्यंत्र के आरोप का मखौल उड़ाते हुए उसको पूरी तरह से अस्वीकार करने योग्य पाया। आयोग ने ऐसे बहुत-से उदाहरण गिनाए हैं जिनमें अनुसंधानकर्ताओं ने हिन्दू अपराधियों को बचाने की कोशिश की थी अथवा मुसलमानों के खिलाफ झूठे साक्ष्य गढ़ने का प्रयास किया था। आयोग को ऐसे भी बहुत से उदाहरण मिले थे, जिनमें दुर्भावना के तहत सरकारी दस्तावेजों में छेड़छाड़ की गई थी।

गिरफ्तार व्यक्तियों के साथ किए गये व्यवहार में भी सरकारी एजेंसियों के आचरण में काफी सांप्रदायिक दुराग्रह झलकता है। किसी भी सभ्य समाज में यह एक स्वीकृत परंपरा है कि जैसे ही कोई व्यक्ति गिरफ्तार किया जाता है, यह राज्य का कर्तव्य बन जाता है कि वह उसके जीवन की रक्षा करे और उसके मानवीय अधिकारों के तौर पर उसे वे सारी सुविधाएँ प्रदान करे, जिसका वह पात्र है। यह एक दुर्भाग्यपूर्ण तथ्य है कि पुलिस एवं जेल-अधिकारियों द्वारा कैदियों के मूलभूत मानवीय अधिकारों

के उल्लंघन के बेशुमार उदाहरण मिलते हैं और ये उल्लंघन केवल सांप्रदायिक दुराग्रह की वजह से ही संभव हुए हैं। इस तथ्य को उजागर करने के लिए केवल कुछ उदाहरण ही पर्याप्त होंगे।

ऊपर हाशिमपुरा के दंगों के बारे में विस्तार से चर्चा की गई है। उन दंगों में हिरासत में लिए बहुत-से लोगों की नृशंस हत्या पी० ए० सी० द्वारा सिर्फ इसलिए कर दी गई थी, क्योंकि वे मुसलमान थे। मेरठ (1987) के उन्हीं दंगों के दौरान जब गिरफ्तार मुसलमानों को केन्द्रीय जेल फतेहगढ़ ले जाया गया, तो उनके ऊपर जेल के कर्मचारियों एवं वहाँ बंद दूसरे कैदियों द्वारा हमला किया गया, जिसमें छह मुसलमान मारे गये। कोई यह विश्वास नहीं करेगा कि इन असहाय बंदियों पर जेल के कैदियों ने हमला जेल कर्मचारियों के भड़काने के बगैर किया होगा।

कैदियों के साथ व्यवहार में सांप्रदायिक दुर्भावना को समझने में मदान आयोग की रिपोर्ट के कुछ अंश एक बार पढ़ना उचित होगा। इस आयोग के सामने जो गवाहियाँ गुजरीं उनसे आयोग निम्नलिखित निष्कर्षों पर पहुंचा–

1. कुछ मुस्लिम कैदियों की गिरफ्तारी के दौरान और बाद में पुलिस हिरासत में पिटाई की गई।
2. सात और आठ मई 1970 को कैदियों को कोई खाना और पानी नहीं दिया गया।
3. मुस्लिम संगठनों द्वारा आरोप लगाया गया कि इन कैदियों को भिवंडी थाने के बाहर सड़क पर बिना किसी छाया के धूप में ही बैठने पर मजबूर किया गया।
4. खाना और पानी बाँटते समय हिन्दू और मुस्लिम कैदियों के बीच भेदभाव किया गया है।

अधिकारियों द्वारा फायर ब्रिगेड के वाटर टैंकरों को कैदियों के लिए पानी लाने में इस्तेमाल न किए जाने के पीछे जो सोच काम कर रही थी, वह यह थी कि कैदियों में अधिकतर मुसलमान थे। तालुका पुलिस ने थाने में लगे नल से पानी पीने के लिए हिन्दू कैदियों को पूरी स्वतंत्रता दी गई।

तेलीचेरी दंगों (1971) की जांच करने वाले न्यायमूर्ति जोसफ विथयाथ़ल ने अपनी जाँच रिपोर्ट में दंगों से निपटनेवाले पुलिसकर्मियों के आचरण में सांप्रदायिक दुराग्रह को विस्तार से रेखांकित किया है। उनकी कुछ टिप्पणियों को यहां बगैर किसी व्याख्या के उद्धृत करना उचित होगा–

236. उप-पुलिस अधीक्षक की सतर्कता का एक दूसरा कारण भी हो सकता था। उसे मुसलमानों के प्रति हिन्दू पुलिसकर्मियों के सोच का पता था। अपने बयान में उसने कहा था गश्त लगाते समय उसे कुछ पुलिसकर्मियों को उस समय नियंत्रित करना पड़ता था जो मुसलमानों को सड़क पर देखकर अपना आपा खो देते थे। सब-कलक्टर ने भी इसी तरह का बयान दिया था। (पी० आई० एस० डब्ल्यू० 1, पी० 13)। कुछ गवाहों ने बताया कि

सड़क पर मौजूद मुसलमानों को खदेड़ते समय कुछ पुलिसकर्मियों ने उन्हें पाकिस्तान जाने के लिए ललकारा। मट्टाम्बरम् में इनमें से कुछ मस्जिद में घुस गये और न सिर्फ उन्होंने एक बहुत सम्मानित व्यक्ति उस्मान कुट्टी हाजी (पी० डब्ल्यू० 6) की पिटाई की, बल्कि मस्जिद की ट्यूबलाइट और झाड़-फानूस भी तोड़ डाले। उनके इस कृत्य को न्यायसंगत ठहराने के पक्ष में कोई भी तथ्य सामने नहीं आया।

245. दंगों के तीसरे दौर के कुछ भुक्तभोगियों और प्रत्यक्षदर्शियों ने सशपथ यह बयान दिया कि जब यह दंगा हुआ तो पास खड़े पुलिसकर्मियों ने दंगों को रोकने अथवा उसमें भाग लेने वालों को गिरफ्तार करने के लिए कुछ भी नहीं किया। (पी० 28 डब्ल्यू० 1) के० पी० कादर का कहना था कि जब उसके घर पर हमला हुआ और लूटपाट चल रही थी तो वहाँ से दस-पंद्रह गज की दूरी पर चार-पांच पुलिसकर्मी सड़क पर खड़े थे। (पी० 27 डब्ल्यू० 2) के० पी० राघवन् ने बताया कि दोपहर के वक्त जब पोन्नियम् में मुस्लिम घरों पर हमला हुआ तो उसने पानुर थाने में जाकर इसकी इत्तला दी, लेकिन पुलिस घटनास्थल पर पांच बजे पहुंची और तब तक सड़क के किनारे के सभी मुस्लिम घर लूटे जा चुके थे। (पी० 1 डब्ल्यू० 1) श्री रामदास ने बताया कि जब उसने थिरुवाड गड की आयशा मंजिल पर हमला होते देखा तब उसने पुलिस को फोन किया, लेकिन कोई पुलिसदल घटनास्थल पर नहीं आया। जब पी० पी० मंजिल जलकर खाक हो रही थी, तो जीप में सवार कुछ पुलिसकर्मी वहाँ आये और गवाह ने उन्हें जीप रोककर जले हुए मकान का मुआयना करने को कहा। उन्होंने जीप रोकने से इन्कार कर दिया।

मदान आयोग तथा जोसफ विथायथल जाँच आयोग के ये निष्कर्ष दुर्भाग्यवश सांप्रदायिक तनाव की ज्यादातर स्थितियों पर लागू होते हैं। यह केवल कामना ही की जा सकती है कि सांप्रदायिक दुराग्रह की ये घटनाएँ कानून एवं व्यवस्था लागू करने वाली मशीनरी के आचरण में एक सहज सामान्य तथ्य की जगह अपवादस्वरूप उपस्थित हों।

●

1948 और 1992 का फर्क

पुरुषोत्तम अग्रवाल

एक सवाल बार-बार मेरे मन में उठता है। हिंदू 'राष्ट्रवादी' नाथूराम गोडसे ने गाँधी जी की हत्या क्यों की? वह चाहता तो बुद्धिवादी, आधुनिक नेहरू, पाकिस्तान आंदोलन के सर्वोच्च नेता जिन्ना या 'राष्ट्रवादी मुस्लिम' नेता मौलाना आजाद की हत्या करने का भी प्रयत्न कर सकता था। लेकिन गोडसे ने गोली दागी गाँधी जी पर, जो सनातनी हिंदू थे, 'राम राज्य' का सपना देखते थे और जिन्होंने प्राण भी राम का नाम लेते हुए ही त्यागे। ऐसे धर्मप्राण व्यक्ति से हिंदू राष्ट्रवादी गोडसे को ऐसी जानलेवा नफरत क्यों थी?

न तो गोडसे पागल था और न गाँधी वध सिर्फ एक पागल का कारनामा। यह बहस फिजूल है कि गोडसे संघ परिवार का विधिवत सदस्य था या नहीं। जरूरत उस गहरे अंतर्विरोध पर ध्यान देने की है जो गांधी जी के 'परायी पीर जानने' वाले वैष्णव स्वभाव और परपीड़ा को ही धर्म समझनेवाले हिंदू राष्ट्रवाद के बीच तब भी मौजूद था और अब भी मौजूद है। गोडसे के बयान को पढ़ें तो मालूम होगा कि उसके द्वारा परिभाषित राजनीतिक हिंदुत्व को सबसे विकट चुनौती परम धार्मिक हिंदू गांधी से ही थी। गोडसे के 'हिंदुइज्म' के सबसे बड़े बाधक गाँधी जी ही थे, जो गोडसे के शब्दों में 'कोरे धार्मिक हिंदू' थे, वह भी 'अतार्किक, अव्यावहारिक और अवैज्ञानिक। ' साथ ही, गोडसे को यह एहसास भी था कि अपने चरित्र बल तथा स्वभाव संस्कार के कारण गाँधी जी की उपस्थिति का नैतिक प्रभाव अकाट्य था। प्रामाणिकता की इस भूमि पर खड़े गाँधी सारे समाज का दानवीकरण कर डालने को उतारू साम्प्रदायिकता का सबसे सशक्त प्रतिवाद थे। इसलिए गोडसे के हिंदू राष्ट्रवाद का फैसला दो टूक था–गाँधी की हत्या। यह सिर्फ एक व्यक्ति का फैसला नहीं था। व्यक्ति गोडसे द्वारा गाँधी का वध तो सिर्फ एक प्रतीक था– विवेकहीन उन्माद द्वारा सहज मानवीय विवेक पर आक्रमण का प्रतीक।

कुछ लोगों ने 6 दिसंबर को अयोध्या में संघ परिवार द्वारा किये गये कुकर्म की तुलना गाँधी हत्या से की है। कुछ लोगों का मानना है कि यह तुलना अतिरेकपूर्ण है। ऐसे लोगों के अनुसार गाँधी हत्या की त्रासदी कहीं अधिक विकट थी। अयोध्या का घटनाक्रम, अपने स्वरूप और परिणति में उतना विकट नहीं है। विकटता की तुलना तो खैर अलग मसला है, लेकिन यह सच है कि 1948 और 1992 की

त्रासदियों में सचमुच एक बड़ा महत्वपूर्ण फर्क है। इस फर्क को समझना जरूरी है। यहाँ 1984 के सिख विरोधी नरसंहार को भी ध्यान में रखें। गाँधी की हत्या और यह नरसंहार दोनों ही कुछ लोगों द्वारा रचे गये षड्यंत्र का परिणाम थे। ऐसा माहौल जरूर लगातार कोशिशें करके बनाया गया था कि इन दोनों ही कुकर्मों को 'अनिवार्य बुराई' मानकर इनके प्रति उदासीन हो जानेवाले लोगों की संख्या कम नहीं थी। लेकिन ऐसा नहीं था कि गाँधी हत्या या सिख विरोधी नरसंहार के पक्ष में किसी राजनीतिक गिरोह ने बाकायदा अभियान चलाया हो, खुलेआम इनकी तैयारी के लिए प्रचार किया हो। इन दोनों ही घटनाओं के पहले घृणा का प्रचार मुख्यतः अफवाहों के जरिये किया जा रहा था। खासकर 1948 में गाँधी जी की हत्या के पहले राष्ट्रीय स्वयंसेवक संघ और हिंदू महासभा सरीखे संगठन न केवल सांप्रदायिक हिंसा भड़का रहे थे, बल्कि गाँधी जी को ही देश विभाजन और मुस्लिम तुष्टीकरण का सबसे बड़ा अपराधी भी ठहरा रहे थे। गाँधी जी की हत्या के समय गृह मंत्री सरदार पटेल थे। उन्हें तो आवाजो (आडवाणी, वाजपेयी, जोशी) भी 'स्यूडो-सेकुलर' नहीं कहेंगे। उन्ही की पहलकदमी में आर० एस० एस० पर प्रतिबंध लगा और 4 फरवरी 1948 को जारी की गयी गृह मंत्रायल की विज्ञप्ति में कहा गया, 'देश के कई भागों में राष्ट्रीय स्वयंसेवक संघ के कार्यकर्ता आगजनी, लूटपाट डकैती और हत्याएँ करते पाये गये हैं, उन्होंने गैरकानूनी असलहा जमा कर रखा है। वे लोगों को हथियार जमा करने, पुलिस और सेना में भड़काव पैदा करनेवाले पर्चे बाँटते पाये गये है। संघ की घातक गतिविधियाँ लगातार जारी है और इसी हिंसक विचारधारा ने गाँधी जी सहित अनेक लोगों के प्राण लिये हैं।'

1948 और 1992 का जो फर्क नहीं भूलना चाहिए, वह यह है कि 1948 में गाँधी हत्या की स्वीकृति का माहौल बनाने की कोशिश अंदरखाने की गयी थी, जो कि कुल मिला कर असफल रही। गाँधी हत्या समूचे समाज को होश में ले आनेवाला क्रूर झटका साबित हुई। यहाँ तक कि आगे चल कर आर० एस० एस० ने इस पाप की जिम्मेवारी से बचने की हर कोशिश की । तात्कालिक संदर्भ में भी प्रतिबंध तभी उठाया गया जब आर० एस० एस० ने राजसत्ता के सामने घुटने टेक दिये। कहा जा सकता है कि बावजूद विभाजन की त्रासदी, दंगों की विभिषिका और 'आतंकवादी तौर-तरीकों' के, 1948 में आर० एस० एस० की हिंसक, सांप्रदायिक विचारधारा समाज को विवेक-शून्य बनाने में नाकामयाब रही।

1992 की स्थिति क्या है? 6 दिसंबर को बाबरी मस्जिद कोई चोरी-छुपे नहीं, बल्कि खुलेआम लाखों लोगों की स्वीकृति के साथ ध्वस्त की गयी। उसी के साथ ध्वस्त कर दी गयीं--सारी लोकतान्त्रिक मर्यादाएँ और हिंदू सहनशीलता की मिथकीय अवधारणाएँ। इस विध्वंस के लिए माहौल भी घुमा-फिरा कर या दबे छुपे नहीं, बल्कि खुलेआम बाकायदा राजनीतिक अभियान के रूप में पिछले कई बरसों से बनाया जा रहा था। इस अभियान के खतरों के प्रति लापरवाह रहने का नतीजा अब सामने है। 6 दिसंबर को जब मस्जिद और उसके साथ संवैधानिक मर्यादा, सूचना के

अधिकार और लोकतांत्रिक मूल्यों पर हमला हुआ तो व्यापक हिंदू समाज में क्या हो रहा था? एक दिन तो एक हतप्रभ-सा सन्नाटा छाया रहा, ऐसा सन्नाटा कि संघ परिवार को भी लगने लगा कि 'काम बिगड़ गया', 'दुर्भाग्यपूर्ण काम' या 'दुर्घटना' हो गयी। लेकिन दूसरे ही दिन से मस्जिद को खंडित करनेवालों की समझ में आने लगा कि उनके पक्ष में 'अभूतपूर्व सामाजिक राजनीतिक ध्रुवीकरण' हुआ है। संघ परिवार की लगातार बढ़ती निर्लज्जता और आक्रामकता इसी एहसास की परिणति है। इस पापकर्म के प्रति स्वयं हिंदू समाज में जैसी वितृष्णा और अस्वीकृति की उम्मीद थी, उसके स्थान पर एक महाभयानक उद्दंडता और औचित्य निरूपण की प्रवृत्ति दिखाई पड़ रही है। लग रहा है कि व्यापक हिंदू समाज ने साम्प्रदायिकता की राक्षसी विचारधारा को इस हद तक आत्मसात कर लिया है कि उसे अयोध्या में हुए पाप का कोई बोध तक नहीं है। हालत यह है कि बहस और संवाद की तो बात क्या, सीधा-सादा संप्रेषण तक फिलहाल असंभव दीख रहा है।

फासीवाद और उसके भारतीय संस्करण साम्प्रदायिकता की राजनीति यही होती है। अपने धार्मिक/प्रजातीय समुदाय को एक विवेकहीन, संवेदनशून्य चट्टान में बदल डालना। देश के ही किसी समुदाय को लोगों की चेतना में स्थायी शत्रु का दर्जा दिला देना। किसी भी तरह की बहस और संवाद के रास्ते बंद कर देना। आस्था, भावना और परंपरा के बहाने समाज के आलोचनात्मक विवेक को अवरुद्ध कर देना। 1948 में आर० एस० एस० के इस राजनीतिक प्रोजेक्ट के प्रतिरोध की संभावना स्वयं हिंदू समाज के भीतर बनी हुई थी। गाँधी इसी संभावना के तो प्रतीक थे। वे हिंदू थे-हिंदू राष्ट्रवाद के मुखर विरोधी हिंदू। हिंदू होने पर गर्व के साथ-साथ आलोचनात्मक विवेक से संपन्न हिंदू। साम्राज्यवाद विरोधी जननायक होने के साथ-साथ हिंदू समाज के आंतरिक शक्ति संघर्ष के प्रति सजग हिंदू। हिंदू होने का अर्थ मुसलमान से घृणा करना नहीं , बल्कि सर्व धर्म समभाव में सक्रिय विश्वास करना होना चाहिए-ऐसा माननेवाले हिंदू। गाँधी जी संभवतः पहले व्यक्ति थे, जिन्होंने यह बात समझी और समझायी कि आधुनिक भारत में 'सेक्यूलरिज्म' का मतलब सिर्फ यह नहीं कि सरकार धर्म से उदासीन रहे, बल्कि यह है कि विभिन्न धार्मिक आस्थाएँ एक-दूसरे के प्रति खुलापन रखें। एहसान के तौर पर नहीं, कर्तव्य के रूप में। उनका 'रामराज्य' हिंदू राज नहीं था। वे रामराज्य की कल्पना ऐसे संवेदनशील समाज के रूप में करते थे, जहाँ किसी भी व्यक्तिगत या सामाजिक कर्म का पैमाना यह सवाल हो कि उस कर्म से 'समाज के सबसे कमजोर आदमी की आँख का आँसू पोंछने' में कितनी मदद मिलती है। इसीलिए गाँधी जी का रामराज्य तत्त्वतः ईश्वर का राज्य था, जिसके राम के सिवाय और भी अनेक नाम हैं। गाँधी जी की जीवन दृष्टि मूलतः धार्मिक थी। वे बीसवीं सदी में भारतीय जनता के जीवन अनुभवों से जुड़े विवेक और लोक धर्म की परंपरा के सबसे सुंदर और पावन प्रवक्ता थे-शब्द में भी, कर्म में भी।

जो लोग अभी दो बरस पहले तक भाजपा को हिंदू मानस का 'सुंदर और सशक्त प्रतिनिधित्व' करने का श्रेय देते रहे हैं, न जाने उनके मन में यह सवाल कभी

आया कि नहीं कि गोडसे ने गाँधी जी की हत्या क्यों की! इस सवाल का जवाब सिर्फ इतिहास को समझने के लिए नहीं, वर्तमान में जारी समाज के राक्षसीकरण का प्रतिवाद करने के लिए भी जरूरी है। इस संदर्भ में, गाँधी जी का व्यक्तित्व और कृतित्व जिन चीजों को व्यक्त करता है, वे क्या हैं? सूत्र रूप में कहें तो, नैतिक प्रामाणिकता, धारा के विरुद्ध जा सकने का आत्मबल, सर्व धर्म समभाव का सच्चा संस्कार, अपने समाज को निर्जीव चट्टान के बजाय स्पंदनशील जीवित इकाई के रूप में देखने का सामर्थ्य, मनुष्य के चित्त और समाज में सतत जारी आत्मसंघर्ष में शुभ और जीवनपरक के पक्ष में खड़े हो सकने की सनातन सत्य निष्ठा। इसलिए वे परंपरा और समाज के सहज भाव से जुड़े थे। इस जुड़ाव की घोषणा उन्हें गला फाड़ कर नहीं करनी पड़ती थी और ऐन इसी कारण वे परंपरा के अंधभक्त नहीं, जिज्ञासु आलोचक थे। उनका रामभक्त होना ईश्वर को अल्लाह कहने के आड़े नहीं आता था।

जिस हिंदू भाव की चर्चा संघ परिवार करता है, उसका गाँधी जी के हिंदू धर्म से छत्तीस का रिश्ता हो, यह स्वाभाविक है। स्वाभाविक दो कारणों से। एक तो गाँधी जी का हिंदू धर्म लोकजीवन के स्वाभाविक संस्कार से जुड़ा है। इस संस्कार को विकृत किये बिना संघ परिवार का राक्षसी प्रोजेक्ट पूरा हो ही नहीं सकता। दूसरे, गाँधी जी की नैतिक प्रभा दीन-दुनिया से विरक्त हो चुके किसी वानप्रस्थी की नैतिक प्रभा नहीं थी। उनका व्यक्तित्व और कृतित्व एक-दूसरे में गुँथे हुए थे । वे रोजमर्रा की राजनीति से परे 'महात्मा' नहीं थे, बल्कि उसमें सक्रिय रहते हुए महात्मा गाँधी थे। परिणामस्वरूप हिंदू समाज के दानवीकरण के बरक्स उनकी नैतिक अपील जबर्दस्त थी। गाँधी हत्या के बाद यही नैतिक अपील संघ की 'हिंसक विचारधारा' के विरुद्ध व्यापक घृणा में व्यक्त हुई और संघ परिवार की मजबूरी हो गयी कि वह गाँधी हत्या के पाप में अपनी हिस्सेदारी नकारने की पूरी कोशिश करे!

1948 और 1992 का फर्क अब स्पष्ट है। आरंभिक संकोच के बाद संघ परिवार और भाजपा मस्जिद विध्वंस की जिम्मेदारी से कतराने के बजाय उसे 'स्वाभाविक' सिद्ध कर रहे हैं, घृणा के ज्वार पर सवार होकर दिल्ली पहुँचने का सपना देख रहे हैं। उनका आकलन यही है कि हिंदू समाज को विवेकहीनता और संवेदनहीनता के दलदल में धँसा देने का उनका प्रोजेक्ट 1948 में तो असफल रहा था, लेकिन 1992 में कामयाब हो गया है।

यह आकलन कितना सही है और कितना गलत, यह तो भविष्य में राजनैतिक प्रक्रिया के जरिये प्रतिबिंबित होगा, लेकिन समाज का नैतिक क्षरण हुआ है, इतना तो दीख रहा है। आज संघ परिवार को प्रामाणिक और नैतिक चुनौती देनेवाली कोई गाँधी सरीखी आवाज समाज में मौजूद नहीं है। हिंदू जन मानस में बड़ी जगह हासिल करने में साम्प्रदायिकता को अभूतपूर्व सफलता मिली है। इस वक्त दाँव पर मंदिर, मस्जिद या हिंदू-मुस्लिम भावनाएँ नहीं, बल्कि भारत देश और भारतीय संस्कृति का भविष्य लगा हुआ है। मस्जिद विध्वंस के प्रति उदासीनता और मौन-मुखर स्वीकृति से यही सवाल बड़े दर्दनाक ढंग से उभरता है: क्या हमारे दानवीकरण की प्रक्रिया पूरी हो

चुकी है? या, अभी भी यह संभावना बाकी है कि हम एक संवेदनशील, विवेकवान समाज बने रह सकें?

इस सवाल से तभी टकराया जा सकता है, जब हम ईमानदारी से अपने विवेक को खँगालें। साम्प्रदायिकता के दानवी फासीवाद को हमारे सामाजिक मानस में इतनी जगह कैसे मिलती चली गयी? और, कि हम बुद्धिजीवियों ने इस प्रसंग में क्या किया और क्या नहीं किया?

कहने की आवश्यकता नहीं कि ये सवाल बहुत व्यापक जाँच-पड़ताल की माँग करते हैं। एक लेख की सीमा में इतनी व्यापकता नहीं। लेकिन यहाँ कुछेक मुद्दों को समझने की कोशिश जरूर की जा सकती है। यह कोशिश हमारी सामाजिक-राजनीतिक व्यवस्था में अंतर्निहित उस प्रक्रिया को ध्यान मे रखते हुए ही की जा रही है, जिसके कारण राज्य, समाज और व्यक्ति के बीच संवाद का नहीं, तनाव और अविश्वास का संबंध विकसित हुआ है, पहचान और परंपरा को अपनी मर्जी की राजनीति के लिए इस्तेमाल करने का उपभोक्तावाद विकसित हुआ है। और परिणामस्वरूप एक गहरी बोधशून्यता हमारे अस्तित्व के विभिन्न धरातलों पर व्याप गयी है। संघ परिवार के राजनीतिक प्रोजेक्ट की सफलता का इस बोधशून्यता को उपजानेवाली प्रक्रियाओं से गहरा संबंध है। इस एहसास के साथ ही विशिष्ट मुद्दों पर बात की जानी चाहिए।

ऊपर हिंदू धर्म के स्वाभाविक संस्कार की बात की गयी है, जिसके प्रतीक गाँधी जी थे और जिसे विकृत किये बिना साम्प्रदायिक दानवीकरण की कामयाबी असंभव थी। गाँधी वध से और किसी ने कुछ सीखा हो या न सीखा हो, संघ परिवार ने बहुत कुछ सीखा। 1948 के बाद उनकी रणनीति स्वाभाविक धार्मिक संस्कार को व्यवस्थिति ढंग से विकृत करने की रही है। दुर्भाग्य से, पिछले पंद्रह बरस से स्थितियाँ इस विकृतिकरण के अधिकाधिक अनुकूल होती चली गयी, लेकिन इन स्थितियों का लाभ उठाने में संघ परिवार ने कमाल की चतुराई का परिचय दिया है। अयोध्या प्रसंग इस चतुराई का ही सबसे प्रचंड दृष्टांत है। इस दृष्टांत से मालूम पड़ता है कि फासिस्ट तत्त्व भाषा और भावना की ताक़त को जितनी अच्छी तरह जानते, समझते हैं, कम-से-कम भारतीय जनवादी-समाजवादी नहीं समझते। और, इसी कारण वे सचेत रूप में सांप्रदायिक फासिज्म का विरोध करते हुए भी अनजाने ही फासिस्ट इरादों की पूर्ति में सहायक बन जाते हैं।

इस बात को ठोस रूप में देखें। अयोध्या में क्या तोड़ा गया? बाबरी मस्जिद। लेकिन हममें सें अधिकांश तो अभी कल तक उसे मस्जिद कहते ही नहीं थे। भाजपा के प्रचार को हमने अनजाने ही इतना आत्मसात कर लिया था कि वह इमारत बहुत-से नेक लोगों तक के लिए 'मस्जिद' न रह कर 'विवादित ढाँचा' बन गयी थी। अब किसी भी व्यक्ति के लिए 'विवादित ढाँचे' का यह महात्म्य तो नहीं हो सकता जो किसी भी धर्म के देवस्थान का होगा। सो, हमारे बुद्धि-जीवियों, पत्रकारों, टिप्पणीकारों ने पिछले कई बरसों में एक मस्जिद को 'विवादित ढाँचे' में तब्दील कर दिया। बहुत-से लोग यह सीधी-सी बात नहीं समझते कि भाषा यथार्थ को व्यक्त करती है।

इसीलिए मुहावरे के अनुसार कुत्ते को मारने के पहले उसे बदनाम करना जरूरी होता है। संघ परिवार को सिर्फ मस्जिद नहीं गिरानी थी, मुसलमानों को उनकी औकात भी बतानी थी और साथ ही लोकतंत्र को भीड़तंत्र में बदल देनेवाली पशुता को राजनीतिक कार्यवाही का ही नहीं, धार्मिक कर्तव्य का दर्जा भी देना था। इस दूरगामी लक्ष्य की प्राप्ति के लिए ही लोगों के संस्कार को विकृत करना था और इस विकृति का माध्यम भाषा को बनाना था। यही कारण है कि भौतिक रूप में मस्जिद को ध्वस्त करने के बहुत-बहुत पहले से लोगों की चेतना में मस्जिद की जगह एक 'विवादित ढाँचा' खड़ा कर दिया गया। विडंबना यह है कि कुछ अपवादों को छोड़ दें, तो व्यापक विमर्श के धरातल पर बाबरी मस्जिद थी ही कहाँ, वहाँ तो बस विवादित ढाँचा था। भाषा का यह सूक्ष्म, सधा हुआ दुरुपयोग संस्कार के विकृतिकरण का सबसे प्रभावशील माध्यम साबित हुआ। इस दुरुपयोग के प्रति जो लापरवाही अधिकांश साम्प्रदायिकता विरोधियों ने दिखायी, उसका कारण क्या है?

भाषा के उपयोग-दुरुपयोग के प्रति यह लापरवाही, असल में, बृहत्तर लापरवाही का ही एक रूप है। किसी भी सांप्रदायिक विचारधारा का लक्ष्य सामाजिक मानस पर एकाधिकार कायम करना होता है, जबकि अधिकांश साम्प्रदायिकता विरोधी साम्प्रदायिकता को आर्थिक प्रतिस्पर्धा से जोड़ कर देखने के आदी हैं। सांप्रदायिक विचारधारा सामाजिक संस्कार को विकृत करने का 'सांस्कृतिक' काम लगातार करती है, साम्प्रदायिकता विरोधी केवल सांप्रदायिक हिंसा के समय ही सक्रिय होते हैं। सांप्रदायिक विचारधारा लोगों के संस्कार में जड़ें जमाने का प्रयत्न करती हैं साम्प्रदायिकता विरोधी आम तौर से समझते हैं कि लड़ाई का एकमात्र संदर्भ राजसत्ता पर अधिकार करना ही है। कुल मिला कर साम्प्रदायिकता के समग्र प्रोजेक्ट का मुकाबिला टुकड़ा-टुकड़ा समझदारी के जरिये करने का प्रयत्न किया जाता है। नतीजा हमारे सामने है।

ताजा अनुभव से ही उदाहरण लें। दैनिक 'पायनियर' ने नवंबर के तीसरे सप्ताह में लखनऊ और उसके आसपास एक सर्वेक्षण किया। इस सर्वेक्षण के एक नतीजे पर सबने ध्यान दिया, एक पर शायद ही किसी ने। ध्यान दिया गया इस बात पर कि अधिकांश लोग अयोध्या में मंदिर-मस्जिद का सहअस्तित्व चाहते हैं। ध्यान नहीं दिया गया इस दूरगामी तथ्य पर कि सर्वेक्षण में शामिल लोगों में से 92 प्रतिशत उ० प्र० सरकार द्वारा इतिहास की पाठ्य पुस्तकों में की गयी तोड़-मरोड़ को उचित मानते हैं। साम्प्रदायिकता विरोधी लोग तात्कालिक चिंता के संदर्भ में लोगों के सही सोच से इतने उत्साहित थे कि उन्हें इस दूरगामी चिंता ने सताया ही नहीं कि संघ परिवार की सांप्रदायिक इतिहास दृष्टि को कितनी व्यापक लोक स्वीकृति हासिल हो रही है। इसी तरह, शायद ही किसी को यह बात खटकती हो कि हमारे पत्रकारों, टिप्पणीकारों की कृपा से पिछले बरसों में देश के सारे महंत-मठाधीश 'साधु-संतों' में बदल गये हैं यही नहीं, 'रामभक्त' शब्द का अर्थ हो गया सांप्रदायिक उन्माद का वह शिकार जो 'रामभक्ति ' का प्रदर्शन निर्लज्ज वचनभंग, हिंसा और स्त्रियों के साथ

दुर्व्यवहार में करता हो। कबीर, तुलसी और गाँधी सरीखों के लिए रामभक्ति की साधना बड़ी कठिन थी, 1992 में संघ परिवार की सांप्रदायिक हिंसकता का हर समर्थक 'रामभक्त' है। फिर से कहें, भाषा केवल कथन का नहीं बोध का भी माध्यम है। हिंसक साम्प्रदायिकता को हिंदू धर्म का सार समझनेवाला आत्मबोध संघ परिवार की बहुत प्रभावशाली और दूरगामी रणनीति के तहत फैलाया गया है। सबसे मारक विडंबना यही है कि अपनी परंपरा के प्रति असंवेदनशील तथा अपनी भाषा की प्रकृति से अनजान होने के कारण साम्प्रदायिकता विरोधी लोगों ने भी साम्प्रदायिक़ता के ऐसे आत्मसातीकरण में योगदान ही किया है।

बात कड़वी, लेकिन सच्ची है कि जब फ़ासिस्ट व्यवहार हमारे पत्रकारों के सामने कोरी खबर के बजाय आपबीती बन कर आया तो संघ परिवार और भाजपा के प्रति उनकी राय एकदम बदल गयी। 6 दिसंबर के फासिस्ट हमले के पहले न केवल भाजपाई शब्दावली का आत्मसातीकरण खुशी-खुशी किया जाता था, बल्कि भाजपा को सच्चे राष्ट्र और हिंदू नवजागरण की पार्टी भी जोर-शोर से बताया जाता था। फर्क इसलिए पड़ा कि अयोध्या में भाजपा का 'मीडिया मैनेजमेण्ट' गड़बड़ा गया। बाकी सारी कार्यपद्धति तो वही थी।, जिसका खुलेआम समर्थन बड़े-बड़े धुरंधर पत्रकार करते रहे हैं। हमारे पत्रकार समुदाय की नैतिक-बौद्धिक निष्ठाओं पर उससे विकराल टिप्पणी क्या हो सकती है, जो 6 दिसंबर के बाद हुए 'प्रेस के हृदय परिवर्तन' में निहित है।

अयोध्या और उसके बाद की घटनाओं ने उस प्रक्रिया की परिणति को विकराल रूप से हमारे सामने ला दिया है, जिसकी डरावनी समग्रता से टकराने में हमारा समाज बड़ी हद तक विफल रहा है। अपनी विकरालता के कारण ही अयोध्या कांड एक नये आरंभ का रूपक भी हो सकता है। यदि हम अब भी सांप्रदायिक विचारधारा की भयावह सांस्कृतिक समग्रता को समझ सकें, साथ ही अपनी दुर्बलताओं के सामने ईमानदारी से खड़े हो सकें, तो शायद समाज के विवेक और संवेदना को पुनः सक्रिय किया जा सकता है।

इस सिलसिले में समझना होगा कि अयोध्या में जो कुछ हुआ, वह शर्मनाक तो है ही, सबसे ज्यादा खतरनाक स्वयं हिंदू समाज के लिए है। यह सवाल पूछना होगा कि समाज में संवाद और संवेदन का इतना क्षय कैसे हो गया? यह स्थिति कैसे बन गयी कि हिंदू राष्ट्रवाद की आत्मघातक विचारधारा को हिंदू समाज का ऐसा मुखर समर्थन प्राप्त हो रहा है। इस स्थिति के प्रत्यक्ष कारणों में से एक की चर्चा हमने ऊपर की है। एक और अत्यंत महत्वपूर्ण कारण है लगभग सभी राजनीतिक दलों और साम्प्रदायिकता विरोधियों द्वारा हिंदू आत्मबोध की उपेक्षा और अवहेलना। इस उपेक्षा ने साम्प्रदायिकता द्वारा हिंदू आत्मबोध को अपनी कुटिल रीति-नीति के जरिये संवेदनहीन बनाने के लिए मैदान खुला छोड़ दिया। कोरे बौद्धिक तर्क की सर्वोच्चता के अहंकार के चलते किसी धार्मिक, जातीय या भाषाई समुदाय की अतार्किक आशंकाओं को मज़ाक में उड़ा देना खतरनाक होता है। परंपरा व समकालीन

जीवनबोध से अंगागिभाव संबंध कायम करने की नाकामयाबी ने हमारे बौद्धिक समुदाय को स्वयं अपने समाज में परिवार के सदस्य के बजाय कभी-कभार आनेवाला मेहमान बना दिया है। इन सब तत्वों ने मिल कर यह अविश्वसनीय स्थिति पैदा कर दी कि पचासी फीसदी आबादीवाला जनसमुदाय अपनी अस्मिता और हैसियत को ले कर तरह-तरह की आशंकाओं से घिरता चला गया। व्यापकतर व्यवस्था के नैतिक शून्य के परिप्रेक्ष्य में, यह सांप्रदायिक विचारधारा के लिए स्वर्ण अवसर था। याद आती है 'मैकबेथ' के रघुवीर सहाय कृत अनुवाद की ये पंक्तियाँ :

किंतु यह विचित्र कि
अंधकार के अनुचर छलते हैं हमें
सच के टुकड़े देकर
फिर हम कहीं के नहीं रहते
होता है सर्वनाश!

सच है, कोरे झूठ से ज्यादा खतरनाक होते हैं, सच के टुकड़े, अर्द्धसत्य। हिंदू-मुसलमान के आपसी संबंधों का हजार साल का तनाव भरा इतिहास, उसकी खास तरह की शब्दावली में रची गयी स्मृतियाँ। कड़वी सचाइयों से टकराने के बजाय उन पर लीपा-पोती करने की हमारी राष्ट्रीय आदत। फिर दुनिया भर में कट्टरवाद का फैलाव। हमारे अपने देश में साम्प्रदायिकता के सवाल पर अधकचरी समझ और बेईमान राजनीति। हिंदू मानस का परंपरागत दुचित्तापन। सांप्रदायिक आतंकवाद का मुख्य लक्ष्य होने के एहसास से हिंदू चित्त में उपजा आक्रोश और असुरक्षा बोध और इसके दंदीफंदी इस्तेमाल की संभावनाओं की उपेक्षा। संघ परिवार नामधारी अंधकार के अनुचरों ने इन्हीं 'सच के टुकड़ों' के जरिये हिंदू जन मानस को छला है और देश को शब्दशः सर्वनाश के कगार पर ला खड़ा किया है। चीजों को समझने का ऐसा तर्क उत्पन्न हो गया है, जिसमें संवाद की कोई गुंजाइश ही नहीं है। आत्ममंथन की कोई जरूरत ही नहीं है।

बेशक साम्प्रदायिकता-विरोधियों की अपनी समस्याएँ हैं लेकिन इस वक्त तो चुनाव हिंदू धर्म और हिंदू राष्ट्रवाद के बीच में है। यह सवाल हिंदू समाज को अपने आपसे पूछना होगा कि क्या वह हजारों साल में कमाये गये सनातन धर्म को 'हिंदू राष्ट्रवाद' नामक विचार की बलि चढ़ा देना चाहेगा। ऐसा विचार जो बस कहने को हिंदू है, जो आस्था और परंपरा का उपयोग भर करता है, जो अपने स्वरूप, प्रकृति और कार्यपद्धति में हिटलरशाही का हरूफ़-ब-हरूफ़ अनुवाद है।

साम्प्रदायिकता विरोध का असली काम इस यक्ष प्रश्न को हिंदू जनमानस के सामने पेश करना ही है। इसके पूरे विस्तार और विविध आशयों के साथ। यह काम एक साथ कई धरातलों पर करना होगा—लेकिन सिर्फ फिलहाल तक अपने सोच को सीमित करके नहीं, बल्कि गतिशील और दूरगामी परिप्रेक्ष्य में फिलहाल को रख कर। अभी तो स्थिति यह है कि कम-से-कम दिल्ली शहर में लोगों के बीच जाने और उनसे बातचीत करने की पहल उन्ही मुठ्ठी भर लोगों तक सीमित हैं, जो अपनी

आत्मा की आवाज के दबाव में साम्प्रदायिकता विरोधी आंदोलन भी चलाते हैं और बड़े बाँध विरोधी अभियान भी। संगठित राजनीतिक दलों की दिलचस्पी बयानबाजी से आगे बढ़ती है तो एक बड़ी रैली करने तक सिमट कर रह जाती है। बात सिर्फ संगठन की नहीं, कार्यशैली की है। जिन्हें समूची संस्कृति और लोगों का आत्मबोध ही बदल डालना है, वे लगातार संवाद करते हैं। जिन्हें केवल राजनीतिक कार्यवाही करनी है, वे यदा-कदा जुलूसों का आयोजन करते हैं। क्या यह सचमुच बहुत मुश्किल है कि तमाम गैर-सांप्रदायिक पार्टियों के कार्यकर्ता बीस-बीस, पच्चीस-पच्चीस की टोलियों में बाजारों, मुहल्लों में आयें और लोगों से बात करें, ताकि उनकी आशंकाएँ समझी जा सकें, उन्हें अंधकार के अनुचरों से प्रभावित होने के खतरों के प्रति आगाह किया जा सके!

नहीं, यह बहुत मुश्किल नहीं है, बशर्ते राजनीतिक दल स्वयं 1948 और 1992 के फर्क तथा इस फर्क में व्यक्त होते अनर्थ को समझते हों।

अयोध्या का अर्थ धार्मिक हिन्दू के लिए है : हिंदू राष्ट्रवाद द्वारा हिंदू के सामने खड़े कर दिये गये खतरे को समझना। धर्मनिरपेक्ष बौद्धिक के लिए है : तर्केतर की दिव्य और पाशविक दोनों तरह की संभावनाओं को समझना और इस समझ के साथ सच्चे संवाद का प्रयत्न करना। देश के गैर-हिंदू नागरिक के लिए है : यह समझना कि संकट सिर्फ अल्पसंख्यकों पर नहीं, समूचे भारतीय समाज पर आया है और इसीलिए इसका समाधान भी दुख में सिकुड़ने से नहीं, समूचे सामाजिक जीवन में अपने लिए जगह बनाने के वास्ते संघर्ष करने से ही संभव होगा।

यदि अब भी हमारे समाज की लोकतांत्रिक शक्तियाँ एक तरफ खुद अपनी कमजोरियों को पहचानें और उनसे संघर्ष करें, दूसरी तरफ हिंदू परंपरा और आस्था पर एकाधिकार के संघी दावे को व्यावहारिक चुनौती दे सकें तो शायद हमारा समाज अयोध्या कांड में निहित अनर्थ से टकरा सकता है। इस टकराहट के लिए तैयारी करने, समाज के दानवीकरण के विरुद्ध सार्थक हस्तक्षेप करने में जो सवाल बहुत गहरे में हमारी मदद करेगा, वह यही है : हिंदू राष्ट्रवादी गोडसे ने सनातनी हिंदू गाँधी को ही क्यों गोली मारी?

●

एक सपना जो सच हो सकता है

डॉ० असगर अली इंजीनियर

भारत का विभाजन एक बहुत गंभीर त्रासदी थी। इससे जितनी समस्याएं सुलझीं उससे कहीं ज्यादा खड़ी हो गई। भारत को विभाजित करने का निर्णय कुछ भारतीय नेताओं ने जिस समय लिया था वह बहुत तनावपूर्ण दौर था। उन्होंने विभाजन के नतीजों पर गंभीरतापूर्वक विचार नहीं किया। साथ ही हमारे ब्रिटिश शासक भारत के दो टुकड़े करने पर आमादा थे क्योंकि उन्हें भारतीय उपमहाद्वीप में अपने सामरिक हितों की रक्षा करनी थी। उन्होंने बड़ी चतुराई से हमारे नेताओं को विभाजन के लिए राजी कर लिया।

विभाजन हुए साठ वर्ष बीत चुके हैं और अब हम विभाजन के नतीजों की वस्तुपरक विवेचना करने की स्थिति में हैं। जिन्ना तक को अपनी मृत्यु के पहले यह समझ में आ गया था कि विभाजन, भारत की समस्याओं का सबसे बेहतर हल नहीं था और वे विभाजन पर पुनर्विचार चाहते थे। उन्होंने अपने डॉक्टर से कहा था कि अगर वे जिन्दा बचे तो वे नेहरू से मिलकर विभाजन के बारे में एक बार फिर चर्चा करना चाहेंगे। विभाजन से कोई समस्या नहीं सुलझी थी।

विभाजन के नतीजों की विवेचना करने से पहिले हमें यह अच्छी तरह से समझ लेना चाहिए कि विभाजन के निर्णय को पलटने का अब कोई प्रश्न नहीं है। पाकिस्तान, भारत और बांग्लादेश की सार्वभौमिकता बनी रहनी चाहिए। 'अखंड भारत' का नारा एक खतरनाक नारा है और इससे तीनों देशों में आपसी बैर और दुश्मनियां बढ़ेंगी ही। जो हो सकता है वह यह है कि भारत, पाकिस्तान और बांग्लादेश का एक महासंघ (कॉनफेडरेशन) बनाया जाए। यदि संभव हो तो इस महासंघ में नेपाल और श्रीलंका को भी शामिल किया जा सकता है और इसे संपूर्ण दक्षिण एशिया के महासंघ का स्वरूप दिया जा सकता है।

यह स्पष्ट है कि धर्म किसी राष्ट्र को एक रखने के लिए काफी नहीं है। पाकिस्तान के नेताओं ने सोचा था कि उनके देश में सभी मुसलमान मिलजुल कर रहेंगे परंतु ऐसा नहीं हो सका। बंगाली मुसलमानों को अपनी भाषा और संस्कृति पर बहुत गर्व है और उन्होंने अपनी सांस्कृतिक और भाषाई स्वायत्ता से कोई समझौता

करने से इंकार कर दिया। विभाजन के पहिले ही पठान नेता खान अब्दुल गफ्फार खान ने विभाजन का इस आधार पर कड़ा विरोध किया था कि इससे पठानों और पख्तूनों की अलग पहचान समाप्त हो जाएगी। कांग्रेस कार्यसमिति की बैठक में विभाजन के खिलाफ मत देने वाले वे एकमात्र सदस्य थे।

मौलाना आजाद भी यह अच्छी तरह से समझते थे कि इस्लामिक पाकिस्तान, भावनात्मक दृष्टि से एक नहीं होगा। बंगाली, बलूची, पख्तून, सिंधी और पंजाबी मुसलमान एक-दूसरे से लड़ेंगे। मौलाना ने उत्तर प्रदेश के मुस्लिम लीग नेताओं के एक प्रतिनिधिमंडल से बात करते हुए कहा था कि जब तुम लोगों के साझा दुश्मन (हिन्दू) नहीं रहेंगे तो तुम लोग आपस में लड़ मरोगे।

जिस तरह भारत में उच्च जाति के हिन्दू राष्ट्रवाद के नाम पर देश पर अपना वर्चस्व कायम करना चाहते हैं उसी तरह पाकिस्तान में सामंती पंजाबी मुसलमानों ने देश पर अपना वर्चस्व कायम करने की कोशिश की और इससे देश में तनाव और अव्यवस्था फैल गई। भारत के अनुभव से यह स्पष्ट है कि धर्मनिरपेक्ष-प्रजातंत्र देश को जोड़े रखने में सिर्फ धर्म की तुलना में कहीं अधिक कारगर है। सन् 1947 के समय हुए धार्मिक ध्रुवीकरण के माहौल में जरूर ऐसा लगा रहा था कि धर्म, पाकिस्तान को मजबूत और एक बनाए रखेगा परंतु ज्योंहीं यह उबाल ठंडा पड़ा, यथार्थ सामने आ गया।

पाकिस्तान के निर्माण के बाद से भारत को कई समस्याओं का सामना करना पड़ा। चूंकि पाकिस्तान किसी प्रजातांत्रिक आंदोलन के जरिए नहीं बल्कि दोनों समुदायों की साम्प्रदायिक राजनीति के चलते अस्तित्व में आया था इसलिए वहां भारत की तरह प्रजातांत्रिक राजनैतिक संस्कृति विकसित नहीं हो सकी। जल्दी ही सेना और अन्य निहित स्वार्थी तत्वों ने सत्ता पर कब्जा जमा लिया और सामंती वर्ग ने देश पर अपनी मजबूत पकड़ बना ली। पाकिस्तान की सेना ने भारत को देश के सबसे बड़े दुश्मन के तौर पर प्रस्तुत किया और देश की रक्षा के नाम पर पाकिस्तान पर लंबे समय तक राज करती रही।

कश्मीर दोनों देशों के बीच विवाद का विषय बन गया। भारत ने सन् 1953 के नेहरू-अब्दुल्ला समझौते का पालन नहीं किया और कश्मीर भारत और पाकिस्तान के बीच दो युद्धों का कारण बना। भारत को अपने उत्तरपूर्वी सीमांत इलाके में भी नस्लीय संघर्ष के कारण गंभीर समस्या का सामना करना पड़ रहा है परंतु कश्मीर समस्या कहीं अधिक जटिल इसलिए बन गई है क्योंकि उसमें साम्प्रदायिकता घुस गई है और पाकिस्तान इस विवाद को हवा दे रहा है। विभाजन के कारण दोनों देशों में हथियारों की दौड़ शुरू हो गई। पाकिस्तान के सैनिक शासक नए-नए हथियार खरीदते गए। उनका तर्क यह था कि पाकिस्तान सैनिक ताकत में भारत के समकक्ष होना चाहिए। भारत भी अपनी सेना को इस आधार पर मंहगे और आधुनिक हथियारों से लैस करता गया कि पाकिस्तान के पास उससे ज्यादा और बेहतर हथियार हैं। आज हमारे देश का रक्षा बजट 1,40,000 करोड़ रूपये है और पाकिस्तान अपने बजट

का एक-तिहाई से भी अधिक हिस्सा सेना पर खर्च कर रहा है। यह स्थिति सीमित संसाधनों वाले दोनों ही देशों के लिए हितकर नहीं है। दोनों देशों ने आणविक हथियार बनाने की क्षमता हासिल कर ली है और दोनों एक-दूसरे के पास आणविक हथियार होने के आरोप लगाते रहते हैं। दोनों देश सेना पर जो अकूत धन खर्च कर रहे हैं उसे लोगों की भलाई पर खर्च किया जा सकता था।

पाकिस्तान, अमेरिका और दूसरी पश्चिमी ताकतों का पिट्ठू बन गया है। अमेरिका का हथियार उद्योग भारत और पाकिस्तान के दम पर जमकर मुनाफा कमा रहा है। पाकिस्तान का इस्तेमाल अमेरिका अफगानिस्तान पर अपने हमले के लिए अड्डे के बतौर कर रहा है। अमेरिका के अफगानिस्तान और पश्चिम एशिया में अपने सामरिक हित हैं और दुर्भाग्यवश, पाकिस्तान इन हितों की रक्षा करने में अमेरिका की मदद कर रहा है। पाकिस्तान भी अफगानिस्तान पर अपनी पकड़ बनाए रखना चाहता है।

अगर पाकिस्तान, भारत और बांग्लादेश का महासंघ बन जाता है तो तीनों देश बारूद पर जो अरबो-खरबों रुपये फूंक रहे हैं वे बचाए जा सकते हैं। यह धन इतना है कि इससे तीनों देशों की गरीबी की समस्या काफी हद तक सुलझ सकती है। तीनों देश गरीबी की समस्या से जूझ रहे हैं। करोड़ों लोग गरीबी की रेखा के नीचे जीवन-यापन कर रहे हैं और अरबों रुपये हथियारों पर बर्बाद हो रहे हैं। क्या यह त्रासद नहीं है?

आंतकवाद की समस्या की जड़ में भी तीनों देशों की आपसी दुश्मनियां हैं। आतंकवाद की वेदी पर हर साल हजारों निर्दोष नागरिकों की बलि चढ़ रही है और आतंकवाद से लड़ने के लिए तीनों देश भारी धन और मानव संसाधन खर्च कर रहे हैं। महासंघ बनने से आतंकवाद की समस्या भी काफी हद तक दूर हो सकती है।

महासंघ बनाने के लिए क्या किया जाना चाहिए? पहिला कदम तो यह हो सकता है कि आपसी विश्वास बढ़ाने के लिए एक-दूसरे के नागरिकों को वीजा देने की प्रक्रिया बहुत आसान बना दी जाए। खेल, पत्रकारिता, फिल्म, टी० वी० आदि क्षेत्रों से संबद्ध लोगों को तीनों देशों में आसानी से प्रवेश और सुविधाएं मिलें। साहित्यिक व वैज्ञानिक गोष्ठियों, सेमिनारों इत्यादि में तीनों देशों के प्रतिभागियों के हिस्सा लेने में कोई समस्या खड़ी न की जाए। सार्क के अन्तर्गत किए गए समझौतों में भी ये प्रावधान हैं परंतु ये काफी नहीं हैं।

महासंघ कैसे बने और उसका स्वरूप क्या हो, इस पर विचार करने के लिए गोष्ठियों और सेमिनारों की एक शृंखला शुरू की जाए। अभी तो हालत यह है कि तीनों देशों में महासंघ की बात करना भी दुश्वार है क्योंकि इसे देश की सार्वभौमिकता को चुनौती देने के रूप में लिया जाता है। यह पूरी तरह से साफ कर दिया जाना चाहिए कि महासंघ के सदस्यों की राष्ट्रीय सार्वभौमिकता के मामले में कोई समझौता नहीं किया जावेगा।

हमारे सामने यूरोपियन यूनियन का उदाहरण है। यूरोपियन यूनियन एक दिन में नहीं बनी। इस पर विचार सबसे पहिले सन् 1950 के दशक में शुरू हुआ था और

सन् 1990 के दशक में यह अस्तित्व में आ सकी। यूरोप के देश, द्वितीय विश्वयुद्ध के समय तक कुत्ते-बिल्लियों की तरह आपस में लड़ते रहे थे और उन्हें एक करना कोई आसान काम नहीं था। इसके बाद भी यूरोपियन यूनियन बनी। उसके सदस्य देशों के नागरिकों को अन्य देशों में जाने के लिए वीजा की आवश्यकता नहीं होती और सभी देशों की एक मुद्रा है जिसे यूरो का नाम दिया गया है।

आज कोई व्यक्ति यूरो लेकर बिना वीजा के पूरे यूरोप में घूम सकता है। हाल ही में मैं सड़क मार्ग से आस्ट्रिया से जर्मनी गया था। मैंने अपने कार चालक से जानना चाहा कि जर्मनी की सीमा कितनी दूर है? उसने मुझे बताया कि हम लोगों ने जर्मनी की सीमा को पार कर लिया है! मैंने तब पूछा कि हमने कोई चेक पोस्ट तो पार किया ही नहीं। इस पर मुझे बताया गया कि जब वीजा ही नहीं है तो चेक पोस्ट की क्या आवश्यकता है? अगर कभी भारत और पाकिस्तान के बीच ऐसा हुआ तो यह भारतीय उपमहाद्वीप के लाखों लोगों के लिए एक सपने के सच हो जाने जैसा होगा। विभाजन ने हजारों परिवारों को बांट दिया है। इन परिवारों के सदस्य अपने रिश्तेदारों से बिना किसी रोक-टोक के मिल सकेंगे। जो लोग किसी और कारण से एक देश से दूसरे देश जाना चाहते हैं, उनके लिए भी बहुत आसानी हो जाएगी। अभी तो नजदीकी रिश्तेदारों तक को अपने परिवार वालों से मिलने के लिए वीजा नहीं मिलता जब तक कि वे विवाह या गंभीर बीमारी का कोई प्रमाण प्रस्तुत न करें।

यूरोपियन यूनियन के सभी सदस्य देशों की सार्वभौमिकता सुरक्षित है। उनकी साझा समस्याओं पर चर्चा करने के लिए यूरोपियन संसद हैं, जिसके चुनाव विभिन्न देशों की राष्ट्रीय संसदों के साथ होते हैं। राष्ट्रीय संसदों की अपनी भूमिका रहती है। हर देश की अपनी सेना है, अपनी प्राथमिकताएं हैं और अपनी विदेश नीति है। यूरोपियन यूनियन एक पूरी तरह से प्रजातांत्रिक संगठन है।

हम यहां महासंघ बनाने का जो सुझाव दे रहे हैं उसका अर्थ यह कतई नहीं है कि हम सन् 1946 की कैबिनेट मिशन योजना को लागू करने की वकालत कर रहे है। कैबिनेट मिशन योजना के अन्तर्गत भारत प्रांतों का एक महासंघ होता जिसमें केन्द्र सरकार का केवल तीन विषयों पर नियंत्रण रहता—रक्षा, विदेश नीति और संचार। हम यहां जिस योजना की बात कर रहे हैं वह इससे एकदम अलग है। कैबिनेट मिशन योजना तो अब इतिहास का हिस्सा है।

भारतीय उपमहाद्वीप के महासंघ के सभी देशों की अपनी-अपनी सेनाएं होंगी, अलग-अलग संचार तंत्र होगा, जैसा कि यूरोपियन यूनियन के देशों में है। हमारे सामने आसियान का भी उदाहरण है। आसियान देशों में वीजा की आवश्यकता नहीं रहती लेकिन उनकी एक मुद्रा नहीं है। आसियान देशों के बीच कई आपसी समझौते हैं और इससे महासंघ के सभी सदस्य देशों को फायदा हुआ है।

दक्षिण एशिया में तो हम इससे भी आगे बढ़ सकते हैं। आसियान देश एक मुद्रा रखने के लिए राजी नहीं हुए परंतु हमारे लिए तीनों देशों में एक मुद्रा रखना बहुत आसान होगा। पहिले भी हमारी एक ही मुद्रा थी। हां, तीनों देशों के विकास के

अलग-अलग स्तर को देखते हुए इस मुद्रा की विनियम दर अलग-अलग रखी जा सकती है। यह सब धीरे-धीरे ही होगा।

तीनों देशों के बीच शुरूआत के लिए कुछ समझौते करवाना भी एक बहुत कठिन काम होगा। परंतु यह असंभव नहीं है। तीनों देशों के नागरिकों का एक बड़ा हिस्सा इस तरह के महासंघ के बनाए जाने के पक्ष में है परंतु दुर्भाग्यवश इस दिशा में कोई योजनाबद्ध प्रयास किए ही नहीं गए। अगर गंभीरता और ईमानदारी से प्रयास किए जाएं तो दक्षिण एशिया महासंघ बनाया जा सकता है। आइए, इस विषय पर चर्चा की पहल कर हम एक शुरूआत तो करें।

•

आखिर साम्प्रदायिकता है क्या? | डॉ० रणजीत

प्रिय प्रभाष,

'जनसत्ता में तुम्हारा लेख पहले 'साम्प्रदायिक चश्मा उतारिये' पढ़ा। उससे पहले महीपसिंह का और उसके जवाब में लिखा तुम्हारा लेख भी मैंने पढ़ा था— उस समय भी मुझे लगा था कि महीपसिंह के एक गलत सवाल का जवाब तुमने भी एक गलत सवाल उठाकर दिया है। पर मैं उस समय चुप रहा था क्योंकि वातावरण आवेशपूर्ण साम्प्रदायिक भावनाओं से भरा हुआ था, शांतिपूर्वक सोचने-समझने का नहीं था। पर आज तुम्हारा लेख पढ़कर मन किया कि तुम्हें लिखूं।

यह ठीक है कि सिक्खों में भिंडरावाले की और हिन्दुओं में सिकरवार की स्थिति की कोई तुलना नहीं है, पर फिर भी यह सही है कि भिंडरावाला सब सिक्खों का, पूरे सिक्ख समुदाय का प्रतिनिधित्व किसी भी संगत अर्थ में नहीं करता। बात जब बेअन्त की और इंदिरा कांग्रेस के उन गुंडों की आती है, जिन्होने निरपराध सिक्खों को जिन्दा जलाया, तब दोनों का ही अपने समुदायों के प्रतिनिधि होने का दावा लगभग समान स्थिति पर पहुंच जाता है। मेरे खयाल से न इंदिरा गांधी के हत्यारे सिक्ख समाज के प्रतिनिधि हैं और न वे गुण्डे हिन्दू समाज के। इसलिए महीपसिंह की भाभी का प्रश्न तो सही है, उसका समाधान हमें खोजना होगा, पर इसके कारण भारत और हिन्दू समाज की भलमनसाहत में महीपसिंह के विश्वास की चूलों का हिल जाना उचित नहीं है। हां इसके कारण उनका विश्वास यदि इंदिरा कांग्रेस की भलमनसाहत में हिला हो, जैसा कि इन दिनों अनेक लोगों का हिला है, तो वह न्याय संगत है, क्योंकि इंदिरा कांग्रेस के कुछ अपराध कर्मियों के नृशंस कार्यों को चाहे हिन्दुओं के एक अच्छे खासे वर्ग का नैतिक और शाब्दिक समर्थन, उन दिनों के गहरे अविश्वास भरे और साम्प्रदायिक वातावरण के कारण मिला हो, पर विवेकवान हिन्दुओं के एक व्यापक बहुमत ने उन नृशंसताओं का तगड़ा विरोध किया, एक सात्विक क्रोध से और हिन्दू होने की शर्मिन्दगी से भरकर उनकी तीव्र भर्त्सना की। इनमें तुम थे, किशन पटनायक और उनका समता संगठन था, अशोक सेकसरिया थे, निर्मल वर्मा और नामवर सिंह और रघुवीर सहाय और न जाने कितने बुद्धिजीवी थे। इंदिरा गांधी की हत्या के बदले के नाम पर पांच दिनों में दिल्ली और देश के कई और नगरों में निरपराध सिक्ख स्त्री-पुरुष-बच्चों पर जो कहर ढाया गया, उसके समाचारों के

सिलसिले में हमारे लगभग सारे राष्ट्रीय प्रेस—कुछ छोटे-मोटे अखबारों को छोड़ दिया जाय तो, की असाम्प्रदायिक और मानवीय भूमिका ने मुझे भारतीय के रूप में पर्याप्त संतुष्ट किया है और 'जनसत्ता' की भूमिका ने तो गौरवान्वित भी। मैं सोचता हूँ कि महीप सिंह भी, इस हादसे के गुजर जाने के इतने दिन बाद अब ठंडे दिमाग से सोचते होंगे तो उनका विश्वास आम तौर से हिन्दुओं की भलमनसाहत से नहीं डगमगाया होगा और मैं उन्हें यह विश्वास दिलाना चाहता हूँ कि जिस तरह वे अपराधकर्मी इंदिरा कांग्रेसी आम हिन्दुओं के प्रतिनिधि नहीं थे, उसी तरह गिरिलाल जैन जैसे पत्रकार भी हिन्दू बुद्धिजीवियों के प्रतिनिधि नहीं हैं।

अब तुम्हारे उठाये हुए गलत सवाल पर आया जाय। एक नासमझ बच्ची का यह पूछना तो स्वाभाविक हो सकता है कि सतवंत और बेअन्त न जो कुछ किया, उसके बाद क्या सिक्खों पर भरोसा किया जा सकता है? पर एक विवेकशील, परिपक्व-मस्तिष्क और सत्यनिष्ठ व्यक्ति का, जैसे तुम हो, इस सवाल को दूसरे यक्ष प्रश्न की तरह उठाना क्या उचित है? नहीं, कतई नहीं। यह महीप सिंह के एक गलत प्रश्न की प्रतिक्रिया में उठाया गया दूसरा गलत प्रश्न है। यक्ष प्रश्न नहीं, पक्ष-प्रश्न है। क्योंकि भले ही सतवन्त और बेअन्त के नृशंसतापूर्ण कार्य को उसी प्रकार से अनेक सिक्खों का मौन समर्थन प्राप्त रहा है, जिस तरह का अनेक हिन्दुओं का समर्थन इन कांग्रेसी गुंडों को मिला था, पर वे न तो आम सिक्खों के प्रतिनिधि हैं और न उनके अपराध के लिए अन्य सिक्खों को जिम्मेदार माना जा सकता है। इस एक सवाल को छोड़कर तुम्हारा लेख दुरुस्त है। जैसे हिन्दू साम्प्रदायिकता का विरोध जरूरी है, वैसे ही सिक्ख साम्प्रदायिकता का विरोध भी जरूरी है। और बेकुसूर सिक्खों पर किये गये अत्याचारों का प्रबल विरोध करने के बाद सिक्ख साम्प्रदायिकता के विरोध का तुम्हें नैतिक अधिकार भी प्राप्त हो जाता है। तुमने जमकर यह जरूरी काम किया है।

अब क्योंकि वातावरण शान्त है और स्वस्थ-चिन्तन संभव है, मैं एक बारीक सा सवाल भी उठाना चाहता हूं। इधर उत्तर प्रदेश में उन दिनों जहां कहीं मैं गया, गाड़ियों और बसों में आम लोगों को (क्या उन्हें हिन्दू कहूँ, हाँ वे हिन्दू ही थे) सिक्खों पर किये गये अत्याचारों का रस ले-लेकर वर्णन करते सुना। एक नवयुवक ने कानपुर के एक परिवार को जिन्दा आग में झौंक दिये जाने की चश्मदीद घटना इस तरह सुनाई, जैसे वह बड़ा बहादुरी का काम था। मेरे यह कहने पर कि यह सरासर नाजायज हुआ उसने पलटकर जवाब दिया, आपको मालूम नहीं है उन लोगों ने इंदिराजी की हत्या पर मिठाइयां बांटी। वह नवयुवक यह आशा करता था कि इस एक 'अपराध' के बाद कैसे मैं उनको दिये गये 'दंड' का समर्थन नहीं करूंगा। मेरा विश्वास है कि अधिकतर खुशियां मनाने या मिठाइयां बाँटने की बात एक गढ़ी हुई बात है-अपने अमानुषिक व्यवहार को तर्क संगत बताने का बहाना मात्र है, पर एक क्षण को मान भी लें कि किसी ने मिठाई बांटी, तो क्या हमें, किसी को, सरकार या कानून को भी, इसका दंड देने का अधिकार है? क्या हमें कर्म और भावना में, व्यवहार और विचार में अन्तर नहीं करना पड़ेगा ? 'इंदिरा गांधी ने देश का बहुत

नुकसान किया वह अब मर जाए तो अच्छा है' यह सोचने वाला, उनके मरने पर अपने धार्मिक साम्प्रदायिक विश्वास के कारण कि उसने हमारे मंदिर पर हमला किया, खुशी मनाने वाला व्यक्ति क्या वैसा ही अपराधी है, जैसा उनकी हत्या करने वाला? विशिष्ट भाव या विचार रखने की जनतन्त्र में हरेक को स्वतन्त्रता है पर उनके आधार पर गलत कार्य करने की नहीं। काम करते ही वह कानूनी और गैर कानूनी की परिभाषाओं में आ जाता है। पर विचार या भावना, यहां तक कि उनकी एक निश्चित दायरे में अभिव्यक्ति भी, गैर कानूनी नहीं होती। वह अशोभनीय हो सकती है, कभी अनैतिक भी, पर दंडनीय नहीं।

अब मैं मुद्दे के सवाल पर फिर लौटूँ। मूल सवाल है कि आखिर साम्प्रदायिकता है क्या? ऊपर की कुछ पर्तें हटाकर देखें तो तत्व यही निकलता है कि किसी एक व्यक्ति के गलत काम का जिम्मेदार उसके पूरे समुदाय को मानना और उसका दंड उस समुदाय के किसी अन्य व्यक्ति को देने को उचित ठहराना ही साम्प्रदायिकता है/ क्योंकि औरंगजेब ने मंदिर ढहाए थे इसलिए अगर हम उसके वंशजों की एक मस्जिद ढहा दें तो कौन सी गलत बात हो जाएगी यही मानसिकता साम्प्रदायिक है। एक सिक्ख ने इंदिरा जी की हत्या की तो उसका बदला अन्य किसी भी सिक्ख से लिया जा सकता है, यह साम्प्रदायिकता है। मैं सोचता हूँ कि प्रश्न को थोड़ा मासूम लिबास पहनाकर पूछा जाये कि अब कुछ मुसलमान कुछ बेकुसूर हिन्दुओं को केवल हिन्दू होने के कारण ही मार रहे हों और हम उनका कुछ न कर पा रहे हों, तो क्या हमें अपने आस-पास रहने वाले उन्हीं के जातिभाइयों को मारकर उन्हें अत्याचार से विरत नहीं करना चाहिए? तो इस सवाल के ईमानदारी से दिये हुए सच्चे जवाब से मालूम पड़ेगा कि अधिकांश हिन्दू साम्प्रदायिक हैं। यही स्थिति अधिकांश मुसलमानों और सिक्खों की भी होगी। पढ़े-लिखे लोग इसमें बिल्कुल अपवाद नहीं हैं। मुझे भय है कि बड़े-बड़े नामधारी प्रोफेसर, डॉक्टर, इंजीनियर, राजनीतिक नेता, सरकारी अधिकारी, पत्रकार, बुद्धिजीवी ज्यादातर इस सवाल का जबाब 'हाँ' में देंगे। सतह पर भले ही वे साम्प्रदायिकता के खिलाफ बोलते और लिखते भी हों। यह स्थिति भयानक है, दारुण है और दुर्भाग्यपूर्ण भी। पर स्थिति यही है।

असल में साम्प्रदायिक दृष्टिकोण की अमानवीयता और विवेकहीनता इसी बात में निहित है कि वह व्यक्ति को एक स्वतंत्र अस्तित्व नहीं, एक समुदाय का अंग मात्र मानता है। एक कबीलाई समाज में, जहां कबीले का हर सदस्य अपने कबीले के नायक की आज्ञा मानता था, किसी व्यक्ति के अच्छे बुरे कार्य के लिए उसके कबीले को जिम्मेदार मानना तो फिर भी तर्कसंगत था, पर औरंगजेब के अपराधों के लिए आज के भारतीय मुसलमानों को जिम्मेदार समझना या पाकिस्तान में किये गये किसी अत्याचार का बदला भारत के किसी मुसलमान से लेना उचित समझना, एक दम मूर्खतापूर्ण है। क्योंकि आज के किसी धार्मिक, भाषिक या सांस्कृतिक समूह को शताब्दियों पहले के किसी कबीले के रूप में देखना गलत है। असल में आज का कोई भी मानव-समूह कबीले की तरह एकीकृत है ही नहीं—उसमें वैचारिक और नैतिक

पृथक्करण इतना अधिक हो चुका है कि जिम्मेदारी की दृष्टि से उसे एक इकाई माना ही नहीं जा सकता। इस दृष्टि से किसी राजनीतिक दल के किसी सदस्य के किसी कार्य के लिए तो फिर भी उस दल को जिम्मेदार माना जा सकता है, क्योंकि यदि वह दल उसके कार्य को स्वीकृति नहीं देता तो वह उसे सदस्यता से हटाए, पर किसी व्यक्ति के कार्य के लिए उसके पूरे समुदाय या सम्प्रदाय को जिम्मेदार ठहराना एकदम गलत है। सतवंत और बेअन्त की करतूत को छोड़िये, अकाली दल के किसी स्पष्ट प्रस्ताव या कार्रवाई के लिए भी सब सिक्खो को जिम्मेदार नहीं माना जा सकता। मुख्य ग्रंथियों के कार्य के लिए भी नहीं। सब सिक्खों को उनके किसी कार्य के लिए तभी जिम्मेदार माना जा सकता है, जब उन्होंने यह कार्य करने से पहले सब सिक्खों से जनमत संग्रह करवा लिया हो, और सबने उसे उचित माना हो। जब तक उस समुदाय का एक छोटा सा वर्ग भी उसके खिलाफ हो, सब उसके लिए जिम्मेदार कैसे हो सकते हैं? असल में सब सिक्खों को एक इकाई की तरह सोचना, सब हिन्दुओं को 'हिन्दू' समझना और इसी रूप में पहिचानना भी तो साम्प्रदायिक मानसिकता का ही परिणाम और प्रमाण है। सबको भारतीय मानना और समझना राष्ट्रीयता है, पर यह स्वयं एक दूसरी संकीर्णता है, निश्चित ही साम्प्रदायिकता से थोड़ी अधिक चौड़ी। सबको मनुष्य और इसलिए समान मानना और प्रत्येक व्यक्ति को ही उसके कार्य के लिए जिम्मेदार समझना, मनुष्यता है।

राजीव गांधी जब उग्रवादी सिक्खों की करतूतों के लिए अकालियों को और अकालियों की गतिविधियों के लिए सब सिक्खों को जिम्मेदार ठहराते हैं, तब वे सहज ही साम्प्रदायिक तर्क के शिकार हो जाते हैं। बकौल तुम्हारे साम्प्रदायिक अकालियों को यह कहने का नैतिक अधिकार नहीं है कि राजीव गांधी को साम्प्रदायिक आधार पर वोट मिले पर क्या यह सत्य नहीं है? मुझे तो उन दिनों 'जनसत्ता' में छपे समाचारों, रिपोर्टों और सम्पादकीय टिप्पणियों से ही यह पता चला है कि इंदिरा कांग्रेस ने हिन्दुओं की सिक्खों के विरुद्ध साम्प्रदायिक भावनाएँ भड़का कर इतने वोट प्राप्त किये हैं। क्या दिल्ली में सार्वजनिक रूप से साम्प्रदायिक हिंसा भड़काने वाले हत्यारे लाखों-लाख वोटों से जीते नहीं है? क्या अमेठी में मेनका गांधी के विरुद्ध यह नारा नहीं लगाया गया-"बेटी है सरदार की! देश के गद्दार की!!' और क्या इस नारे को रोकने की कोशिश किसी बड़े कांग्रेसी नेता, किसी मंत्री या संतरी ने की? क्या यह सरासर साम्प्रदायिक भावनाएँ भड़काना नहीं है? फिर एक तरफ एक सिक्ख को राष्ट्रपति बनाये रखना और दूसरी तरफ सिक्खों के बारे में इस तरह के नारे लगाना, नैतिक और राजनीतिक दोमुंहापन नहीं है? जिसे आमतौर पर हिंन्दू साम्प्रदायिकता का प्रतीक माना जाता है, उस भाजपा के नेता अटल बिहारी वाजपेयी तक ने बताया है कि 84 के आम चुनाओं में दिल्ली के एक पार्टी कार्यकर्ता ने कहा- आपने दंगों में मारे गये सिक्खों की संख्या को लेकर जितना बावेला मचाया, आपके वोटों की संख्या उतनी ही घट गयी। क्या यह एक शर्मनाक स्थिति नहीं है कि भारत के एक नागरिक का दंगों में मारे गये एक अल्पसंख्यक समुदाय के बारे में बोलना

भी, उसके लिए राजनीतिक रूप से नुकसानदायक हो जाय? ऐसे वातावरण में पाये गये वोटों को किसी नैतिक अर्थ में 'जनादेश' कहा जा सकता है क्या? यदि हाँ, तब तो भोपाल की जनता ने भी गैस कांड के जिम्मेदार लापरवाह अपराधियों को आममाफी का 'जनादेश' दे दिया है। इसलिए न कोई जांच कमेटी बननी चाहिए न किसी को जिम्मेदार ठहराया जाना चाहिए। जिन्हें मरना था वे मर ही गये, बेकार गड़े मुर्दे उखाड़ कर जीवित बचे हुओं का मूड क्यों खराब किया जाय।

●

साम्प्रदायिकता : एक विश्लेषण | रेणु व्यास

"टुकड़े टुकड़े हो बिखर चुकी मर्यादा इसे दोनों पक्षों ने तोड़ा है।
है अजब युद्ध यह, नहीं किसी की भी जय
दोनों ही पक्षों को खोना ही खोना है।
अंधों से शोभित था युग का सिंहासन
दोनों ही पक्षों में विवेक ही हारा
दोनों ही पक्षों में जीता अंधापन
भय का अंधापन, ममता का अंधापन
अधिकारों का अंधापन जीत गया
जो कुछ सुन्दर था, शुभ था कोमलतम था
वह हार गया, द्वापर युग बीत गया।"

(अंधायुग-धर्मवीर भारती)

द्वापर के विपरीत आज का महाभारत दो तरह के इंसानों के बीच नहीं वरन दो तरह की सोच के बीच है, जिसे "संस्कृति के चार अध्याय" में रामधारी सिंह 'दिनकर', "अमृत व हलाहल का संघर्ष" कहते हैं। इस युद्ध में हिन्दुओं का संघर्ष मुस्लिमों, सिखों या ईसाइयों के विरुद्ध नहीं है वरन उदार, सहिष्णु और समन्वयशील विचारधारा का संघर्ष अपने ही सहधर्मियों की संकीर्ण कट्टरपंथी सोच से है। हिन्दू मुस्लिम, सिख या ईसाई साम्प्रदायिकताएं एक-दूसरे से पृथक नहीं है। वे एक ही वृक्ष की विभिन्न शाखाएं हैं क्योंकि उनके मूल में एक ही तरह की साम्प्रदायिक विचारधारा है।

'धर्म' (रिलीजन) के दो प्रकट रूप हैं-

1. उपासना-पद्धति

2. धर्म पर आधारित सामाजिक राजनीतिक पहचान की विचारधारा अर्थात् साम्प्रदायिकता।

इसी दूसरी आभासी धार्मिकता को के. एम. अशरफ ने 'मजहब की सियासी दुकानदारी' कहा है।

धर्म मूलतः साम्प्रदायिकता का कारण नहीं है। और न ही सांप्रदायिक राजनीति धार्मिक उत्थान चाहती है, उसके लिए धर्म एक औजार भर है।

प्रो० विपिनचंद्र ने साम्प्रदायिकता के निम्न तीन चरण बताए हैं:

(1) यह विश्वास कि एक ही धर्म को मानने वालों के सांसारिक हित अर्थात् राजनीतिक आर्थिक, सामाजिक और सांस्कृतिक हित एक जैसे होते हैं जबकि ऐसा नहीं है।

(2) यह विश्वास कि भारत जैसे बहुधर्मी समाज में एक धर्म के अनुयायियों के धार्मिक ही नहीं सांसारिक हित भी अन्य धर्मानुयायियों के सांसारिक हितों से भिन्न हैं। इसे विपिनचन्द्र ने 'नरमपंथी साम्प्रदायिकता' की संज्ञा दी है।

(3) 'उग्रपंथी या फासीवादी साम्प्रदायिकता' के तीसरे चरण में यह मान लिया जाता है कि विभिन्न धर्मों के अनुयायियों के हित न केवल परस्पर विरोधी हैं वरन इनका सहअस्तित्व असंभव है।

फासीवादी तौर-तरीके वाली इस चरण की साम्प्रदायिकता की प्रकृति भाषा, कर्म और आचरण के स्तर पर हिंसक होती है। यह साम्प्रदायिकता भय और घृणा की राजनीति करती है। 'खतरे' का आविष्कार इसकी प्रमुख विशेषता है। 'धर्म खतरे में है;' 'संस्कृति खतरे में है'; 'अस्तित्व खतरे में है'; यह 'मनोवैज्ञानिक खतरा' या भय ही हिंसा को जन्म देता है। इसी भयग्रंथि का लाभ उठाकर कुछ लोग पूरे समुदाय के रक्षक, प्रवक्ता और नेतृत्वकर्ता की स्वतोगृहित भूमिका अख्तियार कर लेते हैं।

फासीवादी साम्प्रदायिक विचारधारा की एक अन्य विशेषता 'असहिष्णुता' है। यह न केवल विरोधी व्यक्तियों व विचारों के प्रति असहिष्णु होती है। वरन् इसके अनुसार वह प्रत्येक व्यक्ति जो भी उससे भिन्न तरीके से सोचता या कार्य करता है वह उसका विरोधी है : शत्रु है : राष्ट्रदोही है : और इस कथित शत्रु का समूल नाश या सम्पूर्ण सफाए का नाजी अभियान उसका कार्यक्रम बन जाता है।

'विभिन्नता में एकता का अनादर करते हुए साम्प्रदायिक विचारधारा एकरूपता की जिद करती हैं।' एक धर्म, एक भाषा, एक राष्ट्र का नारा लगाते हुए यह अपने से भिन्न व्यक्ति या विचार को राष्ट्र विरोधी सिद्ध करने पर तुल जाती है। एकरूपता की यह जिद एकता लाने में सहायक नहीं वरन् एकता को तोड़ने वाली ही सिद्ध होती है।

साम्प्रदायिकता भारत के विशेष ऐतिहासिक या सामाजिक विकास का अपरिहार्य नतीजा नहीं है। यह उन स्थितियों की उपज थी जिन्होंने दूसरे देशों में भी साम्प्रदायिकता जैसी विचारधाराओं को जन्म दिया जैसे- फासीवाद, नाजीवाद, कैथोलिक-प्रोटेस्टेंट संघर्ष (उत्तरी आयरलैंड), रंगभेद आदि।

यह 'सभ्यताओं के संघर्ष' के आवरण में विकसित देशों में भी मिलती है किन्तु भारत जैसे विकासशील देशों के लिए यह अधिक खतरनाक है क्योंकि यह वास्तविक समस्याओं और प्राथमिकताओं से हमारा ध्यान भटकाती है। हमारे विकास को अवरुद्ध कर गरीब देशों को गरीब ही बनाए रखती है। साम्प्रदायिकता से झुलसे दक्षिण एशिया के भारत, पाकिस्तान, बांग्लादेश अफगानिस्तान में आज भी दुनिया के सर्वाधिक कुपोषित बच्चे हैं।

भारत में साम्प्रदायिकता का मूल इसके इतिहास में भी नहीं है। हालांकि साम्प्रदायिक विचारधारा इतिहास की अनैतिहासिक और गलत व्याख्या कर इसका साम्प्रदायिक इस्तेमाल करती है।

वस्तुतः साम्प्रदायिकता एक आधुनिक विचारधारा और राजनीतिक प्रवृत्ति है जो आज के समय के पूर्वाग्रहों को अतीत में प्रक्षिप्त करती है। यह आधुनिक, सामाजिक समूहों, वर्गों और ताकतों की सामाजिक आकांक्षाओं को व्यक्त करती है और उनकी राजनीतिक जरूरतों को पूरा करती हैं। साम्प्रदायिकता का उदय जनभागीदारी वाली आधुनिक राजनीति के उदय से जुड़ा हुआ है; वह विशाल जनसमूह को संबोधित करने हेतु राष्ट्रीयता व समाजवाद के बरक्स प्रतिस्पर्धी किन्तु पश्चगामी राजनीति और विचारधारा के रूप में सामने आती है।

प्रश्न यह है कि 'साम्प्रदायिक हित' अर्थात एक सम्प्रदाय के एक समान सामाजिक राजनीतिक, आर्थिक और सांस्कृतिक हितों का कोई वास्तविक अस्तित्व ही नहीं है तो फिर साम्प्रदायिकता का आधार क्या है?

एक ओर तो साम्प्रदायिकता वास्तविक वर्ग–संघर्ष की विकृत अभिव्यक्ति है वहीं दूसरी ओर कुछ व्यक्तियों, संगठनों व दलों द्वारा पूरे समुदाय को अपने झंडे तले एकत्र कर राजनीतिक हित–साधन का माध्यम है। घोर सामाजिक अर्थिक विषमता वाले समाज में यह पल्लवित, पुष्पित होती है।

भारत में साम्प्रदायिक चेतना का जन्म उपनिवेशवाद के शोषण दमन तथा उसके खिलाफ संघर्ष करने की जरूरत से उत्पन्न परिवर्तनों के कारण हुआ। राष्ट्रीयता व वर्ग–संघर्ष जैसी आधुनिक धारणाओं का प्रचार जहां धीमी गति से या अंशतः हुआ वहां जाति, क्षेत्र, नस्ल, धर्म, सम्प्रदाय जैसी पूर्वआधुनिक पहचानों का सहारा लिया गया। राष्ट्रनायकों की खोज अतीत में शुरू हुई। इसे विपिनचंद्र 'स्थानापन्न राष्ट्रवाद' की संज्ञा देते हैं। देश के कुछ हिस्सों में यह धार्मिक चेतना साम्प्रदायिक चेतना में बदल गई।

साम्प्रदायिकता औपनिवेशिक शासन की 'फूट डालो, राज करो' की नीति का परिणाम तो थी ही लेकिन इसकी जड़ें सामाजिक, आर्थिक, राजनीतिक परिस्थितियों में भी थी।

औपनिवेशिक शोषक अर्थव्यवस्था, तद्जन्य पिछड़ेपन और आधुनिक भारतीय उद्योगों के प्रति ब्रिटिश सरकार के असहयोगात्मक रुख नें सरकारी नौकरियों के लिए मध्यवर्गीय प्रतिस्पर्धा तेज कर दी। विधायिकाओं की राजनीति इन नौकरियों के नियंत्रण की शक्ति के कारण महत्वपूर्ण हो गई। अतः नौकरियों एवं विधायिकाओं के लिए अपने निजी संघर्ष को एक विस्तृत आधार देने के लिए धर्म जैसी सामूहिक पहचानों का सहारा लिया गया। सिकुड़ते आर्थिक अवसरों के दौर में नौकरियों के लिए मध्यम वर्ग; एवं सत्ता, विशेषाधिकार व आर्थिक लाभ के लिए उच्च वर्ग के एक

भाग द्वारा साम्प्रदायिक राजनीति का इस्तेमाल किया गया। साम्प्रदायिकता के रूप में वर्गसंघर्ष की विकृत अभिव्यक्ति हुई जिसमें शोषण और अत्याचार के वर्गीय पहलुओं के बजाय साम्प्रदायिक पहलुओं पर जोर दिया गया।

औपनिवेशिक शासन ने भी प्रतिक्रियावादी सामाजिक वर्गों एवं राजनीतिक शक्तियों को प्रोत्साहन देकर साम्प्रदायिकता का इस्तेमाल राष्ट्रीय आंदोलन के विस्तार को रोकने के लिए किया। क्योंकि साम्प्रदायिकता में यह क्षमता थी कि वह अखिल भारतीय स्तर पर जनसंघर्ष को विकृत व कमजोर कर सके। पृथक निर्वाचन मंडल ने साम्प्रदायिक-समूहीकरण को अनिवार्य बना दिया। इस प्रक्रिया की चरम परिणति भारत-विभाजन के रूप में हुई।

कुछ दशकों तक सतह के नीचे रहने के बाद साम्प्रदायिकता एक नए रूप में उभरी है। अबकी बार उससे दक्षिण भारत व दूरस्थ अहिन्दीभाषी प्रदेश, ग्रामीण क्षेत्र व दलित आदिवासी वर्ग भी अछूते नहीं रहे। यह साम्प्रदायिकता अल्पसंख्यक वर्ग के भीतरी भय की हिंसक अभिव्यक्ति नहीं है, वरन् बहुसंख्यकता की धौंस है। इस साम्प्रदायिकता ने एक साथ फासीवादी व नरमपंथी दोनों चेहरे पहने। यह साम्प्रदायिकता हिंसक अग्निकांडों के अलावा प्रत्यक्ष या अप्रत्यक्ष रूप से लोकतंत्र के संख्या बल का इस्तेमाल कर राजनीतिक चाबियों पर नियंत्रण की कोशिश करती है। धर्म निरपेक्ष दलों की अवसरवादिता उसे वैधता प्रदान करती है।

यह साम्प्रदायिकता शेष सभी विचारधाराओं को छद्म-धर्मनिरपेक्ष बतलाकर स्वयं असली धर्म निरपेक्षता का दावा भी करती है। साथ ही यह अपनी फिरकापरस्ती को राष्ट्रवाद का आवरण देती है।

धर्माधारित राष्ट्रवाद का सिद्धान्त तो 1971 में हुए पाक विभाजन से ही ध्वस्त हो चुका है। साम्प्रदायिकता सदैव ही राष्ट्रीयता की विरोधी है क्योंकि यह हमारी एकता को नष्ट करती है, जो राष्ट्रीयता की अनिवार्य शर्त है।

आज की साम्प्रदायिकता ने न केवल अपनी 'अस्थायी विचारधारा' का निर्माण कर लिया है वरन् उसके अपने कुतर्क भी हैं। प्रबंधकीय कौशल के इस युग में साम्प्रदायिकता के पास बाकायदा दशकों का पूर्व नियोजित कार्यक्रम भी है। 'अतीत की गलतियों' को सुधारने का बीड़ा, युद्धस्तर पर दायित्व के तहत वर्तमान का ध्वंस और वर्तमान की गलतियों के लिए भविष्य का ध्वंस इसी रफ्तार से चलता रहा तो शीघ्र ही भारत ताजमहल के देश के बजाय अफगानिस्तान की.तरह खंडहरों का देश कहलाएगा।

कल्पना कीजिए कि इस देश के तमाम दलित, पिछड़ा वर्ग व सभी महिलाएं 'अतीत की गलतियों' को सुधारने के लिए इसी तर्ज पर प्रतिशोध पर उतर आएं तो क्या भारत में एक भी घर साबुत बचेगा? वस्तुतः भूतकाल की गलतियों से बचना ही अतीत का सबसे बड़ा सबक है। साम्प्रदायिकता सदैव, तर्क से बचती है और आस्था की सर्वोच्चता का कुतर्क गढती है। लेकिन आस्था की सम्माननीयता का भी अपना

एक तर्क है। एक व्यक्ति, संगठन या सम्प्रदाय की आस्था किसी दूसरी आस्था के ध्वंस पर निर्मित नहीं हो सकती।

भारतीय संस्कृति की शक्ति का मूल तत्व ही आस्थाओं की विविधता का खुला स्वागत है। 'शिव महिमा स्तोत्र का प्रसिद्ध श्लोक जिसे स्वामी विवेकानंद ने शिकागो के विश्व धर्म सम्मेलन में उद्धत किया था इसी का उद्घोष करता है :

रूचीनां वैचित्र्यात् ऋजुकुटिल नानापथजुषाम् ।
नृणां एकोगम्यः त्वमसि पयसामर्णव इव।।

(जिस प्रकार विभिन्न नदियां सीधे और टेढ़े विभिन्न रास्तों से गुजरते हुए समुद्र में समा जाती हैं। उसी प्रकार भिन्न रुचियों के होने पर भी सभी मनुष्यों का लक्ष्य एक ही है।)

•

साम्प्रदायिक हिंसा से संघर्ष कैसे करें?

मधु किश्वर

भारत में लोकतंत्र का अस्तित्व जातीय (एथनिक) संघर्षों के मानवीय, शांतिपूर्ण तथा न्यायपूर्ण समाधान पर निर्णायक रूप से निर्भर है। लेकिन अब इस मुद्दे पर केवल रोशनी डालना ही पर्याप्त नहीं है, क्योंकि इस ओर पहले से ही काफी ध्यान आकर्षित किया जा चुका है। तात्कालिक रूप से ज्यादा आवश्यकता बढ़ती हिंसा का मुकाबला करने की सार्थक एवं प्रभावशाली रणनीति बनाने की है। अन्यथा हमारा काम सांप्रदायिक सद्भाव पर घिसी-पिटी बातें कहने तक सीमित रह जायेगा, जिसे कोई गंभीरता से नहीं लेगा, क्योंकि ऐसी बातें लम्बे समय से की जाती रही हैं। इसके लिए हमें अन्य बातों के अलावा अपने काम तथा संकट के प्रति अपनी राजनीतिक प्रतिक्रिया का ईमानदार एवं आलोचनात्मक पुनर्मूल्यांकन करने की जरूरत है।

भाजपा-आर० एस० एस०-विहिप गठजोड़ के राम मंदिर अभियान के परिणामस्वरूप जिस स्तर पर हिंसा भड़की, उसके मद्देनजर संकट के प्रति हमारी प्रतिक्रिया दयनीय स्तर से अपर्याप्त और यहां तक कि अनुपयुक्त भी रही है। हमने मुख्यतः यही सब किया है–

1. प्रेस बयान जारी करना, इस या उस घटना की निंदा करना।
2. विरोध में जुलूस या रैली निकालना, जो मुख्यतः महानगरों तक सीमित रहे हैं।
3. मानवाधिकारों की रक्षा के लिए पहले से ही प्रतिबद्ध कार्यकर्ताओं द्वारा सम्मेलन एवं कार्यशालाएँ आयोजित करना।
4. नुक्कड़ नाटक, पोस्टर प्रदर्शनी तथा पर्चे निकालने जैसी जन संपर्क की गतिविधियाँ आयोजित करना।

अपने आपमें ये सभी महत्वपूर्ण कार्यक्रम है। लेकिन भाजपा-आर० एस० एस०-विहिप गठजोड़ ने अपनी नफरत तथा प्रतिशोध की राजनीति के लिए जैसी व्यापक गोलबंदी की है, उसे देखते हुए यह वस्तुतः कुछ भी नहीं है। 'लोग

सांप्रदायिक राजनीति के जाल में न फँसें' जैसी घिसी-पिटी बातें करने एवं उपदेश देने में एक तरह का पिष्टपेषण भी है, जिससे कई बार वास्तविक चुनौतियाँ आँख से ओझल रह जाती हैं। उदाहरण के लिए हमारे पास राजनीतिक हस्तक्षेप के जरिये करने के लिए शायद ही कुछ रहा है। सबसे परेशान करनेवाली बात तो यह है कि हम दंगे एवं नरसंहारों से पीड़ित लोगों के लिए सांकेतिक राहत कार्य आयोजित करने तक में नाकाम रहे हैं। जिन्हें विकलांग कर दिया गया, जिन्हें क्रूरता झेलनी पड़ी, जिन्हें अपने प्रियजनों को खोना पड़ा। जिन्हें अपने घर तथा जीविका के साधन गँवाने पड़े, उनके दुःख और रोष को बाँटने में भी हम क्यों विफल रहे?

नवंबर 1984 में सिख विरोधी दंगों के बाद, कम से कम दिल्ली में, राहत कार्य स्वतःस्फूर्त ढंग से हुए थे। जब शहर में हिंसा चल ही रही थी, 'नागरिक एकता मंच' नाम का एक नया मंच बन गया। इस मंच में विभिन्न समूहों के लोगों की व्यापक भागीदारी थी तथा कई महिला संगठन तथा कार्यकर्ता भी शामिल थे। मंच के लिए काम करनेवालों की कोई कमी नहीं थी। धन और दूसरे संसाधन भी पर्याप्त मात्रा में जुट गये, जिससे 'नागरिक एकता मंच', प्रभावशाली ढंग से काम करने में सक्षम हो गया।

अपनी ओर से राहत कार्य चलाने के अलावा 'नागरिक एकता मंच' सरकार को शर्मिन्दा करने तथा उस पर दबाव डालने में सफल रहा, जिससे वह हिंसा पीड़ित लोगों के पुनर्वास की कुछ जिम्मेदारी ले सकी। इसके तहत सरकार ने विधवाओं एवं आश्रितों के लिए वैकल्पित आवास, पेंशन और नौकरियों के प्रावधान किये तथा अन्य कदम भी उठाये। 'नागरिक एकता मंच' दूसरे संगठनों के साथ इन सब पर कई महीनों तक निगरानी करता रहा। इसके परिणामस्वरूप पीड़ितों को सचमुच कुछ मिल पाया, जबकि अन्य मौकों पर सरकार राहत की घोषणा तो करती है, लेकिन जिनके लिए यह घोषणा होती है उन तक वास्तव में यह बहुत कम ही पहुँच पाती है। चाहे कितनी ही राहत या मुआवजे दिये जायें, पीड़ितों को लगे सदमें एवं जख्मों को नहीं भरा जा सकता। इसके बावजूद 'नागरिक एकता मंच' ने सिख समुदाय को संपूर्ण अलगाव में पड़ने से रोकने में महत्वपूर्ण भूमिका निभायी और एक ऐसे समय में हिंदुओं एवं सिखों के बीच संवाद के पुल का काम किया जब शक्तिशाली राजनीतिक शक्तियाँ अपने संकीर्ण व अस्थायी चुनावी फायदों के लिए दोनों समुदायों के बीच स्थायी फूट पैदा कर देने पर पूरी तरह उतारू थीं।

'नागरिक एकता मंच' की सफलताओं के बीच मंच के राहत व पुनर्वास कार्यों से जुड़े कुछ कार्यकर्ताओं ने विस्तृत एवं प्रत्यक्षदर्शियों के सीधे विवरणों पर आधारित रिपोर्टें तैयार कीं, जो कम महत्वपूर्ण नहीं था। 'नागरिक एकता मंच' ने फौरन अपना काम शुरू कर दिया था, इसलिए ये कार्यकर्ता वे जानकारियाँ हासिल करने में सफल हो गये जिन्हें कई दिन या सप्ताहों के बाद जाने पर प्राप्त करना कठिन

होता है। राहत कार्य में लगने से पीड़ितों और सामान्यतः पूरे सिख समुदाय का भरोसा प्राप्त करना संभव हो गया। इस कारण उस समय इकट्ठी की गयी सूचनाएँ सामान्य प्रकार की दंगा रिपोर्टों से बेहतर किस्म की थीं। इन सबके साथ नरसंहार भड़काने के जिम्मेदार लोगों को सजा देने की माँग के पक्ष में जनमत जुटाने के लिए विरोध मार्च आयोजित किये गये, अदालत में याचिकाएँ दी गयीं, नागरिक आयोग गठित किये गये और विभिन्न प्रकार के अन्य कार्य किये गये।

सत्ताधारी दल और सरकार ने दोषी लोगों के खिलाफ कार्यवाही आगे नहीं बढ़ने दी, क्योंकि बड़े नेताओं ने ही सरकारी तंत्र से मिलीभगत कर नरसंहार भड़काया था। इसके बावजूद 'नागरिक एकता मंच' की सफलता इसमें थी कि उसके बहुमुखी कार्यों की, नवंबर 1984 की हिंसा के स्वरूप के बारे में सामाजिक राय एवं अवधारणा को धीरे-धीरे निर्णायक रूप से बदल देने में बड़ी भूमिका रही। प्रारंभ में हिंदू समुदाय का बड़ा हिस्सा हिंसा एवं लूटपाट को यह कहते हुए माफ कर रहा था कि इंदिरा गाँधी की हत्या से लगे आघात की प्रतिक्रिया में यह 'स्वाभाविक एवं अपरिहार्य' था। वह इसे महज एक और दंगा मान रहा था। उसकी राय में यह क्रोध का स्वाभाविक रूप से फूट पड़ना और हिंदुओं व सिखों के बीच टकराव था।

लेकिन 'नागरिक एकता मंच' और अन्य संगठनों के दृढ़प्रतिज्ञ निरंतर कार्यों से दो साल के भीतर ही इस सामाजिक राय में आमूल परिवर्तन हो गया। अधिकांश लोग इन हत्याओं को उसी रूप में देखने लगे जैसी ये थीं अर्थात पुलिस व प्रशासन के सक्रिय सहयोग से कांग्रेसी नेताओं द्वारा सिखों का पूर्व नियोजित संहार। इसलिए यह अच्छी तरह कहा जा सकता है कि जनता ने हत्यारों के खिलाफ अपना फैसला दे दिया है, भले अदालतें अपना काम करने में विफल रही हों। यह कोई छोटी उपलब्धि नहीं है।

एक अन्य उल्लेखनीय उपलब्धि यह रही कि 'नागरिक एकता मंच' इस पूरी अवधि में सिखों के सामुदायिक संगठनों के साथ निकटता से जुड़ कर काम कर सका।

यह परेशान करनेवाला सवाल है कि 'नागरिक एकता मंच' की मिसाल को दोहराया क्यों नहीं जा सका? खासकर यह देखते हुए कि हाल के वर्षों में मानवाधिकार संगठनों द्वारा किया गया यह सबसे प्रभावशाली राहत, पुनर्वास, रिपोर्टिंग, दस्तावेज संग्रह और जनमत निर्माण का कार्य था। हमें 'नागरिक एकता मंच' के अनुभवों को परखने और अधिक निकटता से यह समझने की जरूरत है कि किन कारणों से इतने व्यापक, विभिन्न समूहों के लोग और संगठन एक मंच पर आ सके और एक लम्बी अवधि तक कुशल एवं प्रभावशाली ढंग से काम कर सके, कैसे यह अराजनीतिक माने जानेवाले लोगों का भी समर्थन पाने में सफल हुआ। मंच में छात्र, गृहिणियाँ, पेशेवर सभी प्रकार के लोग सक्रिय थे, जो सामान्यतः राजनीतिक

कार्यों में शामिल होने में हिचकते हैं। सबसे ऊपर हमें यह तलाश करने की आवश्यकता है कि अधिक व्यापक हिंसा के इस दौर में हममें ही वैसी प्रतिक्रिया क्यों नहीं हुई। आज हम मनोबल गिरे समूह की तरह व्यवहार कर रहे हैं। जो प्रेस बयान जारी करने, सम्मेलन करने और कभी-कभार प्रभावहीन छोटे विरोध मार्च व धरना आयोजित करने से अधिक कुछ सोच ही नहीं पा रहा है। स्थिति की माँग यह है कि हम राजनीतिक रूप से इतने लकवाग्रस्त क्यों हो गये हैं, इसकी फौरन समीक्षा की जानी चाहिए।

इस प्रभावहीनता का कारण, आंशिक रूप से, उस राजनीतिक गुंजाइश का स्वरूप हो सकता है, जिसे अधिकांश साम्प्रदायिकता विरोधी संगठन और मानवाधिकार/नागरिक अधिकार कार्यकर्ता हासिल करना चाहते हैं।

हाल के वर्षों में समुदायों के भीतर कार्य करने पर ध्यान दिये बिना राष्ट्रीय एवं अंतर्राष्ट्रीय नेटवर्क बनाने की प्रवृत्ति बढ़ती गयी है। हम जो सम्मेलन कार्य-शालाएँ, संगोष्ठी और विरोध मार्च भी आयोजित करते हैं, वह कुछ चुने हुए स्थानों पर ही करते हैं और उनमें समान विचारों के लोग ही शामिल होते हैं। मसलन दिल्ली में मण्डी हाउस, इण्डिया गेट और लोदी एस्टेट काम्प्लेक्स के बीच के इलाके में ही अधिकांश गतिविधियाँ होती हैं। कभी-कभी, यह दिखाने के लिए कि हमारे कार्य अभिजात्यवर्गीय नहीं हैं, हम गरीब लोगों के इलाकों में भी विरोध मार्च, नुक्कड़ नाटक, पोस्टर प्रदर्शनी आदि कर लेते हैं। इस प्रकार हम जामा मस्जिद, चाँदनी चौक या मंगोलपुरी होते हुए पर्चे बाँटते, गीत गाते, नारे लगाते गुजर जाते हैं और अंत में एक छोटी जन सभा कर लेते हैं जिसमें अंत तक हमारे भाषण सुननेवाले उन इलाकों के गिने-चुने लोग ही बचते हैं। चूँकि उन इलाकों में हम इसके बाद शायद ही कोई ठोस कार्य करते हैं, इसलिए इसके पहले कि हम अपना कार्यक्रम समाप्त कर इलाके से बाहर आयें, जुलूस, सभा और उसके संदेश को भुला दिया जाता है।

ऐसी गतिविधियाँ अपने पास-पड़ोस एवं अपने समुदाय में आयोजित करने में हम लगातार हिचकते रहे हैं। इसी बिंदु पर मुख्यधारा राजनीतिक पार्टियाँ खासकर भाजपा और आर० एस० एस० हमसे बाजी मार ले जाते हैं। ये अपने कार्यकर्ताओं को अपने पास-पड़ोस और समुदाय में सक्रिय होने के लिए प्रोत्साहित करते हैं, चाहे वे कार्यकर्ता राज्य या राष्ट्रीय स्तर की राजनीति में शामिल हों या न हों। वे अपने समुदाय एवं पास-पड़ोस का सम्मानित सदस्य होने में गर्व महसूस करते हैं। उनकी व्यापक राजनीतिक भागीदारी इन दो स्तरों पर उनके प्रभाव के आधार पर तय होती है। कुल मिला कर आर० एस० एस० और भाजपा की राजनीति चाहे जितनी जहरीली हो, अपने समुदाय में उनके कार्यकर्ताओं की छवि एक समर्पित सामाजिक कार्यकर्ता की होती है, जिस पर संकट के क्षणों में भरोसा किया जा सकता है। उनका राजनीतिक जीवन इनके दैनिक सामाजिक जीवन से अभिन्न रूप से संबद्ध है और यही कारण है कि उनके विचारधारात्मक कार्यों की जड़ इतनी गहरी हो गयी है। यह समुदाय की

संस्कृति में ही घुल-मिल जाती है।

इसके अलावा वे वर्तमान सामाजिक और राजनीतिक संस्थाओं के जरिये काम करने पर ध्यान देते हैं। हो सकता है वे ऐसी नयी संस्थाएँ बना भी रहे हों। मुहल्ला संघों, बिरादरी पंचायतों और ग्राम-पंचायतों पर नियंत्रण-स्थापित कर अपने प्रभाव का इस्तेमाल करने में वे काफी राजनीतिक ऊर्जा लगाते हैं। इसका उद्देश्य केवल चुनाव के समय वोट जुटानेवाला तंत्र अपने पास रखना नहीं होता है, बल्कि सामाजिक प्रभुत्व बनाना और स्थानीय स्तर पर विभिन्न प्रकार के निर्णयों को प्रभावित करना भी होता है। व्यापक गोलबंदी की उनकी क्षमता निश्चित रूप से इसी रोज-ब-रोज के जन संपर्क से बनती है, जिसे सुव्यवस्थित रूप से ठोस रूप देने के लिए वे अपने कार्यकर्ताओं को प्रोत्साहित करते हैं। इस संपर्क से इन संगठनों के लिए नये कार्यकर्ता भी उपलब्ध होते हैं। साथ ही इससे वे अपने राजनीतिक कार्यों के लिए बड़ी मात्रा में धन भी जुटा पाते हैं।

इसके विपरीत अधिकांश साम्प्रदायिकता-विरोधी संगठनों का झुकाव 'राष्ट्रीय नेटवर्क' की ओर होता है। हममें से अत्यन्त कम ने ही अपने पास-पड़ोस एवं समुदायों से शुरू कर समुदाय आधारित कार्य करने का प्रयास किया है। जिन कुछ लोगों ने किया भी है, उन्होंने ऐसा अपने समुदाय के बजाय दूसरे समुदायों में किया है। सामान्यतः उन्होंने विकास एजेंसियों की ओर से गरीबों की बस्तियों, झुग्गी-झोंपड़ियों और गाँवों में 'परियोजनाएँ' चलायी हैं। उन्हें ज्यादातर ऐसे बाहरी लोगों के रूप में देखा जाता है, जो अपने काम के लिए आये हैं–ऐसे सहानुभूतिशील बाहरी के रूप में, जो अपनी खुशी से आते-जाते हैं और अपनी सुविधा के मुताबिक एक परियोजना से दूसरी परियोजना बदल लेते हैं।

अतः हम न केवल अपने समुदाय व पास-पड़ोस से अलग-थलग रह जाते हैं, बल्कि उन लोगों से भी, जिनके पास हम बाहरी मददगार के रूप में जाते हैं। हम लगातार अपने पास-पड़ोस और अपने समुदाय के बीच काम करने से इस बहाने बचते रहे हैं कि ऐसा करने पर हमारा काम केवल मध्य वर्ग एवं अभिजात्य समूहों के बीच सीमित हो जायेगा, जबकि प्रकटतः 'असली' काम वह है जो गरीब एवं उत्पीड़ित लोगों के बीच किया जाता है।

बड़ी संख्या में महिला कार्यकर्ताएँ अपेक्षाकृत सुविधाप्राप्त पृष्ठभूमि से आती है। अपने को 'कांतिकारी' माननेवाले अधिकांश व्यक्तियों की तरह उनमें भी उस अपराध भावना की संभावना रहती है जिसके तहत वे मानती हैं कि मध्य वर्ग में काम करने से उन पर आभिजात्यवादी होने का ठप्पा लग जायेगा। लेकिन चूँकि गरीबों के बीच हमारा काम यत्र-तत्र एवं अनियमित ही रहता है, इसलिए उनके बीच हमें 'अपना आदमी' समझा जाये, हम यह संभावना कभी नहीं बना पाते। व्यापक रूप से यही हमारे हाशिये पर चले जाने तथा अप्रभावी हो जाने का कारण है। कई संगठनों के अधिकाधिक राष्ट्रीय व अंतर्राष्ट्रीय नेटवर्कों का हिस्सा बनने की ओर बढ़ते जाने का भी आंशिक कारण यही है। हम जितना इस ओर बढ़ते हैं, सामाजिक

तनावों एवं संघर्षों के परिदृश्य से उतना ही दूर हटते जाते हैं। सामुदायिक आधार एवं समर्थन न होने के कारण धन व कार्यकर्ताओं का अभाव भी लगातार बना रहता है और इसी कारण धन देनेवाली संस्थाओं से धन लेने की प्रवृत्ति बढ़ी है। इससे 'नेटवर्क' बनाना तो खूब आसान हो जाता है, पर कार्यकर्ता ढूँढ़ना कठिन से कठिन। अधिकांश महिला संगठनों के लिए दैनिक कार्य जारी रखने के लिए भी पर्याप्त कार्यकर्ता तलाश पाना कठिन हो गया है। जो कार्यकर्ता उपलब्ध होती हैं, वे सामाजिक कार्य की नौकरी की तलाश करते हुए या विकास संगठनों से धन प्राप्त करने की आशा में आती हैं।

हिंसा के खिलाफ प्रभावशाली कार्य के लिए हमें स्थानीय एवं समुदायों के स्तर पर कार्य करने की जरूरत है--चाहे वह घरेलू हिंसा हो या दंगों एवं नरसंहारों के दौरान होनेवाली। अपने पड़ोसियों की रक्षा के लिए स्वैच्छिक रक्षा समितियाँ बनायी जानी चाहिए। दिल्ली में नवंबर 1984 के नरसंहार के वक्त यह बात साफ दिखी कि जहाँ प्रतिरोध के लिए पड़ोसी एकजुट हो गये, वहाँ हत्या और आगजनी लगभग रोक दी गयी। यहाँ तक कि जहाँ थोड़ी संख्या में भी दृढ़-प्रतिज्ञ लोग सामने आ गये, हत्यारों एवं लुटेरों का प्रभावशाली ढंग से प्रतिरोध करने में वे सक्षम साबित हुए।

शहर की बात तो छोड़िए, हमने अपने निकट पड़ोस में भी ऐसी गोलबंदी के लिए जमीन तैयार नहीं की है। इसके बाद भी हम 'राष्ट्रीय' स्तर के सम्मेलन एवं कार्यशालाएँ आयोजित करने में लगे हैं। जहाँ भाजपा-आर० एस० एस०-विहिप गठजोड़ अपनी रक्तरंजित राजनीति के लिए देश के सैकड़ों-हजारों लोगों को जुटा सकता है, वहीं मानवाधिकारों और सांप्रदायिक सद्भाव का रक्षक होने का दावा करनेवाले हम लोग अपने-अपने पास-पड़ोस में दस लोग भी ऐसे तैयार करने में अक्षम हैं, जो दंगों और हत्याओं के खिलाफ खड़े हो सकें और उनका विरोध कर सकें। इस असंतुलन को खत्म करने की जरूरत है।

प्रारंभ में मध्य वर्ग के पड़ोसियों के बीच काम करना कम महत्वपूर्ण, यहाँ तक कि व्यर्थ भी, लग सकता है। क्योंकि सांप्रदायिक हिंसा अधिकांशतः गरीबों के इलाकों या बाजारों व शॉपिंग सेण्टरों में भड़कती है। बहरहाल, यहाँ ध्यान में रखने की बात यह है कि मध्य वर्गीय बुद्धिजीवी तबका ही तर्क उपलब्ध कराता है। जिसके बिना सांप्रदायिक ताकतें नफरत एवं अपने दंभ को फैलाना जारी नहीं रख सकतीं। विचारधारात्मक एवं राजनीतिक रूप से प्रभावशाली मध्य वर्ग से अगर स्वीकृति न मिले, तो भाजपा-आर० एस० एस०-विहिप गठजोड़ की शक्ति में जबर्दस्त गिरावट आ जायेगी। मध्य वर्ग को अपने पक्ष में करके ही इस गठजोड़ ने अखबारों में अपनी राजनीति की प्रस्तुति अपने इतने अनुकूल करने में इतनी सफलता प्राप्त की है। साथ ही उसने इसी कारण विश्वविद्यालयों, कॉलेजों और स्कूलों पर पकड़ बनाने तथा सरकारी तंत्र को प्रभावित एवं उसे अपनी छल योजना का हिस्सा बनाने में सफलता हासिल की है, ताकि वह अपने राजनीतिक उद्देश्यों की पूर्ति कर

सके। उदाहरण के लिए उत्तर प्रदेश में पी० ए० सी० के जवान केवल इसीलिए मुसलमानों के खिलाफ बेहिचक हिंसक नहीं हो जाते कि अपने अफसरों एवं नौकरशाही के अन्य हिस्सों से संरक्षण मिलने के प्रति वे आश्वस्त रहते हैं, बल्कि इसलिए भी कि हिंदू मध्य एवं उच्च-वर्ग का बहुत बड़ा हिस्सा, जिसमें राज्य के अधिकांश अखबार भी शामिल हैं, पी० ए० सी० की गैरकानूनी कार्रवाइयों का मुखर समर्थक हो गया है।

मध्य वर्ग के फासीवादी हो जाने पर उसे ज्यादातर मौकों पर नफरत के अपने अभियानों को आगे बढ़ाने में गरीब उत्पीड़ित वर्गों का इस्तेमाल करने में सफलता मिल जाती है। हर दंगे के बाद यह बात साफ हुई है कि मध्यवर्ग के नेतृत्व में हुए नरसंहारों में गरीबों व दलितों का मुसलमानों पर हमला करने के लिए इस्तेमाल किया गया। मध्य वर्ग की स्वीकृति एवं भागीदारी से हत्या और दंगे सम्मानजनक गतिविधि लगने लगते हैं। अगर यह स्वीकृति न मिले तो भाजपा-आर० एस० एस०-विहिप गठजोड़ के लिए मुस्लिम विरोधी हिंसा में गरीबों व दलितों को यह समझा कर शामिल करना कठिन हो जायेगा कि अपने ही देश के नागरिकों को लूट कर एवं उनकी हत्या कर वे राष्ट्र की रक्षा कर रहे हैं।

हमें मध्य वर्ग के प्रति अपमान का भाव रखने के अपने दृष्टिकोण पर पुनर्विचार करने की आवश्यकता है। इस वर्ग से अपने जुड़े होने को लेकर होने वाली लज्जा एवं अपराध बोध से हमें उबरने की जरूरत है। केवल तभी हम साम्प्रदायिकता विरोध और मानवाधिकारों की राजनीति को मजबूत करने के लिए अपनी अपेक्षाकृत सुविधा-प्राप्त स्थिति का उपयोग कर सकेंगे।

जब तक हम मध्य वर्ग और आभिजात्य समूहों के बड़े हिस्से को मानवाधिकारों के सम्मान पर आधारित राज्य व्यवस्था के प्रति सहमत नहीं कर लेते हम सांप्रदायिक घृणा एवं हिंसा की विचारधारा का मुकाबला नहीं कर सकते। हम इसे पसंद करें या नहीं, मध्य वर्ग व आभिजात्य समूहों की हमारे समाज में वर्चस्वकारी भूमिका है। भारत में मध्य वर्ग की संख्या बड़ी है और उसमें वृद्धि हो रही है। उसका विचारधारात्मक प्रभाव सचमुच व्यापक है। हमने समाज के इस महत्त्वपूर्ण हिस्से में राजनीतिक कार्य करने को पूरी तरह नजरअंदाज किया है और इस तरह हम उसे मानवीय, लोकतांत्रिक अधिकारों की राजनीति के बजाय घृणा में डूबी अधिनायकवादी सांप्रदायिक राजनीति की ओर अधिकाधिक झुकने से नहीं रोक पाये हैं। इतिहास में अक्सर आभिजात्य वर्गों की सत्ता को बहुत ही प्रभावशाली चुनौती इसी वर्ग के परिवर्तनवादी समूहों से मिली है। खासकर मध्य वर्ग में उन उद्देश्यों के लिए गोलबंद होने की बड़ी प्रवृत्ति होती है, जिनसे उन्हें कोई तात्कालिक भौतिक लाभ मिलनेवाला नहीं होता है। इसलिए यह सुनिश्चित करना महत्त्वपूर्ण है कि यह प्रवृत्ति विध्वंसात्मक कार्यों से न जुड़ जाये, जैसा कि भाजपा के सांप्रदायिक अभियान में हो रहा है। गाँधी जी की सफलता का राज यही था कि उन्होंने समाज के कुछ सुविधाप्राप्त समूहों में होने वाले आदर्शवाद को रचनात्मक उद्देश्यों में लगा दिया। वे उन समूहों को संकी

स्वार्थ की राजनीति से उठ कर वंचित और तिरस्कृत तबकों की भलाई में लगने के लिए प्रेरित कर सके। चरखा कातना एवं खादी बुनना, छुआछूत दूर करने और स्त्री समानता को बढ़ावा देने में लगना, विभाजन के बाद पाकिस्तान से हिंदुओं को खदेड़े जाने के बाद भी भारत में मुसलमानों के रहने के अधिकार को स्वीकार करना–ये सब यह दिखाते हैं कि मध्य वर्ग और आभिजात्य समूहों के कुछ हिस्से कैसे समाज के उत्पीड़ित तबकों के प्रति कुछ जिम्मेदारी के साथ काम कर सकते हैं। स्वतंत्रता के बाद देश में इस संभावना को हमारे गंभीरता से न ले पाने का ही यह परिणाम है कि भाजपा–आर० एस० एस०–विहिप गठजोड़ ने मध्य वर्ग को सामाजिक रूप से विध्वंसकारी उद्देश्यों के पक्ष में कर लिया।

इसलिए पास–पड़ोस पर आधारित राजनीति के जरिये मध्य वर्ग को भाजपा–आर० एस० एस०–विहिप गठजोड़ से अलग करना तात्कालिक आवश्यकता है।

यह सबको पता है कि लगभग हर मौके पर दंगाइयों, हत्यारों और लुटेरों को सरकारी तंत्र एवं नेताओं का संरक्षण व प्रोत्साहन प्राप्त रहता है। इस कारण हिंदुओं और मुसलमानों के बीच लड़ाई का धरातल अत्यंत असामान्य हो गया है, क्योंकि सरकारी और राजनीतिक तंत्र पर हिंदुओं का वर्चस्व एवं नियंत्रण है। इससे बहुसंख्यक समुदाय के दंगाइयों को अत्यंत प्रोत्साहन मिलता है। पुलिस और अन्य संरक्षकों के प्रति आश्वस्त होने के कारण उनमें बदला लिये जाने का भय भी नहीं रहता। इस गठजोड़ को केवल सरकारी तंत्र को उसके कार्यों के लिए अधिक जवाबदेह बना कर ही तोड़ा जा सकता है। यह कार्य मध्य वर्गीय बुद्धिजीवियों की मदद के बिना समाज के असुरक्षित तबके नहीं कर सकते। उत्पीड़ित वर्गों के विरोध और माँगों की या तो उपेक्षा कर दी जाती है या इसके बदले उनका और दमन किया जाता है। लेकिन अगर आभिजात्य समूहों के एक बड़े हिस्से को सरकारी व राजनीतिक तंत्र के बढ़ते अपराधीकरण का विरोध करने के लिए संगठित किया जाये तो प्रतिरोधक शक्ति के रूप में उनके सफल होने की अधिक संभावना है।

इस उद्देश्य की प्राप्ति के लिए सरकारी तंत्र के कुकृत्यों के खिलाफ विरोध की सामान्य आवाज उठाने और दोषी लोगों को सजा देने की अस्पष्ट माँग करने के बजाय अपनी माँगें साफ–साफ रखना आवश्यक है। अगर सरकार को उसके कार्यों के लिए जवाबदेह बनाना है तो जिम्मेदारी उसके निश्चित पदाधिकारियों पर तय करनी होगी। हमारी माँगें ये होनी चाहिए–

(1) पुलिस पर राजनीतिक नियंत्रण जनता का हो और पुलिस जनता के प्रति उत्तरदायी रहे। इसका मतलब यह है कि हर इलाके में पुलिस स्थानीय निवासियों की सेवा में रहे। पुलिसकर्मियों की भर्ती और उन्हें बर्खास्त करने का अधिकार भी स्थानीय निवासियों के निर्वाचित प्रतिनिधियों के हाथ में रहे। इससे पुलिस के लिए स्थानीय आबादी पर मनमानी ज्यादती करना कठिन हो जायेगा। अभी पुलिसकर्मी अगर जवाबदेह हैं भी तो अपने जिला स्तरीय अफसरों के प्रति हैं। स्थानीय निवासियों

के प्रति उनकी कोई जवाबदेही नहीं है।

केन्द्र सरकार के नियंत्रणवाले पुलिस बल का कार्यक्षेत्र केवल राष्ट्रीय स्तर पर होने वाले अपराधों तक ही सीमित होना चाहिए। उन्हें सिर्फ स्वतंत्र रूप से निर्वाचित स्थानीय सरकारों के अनुरोध पर ही या स्थानीय पुलिस द्वारा मौलिक मानवाधिकारों के हनन की स्थिति में ही स्थानीय स्तर पर हस्तक्षेप करने की इजाजत दी जानी चाहिए।

(2) पी० ए० सी० और ऐसे सभी अर्द्धसैनिक बलों को भंग किया जाये जिनका अल्पसंख्यकों के खिलाफ हिंसा से निपटने के दौरान भेदभाववाले रुख या अल्पसंख्यकों का संहार करने वाला रिकार्ड रहा है। ये अर्द्धसैनिक बल जहाँ तैनात किये जाते हैं, वहाँ के निवासियों के प्रति उत्तरदायी नहीं होते।

(3) उनके बदले सांप्रदायिक और अल्पसंख्यक विरोधी हिंसा को रोकने के लिए एक विशेष शांति बल बनाया जाये। हर इलाके में उस इलाके में रहनेवाले अल्पसंख्यकों का इसमें समान प्रतिनिधित्व हो। अर्थात इसमें प्रतिनिधित्व अल्पसंख्यकों के राष्ट्रीय प्रतिशत के अनुपात में न हो, मसलन मुसलमानों के लिए 11 प्रतिशत और आदिवासियों के लिए सात प्रतिशत। बल्कि यह प्रभावित इलाके में उस अल्पसंख्यक के प्रतिशत के बराबर हो। मसलन उत्तर प्रदेश के किसी दंगाग्रस्त इलाके में मुसलमानों का जितना प्रतिशत है या दक्षिण बिहार अथवा उत्तरी-पूर्व में आदिवासियों का जितना प्रतिशत है, उतना। इससे यह बल किसी दंगाग्रस्त इलाके में किसी अल्पसंख्यक के साथ भेदभाव नहीं कर सकेगा। अल्पसंख्यक समुदायों को उचित प्रतिनिधित्व देने के सिद्धांत का पालन सर्वोच्च स्तर समेत हर स्तर पर किया जाये।

(4) विधायक और सांसद सांप्रदायिक हत्याएँ रोकने के प्रभावशाली उपाय करें, यह सुनिश्चित करने के लिए विधान में उचित परिवर्तन किया जाये। इस बात का कानूनी प्रावधान किया जाये कि जिस सांसद या विधायक के निर्वाचन क्षेत्र में नरसंहार या दंगा होता है, उसकी सदस्यता खत्म कर दी जायेगी और उसे दोबारा चुनाव लड़ने के अयोग्य करार दिया जायेगा। नेता वोट बैंक बनाने के उद्देश्य से दंगा न भड़कायें, यह व्यवस्था करने के लिए दंगे को राजनीतिक रूप से हानिकारक बनाने की जरूरत है।

(5) इसी तरह उपायुक्त के लिए यह अनिवार्य कर दिया जाना चाहिए कि दंगे में किस समुदाय के कितने लोग मारे गये, घायल हुए और विकलांग हुए तथा किस समुदाय की कितनी संपत्ति नष्ट हुई, इसका विस्तृत ब्यौरा दें। अगर यह साबित हो जाये कि उपायुक्त ने गलत सूचना दी है, तो उसे फौरन नौकरी से बर्खास्त कर दिया जाना चाहिए। सरकार के नियोजित ढंग से गलत सूचनाएँ देने से भाजपा-आर० एस० एस०-विहिप का काम आसान हुआ है। विश्वसनीय और सही सूचना के अभाव में इस गठजोड़ ने अतिशयोक्तिपूर्ण निराधार अफवाहों के जरिए हिंदुओं में चारों ओर से घिर गये व्यक्ति की मानसिकता पैदा कर दी है। हिन्दू यह

मानने लगे कि वे हमले के शिकार हैं जबकि दंगों में ज्यादातर मुसलमान ही मारे और लूटे गये हैं।

(6) कानूनी परिवर्तन कर यह सुनिश्चित किया जाना चाहिए कि जहाँ भी दंगा हो, वहाँ के उपायुक्त एवं पुलिस अधीक्षक से पूछताछ हो सके। मामले को एक साल से अधिक लटकाना असंभव बना दिया जाना चाहिए।

अगर निश्चित सरकारी पदाधिकारियों और निर्वाचित प्रतिनिधियों को सांप्रदायिक हिंसा के लिए उत्तरदायी मानने की शुरुआत हो जाये तो अपराधी राजनीतिज्ञों, नफरत के धर्मान्ध सौदागरों और सरकारी तंत्र के भयानक अंतर्संबंध को शायद तोड़ा जा सकता है।

●

साम्प्रदायिकता से संघर्ष किस तरह न करें?

राजकिशोर

साम्प्रदायिकता से लड़ना एक रचनात्मक संघर्ष है। चूँकि रचना का कोई बना बनाया फार्मूला नहीं होता, अतः साम्प्रदायिकता विरोधी संघर्ष भी हर समय कुछ मौलिक तौर-तरीकों की माँग करता है। गाँधी जी के समय जो तरीके सफल हुए, जरूरी नहीं कि वे आज भी सफल हो जायें। आज के तरीके कल बेकार सिद्ध हो सकते हैं। सच तो यह है कि यह संघर्ष जैसे-जैसे तीव्र और व्यापक होता है, नये-नये तरीके सामने आते जाते हैं। अतः उनके बारे में कोई भविष्यवाणी नहीं की जा सकती। लेकिन साम्प्रदायिकता विरोधी संघर्ष के पिछले अनुभवों से जो सबक हासिल हुए हैं, उनके आधार पर यह चेतावनी अवश्य दी जा सकती है कि साम्प्रदायिकता के विरुद्ध संघर्ष किस-किस तरह न किया जाये। कहना न होगा कि इसे पहचानना भी साम्प्रदायिकता विरोधी संघर्ष का ही एक हिस्सा है। साम्प्रदायिकता के साथ यदि गलत तरीकों से संघर्ष किया गया, तो नतीजे अच्छे नहीं हो सकते।

साम्प्रदायिकता से लड़ने का एक गलत तरीका यह है कि वह सत्ता संघर्ष का हिस्सा दिखाई पड़ने लगे। साम्प्रदायिकता फैलानेवालों को आम तौर पर राजसत्ता की जरूरत नहीं होती है। वे यह काम प्रायः 'प्राइवेट सेक्टर' के ही माध्यम से करते हैं। लेकिन साम्प्रदायिकता में जैसे-जैसे उग्रता आती जाती है, वह राज्य पर कब्जा करना चाहती है। खास तौर से बहुमत की साम्प्रदायिकता। लेकिन चूँकि सम्प्रदायवादी की पहली प्राथमिकता साम्प्रदायिक दृष्टि का विस्तार है-राजसत्ता उसका महज एक औजार है, इसलिए सम्प्रदायवादियों का एक बड़ा हिस्सा हमेशा ऐसा रहता है जो राज्याश्रयी नहीं होता। अतः यह सामाजिक धारणा बनती है कि सम्प्रदायवादी गद्दी के भूखे नहीं हैं। वे तो एक सही उद्देश्य के लिए संघर्ष कर रहे हैं उदाहरण के लिए राम जन्म भूमि मंदिर के सवाल पर कल्याण सिंह सरकार ने अपने को दाँव पर लगा दिया। आजाद भारत में यह इस तरह की एक मात्र घटना थी, जिसमें सिद्धांत के सवाल पर कोई सरकार गिरी। यह सच है कि सम्प्रदायवादी जब सत्ता पर कब्जा कर लेते हैं तो बाकी सभी लोगों के लिए मुश्किल होने लगती है, क्योंकि वह फासिस्ट विचार का ही एक प्रकार है। फासिस्ट जब सत्ता में आते हैं तो उसकी सभी लोकतांत्रिक सम्भावनाओं को नष्ट करने का प्रयास करते हैं। अतः यह प्रयत्न तो होना

ही चाहिए कि राज्य की शक्तियों पर साम्प्रदायवादियों का कब्जा न होने पाये। लेकिन यदि यही प्रयास मुख्य हो गया और सम्प्रदायवाद से संघर्ष को व्यापक बनाने का काम गौण, तो जन भावना यह बनेगी कि साम्प्रदायिकता से संघर्ष करनेवाले लोग साम्प्रदायिकता की उपस्थिति तो सहन कर सकते हैं; पर राज्य पर कब्जा नहीं। यानी साम्प्रदायिकता उस हद तक बुरी नही है, जिस हद तक वह राज्य के लिए खतरा नहीं है। इससे साम्प्रदायिकता विरोधियों की नैतिकता के बारे में शक होने लगता है और सम्प्रदायवादियों के साथ सहानुभूति पैदा होने लगती है। लोगों को लगता है कि राज्य सत्ता पर सम्प्रदायवादियों का जायज हक मारा जा रहा है।

क्या सम्प्रदायवादियों को सत्ता में आने से रोकने के लिए लोकतंत्र का गला भी घोटा जा सकता है या अलोकतांत्रिक उपायों का सहारा भी लिया जा सकता है? इस प्रश्न का उत्तर दे पाना अत्यन्त कठिन है। वस्तुतः यह दो बुराइयों में से एक के चयन का मामला है। सम्प्रदायवादी सत्ता में आ जाते हैं तो यह निश्चित है कि वे धर्मनिरपेक्ष लोगों के सत्ता में आने का रास्ता बन्द करने की कोशिश करेंगे। इसके विपरीत यदि सिर्फ सम्प्रदायवादियों को रोकने के लिए धर्मनिरपेक्ष ताकतों द्वारा लोकतंत्र अवरुद्ध किया जाता है तो उसके पुनर्जीवित होने की सम्भावना बनी रहती है। लेकिन लोकतंत्र का निलम्बन एक प्रकट अन्याय है और उससे सम्प्रदायवादी भीतर ही भीतर मजबूत होते हैं। अतः सामान्यतः साम्प्रदायिकता विरोधी संघर्ष में लोकतंत्र के नियमों का पालन किया ही जाना चाहिए। इससे धर्मनिरपेक्ष लोगों की नैतिक चमक बनी रहती है। अगर कोई बहुसंख्यक समाज इतना साम्प्रदायिक हो गया है कि तानाशाही के जरिये ही उस पर काबू पाया जा सकता है तो बेहतर है कि सम्प्रदायवादियों को सत्ता में आने दिया जाये। इससे उनकी ऊर्जा अपने आप समाप्त होगी। असाम्प्रदायिक विकल्प अन्ततः समाज के अन्तर्संघर्ष से ही निकलते हैं, अतः मूल संघर्ष तो उसी स्तर पर करना होगा। सिर्फ राजसत्ता का आश्रय बहुत दूर तक मदद नहीं कर सकता।

साम्प्रदायिकता विरोधी संघर्ष की दूसरी शिक्षा यह है कि जो बुराइयाँ सम्प्रदायवादियों में हैं, वे साम्प्रदायिकता से संघर्ष करने वालों में नहीं होनी चाहिए। यदि एक ही तरह की बुराइयाँ दोनों में पायी गयीं तो इन बुराइयों की घृणास्पदता खत्म हो जाती है। तथा सम्प्रदायवादियों पर इनका आरोप जनता की निगाह में बेकार हो जाता है। मसलन सम्प्रदायवादी झूठ बोलते हैं, तो साम्प्रदायिकता विरोधी लोगों को झूठ से बचना चाहिए। वे अतिरंजना करते हैं, तो इन्हें भी अतिरंजना नहीं करनी चाहिए। वे दो लाख को चार लाख बताते हैं तो इन्हें पचास हजार नहीं बताना चाहिए। इसी तरह सम्प्रदायवादियों पर यदि यह आरोप लगाया जाता है कि वे संविधान के मूल्यों का आदर नहीं करते, तो इन्हें भी संविधान के मूल्यों का अनादर करते हुए नहीं दिखाई पड़ना चाहिए। ऐसा नहीं हो सकता कि संविधान सिर्फ साम्प्रदायिक लोगों के लिए एक पवित्र दस्तावेज रहेगा और बाकी लोगों के लिए एक ऐसी पोथी, जिसे मनमर्जी से तोड़ा-मरोड़ा जा सकता है या उसकी अपनी सुविधानुसार अवहेलना की जा सकती है। हाल में धर्मनिरपेक्ष जमातों द्वारा भारतीय संविधान की बहुत महिमा

गायी गयी। लेकिन क्या यह किसी से छिपा है कि उनके लिए भी भारतीय संविधान एक अवमूल्यित दस्तावेज है? संविधान का कौन-सा अनुच्छेद है, जिसकी आत्मा की हत्या या उसका प्रयास नहीं हुआ है? और इससे कौन दल अपने को बरी कह सकता है? फिर संविधान के मूल्यों के प्रति-धर्मनिरपेक्षता जिनमें से एक है-जनसाधारण के मन में कैसे आस्था जमायी जा सकती है? स्पष्ट है कि सम्प्रदायवादी पर अगर आरोप यह है कि वह फासिस्ट तरीके अपना रहा है, तो सम्प्रदायिकता का विरोध करनेवाले फासिस्ट तरीके नहीं अपना सकते, अन्यथा फासिस्ट तरीकों को वैधता मिल जायेगी और यह आरोप कारगर नहीं हो सकेगा कि सम्प्रदायवादी फासिस्ट होते हैं। संक्षेप में साम्प्रदायिकता का विरोध करनेवालों को यह सिद्ध करना होगा कि वे संप्रदायवादियों से बेहतर मनुष्य है, तभी जनमानस पर उनकी अपील का प्रभाव हो सकता है। यदि ये भी उतने ही झूठे और कपटी हुए तो सम्प्रदायवादी की सामाजिक ताकत कमजोर नहीं कर सकते।

साम्प्रदायिकता विरोधी लोगों को उन वाजिब चीजों की मुखालफत नहीं करनी चाहिए जिनकी सम्प्रदायवादी वकालत कर सकता है या कर रहा है। मानव जीवन को सिर्फ काले-सफेद में बाँट कर देखना एक त्याज्य रूढ़ि है। अक्सर सत्तारूढ़ दल को प्रतिपक्षी दलों में कोई अच्छाई दिखाई नहीं पड़ती। इसी तरह प्रतिपक्षी भी यह मानने को तैयार नहीं होता कि सत्तारूढ़ दल में कुछ गुण भी हो सकता है। यह दृष्टि सत्ता संघर्ष की है। साम्प्रदायिकता के संघर्ष चूँकि एक सामाजिक और सांस्कृतिक संघर्ष है, अतः इसे सपाट, संवेदनहीन और एकान्तिक नहीं होना चाहिए। यह कहने का अभिप्राय यह नहीं है कि साम्प्रदायिक दृष्टि में भी कुछ वैधता हो सकती है। निश्चिय ही यह एक अवैध दृष्टि है और वैध माँगों या उचित शिकायतों को भी दूषित तथा जहरीला बना डालती है। लेकिन अक्सर यह भी होता है कि वह कुछ वैध इच्छाओं पर अवैध इच्छाओं का वृहत्तर तानाबाना बुनती है। वह दो-चार खरे सिक्कों के साथ ढेरों खोटे सिक्के मिला देती है और सबको एक साथ चलाने की कोशिश करती है। जो लोग साम्प्रदायिकता से संघर्ष कर रहे हैं, उनमें इतनी तमीज होनी चाहिए वे इन खरे सिक्कों को पहचान सकें और खोटे सिक्कों को समाज-बहिष्कृत कर सकें।

मसलन सम्प्रदायवादी यदि अल्संख्यक तुष्टीकरण का सवाल उठाता है तो पता लगाना चाहिए कि उसकी यह दलील समाज में स्वीकृत क्यों हो रही है। इसी तरह यदि सम्प्रदायवादी यह पूछता है कि अमुक शरणार्थियों के साथ ज्यादती क्यों हो रही है, तो इसका सही जवाब मिलना चाहिए-भले ही वह (ईमानदार) जवाब यह हो कि हम तो इतने निकम्मे हैं कि सभी शरणार्थियों की एक जैसी उपेक्षा कर रहे हैं। सम्प्रदायवादी की निगाह हमेशा कुछ खास दुःखों की ओर जाती है। अधिकांशतः ये दुःख काल्पनिक होते हैं। इनका सच्चा, विश्वसनीय और लगातार खण्डन जरूरी है। पर यह भी जरूरी है कि जो दुःख तनिक भी वास्तविक प्रतीत होते हैं, उन्हें दूर किया जाये। अन्यथा सम्प्रदायवादी की विश्वसनीयता बढ़ती जायेगी।

इस संदर्भ में बाँग्लादेशी शरणार्थियों के सवाल का उदाहरण मौजूँ होगा। इसमें

कोई संदेह नहीं कि भारतीय जनता पार्टी साम्प्रदायिक आधार पर यह सवाल उठाती है। उसे न तो शरणार्थियों से सहानुभूति है और न उसकी विशाल संख्या से भारत की अर्थव्यवस्था और सामाजिक संरचना पर पड़ने वाले प्रभाव से। अगर ये शरणार्थी हिंदू होते तो भाजपा का मुद्दा होता कि उनकी उचित देखभाल क्यों नहीं की जा रही है। कहना न होगा कि यह साम्प्रदायिक विभाजन बहुत ही खतरनाक और मानव विरोधी है। धर्मनिरपेक्ष लोगों को ये पहलू जनता के सामने रखने चाहिए। लेकिन वे शरणार्थियों की इतनी बड़ी संख्या को नजरअंदाज कैसे कर सकते हैं? आखिर यह एक समस्या तो है ही और इसका उचित निपटारा होना ही चाहिए। इसी तरह मुस्लिम सिविल लॉ के संशोधन का सवाल है। असाम्प्रदायिक लोगों को यह घोषणा तो करनी ही चाहिए कि मुसलमानों पर सामाजिक सुधार लादा नहीं जायेगा। लेकिन यह दबाव तो उन पर बनाये ही रखना होगा कि वे अपने निजी कानून को मानवीय तथा समानतावादी बनायें मसलन पुरुषों द्वारा चार विवाहों की सुविधा को वे खत्म नहीं कर सकते तो स्त्रियों को भी चार विवाह की सुविधा दें। एक देश में कई सिविल कानून चल सकते हैं, बशर्ते वे सभी न्याय पर आधारित हों। लेकिन जब यह कुतर्क किया जाता है कि मौजूदा मुस्लिम निजी कानून के बावजूद बहुविवाह की प्रथा हिंदू पुरुषों में ही ज्यादा है तो तथ्य होने के बावजूद यह पक्षपात का एक सीधा उदाहरण लगता है।

साम्प्रदायिकता से लड़ने का एक बहुविदित तरीका यह है कि बहुसंख्यकों की साम्प्रदायिकता से लड़ते हुए अल्पसंख्यकों की साम्प्रदायिकता के प्रति सहनशीलता न दिखायी जाये। यह बात इतनी बार कही गयी है कि इस पर जोर देना धरती के गोल होने पर जोर देने के बराबर होगा। अतः यहाँ इस प्रवृत्ति के दूसरे रूपों की याद दिलायी जा रही है। बहुसंख्यकों की साम्प्रदायिकता से संघर्ष करते हुए यह नहीं होना चाहिए कि उसका प्रतिनिधित्व करने वाले कुछ संगठनों पर प्रतिबन्ध लगाया जाये और कुछ अन्य संगठनों को बख्श दिया जाये। मसलन ख भी अगर क जैसी ही बात करता है तो रोक सिर्फ क पर नहीं लगनी चाहिए ख पर भी लगनी चाहिए। यही बात अल्पसंख्यकों की साम्प्रदायिकता के बारे में भी सच है। यहाँ भी कोई भेदभाव नहीं होना चाहिए। अल्पसंख्यकों के कुछ साम्प्रदायिक संगठनों पर रोक लगाना और कुछ के साथ गठजोड़ करना खतरनाक साबित हो सकता है। यदि साम्प्रदायिक संगठनों पर रोक लगाने में सुविधा–असुविधा का ध्यान रखा जाता है और भेदभाव किया जाता है, तो लोगों के मन में संघर्ष के उद्देश्य के बारे में शक होने लगता है। वे सोचने लगते हैं कि यह सिद्धांत का नहीं, सत्ता का संघर्ष है। सच्चा साम्प्रदायिकता विरोधी अवसरवाद या कायरता का शिकार नहीं हो सकता। यह जरूर सम्भव है कि वह इतिहास के किसी खास क्षण में किसी एक प्रकार की साम्प्रदायिकता से संघर्ष पर ज्यादा बल दे और दूसरे प्रकार की साम्प्रदायिकता से संघर्ष पर कम।

इसी सीख से यह निष्कर्ष भी निकलता है कि साम्प्रदायिकता से संघर्ष करने वाले राजनीतिक दलों को स्वयं भी साम्प्रदायिकता के किसी भी रूप को प्रश्रय देने से

बचना चाहिए। खास तौर से तब जब वे सत्तारूढ़ भी हों। यह निर्णायक महत्व की बात है। जब किसी भी समाज में साम्प्रदायिकता होती है, तो सरकार से (यानी सरकारी दल या दलों से) आशा की जाती है कि वह इसका लाभ नहीं उठायेगी या इसे प्रश्रय नहीं देगी। जब यह आशा पूरी नहीं होती, तो फिर साम्प्रदायिकता की भाषा को स्वीकृति मिलने लगती है और साम्प्रदायिकताओं में प्रतिद्वंद्विता होने लगती है। साम्प्रदायिक आचरण को जरा भी मान्यता मिली तो फिर वही जीतेगा जो ज्यादा साम्प्रदायिक है। साथ ही, यह भी याद रखना चाहिए कि सरकारी दल की तनिक-सी भी साम्प्रदायिकता विपक्षी दलों की ढेर सारी साम्प्रदायिकता के बराबर नुकसानदेह होती है। इसके अलावा पहली दूसरी के लिए औचित्य मुहैया करती रहती है।

इस पर जोर देना इसलिए जरूरी है कि हमारे देश में अल्पसंख्यकों की रक्षा का आदर्श तो बहुत बघारा जाता है, लेकिन उनसे किसी को वास्तविक प्रेम नहीं है। सम्प्रदायवादी तो उनसे घृणा करते ही हैं, लेकिन धर्मनिरपेक्ष लोग भी सिर्फ राजनीतिक लाभ उठाना चाहते हैं। अतः उनके हित के लिए सिर्फ प्रतीकात्मक काम किये जाते हैं। मसलन कुछ पदों पर उन्हें बनाये रखना या उनके लिए कुछ कानूनी सुविधाओं की सृष्टि कर देना। धर्मनिरपेक्ष दलों में उनके वोट पर कब्जा करने की एक अप्रत्यक्ष प्रतिद्वंद्विता भी चलती रहती है। इससे बहुसंख्यक समाज में एक प्रकार की ईर्ष्या का जन्म होता है। सीधी-सी बात यह है कि जब किसी राजनीतिक दल में जनसाधारण के प्रति संवेदना होगी, तो वह सिर्फ अल्पसंख्यकों के प्रति प्रकट नहीं होगी-बहुसंख्यकों के प्रति भी प्रकट होगी। सच तो यह है कि भारत जैसे देश में अल्पसंख्यकों और बहुसंख्यकों दोनों की वास्तविक समस्याएँ बहुत कुछ एक जैसी है। अतः मुसलमानों की शिक्षा के लिए विशेष स्कूल खोले जायेंगे, तो गैर-मुसलमानों के लिए स्कूल क्यों नहीं खोले जायेंगे? अल्पसंख्यकों के लिए विशेष प्रयत्न किये जाने चाहिए, लेकिन उनसे तभी कोई असंगति पैदा नहीं होगी जब बहुसंख्यकों के कष्टों का भी निवारण हो रहा हो। इसके विपरीत सिर्फ राजनीतिक लाभ के लिए यदि अल्पसंख्यकों के हित में कुछ प्रतीकात्मक कदम उठाये जायेंगे, तो पक्षपात या तुष्टीकरण का मुद्दा सामने आयेगा ही। कहना न होगा कि भाजपा के बहुत-से अपप्रचार की रसद तथाकथित धर्मनिरपेक्ष दलों ने ही मुहैया की है।

ऐसा भी नहीं होना चाहिए कि साम्प्रदायिकता से संघर्ष कभी बहुत तेज हो जाये और कभी बिलकुल भुला दिया जाये। यह राजनीतिक अवसरवाद है। यह सच है कि सभी संघर्षों में उतार-चढ़ाव आता है। लेकिन यह मानव स्वभाव की बात है। भारत में साम्प्रदायिकता से संघर्ष तभी जरूरी समझा जाता है जब वह राज्य सत्ता पर कब्जा करने की धमकी दे रही हो। बाकी समय उसकी उपेक्षा की जाती है। बाबरी मस्जिद गिरा देने के बाद साम्प्रदायिकता विरोधी संघर्ष में उफान-सा आ गया था, लेकिन अब मामला धीरे-धीरे फिर ठण्डा होने लगा है। हमें भूलना नहीं चाहिए कि साम्प्रदायिकता आम तौर पर इतिहास की गलत समझ तथा कुशिक्षा की जमीन पर ही अपना काम करती है। अतः उसके खिलाफ संघर्ष एक व्यापक सांस्कृतिक अभियान

माँगता है। यह अभियान लगातार जारी रहना चाहिए। सम्प्रदायवादी अपना काम सतत् और झूठे प्रचार के जरिये करता है। उसकी सतत् काट होनी चाहिए। महात्मा गाँधी की हत्या के बावजूद हिन्दू साम्प्रदायिकता की खतरनाक सम्भावनाओं को नहीं पहचाना गया तथा उन्हें निरस्त करने के लिए उचित तथा पर्याप्त कदम नहीं उठाये गये, इसीलिए आज भाजपा भूत की तरह भारतीय राजनीति पर मँडरा रही है।

लेकिन साम्प्रदायिकता विरोधी संघर्ष में जरूरत से ज्यादा उत्साही या गुस्सैल भी नहीं हो जाना चाहिए। उदाहरण के लिए भाजपा ने राम मंदिर के सवाल को अपना मुद्दा बनाया तो ऐसे टिप्पणीकारों की बाढ़-सी आ गयी, जिन्हें राम में कोई गुण दिखना तो दूर अवगुण ही अवगुण दिखाई पड़ने लगे। बेशक सीता और शम्बूक के मामले में राम स्त्री और शूद्र विरोधी साबित हुए, लेकिन हमें नहीं भूलना चाहिए कि उन्होंने अहिल्या का उद्धार भी किया था और जनजातियों के साथ आत्मीयता भी स्थापित की थी। शबरी के प्रति उनका प्यार क्या कोई मामूली घटना है? भाजपा ने राम को जिस बात का प्रतीक बनाया है, उसकी आलोचना आवश्यक है, किन्तु राम को पूरी तरह खारिज करने से सामान्य हिंदू का तो आप दिल ही दुखायेंगे और उसे भाजपा की तरफ धकेलेंगे। इसी तरह कोई भाजपाई अगर महात्मा गाँधी को राष्ट्रपिता मानने को तैयार नहीं तो तैश में आने की जरूरत नहीं। आप कह सकते हैं कि हाँ, गांधी जी अकेले राष्ट्रनायक नहीं हैं, सुभाष, भगत सिंह, मौलाना आजाद भी महत्त्वपूर्ण राष्ट्र नायक हैं। तब आप यह भी पूछ सकते हैं कि राष्ट्रीय नायकों की इस कतार में आर० एस० एस० का एक भी संघ चालक क्यों नहीं शामिल हो पाया, जबकि संघ की स्थापना 1925 में ही हो गयी थी। फिर महात्मा गांधी का बचाव जब ऐसे लोग करें, जिनके जीवन में गांधी के किसी भी मूल्य के प्रति सम्मान दिखाई नहीं देता तो फिर जनसाधारण पर इसका उल्टा असर ही पड़ता है।

सामान्यतः असाम्प्रदायिक होना कोई अतिरिक्त गुण नहीं है। यह एक नागरिक की आदत होनी चाहिए। साम्प्रदायिक होना जरूर एक गम्भीर विचलन है। अतः असांप्रदायिक होने पर बहुत गर्व करने की जरूरत नहीं, न इसे किसी को अपनी, अतिरिक्त योग्यता के रूप में विज्ञापित करना चाहिए। बेशक कभी-कभी ऐसा वक्त आता है जब असाम्प्रदायिक होना ही सबसे बड़ी विशेषता जान पड़े। आज शायद ऐसा ही वक्त है। लेकिन सिर्फ साम्प्रदायिकता विरोधी संघर्ष से देश को बचाया तो जा सकता है, उसे बनाया नहीं जा सकता। देश का निर्माण करने के लिए कुछ अन्य गुणों की भी जरूरत होगी, जैसे लोगों के भौतिक दुःखों को दूर करने की साधना, एक बेहतर समाज बनाने का प्रयास आदि। वस्तुतः इस तरह की तड़प ही बुद्धिजीवियों और देशकामी राजनीतिक नेताओं तथा कार्यकर्ताओं को जनसाधारण के करीब ले जायेगी तथा उनके सुख-दुःख में सहभागी होने का अवसर उपलब्ध करायेगी। इससे साम्प्रदायिकता विरोधी संघर्ष को काफी मदद मिलेगी। यदि आप देश की जनता को कुछ और नहीं देंगे-न बेहतर जीवन न उसका सपना, यदि उसके अन्य दुःखों में हिस्सेदार नहीं बनेंगे और उसे सिर्फ साम्प्रदायिकता के बहाव में न आने की अपील

करते रहेंगे, तो वह आपकी बात क्यों सुनेगी? उससे आखिर आपका नाता क्या है? साम्प्रदायिकता के खिलाफ सच्चा संघर्ष सबसे पहले यह आत्मीय नाता बनाने की कोशिश करेगा। साम्प्रदायिक लोगों ने अगर यह नाता आपसे ज्यादा गहराई के साथ और लम्बे तथा लगातार परिश्रम से बनाया है, तो समझ लीजिए कि आप कहाँ चूके हैं। और आपके सामने चुनौती कितनी गहरी है। इसीलिए साम्प्रदायिकता विरोधी संघर्ष का एक नकारात्मक नुस्खा यह भी है कि यह संघर्ष सिर्फ सरकार और प्रशासन के बल पर नहीं किया जा सकता। इसके लिए लोगों से जीवन्त और सांगठनिक सम्बन्ध बनाने होंगे। ये सम्बन्ध ही समाज में रचनात्मकता का विस्तार करेंगे और उसे टिकाऊ बनायेंगे। वस्तुतः किसी भी समाज में साम्प्रदायिकता की उपस्थिति ही इसका सबसे बड़ा प्रमाण है कि यह उद्यम उपेक्षित रहा है।

•

साम्प्रदायिकता और स्वयंसेवी संगठन

खुर्शीद अनवर

स्वयंसेवी संगठन आमतौर पर विकास कार्य में लगे गैर-राजनैतिक संगठन माने जाते हैं, सरकार उनसे यही अपेक्षा भी रखती है कि वे राजनैतिक गतिविधियों में हिस्सा न लें, वह और बात है कि कौन-सी गतिविधि राजनैतिक है और कौन-सी अराजनैतिक, इसकी व्याख्या नहीं की जाती। इसमें फायदा भी है, जो सरकार की नीतियों के पक्ष में काम करे उसका कोई भी काम राजनैतिक नहीं माना जाएगा, सरकार की नीतियों के विरुद्ध कोई कदम फौरन राजनैतिक गतिविधि के दायरे में आ जाएगा। सरकार चाहे तो संस्था का पंजीकरण भी रद्द कर दे या फिर फंडिग पर रोक लगा दे। साम्प्रदायिकता का सवाल राजनैतिक सवाल है या नहीं इस पर बहस की कोई गुंजाइश ही नहीं बची है, आडवानी की कुख्यात रथयात्रा से लेकर गुजरात जनसंहार तक की प्रक्रिया के बाद अब शायद ही कोई माने कि साम्प्रदायिकता राजनैतिक मुद्दा नहीं है, फिर भी पिछले कुछ वर्षों में स्वयंसेवी संगठनों ने साम्प्रदायिकता का प्रशन बड़ी शिद्दत से उठाया है।

इस प्रक्रिया में इन संगठनों और संस्थानों ने विभिन्न नागरिक मंचों के साथ मिलकर बड़ी अहम भूमिका निभाई है, इस भूमिका का स्वरूप और आकार-प्रकार क्या रहा है, इस पर चर्चा जरूरी है, लेकिन उससे भी ज्यादा जरूरी यह है कि हम इस तथ्य की जांच-पड़ताल करें कि पिछले कुछ वर्षों में ऐसा क्या हुआ कि साम्प्रदायिकता के संदर्भ में स्वयंसेवी संगठनों एवं नागरिक पहलों की भूमिका इस हद तक महत्वपूर्ण हो गई कि हम उस पर गंभीर चर्चा करें, उसका लेखा-जोखा रखें। अतीत में भी जब सांप्रदायिक तनाव या टकराव की स्थिति उभरी विभिन्न नागरिक मंच खड़े हुए, स्वयंसेवी संगठन आगे आए और जो कुछ भी संभव हो सका, वह किया, लेकिन पिछले कुछ वर्षों में स्थितियों में भारी बदलाव आया है, साम्प्रदायिकता के सवाल पर स्वयंसेवी संगठनों और नागरिक मंचों की भूमिका इतनी बढ़ चुकी है कि कुछ वर्ष पूर्व इसकी कल्पना भी नहीं कि जा सकती थी। ऐसे हालात क्यों बनें, इसके लिए बहुत लंबे-चौड़े विश्लेषण की आवश्यकता नहीं है, गोधरा और गुजरात के जनसंहार के दौरान किसने क्या भूमिका निभाई, अगर इस पर एक सरसरी नजर डालें, तो स्थिति स्पष्ट हो सकती है। आइए, सबसे पहले यह देखें कि साम्प्रदायिकता जैसे

विशुद्ध राजनैतिक मुद्दे को लेकर राजनैतिक दलों की क्या भूमिका रही है?

27 फरवरी को साबरमती एक्सप्रैस के एस-6 में आग लगा कर कई यात्रियों को जिंदा जला दिया गया और उसके बाद पूरे गुजरात में जो जनसंहार हुआ, उसकी मिसाल कम-से-कम भारत में ढूंढ़ना तो मुश्किल है। राष्ट्रीय जनतांत्रिक गठबंधन के घटकों से किसी सकारात्मक प्रतिक्रिया की अपेक्षा रखना तो बेकार ही था कम-से-कम उन राजनैतिक दलों से अपेक्षा जरूर थी, जो सेक्यूलरिज्म का परचम लेकर वोट की फसल काटते हैं। मुख्य विपक्षी दल भारतीय राष्ट्रीय कांग्रेस ने गुजरात जनसंहार पर मुंह खोलने में हफ्ता बिता दिया, शायद उसे बहुसंख्यक वोटरों की चिंता सताने लगी, समाजवादी पार्टी, जो कि उत्तरप्रदेश में जिंदा इसी बल पर है कि वह संघ-गिरोह के खिलाफ साम्प्रदायिकता विरोध का नारा बुलंद करके अपने आपको उत्तरप्रदेश की एकमात्र अल्पसंख्यक हितैषी पार्टी घोषित करती रही है और बड़ी हद तक इसका फायदा भी उठाती रही है, मायावती ने तो बड़ी सोची-समझी चुप्पी साध रखी थी, जो कि भाजपा के साथ मिल कर मुख्यमंत्री बनने के बाद उस समय खुली, जब उन्होंने बड़ी बेबाकी से वह वक्तत्व दिया कि जिन लोगों ने गोधरा कांड किया, वही पूरे गुजरात में जनसंहार के लिए जिम्मेदार है। मायावती के भारतीय जनता पार्टी के साथ आते ही अचानक रामविलास पासवान सेक्यूलर हो गए। अभी तक उन्हें गुजरात में कुछ ऐसा नजर नहीं आया था, जिस पर वे दो शब्द बोलते, लेकिन मायावती के संघ-गिरोह की गोद में बैठने के साथ ही वे सीधे गुजरात पहुंच गये। बचे वामपंथी दल जिनसे तमाम सेक्यूलर ताकतों ने हमेशा उम्मीदें लगाई हैं, ये उम्मीदें बेबुनियाद नहीं रही, अतीत में हमने देखा है कि किसी ने साम्प्रदायिकता के मुद्दे को गंभीरता से लिया है, तो वे वामपंथी राजनैतिक दल ही रहे हैं। जिस समय गुजरात जल रहा था, ठीक उसी समय भारत की दो मुख्य कम्युनिस्ट पार्टियां, भारतीय कम्युनिस्ट पार्टी और भारतीय कम्युनिस्ट पार्टी (मार्क्सवादी) अपने-अपने राष्ट्रीय सम्मेलन में व्यस्त थी निश्चित रूप से इन दोनों पार्टियों ने गुजरात को लेकर कुछ प्रस्ताव अवश्य पारित किए होंगे, लेकिन दोनों पार्टियों के नेतृत्व ने यह उचित नहीं समझा कि अपने कुछ साथियों को गुजरात रवाना करें या फिर दिल्ली भेज कर किसी व्यापक अभियान की तैयारी में लगाये। बात केवल इतनी ही होती, तों शायद स्थिति इतनी कष्टदायक न होती, पार्टी कांग्रेस समाप्त हाने के बाद भी इन पार्टियों ने कोई ऐसी पहल नहीं की, जिससे कि आम जनता में विश्वास पनप पाता कि कम-से-कम वामपंथी दल गुजरात को लेकर चुप बैठने वाले नहीं है। दिल्ली में एक रैली अवश्य हुई, जिसमें वामपंथी दलों सहित अन्य कई पार्टियां भी शामिल हुई, इस रैली में विभिन्न स्वयंसवी संगठनों और नागरिक मंचों ने भी शिरकत की, लेकिन इस रैली को इन पार्टियों ने कितनी गम्भीरता से लिया था, इसका अंदाजा, इस बात से लगाया जा सकता है कि रैली में बमुश्किल तीन हजार लोग इकट्ठा हो सके, किसी दिलजले ने उस समय ठीक ही प्रतिक्रिया दी कि इससे काफी ज्यादा भीड़ तो गुजरात में विश्व हिंदू परिषद और बजरंग दल के लोग जय श्रीराम का नारा देकर इकट्ठा कर लेते हैं,

अब इसे वामपंथी दलों की उदासीनता कहें या निठल्लापन, या फिर वैचारिक दिवालियापन, यह आप ही तय कर लीजिए।

इसे पूरे संदर्भ में साम्प्रदायिकता के मुद्दे से गहरा सरोकार रखने वाले आम नागरिक क्या करें, कहां आस लगाएँ? जहां भी थोड़ी उम्मीद की किरण नजर आई, वहीं जा खड़े हुए, परिणामस्वरूप दिल्ली में विभिन्न स्वयंसेवी संगठनों और आम नागरिकों की पहल से एक स्वतः स्फूर्त मंच उभरा, जिसे नाम मिला 'अमन एकता मंच' ऐसी पहल गुजरात के लगभग हर शहर में हुई और स्वयंसेवी संगठनों और आम नागरिकों ने मिल कर गुजरात में जो सद्भावना कायम करने का और राहत का कार्य शुरू किया, वह आज भी जारी है। अजीब विडंबना है कि इस पूरी प्रक्रिया में अगर राजनैतिक दलों की कोई भूमिका है, तो वह नगण्य है। इसी क्रम में इस तथ्य का उल्लेख करना आवश्यक है कि मार्च के पहले और दूसरे सप्ताह में दिल्ली में जो धरने, प्रदर्शन 'अमन एकता मंच' जैसे मंचों ने आयोजित किए, उनमें राष्ट्रीय जनतांत्रिक गठबंधन के घटकों को छोड़कर तमाम राजनैतिक दलों से शामिल होने का अनुरोध किया गया, लेकिन किसी भी राजनैतिक दल ने यह उचित न समझा कि इस प्रक्रिया में शिरकत करे, एक वामपंथी नेता ने तो दो टूक जवाब दिया कि पहल क्या उनकी पार्टी से पूछ कर की गई थी, जो अब मदद की अपेक्षा रखते हैं, उन्हें यह समझाने का प्रयास किया गया कि वे अपनी पार्टी कांग्रेस में व्यस्त थे, इसलिए यह पहल उनसे हरी झंडी प्राप्त किए बगैर की गई, लेकिन उन्होंने साफ कहा कि पार्टी स्वयं अपना कार्यक्रम तैयार करेगी। अफसोस कि ऐसा हो न सका।

इस दौरान पूरे तीन महीने तक 'अमन एकता मंच' के कार्यकर्ता दिल्ली शहर के कोने-कोने में छोटे-मोटे कार्यक्रम आयोजित करते रहे। इस प्रक्रिया में कई बार संघ-गिरोह के लोगों से वे पिटते-पिटते भी बचे, यह बात और है कि ऐसे कार्यक्रमों के लिए प्रेस कवरेज मिलना लगभग नामुमकिन होता है, लेकिन स्वयंसेवी संगठनों ने जो सबसे अहम भूमिका निभाई, वह दो स्तरों पर थी। एक तो राहत सामग्री इकट्ठा करके राहत शिविरों में पहुंचना और दूसरा हर हफ्ते जत्थे भेज कर राहत शिविरों में काम करना, जो कि संभवतः सबसे महत्वपूर्ण काम था। बच्चों के साथ खेलना, उनका मन बहलाना, उन्हें पढ़ाना, बलात्कार की शिकार औरतों को दिलासा देना, उनका आत्मविश्वास बढ़ाना, अपना सब कुछ लुटा बैठे लोगों को ढाढ़स बंधाना कोई आसान काम न था, लेकिन पूरे सात महीने यह काम बड़ी मुस्तैदी से किया गया, इसमें देश-भर के स्वयंसेवी संगठनों ने बहुत महत्त्वपूर्ण भूमिका निभाई, गुजरात में सक्रिय स्वयंसेवी संगठनों और नागरिक मंचों ने तो दिन-रात एक करके दंगा पीड़ितों के बीच कार्य किया।

गुजरात की स्थिति देखते हुए ऐसी आशंका थी कि देश के अन्य प्रांतों में भी दंगे भड़क सकते हैं, ऐसी परिस्थिति में अपने-अपने प्रांतों में स्वयंसेवी संगठनों ने शांति कमेटियां बना कर दंगे रोकने का सफल प्रयास किया।

इस बिंदु पर पहुंच कर जो प्रश्न सबसे अहम बन जाता है, वह यह है कि जो

भूमिका राजनैतिक दलों को निभानी चाहिए थी, उसकी जिम्मेदारी स्वयंसेवी संगठनों और नागरिक मंचों पर क्यों आन पड़ी? इन प्रश्न का उत्तर दो स्तरों पर खोजा जा सकता है, पहला स्तर है वोट की राजनीति का और दूसरा वैचारिक दिवालिएपन का। पहला उत्तर काफी स्पष्ट और सपाट है कोई भी राजनैतिक दल लगभग अस्सी प्रतिशत वोटरों को क्यों नाराज करे? पिछले डेढ़ दशक की प्रतिक्रिया साफ बता रही है कि हिंदुत्व और राष्ट्रवाद का नारा सत्ता पाने का एक बहुत बड़ा साधन बन चुका है, यह बात शायद तमाम राजनैतिक संगठन समझने लगे हैं। अचरज नहीं होना चाहिए कि वर्षों से जिस बाबरी मस्जिद-राम जन्मभूमि का विवाद शांत पड़ा हुआ था, उसे राजीव गांधी ने ताला खुलवा कर जिंदगी दे दी। ताला तो खुलवाया राजीय गांधी ने, लेकिन मुद्दे को हथिया लिया संघ-गिरोह ने और मुद्दा हथियाने के साथ उसके परिणाम भी मिलने लगे, हिंदुत्व का एजेंडा लेकर संघ-गिरोह ने जो जमीन तैयार की, उसी जमीन ने भारतीय जनता पार्टी के हाथों में केंद्र की सत्ता सौंपी। राष्ट्रवाद, जो कि आज के संदर्भ में हिंदुत्व का पर्याय बन चुका है, वह भी सत्ता पाने और उसमें बने रहने का बड़ा प्रभावी जरिया बन गया। पोखरण में परमाणु विस्फोट से लेकर करगिल युद्ध और हाल ही तक सीमा पर बड़े पैमान पर सैनिक जमावड़े ने सत्तापक्ष को बड़ी मजबूती प्रदान की है, इसलिए हर राजनैतिक दल मूक रह कर परोक्ष रूप से हिंदुत्व का समर्थक बन जाता है और बड़े मुखर रूप में राष्ट्रवाद का हिरावल दस्ता। वामपंथी दलों को इस श्रेणी में रखना निश्चित रूप से उनके साथ ज्यादती होगी, लेकिन जिस दूसरे स्तर की बात पहले की गई है, उस श्रेणी में अवश्य वामपंथी दलों को रखा जा सकता है–यह श्रेणी है वैचारिक दिवालिएपन की।

स्वयंसेवी संगठनों के नाम पर दुकान खोल कर विश्व बैंक, यूएसएड और फोर्ड फाउंडेशन जैसी साम्राज्यवाद की समर्थक संस्थाओं से मोटी-मोटी रकम लेकर तथाकथित विकास का कार्य करने वाली संस्थाओं से अलग स्वयंसेवी संगठनों की एक ऐसी दुनिया भी है, जो निरंतर वैचारिक मंथन के दौर से गुजर रही है, इस वैचारिक मंथन की प्रक्रिया में इन स्वयंसेवी संगठनों ने साम्प्रदायिकता के साथ भूमंडलीकरण (जिसे साम्राज्यवाद का नया अवसर कहना ज्यादा उचित होगा) परमाणवीकरण, सैन्यीकरण, आतंकवाद और पितृसत्ता का रिश्ता जोड़ने का प्रयास किया है। इन संगठनों के बीच यह मान्यता बनी है कि भूमंडलीकरण, परमाणवीकरण, सैन्यीकरण, आतंकवाद, पितृसत्ता और साम्प्रदायिकता एक-दूसरे के पूरक है, भारत और पाकिस्तान जैसे देशों के संदर्भ में तो इस तथ्य में कोई संदेह नहीं रह जाता है। मामला चाहे परमाणु विस्फोटों का हो, पृथ्वी और गौरी नाम की मिसाइलों का हो, सीमा पर सैनिक जमावड़े का हो या फिर सीमा पर आतंकवाद का हो, सांप्रदायिक तनाव और टकराव में ही उसकी परिणति होती है. 11 सितंबर को विश्व व्यापार केंद्र पर हमले के बाद की प्रक्रिया पर नजर डालने से स्थिति और भी स्पष्ट हो सकती है। हमले के तुरंत बाद राष्ट्रपति बुश का वक्तव्य कि आतंकवाद पर हमला दो सभ्यताओं के बीच की लड़ाई है , किन दो सभ्यताओं की बात थी, यह आईने की तरह साफ है।

इसके बाद जो प्रक्रियाएं चलीं, उनकी कड़ियां आपस में अपने-आप मिलती जाती हैं। जम्मू-कश्मीर विधानसभा पर हमला, भारत की संसद पर हमला, भारत-पाक सीमा पर सैनिकों का इतना बड़ा जमावड़ा तो द्वितीय विश्व युद्ध के बाद का सबसे बड़ा जमावड़ा है, विश्व हिंदू परिषद द्वारा राम जन्मभूमि मंदिर के निर्माण का काम शुरू करने की घोषणा, गोधरा कांड, गुजरात जनसंहार, अपना सब कुछ गंवा बैठी असहाय महिलाओं का बजरंगी शूरवीरों द्वारा सामूहिक बलात्कार, राष्ट्रीय स्वयंसेवक संघ का बंगलौर प्रस्ताव, गोवा में प्रधानमंत्री अटल बिहारी वाजपेयी का वक्तव्य कि मुसलमान जहां कहीं भी बड़ी संख्या में होते हैं, कुछ-न-कुछ गड़बड़ियां फैलाए रहते हैं। सीमा पर युद्ध जैसी स्थिति, मोदी द्वारा इस्तीफा और गुजरात असेंबली का भंग होना, अक्षरधाम मंदिर पर हमला, जम्मू में रघुनाथ मन्दिर पर हमला, गुजरात विधानसभा का चुनाव और इस पूरे प्रकरण में अरुण शौरी द्वारा टॉप गेयर में विनिवेश की प्रक्रिया चलाना और बहुराष्ट्रीय कंपनियों की झोली भरकर भूमंडलीकरण के हाथ मजबूत करना। इस पूरी प्रक्रिया को टुकड़ों में नहीं देखा जा सकता। दरअसल यह पूरी प्रकिया एक ही सिलसिले की कड़ियां है। यह चौतरफा हमला है, जिसमें एक मोर्चे पर लड़ने से काम चलने वाला नहीं है। स्थितियों को समग्रता में देख कर ही रणनीति बनाई जानी चाहिए। पिछले कुछ वर्षों में स्वयंसेवी संगठनों ने बड़ी गंभीरता से इन प्रक्रियाओं को विश्लेषित करने का प्रयास किया है राजनैतिक पार्टियों ने स्थिति का विश्लेषण तो दूर, प्रक्रियाएं जानने का ही प्रयास नहीं किया। आज के संदर्भ में इन राजनैतिक पार्टियों से ऐसी उम्मीद भी करना मूर्खता होगी, इनमें से अधिकतर पार्टियां भूमंडलीकरण, परमाणवीकरण, पितृसत्ता और सैन्यीकरण की मुखर समर्थक है। पोखरण विस्फोट के बाद जहां देश-भर में स्वयंसेवी संगठनों और नागरिक मंचों ने अपनी सीमा और ताकत के अनुसार विरोध और रोष प्रकट किया था, वही दूसरी ओर अधिकतर राजनैतिक दलों का सीना गर्व से फूट उठा था, कुछ नेताओं ने तो यहां तक दावा कर दिया था कि विस्फोट का निर्णय तो हमने उसी समय कर लिया था, जब हम सत्ता में थे। सैन्यीकरण की प्रक्रिया में तमाम राजनैतिक दलों की राष्ट्रभक्ति उफान मारने लगती है। हर किसी को लगता है कि सेना और हथियारों पर जितना कुछ खर्च हो रहा है, वह भी कम है। यह सोचने की भी जरूरत नहीं कि हथियार कौन बेच रहा है और इससे किसकी झोली भर रही है। साम्राज्यवादी ताकतों को और चाहिए भी क्या? आतंकवाद की समस्या जितना जोर पकड़े, उतना ही इन जंगबाज ताकतों को फायदा पहुंचेगा। हैरत तो इस बात की है कि अंतर्राष्ट्रीयता में अटूट विश्वास रखने वाली पार्टियां भी सीमाओं की सुरक्षा के नाम पर राष्ट्रवादी बन जाती है, सैन्यीकरण और आतंकवाद में रिश्ता इन्हें दिखता ही नहीं, पितृसत्ता और साम्प्रदायिकता के रिश्ते की बात आज तक शायद ही किसी राजनैतिक पार्टी ने उठाई हो।

इस पूरे परिदृश्य में समाज के किसी-न-किसी पक्ष को तो उस जिम्मेदारी का निर्वाह करना ही था, जिससे वोट की राजनीति करने वाले और वैचारिक दिवालिएपन

से ग्रस्त राजनैतिक दल मुंह मोड़ते रहे हैं। पिछले कुछ वर्षों में स्वयंसेवी संगठनों ने अपनी इस जिम्मेदारी को सहसूस किया है और बड़ी संख्या में स्वयंसेवी संगठन पूरी प्रक्रिया को समग्रता में देखते हुए साम्प्रदायिकता का मुद्दा उठाने पर मजबूर हुए हैं, हालांकि ऐसा करने में उन्हें सरकारी आतंक भी काफी झेलना पड़ा। सैन्यीकरण, परमाणवीकरण और शांति के मुद्दे पर कार्यरत कई स्वयंसेवी संगठनों को सरकार की खुफिया एजेंसियों की जांच पड़ताल भी झेलनी पड़ी। पोखरण विस्फोट, करगिल युद्ध और गुजरात जनसंहार के बाद देश-भर में खुफिया एजेंसियों ने कई स्वयंसेवी संगठनों के दफ्तरों में घुसकर सामग्री की जांच-पडताल की और उन्हें अपनी सीमा में रहने की धमकी दी है। स्थिति यहां तक पहुंच चुकी है कि सरकारी अनुदान लेकर संगठन चलाने वाली ईमानदार एजेंसियां अपना काम बंद करने की स्थिति में पहुंच गई हैं। कुछ मंत्रालयों में मौजूद हमदर्द अफसरों ने दबी जबान में यह भी बताया कि यदि सरकारी अनुदान लेना है, तो अपने प्रस्तावों में शांति शब्द का प्रयोग न करें। संभवतः शांति का मुद्दा सरकार के लिए सबसे खतरनाक मुद्दा बन चुका है। दोनों देशों में परमाणु विस्फोटों के बाद भारत-पाक के शांति कार्यकर्ताओं ने पहल करके एशिया शांति आंदोलन की जो शुरुआत की, उससे सरकार को बड़ी तकलीफ पहुंची। लिहाजा शांति की बात करना सरकार के विरुद्ध युद्ध का प्रतीक बन गया है, इसलिए ऐसे तमाम स्वयंसेवी संगठनों ने ऐसे मंच तलाश करने शुरू किए है, जिससे वे सरकारी तंत्र की गिरफ्त में आए बगैर अपना काम कर सकें। विभिन्न स्वयंसेवी संगठनों और नागरिक मंचो ने गुजरात जनसंहार के बाद काफी सोच-विचार कर अपने आंदोलन को साम्प्रदायिकता विरोधी आंदोलन नाम न देकर शांति आंदोलन नाम देने का फैसला किया और कहीं अमन समुदाय, तो कहीं अमन एकता मंच जैसे नाम देकर काम आगे बढ़ाया है, इस सोच के पीछे मान्यता यह रही है कि साम्प्रदायिकता विरोध का नाम सुनते ही समाज का एक तबका इसे अपने समुदाय का विरोध मानने लगता है और वह हमारे साथ जुड़ नहीं पाता है। इसके अलावा जहां एक ओर सांप्रदायिक ताकतों ने लगातार अपनी जड़ें मजबूत की है, सेक्यूलर ताकतों ने कोई सकारात्मक आंदोलन नहीं चलाया, जो लंबे समय तक सांप्रदायिक ताकतों को चुनौती दे सके। साम्प्रदायिकता विरोधी आंदोलन अपनी प्रकृति से ही प्रतिक्रियात्मक रहे हैं, नतीजा यह हुआ कि जब कोई विस्फोटक स्थिति सामने आई तो विरोध शुरू हुआ और आग जरा ठंडी पड़ी कि हम भी ठंडे पड़ गए। ऐसे संदर्भ में एक ऐसे आंदोलन की आवश्यकता नजर आई। जो अपनी प्रकृति से सकारात्मक हो और एक लंबे समय तक आंादोलन के रूप में चल कर सांप्रदायिक ताकतों के बीच बड़ी चुनौती खड़ी कर सके। शांति आंदोलन में यह भी संभावना है कि आज स्थितियों को जिस समग्रता में देखा जाना चाहिए, उसे ध्यान में रखते हुए शांति आंदोलन भूमंडलीकरण, परमाणवीकरण, सैन्यीकरण, आतंकवाद और पितृसत्ता के साथ साप्रदायिकता का रिश्ता जोड़ कर आंदोलन को आगे बढ़ाए। इसी के मद्देनजर पिछले तीन वर्षों से कई स्वयंसेवी संगठनों ने मिलकर 3 दिसंबर को 'भूमंडलीकरण विरोध', 6 दिसंबर को 'साझी

विरासत' का दिन और 10 दिसंबर को 'मानवाधिकार दिवस' (जिंदगी जीने के अधिकार और उन अधिकारों पर बहुराष्ट्रीय कंपनियों के हमले के विरोध का दिन) घोषित किया है।

लेकिन ऐसा नहीं है कि स्वयंसेवी संगठनों की इसी दुनिया में जहर घोलने वाले संगठन मौजूद नहीं है, दरअसल बड़ी संख्या में ऐसे स्वयंसेवी संगठन मौजूद हैं, जो संघ गिरोह के इशारे पर उन्हीं का एजेंडा लागू करने के लिए निरंतर जूझ रहे हैं, ऐसे संगठनों के पास न धन की कमी है और न कार्यकताओं की। ऐसे कठिन समय में जरूरत इस बात की है कि शांति और सद्भाव के लिए कार्यरत स्वयंसेवी संगठन और मुद्दे से सरोकार रखने वाले राजनैतिक दल एक-दूसरे के अनुभवों से सीखें और साझी ताकत के साथ सांप्रदायिक शक्तियों का मुकाबला करें। स्वयंसेवो संगठनों को यह अच्छी तरह पता है कि यह लड़ाई एक राजनैतिक लड़ाई है और इन संगठनों के प्रयास केवल पैबंद लगाने का काम कर सकते हैं, परिवर्तन का नहीं। लिहाजा जब तक यह लड़ाई समान सोच वाले राजनैतिक संगठनों के साथ नहीं लड़ी जाती, तब तक स्थितियों में भारी बदलाव की उम्मीद कम ही है।

●

भारत में मुसलमानों का राजनीतिक प्रतिनिधित्व

हिलाल अहमद

मुसलमानों के राजनीतिक प्रतिनिधित्व का सवाल यों तो हमेशा से अत्यंत संवेदनशील विषय रहा है, परंतु पिछले कुछ वर्षों, विशेषकर यू०पी०ए० सरकार के गठन के बाद से इसकी प्रासंगिकता बहुत बढ़ गई है। इसके दो खास कारण हैं। पहला सच्चर कमीशन की रिपोर्ट के प्रकाशन के बाद मुस्लिम पिछड़ेपन के विचार पर एक कानूनी/वैधानिक मोहर लगा दी गई है। इससे पहले मुस्लिम पिछड़ापन अकादमिक चर्चाओं और विमर्शों का एक हिस्सा भर हुआ करता था। सच्चर कमीशन की रिपोर्ट के प्रकाशन के बाद यह पिछड़ापन एक राजनीतिक सच्चाई बन गया है। यहाँ तक कि दक्षिणपंथी तक अब मुस्लिम पिछड़ेपन को स्वीकार करने को बाध्य हैं। सच्चर रिपोर्ट द्वारा प्रस्तुत रूपरेखा काफी हद तक राजनीतिक भागीदारी से जुड़ती है। यही वजह है कि मुस्लिम प्रतिनिधित्व का सवाल अत्यंत प्रासंगिक बन कर उभरा है।

पिछड़े डेढ़ दशक की मुस्लिम राजनीति, खासकर बाबरी मस्जिद के विध्वंस के बाद उभरी मुस्लिम राजनीति, ने कई नए प्रश्नों को जन्म दिया है। एक नई तरह की उग्र मुस्लिम राजनीति का उदय हुआ है, जो कि परंपागत मुस्लिम राजनीतिक मुद्दों उर्दू, अलीगढ़ पर्सनल लॉ और मस्जिदों-स्मारकों की सियासत से कहीं अलग है। यह उग्र राजनीति मुस्मिल समाज में मौजूद संरचनाओं पर सवाल उठा रही है, लेकिन साथ ही अपनी मुस्लिम पहचान से पूरी तरह जुड़ी हुई है।

पसमांदा मुसलमानों द्वारा अलग से आरक्षण की मांग से लेकर महिलाओं का पर्सनल लॉ बोर्ड, इस नई राजनीति के उदाहरण हैं। मुस्लिम राजनीति की इन नई प्रवृत्तियों ने भारतीय लोकतंत्र में मुसलमानों की भागीदारी को बहुत अधिक महत्त्वपूर्ण बना दिया है।

इस लेख में मुस्लिम राजनीतिक प्रतिनिधित्व की मौजूदा बहस को इन्हीं संदर्भों में समझने की कोशिश की गई है।

प्रतिनिधित्व के मायने

क्या वास्तव में भारत के मुसलमान राजनीतिक तौर पर पिछड़े हुए हैं? क्या वाकई मुसलमानों को राजनीतिक प्रक्रिया से जोड़ने की जरूरत है? इस तरह के

सवाल और भी ज्यादा रुचिकर हो जाते हैं जब मीडिया हमें बताता है कि मुस्लिम वोट बैंक भारतीय चुनावी सियासत का एक आधार स्तम्भ है। अगर वास्तव में मुस्लिम वोट बैंक नाम की कोई चीज है, तब तो भारत के मुसलमान, भारतीय राजनीति के सबसे ज्यादा चालाक घटक हैं, जो कि अपने सामूहिक हितों से भली-भांति परिचित हैं, जिनके फैसले हमेशा एक जैसे होते हैं, और जो हमेशा एक सोची-समझी रणनीति के तहत चुनावी राजनीति का खेल खेलते हैं।

मुस्लिम राजनीति के इस विरोधाभासी प्रस्तुतिकरण से निकलने के लिए यह जानना जरूरी है कि कैसे भारत के मुसलमानों की सामुदायिक पहचान, अन्य अल्पसंख्यक समुदायों की तुलना में थोड़ी सी विचित्र है। भारत के मुसलमान दक्षिण-एशियाई इस्लाम के उस स्वरूप को मानते हैं जो ऐतिहासिक तौर पर, एक दोहरी गति लिए हुए है। ये मुसलमान जहां एक ओर इस्लाम के सिद्धांतों को क्षेत्रीय एवं स्थानीय सांस्कृतिक बिंबों से परिभाषित करते हैं, वहीं इस्लाम के केन्द्रों और अंतर्राष्ट्रीय मुस्लिम समुदाय की साझी विरासत को भी अपनाते हैं। इसलिए यह कहना कि भारतीय मुसलमान एक समुदाय हैं उतना ही गलत है जितना कि यह कहना कि वे एक समुदाय नहीं हैं। इस विशिष्ट इस्लामी पहचान के मद्देनजर ही राजनीतिक प्रतिनिधित्व जैसे सवाल को समझा जा सकता है।

राजनीतिक प्रतिनिधित्व का एक अन्य महत्त्वपूर्ण पहलू लोकतंत्र की समस्या सें जुड़ा हुआ है। यह माना जाता है कि लोकतंत्र का मतलब समय पर चुनावों का होना और सरकार का संविधान के अनुरूप काम करना है। लोकतंत्र की इस सीधी-सरल रूपरेखा में किसी भी समुदाय का राजनीतिक प्रतिनिधित्व उस समुदाय के चुने हुए प्रतिनिधियों की संख्या से आंका जा सकता है। निःसंदेह यह लोकतंत्र की एक बुनियादी समझ है जो काफी हद तक हमें सटीक तर्क मुहैया करा सकती है। परन्तु राजनीतिक प्रतिनिधित्व का सवाल इस समझ से व्यापक है। राजनीतिक प्रक्रियाओं-खासकर चुनावों के अलावा चल रहे राजनीतिक आंदोलनों और विमर्शों में किसी भी समूह की भागीदारी उसके राजनीतिक प्रतिनिधित्व को तय करती है।

इस तरह मुसलमानों के राजनीतिक प्रतिनिधित्व को समझने के लिए हमें तीन आधारों को तय करना होगा :

(क) चुनावी प्रक्रियाओं में मुसलमानों की भागीदारी का आकलन

(ख) मुस्लिम समुदायों के भीतर चल रही लोकतंत्रीकरण की प्रक्रिया

(ग) मुसलमानों की सामाजिक राजनीतिक आंदोलनों में भागीदारी

विधायिकाओं में मुसलमान

कुछ बुनियादी आंकड़ों के माध्यम से मुस्लिम राजनीतिक प्रतिनिधित्व के सवाल का विश्लेषण किया जाये। इस विश्लेषण की सुविधा के लिए हमें तीन धारणाओं को मानना जरूरी है:

(क) मुस्लिम प्रतिनिधित्व मोटे तौर पर लोकसभा और राज्यों की विधानसभाओं में चुने हुए मुस्लिम सदस्यों की संख्या से संबंधित है, क्योंकि (ख)

मुसलमान सांसद और विधायक मुस्लिम समुदायों का प्रतिनिधित्व करते हैं इसलिए (ग) इसके चलते यह पता लगाया जा सकता है कि मुसलमानों का राजनीतिक प्रतिनिधित्व उनकी मौजूदा जनसंख्या के अनुपात में कितना है। इन तीनों ही धारणाओं की आलोचना हो सकती है। और होनी भी चाहिए। परन्तु इस कवायद से हम मुस्लिम प्रतिनिधित्व की बहस को ठोस आंकड़े प्रदान कर सकते हैं।

चलिए इकबाल अंसारी की पुस्तक 'पॉलिटिकल रिप्रेजेंटेशन ऑफ मुस्लिम्स इन इंडिया' (2006) से इा चर्चा की शुरुआत करते हैं। वास्तव में उपर्युक्त धारणाएं इसी किताब से ली गई हैं। सबसे पहले देखते हैं लोकसभा में मुस्लिम सांसदों की संख्या का अनुपात।

तालिका 1 : लोकसभा में मुसलमान

लोकसभा	वर्ष	कुल निर्वाचित सदस्य	मुस्लिम निर्वाचित सदस्य	मुस्लिम वांछित संख्या	मुस्लिम प्रतिनिधित्व में कमी %
1	2	3	4	5	6
I	1952	489	21	49	57.1
II	1957	494	24	49	51.0
III	1962	494	23	53	56.2
IV	1967	520	29	56	48.2
V	1971	518	30	58	48.3
VI	1977	5542	34	61	44.3
VII	1980	529	49	59	17.0
VIII	1984	542	46	62	25.8
IX	1989	529	33	60	45.0
X	1991	534	28	65	56.6
XI	1996	543	28	66	57.6
XII	1998	543	29	66	56.0
XIII	1999	543	32	66	51.5
XIV	2004	543	36	66	45.5

स्रोत–इकबाल अंसारी पॉलिटिकल रिप्रेजेंटेशन ऑफ मुस्लिम्स इन इंडिया : 1952–2004, मानक, दिल्ली 2004 पृष्ठ : 64 उपचुनावों में विजयी मुसलमान सांसद शामिल असम और मेघालय में चुनाव नहीं हुए, 'जम्मू कश्मीर में चुनाव नहीं हुए, उ. प्र. और बिहार की दो सीटों पर विवाद, वांछित संख्या का अर्थ है जनसंख्या में मुसलमानों के अनुपात के अनुरूप।

तालिका एक यह बताती है कि लोकसभा में मुसलमान सांसदों की संख्या मुसलमानों की जनसंख्या के अनुपात में काफी कम रही है। केवल सातवीं और आठवीं लोकसभा में ही मुस्लिम सांसदों की संख्या संतोषजनक कही जा सकती है। अन्यथा हमेशा ही यह आंकड़ा तकरीबन 50 प्रतिशत तक रहा है। इसके कारणों की तलाश करते हुए अंसारी यह बताते हैं कि इसकी प्रमुख वजह राजनीतिक पार्टियों द्वारा मुसलमानों को टिकट न दिया जाना भी है।

तालिका-2 मुस्लिम नामांकन औसत (लोकसभा)

पार्टी	मुस्लिम नामांकन
1	2
भारतीय राष्ट्रीय कांग्रेस	6.7 %
भारतीय जनसघ/भाजपा	0.8 %
सी०पी०आई०	4.2 %
सी०पी०आई० (एम)	9.3 %
सोशलिस्ट पार्टी	3.9 %
एस० एस० पी०	3.4 %
प्रजा सोशलिस्ट पार्टी	5.9 %
जनता पार्टी/लोकदल	6.2 %
जे० एन० पी० एस०	10.2 %
स्वतंत्र पार्टी	6.3 %
जनता दल	9.0 %
राष्ट्रीय जनता दल	14.8 %
जनता दल (सेकुलर)	7.5 %
जनता दल (यूनाइटेड)	7.5 %
बहुजन समाज पार्टी	10.5 %
समाजवादी पार्टी	18.0 %

तालिका दो स्पष्ट करती है। कि तकरीबन सभी राष्ट्रीय स्तर के राजनीतिक दलों ने मुसलमानों को उनकी जनसंख्या के अनुपात में लोकसभा टिकट नहीं दिए हैं। लेकिन दूसरी ओर अपेक्षाकृत नये दल हैं, जो इस विषय में अलग नजरिया रखते हैं। उदाहरण के लिए लालू यादव का राष्ट्रीय जनता दल (14.8 प्रतिशत) और मुलायम सिंह यादव की सपा (18.0 प्रतिशत) मुसलमानों को टिकट देने में अग्रणी रहे हैं।

इनका प्रतिशत कांग्रेस और कम्युनिस्ट पार्टियों से कहीं ज्यादा है। यहां यह बात भी याद रखने योग्य है कि 1980 के बाद भारतीय राजनीति में आये ध्रुवीकरण ने नये राजनीतिक एजेण्डों को जन्म दिया। भाजपा के हिन्दुत्व के विरोध में उभरा सेकुलर खेमा, कांग्रेस के परम्परागत सेकुलरवाद से आगे निकला और उसने मुस्लिम प्रतिनिधित्व को सिद्धांत रूप में स्वीकारा। यही वजह है कि बसपा, सपा और राजद मुस्लिम उम्मीदवारों को टिकट देने में सबसे आगे हैं।

यहां प्रश्न यह उठता है कि क्या राजनीतिक दलों का मुस्लिम उम्मीदवारों को टिकट न देना, एक सोची--समझी साजिश है और सभी दल जान-बूझ कर मुसलमानों के साथ नाइंसाफी करते रहे हैं? स्पष्ट है कि ऐसा कहना अत्यंत हास्यास्पद होगा क्योंकि भ्रष्टाचार और अनैतिकता के तमाम आरोपों के बावजूद राजनीतिक दल किसी न किसी तरह का वैचारिक आधार भी रखते हैं। और कम से कम आजाद भारत में किसी भी पंजीकृत राजनीतिक दल से यह उम्मीद नहीं की जा सकती है कि वह किसी समुदाय विशेष को सिद्धांत तौर पर खारिज कर दे। हां, यह संभव है कि व्यावहारिक तौर पर ऐसा होता हो।

इसका सबसे सटीक उदाहरण भारतीय जनसंघ/भाजपा द्वारा मुसलमानों को लोकसभा चुनावों में टिकट देना है। सिद्धांत तौर पर भाजपा ने मुसलमानों को टिकट दिया है जो यह साबित करता है कि भाजपा जैसी दक्षिणपंथी पार्टी भी मुसलमानों के राजनीतिक प्रतिनिधित्व को सिद्धांत रूप में खारिज नहीं कर सकती। लेकिन इसके विपरीत हम यह भी देखते हैं कि जनसंघ/भाजपा के कुल उम्मीदवारों में मुसलमान केवल 0.8 प्रतिशत हैं।

इस तथ्य का एक दूसरा पहलू भी है और वह है राजनीतिक दलों की प्राथमिक सदस्यता। यह जानना अत्यंत रुचिकर हो सकता है कि राजनीतिक दलों के विशेषकर राष्ट्रीय स्तर के दलों की प्राथमिक सदस्यता का सामाजिक विभाजन कैसा है।

कम्युनिस्ट पार्टियों का उदाहरण इस बहस को एक नया आयाम देता है। आंकड़े बताते हैं कि सी० पी० एम० तकरीबन नौ प्रतिशत मुसलमानों को टिकट देती है। अपने आप में यह संख्या अन्य पार्टियों की तुलना में बहुत ज्यादा है। परन्तु हमें यहां दो बातें नहीं भूलनी चाहिए। पहला, कम्युनिस्ट पार्टियों का संरचनात्मक ढांचा विशेषकर 1990 से पूर्व, एक खास वैचारिक आधार पर टिका हुआ था। इस ढांचें में धर्म और जाति ऊपरी संरचना के हिस्से माने जाते थे और वर्ग, व्यक्ति की मौलिक पहचान। यह सही है कि व्यावहारिक राजनीति में चुनावी विजय के लिए धर्म और जाति का इस्तेमाल भारतीय राजनीति की एक ऐसी सच्चाई है जिससे मुंह नहीं मोड़ा जा सकता, परंतु इसका मतलब यह बिल्कुल नहीं है कि राजनीति में विचारधारा की कोई भूमिका नहीं होती। इसलिए कम्युनिस्ट पार्टियों द्वारा मुसलमानों को दिये गए टिकट दरअसल उन 'कैडरों' को दिये गए थे जोकि 'दुर्भाग्य या सौभाग्यवश मुस्लिम समुदाय में पैदा हुए थे।

लोकतंत्रीकरण का सवाल

बहरहाल यह तो साफ है कि मुसलमान सांसदों की संख्या मुस्लिम जनसंख्या की तुलना में बहुत कम है। पर यहां सवाल यह उठता है कि आखिर वे कौन से मुसलमान हैं जो भारत के तमाम मुसलमानों का प्रतिनिधित्व सांसद के रूप में करते हैं। उपरोक्त तालिकाएँ इस बात को नहीं बतातीं। यहां मुसलमान एक ऐसी राजनीतिक इकाई के तौर पर देखे जा रहे हैं जिनमें किसी भी तरह का कोई आन्तरिक विरोधाभास नहीं है। लेकिन सच्चाई इसके विपरीत है। मुस्लिम समुदाय भी जाति व्यवस्था के वर्गीकरण से परिभाषित होते हैं और मुस्लिम समाजों में भी उच्च जाति और निम्न जातियों का वर्गीकरण है। क्या पिछड़े मुसलमानों को मुसलमानों की उच्च जातियों के बराबर राजनीतिक प्रतिनिधित्व हासिल है?

इसके खुलासे के लिए हमें सच्चर आयोग की रिपोर्ट को राजनीतिक प्रतिनिधित्व के दृष्टिकोण से देखना जरूरी है। सच्चर रिपोर्ट मुसलमानों की राजनीतिक भागीदारी को तीन स्तरों पर देखती है। पहला स्तर सामाजिक भागीदारी से जुड़ा है। रिपोर्ट मुसलमानों के पिछड़े तबकों, खासकर अति दलितों और पसमांदा मुसलमानों को अनुसूचित जाति का दर्जा दिए जाने का सुझाव देती है। इस तरह मुसलमानों के पिछड़े तबको को राजनीतिक आरक्षण देकर रिपोर्ट उनके राजनीतिक प्रतिनिधित्व का रास्ता खोलने की वकालत करती है। (सच्चर रिपोर्ट 2006, पृ. 214)।

मुस्लिम बहुल क्षेत्रों में अनुसूचित जाति के लिए आरक्षित सीटों की निशानदेही, इस रिपोर्ट का दूसरा मुख्य सुझाव है। रिपोर्ट यह मानती है कि मुस्लिम बहुल क्षेत्रों को अनुसूचित सीटों की श्रेणी से निकाल कर उन्हें सामान्य निर्वाचन क्षेत्र में बदलना चाहिए। इससे मुस्लिम बहुल क्षेत्रों से मुस्लिम उम्मीदवारों को चुनाव लड़ने की आजादी होगी, जिससे मुसलमानों का राजनीतिक प्रतिनिधित्व बढ़ेगा। (सच्चर रिपोर्ट , पृष्ठ 240)।

इन तीन व्यापक सुझाओं से यह तो साफ है कि पिछड़े मुस्लिम तबकों की राजनीतिक पहल को एक सशक्त आधार मिला है। परन्तु मुस्लिम बहुल क्षेत्रों में मौजूद आरक्षित सीटों को सामान्य निर्वाचन क्षेत्र घोषित करना एक ऐसा सुझाव है जो विवादास्पद हो सकता है। पहला सवाल तो यही है कि सिद्धांत रूप में यह सुझाव निर्वाचन क्षेत्रों की सीमाओं को दोबारा तय करने की बात करता है। इसमें अन्तर्निहित मान्यता यह है कि निर्वाचन क्षेत्रों को धर्म या जातिगत आधारों पर बांटा जाना चाहिए। लेकिन क्या ऐसा करना व्यावहारिक होगा? दूसरा सवाल यह है कि अगर अनुसूचित जातियों की बहुलता एक स्थान पर न हो तब यह व्यवस्था इन जातियों को दिए जाने वाले आरक्षण को कैसे न्यायोचित ठहराएगी? इसी तरह से मुसलमानों को नामांकित करने वाला सुझाव भी लोकतांत्रिक सिद्धान्तों से दूर चला जाता है। मुसलमानों को नामांकित करने की प्रक्रिया न केवल मुस्लिम अभिजात्य वर्ग की स्थिति को सशक्त करेगी बल्कि हर स्तर पर राज्य को मुसलमानों के नुमाइन्दे चुनने की ताकत दे देगी। वक्फ बोर्ड और हज कमेटियों का लचर प्रशासन इस नामांकन प्रक्रिया के दुष्परिणामों का सटीक उदाहरण है।

आन्दोलनों में प्रतिनिधित्व

राजनैतिक प्रतिनिधित्व तय करने का तीसरा आधार मुसलमानों की सामाजिक-राजनीतिक आंदोलनों में भागीदारी है। आमतौर पर मुसलमानों को या तो उनकी धार्मिक पहचान के साथ जोड़ कर देखा जाता है और मुस्लिम राजनीति को पहचान की राजनीति तक सीमित कर दिया जाता है या फिर जब मुसलमान किसी ऐसे आंदोलन से जुड़ते हैं जो किन्हीं सामाजिक-राजनीतिक कार्यक्रमों पर टिका होता है तब यह मान लिया जाता है कि उन्होंने अपनी-मुस्लिम पहचान को बिल्कुल दरकिनार कर दिया है। ये दोनों ही स्थितियां मुसलमानों की रोजमर्रा की राजनीति से हमारा परिचय नहीं होने देतीं।

परन्तु इसका अर्थ यह नहीं है कि मुसलमान आसपास चल रहे संघर्षों के प्रति उदासीन रहते हैं। इसके उलट मुसलमान बिना अपनी धार्मिक और जातीय पहचान खोए, इन आंदोलनों में सक्रिय भूमिका निभाते हैं।

उदाहरण के लिए, छत्तीसगढ़ मुक्ति मोर्चा आंदोलन दल्ली राजहरा (पूर्व मध्य प्रदेश और अब छत्तीसगढ़ राज्य में) और भिलाई में काम करने वाले मजदूरों का आंदोलन था जो कि 1980 के दशक के अंतिम वर्षों में अपने चरमोत्कर्ष पर था। शंकर गुहा नियोगी ने इस मजदूर आंदोलन को एक नई शक्ल दी और जाति, धर्म एवं लैंगिक आधारों पर होने वाले शोषण को इस आंदोलन की मुख्य मांगों से जोड़ दिया। आंदोलन से बड़ी संख्या में मुसलमान भी जुड़े। उल्लेखनीय बात यह है कि आंदोलन के दफ्तर में नमाज के लिए मुसल्ले मुहैया कराए जाते थे। इसी तरह आंदोलन की कई मीटिगें मंदिरों और मस्जिदों में भी होती थीं। आंदोलन से जुड़े मुसलमानों के लिए इस्लाम और मजदूर आंदोलन में कोई विरोधाभास नहीं था।

दूसरा उदाहरण दिल्ली के अत्यंत सांप्रदायिक कहे जाने वाले सीलमपुर इलाके का है। 20 सितम्बर, 2006 को रिहायशी इलाकों से औद्योगिक इकाइयों के हटाए जाने के विरोध में एक बड़ा बंद आयोजित किया गया। हिंदू और मुसलमान कारखानों के मालिक जोकि राजनीतिक तौर पर कभी भी साथ नहीं थे, इस आंदोलन में एक साथ विरोध के लिए उतरे। आश्चर्यजनक तौर पर क्षेत्र के मुस्लिम विधायक और विधायक के समर्थक इमामों ने इस विरोध में शामिल न होने का फैसला किया। फिर भी इस मुद्दे पर एक सशक्त विरोध हुआ और पुलिस फायरिंग में तीन लोग (सभी मुस्लिम) मारे गए।

ये दो उदाहरण मुस्लिम राजनीतिक प्रतिनिधित्व का एक दूसरा चेहरा प्रस्तुत करते हैं।

इन तथ्यों को एक अलग तरीके से देखें तो एक जटिल परंतु समझ में आने वाली तस्वीर निकलती है। पहली बात तो यह कि मुसलमानों के राजनीतिक प्रतिनिधित्व में कमी, विशेषकर चुनावी राजनीति के संदर्भ में, हमारी लोकतांत्रिक व्यवस्था के समन्वयकारी चरित्र पर सवाल उठाती है। लेकिन इसके कारणों को सीधे 'मुस्लिम-विरोधी' समझ लेना गलत होगा। राष्ट्रीय राजनीतिक मुद्दे, देश के विकास की

आम आदमी तक पैठ और आजाद भारत की राजनीतिक संस्कृति ने कुछ ऐसी परिस्थितियां पैदा की जिसकी वजह से राजनीतिक और आर्थिक संसाधनों का बंटवारा समान रूप से नहीं हो सका। इसी वजह से केंद्रीयकरण की प्रवृत्तियों ने जन्म लिया जिससे आर्थिक संसाधन और राजनीतिक शक्ति कुछ समूहों के हाथों में सिमट कर रह गई और पिछड़े समूह, दलित, महिलाएं और अल्पसंख्यक समुदाय बहुआयामी शोषण के शिकार होते चले गए। इस प्रक्रिया ने मुसलमानों के राजनीतिक प्रतिनिधित्व को भी प्रभावित किया है।

दूसरी बात यह है कि मुस्लिम समाज आंतरिक लोकतंत्र की प्रक्रिया से गुजर रहा है और वे सवाल जिन्हें इस्लामी एकता के नाम पर छिपा दिया जाता था, अब मुखर हो रहे हैं। यह राजनीतिक प्रतिनिधित्व के व्यापक होने का एक सटीक प्रमाण है।

तीसरी और अंतिम; बात मुस्लिम राजनीति समग्र और व्यापक है। इसे केवल पहचान की राजनीति मान लेना गलत होगा। यह राजनीति भारत में चल रही समतामूलक समाज बनाने की लड़ाई से पूरी तरह जुड़ी हुई है। अतएव मुस्लिम राजनीतिक प्रतिनिधत्व को भी समतामूलक समाज की व्यापक और सार्वभौमिक लड़ाई के साथ रखकर देखना होगा।

अगर हम लोकतंत्र की इस विशिष्ट भारतीय अवधारणा को समझ लेंगे तो संभव है कि ऐसी संरचनाओं और संस्थागत ढांचे की स्थापना कर सकें जो विधायिका में मुसलमानों को न्यायोचित प्रतिनिधित्व दिला सके। तब शायद यूरोप और अमेरिका की राजनीतिक व्यवस्थाएँ 'मॉडल' न होकर 'उदाहरण' मात्र रह जाएं और हम अवधारणाओं, मॉडलों और संस्थाओं के आयात के बजाय कुछ रचनात्मक सृजन कर सकें।

●

धर्म-परिवर्तन : एक मानव अधिकार | डॉ० रमेन्द्र

बुद्धिवादी-मानवतावादी लोग किसी भी धर्म को नहीं मानते हैं। वे सभी धर्मों को अस्वीकार करते हैं, और स्वयं उनकी विचारधारा एक धर्मनिरपेक्ष विचारधारा है। ऐसे में धर्म-परिवर्तन के प्रति मानवतावादी दृष्टिकोण क्या होगा।

इस प्रश्न पर विचार करने से पहले यह भी समझ लेना जरूरी है कि मानवतावादियों द्वारा धर्मनिरपेक्षता, लोकतंत्र और मानव अधिकारों का समर्थन किया जाता है। इसलिए धर्म-परिबर्तन के प्रति मानवतावादी दृष्टिकोण एक धर्मनिरपेक्ष और लोकतांत्रिक दृष्टिकोण होगा।

भारत एक धर्मनिरपेक्ष लोकतंत्र है। इसका अर्थ यह हुआ कि भारत में राज्य का कोई धर्म नहीं है; राज्य द्वारा किसी भी धर्म को सरकारी संरक्षण प्रदान नहीं किया गया है। इसके आलावा, राज्य द्वारा धर्म के आधार पर नागरिकों के बीच भेदभाव नहीं बरता जाता है। दूसरी ओर, भारत में नागरिकों को किसी भी धर्म को मानने, न मानने, या एक धर्म को छोड़ कर किसी दूसरे धर्म को या किसी धर्मनिरपेक्ष विचारधारा को अपनाने की स्वतंत्रता मिली हुई है। भारत के संविधान में धर्म की स्वतंत्रता को या अन्त:करण की स्वतंत्रता को एक मौलिक अधिकार के रूप में मान्यता प्रदान की गयी है। संविधान की धारा 25 में स्पष्ट तौर से कहा गया है। : **अन्त:करण की और धर्म के अबाध रूप से मानने, आचरण और प्रचार करने की स्वतंत्रता**- (1) लोक व्यवस्था, सदाचार और स्वास्थ्य तथा इस भाग के अन्य उपबन्धों के अधीन रहते हुए सभी व्यक्तियों को अन्त:करण की स्वतंत्रता की और धर्म के अबाध रूप में मानने और आचरण करने और प्रचार करने का समान हक होगा।

दरअसल, गैरधार्मिक विचारधारा को अपनाने सहित धर्म-परिवर्तन का अधिकार और धार्मिक (या गैरधार्मिक) विचारों के प्रचार के अधिकार का प्रश्न विचारों या विवेक की स्वतंत्रता और अभिव्यक्ति की स्वतंत्रता जैसे व्यापक लोकतांत्रिक अधिकारों के प्रश्न के साथ जुड़ा हुआ है। इन अधिकारों को भारत के

संविधान के अलावा अन्तर्राष्ट्रीय स्तर पर मानवाधिकारों के रूप में भी मान्यता मिली हुई है।

मानवाधिकारों के सार्वभौमिक घोषणा-पत्र की धारा 19 के अनुसार हर किसी को विचारों और अभिव्यक्ति की स्वतंत्रता का अधिकार है। इस अधिकार के अन्तर्गत बिना किसी हस्तक्षेप के विचार रखने का, और सीमाओं का ध्यान रखे बिना, किसी भी माध्यम से जानकारी या विचार प्राप्त या प्रदान करने का अधिकार शामिल है।

विचारों और अभिव्यक्ति की बुनियादी और व्यापक लोकतांत्रिक स्वतंत्रता में ही यह अन्तर्निहित है कि प्रत्येक व्यक्ति को कोई भी धार्मिक विचार रखने का, प्राप्त करने का और अभिव्यक्ति करने का अधिकार है, जैसा कि मानवाधिकार घोषणा-पत्र की धारा 18 में कहा गया है : हर किसी को विचारों, विवेक और धर्म की स्वतंत्रता का अधिकार है। इस अधिकार के अन्तर्गत अपना धर्म या विचार बदलने की स्वतंत्रता भी शामिल है...।

इस तरह, धर्म-परिवर्तन और धार्मिक विचारों की अभिव्यक्ति के अधिकार को मानवाधिकारों और लोकतांत्रिक अधिकारों के रूप में अन्तर्राष्ट्रीय और भारत में राष्ट्रीय स्तर पर भी मान्यता प्राप्त है। इसके बारे में कोई विवाद उठाना व्यर्थ समय की बर्बादी है।

धर्म-परिवर्तन पर रोक लगाने का परिणाम यह होगा कि हर व्यक्ति अपने जन्म के धर्म में ही फँस कर रह जाएगा। कोई व्यक्ति किस धर्म को मानने वालों के बीच पैदा होता है, इस पर उसका अपना कोई नियंत्रण नहीं है। इसलिए धर्म-परिवर्तन पर रोक लगाने का अर्थ होगा : धर्म के क्षेत्र में चुनाव का पूर्ण अभाव। यह एक सरासर अलोकतांत्रिक और मानव अधिकारों का उल्लंघन करने वाली बात होगी। वास्तव में तो व्यस्क होने पर व्यक्ति को धर्म-सम्बन्धी चुनाव का अधिकार मिलना चाहिए। जन्म के आधार पर धर्म का लादा जाना ही गलत है।

भारत में धर्म-परिवर्तन का विरोध मुख्यत: कुछ रूढ़िवादी और साम्प्रदायिक हिन्दुओं द्वारा किया जाता है, जिन्हें हर वक्त यह डर सताता रहता है कि भविष्य में भारत में हिन्दुओं की संख्या घटती चली जाएगी, और वे अन्तत: अल्पसंख्यक हो जाएँगे! लेकिन इस तरह की भयग्रस्त मानसिकता में रहकर धर्म-परिवर्तन के प्रश्न पर तार्किक और संतुलित दृष्टि से सोच पाना सम्भव नहीं है। कुछ लोगों के इस अतिरंजित भय के कारण नागरिकों को धर्म-परिवर्तन के उनके मौलिक मानवाधिकार से वंचित नहीं किया जा सकता है।

जो लोग हिन्दुओं के मुसलमान, ईसाई या बौद्ध बनने से चिन्तित हैं, उन्हें धर्म-परिवर्तन का विरोध करने के बजाय अपने धर्म की कमजोरियों, खास कर वर्ण-व्यवस्था और छुआछूत को मिटाने की ओर ध्यान देना चाहिए। लेकिन अफसोस कि आर० एस० एस० और भाजपा से जुड़े हिन्दू धर्म के कुछ स्वघोषित ठेकेदार ऐसा करने के बजाय धार्मिक अल्पसंख्यकों के विरुद्ध नफरत फैलाने तथा आगजनी, बलात्कार और हत्या जैसे जघन्य अपराधों को अंजाम देने में लगे हुए हैं। उड़ीसा जैसे

प्रान्त में तो इन पर यह आरोप भी लग रहा है कि ये जबरदस्ती हिंसा के माध्यम से दलित ईसाइयों को हिन्दू बनाने की कोशिश कर रहे हैं। ऐसे लोगों की हरकतों से हिन्दू धर्म और हिन्दुओं की ही बदनामी हो रही है। ऐसे अपराधी तत्वों के साथ किसी 'राष्ट्रीय बहस' की जरूरत नहीं है बल्कि ऐसे अपराधी तत्वों के विरुद्ध तत्काल कानूनी कार्यवाही करते हुए उन्हें जेल में डालने की जरूरत है।

●

जसवंत, जिन्ना और विभाजन का जिन्न

डॉ० राम पुनियानी

मोहम्मद अली जिन्ना पर जसवंत सिंह की हालिया किताब ने एक बार फिर विभाजन के जिन्न को बोतल से बाहर निकाल दिया है। विभाजन के लिए कौन जिम्मेदार था और कौन नहीं, कौन कम जिम्मेदार था और कौन ज्यादा—इन मुद्दों पर देश में बहस-मुबाहिसे का एक दौर सा शुरू हो गया है। इस किताब ने कितना बड़ा बवंडर खड़ा कर दिया है यह इससे स्पष्ट है कि इसके कारण भारतीय जनता पार्टी ने अपने तीन दशक पुराने, बड़े व सम्मानित नेता को बाहर का रास्ता दिखला दिया है।

जसवंत सिंह की किताब का लब्बोलुआब यह है कि जिन्ना एक धर्मनिरपेक्ष नेता थे, उन्हें भारत में अकारण ही खलनायक के रूप में प्रस्तुत किया जाता है और यह कि नेहरू और पटेल न कि जिन्ना विभाजन के लिए जिम्मेदार थे। नेहरू और पटेल के कारण देश के दो टुकड़े हुए, देश में भारी खून-खराबा हुआ और उसी कारण आज तक भारत में मुसलमानों के साथ परायों जैसा व्यवहार होता है।

जहां तक मुसलमानों के साथ परायों जैसा व्यवहार का सवाल है, इसमें कोई संदेह नहीं कि मुसलमानों को उनके पराये होने का अहसास पहले भी होता था और आज भी होता है। इस स्थिति के लिए भाजपा कम जिम्मेदार नहीं है। मुसलमान हमेशा से भाजपा के निशाने पर रहे हैं और अगर उनके साथ सामाजिक और आर्थिक क्षेत्रों में भेदभाव हो रहा है तो इसके लिए भाजपा भी कम दोषी नहीं है। मुसलमानों को पराया बनाने में भाजपा की आक्रामक नीतियों की महत्वपूर्ण भूमिका रही है।

जब भाजपा हिन्दू राष्ट्र की बात करती थी, उस समय जसवंत सिंह कहां थे? क्या वे उस पार्टी के एक महत्वपूर्ण नेता नहीं थे? मुख्यतः भाजपा के कारण आज मुसलमान दूसरे दर्जे के नागरिक बन गए हैं। हम यह नहीं कहते कि मुसलमानों के दुःखों और परेशानियों का एकमात्र कारण भाजपा है परंतु यह भी साफ है कि भारतीय जनमानस में गहरे तक घर कर गई आर०एस०एस० की विचारधारा की जड़ें, मुसलमानों की मुसीबतों के लिए काफी हद तक जिम्मेदार हैं। यद्यपि जसवंत सिंह शायद कभी खाकी हॉफ पेन्ट पहनकर आर०एस०एस० की शाखा में नहीं गए परंतु वे उस पार्टी में महत्वपूर्ण पदों पर रहे हैं जिस पार्टी को संघ ने अपना एजेन्डा लागू करने

के माध्यम के रूप में चुना है। क्या ऐसा नहीं लगता कि जसवंत सिंह की मुसलमानों के प्रति चिंता, घड़ियाली आंसू से अधिक कुछ नहीं है?

जहां तक जिन्ना की धर्मनिरपेक्षता के प्रति प्रतिबद्धता का प्रश्न है, हम यह कैसे भूल सकते हैं कि जिस पार्टी के जिन्ना सर्वोच्च नेता थे, उस पार्टी का नाम ही मुस्लिम लीग था। सिर्फ यह तथ्य ही जिन्ना के सेक्युलरिज्म की पोल खोलने के लिए काफी है। यह सही है कि जिन्ना पश्चिमी संस्कृति में रचे-बसे थे। यह भी सही है कि उन्होंने अपने राजनैतिक कैरियर की शुरूआत भारतीय राष्ट्रीय कांग्रेस से की थी परंतु हम इस तथ्य को कैसे नकार सकते हैं कि बाद के दिनों में वे मुसलमानों के "एकमात्र प्रवक्ता व हितरक्षक" के रूप में उभरे। यह बात अलग है कि वे जिन मुसलमानों का प्रतिनिधि होने का दम भरते थे, उनमें गरीब और अपढ़ मुसलमान शामिल नहीं थे। जिन्ना केवल मुसलमानों के श्रेष्ठि वर्ग के हितसंरक्षक थे। पाकिस्तान के कायदे-आजम में व्यक्तिगत तौर पर कई गुण रहे होंगे और थे भी परंतु इससे वे धर्मनिरपेक्ष नहीं बन जाते।

धर्मनिरपेक्ष कहलाने की एक आवश्यक शर्त यह है कि धर्म, उस व्यक्ति का निजी मसला रहे और उसके सार्वजनिक जीवन में धर्म की कोई भूमिका न हों। इस कसौटी पर जिन्ना कतई खरे नहीं उतरते। उन्होंने मुस्लिम लीग का नेतृत्व स्वीकार किया, जो एक ऐसी पार्टी थी जिसमें धार्मिक पहचान ही राष्ट्रीय पहचान का आधार थी।

अन्य कई ऐसे मुस्लिम नेता थे जिन्होंने केवल मुसलमानों का नेतृत्व करने की बजाए मिली-जुली भारतीय राष्ट्रीयता के पेरोकार, हमारे स्वतंत्रता आंदोलन से जुड़ना बेहतर समझा। इनमें मौलाना अबुल कलाम आजाद, खान अब्दुल गफ्फार खान और रफी अहमद किदवई शामिल थे। मुस्लिम लीग कभी सभी मुसलमानों की पार्टी नहीं बन सकी। अधिकांश गरीब मुसलमान, महात्मा गांधी और राष्ट्रीय स्वतंत्रता आंदोलन के प्रशंसक और समर्थक बने रहे। यहां तक कि कई मुस्लिम धार्मिक नेता और बरेली और देवबंद के इस्लामिक शिक्षा के केन्द्र मिली-जुली भारतीय राष्ट्रीयता के हामी बने रहे। मुस्लिम लीग, जिसे मुस्लिम जमींदारों और नवाबों ने अपने हितों की रक्षा के लिए बनाया था, से बाद में कुछ शिक्षित मुस्लिम भी जुड़ गए। लीग मुसलमानों के बीच अपनी सीमित पैठ के बावजूद पूरे मुसलमानों के हितों की रक्षक होने का दावा करती रही और कांग्रेस को हिन्दू पार्टी कहकर बदनाम करती रही। यह तब, जबकि कांग्रेस की नीतियां और कार्यक्रम पूरी तरह से धर्मनिरपेक्ष थे।

मुसलमानों के हित संरक्षण से बढ़ते-बढ़ते बात "मुसलमान एक अलग राष्ट्र हैं" तक पहुंच गई। हिन्दुओं के बारे में भी ठीक यही बात सावरकर और आए० एस० एस० ने कहनी शुरू कर दी। यह कहा जाने लगा कि "हिन्दू एक अलग राष्ट्र है" और यह भी कि "भारत एक हिन्दू राष्ट्र है"।

जिन्ना के इस दावे में कोई दम नहीं था कि सभी मुसलमानों के हित समान थे। क्या अशरफ और अरजल मुसलमानों के हित समान थे? क्या रईस मुस्लिम जमींदारों

ौर गरीब मुसलमान बुनकरों के हितों में तनिक सी भी समानता थी? कतई नहीं।

इसी तरह, सावरकर और संघ जिन "हिन्दू हितों" की बात कर रहे थे वे कौन हिन्दू थे? मोटे तौर पर संघ व सावरकर हिन्दुओं के उसी आर्थिक सामाजिक वर्ग पोषक थे जिस वर्ग के मुसलमानों की पैरोकार मुस्लिम लीग थी।

जिन्ना के 12 अगस्त 1947 के "सेक्युलर भाषण" से इस तथ्य को नहीं ठलाया जा सकता कि मुस्लिम लीग में ऐसे साम्प्रदायिक तत्वों का बोलबाला था जो किस्तान को एक मुस्लिम राष्ट्र बनाने के लिए कटिबद्ध थे और यह उन्होंने किया ै। जिन्ना के नेतृत्व में ही मुस्लिम लीग ने सन् 1940 के लाहौर प्रस्ताव के जरिए सलमानों के लिए पाकिस्तान नाम से अलग देश बनाए जाने की मांग की थी। मात्र सलिए कि जिन्ना नमाज नहीं पढ़ते थे या उन्हें शराब से परहेज नहीं था, उन्हें र्मनिरपेक्ष नहीं कहा जा सकता। केवल पश्चिमी रहन-सहन के कारण वे सेक्युलर हीं कहला सकते। अपने राजनैतिक और सार्वजनिक जीवन में किसी व्यक्ति का चार-व्यवहार ही उसे धर्मनिरपेक्ष या साम्प्रदायिक बनाता है।

विभाजन के लिए कौन जिम्मेदार था—मुस्लिम लीग या फिर नेहरू व टेल—इस विषय पर अक्सर बहुत सतही ढंग से विचार किया जाता है। हमारे मने केवल इतना प्रश्न नहीं है कि विभाजन की त्रासदी का कौन नायक था और न खलनायक।

इस मुद्दे पर विचार करते समय धर्म-आधारित राष्ट्र में विश्वास करने वाले जनैतिक दलों व संगठनों और ब्रिटिश सरकार की भूमिका पर भी हमें गहराई से तन करना होगा। पाकिस्तान में "हिन्दू कांग्रेस" की हठधर्मिता को विभाजन के लिए षी ठहराया जाता है। हमारे देश में मुस्लिम लीग और जिन्ना को खलनायक बतलाया ता है। घृणा की राजनीति का प्रणेता – आर०एस०एस० – महात्मा गांधी को सबसे धिक दोषी मानता है। संघ और हिन्दू महासभा के विचार नाथूराम गोडसे के भाषणों र महात्मा गांधी की हत्या करने के उसके कृत्य से, स्पष्ट हैं। इन संगठनों का मानना कि गांधीजी ने मुसलमानों का तुष्टिकरण किया जिससे उनकी हिम्मत बढ़ गई और इतने आक्रामक हो गए कि अपने लिए अगल देश मांगने लगे। साम्प्रदायिक क्तियों की इस विवेचना में उनकी स्वयं की व ब्रिटिश सरकार की भूमिका की कहीं र्चा नहीं होती।

भारतीय राष्ट्रीय कांग्रेस का गठन सन् 1885 में उद्योगपतियों, व्यवसायियों, री शिक्षित वर्ग और संगठित श्रमिक वर्ग ने एक मंच पर आकर किया था। इन ी वर्गों का उस समय उदय हुआ ही था। जिन वर्गों का सूरज अस्त हो रहा था वे जमींदार और राजा-नवाब। इन वर्गों ने सन् 1888 में यूनाइटेड इंडिया पेट्रियाटिक ोसिएशन नामक संगठन बनाया। इस संगठन में काशी के राजा और ढाका के ाब कंधे से कंधा मिलाकर काम करते थे। यहीं से हिन्दू महासभा और मुस्लिम ा के निर्माण की नींव पड़ी। बांटो और राज करो की अपनी नीति के तहत, ब्रिटिश कार ने सन् 1906 में मुस्लिम लीग को मुसलमानों के प्रतिनिधि के तौर पर

मान्यता दे दी। उस समय लीग के अधिकांश सदस्य मुसलमानों के उच्च आर्थिक-सामाजिक तबके से आते थे। उनके मन में अरजल और अफजल जैसे निम्न जाति के मुसलमानों के लिए कोई जगह नहीं थी। इसी तरह, सन् 1915 में अस्तित्व में आई हिन्दू महासभा भी हिन्दू श्रेष्ठि वर्ग का संगठन थी। नीची जातियों के और हाथों से काम करने वाले हिन्दुओं से हिन्दू महासभा को कोई लेना-देना नहीं था।

हिन्दू महासभा और मुस्लिम लीग के एजेण्डा लगभग समान थे और वे एक सी भाषा बोलते थे। दोनों संगठनों में पुरूषों का वर्चस्व था। दोनों संगठन केवल धार्मिक पहचान को महत्व देते थे। जाति और लिंग भेद समाप्त करने में दोनों की ही कोई दिलचस्पी नहीं थी। उन्हें सिर्फ अपने-अपने धर्मों के कुलीन तबके से मतलब था। यही कारण है कि हिन्दू महासभा और मुस्लिम लीग, दोनों ने राष्ट्रीय स्वतंत्रता आंदोलन से दूरी बनाकर रखी। राष्ट्रीय स्वतंत्रता आंदोलन सभी धर्मों, जातियों, क्षेत्रों और दोनों लिंगों के लोगों को एक साथ जोड़ने का हामी था। यह नीति न तो हिन्दू महासभा और न ही मुस्लिम लीग को पसंद थी।

जिन्ना केवल संवैधानिक सुधारों के जरिए स्वराज पाना चाहते थे। वे स्वतंत्रता आंदौलन में आम जनों की भागीदारी के हामी नहीं थे। हिन्दू महासभा और आर० एस० एस० भी, लीग की तरह, स्वतंत्रता आंदोलन से दूर रहे। सावरकर ने सबसे पहिले हिन्दू राष्ट्र और उसकी राजनीति (हिन्दुत्व) की अवधारणा प्रस्तुत की और इसे बाद में संघ ने अपना लिया। लीग और हिन्दू साम्प्रदायिक संगठनों के विचार एक दूसरे से बहुत मिलते थे। सावरकर ने जिन्ना के उस वक्तव्य की सराहना की थी जिसमें जिन्ना ने कहा था कि भारत में दो राष्ट्र हैं—हिन्दू और मुस्लिम। सावरकर ने उसमें यह अवश्य जोड़ा कि चूंकि भारत में हिन्दू राष्ट्र की प्रधानता है इसलिए मुस्लिम राष्ट्र को उसके अधीन रहना होगा। लीग और हिन्दू महासभा-आर. एस. एस. के विचारों में जो एकमात्र अंतर था वह यह था कि जहां लीग हिन्दुओं और मुसलमानों के बीच समानता चाहती थी वहीं संघ, मुस्लिम राष्ट्र को हिन्दू राष्ट्र के अधीन रखने का हामी था।

हिन्दू साम्प्रदायिक तत्व कई हिस्सों में बंट गए। कुछ हिन्दू महासभा में और कुछ आर० एस० एस० में और कुछ ने कांग्रेस में घुसपैठ कर ली। इसके विपरीत मुस्लिम साम्प्रदायिक तत्व एक ही झंडे तले बने रहे और बाद में उन्हें मुसलमानों के शिक्षित वर्ग के एक हिस्से का समर्थन भी हासिल हो गया।

विभाजन के पीछे के कारणों को हमें इस पृष्ठभूमि में समझना होगा। मुस्लिम लीग और हिन्दू महासभा-आर.एस.एस. अपने-अपने "राष्ट्रों" पर नियंत्रण स्थापित करना चाहती थीं। कांग्रेस और राष्ट्रीय स्वाधीनता आंदोलन का लक्ष्य स्वतंत्रता पा और सामंती व्यवस्था से मुक्त होकर एक प्रजातांत्रिक समाज की स्थापना करना था। लक्ष्यों की इसी विभिन्नता के चलते पंडित नेहरू ने 1937 में मुस्लिम लीग के सदस्यों को उत्तरप्रदेश की सरकार में शामिल करने से इंकार कर दिया था। चुनाव में हार के बावजूद लीग की यह मांग थी कि उसे सरकार में जगह दी जाए। पंडित नेह

का तर्क था कि चूंकि उत्तरप्रदेश सरकार भूमि सुधार और अन्य प्रगतिशील कदम उठाना चाहती है, ऐसे में जमींदारों को मंत्री कैसे बनाया जा सकता है। पंडित नेहरू, लीग को मुसलमानों की एकमात्र प्रतिनिधि मानने के लिए तैयार नहीं थे। ठीक उसी तरह, जिस तरह वे हिन्दू महासभा और आर.एस.एस. को हिन्दुओं का हितैषी और प्रवक्ता नहीं मानते थे।

केबिनेट मिशन की योजना को कांग्रेस और मुस्लिम लीग दोनों ने स्वीकार कर लिया था। इस योजना के अनुसार एक ऐसा भारत बनाया जाना था जिसमें केवल प्रतिरक्षा, संचार, विदेशी मामले व मुद्रा से जुड़े हुए विषयों पर केन्द्र सरकार का नियंत्रण रहता व अन्य सभी मसलों पर राज्य सरकारें निर्णय लेने के लिए स्वतंत्र होतीं। संभवतः कुछ समय बाद नेहरू और पटेल को यह महसूस हुआ कि एक कमजोर केन्द्र, देश के औद्योगीकरण, विकास और अधोसंरचना के निर्माण के लक्ष्यों को पूरा नहीं कर सकेगा।

सतही तौर पर देखने से ऐसा लग सकता है कि विभाजन के लिए नेहरू और पटेल जिम्मेदार थे परंतु यह सही नहीं है। बंटवारे की नींव ब्रिटिश सरकार ने रख दी थी। हमारे विदेशी शासकों ने जमींदारों, शोषकों व दोनों धर्मों के साम्प्रदायिक तत्वों को भरपूर संरक्षण दिया। यही कारण था कि मुस्लिम लीग और हिन्दू महासभा पर कभी सरकार की गाज नहीं गिरी जबकि राष्ट्रीय स्वाधीनता आंदोलन के नेताओं को अपनी उम्र के कई साल जेलों में काटने पड़े।

आडवानी और जसवंत सिंह का जिन्ना का प्रशंसक होने का कारण स्पष्ट है। जिन्ना ने द्विराष्ट्र सिद्धांत प्रतिपादित किया और अलग मुस्लिम राष्ट्र का सफलतापूर्वक निर्माण किया। आडवानी और जसवंत सिंह भी हिन्दू राष्ट्र बनाने का सपना देखते रहे हैं परंतु यह सपना आज तक केवल सपना ही है। स्वाभाविकतः, उनके और उनके जैसे धर्म–आधारित राजनीति करने वाले अन्य नेताओं के लिए जिन्ना एक नायक हैं जो अपने लक्ष्य पाने में सफल रहे। विचारधारा के स्तर पर आडवानी और जसवंत सिंह अपने आपको जिन्ना के काफी नजदीक पाते होंगे। जिन्ना कि तरह वे भी धर्म–आधारित राष्ट्र के पैरोकार हैं।

आडवानी और जसवंत सिंह को यह भी लगता होगा कि जिन्ना को विभाजन करवाने के आरोप से बरी कर वे कांग्रेस और नेहरू को कटघरे में खड़ा कर रहे हैं। यह स्पष्टतः भाजपा के लिए लाभदायक है। परंतु इसमें एक समस्या है। समस्या यह है कि जहां तक स्वतंत्रता के ठीक पहिले की राजनीति का सवाल है, नेहरू और पटेल को एक–दूसरे से अलग करना बहुत मुश्किल है। अगर नेहरू को दोषी करार दिया जाता है तो पटेल भी आरोपों के घेरे से नहीं बच सकते। और पटेल को दोषी ठहराना भाजपा के समर्थकों के एक बड़े हिस्से को कतई रास नहीं आता।

आर०एस०एस० की शाखाओं में विभाजन का ठीकरा, जिन्ना और गांधी व नेहरू के सिर पर फोड़ा जाता है। ऐसे में जिन्ना की प्रशंसा से आर.एस.एस. के

शाखाओं का पाठ्यक्रम गलत सिद्ध हो जाएगा। इन दो कारणों से भाजपा दुविधा फंस गई और उसे जसवंत सिंह को पार्टी से निकालने पर मजबूर होना पड़ा आडवानी इसलिए बच निकले क्योंकि बीमार वाजपेयी का स्थान लेने के लिए पा के पास उनके अलावा कोई और नेता नहीं था।

इतिहास हमें बहुत से सबक सिखाता है। जिन्ना की प्रशंसा उनके कांग्रेस जुड़ाव के दिनों और 12 अगस्त 1947 को पाकिस्तान की संसद में दिए गए उन भाषण के आधार पर की जा रही है। जिन्ना को उनकी समग्रता में नहीं देखा जा र है।

•

कांग्रेस और भाजपा दोनों कटघरे में

डॉ० राम पुनियानी

गुजरात के मुख्यमंत्री नरेन्द्र मोदी से, उच्चतम न्यायालय द्वारा नियुक्त एसआईटी की पूछताछ गुजरात कत्लेआम की जांच प्रक्रिया में एक बड़ा कदम है। यह हमारे देश में प्रजातांत्रिक मूल्यों में गिरावट का प्रतीक है कि गुजरात दंगों से संबंधित मामलों को राज्य के बाहर ले जाया जाना पड़ा और कांग्रेस सांसद एहसान जाफरी की निर्मम हत्या की जांच का काम उच्चतम न्यायालय को अपने हाथों में लेना। पड़ा। वहशी भीड़ द्वारा कत्ल किए जाने के पूर्व, एहसान जाफरी ने कई लोगों को फोन पर मदद की गुहार की थी। जाफरी और अन्य लोगों की त्रासद हत्या के कुछ ही घंटों पहले वरिष्ठ पुलिस अधिकारी पी० सी० पाण्डे ने घटनास्थल का दौरा किया था। राज्य की कांग्रेस इकाई पूरी तरह से असहाय थी क्योंकि निचले से लेकर शीर्ष स्तर तक पुलिस तंत्र की कमान भाजपा के हाथ में थी।

मोदी ने एस.आई.टी. के समक्ष पूछताछ के लिए उपस्थित होने की अपनी मजबूरी का भी राजनैतिक लाभ लेने की कोशिश की। उन्हें एस.आई.टी. के समक्ष 21 मार्च, 2010 को हाजिर होना था। एस.आई.टी. के प्रमुख आर के राघवन ने भी कहा था कि मोदी को 21 मार्च को उपस्थित होने के लिए समन भेजे गए हैं। नियत तारीख को एस.आई.टी. पूरे दिन मोदी का इंतजार करती रही परंतु वे नहीं आए। उल्टे, मोदी ने मीडिया पर यह कहते हुए निशाना साधा कि "निहित स्वार्थी तत्वों" के साथ मिलकर वह गुजरात को बदनाम कर रहा है। (आखिरकार गुजरात ही मोदी है और मोदी ही गुजरात है)। यह विडंबना ही है कि गुजरात दंगा पीड़ितों के लिए न्याय की मांग करने वालों को "निहित स्वार्थी तत्व" कहा जा रहा है। उनके इस वक्तव्य को किसी ने चुनौती नहीं दी। एस.आई.टी. भी चुप्पी साधे रही। ऐसा लगा मानो मोदी एक बार फिर जीत गए हैं। जबकि सच यह है कि एस.आई.टी. का कार्यालय 21 मार्च को पूरे दिन मोदी के लिए खुला रखा गया। जहां तक निहित स्वार्थी तत्वों का सवाल है, हम सबकी यह जानने में रुचि है कि निहित स्वार्थी वे हैं जो धर्म के नाम पर सत्ता में आए हैं या फिर वे जो उन अल्पसंख्यकों के अधिकारों की लड़ाई लड़ रहे हैं जिन्हें

गुजरात में दूसरे दर्जे का नागरिक बना दिया गया है?

मोदी बड़ी शान से एस.आई.टी. के समक्ष उपस्थित हुए। उन्होंने ऐसा प्रदर्शित किया मानो उन्होंने कोई राजनैतिक जीत हासिल की हो। ऐसा दावा किया गया कि एस.आई.टी. के सामने हाजिर होने से मोदी का राजनैतिक कद बढ़ा है। और भाजपा कार्यकर्ताओं का उनके नेतृत्व में विश्वास और पुख्ता हुआ है। अब इस बारे में क्या कहा जाए? क्या कोई कानूनी कर्तव्य पूरा करना राजनैतिक विजय है?

सच तो यह है कि ये बातें इसलिए कही गई ताकि एसआईटी के सामने हाजिरी बजाने से मोदी का जो अपमान हुआ है, उसे ढंका जा सके। आखिरकार यह देश में पहली बार हुआ था कि किसी मुख्यमंत्री को एक जांच एजेन्सी के सामने उपस्थित होकर पूछताछ का सामना करना पड़ा हो। जिस बात पर शर्मिन्दा हुआ जाना चाहिए, उसे जीत बताया जा रहा है! केवल गोयबेल्स के चेले ही यह कमाल दिखा सकते हैं। जब भी भाजपा रंगे हाथों पकड़ी जाती है, जब भी उस पर पक्षपात या भेदभाव का आरोप लगता है वह तुरंत अपने पर से ध्यान हटाने के लिए कोई दूसरा मिलता-जुलता मुद्दा उछालने लगती है। जब गुजरात दंगा पीड़ितों के पुनर्वसन की बात होती है तो भाजपा कश्मीरी पंडितों के पुनर्वास का मसला उछाल देती है। मानों एक गलत काम से दूसरा गलत काम, सही सिद्ध हो जाता हो। गुजरात कत्लेआम की तुलना सन् 1984 के सिक्ख-विरोधी दंगों से की जाती है। इसमें कोई संदेह नहीं कि सन् 2002 के गुजरात में मुसलमानों के कत्लेआम और सन् 1984 में देश के विभिन्न राज्यों में हुए सिक्ख नरसंहार में कई समानताएं हैं, परंतु उनमें कई अंतर भी हैं। दोनों ही अत्यंत त्रासद थे परंतु जहां सिक्ख नरसंहार स्वयंस्फूर्त था वहीं मुस्लिम नरसंहार के पूर्वनियोजित होने की काफी संभावना है। गोधरा ट्रेन आगजनी को तो महज बहाने के तौर पर इस्तेमाल किया गया। टीवी कैमरों के सामने गोधरा हादसे के शिकार लोगों के मृत शरीरों को अहमदाबाद की सड़कों पर जुलूस की शक्ल में घुमाया गया। उच्च स्तरीय बैठकों में पुलिस और अन्य अधिकारियों को यह निर्देश दिए गए कि हिन्दुओं को अपना गुस्सा निकाल लेने दिया जाए। इसके बाद क्या हुआ, यह हम सबको पता है।

सिक्ख-विरोधी दंगों के पहले तीन दिनों तक कांग्रेस कार्यकर्ता या तो दंगों में भाग लेते रहे या तटस्थ बने रहे। इसके बाद सेना ने मैदान संभाला और वहशियाना हिंसा पर रोक लगाई। तहलका के स्टिंग आपरेशन के दौरान बाबू बजरंगी और गुजरात के अन्य हत्यारों ने कहा था कि उन्हें बदला लेने के लिए तीन दिन दिए गए थे परंतु हालात इतने जटिल बन गए थे कि हिंसा चलती ही गई, चलती ही गई।

वरिष्ठ पत्रकार तवलीन सिंह ने लिखा है कि अगर राजीव गांधी को एस.आई.टी. का सामना करना पड़ा होता तो गुजरात हिंसा नहीं हुई होती। इस बात में कुछ दम है। कई राजनैतिक दलों को हिंसा भड़काने के फायदे समझ में आ गए हैं। सिक्ख विरोधी दंगों के बाद राजीव गांधी को न भूतों न भविष्यति बहुमत लोकसभा में मिला और दंगों के बाद से मोदी दो बार गुजरात में सत्ता में आ चुके हैं। समस्या यह

है कि हमारे देश में दंगों का दूर रहकर नियंत्रण और निर्देशन करने वालों को कोई छू तक नहीं पाता। जो सड़कों पर खून बहाते और तोड़फोड़ मचाते हैं, उनमें से भी अधिकांश बच निकलते हैं।

सिक्ख समुदाय के एक हिस्से की ओर से यह मांग सामने आई है कि सिक्ख-विरोधी दंगों की जांच के लिए भी एक ऐसी ही एसआईटी गठित की जानी चाहिए। इस मांग में कुछ गलत नहीं है सिवाय इसके कि इन दंगों को हुए 26 साल की लंबी अवधि बीत चुकी है। यह उम्मीद करना तो बेमानी होगा कि भाजपा कभी भी साम्प्रदायिकता की राजनीति करना बंद करेगी परंतु हम यह आशा अवश्य कर सकते हैं कि कांग्रेस, 1984 के अपने अपराध का ईमानदारी से प्रायश्चित करेगी। अपनी सारी कमियों के बावजूद, कांग्रेस, कम से कम राष्ट्रीय स्वयंसेवक संघ जैसे किसी संगठन की चेरी नहीं है जो भारतीय प्रजातंत्र और संविधान का विरोधी हो और देश में हिन्दू राष्ट्र की स्थापना करना चाहता हो। कांग्रेस को अपनी छाया तले पल रहे ऐसे तत्वों को पहचानकर अलग करना होगा जिन्हें केवल सत्ता की लालसा है और जो राष्ट्रीय आंदोलन के मूल्यों में आस्था नहीं रखते। यही वे मूल्य हैं जिनकी नींव पर एक शक्तिशाली और प्रजातांत्रिक भारत खड़ा हो सकता है—ऐसा भारत जिसमें सबको न्याय और बराबरी का दर्जा मिले।

●

अभिव्यक्ति की स्वतंत्रता और उसकी सीमाएं

इरफान इंजीनियर

कर्नाटक के शिमोगा और हासन जिलों में, सड़कों पर हिंसा का तांडव मचाते समूहों ने एक बार फिर, अभिव्यक्ति की स्वतंत्रता और उसकी सीमाएं तय करने की आवश्यकता के दोनों महत्वपूर्ण मुद्दों पर राष्ट्रीय बहस छेड़ दी है। ये हिंसक समूह "कन्नड़ प्रभा" में प्रकाशित एक लेख का विरोध कर रहे हैं। इस लेख की कथित लेखिका सुश्री तस्लीमा नसरीन हैं।

तस्लीमा ने यह कहा है कि "पर्दा है, पर्दा" शीर्षक से प्रकाशित लेख, उनके विचारों को तोड़-मरोड़कर प्रस्तुत करता है। उन्होंने यह भी साफ किया है कि उन्होंने "कन्नड़ प्रभा" के लिए कोई लेख नहीं लिखा है।

कन्नड़ प्रभा में प्रकाशित लेख में कहा गया है कि पैगम्बर मोहम्मद, पर्दे के खिलाफ थे और उन्होंने महिलाओं से आह्वान किया था कि वे अपने बुर्कों को जला दें। अगर यह लेख तस्लीमा नसरीन द्वारा भी लिखा गया है तो भी इसमें ऐसा कुछ नहीं है जो सड़कों पर हिंसा का औचित्य सिद्ध करता हो। अगर तस्लीमा का यह निष्कर्ष गलत है कि पैगम्बर साहब बुर्के के विरोधी थे तो जरूरत इस बात की है कि उनके इस निष्कर्ष के गलत होने के प्रमाण, जनता के समक्ष प्रस्तुत किए जायें। इससे न केवल लेखिका को गलत निष्कर्षों को सही करने में मदद मिलेगी बल्कि इससे पाठकों को भी यह समझ में आयेगा कि वे तस्लीमा के कथनों और विचारों को कितना महत्व दें।

इस मुद्दे को लेकर कई टिप्पणीकरों ने न केवल अभिव्यक्ति की आजादी के प्रश्न को उठाया है बल्कि धर्मनिरपेक्षतावादियों पर यह आरोप भी जड़ दिया है कि वे मुसलमानों का पक्ष लेते हैं। जिस समय एम. एफ. हुसैन पर हमले हो रहे थे और उनकी पेंटिंग्स आग के हवाले की जा रही थीं, तब धर्मनिरपेक्षतावादी इसे अभिव्यक्ति की आजादी पर हमला बता रहे थे परंतु जब सलमान रुश्दी या तस्लीमा नसरीन पर हमले होते हैं या उनकी किताबों पर प्रतिबंध लगाने की मांग उठती है तब ये धर्मनिरपेक्षतावादी चुप्पी साध लेते हैं। यह आरोप केवल कुछ हद तक सही है क्योंकि धर्मनिरपेक्षतावादियों की भी कई श्रेणियां और प्रकार हैं। इसमें कोई संदेह नहीं कि

जब रुश्दी या नसरीन पर हमले होते हैं या उनके कृतियों की निंदा की जाती है, तब धर्मनिरपेक्षतावादी ऊँचे स्वर में इसका विरोध नहीं करते। वे तब भी मूकदर्शक बने रहते हैं जब प्रश्न पैगम्बर मोहम्मद के प्रति अपमानजनक कार्टून बनाने वाले डच कार्टूनिस्ट की अभिव्यक्ति की स्वतंत्रता का होता है। इसके विपरीत, जब हुसैन की पेंटिंग्स पर शिवसेना, बजरंग दल या विहिप हल्ला बोलते हैं तब धर्मनिरपेक्षतावादी उनके विरोध में मैदान में उतर आते हैं।

कुछ धर्मनिरपेक्षतावादियों की यह मान्यता है कि अल्पसंख्यकों की कट्टरवादिता, अभिव्यक्ति की स्वतंत्रता, प्रजातंत्र व प्रजातांत्रिक अधिकारों के लिए खतरा नहीं है। अल्पसंख्यक कट्टरपंथी ज्यादा से ज्यादा कुछ परेशानियां खड़ी कर सकते हैं और देश के प्रजातांत्रिक ढांचे को थोड़ा-बहुत नुकसान पहुंचा सकते हैं परंतु बहुसंख्यकों का कट्टरवाद, इस देश में प्रजातंत्र को खत्म कर सकता है। हम इस मान्यता से सहमत नहीं है। अल्पसंख्यकों का कट्टरवाद अक्सर, बहुसंख्यकों के कट्टरवाद को हवा देता है। कट्टरवादियों की यह प्रतियोगिता व्यक्तिगत आजादी एवं प्रजातंत्र के लिए खतरा बन सकती है।

हमें सबसे पहले एक कलाकार की स्वतंत्रता और एक राजनीतिज्ञ की स्वतंत्रता के बीच अंतर करना होगा। कुछ राजनेता अपने समुदाय के लिए अधिक अधिकार और सुविधाएं जुटाने के लिए राजनीति करते हैं। दूसरे राजनेता साम्प्रदायिकता के आधार पर अधिक अधिकार और विशेषाधिकार मांगते हैं। कलाकारों और राजनीतिज्ञों के अधिकारों को एक पलड़े पर नहीं तौला जा सकता। दोनों के उद्देश्य अलग-अलग होते हैं। कलाकार अपने चित्रों, मूर्तियों, लेखों, कहानियों और कविताओं के जरिए अपने विचारों को अभिव्यक्त करते हैं। तस्लीमा नसरीन और सलमान रुश्दी जो कुछ भी लिखते हैं, उससे कोई सहमत हो या असहमत परन्तु देश के हर प्रजातांत्रिक मिजाज वाले नागरिक को उनकी अभिव्यक्ति की स्वतंत्रता का समर्थन करना चाहिए। व्यक्तिगत आजादी, प्रजातंत्र के मूलभूत मूल्यों में से एक है और समाज की प्रगति के लिए अति आवश्यक है। मध्यकाल के उन अनेक वैज्ञानिकों व दार्शनिकों के, जिन्हें उनके विचारो के लिए अत्याचार सहने पड़े और यहां तक कि अपनी जाने भी गवानी पड़ीं, समाज की प्रगति में योगदान को कम करके नहीं आंका जा सकता। गैलिलियो, सुकरात, सर सैय्यद, राजा राममोहन राय और कई अन्य दार्शनिक और वैज्ञानिक ऐसे लोगों में शामिल थे। हम चाहे उनसे कितने ही असहमत हों परन्तु हमें तस्लीमाओं, रुश्दियों और एम० एफ० हुसैनों की जरूरत है। आज के समाज के लिए उनके विचार अस्वीकार्य हो सकते हैं परंतु आने वाली पीढ़ियां शायद उन्हें और उनके कृतित्व को किसी दूसरी निगाह से देखें। अगर आज हम इनकी अभिव्यक्ति की स्वतंत्रता की रक्षा नहीं करेंगे तो आने वाली पीढ़ियों के सामने चुनने के लिए कुछ रहेगा ही नहीं। रचनात्मक कलाकारों, चिन्तकों, दार्शनिकों, शिक्षाविदों और इतिहासकारों का काम अपने-अपने क्षेत्रों में अध्ययन करना और अपने निष्कर्षों और विचारों को अभिव्यक्त करना है। संभव है

कि उनके विचार किसी एक पक्ष में झुके हों। यह भी हो सकता है कि उनके विचार समाज के एक हिस्से या पूरे समाज को ही अस्वीकार्य हों। जिस तरह उन्हें बिना किसी डर और धमकी के स्वयं को अभिव्यक्त करने का अधिकार है उसी तरह उनके पाठकों और दर्शकों को उनके रचनात्मक कृत्तियों का आनंद लेने का अधिकार है। भारत ऐसा एकमात्र देश नहीं है जहां कलाकारों, शिक्षाविदों और विचारकों की स्वतंत्रता पर रोक लगाई जाती है। फ्रांस के वे फैशन डिजाइनर, जो बुर्को की नई-नई डिजाइनें तैयार करते हैं, उनकी अभिव्यक्ति की आजादी इसलिए सीमित हो गई है क्योंकि फ्रांस में सार्वजनिक स्थानों पर बुर्का पहनने पर पाबंदी है। वहां के वे वास्तुविद, जो मस्जिदों और मीनार वाले भवनों की डिजाइनें तैयार करते हैं, उनकी अभिव्यक्ति की स्वतंत्रता पर भी प्रतिबंध लग गए हैं क्योंकि एक राष्ट्रीय जनमत संग्रह में देश की जनता ने यह कहा है कि फ्रांस में भविष्य में कोई नई मीनार नहीं बननी चाहिए।

परन्तु हमें कलाकारों की अभिव्यक्ति की आजादी और उनकी जाति, धर्म, भाषा या नस्ल के आधार पर दो समुदायों के बीच बैरभाव या शत्रुता पैदा करने की आजादी के बीच भी अंतर करना होगा। मैं उन कार्टूनिस्टों की अभिव्यक्ति की आजादी का पुरजोर समर्थन करता हूं जिन्होंनें डच अखबार जलेन्डस पोस्टेम में प्रकाशित कार्टूनों की श्रृंखला बनाई। पर यह तर्क मूखर्तापूर्ण है कि जलेन्डस पोस्टेम को इन कार्टूनों को प्रकाशित करने का अधिकार था। जलेन्डस पोस्टेम ने इस्लाम के पैगम्बर के बारे में कार्टून भेजने के लिए खुला निमंत्रण जारी किया था, फिर भले ही वे कार्टून पैगम्बर का अपमान करते हों। जब इस अखकार ने कार्टूनिस्टों को ईनाम के लिए ऐसे कार्टून बनाने का निमंत्रण दिया तब वह निश्चित रूप से अभिव्यक्ति की आजादी का दुरुपयोग कर रहा था। स्पष्टतः अखबार का उद्देश्य मुसलमानों की भावनाओं को चोट पहुंचाना और उनको भड़काना था। ऐसा भी नहीं था कि जलेन्डस पोस्टेम केवल पहले से बने कार्टूनों को प्रकाशित कर रहा था। उसने तो कार्टूनिस्टों का आह्वान किया था कि वे पुरस्कार जीतने के लिए उत्तेजक कार्टून बनायें। इस तरह जलेन्डस पोस्टेम ने एक धर्म पर निशाना साध रहे घृणा फैलाने वाले तत्वों को मंच प्रदान किया। अगर जलेन्डस पोस्टेम उन सभी कार्टूनों को अपने अखबार में स्थान देता जो दुनिया में जो कुछ भी पवित्र माना जाता है, उसके खिलाफ होते, तो भी बात अलग होती। अगर दुनिया भर के मुसलमानों ने कार्टूनों की इस श्रृंखला के प्रकाशन के खिलाफ प्रदर्शन किए तो यह प्रतिक्रिया डच अखबार की अपेक्षानुरूप ही रही होगी। इस अखबार के द्वारा अभिव्यक्ति की आजादी के इस दुरुपयोग का बचाव करना स्वतंत्रता के अर्थ को विकृत करना है। परन्तु इसके साथ-साथ, कार्टूनों के प्रकाशन पर हुई कुछ प्रतिक्रियाओं की कड़े से कड़े शब्दों में निंदा की जानी चाहिए। इनमें कार्टूनिस्ट और अखबार के संपादक की हत्या करने का आह्वान शामिल है। किसी भी उदेश्य की प्राप्ति के लिए चाहे वह कितना ही पवित्र और न्यायपूर्ण हो, हिंसा और गुण्डागर्दी को सही नहीं ठहाराया जा सकता।

मीडिया में कर्नाटक में मचे बवाल से संबंधित खबरों में कहीं यह नहीं बताया गया है कि शिमोगा और हासन में हिंसा फैला रहे समूहों का नेतृत्व किसके हाथों में है। यह दिलचस्प है कि मुस्लिम गुण्डे केवल शिमोगा और हासन में सक्रिय हैं, अन्य स्थानों में नहीं। क्या कर्नाटक के अन्य शहरों और जिलों में कन्नड़ भाषी मुसलमान नहीं रहते? जिन व्यक्तियों या संगठनों ने शिमोगा और हासन में हिंसा भड़काई, उन्होंने संबंधित लेख और उसके कन्नड़ अनुवाद के सही होने का पता लगाने की कोशिश तक नहीं की। उनका उद्देश्य केवल हिंसा फैलाकर राजनैतिक लाभ उठाना था। अपने प्रतिद्वंद्वी के सड़क पर उतरने से पहले खुद सड़क पर उतर जाने में शायद उन्हें कुछ फायदा नजर आया होगा। जो संगठन भावनात्मक और धार्मिक या सांस्कृतिक मुद्दों पर लोगों को भड़काना चाहतें हैं, उनका धर्म से कोई लेना-देना नहीं होता। उनका उद्देश्य केवल अपने समुदाय और राजनैतिक दलों को अपनी ताकत दिखाना होता है, ताकि सत्ता में हिस्सेदारी का उनका दावा मजबूत हो सके।

उच्चतम न्यायालय के शाहबानो मामले में निर्णय के बाद जिन लोगों ने यह मांग की थी कि एक नया कानून बनाकर तलाकशुदा मुस्लिम महिलाओं को दिए जाने वाले गुजारे भत्ते की अवधि इद्दत के चार महीनों तक सीमित की जाए, उन्होंने ही बाद में इस बात पर ध्यान नहीं दिया कि जो कानून बना उसमें तलाकशुदा मुस्लिम महिलाओं को केवल चार महीने तक नहीं बल्कि चार महीने के भीतर उचित और न्यायपूर्ण गुजारा भत्ता दिए जाने का प्रावधान किया गया था। इस मुद्दे पर जम कर राजनीति करने और बवाल मचाने के बाद वे तत्व, जो शाहबानो निर्णय का विरोध कर रहे थे ये भूल गए कि उन्होंने चिल्ला-चिल्लाकर कहा था कि यदि पुरुषों को इद्दत के चार महीनों के बाद भी अपनी तलाकशुदा पत्नियों को गुजारा भत्ता देने पर मजबूर किया गया तो इससे इस्लाम खतरे में आ जाएगा। आज भी जो लोग तस्लीमा नसरीन और सलमान रुश्दी पर हमले कर रहे हैं उनमें से कितनों को इस्लाम की फिक्र है और कितने शुद्ध राजनीति कर रहे हैं, यह अंदाजा लगाना मुश्किल है।

मीडिया इस तरह के समाज को बांटने वाले मुद्दों को अनावश्यक महत्व देता है और यही कारण है कि शिवसेना सहित इस तरह के दलों और संगठनों को जरूरत से कहीं ज्यादा प्रचार मिलता है। शिवसेना, बजरंग दल, विहिप, अभिनव भारत, रणबीर सेना, एबीव्हीपी, श्रीराम सेना और विभिन्न जाति पंचायतों और सेनाओं के बारे में व्यापक सामाजिक सोच यह है कि ये संस्थाएं बहुसंख्यक समुदाय के एक बहुत छोटे से कट्टरपंथी हिस्से का प्रतिनिधित्व करती है। इसके विपरीत, ऐसा ही व्यवहार करने वाली मुस्लिम संस्थाओं को पूरे समुदाय का प्रतिनिधि मान लिया जाता है और फिर मुसलमानों की ओर उंगली उठा कर उनसे यह पूछा जाता है कि "तुम्हारे समाज के उदार और समझदार लोग कहां है?" और कभी-कभी तो यह भी कि "क्या मुसलमानों में कोई समझदार व उदारवादी व्यक्ति है भी?"

हिन्दुओं का कट्टरपंथी तबका, मुसलमानों के ऐसे तबके की तुलना में अपने उद्देश्यों में कहीं ज्यादा सफल है। बालीवुड के फिल्म निर्माताओं का बाल ठाकरे के

दरबार में हाजिरी देना इतना आम है कि उसकी चर्चा तक नहीं होती। इसका एक महत्वपूर्ण अपवाद था हाल में शाहरुख खान का आई०पी०एल० टीमों में पाकिस्तानी खिलाड़ियों को शामिल करने संबंधी उनके वक्तव्य को वापिस लेने या उसके लिए माफी मांगने से इंकार। गुजरात में "फना" और "पराजानिया" फिल्में प्रदर्शित नहीं हो सकीं। बजरंग दल, विहिप और दूसरी सेनाएं अक्सर संविधानेतर संगठनों की तरह नैतिकता के अपने मानदण्डों के अनुसार सेंसरशिप लगाती रही हैं। उनके अपने पवित्र नायक हैं जैसे शिवाजी और राणा प्रताप। उन नायकों के संबंध में किसी गंभीर अनुसांधान की वे इजाजत नहीं देते। और उन्हें अक्सर राज्यतंत्र को झुकाने और अपने एजेन्डे को लागू करने में सफलता मिलती है।

मुसलमानों में जो उदारवादी हैं उन्हें कभी मीडिया में उतना स्थान नहीं मिलता जितना कि मुसलमानों के विघटनकारी और साम्प्रदायिक तत्वों को मिलता है। मौलाना वहीदउद्दीन खान, डॉ० असगर अली इंजीनियर, सुल्तान शाहीन, जावेद अख्तर, जावेद आनंद और "सियासत" व "शहाफत" जैसे बड़ी प्रसार संख्या वाले उर्दू अखबारों के संपादक ऐसे कुछ उदाहरण हैं, जिन्हें मुसलमानों की उदारवादी आवाज कहा जा सकता है। बालीवुड के कुछ सितारों और कुछ खिलाड़ियों को भी हम इस सूची में शामिल कर सकते हैं।

मुसलमानों की उदारवादी आवाज को सुनने के लिए हमें मुख्यधारा के मीडिया से अलग हटकर, उन बैठकों में भाग लेना होगा और उन प्रकाशनों को पढ़ना होगा जिनमें उदारवादी मुसलमान अपने विचार प्रकट करते है। इसमें कोई संदेह नहीं कि [illegible]यिक संगठनों की बढ़ती ताकत और बढ़ती साम्प्रदायिक हिंसा ने उदारवादी [illegible]ानों की कठिनाइयां बढ़ाई हैं।

दोनों समुदायों के उदारवादी तबके के हाथ मजबूत करने की जिम्मेदारी काफी हद तक राज्य की है। एक धर्मनिरपेक्ष राज्य को चाहिए कि वह ऐसा भय रहित वातावरण बनाए जिसमें सभी समुदायों के उदार सोच वाले व्यक्तियों को अपने विचार और तर्क आम लोगों तक पहुंचाने का मौका मिल सके।

●

मुसलमान | देवीप्रसाद मिश्र

कहते हैं वे विपत्ति की तरह आये
कहते हैं वे प्रदूषण की तरह फैले
वे व्याधि थे
ब्राह्मण कहते थे वे म्लेच्छ थे

वे मुसलमान थे

उन्होंने अपने घोड़े सिन्धु में उतारे
और पुकारते रहे हिन्दू !! हिन्दू!! हिन्दू!!

बड़ी जाति को उन्होंने बड़ा नाम दिया
नदी का नाम दिया

वे हर गहरी और अविरल नदी को
पार करना चाहते थे

वे मुसलमान थे लेकिन वे भी
यदि कबीर की समझदारी का सहारा लिया जाये तो
हिन्दुओं की तरह पैदा होते थे

वे फ़ारस से आये
तूरान से आये
समरक़ंद, फ़रगना, सीस्तान से आये

वे तुर्किस्तान से आये
वे आये क्योंकि वे आ सकते थे

वे मुसलमान थे कि या ख़ुदा उनकी शक्लें
आदमियों से मिलती थीं हू-ब-हू
हू-ब-हू

वे महत्त्वपूर्ण आप्रवासी थे
क्यों उनके पास दुख की स्मृतियाँ थीं

वे घोड़ों के साथ सोते थे
और चट्टानों पर वीर्य बिखेर देते थे
निर्माण के लिए वे बेचैन थे

वे मुसलमान थे
यदि सच को सच की तरह कहा जा सकता है
तो सच को सच की तरह सुना जाना चाहिए
कि वे प्रायः इस तरह होते थे कि

कि प्रायः पता ही नहीं लगता था
कि वे मुसलमान थे या नहीं थे

वे मुसलमान थे

वे न होते तो लखनऊ न होता
आधा इलाहाबाद न होता
मिहराबें न होतीं, गुंबद न होता
आदाब न होता

मीर, मख़्दूम, मोमिन न होते, शबाना न होतीं

वे न होते तो उपमहाद्वीप के संगीत को सुननेवाला ख़ुसरो न होता

'मानवीय समाज' के सदस्य बनिए

क्या आप नस्ल, रंग, जाति, धर्म, लिंग और वर्ग संबंधी विषमताओं और भेदभाव से परिपूर्ण आज के इस पाशविक मानव समाज को शहीदेआजम भगत सिंह के आदर्शों के अनुकूल वास्तव में एक मानवीय समाज में बदलना चाहते हैं? यदि हाँ,तो आइये 'मानवीय समाज' के प्रतिबद्ध सदस्यों द्वारा प्रस्तुत इस संकल्प पर हस्ताक्षर करके उसकी सदस्यता प्राप्त कीजिए।

सदस्यता प्रपत्र

मैं संकल्प लेता हूँ कि मानवीय समाज के अन्य प्रतिश्रुत साथियों के साथ सहयोग करते हुए मैं जाति, धर्म, लिंग, नस्ल, वर्ग, और राष्ट्र पर आधारित भेदभाव से तथा युद्ध, हिंसा और हर प्रकार के शोषण से मुक्त सच्चे अर्थों में एक समतावादी, जनतांत्रिक तथा प्रगतिशील वैश्विक मानवीय समाज की रचना के लिये आजीवन प्रयास करता रहूँगा, जिसमें इस पृथ्वी पर जन्म लेने वाला हर मानव अपनी अस्मिता की रक्षा करते हुए पूरी मानवीय गरिमा के साथ जी सके।

दिनांक ....   हस्ताक्षर............................

नाम..

व्यवसाय..................................

पता..

दूरसंपर्क..................................

यदि असुविधा न हो तो अपनी सदस्यता के शुल्क रूप में एक सौ रुपये का मनीआर्डर भेजिए। तथा

मानवीय समाज प्रकाशन के संरक्षक बनिये

'ख्यालों की बिजलियाँ' मानवीय समाज प्रकाशन का पहला पुष्प था। 'धर्म और बर्बरता' दूसरा। हम आम जन के शिक्षण और प्रबोधन के लिए लगातार छोटी-छोटी अल्पमोली पुस्तिकाएँ प्रकाशित करना चाहते हैं। आप एक या अधिक हजार रुपये भेज कर इस प्रकाशन की प्रारंभिक कार्यचालक पूँजी जुटाने में हिस्सेदारी करके प्रकाशन के संरक्षक बन सकते हैं। संरक्षकों को सभी प्रकाशन निःशुल्क उपलब्ध कराये जायेंगे। प्रकाशन सम्बन्धी निणर्यों में भी उनकी पूरी भागीदारी होगी। आपका सहयोग मिला तो मानवी समाज प्रकाशन हिन्दी क्षेत्र की एक समग्र सांस्कृतिक क्रान्ति का साधक बन सकेगा। हमारा आगामी प्रकाशन है—हिन्दी की प्रतिनिधि मानववादी कविताओं का संकलन।

भवदीय

ज्ञानेन्द्र कुमार
पाण्डे ले-आउट, पुसद-445204
जिला—यवतमाल (महाराष्ट्र)
फोन : 09422866223

डॉ. रणजीत
A004, आदर्श विहार 5/1 वनरघट्टा रोड,
बंगलोर (कर्नाटक)-560029
फोन : 09341556673

डॉ. रणजीत की अन्य उपलब्ध पुस्तकें

1. हिन्दी की प्रगतिशील कविता — मूल्य 300 रुपये।
2. हिन्दी के प्रगतिशील और समकालीन कवि — मूल्य 400 रुपये।
3. अभिशप्त आग (चुनी हुई कविताएँ) — मूल्य 100 रुपये।
4. प्रगतिशील कविता के मील पत्थर — मूल्य 40 रुपये
5. झुलसा हुआ रक्तकमल (कविताएँ) — मूल्य 25 रुपये।
6. खतरे के कगार तक (कविताएँ) — मूल्य 80 रुपये
7. आज़ादी के परवाने (भारतीय स्वतंत्रता संग्रामों के 287 शहीदों के जीवनवृत्त) — दो खण्ड 800 रुपये

ये पुस्तकें साहित्यरत्नालय, 37/50 गिलिस बाजार, कानपुर से लोकभारती पुस्तक विक्रेता, इलाहाबाद से अथवा स्वयं डॉ. रणजीत से प्राप्त की जा सकती हैं।

वे न होते तो पूरे देश के ग़ुस्से से बेचैन होने वाला कबीर न होता
वे न होते
तो भारतीय प्रायद्वीप के दुख को कहनेवाला ग़ालिब न होता

मुसलमान न होते तो अट्ठारह सौ सत्तावन न होता

वे थे तो चचा हसन थे
वे थे तो पतंगों से रंगीन होते आसमान थे
वे मुसलमान थे

वे मुसलमान थे और हिन्दुस्तान में थे
और उनके रिश्तेदार पाकिस्तान में थे

वे सोचते थे कि काश! एक बार वे पाकिस्तान जा सकते
वे सोचते थे और सोचकर डरते थे
इमरान ख़ान को देखकर वे खुश होते थे
वे खुश होते थे और खुश होकर डरते थे

वे जितना पी० ए० सी० के सिपाही से डरते थे
उतना ही राम से
वे मुरादाबाद से डरते थे, वे मेरठ से डरते थे
वे भागलपुर से डरते थे, वे अकड़ते थे लेकिन डरते थे
वे अयोध्या से डरते थे

वे पवित्र रंगों से डरते थे
वे अपने मुसलमान होने से डरते थे
वे फ़िलीस्तीनी नहीं थे लेकिन वे
अपने घर को लेकर घर में देश को लेकर
देश में ख़ुद को लेकर आश्वस्त नहीं थे

वे उखड़ा-उखड़ा राग देश थे

वे मुसलमान थे

वे कपड़े बुनते थे
वे कपड़े सिलते थे
वे ताले बनाते थे
वे बक्से बनाते थे
उनके श्रम की आवाज़ें
पूरे शहर में गूँजती रहती थी

वे शहर के बाहर रहते थे

वे मुसलमान थे लेकिन दमिश्क उनका शहर नहीं था
वे मुसलमान थे लेकिन अरब का पेट्रोल उनका नहीं था
वे दजला का नहीं यमुना का पानी पीते थे

वे मुसलमान थे

वे मुसलमान थे इसलिए वे बचके निकलते थे
वे मुसलमान थे इसलिए कुछ कहते थे तो हिचकते थे
देश के ज़्यादातर अख़बार यह कहते थे
कि मुसलमानों के कारण ही कर्फ़्यू लगता है
कर्फ़्यू लगते थे और एक के बाद दूसरे हादसे की
ख़बरे आती थीं

उनकी औरतें
बिना दहाड़ मारे पछाड़े खाती थीं
बच्चे दीवारों से चिपके रहते थे
वे मुसलमान थे

वे मुसलमान थे इसलिए

ज़ंग लगे तालों की तरह वे खुलते नहीं थे

वे अगर पाँच बार नमाज़ पढ़ते थे
तो उससे कई गुना ज़्यादा बार
सिर पटकते थे
वे मुसलमान थे

वे पूछना चाहते थे कि इस लाल क़िले का हम क्या करें
वे पूछना चाहते थे कि इस हुमायूँ के मक़बरे का हम क्या करें
हम क्या करें इस मस्जिद का जिसका नाम
क़ुव्वत-उल-इस्लाम है
इस्लाम की ताक़त है

अदरक की तरह वे बहुत कड़वे थे
वे मुसलमान थे

वे सोचते थे कि कहीं और चले जायें
लेकिन नहीं जा सकते थे
वे सोचते थे कि यहीं रह जायें
तो नहीं रह सकते थे
वे आधा ज़िबह बकरे की तरह तकलीफ़ के झटके महसूस करते थे

वे मुसलमान थे इसलिए
तूफ़ान में फँसे जहाज़ के मुसाफ़िरों की तरह
एक दूसरे को भींचे रहते थे
कुछ लोग यह बहस चलाये थे कि
उन्हें फेंका जाये तो
किस समुद्र में फेंका जाये

बहस यह भी थी कि
उन्हें देश निकाला दिया जाये तो

किस देश में भेजा जाये

हस यह भी थी
कि उन्हें धकेला जाये
तो किस पहाड़ से धकेला जाये

वे मुसलमान थे लेकिन वे चींटियाँ नहीं थे
वे मुसलमान थे वे चूज़े नहीं थे
सावधान! सिन्धु के दक्षिण में
सैकड़ों सालों की नागरिकता के बाद वे
मिट्टी के ढेले नहीं थे

वे चट्टान और ऊन की तरह सच थे
वे सिन्धु और हिन्दूकुश की तरह सच थे
सच को जिस तरह भी समझा जा सकता हो
उस तरह वे सच थे
वे सभ्यता का अनिवार्य नियम थे
वे मुसलमान थे अफ़वाह नहीं थे

वे मुसलमान थे
वे मुसलमान थे

वे मुसलमान हैं।

●